ANTES DEL VOLCÁN

IMPEDIMENTA NARRATIVA, 314

JON BILBAO

ANTES DEL VOLCÁN

IMPEDIMENTA

Primera edición en Impedimenta: octubre de 2025

Juan Álvarez Mendizábal, 27. 28008 Madrid

IMPEDIMENTA
Premio TodosTusLibros al Mejor Proyecto Editorial, 2024,
otorgado por CEGAL (Confederación Española de Gremios
y Asociaciones de Libreros)

http://www.impedimenta.es

ISBN: 979-13-87641-27-6
Depósito Legal: M-12615-2025
IBIC: FA

Impresión y encuadernación: Kadmos
P. I. El Tormes. Río Ubierna 12-14. 37003 Salamanca

Impreso en España en papel 100 % procedente de bosques gestionados de acuerdo con criterios de sostenibilidad.

NOTA DEL AUTOR

Este libro recopila los cuentos contenidos en las colecciones: *Como una historia de terror* (2008), *Bajo el influjo del cometa* (2010) y *Física familiar* (2014), publicadas por la editorial Salto de Página, a la que tanto le debo.

He preferido ser respetuoso con los textos originales, así como con la persona que yo era cuando los escribí. Todos los cuentos se ofrecen aquí como en su primera edición, sin haber pasado por ninguna reescritura.

Se incluyen asimismo tres cuentos aparecidos en diferentes publicaciones: «Amenaza exterior» en *Ficciones* (Edaf, 2005), «Una casa frente al cementerio» en el número 3 de *Presencia Humana Magazine* (Aristas Martínez, 2014), y «Entonces Ahora Después», en *Al Azkena se va y punto* (Liburuak, 2023). Por diferentes razones, a los tres les tengo simpatía, así que he aprovechado esta ocasión para darles una segunda vida.

En el índice, los cuentos figuran en orden cronológico de publicación.

A título anecdótico, cabe mencionar que «Después de nosotros, el diluvio» y «Una victoria parcial» tienen como protagonistas a Jon y Katharina, que años después repetirían protagonismo en varios cuentos más y en la novela *Los extraños* (2021), y que se contarían asimismo entre los personajes principales de la trilogía que forman *Basilisco* (2020), *Araña* (2023) y *Matamonstruos* (2024), todos estos títulos publicados gracias a la generosidad de Impedimenta. En aquellos dos primeros cuentos, Jon todavía no era Jon, solo un narrador en primera persona, carente de nombre, al que le presté algunos rasgos autobiográficos.

Yo no podía imaginar que al personaje le aguardaba un recorrido tan largo. Su construcción no ha respondido a ninguna planificación previa, sino que se ha llevado a cabo título a título, de ahí la presencia de rectificaciones y contradicciones. Así se explica, por ejemplo, que en «Una victoria parcial» aparezca un hermano del que nunca se ha vuelto a hacer mención.

Tampoco me podía imaginar que, con el tiempo, Jon se acabaría convirtiendo en un *alter ego* de mí mismo, aunque a veces pienso que soy yo el que se está convirtiendo en un *alter ego* de él.

JON BILBAO
Bilbao, abril de 2025

ANTES DEL VOLCÁN

AMENAZA EXTERIOR

Un hombre regresa a casa tras finalizar la jornada de trabajo. Corbata aflojada, mirada todavía tensa... Como cada día, han quedado cosas por hacer, pequeño desastre que enriquece una ansiedad ya enquistada.

Mete el coche en el garaje anexo. Antes de cruzar la puerta y pasar al abrigo del interior, se detiene en el jardín, la llave ya en la mano, y contempla la calle.

Todas las casas se parecen. Todas disponen de jardines y senderos de grava rastrillada. Las ventanas encendidas parecen portales suspendidos en el aire, conducentes a otros mundos.

Una pareja de novios se despide dentro de un coche. Un gran gato siamés los observa acomodado en un alféizar y oscila despacio la cola. Por el oeste, restos violáceos en el cielo.

El hombre ve a una ardilla descender cabeza abajo de un árbol próximo. Un tintineo involuntario de las llaves alerta al roedor, que se paraliza en el césped y le devuelve una mirada de ojos negros. Durante un instante se suspende el transcurso indomeñable del tiempo, y el hombre se siente liviano y en parte olvida lo que ha quedado sin hacer. Luego la ardilla agita las orejas y se aleja saltando graciosamente sobre vallas y calle hacia algún almacén de frutos secos, llevándose el agradecimiento del hombre.

En la alfombra del salón, el hijo se entretiene con un camión de juguete.

Hola…

El niño, enfrascado en el juego, apenas levanta la mirada ante la llegada de su padre. Es un camión de obra, amarillo; la pintura brilla de puro nuevo, sin un arañazo.

¿Y esto?, pregunta el hombre.

Ha llegado en el correo.

Hay piezas de un juego de construcción esparcidas sobre la alfombra y en el volquete del vehículo. A escala real, sería de dimensiones monstruosas; las ruedas, de la altura de un hombre. El niño empuja el camión entre los escombros y hace ruidos de motor. El hombre le acaricia el pelo cobrizo, como el que él tenía a su edad.

Junto a la ventana del salón hay habilitada una pequeña zona de trabajo. En la pantalla de un ordenador, un programa de dibujo y el apunte de un fino entramado vegetal.

El hombre se dirige a la cocina. Su mujer termina de preparar la cena. Mientras saca platos y vasos de un armario habla por teléfono sosteniendo el auricular entre el hombro y la mejilla. Ella le lanza un guiño. Mientras aguarda, él se asoma a la cazuela y prueba la cena.

Ella diseña estampados para colchas y sábanas. La mayor parte del tiempo trabaja en casa.

Se despide de su interlocutor y cuelga.

¿Qué tal el día?

Bien, dice él. ¿Y tú?

Lo mismo.

La llamada era de la hermana de la mujer. Ha conocido a un chico, dice ella, están saliendo.

Hmm…

Nos invita a cenar el viernes para que le conozcamos. En su casa.

Ya.

¿No te apetece?

Claro.

No teníamos otros planes, ¿verdad?

Él piensa un instante y dice: No.

Tengo curiosidad por conocerlo, parece muy ilusionada, dice la mujer.

La hemos visto así antes.

Ella sonríe sin alegría.

Mientras conversan, la mujer pone la mesa. De lunes a jueves cenan en la cocina. Él descorcha una botella de vino.

Deja eso, dice ella. Ve a lavarte las manos.

Bueno…

Pero no se va.

¿Y ese camión que tiene el niño?, pregunta.

Ha llegado con el correo.

Él menea la cabeza en gesto de no comprender.

Un paquete, añade ella.

¿Para él? ¿De quién?

No indicaba remitente.

El hombre arruga el ceño. No es el cumpleaños del niño ni lo será en fechas próximas ni lo ha sido hace poco.

Tampoco era para él. La dirección era la nuestra pero el nombre del destinatario era desconocido.

Desconocido, repite él mientras se libera de la corbata y, pensativo, la enrolla alrededor del puño.

Sería el propietario anterior, supongo. El de la casa que había antes aquí. Tengo hambre. ¿Tú no?, pregunta la mujer. Y sale de la cocina.

Deja eso, cariño, ya está la cena, oye él que le dice al niño.

Compraron la casa cuando todavía se encontraba en construcción. Y antes de eso… ¿había otra en su lugar? El hombre lo ignora.

¿Y lo habéis abierto?, pregunta alzando la voz.

Claro… No llevaba remitente. No se podía devolver.

Cenan los tres. El niño habla de su día en el colegio. A ella le han encargado una nueva colección para el año próximo; no queda mucho tiempo para la fecha de entrega. Aprovecha cada momento libre para sentarse ante el ordenador.

Yo recojo, propone el hombre cuando terminan. Los otros regresan al salón, ella a continuar su trabajo y el niño a jugar con el camión.

Retira los platos de la mesa. Cuando echa las sobras a la basura ve asomar un trozo de papel de embalar. Tira de él con cuidado. Está arrugado y manchado de aceite.

Lo saca de la basura y sobre la encimera de la cocina lo alisa y retira los restos de comida pegados.

En efecto, la dirección es la suya. Sin embargo, el nombre del destinatario no le dice nada. Se trata de un nombre común; sin necesidad de comprobar el listín telefónico sabe que encontrará docenas.

El matasellos es de allí mismo, de la ciudad.

Vuelve a hacer una bola con el papel y lo deja donde lo encontró.

Detalle a detalle un ave del paraíso va tomando forma en el ordenador. Luego, repetida, se instalará en la trama vegetal ya finalizada.

En el salón reina el silencio, apenas perturbado por los murmullos del niño, que juega en la alfombra.

El televisor está sintonizado, sin sonido, en una cadena de noticias económicas. El padre apenas se fija en los titulares sobreimpresionados. De tanto en cuando, por pura costumbre, toma nota de un dato en el margen del periódico que sostiene en el regazo; notas de las que pronto se olvidará. La mayor parte del tiempo permanece con la cabeza recostada en el respaldo y la vista perdida en la ventana. Ve las ramas bajas de la acacia del jardín, con el reflejo de su mujer por encima, encorvada ante el ordenador, colocándose un mechón de cabello tras la oreja.

Ella no le pide opinión sobre su trabajo y, si lo hiciese, él no sabría dársela.

Los murmullos del niño se vuelven más apagados si cabe.

La madre le dice que es hora de acostarse. Él pide una prórroga; apenas unos minutos más. Ella sigue trabajando.

Transcurrido el plazo es el padre quien lo manda a la cama.

El niño está tendido en el suelo, la mejilla contra la alfombra, los párpados apenas abiertos, y aun así continúa jugando con el camión, las monstruosas ruedas a escasos centímetros de la cara.

Vamos, insiste el padre.

¿Puedo dejar esto aquí?, se refiere a las piezas del juego de construcción.

La madre asiente.

Pero lo recoges mañana. En cuanto te levantes.

El niño da un beso de buenas noches al hombre y se aleja arrastrando los pies, seguido por su madre.

Cuando se queda solo, el hombre toma el camión.

Lo examina con detenimiento, acercándolo a la cara. Es de metal, con partes de plástico; la marca es conocida. A buen seguro no resultará difícil encontrarlo en las tiendas.

Lo tiene aún en las manos cuando la mujer regresa.

Estaba agotado, dice. Se ha quedado dormido en pie, mientras se cepillaba los dientes... ¿Todavía estás con eso?

El hombre vuelve a dejar el camión en la alfombra.

Ha sido muy oportuno, dice ella. Ha jugado con él toda la tarde y me ha dejado trabajar.

¿Traía alguna tarjeta?

No.

Él calla, pensativo.

Solo es un juguete, dice ella. Alguien se ha equivocado con la dirección, nada más.

Siguen como antes, ella trabajando, él mirando la televisión sin verla, hasta que la mujer estira la espalda, una vértebra cruje y apaga el ordenador dando el día por concluido.

¿Vienes?

Enseguida.

No tardes, dice ella inclinándose para besarle en la frente.

Sube las escaleras hacia el dormitorio. Luego la casa queda de nuevo en silencio.

Cercana ya la medianoche el hombre apaga la televisión. Con pausa y meticulosidad no alteradas por la costumbre recorre la planta baja comprobando que todas las ventanas, así como la puerta trasera, están cerradas.

A continuación toma una bolsa de basura, regresa al salón y mete en ella el camión de juguete. La cierra con un nudo firme. Sale a la calle.

Apenas quedan ventanas iluminadas. Desde lo alto de una chimenea una lechuza otea el vecindario, su cara nívea reflejando con absoluta autoridad el brillo de la luna.

El hombre paga un alto precio por vivir en un lugar con lechuzas.

Del otro extremo de la calle llega el bramido intermitente del camión de recogida de basuras. Avanza con lentitud, deteniéndose cada pocos metros. El hombre no deja la bolsa en los cubos que hay en la acera. Aguarda tranquilamente, con la bolsa en la mano, como quien espera el autobús.

Cuando el camión se para ante él, uno de los operarios murmura un saludo y el hombre le tiende la bolsa. El operario la toma ceremoniosamente entre sus manos enguantadas y asiente con mirada comprensiva. Sabe lo que debe hacer. Con soltura fruto de la práctica, traza un elegante arco con el brazo y arroja la bolsa a las entrañas del camión. Luego mira al hombre para asegurarse de que este lo ha visto, de que sabe que lo que hay en la bolsa ya no es causa de preocupación.

Un silbido. El conductor hace una seña a través del espejo retrovisor y el camión se aleja. Detrás quedan una neblina azul de gases de escape y la hediondez decadente de la carga.

El hombre no se mueve. Continúa allí, respirando suavemente, mientras el vehículo se aleja calle abajo hasta desaparecer por completo.

Al día siguiente el niño llorará al no encontrar el camión. Pero no tendrá importancia, porque el padre irá a una juguetería y comprará otro. Uno idéntico al que llegó por correo.

El tufo de la basura cede ante los olores de la noche y los jardines. Mantillo, un macizo de lilas en la casa de enfrente... El hombre hincha los pulmones con estos aromas. Es una de esas noches de primavera bien entrada en las que algo en el aire invita a quitarse la ropa.

Regresa a casa.

El chasquido del cerrojo de la puerta es un punto y aparte. Conecta la alarma antirrobo.

Sube las escaleras hacia el dormitorio con algo pulsando dentro de él. Le gusta hacer el amor a su mujer cuando está dormida.

FÍSICA FAMILIAR

En 1927 el físico alemán Karl Heisenberg enunció su controvertido principio de incertidumbre. Este significó la ruptura definitiva entre la mecánica newtoniana, vigente desde el siglo XVII y que explicaba con aceptación generalizada el comportamiento de los cuerpos visibles, y la nueva mecánica cuántica, centrada en el ámbito de las partículas subatómicas.

El principio sostiene básicamente la imposibilidad de conocer de forma simultánea, y con el mismo grado de precisión, la velocidad y posición de una partícula subatómica. Cuanto más exactamente se determine su velocidad, de forma menos precisa puede determinarse su posición —el lugar que ocupa en el universo—, entrando su conocimiento en el campo de las probabilidades.

Llegó a la tienda jadeante, con el maletín del trabajo en la mano y la corbata aflojada. Dentro había dos dependientas, ambas jóvenes y atractivas. Una se paseaba entre los maniquíes ataviados con ropa interior, desocupada, las manos enlazadas a la espalda y gesto severo, como un oficial que pasara revista a las tropas. En el mostrador, la otra hojeaba catálogos y anotaba códigos en una lista de pedidos. Se acercaba la hora de cierre y en el centro comercial algunos establecimientos ya habían echado la persiana.

Solo había otro cliente en la tienda, una mujer con bolsas de supermercado que curioseaba en el cajón de saldos, donde se entremezclaban bragas y sujetadores de temporadas pasadas.

Él estudió brevemente a las dos dependientas y se dirigió hacia la del mostrador.

Disculpe…

Mi compañera le atenderá, le cortó la chica, sin levantar la mirada de los catálogos y señalando a aquella con el bolígrafo.

Pero en ese instante la mujer con las bolsas de supermercado requirió la atención de la dependienta desocupada, que interrumpió sus paseos entre los maniquíes.

La chica del mostrador hizo a un lado aquello en lo que estaba trabajando, se desprendió de las gafas y cambió la expresión levemente ceñuda por una abierta sonrisa.

¿En qué puedo ayudarle?

La transformación fue tan ágil y eficaz que él no contestó de inmediato. Observaba a la joven que, como por arte de magia, acababa de manifestarse. Veintipocos años, rubia, peinada con un recogido alto y dispuesta a servirle en lo que necesitase.

Busco un regalo para mi mujer.

¿Alguna idea? Ella no había perdido la sonrisa en el intervalo.

Había pensado en un camisón.

Muy bien, dijo la chica. Salió de detrás del mostrador y señaló hacia la parte de la tienda donde se exponían las prendas de noche. ¿Desea acompañarme?

Llevaba unos pantalones negros ceñidos y una blusa de vivo color rojo. Él la siguió a dos pasos de distancia para poder verla por detrás.

En un mostrador auxiliar, la chica procedió a mostrarle varios modelos de camisones que él contempló dubitativo, el maletín a sus pies y las manos en los bolsillos, reacio a tocar las prendas, con la actitud de frío interés que los detectives de los *telefilms* adoptan ante un cadáver expuesto en la mesa del forense. Su perplejidad iba en aumento a medida que los camisones se acumulaban unos sobre otros creando una espuma multicolor de sedas y encajes.

La joven, acostumbrada a los clientes masculinos indecisos y poco colaboradores, recitaba detalles y recomendaciones.

Finalmente, siguiendo el consejo de ella, se decidió por un camisón de seda sin adornos, largo, color vino, con tirantes y escote marcado.

Bien, dijo la joven, como si él acabara de superar satisfactoriamente un examen. Ahora solo nos falta la talla.

Ante la expresión contraída del hombre, que confundió con nuevo desconcierto, ella retrocedió un paso y abrió los brazos, exponiendo su cuerpo para que pudiera comparar.

No, acertó a decir él, sin apartar los ojos de su figura. Mi mujer es mayor. Más ancha que usted, quiero decir. Y también más alta. ¿Puede enseñarme la talla más grande que tenga de este modelo?

¿La más grande?

Por favor.

Aguarde un momento, dijo la chica mientras se encaminaba a la trastienda.

Regresó con una caja de la que extrajo un camisón como el que le había mostrado, pero que al desplegarlo con una leve sacudida, como una sábana antes de ser colocada en la cama, se extendió sobre el mostrador y ocultó todos los demás con su violento color vino.

Dios mío, musitó él.

Es la talla mayor.

Quizá otra un poco más pequeña.

Muy bien.

Le trajo otro camisón, dos tallas menor, al que él dio el visto bueno.

De todas formas, puede cambiarlo si no es de su talla.

Bien.

O podemos hacerle algún arreglo.

La chica envolvió la prenda en papel de regalo. Luego preparó un lazo. A la hora de fijarlo abrió un librillo de hojas satinadas donde había distintos adhesivos de felicitación: *Feliz Aniversario, Feliz Cumpleaños, Con Amor, Con Cariño…*

¿Cuál escogemos?

Cumpleaños.

Remató el paquete y lo introdujo en una bolsa de la tienda.

Espero que le guste a su esposa.

Yo también, respondió él.

No quedaba ningún cliente más en la tienda. La segunda dependienta se despidió de él mediante una inclinación de cabeza y cerró la puerta y echó la llave.

A paso ligero recorrió los pasillos casi desiertos del centro comercial, temeroso de que la pastelería hubiera cerrado.

El pastelero se había ido a casa. En las estanterías quedaban unos pocos dulces cuyo aislamiento hacía parecer poco apetitosos. El local estaba vacío a excepción del ayudante, un joven oriental increíblemente delgado que lo esperaba de brazos cruzados.

Creí que no iba a venir, dijo.

De una nevera sacó la tarta encargada el día anterior. Sobre el recubrimiento de chocolate había un *Felicidades* escrito con algún tipo de crema rosa.

Perfecto.

Llevando la tarta en una caja salió en dirección al aparcamiento. En su recorrido por la zona comercial sólo se cruzó con un par de personas. El otro extremo del complejo, donde se encontraban los cines y las franquicias de restaurantes, estaba por el contrario en pleno apogeo de final de la tarde.

Al pasar por una plaza de techo acristalado vio que había empezado a llover. Las gotas de lluvia acumuladas en el cristal brillaban con el reflejo de las luces del interior, recortadas contra la oscuridad del cielo; una constelación de miles de gotas, en cada una de las cuales se reflejaban —deformados— la pequeña plaza, con su fuente de plástico imitación piedra, los carteles publicitarios y un hombre con el cuello estirado hacia arriba.

Esa noche, Diana y él celebrarían el cumpleaños en su casa. El fin de semana harían extensiva la celebración a un grupo de amigos mediante una pequeña fiesta. Y, a modo de colofón, dos semanas después volarían a Aruba para disfrutar de diez días de sol, combinados caribeños y paseos en catamarán.

El motivo de semejante derroche era que un año atrás el cumpleaños de Diana no había contado con ningún festejo.

Por aquel entonces su matrimonio no pasaba por un buen momento. Todo había empezado cuando Diana lo acusó de mantener una relación con una compañera de trabajo. Acusación que él no negó de forma lo bastante convincente.

Ella empezó a ir a un terapeuta. Siempre se había calificado de emocionalmente débil, y el engaño de su marido, aunque solo fuera supuesto, le resultaba difícil de superar.

El año anterior él también había llegado a casa con una tarta de cumpleaños. Se sentía ilusionado, creía que estaban remontando la situación. La tarta debía significar una especie de presente de paz. Un dulce punto y aparte. Habían quedado atrás los días en que cada conversación conllevaba un duelo implícito, cuando pasaban más tiempo estudiándose uno al otro y planeando qué hacer o decir, que actuando; cuando hablar era como comer un pescado plagado de espinas, que te obliga a retener cada bocado durante lo que parece una eternidad, tamizándolo entre los dientes, sondeándolo con la lengua, a pesar de lo cual, después de tragar padeces unos instantes angustiosos a la espera de un pinchazo.

Aquel día encontró a su mujer sentada a oscuras en el salón. Al encender la luz, comprobó que ella todavía llevaba puesta la ropa de calle, ni siquiera se había desprendido del abrigo.

¿Pasa algo?

Ella apretaba los párpados, deslumbrada. Él posó la tarta y se sentó a su lado.

Esa tarde, durante su charla con el terapeuta, explicó Diana, había descubierto una cosa respecto a sí misma. Se podría decir que había experimentado una revelación.

Hoy me he dado cuenta de que el mejor momento de mi vida fue el verano de mis catorce años, cuando todavía no sabía quién era yo ni qué iba a hacer en el futuro: dónde iba a vivir ni a qué me iba a dedicar. Cuando era una niña que corría por la playa y nadaba con su padre. Cuando no había conocido a quien sería mi pareja, cuando ni siquiera había salido con ningún chico, ni mis amistades se habían puesto a prueba y por tanto no sabía quiénes eran realmente mis amigos… En definitiva, cuando carecía de todo por lo que se valora una existencia… Aquel fue el mejor momento de mi vida. Y he tenido miedo.

Él intentó cogerle la mano, pero ella se escurrió.
Quiero estar sola.
Él se puso en pie, cogió la tarta y fue a la cocina con intención de preparar la cena, confiando en que para cuando estuviera lista, Diana se habría repuesto.
También él estaba asustado. Y molesto. No se le escapaba la parte que le correspondía de aquella revelación: que, en los ocho años desde que se conocían, no había logrado proporcionarle ni un solo momento que superase aquel verano de su infancia. Probablemente ni siquiera se había acercado a conseguirlo. O sí lo había hecho. Pero ella no había sido capaz de valorarlo de la forma adecuada.
En el salón, su mujer repitió:
Quiero estar sola.
No le bastaba con que se hubiera ausentado de la habitación. Esta vez obedeció de forma más brusca. Salió por la puerta trasera sin despedirse. Terminó pasando la noche en casa de su hermano.
Mientras tanto Diana dio cuenta en solitario de su tarta de cumpleaños. La partió en cuatro trozos y los engulló, uno tras otro, acompañados por dos litros de leche, encorvada sobre el plato, ayudándose con los dedos para recoger las migajas.
Desde aquella noche había seguido comiendo como si comer se hubiera convertido en un fin en sí mismo.

El principio de incertidumbre de Heisenberg implicaba la afirmación, difícil de aceptar por muchos físicos de la época, de que vivimos en un universo indeterminista, cuyo conocimiento absoluto es imposible porque depende de la probabilidad y está por tanto limitado por las leyes de la estadística. La idea clásica de la precisión absoluta quedaba por completo descartada.

Del debate suscitado tras la publicación del principio surgieron multitud de interpretaciones, la mayoría de las cuales se pueden reunir en dos grandes grupos.

Uno de ellos constituye la llamada interpretación probabilista del principio de incertidumbre, o interpretación de Copenhague, defendida por el físico Niels Bohr y el propio Heisenberg.

Según esta interpretación, la indeterminación o incertidumbre no viene provocada por la intromisión del observador en la realidad física, sino que la naturaleza es en sí misma indeterminada.

Nada más salir del aparcamiento se encontró con un atasco. La rampa de acceso a la autovía estaba colapsada. Ahogó una exclamación de fastidio.

Minutos después, una ambulancia con las luces y la sirena encendidas lo adelantó por el arcén. La autovía se hallaba elevada varios metros respecto a su posición. A cierta distancia, borrosa a través de la lluvia, distinguía la silueta escorada de un camión, con la cabeza tractora colgando sobre el terraplén lateral. El quitamiedos estaba arrancado y doblado en el lugar del impacto; apuntaba hacia el cielo como un afilado signo de exclamación, iluminado por las luces parpadeantes de los coches de policía. Varias figuras con impermeables reflectantes se movían en torno al camión, algunas por la sucia hierba del terraplén, entorpecidas por la lluvia, con los brazos abiertos para mantener el equilibrio.

Al cabo de un rato, los vehículos empezaron a moverse con lentitud, bajo las indicaciones de dos policías con linternas.

A medida que iban aproximándose a la autovía, los vehículos que precedían al suyo comenzaron a trazar curvas como si estuvieran en un eslalon, sin aumentar de velocidad. Al llegar al mismo punto vio con asombro que la calzada estaba sembrada de bloques metálicos del tamaño de un baúl de viaje. Los conductores maniobraban para esquivarlos. El camión transportaba una carga de coches prensados que, con las sacudidas del accidente, había esparcido por la autovía. Algunos se habían abierto al chocar contra el asfalto y de ellos asomaban elementos reconocibles: extremos de ejes y parachoques cromados.

Los evitó con cuidado. El ritmo era lento y la cola de vehículos que esperaban su turno para pasar crecía.

En el arcén había un coche rodeado de policías y sanitarios. Hablaban por sus emisoras y contemplaban impotentes el vehículo. Uno de los coches prensados había atravesado el parabrisas y alcanzado al conductor. Los sanitarios habían forzado la puerta para auxiliarlo, pero era evidente que había sido inútil.

Al pasar junto al vehículo, vio un brazo que colgaba inerme. Se trataba de una mujer. La cabeza y la parte superior del torso habían desaparecido; el bloque de piezas metálicas ocupaba su lugar.

Frenó bruscamente, con la mirada clavada en el coche accidentado.

Un sanitario extendió una manta sobre el cadáver, pero él tuvo tiempo de ver que la mujer vestía pantalones negros y una blusa rojo intenso. Como la dependienta de la lencería.

Los conductores que iban detrás empezaron a tocar el claxon y un policía golpeó su ventanilla con la linterna, haciéndole gestos para que circulara.

Unos metros más adelante se encontraba el camión causante de todo. Tenía un neumático reventado. De la rueda colgaban jirones de caucho.

El conductor estaba apoyado en un coche de policía, escoltado por dos agentes. Alguien le había echado un impermeable sobre los hombros. Se cubría el rostro con las manos.

Diana y él vivían en una urbanización en las afueras de la ciudad. Su parcela era de tamaño medio. No necesitaban más. No tenían hijos.

Introdujo el coche en el garaje. Tras detener el motor aguardó unos instantes antes de apearse. Inspiró con todo el volumen de los pulmones y soltó el aire despacio.

Encontró a Diana en el jardín, donde trabajaba arrodillada en la tierra. Al verlo acercarse se irguió como una gran marmota.

Hola.

Hola, respondió él. Dio un rodeo para no pisar el terreno trabajado y se agachó para besarla, haciendo equilibrios con la caja de la tarta. Ella olía a tierra y maquillaje. ¿Qué haces?

Diana sostenía un plantador de bulbos con el que señaló unas hojas de periódico arrugadas que tenía a su lado; en el centro descansaban unas formas ovoides y peludas, de color pardo grisáceo, con aspecto de testículos de mono.

Hay que plantarlos de noche, respondió.

Se apartó el pelo de la cara y espantó una polilla que revoloteaba a su alrededor. Tenía la piel pálida y brillante a causa del ejercicio. Atraía los insectos nocturnos.

¿Qué es eso?, preguntó a la vez que señalaba la bolsa de la tienda. ¿Es para mí?

Sí. Pero más tarde.

Se agachó de nuevo a besarla.

Voy a cambiarme de ropa, dijo él.

En la cocina, sacó la tarta de su caja y la guardó en el frigorífico, donde había una botella de champán enfriándose. En uno de los fogones borboteaba un guiso.

El dormitorio estaba en la segunda planta. En el rellano encontró un jarrón con la docena de rosas de tallo largo que había encargado esa mañana desde la oficina.

Se quitó la ropa y fue a la ducha.

No mencionaría el accidente, decidió. Las cosas parecían ir bien y no quería que el ambiente se estropeara. La noticia de que la persona que había envuelto —y en gran medida escogido— su regalo había muerto aplastada minutos después no alegraría la celebración.

Además tampoco tenía la certeza de que fuera la misma chica. No había visto otro rasgo identificativo aparte de la ropa. Podría ser cualquiera con un conjunto similar.

Esa posibilidad lo ayudó a relajarse.

Bajo el chorro de la ducha recordó a su profesor de física de primer curso de la facultad, cuando trataba de hacerles comprender el principio de incertidumbre.

Para averiguar la posición o velocidad de una partícula, decía mientras paseaba por la tarima del aula, es necesario que esta sea iluminada, del mismo modo que si fuéramos a hacerle una fotografía. Salvo que en este caso, y a diferencia de lo que sucede con los cuerpos macroscópicos, los fotones que componen la luz excitan la partícula, lo que altera su posición y velocidad.

No es una idea obvia, recalcaba, deteniendo su caminar y dirigiendo una mirada severa a los rostros adormilados que lo observaban. Es como si para conocer la posición de un coche en marcha hubiera que lanzar otro contra él.

* * *

La cena transcurrió gratamente, sin que trasluciera ningún malestar.

Diana trabajaba como correctora para varias editoriales. Realizaba el trabajo en casa. Últimamente había tomado la costumbre de echar una breve cabezada por las tardes, confesó durante la cena con una sonrisa mitad traviesa, mitad culpable.

Tengo la impresión de que así saco más partido al día, explicó, como si se multiplicara por dos.

Él sabía de las siestas. Aunque ella no se lo había dicho hasta entonces. Lo sabía por la redistribución de los huecos de su cama de matrimonio.

Aprovechando su ausencia, Diana se tendía en el centro de la cama, de forma que su cuerpo había ido excavando un nicho en ese lugar. Y por la profundidad que había ganado en tan escaso tiempo, él sospechaba que las siestas no eran tan breves como ella daba a entender.

Por las noches, el hueco los atraía desde sus respectivos costados de la cama para unirlos en una intimidad infructuosa.

Sacaron la tarta. Diana se sirvió un trozo de tamaño medio que comió con rapidez.

Deliciosa.

Él estuvo de acuerdo, pero rehusó tomar un segundo trozo, cosa que ella sí hizo.

La observó mientras comía. El volumen de su pecho le estorbaba a la hora de sentarse a la mesa. Tenía que inclinarse hacia delante para llevar la comida a la boca. Había echado doble papada. Salvo su trabajo en el jardín, no hacía ningún ejercicio físico y sus muslos habían empezado a rozarse al caminar, emitiendo un desagradable sonido de fricción.

Curiosamente sus manos no habían engordado en absoluto. Continuaba teniendo los mismos dedos delicados que tenía cuando la conoció; unas manos blancas y elegantes que cuidaba con esmero y que él a menudo se descubría contemplando mientras corregían un manuscrito o sacaban brillo a las lágrimas de cristal de una lámpara.

Mientras ella perseguía por el plato los restos del segundo trozo de pastel, él fue por el regalo.

Es un camisón, dijo al regresar.

No deshacía ninguna sorpresa. Dos días atrás le había preguntado qué quería como regalo de cumpleaños. En los últimos tiempos las sorpresas que se habían dado habían tenido resultados lastimosos.

Te concedo un deseo, había dicho él.

Un deseo, ¿eh?

Diana estaba en su mesa de trabajo y se llevó a la comisura de la boca el rotulador rojo con el que efectuaba las correcciones.

Espero que no sea como esos deseos de los cuentos, que acaban volviéndose contra quien los formula. Como el del viudo que pide volver a disfrutar de la compañía de su esposa, y por la noche lo despiertan los golpes en la puerta del cadáver carcomido de la mujer.

No será de esos. Y espero que pidas algo más accesible.

No me vendría mal otro camisón. Me fío de tu buen gusto.

Diana desenvolvió el paquete y extendió la prenda.

Me encanta, aseguró.

Él se relajó.

Pero al instante siguiente lo asaltó la imagen de un cuerpo muerto, con lo que antes había sido un coche por cabeza.

Me gusta mucho.

Diana fue al recibidor, donde había un espejo de cuerpo entero, y se presentó el camisón sobre el pecho.

Has acertado, encanto.

¿Qué probabilidades había de que la chica del accidente fuera la misma que lo atendió?

No había transcurrido mucho tiempo entre ambos hechos. Sin embargo, cerraron la tienda en cuanto él salió, y además había pasado por la pastelería, luego la chica tuvo tiempo de llegar al aparcamiento antes que él, montar en su coche y entrar en la autovía aproximadamente en el instante en que al camión le reventaba el neumático. Quizá tuviera prisa por llegar a alguna parte y su compañera se había encargado de terminar de cerrar la tienda, lo que le habría dado un poco más de tiempo. Quizá había quedado con alguien, o había tenido un día difícil, o no se encontraba bien y quería irse cuanto antes.

Probabilidades de que la muerta y ella fuesen la misma persona: ¿55%?

El coche era un utilitario corriente, el tipo de vehículo que bien puede tener una dependienta de *boutique* con un salario no muy cuantioso.

¿60%?

Sin embargo el rojo de la blusa —¿o se trataba de un jersey o una chaqueta?— era un color muy corriente.

¿50%?

¿Y si la muerta era la otra dependienta, la que paseaba entre los maniquíes? No lo había pensado. ¿Eso le permitía dividir por dos la probabilidad?

Decidió que al día siguiente volvería al centro comercial para comprobar si la chica que lo atendió había sido la víctima o no.

¿Te encuentras bien?

Le sobresaltó la mano de Diana en su hombro.

¿Qué?

Te veo pensativo. ¿Va todo bien?

Perfectamente.

¿Por qué no recogemos mañana todo esto y subimos a acostarnos? Estoy agotada.

No. Sube tú. Yo retiraré la mesa.

Como quieras, dijo ella.

Él continuó sentado frente a los restos de la cena y el papel de regalo. Oía a su mujer en el piso de arriba; ella ejecutaba los rituales previos a acostarse. Los sonidos producidos por su cuerpo parecían haber aumentado en la misma medida que este.

Con una intensidad que lo sorprendía deseaba que la chica de la tienda se encontrara sana y salva.

Rememoró su imagen. Se centró en el momento en que ella retrocedió y abrió los brazos para que comparase su talla. Vio detalles a los que no recordaba haber prestado atención en la tienda: las uñas pintadas de negro y un tatuaje con forma de media luna a un lado del cuello.

Era atractiva. Con cierto aire peligroso. Y rubia. Como su compañera de trabajo, quien no le hablaba desde el día en que él le dijo que tenían que romper.

Estaban en un restaurante cercano a las oficinas de su compañía —investigación y producción de cable de fibra óptica—, donde a menudo comían juntos después de llegar por separado. Ella abandonó la comida a la mitad. Se fue sin darle tiempo a terminar de explicarse, pero no sin antes cubrirlo de insultos.

Lo cierto era que su relación había sido lo más estimulante que le había pasado en años. Y cuando se justificó diciendo que le había sido concedida una segunda oportunidad y pensaba aceptarla, pues continuaba queriendo a su mujer, sus palabras le sonaron precipitadas y poco realistas.

La segunda interpretación del principio de incertidumbre, surgida como respuesta a la probabilista, fue la subjetivista, que contó con el apoyo de físicos como Plank, Schrödinger, De Broglie y Einstein. Al contrario que la interpretación anterior, la subjetivista sostiene que el universo es determinado, y que el indeterminismo —la imposibilidad de conocer simultáneamente la posición y velocidad de una partícula— resulta provocado por la intromisión del observador en el mundo subatómico.

En otras palabras, el indeterminismo está en nuestro conocimiento y no en la naturaleza de las cosas. Es el científico con su intento de medición quien modifica las condiciones del fenómeno observado.

A la mañana siguiente, Diana se despertó con el sonido de la ducha. Ella y su marido representaban cada día una coreografía que les permitía proceder con sus rutinas matinales sin estorbarse. Ella entraba en el cuarto de baño saturado de vapor y utilizaba el inodoro, con la silueta grisácea de él agitándose tras la cortina de la ducha. A continuación bajaba a preparar el desayuno. Recogía el periódico del buzón y hojeaba los titulares hasta que bajaba su marido, momento en que se lo cedía. Él tomaba café. Ella subía a darse una ducha. Mientras se secaba oía cómo él se despedía y el chasquido de la puerta al cerrarse. Terminaba de vestirse y bajaba a su mesa de trabajo, donde se concedía veinte minutos más para una segunda taza de café y terminar de hojear el periódico, antes de atacar el manuscrito que estuviera corrigiendo.

Poco después del mediodía dio por concluido el número de páginas marcado para esa mañana. Subió al dormitorio. Se cambió de ropa y se maquilló ligeramente.

La noche anterior no había dormido con el camisón nuevo, aunque sí se lo había probado mientras su marido recogía la mesa. Le gustaba, pero le quedaba pequeño.

El recibo de compra estaba en la bolsa de la tienda. Volvió a meter el camisón en esta y se encaminó a la parada de autobús.

Se alegró de llegar pronto, solo había un puñado de personas esperando bajo la marquesina. No tendría problemas para encontrar asiento.

Poco después deambulaba por las tiendas. A esa hora apenas había gente en el centro comercial. Cuando llegó a la tienda de lencería se detuvo sin llegar a cruzar la puerta.

Entre los clientes que estaban dentro había distinguido la figura inconfundible de su marido. Él, de espaldas a la entrada, no la había visto.

Dudó qué hacer. De no haber estado presente la carga histórica de los últimos meses, probablemente habría entrado, lo habría saludado y preguntado divertida qué hacía allí, sin otorgar importancia a aquel encuentro inesperado.

Pero en lugar de eso retrocedió hasta el establecimiento de prensa que había enfrente, desde donde, camuflada entre expositores de revistas, podría comprobar qué hacía él allí.

Lo vio hablar con una dependienta. Ella lo miraba con el ceño fruncido, como si no entendiera lo que le estaba diciendo. Él gesticulaba mientras hablaba, igual que hacía siempre que estaba nervioso. Se había ausentado del trabajo; su intervalo para el almuerzo no bastaba para ir hasta el centro comercial y regresar, se dijo Diana.

Cuando él terminó de hablar, la chica sonrió, se apartó un mechón de la frente en un gesto de incomodidad, y se señaló a sí misma: «Pues aquí estoy», con los índices apuntando a los pechos.

Diana no comprendía qué estaba pasando, pero una sensación desagradable crecía en su estómago.

Volvieron a hablar brevemente. La chica era rubia y no muy alta. Con un estilo más bien vulgar. Vio cómo dejaba a su marido junto al mostrador y se acercaba a otra dependienta, a la que habló en susurros. A continuación desapareció un instante en la trastienda, de donde regresó con un bolso al hombro. Salieron juntos.

Diana se volvió justo a tiempo. Con la vista clavada en los titulares de prensa, aguardó hasta que se hubieron alejado en dirección a uno de los cafés del centro comercial.

En 1932, Heisenberg fue galardonado con el Premio Nobel de Física. Su teoría matricial, dentro de la que se incluía el principio de incertidumbre, había conducido al descubrimiento de las formas alotrópicas del hidrógeno.

Esa tarde él llegó a casa a la hora habitual. Diana volvía a trabajar en el jardín. La saludó con un beso y sugirió que tomaran una copa antes de la cena. Ella lo siguió a la cocina y encendió un cigarrillo.

Él parloteaba. Hacía meses que no se sentía tan animado. Ni siquiera prestaba atención a las miradas de su mujer, que expulsaba el humo por un único orificio nasal, como un dragón viejo. No dejaba de decir lo mucho que le ilusionaban la fiesta del fin de semana y el viaje a Aruba, y lo acertado de la celebración del cumpleaños y, en especial, cuánto le gustaba que las cosas fueran de menos a más.

En los años previos a la Segunda Guerra Mundial, el partido nazi defendió que las matemáticas y la física alemanas sustituyeran a las respectivas judías. Para entonces ya habían calificado la relatividad y la mecánica cuántica como ciencias judías, lo que impidió a Heisenberg acceder a la plaza docente a la que aspiraba en la universidad de Múnich. Aunque él no era judío sufrió numerosos ataques por parte de la prensa, que lo acusaba de llevar a cabo investigaciones de «estilo judío».

Gracias a la mediación de un familiar ante Himmler, Heisenberg fue exonerado de sus cargos.

Reticente a imitar a algunos compañeros que, desposeídos de sus puestos académicos, optaron por la emigración, rechazó la oferta del Gobierno de Estados Unidos para recibir asilo y decidió permanecer en Alemania.

Dirigió el proyecto alemán de la bomba atómica. Aunque su equipo logró avances importantes, como la construcción de un reactor nuclear, no consiguió llevar a cabo un programa de armamento.

Tras la rendición alemana, compartió reclusión en la prisión británica de Farm Hall con los demás participantes en el proyecto nuclear. Allí sus conversaciones eran grabadas en secreto por los servicios de inteligencia aliados y remitidas al general Groves, director del proyecto Manhattan.

Heisenberg recibió durante su reclusión la noticia de las explosiones de bombas atómicas en las ciudades japonesas de Hiroshima y Nagasaki.

En 1946 fue exonerado y regresó a Alemania, donde ocupó la dirección del Instituto Max Planck de Física y Astrofísica de Gotinga. Desempeñó el cargo hasta su dimisión en 1970.

Murió en Múnich el 1 de febrero de 1976, dejando viuda y siete hijos.

PRELUDIO Y CONSECUENCIAS DE UN ENCUENTRO NOCTURNO

Salió tarde de la oficina. Encadenaba bostezos. La noche anterior no había podido descansar correctamente por culpa de una pesadilla en la que se le caían los dientes.

Tenía treinta y tres años, trabajaba en la planta undécima de un edificio de cristal negro y sus ingresos cuadruplicaban el salario medio. Gozaba del privilegio de un despacho propio —con ventana— y una secretaria que compartía con uno de sus colaboradores. Ese día llevaba su mejor traje, camisa a medida, corbata diplomática y zapatos nuevos que le rozaban en los talones. En la mano balanceaba un maletín de piel, también nuevo, regalo de su mujer con motivo de su aún reciente cumpleaños.

Había pasado la tarde reunido con unos proveedores americanos. El motivo de la visita: renegociar los términos de su contrato de suministro. Se justificaban alegando un aumento de los costes de fabricación.

El portavoz de los americanos hablaba con marcado acento de Texas. Tenía aire de chico de pueblo, a pesar de lucir un cronógrafo de oro y dientes blanqueados. Los dos hombres que lo acompañaban no pronunciaron palabra durante la reunión, limitándose a tomar notas.

Puesto que era una de sus principales empresas proveedoras, la compañía se encontraba al corriente de su funcionamiento y situación financiera. Sabía que el aumento de precios estaba injustificado. El texano lo sabía también, pero aun así se esforzaba en exponer sus ensayados argumentos; un buen tipo al que su jefe había enviado a una encerrona.

Sin embargo, después de dos horas de reunión el texano continuaba sin darse por vencido y a él empezaba a terminársele la paciencia. No le gustaba hablar en inglés. La brevedad y contundencia de las frases le hacían ponerse a la defensiva.

Súbitamente se puso en pie, dando la reunión por concluida.

Los hombres silenciosos levantaron la vista de los cuadernos. El texano, sin ocultar su sorpresa, dirigió una mirada hacia ellos, que continuaron mudos.

Antes de acompañarlos a la salida, él concluyó diciendo que, a su modo de ver, no existían motivos para revisar el contrato y así se lo haría saber a sus superiores, de quienes dependía la decisión final.

El texano declaró que esperaba que volvieran a verse pronto y se despidió con un Adiós al estilo mexicano, a la vez que agitaba una mano en alto y mostraba su reluciente sonrisa por última vez.

Adiós, respondió él.

Su secretaria acompañó a los visitantes hasta los ascensores.

Él regresó al despacho y se dispuso a pasar a limpio sus impresiones sobre la reunión. Su jefe quería un informe a primera hora del día siguiente.

Esa era la razón por la que se quedó hasta tarde en el trabajo.

Era noche cerrada cuando salió a la calle.

El servicio meteorológico había anunciado posibilidad de nieve. Se subió el cuello del abrigo y ajustó los guantes de piel, flexibles y cálidos.

Para regresar a su casa tomaba el metro hasta la Estación Central y a continuación un tren que lo transportaba a la urbanización de las afueras donde residía. En circunstancias normales, la duración total del recorrido era de poco más de una hora.

Desde el edificio de la compañía hasta la estación de metro había diez minutos a pie. Calculó que, si se daba prisa, podía alcanzar el último tren.

La zona por la que caminaba estaba constituida por edificios de oficinas. Entre las siete de la mañana y las siete de la tarde bullía de actividad y había un intenso tráfico de taxis y mensajeros en motocicleta; sin embargo, una vez caída la noche, quedaba desierta y se volvía un lugar poco recomendable. Por las mañanas era normal encontrar lunas rotas en los pisos bajos y coches desvalijados o quemados. Esa misma semana un grupo de jóvenes había tomado por asalto un McDonald's, amordazado a los aterrorizados empleados, que en ese momento limpiaban el local, y procedido a arrasarlo con palancas de acero y sprays de pintura.

La posibilidad de sufrir un encuentro desagradable, más que la de perder el tren, le hizo apretar el paso. Después de un rápido inventario a su persona se vio como una víctima muy sugerente para cualquier atracador.

Los edificios a uno y otro lado de la calle estaban sumidos en una oscuridad silenciosa, alterada solo por la luz de las oficinas donde alguien continuaba trabajando. No pasaban vehículos. En caso de verse en apuros, aunque gritara pidiendo auxilio, era poco probable que alguien acudiera en su ayuda.

No obstante, a pesar del cansancio y la inquietud, no tenía deseos de regresar a su casa, donde solo lo recibiría un espacio frío y vacío.

Su mujer estaba de viaje. Trabajaba para una publicación de interiorismo. Escribía reportajes sobre las casas de los famosos. Le gustaba el trabajo. La rigurosidad de sus artículos, disimulada por una festiva pátina de frivolidad, la había hecho pasar en breve tiempo de colaboradora ocasional a componente fijo de la plantilla.

Durante los últimos meses él había empezado a sospechar que ella lo engañaba. Aunque carecía de pruebas.

A lo largo del noviazgo y los primeros meses del matrimonio sus celos crónicos habían sido un obstáculo para el buen curso de la relación. Sentía celos sin excepción de todos los amigos de ella. Cada vez que alguien telefoneaba y preguntaba por su mujer, especialmente si la voz era masculina, él la sometía a continuación a un interrogatorio exhaustivo. Si en una reunión de amigos ella dedicaba a otro hombre más atención que la estrictamente correcta o se aventuraba a apoyar una mano en su brazo o a reírse abiertamente de uno de sus comentarios, él se sumía en un silencio hosco que podía durar días y durante el que la trataba con insultante resentimiento.

Ella no alcanzaba a entender semejante actitud. Lo quería, se lo hacía saber y no comprendía por tanto lo desmedido de sus reacciones. Si de él dependiera, ella no tendría vida social.

Llegó un momento en que sus conversaciones al respecto, al final de las cuales él prometía, con los ojos enrojecidos, que iba a cambiar, dejaron de ser útiles. Tuvieron que dar un paso más.

Pidieron consejo profesional. Comenzaron a acudir dos noches por semana a una terapia de parejas.

En las reuniones conocieron casos mucho peores que el suyo: parejas que continuaban juntas por la comodidad de la costumbre, que se insultaban, que con palabras mordaces narraban las limitaciones sexuales del otro, que sacaban a la luz resquemores enquistados, que hacían chantaje con su cariño, que ponían un precio demasiado alto a la convivencia, que se escupían a la cara públicamente. Durante el transcurso de una de las reuniones, un marido encolerizado saltó de la silla, agarró a su mujer por el pelo y la sacudió como si quisiera arrancarle el cuero cabelludo y alzarlo con un aullido triunfante. Hicieron falta tres personas para separarlos.

Ante semejantes demostraciones de rencor él se encogía en su asiento. No quería convertirse en una de aquellas personas.

Se esforzó por cambiar. Puso todo su empeño. Reconoció su culpa y encerró los celos en una caja.

Su mujer logró que se integrara en el grupo de amigos de ella, muchos de los cuales lo habían mirado hasta entonces con recelo, teniendo de él la imagen de alguien arrogante y posesivo. Y él se aferró, con un ansia dudosa, al mantra de la confianza y el respeto mutuos.

Dos días atrás su mujer había partido hacia Miami para realizar una serie de reportajes. En esas ocasiones la acompañaban un fotógrafo y una interiorista que antes de la sesión de fotos ponía a punto las casas —colocaba almohadones sobre las camas y flores en los jarrones— y retiraba los detalles excesivamente personales —fotos de familia y útiles de aseo—. El equipo no era fijo, dependiendo en cada viaje de la disponibilidad de personal en la revista. Sin embargo, eso había comenzado a cambiar en los últimos meses.

Él leía la publicación de su mujer, poniendo especial atención en los reportajes de ella. Y últimamente se repetía en los créditos el nombre de un mismo fotógrafo.

Cuando preguntó por tal coincidencia, ella respondió con un escueto:

Es el mejor.

Y dentro de él revivieron las brasas de los celos.

El nombre salía a la luz demasiado a menudo en las conversaciones de ella.

Barcelona, Mallorca, Córcega, Tánger, Bruselas y ahora Miami. Lugares en los que su mujer y el fotógrafo —el Mejor— habían estado y de los que ella siempre regresaba exhausta.

Mientras caminaba hacia el metro, encogido dentro del abrigo, lo atormentaba la imagen de ambos, gozando de nuevo, con la tranquilidad que les otorgaba disponer de todo un océano entre ellos y él.

Tenía que llamarla. Usaría la excusa de querer saber cómo iba todo para husmear en busca de señales de culpabilidad.

En cuanto llegase a casa, decidió.

Calculaba la hora que sería en Florida cuando vio al perro por primera vez.

Se acercaba por el centro de la calle desierta, con la cabeza erguida, aires de amo del lugar y los ojos fijos en él.

Cuando estuvo a unos veinte metros se detuvo. Y él hizo lo mismo.

Era un dóberman adulto, con pecho de fuego y el rabo y las orejas sin cortar. Estaba limpio y bien alimentado. Llevaba collar. En el frío de la noche su respiración se materializaba en nubecillas. El animal inclinaba la cabeza a un lado y al otro sin perderlo de vista. Él miró alrededor suponiendo que el dueño estaría cerca, pero no vio a nadie. Reanudó el camino.

No había dado más que unos pasos cuando, al llegar a la altura del animal, este gruñó mostrando los dientes. Volvió a detenerse. Cuando vio que el perro no se movía retomó sus pasos lentamente, sin apartar los ojos de él. Así fue alejándose poco a poco. El dóberman seguía plantado en el sitio. Había dejado de gruñir.

Consultó el reloj. Debía darse prisa. Echó un vistazo atrás. El perro se había esfumado.

Podía ver las luces de la estación de metro al fondo de la calle. Apretó la marcha. El roce de los zapatos nuevos hacía que le dolieran los pies.

Al acercarse a una esquina, el dóberman apareció de pronto ante él. Había dado un rodeo para adelantarlo y jadeaba por la carrera. De nuevo le cortó el paso.

Cada vez que él se movía hacia la derecha o la izquierda para esquivarlo, el animal se desplazaba en el mismo sentido.

¿Qué coño te pasa?

Como respuesta el perro volvió a gruñir. Tenía el lomo erizado, las patas abiertas y firmemente plantadas en la acera, y la cabeza gacha.

¿Qué es lo que quieres?

El dóberman se abalanzó sobre él. Apenas tuvo tiempo de alzar los brazos para protegerse.

Las mandíbulas se cerraron un poco más arriba de la muñeca izquierda. Soltó un chillido. El animal agitó la cabeza tratando de afianzar los dientes, sin dejar de gruñir. Él forcejeó para liberarse. El grueso paño del abrigo impidió que los dientes se hincaran en la carne, pero el dóberman lo tenía firmemente cogido. En una reacción instintiva lo golpeó con el maletín. El perro se resistía a soltarlo.

Lo azotó con más fuerza. Dentro del maletín resonaban las carpetas, la estilográfica, la agenda electrónica y el resto de útiles, liberados de sus compartimentos.

Por fin el perro aflojó las mandíbulas y él pudo zafarse de un tirón. El animal retrocedió. Él creía —deseaba— haberle roto alguna costilla. Aguardó con el maletín alzado por si se repetía el ataque. El perro se mantuvo igualmente a la defensiva. Hilos de baba le colgaban de las fauces.

Miró a su alrededor. Esperaba que alguien hubiera oído los gritos. Pero la calle continuaba tan silenciosa y despoblada como antes. La respiración agitada del perro, entremezclada con la suya propia, era cuanto alcanzaba a oír.

El dóberman volvió al ataque sin previo aviso. Arremetió contra él, que, sin aliento ni apenas tiempo para reaccionar, impulsó el maletín en un amplio arco que lo llevó a impactar contra la cabeza del perro. Este soltó un aullido y reculó. Pero antes de que él pudiera recuperar el equilibrio y asestarle otro golpe, el perro se revolvió y hundió los colmillos en la piel de una esquina del maletín.

Siguió un tenso forcejeo en el que pugnaron por arrebatar al otro la improvisada arma. Uno tiraba con ambas manos del asa al tiempo que lanzaba patadas al perro, mientras este se retorcía para esquivar los golpes.

El ejecutivo estaba bañado en sudor y el brazo le dolía en el lugar del mordisco. Las pupilas del dóberman eran círculos incandescentes. Todo el cuerpo del animal estaba contraído, los músculos se le marcaban bajo el pelaje. El color rosa de sus encías tenía un aspecto engañosamente dulce.

Ninguno se daba por vencido. Él tiraba del asa, arrastrando al perro, cuyas uñas arañaban las baldosas de la acera.

Avanzaba así, retrocediendo de espaldas, a punto de recuperar el maletín, pero tropezó con uno de los voluminosos maceteros de cemento dispuestos en la acera. Trastabilló y casi perdió el equilibrio. Por un instante aflojó su presa sobre el maletín, lo que bastó al perro para arrancárselo.

Desarmado, el hombre se retiró sin apartar los ojos del animal que, con expresión triunfante, lo contemplaba a su vez.

Echó a correr.

En un breve vistazo sobre el hombro vio que el dóberman se ensañaba con el maletín y hacía jirones el revestimiento de piel.

Dobló una esquina y lo perdió de vista.

Llevaba huyendo lo que le pareció largo rato cuando se dio cuenta de que corría en dirección contraria a la estación de metro.

* * *

Llegó a una plaza rodeada de edificios acristalados, como un anfiteatro. No había árboles ni parterres de césped, solo una superficie embaldosada, con bancos a los que en los días soleados acudían las secretarias a almorzar, y en cuyo centro se elevaba una fuente. Esta consistía en un apilamiento de losas de mármol artificial dispuestas en planos inclinados por los que el agua descendía hasta un estanque de poca profundidad.

Se detuvo junto al pretil. Sudaba y el aire frío hacía que le dolieran los pulmones.

No había rastro del perro. Contuvo la respiración y aguzó el oído sin alcanzar a oír nada.

Se sentó en el pretil y trató de calmarse. Estaba aturdido por lo insospechado y violento del encuentro. Se aflojó la corbata y desabotonó el cuello. Llevó a cabo un repaso de la situación.

Lo primero fue comprobar la herida. No parecía grave, tan solo un par de arañazos en la parte interior del antebrazo, de los que manaban sendos hilos de sangre. El aspecto leve de la lesión no se correspondía sin embargo con el dolor que sentía al flexionar la muñeca. Usó el pañuelo para vendar la herida. La manga del abrigo estaba desgarrada y cubierta de babas.

Se preguntaba de dónde había salido el perro, quién sería su dueño y, especialmente, por qué había arremetido contra él sin que mediara provocación.

A lo mejor estaba rabioso, pensó.

¿Quedaban animales rabiosos? ¿En la ciudad? Lo ignoraba.

Su teléfono móvil estaba en el maletín y por el momento no se planteaba recuperarlo. Y ya era tarde para coger el tren. Decidió dar un rodeo, de todas las manzanas que fuera necesario, para eludir al perro. Buscaría un taxi.

En las interioridades de la fuente se accionó un temporizador y el agua dejó de manar sobre las losas de mármol. En la quietud que se hizo a continuación oyó acercarse al perro. Oyó las uñas rascar el asfalto, cada vez más cerca, hasta que lo vio aparecer por la misma bocacalle por donde él había llegado a la plaza.

Sopesó gritar pidiendo ayuda pero desechó la idea de inmediato. En su lugar se desprendió del abrigo y se lo enrolló en el brazo izquierdo para emplearlo como escudo. Se colocó en guardia, con el otro brazo dispuesto a golpear. Le temblaban las piernas. No podía creer que aquello le estuviera pasando.

El dóberman aceleró el paso, luego echó a correr y, cuando estuvo a un par de metros, saltó con las fauces abiertas, directo al cuello del hombre. Este interpuso a tiempo el brazo acolchado e interceptó al animal, que se aferró a la tela del abrigo. Tuvo lugar un nuevo forcejeo. El hombre lanzaba patadas y algún puñetazo débil, sin resultado.

Tenía que pensar en algo. No bastaba con resistir como había hecho hasta entonces. El perro volvería al ataque una y otra vez.

Algo se activó en lo hondo de su cerebro, una alarma que le indicaba que aquello era más que un contratiempo, mucho más que un incidente inesperado. La alarma le decía que se encontraba en verdadero peligro y que había de actuar en consecuencia.

Alargó la mano libre hacia el cuello del perro y lo agarró por el collar. El dóberman se revolvió, torció la cabeza y lanzó un mordisco a la muñeca desprotegida. El hombre aulló de dolor. Pero no lo soltó. Con las fuerzas que aún le quedaban tiró del animal —sintió que algo se le desgarraba en el interior del brazo— y lo alzó sobre el pretil para meterlo en el estanque.

Al contacto con el agua el perro chilló como si le escaldase. No habría más de cincuenta centímetros de profundidad; el hombre, inclinado sobre el borde, cargó todo su peso para mantenerle la cabeza bajo la superficie. El dóberman se revolvía en busca de aire. Trataba de morder sin que las mandíbulas hallaran nada sólido. Sus patas se agitaban sobre el agua. Él apartó el rostro para protegerse los ojos.

Vio su paladar, negro satinado, y burbujas brotando del fondo de la garganta.

Lo mantuvo hundido hasta que todo el aire de los pulmones hubo escapado, sustituido por el agua sucia del estanque.

Finalmente sus movimientos se apagaron.

Aflojó la presa. Retrocedió unos pasos. El perro miraba con ojos vidriosos el fondo mugriento.

Se sacó los guantes, empapados e inútiles. La mano derecha le palpitaba de dolor. Tenía la piel desgarrada y unos orificios negros donde los colmillos le habían atravesado la carne.

Le zumbaban los oídos. Creyó que iba a vomitar o desmayarse, pero no hizo ninguna de las dos cosas. Se inclinó una vez más sobre el estanque y se lavó la cara. El agua arrastró las lágrimas que, sin que él lo hubiera notado, le corrían por las mejillas.

En la sala de urgencias le limpiaron las heridas y pusieron la vacuna antirrábica. El sanitario encargado de atenderlo lo interrogó sobre lo ocurrido.

Mintió sobre el lugar del encuentro, situándolo en una parte diferente de la ciudad —no quería que su historia se asociara con el cuerpo que aparecería flotando en la fuente—, así como sobre su final; dijo que el perro había huido después de atacarlo. El sanitario manifestó su extrañeza por el comportamiento del animal. Luego le hizo entrega de unos analgésicos y le permitió irse a casa.

Tomó un taxi.

Antes de alejarse renqueando de la fuente había quitado el collar al perro. Lo acompañaba una chapa de identificación que sostuvo en el puño durante el trayecto a casa. Era circular, de acero inoxidable. Figuraban un número de teléfono y una dirección. No aparecía, sin embargo, el nombre del perro. Solo las señas de quien —supuso él— era su dueño.

El taxi lo dejó delante de su casa. Evitó mirar el aspecto que ofrecía el jardín. Parecía como si hubiera estallado una bomba. Ante la casa se abría un agujero de dos metros de profundidad y el doble de diámetro. En el fondo se había formado un charco de agua sucia. El césped a su alrededor estaba marcado por las huellas de un vehículo de orugas.

Dos semanas atrás había empezado a construir una piscina. Tras informarse de los fundamentos básicos decidió llevar a cabo la obra él mismo. El trabajo físico le sentaría bien, creyó. Alquiló una miniexcavadora y comenzó a abrir el agujero.

Poco después tuvo que detenerse.

Al llegar a un metro de profundidad hizo un descubrimiento desagradable. La urbanización estaba construida sobre una base de basura compactada. El cazo de la excavadora arrancó de la tierra fragmentos de escombro, latas oxidadas, una olla a presión y los restos putrefactos de un colchón de muelles, entre otros cuerpos extraños que ahora permanecían apilados en un rincón del jardín.

No pudo menos que dudar de la viabilidad de construir una piscina en semejante terreno. Todo el entusiasmo inicial desapareció de repente y la obra quedó abandonada a la espera de una opinión profesional que aún no había solicitado.

Exhausto, se desprendió de las ropas manchadas, que conservaban todavía el olor del perro. Se dio una ducha, tomó un analgésico y se metió en la cama.

Segundos antes de sumirse en el sueño, cuando su cabeza era una sopa espesa elaborada con los recuerdos del día, recordó que no había llamado a su mujer.

La secretaria se asustó cuando lo vio llegar con ambos brazos vendados. Él repitió la versión de la historia dada en el hospital. La joven se ofreció a ayudarlo en lo que necesitase. De algún modo sabía que su mujer no estaba en la ciudad, aunque él no recordaba haberlo mencionado en su presencia. Agradeció el interés pero aseguró que no se trataba más que de arañazos.

Desvió la conversación hacia temas laborales. En su maletín llevaba informes que habría que recuperar a partir de versiones anteriores o rehacer totalmente. La secretaria tomó nota. Él añadió que lo avisara a la hora en que tenía que reunirse con su jefe para hablar de la reunión con los americanos.

Había mentido respecto a las heridas, que si bien no eran graves sí eran dolorosas, en especial la de la muñeca derecha, donde el perro había hundido los colmillos. En el hospital le dijeron que había tenido suerte de que ningún nervio hubiera salido dañado. A pesar de los analgésicos sentía unas fuertes punzadas cada vez que flexionaba la muñeca.

Descubrió que era incapaz de escribir. De todos modos, los sucesos de la noche anterior le volvían a la cabeza sin permitirle concentrarse. Al cabo de media hora de esfuerzos infructuosos lo dejó todo y se recostó en su silla. Permaneció con los ojos cerrados hasta que lo llamó su secretaria.

Para entonces todo el mundo estaba al tanto de su enfrentamiento con el perro. Incluso su jefe se mostró más interesado por ello que por el informe de la reunión y lo obligó a repetir la historia.

Le dijo luego que se fuera a casa, ofrecimiento que él agradeció pero rechazó alegando tener asuntos urgentes que resolver.

No quería volver a casa. Las habitaciones silenciosas y vacías le resultaban insoportables.

A la hora del almuerzo fue al hospital a que le cambiaran las vendas. Las marcas de los dientes estaban hinchadas y rodeadas por un cerco cárdeno. El practicante gruñó al verlas. Limpió las heridas y les aplicó antiséptico en abundancia.

De momento están bien, dijo. Procure no hacer esfuerzos con esta mano. Y le recomiendo que lleve el brazo en cabestrillo unos días.

De regreso a la oficina pidió al taxista que lo dejara donde se encontró con el perro.

A la luz del día y tomado por una vorágine de personas y vehículos, el escenario tenía un aspecto muy diferente. No vio su maletín.

Con reticencia por lo que pudiera encontrar caminó hacia la plaza.

Tampoco allí había nada anormal. Los bancos estaban ocupados por grupos de personas que charlaban despreocupadamente. Una bandada de palomas revoloteaba entre los edificios y la fuente estaba en funcionamiento. Se acercó a ella. No había perro alguno en el agua, ni otros rastros de lo ocurrido unas horas antes; tan solo un policía municipal que montaba guardia junto a la fuente y que le dedicó una mirada aburrida.

Anuló sus citas y dio orden de que no lo molestaran. Ocupó la tarde en sestear y pasear por el despacho.

Sobre su mesa permanecía la chapa de identificación del dóberman. Cada poco rato la apretaba en el puño y la frotaba como haría con una moneda antigua a la que quisiera sacar brillo.

Había llamado al número de teléfono que había en ella, con el único resultado de una voz pregrabada que lo informó de que el número se hallaba fuera de servicio.

Rememoraba lo ocurrido paso a paso, desde la primera aparición del perro sin nombre hasta su final en el agua. El animal lo había buscado —eso quedó claro cuando lo siguió hasta la fuente— con intención de atacarlo. Si la presencia del dóberman era casual, y si habría agredido a cualquier otro que no fuese él y hubiera tenido la mala fortuna de encontrarse en aquel lugar y en el mismo momento eran lo que lo mantenía en vilo.

A partir de las cinco la actividad en la oficina decayó. Primero las secretarias y luego el resto de empleados se fueron a sus casas.

Anochecía pero él siguió sin encender las luces. La claridad proveniente de los edificios próximos y las farolas de la calle bastaba para iluminar el despacho.

Tomó el teléfono y marcó un nuevo número. Escuchó los chasquidos de las conexiones internacionales; después, los tonos de llamada. Siete, ocho… Ya iba a colgar cuando contestaron.

Antes de oír ninguna voz le llegó el bramido de la música.

Hello!, dijo una voz masculina haciéndose oír entre el barullo. *Who is it?*

Por detrás, sumado a la música, tumulto de muchas voces superpuestas.

¿Sara?

I can't hear you. Could you talk a bit louder?

Sara. *I want to talk to Sara.*

La voz al otro extremo del hilo, fuera de quien fuera, dudó.

Yes, the spanish girl.

Is she there?

Well, let me see.

Se imaginó al desconocido interlocutor alzándose de puntillas entre la congregación que lo rodeaba. Lo oyó preguntar a alguien cercano y a continuación vocear el nombre de su mujer.

Who are you?, preguntó la voz, de nuevo al aparato.

Her husband.

Oh, I see. Hold on, please.

Segundos después el teléfono cambió de manos.

¿Sí?

¿Sara?

¿Sí?

Soy yo.
Te oigo muy mal.
¿Dónde estás?
En una fiesta. Espera, buscaré un sitio más tranquilo.
Oyó fragmentos de conversaciones y una bandeja repleta de copas estrellarse contra el suelo en algún sitio de Miami y a alguien chillar asustado y risas y un gruñido obsceno y música de salsa.
De repente todos los sonidos se apagaron.
Ahora, dijo su mujer.
¿Puedes hablar?
He salido a la terraza.
¿Qué es ese jaleo? Ahí debe de ser la hora de comer.
Más o menos. Es algún tipo de despedida, creo.
¿Quién se va?
No lo sé. No conozco a nadie. Nos ha invitado la dueña de una de las casas que hemos fotografiado.
Ya. ¿Y quién ha cogido el teléfono?
Ni idea. Un tío que estaba más cerca de mi bolso que yo.
¿Y ha contestado?
Pues sí.
Entiendo.
¿Sabes? Tienen un estanque con cisnes.
Cisnes.
Sí. Y se mueren por el calor. Debemos de estar a más de cuarenta grados. Una vez al mes viene un tío de una tienda de animales, recoge el cadáver de un cisne con un cedazo, lo mete en un saco y deja otro nuevo. ¿Qué te parece?
Estúpido.
El dinero vuelve aceptables ciertas estupideces.
Solo asequibles.
Eso quería decir. He bebido un poco. Deberías ver esto, las manillas de las puertas tienen forma de pico de tucán y hay una pista de baile sobre la piscina.
Explicó que habían montado un armazón de travesaños de lado a lado de la piscina, y encima un suelo de cristal sobre el que se podía bailar mientras veías el agua bajo los pies. Había dos encargados que controlaban el número de personas que subían a la estructura.

Te estás divirtiendo.

En cierta forma es parte del trabajo.

Ya. ¿Y todo lo demás?

En general estoy satisfecha. He hablado con la revista. Están pensando en reunir los reportajes en un número especial.

Es una buena noticia.

De momento es solo una idea.

Me alegro por ti. ¿Te falta mucho?

Solo una propiedad más, un refugio de pesca que visitaremos mañana a primera hora. Tomaremos el avión de la tarde. Si no hay contratiempos.

Tengo ganas de verte.

Y yo a ti.

Muchas ganas.

Y yo.

Hubo un breve silencio. Él contemplaba las sombras de su despacho.

¿Cómo estás tú?, preguntó ella.

Bien.

No es verdad.

Te echo de menos. No duermo por las noches.

No es solo eso. ¿Qué más hay?

Dudaba sobre contarle lo sucedido, pero ella insistió.

Anoche, cuando iba de camino al metro, me atacó un perro.

Su mujer guardó silencio.

¿Me has oído?

Sí. Te atacó un perro.

Eso es.

Cuando dices que te atacó quieres decir que te mordió.

Sí.

Ahora su voz sí sonó preocupada.

¿Estás bien? ¿Es grave?

Estoy bien y no es grave. Me hirió en la muñeca. En las dos muñecas, en realidad.

¿Seguro que no es grave? No me mientas.

Sí. No te preocupes.

¿Has ido al médico?

Me pusieron la antirrábica.

¡Dios mío!

No me pasa nada, solo estoy un poco impresionado, nada más.

¿Te duele?

Estoy tomando analgésicos.

¿Cómo pasó?

Le contó la primera parte de lo ocurrido: su encuentro con el perro cuando ya tenía la estación de metro al alcance de la vista, el ataque inicial, la pérdida del maletín y su huida precipitada. Se calló el episodio de la fuente y lo de la chapa anónima, para no inquietarla más.

Es raro que te atacara de esa forma.

Sí que lo es.

Se produjo un nuevo silencio.

Entonces, vuelves mañana.

Si todo va bien.

Llámame cuando lo sepas con seguridad. Iré a esperarte al aeropuerto.

No hace falta.

Quiero hacerlo.

Ella vacilaba, la historia del perro la había desconcertado, o tal vez fuera el tono disperso que él había empleado para narrarla.

Te llamaré en cuanto sepa algo. Cuídate.

Y tú vuelve a la fiesta.

Tómate una pastilla si no puedes dormir.

Colgaron al mismo tiempo.

Recogió su escritorio, pidió un taxi y salió del despacho con la chapa de identificación.

A la mañana siguiente se despertó tarde. Tenía la boca seca y la lengua pegada al paladar. Su descanso había sido intermitente, plagado de sueños. Había visto a su mujer arrodillada en un jardín quemado por el sol mientras unas manos velludas le acariciaban la espalda. En la misma escena, sin transición alguna, quedó desnuda, cerró los ojos y se retorció cuando las manos se hundieron entre sus muslos.

Emitió un bostezo cuyo olor acre, más que nunca, le repugnó

por lo que tenía de canino.

Lo primero que hizo fue llamar a la oficina para decir que ese día no iría a trabajar. A su secretaria no le extrañó; le deseó una pronta recuperación.

Desayunó en la cocina. A través del ventanal se veía el caos del jardín. El periódico no mencionaba ningún perro ahogado en una fuente.

Consultó un mapa de la ciudad y buscó la dirección que aparecía en la chapa.

Sacó el coche del garaje. La muñeca le dolía un poco al cambiar las marchas; por lo demás podía conducir sin problemas.

Llegó a una zona del extrarradio. El empleado de una gasolinera le sugirió que se olvidara del mapa. A partir de allí sería inútil, aseguró. Sus indicaciones lo condujeron a un pequeño pueblo asimilado por la ciudad en el curso de su crecimiento, y transformado en barrio pobre en el proceso.

Por el lugar pasaría en el futuro una nueva autovía de circunvalación, concéntrica a la existente. Vastas zonas habían sido recalificadas y expropiadas, y lo que en un primer momento interpretó como maquinaria de obra eran en realidad los equipos de demolición que allanaban el terreno.

Calles completas habían desaparecido. Se conservaba todavía el pavimento, cintas agrietadas que surcaban la devastación del lugar; a los lados: confusos apilamientos de escombros. Los postes indicadores con los nombres de las calles se conservaban como orientación para los trabajadores.

Avanzó lentamente, esquivando baches. Su paso atraía las miradas de los técnicos de demoliciones, que desde las cabinas de sus máquinas lo observaban como si estuviera allí para valorar su trabajo. En el curso de una maniobra, una excavadora pasó sobre los restos de un cuarto de baño, una oruga aplastó el lavabo y produjo una explosión de polvo y loza.

En la calle que buscaba solo quedaba en pie un puñado de casas, agrupadas en un extremo. Detuvo el coche ante el número que figuraba en la chapa del perro.

Era un edificio de tres plantas, en el límite del triste grupo, viejo y con la fachada renegrida. Hasta él llegaba una línea provisional de tendido eléctrico. La mayoría de las ventanas tenía los cristales rotos. Delante había una lavadora y un sofá abandonados, junto a bolsas de basura rotas, con el contenido esparcido.

Salió del coche y colocó el brazo herido en cabestrillo. Empleó un pañuelo cogido del armario de su mujer.

Lo separaba de la ciudad el cinturón de la vieja autovía; el ruido de los vehículos eclipsado por el matraqueo de las máquinas de demolición. Más allá se divisaba el perfil de los primeros edificios. En la dirección opuesta estaban las propiedades que se habían librado de la expropiación, cada vez más dispersas a medida que aumentaba la distancia a la ciudad. Tras ellas comenzaban los campos.

El panel del portero automático estaba arrancado, solo quedaba un agujero del que asomaba un haz de cables. Empujó la puerta, que cedió bajo su mano. El suelo estaba cubierto por una capa de polvo recorrida por pisadas. Subió la escalera de madera gris y quejumbrosa hasta el último piso.

Se detuvo ante la puerta cuyo número coincidía con el de la chapa del perro. Una puerta normal, con una mirilla hinchada y blancuzca. Pulsó el timbre y esperó.

No oyó ruido al otro lado.

Volvió a llamar, con mayor insistencia y el mismo resultado.

Tras llegar hasta allí se resistía a dar media vuelta sin conseguir nada. Golpeó la puerta con el puño hasta hacerla temblar.

Ahí no vive nadie.

En el extremo del pasillo se había abierto una puerta, apenas una rendija, lo suficiente para que saliera la voz de quien se encontraba al otro lado.

La casa está vacía.

Él se acercó con cautela. Por el estrecho hueco asomaba el rostro de una chica a la que situó en torno a los treinta años. Al verlo aproximarse, ella se echó atrás.

No, por favor, pidió él. No cierre la puerta. ¿Está usted segura?

Sí. Se fueron hace meses.

Él no ocultó su decepción. Sacó la chapa de identificación y leyó en voz alta lo escrito en ella.

¿La dirección es correcta?
Sí, dijo la chica.
¿Sabe adónde fueron los inquilinos?
Ella negó con la cabeza.
Ya, musitó él.
Miró la chapa, acariciándola entre los dedos.
La chica lo observaba intrigada a través de la rendija.
¿Vive usted aquí?
Ella asintió.
¿Sabe si las personas de esa vivienda tenían un perro?
Así es.
¿Un dóberman?
Sí.
¿Y sabe de alguien que pueda conocer su dirección actual? ¿El portero del edificio, quizá?
Ella negó a ambas preguntas.
El edificio está vacío, mañana lo derribarán. Yo soy la última que queda.
Él se acercó un poco más en un intento por atisbar el rostro medio oculto tras la puerta.
¿Piensa usted quedarse aquí?
¡Oh, no! Por supuesto que no, respondió ella con una risa juvenil. Me voy ahora mismo. Unos minutos más y no me habría encontrado.
He tenido suerte.
Parece que no, dijo ella. No ha encontrado a quienes buscaba.
Sí, es cierto, respondió él guardando la chapa. Miró la puerta a la que había llamado. En unas horas todo desaparecería bajo las piquetas de demolición, reducido a escombros, al igual que la posibilidad de obtener respuestas.
Será mejor que me vaya.
Dedicó una vaga despedida a la chica y se encaminó a las escaleras. No las había alcanzado cuando volvió a oír su voz.
Disculpe, dijo ella. ¿No tendrá usted un teléfono?
La rendija de la puerta se había ampliado.
Sí, respondió.
¿Me permitiría llamar a un taxi?

La puerta se abrió un poco más, mostrando varias maletas en el suelo de la entrada.

Por supuesto.

Volvió atrás y sacó su nuevo móvil del abrigo. Marcó de memoria el número de una compañía de taxis y le tendió el aparato.

Muchas gracias. Han cortado la línea esta mañana. De no ser por usted habría tenido que pedírselo a los obreros de la autovía.

La observó mientras hablaba. Tenía el cabello rubio, recogido en un moño que la hacía parecer mayor. Llevaba un vestido floreado y un pañuelo al cuello. Era baja y algo culona. Se había maquillado con torpeza, nada que ver con la soltura bien asesorada de los trazos de su mujer. Calzaba unos zapatos negros de aspecto masculino.

Gracias de nuevo, dijo cuando le devolvió el teléfono.

Supuso que ya podía irse, pero ella añadió:

¿Le gustaría pasar un momento?

Debería marcharme.

El perro por el que ha preguntado..., lo recuerdo perfectamente. Ladraba mucho. Las dueñas lo dejaban encerrado cuando salían. Los ladridos eran insoportables, sobre todo por las noches. Varios vecinos se quejaron pero ellas no hicieron nada.

¿Dueñas?

Dos chicas. A mí no me gustaban, y no porque fueran pareja, ya sabe, no tengo nada en contra de eso, pero eran muy ruidosas. Muchas noches volvían tarde y se gritaban... Supongo que bebían. El perro se les unía con los ladridos. No se hablaban con nadie del edificio.

Él estaba plantado en el pasillo y ella repitió su invitación para que entrara.

Hasta que llegue el taxi. La verdad es que no quiero esperar sola, confesó con timidez.

Se hizo a un lado para dejarlo pasar.

Casi todos los muebles habían desaparecido, salvo algunos trastos viejos condenados a acabar bajo los escombros. Pasaron a un salón, una de cuyas paredes se hallaba ocupada por un mueble de estanterías. En las baldas quedaban algunas cintas de música y una enciclopedia de cocina de las que su dueña se desentendía.

En el suelo, un viejo calentador de resistencia emitía un zumbido poco tranquilizador. Vislumbró otra habitación, donde había un somier de muelles, varias cajas de cartón y prendas de ropa desperdigadas por el suelo. Comprendió que la chica no quisiera esperar sola en aquel sitio.

Ella llevó dos sillas y se sentaron frente a frente en el salón vacío. La de él tenía las patas flojas y se balanceaba cada vez que hacía un movimiento.

También hubo quejas porque el perro iba sin bozal y hacía sus necesidades en las escaleras, pero ellas les prestaron tanta atención como a las demás.

¿Atacó a alguien alguna vez?

No que yo sepa. Pero el perro daba miedo y se dijo que había matado varios gatos por el vecindario.

¿Era cierto?

Ella se encogió de hombros. Miraba el brazo en cabestrillo.

No estoy segura. A la gente no le gustaba y eso bastaba para que hicieran acusaciones. Decían que volcaba los cubos de basura y que cavaba agujeros en los jardines. Aunque en la misma calle había otros perros que hacían lo mismo.

Y las dueñas se mudaron, dijo él.

Fueron las primeras en coger la indemnización e irse. Una de ellas tenía una tienda en la ciudad. Una herboristería.

¿Sabe dónde o el nombre de la tienda?

No. Ni siquiera estoy segura de que fuera una herboristería.

Ya…

¿Por qué las busca? ¿Ha tenido algún problema con su perro?

¿De veras quiere saberlo?

Ella se encogió de hombros una vez más.

Tenemos tiempo.

Era el turno de él para hablar.

Por primera vez, ante aquella completa desconocida a la que no volvería a ver, narró la historia de principio a fin, sin omitir detalle. Comenzó hablando de la reunión con el texano y de cómo aquel día había salido tarde del trabajo, de su inquietud al caminar por las calles vacías, de la aparición del perro y del primer ataque, del pánico que sintió cuando se lanzó sobre él, de la preocupación ridícula cuando tuvo que dejar atrás el maletín, de la incredulidad mezclada con nuevo terror cuando el perro lo encontró junto a la fuente, de cómo mojó los pantalones en ese momento y del odio que experimentó hacia aquel ser sin nombre mientras sostenía su cabeza bajo el agua.

Ella mantenía las manos cruzadas en el regazo y lo miraba con expresión incierta.

Habló de la extrañeza del personal del hospital y de los restos de pelo y sangre que se encontró bajo las uñas de camino a casa y de la chapa que lo había llevado a aquella dirección. Habló de la curiosidad de sus compañeros de trabajo, que ahora le parecía tan obvia, e incluso de la conversación telefónica con su mujer, de la fiesta en Miami, de su trabajo escribiendo reportajes sobre las casas de otras personas, de su compañero fotógrafo, que al contrario que el perro era solo un nombre impreso, sin cuerpo ni voz. Añadió que él nunca le había sido infiel a ella, que estaba confuso, que debían hablar pero le asustaba hacerlo. Y que esa mañana se había levantado y, sin saber realmente qué pretendía averiguar, había conducido hasta allí en busca del dueño del perro.

Cuando terminó, ambos guardaron silencio. La chica se rascó la coronilla con cuidado de no estropearse el peinado.

Bueno, es toda una historia, y lamento no poder ayudarle. No sé por qué el perro estaba allí esa noche, ni si habría atacado a cualquier persona con la que se hubiera encontrado, ni si, de no ser así, qué aspecto de usted lo llevó a hacerlo. No lo sé.

Él asintió.

Así están las cosas.

Así están, confirmó ella.

Siguió un nuevo silencio en que ambos consultaron sus relojes.

El taxi está tardando. Se habrá perdido.

Se miraron y sonrieron. Ella se colocó bien el pañuelo del cuello y alisó la falda.

¿Adónde va usted?, preguntó él señalando las maletas que aguardaban junto a la puerta.

A las islas, respondió sin concretar.

¿Piensa vivir allí?

Con mi hermana. Tiene un negocio de artesanía. Vende recuerdos a los turistas.

Suena bien.

Ella miró a su alrededor, las habitaciones vacías.

Espero que sí. No conozco el sitio. La verdad es que nunca he salido de esta casa.

Todo le irá bien, aseguró él. Después de la paciencia que ella había demostrado se sentía en la obligación de darle esperanzas. De todos modos siempre puede regresar. En caso de que no le guste.

No tengo motivos para volver.

En ese caso, qué mejor ocasión para empezar de nuevo.

Había transcurrido un buen rato desde que llamó al taxi. Él sugirió que bajaran a la calle a esperarlo.

¿Está lista? ¿Quiere que la ayude con las maletas?, dijo, y se puso en pie y tomó la mayor del grupo con su mano libre antes de que ella pudiera contestar.

La chica se las arregló para coger el resto.

Cuando salieron no se molestó en cerrar la puerta.

Frente al edificio aguardaba un taxi con el motor en marcha. El conductor estaba a varios metros, hablando con uno de los trabajadores. Al verlos aparecer con las maletas corrió hacia ellos.

Esto es un desastre, dijo señalando a su alrededor. Creía que me había perdido.

Acomodaron los bultos en el vehículo y la chica pasó lista al contenido de su bolso.

Se despidieron mediante un apretón de manos, deseándose suerte.

En el último atisbo que tuvo de ella, mientras se alejaba en el taxi, volvía a indagar en el bolso.

Durante un tiempo conservó la chapa de identificación. La llevaba encima, la apretaba en el puño y jugueteaba con ella. El roce continuo con la ropa y los dedos terminó por dejarla reluciente. Luego la perdió. Una mañana no fue capaz de encontrarla. Sintió un leve fastidio. Dos días después la había olvidado.

* * *

Pasaron seis meses. El frío quedó atrás y el verano llegó con toda su fuerza.

Una noche se despertó presa de la sed. Hacía calor en la habitación. Las sábanas yacían en un montón al pie de la cama. Su mujer dormía profundamente; el reluciente vientre de embarazada reflejaba la escasa luz nocturna.

Se levantó teniendo cuidado de no despertarla y fue a la cocina.

La piscina estaba terminada. Tenía un trampolín y una zona de poca profundidad, separada por pilotes sumergidos. El riego automático del jardín estaba en funcionamiento. El sonido, relajante, hablaba de descanso y buen tiempo.

Mientras bebía un segundo vaso de agua distinguió algo en el exterior.

En el jardín había un perro.

Era grande, de pelo largo y negro, y corría de un lado a otro persiguiendo los arcos de agua de los aspersores. Saltaba y lanzaba mordiscos al aire plagado de gotas. Parecía feliz, totalmente enfrascado en su juego. Cada poco se detenía para sacudirse el largo pelaje, compitiendo con los aspersores.

En un momento dado se detuvo a beber inclinado sobre el borde de la piscina. Hacía tanto calor que nubes de vapor se elevaban de su cuerpo.

Sería el perro de algún vecino, supuso, aunque nunca antes lo había visto por los alrededores. Lo observó largo rato, dudando sobre si salir a echarlo o no, hasta que el animal notó su presencia. Se quedó clavado en mitad de una carrera y miró hacia la cocina. Sus ojos eran tan negros como el resto del cuerpo, opacos.

Involuntariamente, él dio un paso atrás. Sintió que una aguja de hielo le atravesaba el pecho y congelaba el agua que acababa de tomar.

El perro agachó la cabeza para distinguir mejor la silueta que lo espiaba desde la casa. Después dio media vuelta y saltó sobre el muro del jardín con la agilidad de un diablo burlón.

Él dejo el vaso en el fregadero y regresó al dormitorio. La inquietud provocada por el animal tardó en pasar. Ya próxima la mañana, se durmió abrazado al vientre hinchado de su mujer.

PEQUEÑAS IMPERFECCIONES

¿Podemos cancelar lo de esta noche?

La pregunta quedó sin respuesta en el interior enrarecido del taxi. Lentamente, Israel se volvió hacia su mujer.

No me encuentro bien, añadió ella. Me parece que está empezando otro de mis ataques.

El vehículo los llevaba a su casa. Avanzaba con lentitud. Una tormenta descargaba desde el final de la tarde y la lluvia entorpecía el tráfico hasta el punto de haber convertido toda la ciudad en un enmarañado atasco. En las aceras, personas a las que la lluvia había sorprendido desprotegidas hacían señas desesperadas para conseguir un taxi.

Habían ido a visitar a los padres de ella, algo que a Israel siempre le incomodaba.

El padre de Silvia —coronel retirado del Ejército del Aire— se recuperaba de una operación de *by-pass.* A decir de los médicos se reponía satisfactoriamente, lo que parecía innegable al verlo repartir órdenes sentado en su butaca anatómica nueva —trono desde el que reinaba durante la convalecencia— y exigir la atención inmediata de todos. Su mujer, una doncella, la cocinera y el ayuda de cámara que conservaba desde su época militar correteaban a su alrededor, dispuestos a satisfacer todos sus caprichos con tal de que no se encolerizase y su ritmo cardiaco no aumentara peligrosamente.

Nada más llegar, Silvia se había perdido con su madre en algún rincón de la casa, dejando a Israel solo ante la verborrea de su suegro, un discurso plagado de juicios radicales y teorías descabelladas. En opinión del coronel, cualquier decisión política, reforma social, desarrollo tecnológico o, en general, toda señal de progreso y avance de los tiempos era merecedora de crítica, firme defensor como era de la gerontocracia como único sistema eficaz de gobierno. Eso incapacitaba a Israel —dada su juventud— para intervenir con una opinión que fuera tenida en cuenta. Como en anteriores visitas, se había limitado a escuchar, retraído en su sillón, y asentir a lo que decía el viejo mientras este castigaba con un encolerizado índice las páginas del periódico, taladrando la última noticia motivo de su indignación, lo que entorpecía seriamente la labor de la doncella, que intentaba limarle las uñas.

Afortunadamente, la visita no se había prolongado demasiado. Silvia regresó poco después, besó a su padre en la coronilla, le pidió que hiciera caso a los médicos y anunció que tenían que irse. Llevaba en las manos una caja de cartón, sobre la que Israel, ansioso por salir de allí lo antes posible, no se detuvo a preguntar. Desde la calle llegaba el estampido de los primeros truenos.

En el taxi Israel había vuelto a animarse al pensar en la velada que les aguardaba. Esa noche se estrenaba una obra de teatro por la que tenía gran interés. Había comprado las entradas con semanas de adelanto, después de seguir en la prensa especializada los detalles de la producción.

La lluvia repiqueteaba sobre el techo del taxi, cuyo interior era cómodo y abrigado. No le molestó la demora producida por el atasco. Tenían tiempo de sobra hasta el comienzo de la obra.

¿La alergia?, preguntó. ¿Ahora?

En los últimos minutos la había visto recurrir varias veces a los pañuelos de papel que llevaba en el bolso.

Sofocó un gesto de fastidio. A Silvia no le interesaba el teatro, la mayoría de las veces iba sólo por acompañarlo, y era posible que estuviera usando uno de sus ataques como excusa para quedarse en casa.

Pero al mirarla mejor vio que tenía los ojos y la nariz enrojecidos, síntomas inequívocos de declive.

Silvia sufría, en mayor o menor medida, alergia a una extensa serie de agentes, lo que la había obligado a pasar parte de la infancia recluida en casa, en un ambiente prácticamente esterilizado, durmiendo junto a una pequeña bomba que aspiraba y filtraba el aire de la habitación.

¿Cómo?

No sé. Mamá ha estado sacando cosas viejas de los armarios.

Israel siguió sin responder a la pregunta. Francamente, sentiría perderse la obra.

Falta más de una hora, ¿crees que si descansas un poco podrás ir?

Como respuesta ella volvió a sonarse la nariz. Los dos sabían que cuando empezaba un nuevo ataque el único remedio posible era tomar una fuerte dosis de antihistamínico, que la dejaba atontada por espacio de varias horas, y meterse en la cama.

A fuerza de sonarse, tenía las aletas de la nariz cada vez más enrojecidas. Se había recostado para descansar la nuca en el respaldo del asiento. Parecía que el ataque iba a ser de los graves.

¿No podemos ir más deprisa?, preguntó con voz nasal.

Hago lo que puedo, señora, dijo el conductor.

Israel acarició la rodilla de su mujer.

En caso de haber notado indicio de fingimiento, habría propuesto que ella se quedara descansando e ir él a la función. Pero en aquellas circunstancias no era correcto ni conveniente dejarla sola. Después de tomar la medicación, Silvia se sumía en un aturdimiento en el que yacía incapaz de hacer nada, rodeada por una constelación de pañuelos de papel arrugados, hasta que por fin se deslizaba a un sueño repleto de ronquidos.

Entonces, ¿no te importa?

No, respondió él. No me importa.

Esa noche dormiría en el sofá del salón.

Encajada entre los dos en el asiento estaba la caja que ella había cogido en casa de sus padres.

La madre de Silvia planeaba reformar la antigua habitación de esta y montar un cuarto de ejercicios. Iba a instalar una cinta para caminar, una bicicleta estática y un banco de pesas. El arreglo incluía cubrir una pared con espejos. Afirmaba que una rutina de ejercicio suave sería beneficiosa para su marido tras la convalecencia.

Se ha vuelto loca si piensa que el coronel va a empezar ahora a hacer abdominales, declaró Israel cuando Silvia se lo contó.

Solo es una disculpa. En realidad es ella la que quiere el cuarto de ejercicios. La horroriza ducharse en el gimnasio.

En el transcurso de la limpieza previa a la reforma, su madre había encontrado algunas cosas de Silvia en los cajones y el fondo del armario, y las había guardado en la caja.

Lo siento, dijo Silvia. Me apetecía mucho el plan.

No es culpa de nadie.

Es un fastidio. Podemos conseguir entradas para otro día. El próximo fin de semana.

Puede, respondió él, poco convencido.

Dios…, musitó ella presionándose los ojos con las palmas de las manos. ¿Es que no vamos a llegar nunca?

Ya falta poco.

El tráfico era cada vez más fluido. Israel acarició la nuca de su mujer. Ella tenía una cabellera rojiza, de rizos espesos, entre los que se hundieron sus dedos. Le gustaba acariciarle el pelo. De no haber estado la caja entre ellos Silvia habría respondido apoyando la cabeza en su hombro.

Apenas llovía cuando el taxi los dejó frente a su edificio.

Lo primero que hizo Israel fue telefonear a la pareja que iba a acompañarlos al teatro. Silvia no se encontraba bien. No, no, nada grave, pero era mejor que se quedara a descansar. Gracias, muy amable, se lo diría. Por supuesto, sus entradas estaban disponibles si sabían de alguien que quisiera ocupar su lugar. Sentía avisar con tan poca anticipación. Sí, estarían en casa toda la noche.

Silvia inició los prolegómenos a la toma de medicamentos. Llevó una caja de pañuelos junto a la cama y acercó una papelera. Cuando Israel entró en el dormitorio la encontró llenando el depósito del humidificador. El aparato la ayudaba a dormir. Anteriormente había probado con la aromaterapia, pero ni el aceite de cedro ni el de laurel habían surtido efectos apreciables, aparte de impregnar la casa de un olor espeso y hacer lagrimear a Israel. Finalmente, el quemador de esencias —un cuenco metálico bajo el que se colocaba una vela— había terminado en la basura, junto con todas las muestras.

Israel sacó una manta del armario y la llevó al salón; también su pijama, el despertador y el libro que estaba leyendo. Silvia no hizo comentarios; el ritual se repetía cada vez que ella sufría una recaída.

Aún era pronto para acostarse. Dejó caer todo en un montón sobre uno de los sillones y regresó con ella.

Silvia ya se había desvestido y puesto el camisón. A sabiendas de que después de tomar los antihistamínicos no dispondría de la coordinación necesaria, se desmaquillaba en el cuarto de baño. Israel entró, se sentó en la tapa del inodoro y la observó hacer.

¿Cómo te encuentras?

Cuesta abajo.

En la mesilla de noche aguardaba el sobre cuyo contenido disuelto había de ingerir junto con dos cápsulas, cóctel que la reduciría hasta casi la inconsciencia durante las siguientes horas.

Israel se sacó los calcetines y los tiró al cesto de la ropa sucia, donde cayeron sobre la ropa interior de su mujer.

A esa hora deberían haber estado vistiéndose para ir al teatro.

Apartó el pensamiento de la cabeza.

¿Qué vas a hacer tú?, preguntó Silvia mientras se aplicaba crema hidratante en los codos.

No sé. Leer. Supongo.

Puedes encender el televisor si quieres. No me molesta.

Israel volvió al salón. Solo quería que las horas pasaran con rapidez y llegara el día siguiente.

Poco después Silvia fue a darle las buenas noches. Con la cara limpia, la nariz enrojecida destacaba más.

¿Ya te lo has tomado?

Ella asintió.

En ese caso, buenas noches.

La besó en los labios, pegajosos por el protector de cacao.

Buenas noches.

Estaré aquí para cualquier cosa que necesites.

Ella le acarició la mejilla y se retiró al dormitorio, dejando la puerta entornada.

Él se quedó plantado sin saber qué hacer.

El salón, como el resto de la casa, estaba decorado siguiendo un estilo moderno, con uno de sus lados abierto a una amplia terraza. Los espacios eran amplios, agrandados por puertas correderas y tabiques ligeros de madera de *mokali.* Disfrutaban de una calidad de vida alcanzada gracias a su esfuerzo conjunto, lo que los hacía apreciarla aún en mayor medida.

Silvia era copropietaria de dos tiendas de ropa donde vendía diseños propios. Empezaba a ser conocida y recibía cada vez más encargos; su participación se había solicitado en varios desfiles. La segunda copropietaria —una exmaestra de escuela de cincuenta años— se encargaba del diseño de los complementos.

Israel trabajaba para una firma de arquitectos.

A fin de no desaprovechar el tiempo, se sentó a la mesa de dibujo que había en un extremo del salón y que los dos compartían. Apartó unos figurines de Silvia y fijó un pliego de papel sobre el tablero. Sostuvo un momento el lápiz sobre la superficie en blanco, como si el propio objeto fuera el encargado de decidir dónde había de posarse, y comenzó a trazar bocetos.

Pero al poco rato lo dejó todo a un lado, incapaz de concentrarse. Esa noche estaba destinada al teatro y, más tarde, a unas copas y una animada charla sobre la función. Llevaba días esperándolo. No podía olvidarlo y ponerse sin más a trabajar.

Cuando llamaron al timbre tuvo otro motivo para abandonar la mesa de dibujo. Se apresuró a abrir la puerta antes de que se produjera una segunda llamada.

Eran sus amigos. De camino al teatro se habían detenido para recoger las entradas que les había ofrecido. Los acompañaba otra pareja. Israel no los conocía. Tras unas rápidas presentaciones, estos se mostraron muy agradecidos; habían intentado conseguir entradas por todos los medios, explicaron, pero demasiado tarde, cuando ya todo estaba vendido.

Y hoy…, esa llamada sorpresa diciendo que había dos entradas para nosotros. Apenas hemos tenido tiempo para vestirnos, dijo el miembro femenino de la pareja suplente.

Israel le restó importancia. Hablaban en susurros para no molestar a Silvia. Los informó de que ella se había acostado y ya estaba mejor. Sus amigos le desearon una pronta recuperación y prometieron telefonear al día siguiente. Se despidieron apresuradamente; había un taxi esperándolos.

Cuando cerró la puerta, sufrió un nuevo ataque de decaimiento. Se quedó unos segundos inmóvil, sin retirar la mano del pomo.

A sus pies, bajo el perchero del recibidor, donde ella la había dejado, estaba la caja que había traído Silvia.

La empujó suavemente con el pie. La caja se desplazó sin oponer resistencia. No era pesada.

¿Silvia?

Había una lámpara encendida en el dormitorio, con un pañuelo por encima para atenuar la luz. Silvia estaba en la cama, con los ojos cerrados y la espalda recostada sobre varios almohadones. Tener la cabeza erguida la ayudaba a respirar.

Mmm…, dijo cuando Israel repitió su llamada.

¿Estás despierta?

Ssssí, logró articular.

¿Puedo ver lo que hay en la caja?

Ella frunció el ceño.

¿Qué?

La caja. La que has traído de casa de tus padres. ¿Puedo ver qué hay dentro?

Silvia apretó los párpados como si le costara saber de qué hablaba.

Sí, mascculló, puedes abrirla.

En la parte superior, cubriendo el resto del contenido, había un jersey viejo. Israel lo retiró con cuidado y se asomó al interior de la caja. Se había acomodado en la mesa del salón.

Casetes de música, un trofeo de un campeonato de baloncesto femenino, un teléfono con la forma del gato Garfield con el cable enrollado a su alrededor como una segunda cola, un diario con media docena de páginas escritas, dos libros de poesía…

Todo se fue extendiendo sobre la mesa, representando facetas de su mujer bien conocidas por él: su sensibilidad un tanto cursi y la contradicción entre el espíritu de superación, simbolizado por el trofeo, y la inconstancia del diario apenas comenzado.

Solo quedaba otro objeto en la caja. Un joyero de madera con incrustaciones de hueso. Estaba abierto. La diminuta llave que en el pasado había mantenido su contenido a buen recaudo debía de haberse perdido. Dentro había dos pendientes de bisutería desparejados y varias cartas con la cenefa azul y roja del correo aéreo. El remitente era la chica canadiense con quien Silvia había realizado un intercambio en su época del instituto, y con la que había mantenido correspondencia durante años. Debajo de todo ello, unas fotos, abarquilladas y cubiertas de huellas dactilares.

En ellas aparecía un paisaje desértico de rocas y arena y construcciones de adobe. Y Silvia, acompañada por personas a las que Israel no conocía. Por el corte de pelo de ella dedujo que las fotos tenían bastantes años.

Las barajó con detenimiento. La mayoría habían sido hechas bajo un sol intenso que apagaba los colores, como si todo se viera a través de un filtro amarillento. Distinguió a Silvia apoyada en el costado de un Land Rover, hablando con un joven vestido con chilaba. Tanto ella como los que debían de ser sus amigos iban ataviados con ropa ligera. En una de las fotos aparecía ella en solitario, en plano medio, llevando nada más que unos tejanos desgastados. Se cubría y levantaba los pechos con las manos, mirando a cámara con sonrisa granuja. De la comisura de la boca le colgaba un cigarrillo.

Sostuvo la foto ante sí, sonriendo también. Luego la retiró a un lado.

En la última foto aparecía nuevamente ella, junto a otras dos personas: un hombre y una segunda chica. Descansaban sobre tumbonas en la azotea de un edificio. Atardecía. Tras ellos se extendía el mismo paisaje desértico que en las fotos anteriores, rematado en la distancia por una línea de montañas violetas. En el reverso de la foto y con letra de Silvia: *Tánger, 1985.*

El hombre estaba en el centro, con Silvia muy próxima a él. Los dos sonreían ante algo que decía la otra chica.

La figura masculina captó la atención de Israel.

Vestía unos *shorts,* camisa desabrochada y abarcas de piel. Estaba cómodamente recostado en la tumbona, escuchando divertido lo que fuera que les estuviera contando la chica, mientras Silvia, inclinada hacia él, apoyaba la mano en su antebrazo con gesto cómplice.

Aunque nunca lo había visto, supo de quién se trataba.

El primer novio de Silvia.

El primero de importancia.

Habían estado juntos cuatro años, durante la universidad, hasta que él rompió su relación sin previo aviso, ofreciendo como única razón —o al menos eso era lo que Israel había podido averiguar— su intención de trasladarse a Inglaterra y comenzar allí una carrera como publicista. No le hizo cambiar de idea el ofrecimiento de Silvia de acompañarlo. Para que el cambio fuera completo y verdadero, declaró él, era necesario llevarlo a cabo en solitario.

El disgusto de Silvia aumentó al saber que la decisión no era repentina sino que llevaba meses gestándose sin conocimiento de ella, y que en el momento de hacerla pública él ya disponía de alojamiento en Londres y fecha de incorporación en una agencia de publicidad.

Durante los días siguientes Silvia apenas salió de casa. Trataba de averiguar qué parte de los motivos de tal decisión le correspondía a ella. Intentó ponerse en contacto con él, siempre en vano. Sufrió una recaída de alergia y engordó cinco kilos. Pasaron semanas antes de que recuperara un ritmo de vida normal.

Seis meses después, en una fiesta organizada por un amigo común, conoció a Israel.

Lo que este sabía del antiguo novio lo había averiguado uniendo retazos de conversaciones oídas en casa de sus suegros. Silvia rechazaba hablar de él; sin embargo su madre lo mencionaba con relativa frecuencia y en un tono sorprendentemente falto de resentimiento.

Israel no se consideraba un hombre celoso. Aceptaba aquella relación como una parte más del pasado de su mujer, igual que su historial médico o su época de militante ecologista, durante la que se encadenaba en la entrada de compañías papeleras y curtidurías de pieles. Pero no dejaba de sorprenderlo, dado el modo como terminaron las cosas, la profunda huella dejada por aquel joven en su mujer. Huella evidenciada por las horas de silencio melancólico en que ella se sumía cada vez que su recuerdo salía a la luz.

Una noche, después de una visita a sus suegros, Israel la abordó al respecto. Horas antes, alardeando de sus fuentes de información, la madre de Silvia había anunciado, como quien no quiere la cosa, que al exnovio le iba muy bien en Londres, donde aún vivía y acababa de inaugurar su propia agencia de publicidad. Silvia estaba inmersa en uno de los silencios habituales en tales ocasiones y se volvió hacia él, irritada por sus preguntas, como si fuese un tema sobre el que no debería estar enterado. A continuación le espetó un: «Tienes mucho que aprender de él», que dejó a Israel sin palabras. Pasaron unos segundos antes de que pudiera responder.

¿Qué? ¿Qué es lo que tengo que aprender de él?, preguntó enfadado.

Ella miraba el suelo y negaba con la cabeza.

Dímelo. Me gustaría saberlo. ¿Qué tengo que aprender de él?

Silvia hizo un gesto de pasar página, pero él insistió.

¿Qué? ¡Qué!, dijo, casi gritando, ante lo que ella se encerró en el baño dando un portazo. Se quedó allí hasta que él se hubo calmado.

Miró de nuevo las fotos. La de la azotea era la única en que aparecía el antiguo novio.

No podía interrogar a Silvia al respecto. Sus ronquidos le llegaban desde el dormitorio. Y aun en el caso de estar despierta, tampoco lo habría hecho.

Era él. Estaba seguro.

Contempló la foto largo rato, fijándose en cada detalle. Después la apartó con un suspiro.

Una a una volvió a guardar las cosas en la caja. Tuvo la tentación de quedarse con la foto de Silvia semidesnuda, pero finalmente la puso junto con las otras en el joyero. Hizo lo mismo con la foto del exnovio. Colocó el jersey viejo cubriéndolo todo y dejó la caja donde la había cogido, como si nunca se hubiera movido de allí.

Al día siguiente no haría comentario alguno al respecto. Esperaría a que fuera Silvia quien lo hiciese, que le preguntara si había mirado dentro, a lo que él respondería negativamente.

Pero sabía que eso no pasaría. Ella esperaría a estar a solas para mirar en la caja, y luego esta y su contenido desaparecerían. Israel no sabría más de ellos y nunca serían mencionados.

No había cenado nada, pero tampoco tenía hambre. Había dejado de llover. Salió a la terraza a fumar un cigarrillo.

El tráfico había menguado y se movía con fluidez, las luces se reflejaban en el asfalto mojado. La tormenta había dejado tras ella una brisa fresca e inquieta a modo de rebufo que se encargaba de abrir las nubes, entre las que colgaba un gajo de luna con bordes afilados.

Israel respiró el olor a ciudad mojada que ascendía hacia él. No dejaba de pensar en la foto y la imagen de aquel hombre; chico, en realidad, en el momento en que fue tomada.

Si algo le había llamado la atención de él era, sin duda, su incuestionable fealdad.

A pesar de la limitada calidad de la foto, quedaban claros varios rasgos que evidenciaban un escaso —casi inexistente— atractivo físico. Su cabello, de un castaño desvaído, se encontraba en franco retroceso, y tras su sonrisa asomaba una línea de dientes montados. Estaba muy delgado, desprovisto casi de masa muscular. Tenía los hombros encogidos y la camisa abierta ponía en evidencia el pecho hundido de un niño desnutrido.

Y a pesar de todo Silvia apoyaba cariñosamente su mano sobre él.

A falta de conocer más cosas —no era capaz de discernir si quería o no saberlas—, le molestaba que su mujer se hubiera sentido atraída por alguien así.

Israel medía un metro ochenta y cinco y se mantenía en buena forma, tenía un mentón marcado y una cabellera espesa que se peinaba hacia atrás. Todas las chicas con las que había salido antes de casarse eran atractivas. Y Silvia no era una excepción. Contaba con un cuerpo esbelto, espolvoreado de pecas, con la piel pálida y el cabello rojizo, legados de algún antepasado anglosajón. Sus ojos eran verdes y la nariz dulcemente aguileña.

Todos quienes los conocían declaraban que formaban una excelente pareja. Llamaban la atención. Su aspecto casaba con su estilo de vida y la casa donde vivían.

Después de varios años de matrimonio, a Israel seguía atrayéndole el cuerpo de su mujer. Aceptaba con un interés cargado de curiosidad los pequeños cambios que el tiempo iba trazando en él, y día tras día lo exploraba sin saciarse. Se corría mirándola a los ojos.

En el cuarto de baño tenían una bañera de cristal; un capricho construido por encargo, de paredes de dos centímetros de grosor, el objeto más caro de la casa. A Israel le gustaba sentarse a observar mientras Silvia se daba largos baños en ella, con su cuerpo teñido por el verde pálido del cristal y las nalgas aplastadas contra el fondo. En la superficie flotaba una capa de espuma bajo la que pendían filamentos de jabón no disuelto. Recordaban a las algas que habitan la parte sumergida de los icebergs. A veces ella se giraba para decirle algo, con uno de sus pechos contra el costado de la bañera, y su pezón adquiría el aspecto de una anémona adherida al cristal.

Apuró el cigarrillo y arrojó la colilla a la calle. Volvió al salón.

Ahora que conocía el aspecto de su predecesor no podía sacarse de la cabeza las palabras de Silvia: «Tienes mucho que aprender de él».

Deseó más que nunca averiguar qué podría aprender. Qué había visto Silvia en él. Qué lo hacía diferente de los demás.

Israel y Silvia presumían de comunicarse abiertamente, de hacer encajar de la forma más armoniosa posible las piezas de su matrimonio, dejando margen para las manías particulares y los momentos de soledad que periódicamente demandaba cada uno.

Él pensaba que compartía su vida con la persona adecuada, que lo complementaba y comprendía, y que durante la mayor parte del tiempo lo hacía feliz. No tenía deseos de cambiar, no sentía carencias acuciantes. Y, por lo que sabía, ella había llegado a una conclusión semejante respecto a él.

¿Qué era entonces lo que aquel joven de aspecto enclenque tenía que él no?

Paseó por el salón reprimiendo el deseo de abrir de nuevo la caja y echar otro vistazo al exnovio, con sus ojillos demasiado juntos y la barba sembrada de calvas.

Lo sorprendió la medida en que lo molestaba que su predecesor no fuese atractivo, como si ello restase mérito a su conquista, a que Silvia lo hubiera escogido a él. Se preguntó si en caso de que hubiera sido un adonis musculoso se sentiría satisfecho y no presa, como ahora, de un desconocido ataque de celos retroactivos.

Finalmente se contuvo. En lugar de mirar en la caja se asomó al dormitorio.

Silvia dormía con la boca entreabierta, respirando pesadamente. La calefacción estaba encendida, y la escasa luz, junto con el calor acumulado y el efecto del humidificador, creaban un ambiente de invernadero, donde el aroma vegetal era sustituido por la mezcla de olores de sueño y enfermedad que emanaba de ella. El conjunto recordaba a la atmósfera de una floristería un lunes por la mañana, cuando aún no se han retirado las flores muertas durante el fin de semana.

Silvia se había deshecho de las mantas, que formaban un revoltillo al pie de la cama, y yacía cubierta solo por el camisón, una prenda larga, gastada y sin adornos.

Israel se acercó en silencio. Inclinándose hasta colocar el rostro a la altura del de su mujer, vio sus párpados temblar por el movimiento frenético de los ojos, como entregados a un divertimento privado.

Dormía ovillada, con las manos en el hueco del cuello, en posición de oración. Detuvo la mirada en la curva de su cadera, marcada bajo el tejido del camisón. Si hubiera deslizado los dedos sobre la nalga izquierda se habrían hundido en un pequeño hueco situado en su parte superior y un poco hacia un costado, donde en su infancia un médico militar poco informado le aplicó varias inyecciones de penicilina para atajar un ataque de alergia. El cuerpo reaccionó violentamente al antibiótico, la carne se contrajo, formando una cavidad con la forma y el tamaño de una mordedura de animal. En verano Silvia buscaba bañadores que ocultasen tal imperfección.

Era el único defecto —exterior, al menos— de su cuerpo. La nota de imperfección que dignificaba el resto de sus imponentes rasgos.

Ciertas noches, durante los prolegómenos del sexo, Silvia se tendía boca abajo en la cama y permitía a Israel llenarle el pequeño hueco con saliva. Durante unos momentos él se recreaba en la imagen del oasis en miniatura, hasta que ella se movía —llevada por la risa o la excitación— y su contenido corría en regueros hacia el canal entre las nalgas.

Silvia se agitó de repente. Despegó un párpado. No pareció sorprenderse porque Israel estuviera junto a la cama. Emitió un gemido y abrió y cerró la boca haciendo chasquear la lengua.

Él sirvió un vaso de agua de la jarra que había en la mesilla y se lo acercó a los labios. Le sostuvo la cabeza para que bebiese.

Pensó mientras tanto que lo único que hacía especial al chico de la fotografía era cómo había desechado a una persona que lo quería, y a la que quería, a cambio de satisfacer un deseo estrictamente personal y lanzarse a un destino incierto.

Cuando Silvia terminó de beber Israel llevó su cabeza hasta los almohadones. Al instante ella volvió a dormirse.

Salió de la habitación con el mismo sigilo con que había entrado.

En el salón se puso el pijama, apagó las luces y se tendió en el sofá, donde se estiró con crepitar de huesos.

PROLEGÓMENOS

El taxista farfulla cuando le digo que tenemos que parar en Oxford Street para recoger a alguien. No alcanzo a distinguir sus palabras exactas, empastadas por un turbio acento *cockney,* pero el tono no deja lugar a dudas sobre su significado.

La calle está colapsada por el tráfico de última hora de la tarde. Los autobuses de dos pisos sobresalen aquí y allá entre la corriente coagulada de vehículos. Los pasajeros de los pisos superiores, principalmente turistas cargados con bolsas y paquetes, miran a su alrededor con una mezcla de timidez y regocijo propia de reinas de desfile. Una exuberancia de adornos navideños pende sobre la calle: esquemáticos dibujos de ángeles y hojas de acebo trazados con bombillas, que se reflejan en las ventanillas de los vehículos y ocultan los rostros enfurruñados de su interior.

La maniobra de cambio de carril para aproximarnos a la acera es respondida con bocinazos por los demás conductores, obligados a reacomodarse dolorosamente, parachoques contra parachoques, para abrirnos paso.

Hace un frío intenso, superior al que puede esperarse en Londres por estas fechas. Toda Inglaterra y el norte de Europa se encuentran azotados por una ola de frío glacial con origen en Laponia; dato, este último, que los hombres y mujeres del tiempo reservan para el final de sus intervenciones a modo de guinda irónica. Y, según coinciden los pronósticos, las bajas temperaturas continuarán hasta pasada la festividad de Año Nuevo. Mientras tanto, la población adulta de Londres escudriña los nubarrones y se estremece ante la posibilidad de una Navidad blanca.

Alcanzo a distinguir a B entre la concurrencia de la acera. Aguarda delante de la tienda de ropa donde trabaja.

El establecimiento, perteneciente a una conocida firma de ropa para adolescentes, se abre con arrogancia a la calle a través de una amplia entrada no entorpecida por puerta alguna, indiferente a la gelidez reinante. B se encuentra estratégicamente situada bajo la cascada de aire caliente que el sistema de calefacción concentra en la abertura. Fuma, embutida en un abrigo acolchado que la cubre hasta los tobillos, mientras dirige vistazos a ambos lados de la acera. La corriente de aire cálido hace que mechones de cabello leviten en torno a su cabeza, lo que le da apariencia de desquiciada.

Bajo la ventanilla del taxi, provocando una nueva queja del conductor, agito el brazo y grito su nombre. Ella gira la cabeza, alertada, pero sin llegar a localizarme. Como es costumbre, sus gafas están perdidas en algún confín de su bolso, entre pañuelos de papel arrugados y hebras de tabaco. Repito la llamada tratando de imponerme al ruido del gentío y la música navideña que brota de las tiendas. B achica los ojos y, como una tortuga, adelanta la cabeza en mi dirección. Hago señas para que se acerque y ella comienza a caminar hacia el vehículo, no del todo convencida. Me siento como uno de esos pervertidos que tientan a los niños desde sus coches.

B cruza la calle entre el tráfico detenido. Se cuela en el taxi. La acompaña una nube de perfume, bajo la que percibo el ambientador bactericida empleado en la tienda.

Golpeo la pantalla antibalas que nos separa del conductor y repito la dirección del Soho que es nuestro destino final.

Transcurren varios minutos antes de que podamos movernos de nuevo.

A la hora de contratar a sus dependientas, la conocida firma de ropa para adolescentes para la que B trabaja posee una política reconocidamente basada en la discriminación física. Su criterio es sencillo: a las chicas que trabajan en sus tiendas ha de sentarles bien la ropa que venden. Ropa de la que no existen tallas grandes.

B no muestra disgusto ante tal modo de obrar. Como ella misma dice: «¿Podría un vegetariano despachar en una carnicería? ¿Te fiarías de sus recomendaciones sobre el género en venta?».

Además de B, en su turno trabajan dos francesas, una polaca, una estadounidense de padres chinos, una senegalesa y una única súbdita de Su Graciosa Majestad, de lo que dan testimonio la piel pecosa y el pelo teñido de un rojo intenso. Todas ellas visten en el trabajo con una selección de prendas de la firma, seleccionadas por la dirección de acuerdo al estilo que en cada momento interese promocionar. La compañía desea comunicar a quien traspase sus puertas el mensaje claro y contundente de que ha entrado en un auténtico crisol cultural y de tendencias, que cualquier prenda adquirida allí puede viajar miles de kilómetros, hasta al lugar de residencia del comprador, sin por ello perder un ápice de su vigencia.

En el asiento trasero del taxi B libera uno a uno los corchetes de su abrigo. Cuando llega al último se vuelve hacia mí y abre la prenda mostrando el atuendo que lleva debajo, para volver a cerrarla casi de inmediato. La agresividad del colorido hace que los contornos de su ropa me queden impresionados en la retina. La camiseta rosa chicle, con un hombro y un brazo al aire, los *shorts* verde lima y los leotardos amarillos. Todo ello bien ceñido, como aerografiado sobre la piel. Las muñequeras de deporte, el cinturón plateado.

La brevedad de la exposición hace el conjunto todavía más provocativo. Los ojos del taxista saltan en el retrovisor. Y vuelven a hacerlo a partir de ahora cada pocos segundos en busca de las formas de B, ocultas bajo el abrigo para el resto del trayecto.

Ella ríe y el gesto le dibuja una fina trama de arrugas en las comisuras de los párpados. Hace años que ha superado la edad para la que está diseñada la ropa que luce. Pero su cabellera castaña, los ojos negros y el tono mediterráneo de su piel son motivos suficientes para que conserve el puesto.

Hay otros.

Las tetas, cuya abultada presencia el taxista trata de atisbar bajo la barrera protectora del abrigo.

El culo.

Y el coño, que mantiene —una vez más, recurriendo a sus propias palabras— «en permanente estado de revista».

¿Ha llegado?, pregunta.

Como respuesta le tiendo una copia impresa del *e-mail* que he recibido esta tarde. Ella lee y la boca se le ensancha en una amplia sonrisa.

La dirección del remitente es: sexsalon@hotmail.com, y en pocas palabras el mensaje me informa de que la mercancía que encargué hace dos semanas ya ha sido recibida y puedo pasar a recogerla cuando guste. Adjunta el horario de servicio del establecimiento y su dirección en el Soho.

Por fin, dice B.

Sonrío mostrando los dientes.

Ella me da una palmada en el muslo. Yo respondo con un codazo.

¡Ah!, se queja. ¡En las tetas no, imbécil!

Se desliza hasta el extremo del asiento. El taxista mira hacia atrás. Hablamos en español. No puede entendernos.

Estiro el brazo hacia B, le aparto un mechón de cabello de la cara. Es muy suave. Una vez a la semana lo trata con una mascarilla de yogur, lecitina, miel y leche condensada. Mira al frente con el ceño fruncido.

De repente gira la cabeza y me lanza un mordisco. El canto de mi mano queda atrapado entre sus dientes.

Mmm… Mmm…, ríe.

Le brillan los ojos. Comienza a apretar. No hago nada para liberarme.

Mantengo la mirada fija sobre ella mientras el dolor se hace más agudo. Siento el pinchazo de los incisivos en el pulpejo de la mano. Aprieta cada vez más. Hasta que de un tirón saco la mano de entre sus dientes.

Es suficiente.

Me masajeo la zona dolorida. Hay un desgarrón y sangre.

Ella vuelve a mirar al frente y se pasa la lengua por los dientes.

El conductor menea la cabeza.

Nos movemos muy despacio. El taxímetro continúa contando. No estamos lejos de nuestro destino. Podríamos apearnos e ir a pie. Pero aquí no hace frío y el habitáculo del taxi amortigua la algarabía exterior.

B estira la mano hacia mi entrepierna, donde empieza a crecer una erección.

Lleva las uñas pintadas de púrpura.

La apariencia exterior del Sex Salon no se diferencia demasiado de la de una lencería común. En el escaparate, una guirnalda de luces navideñas enmarca dos maniquíes femeninos con sendos conjuntos de ropa interior *de fiesta;* entre ambos se alza un expositor con un muestrario de perfumes de dormitorio.

En el mostrador, una dependienta ataviada con un sobrio traje atiende a una pareja. Esta estudia las páginas de un catálogo encuadernado en piel negra. Mientras nos llega el turno curioseamos por el establecimiento.

La zona próxima a la entrada es donde se encuentran los artículos más convencionales: ropa interior, antifaces de fantasía, boas de plumas, preservativos, productos homeopáticos y aceites de masaje. No hay revistas ni vídeos, tampoco muñecas hinchables ni tétricos pasillos que conduzcan a cabinas individuales. En su lugar se escucha una melodía con acordes orientales y un guarda de seguridad uniformado permanece en pie junto a una estantería de libros de meditación y sexología.

Separada por una cortina de abalorios hay otra sala, a la que en este momento invito a B a pasar.

La mercancía aquí resulta más interesante. Hay un amplio repertorio de prendas de cuero, prolijas en cremalleras y cordones, de aspecto frío y rígido; juegos de esposas para manos y pies; fustas; uniformes de doncella doméstica y camarera de hotel, ambos modelos de burda confección; bolas chinas; pinzas de metal…

A lo largo de una estantería se alza todo un muestrario de vibradores, de multitud de tamaños, formas y materiales. Metálicos, recubiertos de látex, de plástico transparente con el mecanismo interior a la vista, con un apéndice para estimular el clítoris… B se pasea ante ellos tanteando con los dedos la textura de cada uno, lo que termina por atraer la atención del guarda, que atraviesa la cortina de cuentas y se acerca a recriminarla.

B cruza las manos a la espalda.

Sorry.

No puedo pasar por alto el evidente potencial de la escena, tan obvio que la convierte en caricatura: B con el abrigo entreabierto, mostrando su ropa ceñida e infantiloide, disculpándose por haber sobado las falsas pollas; y el guarda, que es negro, robusto y lleva un pequeño aro dorado en el lóbulo izquierdo. A cualquiera se le puede ocurrir una réplica para él. Y otra para ella a continuación. Quizá una última para el señor guarda. Y ya pasamos a la acción, a gusto del consumidor imaginario. No le faltan accesorios a su disposición.

(…)

De regreso a su puesto junto a los libros, el guarda me dirige una mirada ceñuda. Está harto de gente como nosotros, parejas adultas a las que el lugar retrotrae a la adolescencia. Su trabajo consiste en recordarnos que no acariciemos los vibradores, no nos probemos los guantes de látex, ni hagamos restallar los látigos. No importa que yo vista traje, me haya aflojado la corbata tras un día de duro trabajo y cargue con un maletín que va clamando convencionalidad. Ni que la disculpa ofrecida por B ante la llamada de atención haya sido sincera. Ni que los dos traigamos la intención de gastar una considerable suma de dinero.

Cuando la dependienta queda libre le muestro el *e-mail.*

One moment, please, dice y desaparece en la trastienda.

B aguarda a mi lado haciendo entrechocar los talones.

Aquella no tarda en regresar. Carga con un estuche cuyo peso la obliga a inclinarse hacia atrás para no perder el equilibrio. Con un suspiro lo posa sobre el mostrador.

Tiene las dimensiones de un maletín para equipamiento fotográfico y está forrado de terciopelo morado. La dependienta hace chasquear los cierres metálicos y abre la tapa. A continuación gira el estuche para que veamos su contenido.

Dispuestos en una serie de nichos alrededor del espacio central hay correas, varios complementos adaptables cuyo uso no acierto a adivinar en un primer momento, dos frascos de lubricante y un manual de instrucciones en algún idioma de Europa del Este. En el centro de todo ello se encuentra: El Objeto.

Is it OK?, pregunta la dependienta.

Asentimos a la vez.

Abono el precio mientras B examina nuestro nuevo juguete.

And this is for free, dice la dependienta, y me tiende un paquete de cuatro pilas de cinco voltios.

De nuevo en la calle, con el estuche dentro de una bolsa (muy discreta, no figuran en ella el nombre de la tienda ni logotipo alguno), nos tiembla la mandíbula por culpa del intenso frío lapón. Los coches aparcados empiezan a cubrirse de escarcha.

¿Qué quieres que hagamos?, pregunto a B.

Ha vuelto a abotonarse el abrigo, el cuello del cual la cubre hasta la nariz. Su voz me llega amortiguada a través de las capas de fibra sintética y relleno de plumas.

Cenar.

Desde hace seis años trabajo para una compañía de productos industriales de limpieza. No los fabricamos, solo los distribuimos y comercializamos: abrillantadores de pavimento, desengrasantes, detergente para lavanderías, algicida para piscinas... En la parte inicial y más prolongada de este periodo, los primeros cuatro años, estuve encargado del asesoramiento técnico a los clientes, lo que implicaba en numerosas ocasiones la manipulación directa de los productos a fin de dejar claras sus especificaciones a los usuarios. Viajaba continuamente. Perdí la cuenta de los hospitales, colegios, residencias de ancianos, hoteles, empresas lácteas, mataderos... que visité en aquella época. Un trabajo fatigoso y en la mayoría de ocasiones escasamente satisfactorio. Por este motivo, cuando la compañía anunció la apertura de una sucursal en Londres y me ofreció el traslado y un puesto alejado del trabajo de campo, acepté de inmediato. Soltero y sin compromiso, no tenía vínculos que me ataran. En mi nuevo cargo coordino a las personas que desempeñan en Inglaterra el trabajo que yo hacía antes, trabajo que debido a la fuerte implantación de las empresas locales presenta un nivel de actividad mucho menor.

B era la única persona que conocía en Londres. Ella había llegado un año antes, tras haber dado tumbos por varios trabajos en los que no obtenía provecho de su licenciatura en Economía. Aburrida, pensó que en Inglaterra las cosas podrían irle mejor, o al menos de forma diferente. Vivía en un apartamento diminuto, en zona 6, un cuchitril húmedo y oscuro que compartía con otras dos chicas y un gato de angora en perpetuo periodo de muda. Una de las chicas, empleada en una oficina de cambio de moneda en Oxford Street, le sugirió que se presentara a las pruebas de personal de la tienda de ropa.

Nos conocemos desde antes de la universidad. Salimos un tiempo y luego conservamos la amistad. Y a pesar de que en los años siguientes no tuvimos muchas ocasiones de vernos, nunca perdimos el contacto. Volver a encontrarnos tan lejos de casa resultó placentero —creo poder afirmar— para los dos.

Ella sigue pagando su parte del alquiler del apartamento compartido, pero ahora pasa varias noches a la semana en el mío, no mucho mayor pero sí más céntrico y en mejores condiciones de habitabilidad.

Creemos conocernos bien. O al menos hablamos bastante de nosotros, lo que nos produce tal impresión.

Hubo una temporada, poco después de que dejáramos de ser pareja por primera vez, en que tomé la costumbre de masturbarme pensando en su madre.

Cuando se lo conté a B —ya estábamos en Londres—, no se molestó. En su lugar sufrió un violento ataque de carcajadas. Y a continuación, por espacio de varios días, cada vez que me miraba meneaba la cabeza y sonreía, medio divertida media asqueada, como si nunca me hubiera creído capaz de caer tan bajo.

Yo sé de ella que su mayor deposición intestinal tuvo lugar en París, en el museo del Louvre, después de casi una semana sin haber visitado el cuarto de baño con ese fin. Los viajes y la comida extranjera siempre han alterado su tránsito intestinal. Asombrada, contempló el contenido del inodoro, incapaz de creer que aquello hubiera permanecido alojado en su intestino sin que su presencia se reflejara exteriormente. Se felicitó por la capacidad de acomodación de sus órganos internos. Luego salió sin accionar la cisterna ni cerrar la puerta, ofreciendo su deposición a la siguiente persona que entrara en el baño, como una más entre las obras de arte que llenan el edificio.

Esta anécdota siempre me ha parecido representativa de la personalidad de B. Existe una fuerte contradicción entre el abandono y falta de exigencia consigo misma y su entorno que presenta en el ámbito privado y la inquieta búsqueda de corrección y detallismo de la que, por otro lado, da muestra públicamente.

Es reacia a abandonar su apartamento y mudarse conmigo, un apartamento —el suyo— donde resulta complicado adivinar las funciones reales de cada habitación. No es extraño encontrar en el suelo de la cocina camas plegables y sacos de dormir, propiedad de los frecuentes, y en ocasiones extraños, visitantes que pasan unos días en el lugar. El cuarto de baño ha llegado a convertirse en un espacio de múltiples usos, parte aseo, parte lavandería, parte cuarto de plancha, parte centro de reunión, donde siempre hay ropa colgada en la barra de la ducha, colillas flotando en el inodoro y tazas con un cerco de café en el lavabo. El resto de habitaciones se caracteriza, principalmente, por el recubrimiento blanco-amarillo, con el aspecto de una fina capa de moho, que reviste sus superficies y que una observación más atenta revela como pelos de gato; habitante silencioso este último al que se puede ver escabullirse entre el revoltijo de prendas entremezcladas, ceniceros rebosantes y revistas viejas hasta su cajón de arena, donde alguien ha colocado varios soldaditos de plástico en actitud de asalto.

En la cama, después de una sesión de sexo que B se ha encargado de prolongar hasta el límite de lo física y emocionalmente tolerable, ella se deja caer sin más sobre las sábanas al tiempo que emite un profundo bostezo, cuyo hálito salitroso se posa lentamente sobre nosotros, como rocío matinal. Se abandona así al sueño. Más tarde, en mitad de la noche, me despierta el ruido que hace en el baño mientras se limpia los fermentos salados con una esponja natural.

De puertas afuera, sin embargo, sus exigencias son mucho mayores. Infinitamente mayores. El grado de escrupulosidad: desmedido.

Cuando cenamos en un restaurante, indaga en busca de residuos entre los dientes de los tenedores y, al regresar yo del cuarto de baño, me interroga sobre su estado de higiene y si hay hielo picado en los urinarios. Un resultado poco satisfactorio en su investigación puede bastar para que tengamos que abandonar el local, a pesar de haber hecho la reserva con semanas de antelación.

No trabajaría donde trabaja si el establecimiento no se atuviese a sus requisitos personales, si la altura de los techos, los vídeos pop emitidos de continuo por las pantallas de plasma y el estado de los probadores —sin prendas olvidadas ni perchas ni alfileres desperdigados por el suelo— no reflejasen *la calidad de una gran marca.* Lo mismo se puede aplicar a su clientela. Porque a pesar del estilo preadolescente de la ropa en venta, su precio desorbitado hace que la mayoría de las compradoras superen la edad para la que las prendas han sido diseñadas. Se trata de mujeres de probada solvencia, con el deseo de volver a sentirse adolescentes —en algunos casos de sentirlo por primera vez—, una aspiración que encuentra su perfecta representación en la figura de B, quien, superados los treinta, luce despreocupadamente tirantes estampados con la bandera británica y calentadores de aeróbic combinados con zapatos de tacón. Otro más de los motivos por los que conserva su trabajo.

Haciendo frente al frío caminamos hasta un restaurante italiano en Strand donde hemos cenado en otras ocasiones. Es un local pequeño en el que lo único italiano es la comida. En la entrada dispone de una escueta zona con mesas donde los clientes pueden tomar un aperitivo mientras aguardan a que quede sitio libre en el comedor. A mediodía es habitual encontrarse allí con actores del cercano Theatre Royal que toman un café entre ensayo y ensayo. Al fondo de este espacio se halla el comedor, alzado sobre un altillo al que se accede por un breve tramo de escaleras y separado por una barandilla torneada que da al lugar el aspecto de una balconada o coro de iglesia. A B le divierte el hecho de que en la carta se ofrezca durante todo el año zumo de naranjas de otoño; lo que a mí me parece de una total desfachatez, y a ella, algo difícil de superar en elegancia.

Nada más cruzar la puerta nos sorprende un nivel de bullicio nada habitual. La encargada nos reconoce y se aproxima con una sonrisa de disculpa. En el comedor, en torno a varias mesas reunidas para la ocasión, un grupo de chicas celebra una despedida de soltera. La prometida, sentada a la cabecera del conjunto, tocada con un gorrito de fiesta y con los pómulos espolvoreados con purpurina, actúa como director de orquesta mientras sus compañeras le dedican una burlona canción de homenaje.

Consideramos la posibilidad de ir a otro sitio, pero estamos ateridos y a mí, que cargo con la bolsa del Sex Salon, se me han entumecido los brazos. Además, el reconocimiento de la encargada no deja de resultar halagador, al igual que su gesto de quitarle importancia cuando le decimos que no tenemos reserva.

Nos acomodamos en una de las mesas de la entrada. En unos minutos podremos pasar al comedor, nos informa ella.

Poco después un camarero nos trae unas copas de vino que nos ayudan a entrar en calor.

Cuando comenzamos a recuperar la sensibilidad en las extremidades y otro camarero nos acerca una segunda ronda, B se abre el abrigo, pero sin llegar a quitárselo. La ropa que lleva debajo llama la atención como las luces de posición de un transatlántico.

Debería haberme cambiado, dice.

Estamos rodeados de parejas que al igual que nosotros esperan su turno para cenar. El ambiente está cargado; la ausencia de prohibición de fumar ha hecho muy popular este restaurante.

En la mesa contigua a la nuestra hay dos hombres. Sentados uno frente al otro, los dos se inclinan hacia delante y hablan en tono confidencial. Se cogen de las manos por encima de la mesa. Sus miradas, sin embargo, son ajenas al rostro del otro. Las cabezas giran continuamente, orientándose en función de los sonidos que sobresalen entre el barullo del local: el tintineo de un tenedor que cae al suelo o un nuevo arranque de carcajadas en la mesa de la despedida de soltera. Ambos son ciegos.

Uno sostiene un bastón blanco entre las piernas, mientras que el otro ha venido acompañado por su perro lazarillo. El animal, un pastor alemán, aguarda tendido en el suelo, entre su mesa y la nuestra. Indiferente al ruido, dormita con la cabeza entre las patas delanteras. Prendido a un costado del arnés que le ciñe el cuerpo lleva un cartel donde figura escrito en inglés: *Por favor, no me acaricie.*

Saboreando nuestras copas de vino observamos impúdicamente a la pareja, agudizando el oído para captar sus palabras. Por lo que llegamos a entender, uno se encuentra de veras preocupado por el estado de su amigo, el dueño del perro, a quien por debajo de los puños de la camisa le asoman las floraciones color frambuesa típicas del sarcoma de Kaposi, una de las primeras manifestaciones de La Enfermedad. El del bastón quiere que se traslade a su casa, donde podrá prestarle ayuda. El del perro, sin embargo, dando muestras de unas amplias dotes para el orgullo y la negación de la realidad, rechaza el sentido ofrecimiento asegurando sentirse bien, por el momento.

El del bastón contrae los labios y una lágrima se desliza por su rostro; lágrima silenciosa que pasa desapercibida a su amigo, en este momento más interesado por la conversación que a escasos metros mantienen dos camareros que se quejan por el bullicio de la despedida de soltera.

Nuestras miradas saltan de un ciego al otro, y de ellos al perro. Este, ajeno al drama que tiene lugar a su lado, no se imagina el escaso tiempo que le queda antes de que lo único que pueda hacer sea aguardar tumbado, como ahora, junto a la cama de su amo. Su responsabilidad hasta entonces resulta difícil de imaginar.

Incapaz de resistirse un segundo más, B se inclina y acaricia el lomo del animal, que emite un gemido y alza la cabeza.

Los dos ciegos se vuelven al unísono hacia ella.

Please…, dice el dueño.

Avergonzada, B se repliega a las profundidades del abrigo y se acerca la copa a los labios, ocultando la cara.

Los dos nos hemos sometido a la prueba del VIH en repetidas ocasiones. Ella, como consecuencia de las abundantes visitas que frecuentan su apartamento. Y yo, careciendo de motivos reales que lo justifiquen, para no quedarme atrás.

Que B mantiene relaciones más o menos frecuentes con otras personas es un hecho aceptado para mí. Tanto su modo de ser, mucho más extrovertido y jovial que el mío, como su trabajo, donde tiene oportunidad de conocer gente a diario, la hacen proclive a ello. Cuando llegué a Londres y comenzamos de nuevo a vernos, me sorprendió que tal cosa no me afectase; especialmente cuando mis ataques de celos, manifestados como ofensivos periodos de ostracismo seguidos por violentos reproches, fueron el principal motivo de nuestra ruptura años atrás. Ahora las cosas han cambiado y no puedo más que darme por satisfecho cuando una vez tras otra la veo regresar a mí después de una de sus aventuras. Ella no habla de los otros y yo no pregunto por ellos, aunque la actitud de B tras cada retorno vaya acompañada por el reconocimiento implícito de que me encuentro al tanto de lo que ocurre. Luego, por espacio de unos días o semanas, todo vuelve a ser perfecto: las charlas, las búsquedas de restaurantes acordes con nuestras exigencias, los juegos…

En el suelo, bajo la mesa, descansa la bolsa con El Objeto. Aguardando su momento de entrar en acción.

Pedimos más vino.

La pareja de invidentes ha decidido renunciar a la cena y los dos se marchan cogidos del brazo, guiados por el perro. Un camarero les sostiene la puerta mientras salen del restaurante. Fuera ha comenzado a caer una fina llovizna acompañada de nieve. El pelaje del pastor queda al instante cubierto por un moteado de copos. Se relame el morro. Los cristales microscópicos, de diseño milagroso en su unicidad, se derriten en su lengua.

Me repruebo a mí mismo por el sentimiento impropio que contemplar al grupo enfrentándose al frío y la noche me produce. De los tres, por quien más aflicción siento es el perro, separado del cariño de los demás por una burbuja de exclusividad que tan solo las manos enfermas de su amo pueden penetrar.

El reencuentro físico con B trajo consigo un descubrimiento: un grado de disfrute con el sexo nunca antes experimentado. Ni siquiera con ella. Cuando estamos juntos se despiertan actitudes que tienen poco que ver con el afecto, como el gusto por la experimentación y un exacerbado espíritu de competitividad, que en la cama nos convierten en dobles resonantes del otro. Los papeles tradicionales de activo y pasivo fundiéndose en uno único. A menudo después de tales sesiones resultamos marcados con partes arañadas, doloridas, tumefactas, cuya cuidadosa limpieza y posterior tratamiento con pomada antibiótica se convierte en una parte más —y no poco importante— del acto sexual.

Quién utilizará en primer lugar El Objeto es algo que todavía no hemos decidido. ¿Importa, en cualquier caso?

En algún lugar entre sus instrucciones en ¿checo? figuran serias advertencias acerca de su modo de empleo, así como un descargo de responsabilidad por parte de la empresa fabricante, en caso de que una utilización inadecuada produzca algún tipo de lesión. Fue este riesgo precisamente lo que hizo brillar los ojos de B durante una de nuestras visitas al Sex Salon, cuando al hojear el catálogo de productos de encargo se topó con la intimidatoria figura de El Objeto.

Ahí estaba.

La dependienta torció el gesto ante tal interés. Nunca antes había vendido un Objeto. Habitualmente los clientes que llegan a aventurarse hasta las páginas más profundas del catálogo se limitan a mostrarse sorprendidos o escandalizados frente a su agresiva finalidad y continúan de largo o realizan un pedido mucho más convencional e inofensivo. Todos dan por sentado que los látigos y fustas expuestos en la parte trasera de la tienda no son más que meros elementos de atrezo, que salvo algún azote exploratorio nunca serán empleados con el fin para el que originariamente fueron diseñados, no abrirán espaldas, no dejarán marcas permanentes. Las esposas a la venta van acompañadas por dos juegos de llaves. Las capuchas sadomaso sin orificios cuentan con amplias costuras que permiten el paso del aire.

No se puede decir lo mismo de El Objeto.

Por supuesto, me apresuré a realizar el encargo. El interés y anticipada excitación de B no tenían precio.

Desde entonces ha permanecido sin apartarse de mi lado, interrogándome a diario acerca de si había recibido noticias. Hemos fantaseado sobre cómo utilizarlo. Hemos realizado planes y ensayos. Ha dormido todas las noches en mi apartamento. Las posibilidades que El Objeto ofrece resultan difíciles de superar.

Your table is ready, nos informa un camarero.

Lo seguimos hasta el comedor. Nuestra mesa se encuentra lo más alejada posible del grupo de la despedida. Busco con la mirada a la encargada y le dedico un gesto de agradecimiento.

Al igual que nosotros, las chicas de la celebración cargan con bolsas: regalos para la prometida, abundancia de prendas de lencería y biquinis para lucir durante la luna de miel en algún país tropical. Después de la cena, con cualquier residuo de inhibición aplacado por el alcohol, se encaminarán hacia algún espectáculo erótico del Soho. La homenajeada tendrá allí el privilegio de gozar de un breve pero incuestionable contacto físico con alguna de las estrellas masculinas del show, previamente sobornada. Sus compañeras, entre risas, invitarán a la chica a que aproveche la ocasión y efectúe algunas comparaciones.

Antes de trasladarme a Londres, uno de los ATS que realizaban las revisiones médicas a los empleados de mi compañía me hizo una propuesta. La clínica privada donde trabajaba por las tardes estaba llevando a cabo un estudio sobre la fertilidad en los varones; y yo, que había superado sin descendencia la edad recomendada para la paternidad y, además, había trabajado largo tiempo expuesto a sustancias tóxicas, resultaba un caso interesante que sumar a la muestra de voluntarios.

En un primer momento la idea no me atrajo. Pero él insistió, garantizando una absoluta discreción y asegurándome que el análisis me facilitaría un mayor conocimiento de mí mismo.

Yo no era capaz de imaginar el grado de verdad que tal promesa contenía.

Antes de prestarme como voluntario para el estudio, yo pensaba, al igual que la mayoría de los hombres, que la infertilidad consistía simplemente en la incapacidad para tener descendencia. Ahora sé que no resulta algo tan simple.

La Organización Mundial de la Salud considera que existe infertilidad en el varón cuando se dan una o varias de las siguientes situaciones: *i*) la concentración de espermatozoides en el semen es inferior a veinte millones por milímetro cúbico; *ii*) más del cincuenta por ciento de espermatozoides carecen de movilidad progresiva (esto me encanta: movilidad progresiva); o *iii*) el porcentaje de espermatozoides con morfología normal es inferior al quince por ciento.

Mi análisis demostró que entro en el grupo *i.* Esto por sí solo no tendría que representar un problema, solo que formo parte del importante porcentaje de varones a quienes *les cuesta más conseguirlo,* si no fuera por un pequeño detalle.

El análisis reveló además que tengo el dudoso privilegio de sufrir algo llamado «Traslocación recíproca de los cromosomas I y II», lo que en pocas palabras y parafraseando al médico al frente del estudio significa que soy un individuo sano y capaz de llevar una vida normal, con el mismo número de pares de cromosomas que todo el mundo, pero que en lugar de estar cada uno con la pareja que debería se encuentran mal distribuidos, lo que generaría, en caso de fecundar un óvulo, embriones desbalanceados. Y esto, añadió el doctor tras aclararse enfáticamente la garganta, resulta incompatible con la vida.

Aun así trató de animarme. Echando un vistazo a mi seminograma aseguró que el primer problema podía estar relacionado con haber pasado cuatro años con una mascarilla impregnada de perfume tonificante, digestivo o estimulante pegada a la cara. Existían soluciones. Habló de fármacos antiinflamatorios, hormonales, antioxidantes…

¿Pero de qué serviría? Así conseguiría tener más espermatozoides, pero estos continuarían siendo inútiles.

Respecto a lo segundo, la traslocación, al ser su causa genética resultaba algo más complicado de resolver. Pero hay métodos, apuntó el doctor: fertilización *in vitro,* diagnóstico preimplantacional…

No tiene que perder la esperanza, concluyó, se está investigando intensamente al respecto y realizando importantes progresos. Le sorprendería el número de hombres en su situación. Si realmente desea tener un hijo todavía existen posibilidades; remotas, reconoció, pero las hay.

Yo asentía ante sus palabras, aunque sin escucharle. Estaba aturdido. Lamentaba el momento en que había decidido presentarme voluntario.

Recogí mis resultados, estreché la mano del doctor, que me deseó toda la suerte del mundo, y salí de su despacho.

Unos días después recibí la propuesta de traslado. Hice las maletas y me vine a Londres, donde el aire contaminado, que día tras día se interpone en el paisaje como un velo amarillento, parece también incompatible con la vida.

Aclaremos algo antes de proseguir. Nunca he deseado tener hijos. La visita a la clínica no alteró en nada mis planes o modo de obrar. Habría hecho lo mismo que he hecho desde entonces en caso de no haberme sometido a las pruebas o si los resultados de estas hubieran sido diferentes. Las visitas al Sex Salon y el sexo con B no constituyen ningún mecanismo compensatorio que me haga olvidar el hecho de que las probabilidades de que llegue a tener descendencia son remotas, y a día de hoy nulas.

Mi reacción en el despacho del doctor fue la lógica dadas las circunstancias; la misma que habría tenido cualquiera a quien de repente le revelaran que sus testículos son fábricas de renacuajos cromosómicamente imperfectos, de millones de monstruos microscópicos que lo seguirán allá adonde vaya y haga lo que haga.

Voy a probar el zumo de naranjas de otoño, dice B dejando la carta a un lado, después de encargar la cena.

El camarero que nos toma nota asiente y se aleja maniobrando entre las mesas.

B aplaude llevada por el placer de la anticipación.

El grupo de la despedida se pone en pie para marcharse. Se produce un breve tumulto mientras se enfundan, capa tras capa, en sus prendas de abrigo. Se apuran las últimas copas. Hay más carcajadas y chisporroteos de papel de regalo. Luego las chicas salen a la calle dispuestas a continuar la celebración en otro lugar; la prometida rodeada por sus amigas, que la protegen como un escudo contra la lluvia y el frío. Las mesas son despejadas con diligencia y devueltas a sus posiciones habituales, donde rápidamente son ocupadas por parejas que miran a su alrededor complacidas por la calma que ha caído sobre el comedor. Todos nos relajamos.

Con un gesto teatral B se desprende del abrigo. El efecto es el de varios cañones de luz que de repente hubieran apuntado sobre ella. Le brillan los ojos. Su ropa destaca entre los atuendos formales del resto de clientes. Se echa el pelo hacia atrás y arquea el pecho en un mismo movimiento. Sonríe a su alrededor, consciente de la atracción que genera. Si nos encontráramos en una película, su personaje ahogaría en este momento una carcajada de placer, al mismo tiempo que insinuaría unas lágrimas de reconocimiento. Pero los ojos de B permanecen secos; perfecta gestora de sus fluidos corporales.

Me gusta esta chica.

¿Y qué es lo que va después de *me gusta esta chica,* el nivel superior en la escala de las manifestaciones de afecto?

(...)

Pues eso.

No tardan en traernos las bebidas: una nueva copa de vino para mí y para ella su zumo de naranjas de otoño. Este llega en un vaso alargado, adornado con dos pajitas y una hoja de menta. El característico color del zumo aparece manchado por una niebla de partículas rojas y alargadas, de aspecto cristalino, que lo dotan de un tono más oscuro que el habitual, como si se hallara mezclado con fresas o granada licuadas.

B alza la copa hacia una lámpara para apreciarlo a contraluz. Las diminutas partículas tiemblan mientras se sedimentan. El proceso es tan lento que hay que fijarse bien para apreciarlo. Plumas que caen en un amanecer otoñal. B revuelve el zumo con las pajitas y las partículas se alzan en espirales. El proceso recomienza.

Posa la copa entre los dos y se inclina hacia una de las pajitas. Sorbe en silencio. Sus pechos posados sobre el mantel. Me sonríe e invita a que sorba también.

Obedezco. El zumo es dulce, salpicado por chispas de acidez que asocio con las partículas encarnadas. No es como lo imaginaba. Es mejor. La expresión de B me dice que opina lo mismo.

Piensa que todo es perfecto.

Y mientras ella lo crea, todo lo será realmente.

Nos miramos por encima de la copa, cuyo nivel desciende con rapidez. Mis rodillas tropiezan con el paquete que aguarda bajo la mesa. Ella lee en mis gestos. Huelo su perfume. El pelo le cuelga sobre el plato, donde se enrosca como anguilas recién pescadas. Sorbemos con codicia. Llegamos al fondo de la copa, a las últimas partículas ácidas. Las pajitas producen un explosivo sonido de succión. Nuevas miradas se vuelven hacia nosotros. Sin hacer caso a quienes nos rodean nos recostamos en nuestras sillas, excitados y esperanzados, porque estos no son más que los prolegómenos.

LA FORTALEZA

Hacía demasiado calor para ir a la playa, decidieron. Fue él quien lo sugirió, quedarse en casa esa mañana, y ella se mostró de acuerdo, sin desilusión pero sin expresar tampoco entusiasmo ante la idea. Llevaban el suficiente tiempo en la isla, y aún les restaban bastantes días de vacaciones por delante, para que no fuera causa de disgusto saltarse por una vez el plan establecido como rutina: estudiar el plano de la isla mientras desayunaban, escoger una playa o cala o yacimiento megalítico o pintoresco pueblo pesquero, preparar un almuerzo de bocadillos y fruta, conducir hasta el lugar en cuestión, languidecer al sol, progresar con las lecturas reservadas para el verano, observar los veleros que se hacinaban hasta en las calas más angostas y cómo sus ocupantes se zambullían, con cuidado de evitar las anclas que erizaban el fondo.

Desayunaron en la terraza, con albornoz y gafas de sol, como estrellas de cine. El sol se reflejaba en la lengua de Mediterráneo que penetraba en la tierra justo ante la casa, formando la bahía que servía de gran puerto natural, uno de los más seguros del mundo, según las guías de viaje, uno de los más estratégicos, comparado a menudo con el de Pearl Harbor. Solo una estrecha calle y un paseo adoquinado separaban del agua la casa, que antes de su rehabilitación había sido morada de pescadores. Su propietario no hacía uso personal de ella, habiéndola adquirido solo como inversión.

La alquilaba a veraneantes y viajeros en tránsito, o, como en este caso, la prestaba a sus amigos. Él era profesor de literatura. Ella, de economía.

Pusieron una lavadora. Ordenaron la casa. Barrieron el patio trasero bajo la mirada desorbitada de las salamanquesas que se paseaban por los muros. Pronto se quedaron sin nada más que hacer y se miraron, aburridos.

Voy por el periódico, dijo él.

Te acompaño.

Fueron a pie al pueblo, recorriendo el paseo al borde del agua, contemplando los veleros y yates atracados. Chicos y chicas de buen aspecto, bronceados, con tejanos cortados por el muslo, mangueaban las cubiertas y acarreaban neveras portátiles a las bodegas.

El dependiente del quiosco puso cara de circunstancias.

La prensa no ha llegado todavía.

Son más de las once, se quejó el hombre.

El dependiente se encogió de hombros.

Algún problema con el avión. Suele pasar. Llegará enseguida.

El hombre sofocó un suspiro.

No pasa nada si no compramos el periódico, dijo ella.

Pero hoy es el día del suplemento cultural.

Ahora fue ella quien sofocó un suspiro.

Llegará pronto, repitió el dependiente. Si quieren prensa local, de esa tengo.

Esperaron en un café, junto a la oficina del práctico del puerto, a la sombra de un crucero que parecía un edificio acostado. Una hora después regresaban a casa; él, con su periódico bajo el brazo.

La planta baja, que antes había sido una lonja para los aparejos de pesca y una pequeña embarcación, estaba ocupada por una tienda de ropa. Casi siempre se hallaba cerrada. Solo abría las tardes de fin de semana, cuando más gente paseaba por el borde del agua. La entrada a la vivienda se encontraba a un costado de la tienda; una puerta verde, brillante por las capas y capas de pintura.

Alguien estaba hurgando en la cerradura. Un hombre de mediana edad. Vestía traje oscuro y una camisa llamativa, con un estampado tropical y a pesar de ello elegante. Intentaba introducir una llave en la cerradura, y parecía tener problemas para conseguirlo, no solo porque la llave no era la adecuada, sino también porque él se tambaleaba, a punto de perder el equilibro. Lo vieron interrumpir su labor, farfullar algo y buscar apoyo en la fachada para no irse al suelo.

Lo acompañaba una chica con vestido de noche, el borde de la falda muy arriba de los muslos y apenas un trozo de tela para cubrirle los pechos, que se movían libres debajo. Zapatos de tacón. Un bolso diminuto, dorado, poco mayor que una billetera. También se tambaleaba. Permanecía con la vista fija en el suelo, entre sus pies, como si mantener el equilibrio le exigiera la totalidad de su atención.

No conocían a ninguno de los dos.

¿Queréis algo?, preguntó el hombre (el inquilino, quien había decidido quedarse esa mañana en casa) cuando llegaron junto a ellos.

El que sostenía la llave alzó la cabeza y frunció el ceño enfocando la vista, de nuevo encorvado sobre la cerradura. Estaba despeinado y ojeroso y su mentón tenía una tonalidad azulada. Por lo demás, poseía un cuerpo espigado y ojos azul claro. Su ropa, sus zapatos, saltaba a la vista que eran caros. La chica se apartó el cabello de la cara y los miró también, bizqueando. Era rubia y más joven que él. Su maquillaje estaba agrietado. Se tironeó de la falda hacia abajo.

Claro que queremos algo, dijo él, sin abandonar su esforzada postura, apuntando con la llave a la cerradura por enésima vez. Deseamos los dos, ella y yo, entrar en nuestra casa para disfrutar del descanso que nos merecemos. ¿Le parece a usted bien? ¿Contamos con su aprobación?

El hombre le devolvió la mirada sin inmutarse, erguido, con el periódico y su suplemento cultural bajo el brazo, periódico que aún no había hojeado, a fin de hacerlo en casa, en el lugar idóneo, acomodado en la terraza, acompañado de una bebida fría.

Me parecería bien, si no fuera porque nosotros vivimos aquí.

…

Nosotros. No vosotros, recalcó. Y sacó sus llaves del bolsillo y se las mostró al otro hombre y a la chica rubia y las hizo tintinear. ¿Veis?

El otro miró la llave que sostenía en la mano y después retrocedió un paso, tambaleándose de nuevo, y contempló la fachada. Luego meneó la cabeza.

No, dijo con una seguridad que no casaba con su apariencia, *nosotros* vivimos aquí.

La chica había cargado su peso sobre una pierna y los miraba con una mano posada en la cadera, balanceado su diminuto bolso con la otra.

¿Podemos entrar de una vez?, preguntó a nadie en concreto. Hace calor aquí. Quiero beber algo.

Espera un segundo, le dijo su acompañante. A continuación escarbó en los bolsillos de su traje en busca, quizá, de otra llave. Cuando sacó la mano arrastró con ella un puñado de monedas y un encendedor que se desparramaron por la acera. No había ninguna llave más.

Intervino ahora la mujer.

Creo que hay una confusión. Esta casa es de MH, nos la ha dejado durante el mes de agosto. Todo el mes.

No conocemos a ningún MH. ¿Quién coño es MH?, quiso saber la chica.

La mujer prosiguió como si no la hubiera oído.

También la alquila. Puede que la agencia que se encarga de ello haya cometido un error, que os la haya alquilado sin saber que estaba ocupada.

No sabemos nada de ninguna agencia, dijo el hombre de la llave equivocada. Solo queremos entrar en nuestra casa, esta, para más señas. Espero que nos quede algo de beber, ¿o acabaste con todo anoche, princesa?, interrogó a la chica.

Ella se golpeó la barbilla con el índice y miró al cielo blanquecino, simulando hacer memoria. Sonrió y se encogió de hombros.

No sé, amor. Yo no llevo la cuenta.

Bueno, es suficiente, dijo el hombre (el inquilino, el de la llave correcta) y se adelantó y abrió la puerta. Para hacerlo apartó al otro, que se tambaleó y a punto estuvo de ir a hacer compañía a las monedas y el encendedor, que no se había molestado en recoger del suelo.

¡Eeeeh! ¿De qué coño vas?, lo increpó la chica, que empuñó su bolsito como si fuera a pegarle con él.

El hombre no le hizo caso. Con un gesto ordenó a su mujer que lo siguiera y montó guardia en la puerta mientras ella pasaba adentro, dispuesto a interceptar el paso a los otros dos si intentaban entrar.

Más os vale que os aclaréis vosotros dos. Esta no es vuestra casa. Seguid buscando. El puerto está lleno de ellas, todas parecidas, dijo, y cerró la puerta y echó el cerrojo. Su mujer aguardaba al comienzo de la escalera que conducía a la primera planta, donde estaba la vivienda.

No hacía falta ser grosero.

No lo he sido.

Lo has sido.

¿Y qué? No tenemos por qué aguantarlos si han estado bebiendo toda la noche y no son capaces de encontrar su casa.

Tampoco ha sido para tanto. Te molestas por cualquier cosa.

Vamos, dijo él enfurruñado, invitándola a subir.

Unos fuertes golpes los interrumpieron. La puerta tembló.

¡Abrid! ¡Es nuestra casa!

¡Estos cabrones han cambiado la cerradura, por eso no podemos entrar!, oyeron decir a la chica.

¡Abrid! ¡O llamamos a la policía!

Gritaban sin dejar de aporrear la puerta.

Lo que faltaba, se quejó el hombre. ¡Sí, llamad a la policía, capullos!, gritó, y su voz retumbó en el angosto espacio de la escalera.

Subieron a la vivienda y simularon no oír los golpes ni las voces, hasta que cesaron. El hombre se asomó a la terraza y oteó la calle.

Parece que se han ido.

Ella se había dejado caer en uno de los sillones del salón, bajo el ventilador que giraba en el techo, cuyo efecto apenas se hacía notar. Permanecía con los brazos abiertos y la cabeza echada hacia atrás, tratando de captar hasta el menor movimiento del aire, el vestido de lino subido hasta la cintura, las bragas a la vista, las sandalias abandonadas, una aquí y otra allá. Desde tal postura dijo:

Ese tío se te parecía bastante. ¿Te has fijado? No en los ojos. Los tuyos no son azules. Y él estaba más delgado. Pero se te parecía.

No me he fijado.

Tú nunca te fijas, pasas directamente a preocuparte.

No es eso…

Se interrumpió. Ella lo contemplaba a la expectativa, dispuesta a replicar a cualquier cosa que dijera. Desde donde estaba, él podía oler el sudor que manaba de su mujer, olor que cuando se sentía más optimista le recordaba al del pan recién horneado.

Voy a tomar una cerveza. ¿Quieres?

Ella asintió.

Sacó dos de la nevera y dejó una, sobre un posavasos, junto a la mujer, que musitó:

Gracias, con un hilo de voz.

Estaré en la terraza.

A la hora de comer, cada uno visitó la nevera por su cuenta y se apañó con sobras. Hacía demasiado calor para cocinar. Después ella se retiró a la habitación. Intentaría dormir un poco, anunció.

¿Luego haremos algo?

Claro. Cuando amaine la temperatura, dijo él. Podemos visitar la Fortaleza.

Como quieras.

Es de las pocas cosas que todavía no hemos visto.

Si tardo en levantarme, avísame.

Él regresó a la terraza. Ahora que el sol había ascendido lo bastante, el toldo que la cubría ofrecía una sombra protectora. No le apetecía hacer nada. Permaneció hundido en una silla de lona, contemplando el puerto y el islote rocoso que se alzaba en su centro, coronado por una austera construcción de piedra, el antiguo lazareto, donde los marinos que en el pasado arribaban a la isla cumplían cuarentena. Vio pasar el buque cisterna que aprovisionaba de combustible al pueblo, rumbo al recodo del puerto donde, a resguardo de la vista, se alineaban los grandes depósitos. La nave dejó tras de sí una estela de olor a hidrocarburo y el hombre, apenas consciente de ello, ensanchó las aletas de la nariz, inhalando profundamente.

La furgoneta de reparto de un supermercado se detuvo ante la casa. Dos mozos comenzaron a descargarla y acarrear cajas y bolsas a un yate atracado justo enfrente. Un mastodonte de veintidós metros de eslora y doble puente. Su nombre figuraba en la popa, en alfabeto cirílico, con caracteres dorados. Había permanecido atracado en el mismo lugar desde antes de que la pareja llegara a la casa. Varias veces habían visto pasear por cubierta al que suponían su dueño. Batín de seda color vino. Bronceado de aspecto artificial. No abría la boca salvo para dirigir órdenes a los miembros de la tripulación, ataviados con bermudas azules y camiseta del mismo color, con el nombre del barco escrito en el pecho.

Desde que estaban en la casa, aquel hombre había celebrado tres fiestas a bordo. Todas se habían prolongado hasta el amanecer, con abundancia de ruido y molestias para los vecinos. En un par de ocasiones la policía había visitado el barco a causa del alboroto, lo que solo había servido para que el volumen de la música se atenuara un rato; pronto recuperaba su nivel anterior. En cada fiesta, un miembro de la tripulación se emplazaba al pie de la pasarela de embarque e inspeccionaba el calzado de los asistentes. Cuando unos zapatos parecían susceptibles de dañar la teca de la cubierta, su dueño era invitado a desprenderse de ellos y subir descalzo a bordo. En el muelle quedaba una hilera de zapatos, la mayoría de tacón, insultantemente caros, vigilados durante toda la noche por otro miembro de la tripulación.

La mayor parte de la mercancía del supermercado consistía en bebida. El hombre adivinó que se avecinaba una nueva fiesta, e irritado de antemano por la música a gran volumen que deberían soportar esa noche, se alzó de la silla mascullando unas palabras de fastidio.

Vio entonces a la pareja que por la mañana había pretendido entrar en la casa. Estaban allí mismo, a escasos metros, acomodados en un banco del paseo. La barandilla de ladrillo encalado de la terraza le había impedido verlos hasta entonces.

Se limitaban a permanecer sentados. Llevaban la misma ropa que antes, salvo que ahora ambos lucían gafas de sol y ella se había desprendido de los zapatos. Estudiaban los movimientos de los mozos del supermercado. El dueño del barco se encontraba en cubierta supervisando la carga, ataviado con su invariable batín de seda.

La chica dio un codazo al hombre. En uno de sus viajes, los dos mozos habían coincidido a bordo, dejando la furgoneta desatendida y con las puertas abiertas. Se levantaron del banco sin mediar palabra, como una única persona. Fueron directos a las cajas de bebida, él tomó dos botellas, una en cada mano, y ella solo una, pues cargaba en la otra con sus zapatos, y echaron a correr. El dueño del barco los increpó en ruso. Varios miembros de la tripulación brotaron en cubierta. El hombre frenó y se volvió y avanzó de espaldas, con aire chulesco, mirando al ruso, quien no cesaba de dirigirle lo que a todas luces eran insultos. Y entonces le lanzó una de las botellas que había cogido. Trazó círculos en el aire hacia el flamante barco y fue a estrellarse contra la borda. Estalló en añicos e hizo retroceder al ruso. El hombre retomó su carrera y pronto alcanzó a la chica. Juntos se alejaron por el paseo. Se perdieron entre la gente. Un miembro de la tripulación hizo amago de perseguirlos, pero su jefe lo detuvo en seco. Le encargó en su lugar que limpiara el alcohol y los fragmentos de cristal que ensuciaban la cubierta. Él, por su parte, inspeccionó los daños producidos en la borda.

Desde la terraza el hombre había disfrutado de una visión inmejorable de lo sucedido. De todos los detalles. Incluido el instante en el que, tras lanzar la botella pero antes de echar a correr, el otro había alzado la cabeza hacia la casa para encontrarse con su mirada, y le había dirigido una sonrisa burlona e incuestionable. El gesto le desconcertó. Se preguntó si la sonrisa se habría tratado de algo premeditado, si aquel hombre sabía que él se encontraba allí; o bien si únicamente había sido una coincidencia: el otro había alzado la mirada, lo había visto y había compartido de ese modo su fanfarronada.

En cualquier caso, se olvidó de ello al ver al ruso inclinado sobre la borda, acariciando el lugar del golpe y moviendo los labios como quien consuela a un niño que se ha hecho daño. Entró en la casa y él también sonrió.

Fue al dormitorio. La mujer continuaba en la cama, pero tenía los ojos abiertos y perdidos en el techo.

¿Nos ponemos en marcha?

¿Qué ha sido ese alboroto?

Te lo cuento por el camino.

La Fortaleza ocupaba una península de un kilómetro cuadrado en el extremo nororiental de la isla. Rodearon en coche la bahía y tras abandonar las zonas urbanizadas circularon por una rasa costera salpicada de hierba agostada. A su derecha y más allá de la vista se encontraba la bahía; a la izquierda, los acantilados de la abrupta costa septentrional de la isla.

Se detuvieron ante el estrecho istmo por el que se accedía a la Fortaleza. Una explanada sin asfaltar servía como aparcamiento. Tan solo había dos coches además del suyo. Pasaron ante una garita militar desierta y cruzaron los muros de la Fortaleza por la entrada principal. Dentro se toparon con un extenso terreno despejado, cubierto de maleza reseca, donde sobresalían unas edificaciones de piedra dispersas y, más allá, la muralla interior o segundo frente.

Una de las edificaciones era más reciente que el resto, una oficina de atención a los visitantes. Allí los informaron de que, si lo deseaban, podían visitar la Fortaleza por su cuenta, si bien les recomendaron participar en una visita guiada. La siguiente comenzaría en veinte minutos. Aguardaron mientras se formaba un grupo compuesto por un par de familias con abuelos, padres e hijos. Tras el tiempo anunciado, apareció su guía: una mujer de mediana edad, pelo largo y canoso recogido en coleta, y atuendo *hippy:* blusa floreada, falda de volantes y sandalias de cuero, que dedicó a todos una sonrisa de dientes estropeados. Les aseguró que el lugar donde se encontraban se trataba de un hito de la arquitectura militar en Europa. A los niños les prometió que verían cañones enormes y que podrían sentarse en el puesto del artillero. Sin más preámbulos hizo una seña para que la siguieran. Caminaba a trancos, ajena al calor.

Tenemos mucho que ver, anunció por encima del hombro.

La isla se hallaba en un lugar estratégico del Mediterráneo, en el cruce de las rutas Tolón-Argel y Gibraltar-Malta, motivo por el que desde antiguo había contado con presencia militar. La Fortaleza se trataba en realidad de un fortín inglés del siglo XVIII al que con el tiempo se habían efectuado numerosos añadidos y modificaciones, y que en la actualidad solo poseía uso turístico. Los progresos en la tecnología militar quedaban evidenciados por los diferentes tipos de artillería presentes: los viejos cañones de avancarga, los más recientes de retrocarga y, por último, la pareja de modernos e inmensos Vickers de 381 mm que protegía la bocana de la bahía, y donde los niños vieron cumplida la promesa formulada por la guía. El lugar era extenso, plagado de desniveles y escaleras. El avance se hacía fatigoso. Con entusiasmo y amplia gesticulación su guía explicaba las ventajas de la línea poligonal de la muralla y los diferentes órdenes de fuego en la misma. El hombre y la mujer, cansados, iban quedándose a la zaga. De cuando en cuando se cruzaban con visitantes que recorrían la Fortaleza en solitario, con aire desamparado, disparando al tuntún sus cámaras de fotos.

Mira, dijo el hombre deteniéndose en seco.

Señalaba un aljibe de piedra, destinado a captar agua de escorrentía. Encaramada a uno de los muros estaba la chica de esa mañana, la misma a la que más tarde había visto robar la botella y echar a correr. Continuaba llevando el mismo vestido y su bolso diminuto. Estaba en pie, inclinada hacia delante, bufando como un gato y mirando algo que había en el suelo. A sus pies, un lagarto paralizado.

Su actitud llamó la atención del resto del grupo, y también de la guía, que alzando la voz le dijo:

Déjelo en paz. Es una especie protegida.

La chica se apartó el pelo de los ojos, la observó de la cabeza a los pies y respondió con una mueca de desdén. Su pareja, el hombre de la camisa tropical, salió entonces de detrás del aljibe, donde había estado orinando. Iba abrochándose la bragueta. También llevaba la misma ropa de esa mañana. Al toparse frente a frente con el público que lo observaba, efectuó una reverencia y caballerosamente ofreció ayuda a la chica para que descendiera del muro. Al bajar, a esta se le subió la falda del vestido, dejando a la vista su trasero desnudo. Sin perder la calma, se acomodó la ropa y dedicó a todos un gesto con el dedo corazón. Tomó del brazo a su acompañante y ambos se alejaron.

¿Has visto?, preguntó el hombre.

Sí. Le he visto el culo. Como todos. ¿Te ha alegrado el día?

Eran los de esta mañana.

Ya lo sé.

¿No te parece raro?

Son raros. Salta a la vista. O eso, o todavía siguen borrachos.

Esta mañana, luego por la tarde, delante de casa, y ahora aquí.

Ella se encogió de hombros.

No nos están siguiendo. No te alteres. Y nos estamos quedando atrás, dijo señalando al resto del grupo, que continuaba su camino sin esperarlos.

Ya estoy harto, dijo él.

Tú quisiste venir.

Ya. Pero prefiero seguir por mi cuenta.

Ella lo miró de reojo.

¿Qué te pasa? ¿Verle el culito a esa guarra te ha puesto nervioso?, preguntó lanzándole un pellizco a la entrepierna.

Él retrocedió.

No.

Era una broma. No hacía falta que respondieras.

No me ha puesto nervioso, insistió.

De acuerdo. Yo voy a seguir con el grupo. Para algo hemos pagado la visita guiada.

Acordaron reunirse en el aparcamiento.

En busca de algo de sombra, el hombre se refugió en un puesto de artillería al pie de la muralla. Acodado en la tronera contempló el plácido panorama que ofrecían la bocana de la bahía y la isla del lazareto. Imaginó a los soldados destinados en el pasado en la Fortaleza, gozando del mismo paisaje que él ahora, relajados, fumando cigarrillos liados a mano, los fusiles con llave de chispa a su lado. A pesar del enorme esfuerzo y el dinero invertidos en su construcción, la Fortaleza nunca había vivido un combate. Su función había resultado tan solo disuasoria.

Pensó también en aquella pareja. Se había fijado en el hombre, en si este volvía a hacerle algún tipo de seña o le dirigía un gesto de reconocimiento. Lo que no había sucedido. Su mujer tenía razón, decidió, existía cierto parecido entre ambos, un aire familiar, si bien el otro, a pesar de su apariencia resacosa y desastrada, resultaba más atractivo que él, más delgado, y más joven también.

Por otro lado, no estaba de acuerdo con ella en que su presencia allí se tratara de una coincidencia. ¿Por qué dos personas que llevaban horas en la calle, vestidas de fiesta y borrachas tras haber dado cuenta de las botellas que habían robado, decidían pasar la tarde en un lugar como aquel, de interés solo para los aficionados a la historia y la técnica militar?

No se le iba de la cabeza la mirada cómplice que el otro le había dirigido esa tarde.

Al cabo de un rato se puso de nuevo en movimiento, pero para entonces ya había perdido todo interés en el lugar. Ni su mujer ni el resto del grupo se encontraban a la vista. Se dirigió a la fortificación interior y ascendió al hornabeque, desde donde disponía de una panorámica del conjunto de la Fortaleza. No vio a nadie. Debían de estar dentro de una de las edificaciones. Bajó y deambuló hasta que el aburrimiento y el calor lo hicieron abandonar.

Sin embargo, no se apresuró en regresar al coche. Desde el inicio de las vacaciones, esa era la primera vez que disponía de un momento para sí mismo, sin la proximidad de su mujer. Y eso le agradaba.

Se detuvo antes de alcanzar la salida. A un lado del camino, un túnel se hundía en el terreno mediante una suave rampa. La guía les había hablado de ello. Se trataba de una de las entradas de la Mina. El subsuelo de la Fortaleza se hallaba recorrido por un laberinto de galerías y salas empleadas en el pasado como polvorines, talleres y almacenes de repuestos. La Mina carecía de alumbrado y quedaba fuera de las visitas guiadas. Algunas de las galerías se habían derrumbado. Sonaba sugerente. Un letrero en la boca del túnel prohibía el paso, si bien no existía ningún tipo de barrera.

Apenas se lo pensó.

Solo echar un vistazo, se dijo mientras descendía la rampa.

Percibió el cambio de temperatura en cuanto penetró en la oscuridad. El suelo era de tierra pisada. La atmósfera, seca y polvorienta. Oyó el silbido del viento en alguna galería lejana, lo que, como un canto de sirena, lo animó a seguir adelante. Dobló una esquina y luego otra y luego otra. La luz era la que penetraba por unas aberturas circulares en el techo, a través de las que antaño se había izado, mediante elevadores de poleas, la munición de los cañones hasta las casamatas superiores. La luz tenía forma de conos. Parecían sólidos y los rodeó como si temiera quemarse con ellos. Llegó a una galería más alta y ancha que las anteriores, de dimensiones aptas para que circulara por ella un carro, y que se prolongaba en línea recta. Sus pasos producían un retumbe metálico. No había perdido la orientación. Recordaba el camino por donde había ido, si bien era incapaz de saber bajo qué parte de la Fortaleza se encontraba. Avanzó por la galería hasta un punto donde el paso estaba cortado por una cortina de raíces que se descolgaban a través del techo y llegaban al suelo, donde se enroscaban como muelles. Raíces de higuera. Poseían una apariencia incuestionablemente orgánica. Rojizas. Húmedas. Venas suspendidas. Se imaginó estirando la mano, aferrando una de las raíces, y al árbol estremeciéndose como respuesta a su contacto. Las apartó como si de una cortina de cuentas se tratara y pasó al otro lado.

La galería proseguía su avance, alumbrada por los conos de luz. Ahora, sin embargo, se abrían a sus costados vías secundarias. Galerías menores que partían o llegaban a ella. De una de estas manaban unos ruidos que lo hicieron detenerse. No era el viento. Se trataba de sonidos suaves, entrecortados. Gemidos. De varias personas.

Se pegó a la pared y escuchó. Dos personas.

La idea lo asaltó de inmediato, sin que existiera nada firme para sustentarla. Eran ellos. Ese hombre y esa chica.

Avanzó teniendo cuidado de no hacer ruido, aproximándose a la galería de donde partían los gemidos. El deseo de ver lo que estaba pasando lo embargaba y tiraba de él hacia delante, sin espacio para la reflexión, para pensar si hacía lo correcto o si existía algún riesgo. Alcanzó la entrada de la otra galería. Tomó aliento y, despacio, asomó la cabeza.

Vio el perfil del otro hombre a media docena de metros. Estaba en pie, con la espalda contra la pared. Tenía los pantalones hechos un revoltillo alrededor de los tobillos. Permanecía con la cabeza caída hacia atrás y gemía. La chica, acuclillada, se metía y sacaba la polla de la boca. Se había subido el vestido hasta la cintura. Estaba descalza. Sus zapatos, tirados en el suelo polvoriento. Cuando se separaba del hombre para recuperar el aliento quedaban unidos por unos hilos de baba gomosa y brillante.

En una de estas ocasiones, cuando la chica se apartó el pelo de la cara, descubrió al hombre. Este retrocedió de inmediato y se quedó paralizado. Aguardó así unos instantes. Pero no pasó nada.

Más despacio que antes si cabía, volvió a asomarse. La chica había retomado su labor. Su pareja le había apoyado las manos en la coronilla y la guiaba.

Entonces la chica ladeó la cabeza y sin dejar de chupar y lamer miró hacia la entrada de la galería, donde se asomaba el hombre, y le sonrió. Y no solo eso. Se giró de modo que le ofreció una vista de su entrepierna desnuda, de la que en la penumbra de la galería él solo alcanzó a distinguir una oscuridad convergente. El otro hombre permanecía ajeno a lo que sucedía. Dirigía palabras de ánimo a la chica, órdenes para que no se detuviera. La chica cerró los ojos lentamente, como un telón, y, todavía girada hacia su espectador, bajó una mano para acariciarse la entrepierna mediante círculos despaciosos.

Esto continuó durante unos minutos, aunque el hombre nunca sería capaz de concretar el tiempo transcurrido, absorto como estaba. Prosiguió hasta que el otro, agitado, tomó a la chica por los hombros y la forzó a levantarse, y sin contemplaciones la empujó más adentro en la galería, donde no había luz suficiente para verlos, y la chica y él se alejaron, ella trastabillando, la barbilla brillante de babas, los brazos colgando como los de una muñeca de trapo, y un gesto, un dedo que decía que no, dirigido al hombre, prohibiéndole ir tras ellos.

Se quedó donde estaba. No trató de atisbar lo que ocurría después. Eso ya no le estaba permitido. Si los seguía, debería atenerse a las consecuencias.

Turbado, retrocedió. Traspasó las raíces de higuera y deshizo el camino hasta la salida. Sentía las piernas como de chicle. Cerró con fuerza los ojos ante el brillo del sol. Respiró hondo y se sacudió la ropa, preocupado por su apariencia, como si fuera él quien había hecho algo. Luego caminó hacia la salida.

Encontró a su mujer y al resto del grupo bajo la puerta de la muralla. La guía se estaba despidiendo de ellos e invitándolos a conocer también la isla del lazareto, de cuyas visitas también era ella la encargada.

Podrán ver el foso donde mantenían encerrados a aquellos desgraciados, lejos de todo contacto, dijo al hombre, como si no se hubiera percatado de su ausencia ni de su regreso. Les administraban la comunión mediante una pértiga. La oblea en el extremo.

El grupo se dispersó en el aparcamiento.

¿Dónde has estado?, quiso saber la mujer.

Por ahí, dijo con un gesto vago. Me he perdido. Todo esto me parece igual. Todas sus partes.

A mí me ha resultado interesante. ¿Estás bien?

Sí. ¿Por qué?

Pareces acalorado.

Estoy acalorado.

¿Nervioso?

Él la miró como si no supiera de qué estaba hablando.

No. Estoy bien. Me alegro de que te haya gustado mucho. Pensé que te ibas a aburrir.

Me ha gustado. Solo eso.

Los demás visitantes hicieron unas últimas fotos. Luego subieron a sus coches y partieron levantando nubes de polvo. Ellos dos eran los únicos que quedaban.

El hombre lanzaba miradas a la entrada de la Fortaleza, por si aparecía la otra pareja. Lo que no ocurrió. Se preguntó si a falta de un lugar donde quedarse, pasarían allí la noche, y si lo habían hecho en otras ocasiones, si lo tenían por costumbre, y si residían en las galerías, y si estas se podían considerar una metáfora de algo así como el subconsciente, y ellos eran las criaturas que lo habitaban, y si mataban el tiempo follando en sus divertículos. Luego se rio de sí mismo, de lo burdo y predecible de la metáfora: la Fortaleza, los túneles, el sexo. Mientras pensaba en todo ello gesticulaba sin darse cuenta, sus labios se curvaban hacia arriba y hacia abajo, sus ojos se achicaban y meneaba la cabeza, y tampoco se daba cuenta de que su mujer lo observaba con el ceño fruncido.

Del aparcamiento partía una senda que bajaba hacia el mar.

¿Paseamos?, propuso ella caminando ya.

La siguió.

El camino trazaba curvas cerradas, flanqueando grandes rocas. Al cabo de unos metros tanto el aparcamiento como la Fortaleza quedaron ocultos a la vista. El sol en descenso daba una tonalidad ocre a la costa rocosa. Llegaron a una cala abrigada, con suelo de arena gruesa y oscura, entremezclada con hebras secas de posidonia. Estaban solos. El agua era mansa y clara y permitía ver el fondo.

Ella se desprendió del calzado para mojarse los pies.

¿Nos bañamos?, propuso él.

No he traído bañador.

Yo tampoco. Pero no hay nadie. Aquí lo hace mucha gente.

Ella respondió con un mohín.

El hombre, decidido, empezó a quitarse la ropa. Cuando se sacó los calzoncillos reveló una completa erección.

¿Y eso?, preguntó ella.

No respondió. Pasó sonriendo junto a la mujer, mirándola de reojo, y se metió en el agua.

Vamos, dijo y nadó con brazadas briosas.

Un instante después había desaparecido tras una punta rocosa que se adentraba en el mar. También él quedó borrado del paisaje. Un elemento más que desaparece. La mujer quedó sola.

Chapoteó con los pies, indecisa. Verificó que nadie podía verla y empezó a desvestirse. Las marcas del biquini destacaban sobre la piel bronceada igual que partes muertas de su cuerpo, o menos vivas. Nadó siguiendo a su marido.

Lo encontró encaramado a una roca que afloraba sobre la superficie, recibiendo de frente el sol en declive, reluciente y todavía erecto. Subió junto a él, que de inmediato le acarició las nalgas. Ella se apartó.

Aquí no.

¿Por qué no? No hay sitio mejor.

Aquí no.

Entonces él se masajeó el pene. Si ella no lo ayudaba, se encargaría él solo.

¿Qué haces?

Continuó, ajeno a la pregunta.

Ella le apartó la mano y la sustituyó por la suya.

Déjame a mí.

No hizo falta mucho. Estaba tenso desde las rodillas hasta el cuello. En cuanto sintió la mano de su mujer abrazarlo y tironear, se tensó aún más si cabía y se vació como se vacía una toalla empapada cuando se retuerce. Copos blancos quedaron flotando en el agua. Él y ella, recostados uno en el otro, vieron una nube de pececillos translúcidos acudir en tropel y picotearlos hasta deshacerlos.

Regresaron a la cala nadando despacio. Él llegó primero.

Pero ¿qué...?

Sus ropas estaban revueltas y esparcidas por la arena y había huellas desordenadas a su alrededor.

¿Qué pasa?, preguntó la mujer. Él ya estaba comprobando si faltaba algo.

Alguien ha estado aquí.

Buscó en primer lugar la cartera, que encontró intacta. Tampoco faltaba ninguna prenda de ropa, aunque estaban cubiertas de arena y pisoteadas. Faltaban las llaves. Las del coche y las de la casa.

Pateó el suelo y se puso a lanzar maldiciones.

Han sido ellos. Seguro.

¿Quiénes?, quiso saber la mujer, que tras sacudir la ropa había empezado a vestirse.

Esos dos. Los de esta mañana. A los que hemos visto en la Fortaleza.

¿Por qué han sido ellos?

¿Quién si no? ¡Joder, nos estaban siguiendo! ¡Está claro!

Ella suspiró.

¿Estás seguro de que faltan las llaves? ¿Has mirado en la arena?

He mirado. No están.

Faltaban también sus móviles, que descubrieron en la orilla, bajo el agua.

Vístete, dijo la mujer. Volveremos a la Fortaleza y pediremos un taxi.

Él obedeció mientras farfullaba nuevas maldiciones.

Su coche había desaparecido del aparcamiento. Desde la oficina de atención a los visitantes llamaron a un taxi.

Iremos directos a la policía, dijo ella.

Él se opuso.

No. Tenemos que ir a casa. Ellos irán allí. Esta mañana querían entrar y ahora tienen las llaves. Tenemos que asegurarnos de que no entren. Llegar antes que ellos.

Si de veras es eso lo que pretenden, ya estarán allí, dijo la mujer consultando el reloj. El taxi tardaba en llegar.

Me da igual. Es lo que haremos.

El hombre planificó sus movimientos. Dijo que ella acudiría a la policía, a explicar todo lo sucedido y denunciar el robo del coche. Mientras tanto él conseguiría un nuevo juego de llaves de la casa. La agencia inmobiliaria encargada de alquilarla estaría cerrada a esa hora de la tarde, pero conocían a la dueña, sabían dónde vivía. Luego iría a la casa… y ya vería lo que hacía.

Ella mostró su desacuerdo durante todo el trayecto en taxi hasta el pueblo, sin lograr que cambiara de parecer. Cuando se detuvieron ante la comisaría, él prácticamente la arrojó fuera del coche. Luego dio al conductor la dirección de la dueña de la agencia.

Todo lo rápido que pueda, añadió.

La mujer se quedó en la acera con los labios apretados en una línea recta. Por su lado circulaba un caudal de personas con aire despreocupado, sonrientes, saboreando helados, curioseando en las tiendas de ropa, buscando un restaurante donde cenar. Entró en la comisaría.

Pidió al taxista que esperara. La dueña de la agencia era una alemana afincada en la isla desde hacía años. Ante las repetidas llamadas al timbre, abrió de golpe la puerta y preguntó:

¿Qué ocurre?, en tono seco, sin reconocer al hombre.

Él se presentó y explicó lo que ocurría, bajo la mirada suspicaz de ella, que no lo invitó a pasar. Cuando terminó, la alemana le pidió que repitiera su nombre y luego le pidió que aguardara mientras volvía a entrar en la casa y cerraba la puerta. Él supuso que habría ido a telefonear al propietario de la casa, a MH.

La alemana volvió a salir minutos después. Se había cambiado de ropa.

Las llaves están en la agencia. Iremos en mi coche. Pague al taxista.

Poco después el hombre tenía frente a él un nuevo juego de llaves. Pero la alemana no se las entregó hasta decir todo lo que tenía que decir.

Aunque la casa esté bien y no haya pasado nada, hoy, esta noche, debe usted llamar a un cerrajero para que cambie la cerradura.

Pensaba hacerlo.

Y debería usted ir a la casa junto con la policía. Yo también iré.

No.

Ella abrió mucho los ojos.

¿Cómo?

No irá. No es necesario. La mantendré informada.

Esto es sumamente irregular.

Dígamelo a mí.

Le arrebató las llaves y salió corriendo sin atender a las voces de la alemana, que le ordenaba aguardar.

La casa estaba cerca y fue hasta ella mitad corriendo, mitad caminando. Cuando llegó le faltaba el aliento, sufría pinchazos en el costado y el sudor le pegaba la camiseta al cuerpo.

La puerta estaba cerrada y no se apreciaban señales de que dentro hubiera alguien.

Entró.

¿Hay alguien? ¡La policía está de camino!, anunció al hueco de las escaleras.

No hubo respuesta.

Despacio, comenzó a subir. El salón estaba tal como lo habían dejado. Aferró un jarrón de bronce y con él en alto, dispuesto a lanzar un golpe, recorrió la casa inspeccionando armarios, debajo de las camas y cualquier rincón donde alguien pudiera esconderse. No encontró a nadie. Aliviado, dejó caer el jarrón sobre una cama.

El timbre de la puerta le hizo dar un brinco. Quedó con las piernas flexionadas, en guardia, en una posición ridícula. La llamada se repitió. Se asomó a la terraza y vio frente a la casa un coche de policía. Su mujer y dos agentes aguardaban en la puerta.

Ya voy, anunció.

No hay nadie, dijo en cuanto abrió.

¿Estás bien?, preguntó su mujer.

Sí. No hay nadie, repitió.

Los agentes lo escrutaban, serios.

¿Nos permite pasar y que lo comprobemos nosotros?

Se hizo a un lado. Entró un agente, que subió la escalera con cautela. Él hizo ademán de seguirlo, pero el otro se lo impidió.

No. Esperen aquí, conmigo. Y usted, dijo dirigiéndose a él, cuénteme lo que ha ocurrido.

Ya se lo he explicado yo en la comisaría, terció la mujer.

Y ahora quiero que lo haga él.

El hombre empezó a contar la historia, comenzando por el encuentro de esa mañana con la otra pareja. Antes de que pudiera concluirla, el agente que había subido se asomó a la escalera y confirmó que no había nadie dentro. Al mismo tiempo el coche de la alemana de la agencia de alquiler se detuvo en la calle. Había ido a cerciorarse de que la propiedad no había sufrido daños.

Todos subieron y tomaron asiento en el salón. El agente que había interrogado al hombre sacó una libreta y le pidió que describiera a la pareja:

También lo he hecho yo en la comisaría, volvió a decir la mujer.

El agente la hizo callar lanzándole una mirada fría.

Usted, dijo señalando al hombre con el índice. ¿Cómo eran?

Efectuó una descripción precisa, tanto de él como de ella. Edad, aspecto físico, ropa, comportamiento. Soslayó la escena en la Mina.

Y el hombre se parece a él, añadió la mujer.

¿A él?, preguntó el agente.

A mi marido. Bastante. Aunque el otro es más delgado. Y tiene los ojos azules. Es atractivo.

Los agentes escrutaron al hombre de la cabeza a los pies. La ropa sudada, pegada al vientre. El rostro quemado por el sol. El pelo desordenado después del baño en el mar. La coronilla, que le empezaba a clarear.

El que hacía las preguntas cerró los ojos y se presionó el puente de la nariz, luego pasó hacia atrás las páginas de su libreta y leyó en silencio.

Su esposa nos ha dicho que no vieron a quien les robó las llaves.

No vimos a nadie.

Luego su acusación está basada en una suposición.

Apoyada en lo ocurrido anteriormente.

Un apoyo un tanto endeble, diría yo.

Intentaron entrar aquí. Y después nos rondaron todo el día.

Se hizo el silencio en el salón.

Reconozco que se trata de una suposición, pero todo apunta hacia ella.

El agente hizo un gesto abarcando la estancia donde se encontraban.

Aquí no ha entrado nadie. Yo diría que eso echa abajo su teoría.

No supo qué decir. Podría haber dicho muchas cosas, pero todas se le ocurrieron más tarde, como que los otros, ese hombre que se le parecía y su chica, seguramente no eran estúpidos y habrían supuesto que ellos volverían acompañados por la policía y por eso permanecían ocultos, aguardando el momento adecuado para su toma de posesión. Pero en ese instante no supo qué decir.

Este es un lugar de veraneo, explicó el agente con sonrisa conciliadora. Mucha gente. Mucha diversión. Los visitantes se relajan. Acuden aquí a relajarse. Y eso ayuda a los amigos de lo ajeno. Se producen robos a diario. Lo más probable es que quien les robó solo fuera detrás de su vehículo, y cogió los dos juegos de llaves… No sé por qué. Tenía o tenían prisa. Puede que tampoco fueran muy inteligentes.

El hombre escuchaba con la vista perdida más allá de las puertaventanas de la terraza y asentía quedamente.

Buscaremos su coche, añadió el agente. Y esta noche, les recomiendo que la pasen en un hotel. Estarán más tranquilos. Es solo por si acaso. No creo que vaya a suceder nada.

Nos quedaremos aquí, respondió él con firmeza, en un tono más fuerte que el necesario, pero del que el agente hizo caso omiso.

Y cambien la cerradura de la entrada.

En el listado de teléfonos figura el número de un cerrajero de servicio permanente, intervino entonces la alemana, que había permanecido apartada, inspeccionándolo todo por su cuenta, por si faltaba algo.

Junto al aparato de teléfono descansaba una hoja de papel plastificada con una serie de números de utilidad, desde servicios de emergencias hasta restaurantes con reparto a domicilio.

Lo haremos.

Se despidieron de los agentes, quienes antes de partir dedicaron una reprimenda al hombre por no haberlos esperado y entrar solo en la casa. La alemana quiso quedarse hasta que llegara el cerrajero, pero el hombre y la mujer insistieron en que no era necesario, conscientes de que a ella no le gustaba nada lo que ocurría y no se fiaba de ellos. Aceptó irse solo después de que le prometieran que lo primero que harían al día siguiente sería acudir a la agencia y entregarle una copia de la nueva llave.

Por fin se quedaron solos.

La mujer miró a su alrededor, indecisa sobre qué hacer.

Voy a darme una ducha, dijo.

A solas, se sentó en el borde de la bañera y permaneció así largo rato, sin hacer más que observar su reflejo en el espejo.

Se entretuvo cuanto quiso. Después de la ducha, se aplicó aceite hidratante por el cuerpo. Lamentaba la desaparición del coche, la molestia que esto representaba para MH, aunque en realidad él nunca lo utilizaba. El vehículo era tan solo para servicio de los inquilinos. MH se arrepentiría de haberles prestado la casa, pensó. Y durante todo un mes, además, en plena temporada alta. Una casa que ellos, con sus sueldos de profesores, difícilmente podrían pagar. Todos los días, de modo invariable, había brillado el sol. La isla bullía de gente. Sobraban las oportunidades de diversión. Pocas veces, quizá nunca, podrían disfrutar de unas vacaciones semejantes. Pero ellos, a pesar de todo, no estaban pasándolo bien. O no todo lo bien que en tales circunstancias se podría esperar. Para ella la estancia estaba resultando demasiado larga. Contaba los días que faltaban para regresar a casa y al trabajo. Y aunque su marido no había dicho nada al respecto, ella tenía la certeza de que su parecer era el mismo. ¿Por qué no podían pasarlo bien? Relajarse, simplemente. Disfrutar.

Cuando salió del cuarto de baño, el hombre estaba abajo con el cerrajero, que arrodillado trabajaba en la cerradura.

Se sirvió una copa de vino, de una de las botellas incluidas en la cesta de regalo que habían encontrado aguardándolos el día de su llegada, uno de los típicos detalles de MH, caros e innecesarios. La casa disponía de teléfono y fax y un ordenador anticuado pero utilizable e impresora, y la hoja plastificada con números de teléfono incluía los de las principales líneas aéreas internacionales, y junto a ella descansaba una manoseada guía de la *nightlife* de la isla, entre cuyas páginas figuraban anuncios sueltos, recortados de otras publicaciones: anuncios de servicios de prostitutas. El mobiliario era caro. Cuando llegaron a la casa, olía a barniz y desinfectante con aroma a pino, la estela de un equipo profesional de limpieza. Resultaba difícil creer que se tratara de una vivienda de alquiler, que antes que ellos habían pasado por allí innumerables personas. Todo inmaculado, como la habitación de un hotel. Un lugar para personas con hábitos y gustos y problemas muy distantes de los suyos.

Oyó cerrarse la puerta de la calle.

Ya está, dijo el hombre subiendo las escaleras, y dejó tres llaves iguales, nuevas y brillantes, junto con una factura, en una mesa. ¿Te encuentras bien?

Ella asintió desde el sofá donde daba cuenta del vino, envuelta en una bata. Estaba oscureciendo. Tras las ventanas el cielo era de un violeta encendido.

El hombre salió a la terraza y oteó la calle en ambas direcciones. Escrutó la corriente de gente que deambulaba por el paseo, sin distinguir a la otra pareja, aunque convencido de que se encontraba cerca. Aguardando.

Frente a la casa, el yate del ruso relucía con todas las luces encendidas. Un par de marineros sacaba brillo a las barandillas y piezas metálicas. Ya estaba dispuesto un mostrador con bebidas y aperitivos. El hombre se había olvidado por completo de la fiesta.

La música empezó a las once. En cualquier caso no habrían podido dormir, tensos como estaban. Él no hacía más que asomarse a la terraza y había bajado dos veces a asegurarse de que el cerrojo de la puerta estaba echado.

Estoy hambrienta, dijo la mujer.

Tras un instante él respondió:

Y yo.

Entre los dos prepararon una cena abundante y descorcharon otra botella de vino. Cenaron en la terraza, mientras contemplaban el desfile de invitados que subían al yate del ruso. Como en ocasiones anteriores, a medida que llegaban los asistentes, una fila de zapatos iba creciendo al borde del muelle.

Deja de mirar la calle, pidió la mujer. Esos dos no van a venir. Ya has oído al policía.

¿El policía que, como yo, también hablaba basándose en suposiciones?

Ella tomó un bocado de ensalada de palmitos y masticó despacio. Se ayudó de un sorbo de vino.

Pero sus suposiciones me tranquilizan, dijo. No te molestes por eso. Disfrutemos de la cena. Ha sido un día…

No terminó la frase.

Él sonrió.

Tienes razón, dijo y alzó su copa invitándola a un brindis.

Se entretuvieron especulando sobre el ruso, acerca de a qué se dedicaba, cómo habría conseguido su dinero. Ella lo veía como un empresario no del todo honesto, la cabeza invisible de varias empresas constructoras con operaciones en el Mediterráneo; coleccionaba antigüedades halladas por sus empleados durante la excavación de cimientos. Para él, se trataba del dueño de una cadena de discotecas; completaba sus ingresos mediante la venta en Europa del Este de coches robados.

Ajeno a tales especulaciones, el ruso recibía a sus invitados en cubierta, saludando a todos con un beso, a los hombres en la mejilla, a las mujeres en los labios.

Después de cenar, mientras él recogía la mesa y fregaba los platos, ella telefoneó a MH para explicarle lo sucedido, aunque lo supiera ya por la alemana. Hablaron largo rato. Por momentos ella rebajó la voz hasta un susurro. También se rio. Le dio reiteradamente las gracias por su comprensión. Se rio de nuevo.

Tras colgar se sirvió una copa.

¿Cómo se lo ha tomado?, quiso saber él.

Bien. Ya lo conoces. Solo es un coche, dinero. Eso no le importa.

Continuaron un rato más en la terraza. Con la llegada de la noche la temperatura había descendido y era agradable estar fuera, a pesar del barullo de la fiesta. En la cubierta de proa del yate varias chicas bailaban con copas en la mano, vestidas como modelos. Parecían modelos. Varias de ellas lo eran. Los que circulaban por el paseo se detenían para disfrutar del espectáculo. Algunos hacían fotos.

Hacía rato que la mujer bostezaba.

Me voy a la cama, anunció.

Yo me quedo un poco más.

Ella trasladó sus cosas del dormitorio principal, cuyas ventanas miraban al muelle, a una habitación orientada al patio trasero, donde el bullicio se hacía sentir menos.

En cuanto se quedó solo, él volvió a escrutar la calle. La idea del policía acerca de que la otra pareja solo iba tras su coche tenía sentido y resultaba, en efecto, tranquilizadora. Aunque a él no terminaba de convencerlo. Si eso era lo único que les interesaba, un coche, ¿por qué se habían tomado la molestia de seguirlos hasta la Fortaleza?

Lo que realmente querían, pensaba, eran las llaves de la casa. Entrar en ella. Claro que él se les había adelantado. Había obrado con presteza y llegado antes que ellos. Ahora no podían entrar. Y eso lo llenaba de orgullo. Había protegido su residencia. Y se veía capaz de seguir haciéndolo mientras durasen las vacaciones.

Cerró las puertaventanas de la terraza, con lo que el sonido de la música quedó atenuado. Recorrió la casa apagando luces. Comprobó de nuevo que la puerta de entrada estuviera bien cerrada, al igual que la del patio. Pero no fue aún a la cama.

Tomó asiento en el salón a oscuras. Permaneció allí largo rato, rumiando los acontecimientos del día. Con la salvedad del robo del coche —que al fin y al cabo no era suyo y para cuyo dueño su desaparición apenas significaba nada— se sentía satisfecho del modo como todo había concluido. Excitado también, deseoso de que llegara el día siguiente y de enfrentarse de nuevo —estaba convencido de que tal cosa ocurriría— a la otra pareja. Nadie había dicho todavía la última palabra. Especuló acerca de su próximo encuentro. Quién daría con quién. Los imaginó en la calle, en ese mismo instante, ocultos entre los viandantes y escudriñando la casa, siempre con sus ropas de fiesta, cada vez más ajadas, el maquillaje de ella emborronado, necesitados de aseo y un descanso reparador.

Se desvistió en el salón a fin de no molestar a su mujer, que ya había apagado la luz. Entró desnudo en la habitación y se metió en la cama. Al instante ella se pegó a él y comenzó a acariciarlo, como si lo hubiera estado aguardando.

Estás despierta, dijo él, ni afirmación ni pregunta.

Y desnuda, por si no te habías dado cuenta. Y tenía ganas de que vinieras.

Cuando empezaron a mecerse, los acompañaron los chapoteos del vino acumulado en sus estómagos. Él pensó en la chica, tal como la había visto en la galería de la Mina. No le importó en quién pensaba su mujer, en MH o en quien fuera.

Amanecía cuando sonó el teléfono. Él se levantó mientras su mujer se quejaba y se tapaba la cabeza con la almohada. Fue tambaleándose al salón. No había salido todavía el sol, pero el cielo estaba claro y en el horizonte, por donde aparecería el astro, algo parecía a punto de reventar.

Diga.

Era la policía. Habían encontrado el coche. En realidad no lo habían hallado ellos, sino unos chicos que practicaban la inmersión nocturna en la costa norte de la isla. El coche estaba bajo el agua. Al pie de un acantilado. Cerca de la Fortaleza.

Ya habían enviado personal al lugar. Había rodadas de un vehículo que se interrumpían en el borde del acantilado. Por la dirección de las mismas, el coche provenía de la Fortaleza. No habían encontrado, sin embargo, ningún cuerpo. El coche estaba vacío, a decir de los buceadores. Empezarían a rastrear la zona en cuanto hubiera más luz.

Entonces, ¿los ladrones están muertos?

La voz al otro lado del hilo carraspeó. Ladrones o ladrón, no lo sabemos. Tampoco sabemos aún qué les ha ocurrido. En ese tramo los acantilados alcanzan los cuarenta metros de altura y la carretera pasa cerca del borde. Pudieron perder el control. Y pudieron salir despedidos durante la caída. Es probable.

Entiendo.

En cuanto al coche...

Lo imagino.

No queda nada que recuperar.

Ya. No era mío en realidad.

Yo se lo comunicaría lo antes posible al propietario.

Lo haré.

Y puede que luego tengamos que hablar con usted.

Bien, musitó.

Lo mantendremos informado.

Colgó.

No podía ser tan fácil. Le costaba creer que el coche se hubiera precipitado al agua poco después de haber sido robado. Que el otro hombre y la chica hubieran muerto mientras ellos esperaban el taxi en la Fortaleza. Que su carrera por llegar a la casa hubiera sido contra nadie. Que la otra pareja hubiera disfrutado de un final digno de ellos, espectacular, con una larga caída al vacío, hundiéndose en el agua, donde ahora se encontrarían cubiertos de estrellas de mar ávidas de sus jugos, en un giro de los hechos que el hombre nunca hubiera podido imaginar como conclusión de la historia.

Del yate aún manaba música, incansable. La cubierta estaba salpicada de vasos derramados y prendas de ropa abandonadas y varias personas deambulaban por ella trastabillando. La mayor parte de los invitados que a esa hora aún resistían se había trasladado al interior de la nave, al abrigo de las cabinas.

El hombre trataba de poner orden en sus pensamientos. Quizá hubieran caído por el acantilado, pero ese no podía ser el final. En absoluto. Los imaginó emergiendo del agua en una playa próxima, al amanecer, tomados de la mano, desnudos y renovados. Y mirar a su alrededor con sonrisas que despertaban al mismo tiempo admiración y miedo.

La música resultaba ahora insoportable, le pareció. No lo dejaba pensar. Y tenía mucho en lo que pensar. A su mujer no parecía importarle. Seguía en la habitación. Debía de haberse dormido de nuevo. Pero a él el ruido le taladraba los oídos.

Se enfundó a tirones los pantalones que la noche anterior había dejado en el salón y bajó las escaleras y salió a la calle y fue directo al yate. Se plantó al pie de la pasarela de embarque.

¡Ya es suficiente! ¿No les parece?

Las personas que había en cubierta le dirigieron miradas adormiladas y vacías de interés y volvieron a lo que estaban haciendo.

Él persistió en sus peticiones, gritando cada vez más fuerte, tratando de imponerse a la música que se desbordaba de los altavoces. El rostro congestionado. Sus gritos convocaron a un grupo de invitados, que lo animaron y se rieron de él y le hicieron señas para que subiera y se uniera a ellos.

Fuera de sí, se tiró del cabello y siguió pidiendo silencio, lo que generó nuevas risas y burlas.

No sabía qué hacer.

Entonces vio la fila de zapatos al borde del muelle. Todavía quedaba una decena de pares. Y en ese momento no había nadie vigilándolos.

A patadas, comenzó a lanzar los carísimos *stilettos* al agua.

Eso sí hizo reaccionar a los invitados, que lo increparon como si estuviera maltratando a un ser indefenso, pero que, horrorizados, no hicieron nada por impedírselo, como si lo creyeran peligroso de veras, capaz de atrocidades aún mayores. Los zapatos flotaban como barquitas coloridas.

Un miembro de la tripulación, el encargado de protegerlos, que solo se había ausentado un momento de su puesto, apareció corriendo por la pasarela, ordenándole que se detuviera. Era poco más que un niño. Cada uno de aquellos pares de zapatos equivalía a varios meses de su salario, que ahora veía peligrar.

¿Qué hace?, preguntó.

Aunque no aguardó la respuesta. Llegó decidido junto al hombre y le lanzó un puñetazo al rostro. Lo alcanzó en plena nariz.

El hombre se dobló hacia atrás y cayó al agua.

Cuando salió a la superficie, chapoteando entre los zapatos que había pateado, tosía y escupía y le sangraba la nariz. El agua sabía a hidrocarburo vertido por los barcos.

Oyó risas.

Miró hacia arriba y se encontró con el rostro del ruso, que apoyado en la borda lo contemplaba divertido. Tenía una chica a cada lado, las dos jóvenes y medio desnudas, y al reírse emitían unos sonidos que parecían maullidos. A los tres les brillaban los ojos.

¿A quién tenemos aquí?, dijo el ruso con fuerte acento. Llevaba abierto su invariable batín, dejando ver el vello canoso del pecho y varias cadenas de oro. Si es el cabrón de ayer. El que quiso herirme con una botella. ¿Has vuelto, cabrón?

Diciendo esto, estiró el brazo y volcó el vaso que tenía en la mano, vertiendo sobre el hombre un chorro de cerveza importada, de malta torrefactada y triple fermentación.

El hombre escupió, aturdido aún por el golpe. La cerveza le escoció en los ojos.

Sal del agua, cabrón, continuó el ruso. Te vamos a dar lo que te toca.

Esto pareció hacer mucha gracia a las chicas, que se apoyaban en él mientras le acariciaban el pecho y no paraban de reír.

¿Has venido solo esta vez?, preguntó el ruso. ¿Dónde has dejado hoy a tu putilla? ¿No quiere ella unirse a nosotros?

DESPUÉS DE NOSOTROS, EL DILUVIO

Dead Body no era el mayor ni el más conocido de los pueblos fantasma de California, y sería difícil precisar cuánto había de ficción y cuánto de realidad en él. De acuerdo a las guías de viaje que recogían su existencia, se trataba de un asentamiento de pioneros del siglo XIX. Sus fundadores habían afrontado la odisea de cruzar los Estados Unidos para, tras un viaje plagado de penalidades, rendirse cuando la costa del Pacífico estaba casi al alcance de su vista. Si eran conscientes o no de este hecho en el momento en que decidieron detenerse en mitad de la pradera, dentro ya del territorio de California, despiezar sus carros y emplear la madera para construir casas, es algo en lo que merecería la pena pensar detenidamente.

Nos perdimos varias veces antes de encontrarlo. Condujimos durante millas por pistas de tierra sin señalizar para ir a topar solo con granjas aisladas. De las portillas colgaban coronas de flores secas, cráneos de res, crucifijos y anuncios de venta de forraje. Las indicaciones de los propietarios nos permitieron llegar al pueblo.

Las crónicas de la época cuentan que en su momento de apogeo, entre 1870 y 1880, cuando se descubrió oro en los alrededores, la calle principal de Dead Body llegó a tener una milla de largo y albergar sesenta y cinco salones y cuatro estaciones de bomberos. Resultaba difícil de creer. Solo quedaba un puñado de construcciones, en diversos estados de deterioro, la mayoría decrépitas. Únicamente se podía acceder al interior de tres edificios: una tienda de ultramarinos habilitada como museo y oficina de información, la iglesia metodista y la vieja cantina. Entramos en esta. Despertaba una triste impresión de decorado fallido. Una barra cubierta de nombres y fechas grabados, y tras ella un espejo y la correspondiente hilera de botellas polvorientas. Escupideras de latón. Un par de mesas, en una de las cuales alguien había abandonado unos envoltorios de McDonald's. Los visitantes apenas se detenían dentro. Todos se hacían fotos ante el cartel que colgaba fuera, junto a la puerta, prohibiendo la entrada a niños, negros, indios, mujeres y perros.

Había sido idea de Stefan visitar el pueblo. Estaba empeñado en ver un auténtico poblado del Oeste e insistió para que fuera la primera parada de nuestro viaje.

Habíamos salido de San Francisco hacía siete horas; Stefan y Erika, María y Messias; Katharina y yo. Durante el trayecto el monovolumen alquilado parecía haber encogido. Tras la decepción de la cantina, los seis nos dispersamos por la calle principal.

Stefan tanteaba la solidez de las casas. Inspeccionaba cada letrero, los bebederos para los caballos, la única letrina preservada... Erika manipulaba su cámara de fotos. Había llevado el aparatoso estuche sobre las rodillas durante todo el trayecto. Escogía los encuadres y apretaba el disparador con el tiento que un francotirador pondría en su trabajo.

Había dos familias visitando el pueblo, aunque no tardaron en subir a sus vehículos e irse, dejándonos solos. En la calma que siguió, la voz de Messias resonó con fuerza sorprendente. Estaba junto al surtidor de gasolina, donde descansaba un viejo camión Dodge. Debía de hacer décadas que no se movía. Había sido despojado del motor. El brasileño quería que nos hiciéramos una foto todos juntos, montados en la parte trasera. Solo María acudió a su llamada. Los demás preferimos ignorarlo.

Yo atravesé un callejón entre dos casas y salí a la pradera. El pasto me llegaba a las rodillas. El cielo empezaba a oscurecerse por el este. No muy lejos en esa dirección estaba la línea invisible que separa los estados de California y Nevada.

A Katharina Dead Body le aburrió pronto. Nos esperaba fumando junto al monovolumen. Le envié una seña para que me acompañara. Ella señaló sus tacones altos y meneó la cabeza. Pálida, vestida totalmente de negro y luciendo unas gafas de sol de cristales enormes, que le asomaban por los lados del rostro, estaba por completo fuera de lugar. Intensamente europea.

Me adentré en la pradera hasta que el pueblo no fue más que una hilera de pequeños rectángulos en el horizonte. Así parecía más real. El viento arrastraba olas por el pasto. Un ave de presa permanecía suspendida en el aire, clavada la vista en un punto del suelo. Se lanzó en picado, desapareció entre el pasto y resurgió llevando algo entre las garras.

Al caminar me fijaba en dónde ponía los pies. Nos habían advertido sobre las serpientes de cascabel. Todavía no había visto ninguna. La mera idea parecía absurda: algo propio del cine o las novelas de Karl May. La incredulidad era fruto de la inercia que arrastrábamos, del tiempo que habíamos permanecido bajo un exceso de ficción, mitología y estímulos calculados para agitar a los turistas.

Dos reses pastaban cansinamente. El morro de un ternero, invisible hasta entonces, asomó entre la hierba alta y se enganchó a una ubre de su madre. Me observó de reojo sin dejar de mamar.

En el camino de regreso al pueblo me desvié para visitar un islote que sobresalía en la pradera: los restos de un coche montado sobre ladrillos. Todo él una costra de óxido. Dentro crecía más hierba. Di una vuelta alrededor y le dediqué un puntapié exploratorio. Se desprendieron lascas de herrumbre.

¡Cuidado, señor!

Era el mexicano a cargo de la oficina de información. Me hacía señas para que me apartara del coche. No me conocía, nunca antes habíamos hablado, y aun así se dirigía a mí en español, lo que no dejó de molestarme. Seguro que a los demás les habría hablado en inglés.

Me quedé inmóvil, sin entender su advertencia. Él insistió:

¡Cuidado, señor!, gritó apuntando al decrépito vehículo. ¡Tarántulas!

Retrocedí unos pasos. Tarántulas. En el coche. En el interior del capó, resguardadas del viento, aprovechando el calor acumulado por la chatarra durante el día. Patas. Fina pelambre parda. Veneno. Me alejé sin terminar de creérmelo.

Erika nos había hablado de una amiga suya que estaba organizando una visita al parque nacional de Yosemite. Planeaba pasar allí un fin de semana largo, de viernes a lunes. Buscaba acompañantes para compartir gastos. Ella y Stefan iban a ir. Estaría bien que Katharina y yo los acompañáramos. Acordamos cenar todos juntos para concretar los detalles. Nos reunimos en un restaurante japonés en Berkeley.

Ya conocíamos a María. Ella y Erika habían sido compañeras de piso durante un tiempo y cursaban sendos doctorados en Berkeley. Nos presentó a su novio. Se llamaba Messias. Los dos eran brasileños. Resultó que el verdadero organizador del viaje era él.

Enclenque y de rasgos aniñados, parecía bastante más joven que María. Daba clases de portugués en una academia de San Francisco. Su voz tenía un timbre agudo. Cuando hablaba se apoyaba en una florida gesticulación.

Nos enseñó un plano de carreteras en el que había señalado la ruta prevista, y otro, del parque, con los recorridos turísticos que podíamos realizar. Había recopilado abundante información sobre hoteles y agencias de alquiler de coches. En su opinión, seis personas era el número perfecto. Al parecer había dado por supuesta nuestra conformidad con su plan.

Durante la cena habló sin parar. Gesticulaba con los palillos. Chupaba los granos de arroz adheridos a estos. Saltaba de un tema a otro. Habló de sus alumnos de la academia. Despotricó contra el sistema de transporte público de San Francisco. Nos resumió un artículo sobre el Ku Klux Klan que acababa de leer. Estaba entusiasmado con el tema, su terminología y jerarquías: magos, halcones nocturnos, grandes titanes del imperio invisible…

María lo escuchaba ensimismada. Los demás tratábamos de mostrarnos educados. A mí, la idea de encerrarme en un coche con aquel tipo me resultaba cada vez menos apetecible. Pero Katharina y yo habíamos hablado a menudo de visitar Yosemite. Y además estaban Erika y Stefan, que sí eran una compañía grata y de fiar.

Por fin a Messias se le acabó el fuelle y entonces se volvió hacia Erika.

¿En qué consiste eso que haces en Berkeley?

Erika diseñaba herramientas matemáticas para el análisis de redes sociales. Formulaba modelos aplicables a las relaciones comerciales. En su grupo de trabajo había matemáticos, sociólogos y politólogos. Le fascinaba el tema. Llevó a cabo un breve pero encendido resumen de su quehacer diario y los principios fundamentales de la disciplina.

Ya... No está mal, la interrumpió el brasileño. ¿Alguien va a tomar postre? Yo no. Creo que he cenado demasiado.

Todos me observaron mientras me alejaba del coche oxidado. Messias lucía una amplia sonrisa.

El mexicano aseguró que una picadura de tarántula puede hacer pasar un mal trago. Hay personas especialmente sensibles; se les hinchan los miembros y no pueden ponerse la ropa. Todas las temporadas había varios casos en Dead Body.

Formábamos un corrillo junto al monovolumen. El mexicano, poco más que un adolescente, agradeció el cigarrillo que le ofreció Katharina. Llevaba tres años trabajando allí. Cada principio de temporada se reponía el contenido del botiquín, pero cuando llegaba el otoño ya no quedaba nada, y seguía así hasta la siguiente primavera, nos informó. Era un mal lugar para sufrir accidentes. Antes vivía un veterinario a unas millas de distancia; atendía los casos urgentes, pero se había trasladado a Sonora.

Traduje al español las preguntas que Stefan tenía sobre el pueblo. Las respuestas del chico eran vagas. No parecía interesado por el tema. Los últimos habitantes habían abandonado el lugar en la década de los veinte. Para entonces hacía mucho que el oro se había agotado. Los incendios eran cosa frecuente. Por los alrededores no había piedra con que construir las casas. Tampoco había madera, pero esta era más fácil de transportar.

Mientras el mexicano hablaba, vimos aparecer una figura en la puerta de la oficina de información. En un primer momento no distinguimos si era masculina o femenina. Resultó ser lo segundo.

Avanzó hacia nosotros con pasos vacilantes. Katharina me aferró el brazo y Stefan exclamó algo en alemán. Creíamos que no había nadie más en el pueblo. Se acercó a nosotros arrastrando los pies, con los brazos colgando inermes. Estaba escuálida. El cabello, negro y enredado, le llegaba hasta las caderas, y parte de él le cubría la cara. Llevaba unos tejanos demasiado grandes para ella, ajustados a la cintura con una cuerda.

Se detuvo al lado del mexicano, donde se acuclilló. La melena barrió el polvo de la calle. Parecía borracha o drogada. Era india. Trece o catorce años, no más. Su camiseta estaba sembrada de lamparones y agujeros.

¿Quién es?

Mi chica, dijo el mexicano, y le acarició la cabeza como si se tratara de un cachorrillo.

Ella nos miraba con expresión vacía. Inclinaba la cabeza a un lado y luego al otro. Tenía nudos en el pelo y las manos negras. Nos enseñó los dientes como si eso fuera lo que esperábamos que hiciera.

¿Cómo se llama?, preguntó Messias.

Daisy.

¿Solo eso?

No entiendo.

¿Y el nombre indio? Luna Danzarina, Alce Sonámbulo, o algo así.

No. Solo Daisy.

Erika alzó la cámara.

¿Puedo haceros una foto?

El mexicano se encogió de hombros.

Lo hacen muchos.

Pasamos esa noche en Bridgeport. Situada al norte de Yosemite y fundada por mineros y ganaderos, la ciudad había tenido un destino más próspero que Dead Body. El hotel era de estilo familiar. Las camas tenían colchas de retales. Desde la ventana se veía la línea imponente de la Sierra del Este y se oía relinchar a los caballos recogidos en un cercado.

La dueña nos recomendó un sitio para cenar. Estaba en la calle principal. Fuimos a pie. Del techo del local colgaban lámparas fabricadas con astas de ciervo. Las camareras eran mexicanas y de inmediato se dirigieron a mí en español. Mi contrariedad fue evidente e hizo reír a Katharina. Stefan me dio una palmada en la espalda. Nos acomodamos al fondo del salón principal. Katharina me cedió el sitio para que pudiera sentarme de espaldas a la pared. El brasileño me llamó la atención sobre esta costumbre y provocó una conversación que yo hubiera preferido evitar.

Las paredes estaban adornadas con fotografías antiguas. Mineros barbudos y desdentados. Torres de perforación. Familias de diez miembros apiñadas en carromatos. Y entre ellas: banderines de equipos de béisbol y anuncios de cerveza, lo que daba a las fotos una pátina de falsedad. Sentí el impulso de observarlas de cerca en busca de trucajes.

Tres niños escuálidos bañándose en una tina. Un hombre con monóculo posando junto al cadáver de un oso.

La comida era sabrosa y la acompañamos con cerveza. Messias estaba tan animado como siempre. Parloteaba sobre las diferencias entre la cerveza americana y la europea. El verano anterior había pasado una semana de vacaciones en Alemania. Se diría que durante ese tiempo no había hecho más que catar cerveza e investigar sobre su historia y elaboración. Alabó la idiosincrasia de los alemanes. Katharina, Stefan y Erika guardaron silencio.

Tras las horas que llevábamos juntos ya nos habíamos formado una opinión inamovible sobre el brasileño. Cedimos a María la labor de prestarle atención. Stefan y Erika, Katharina y yo, nos refugiamos en sendas conversaciones privadas.

Pasada la hora de la cena aumentó el número de parroquianos. Entraron dos indios paiutes y se pusieron a jugar al billar. No pidieron nada de beber. Nadie les prestó atención.

El brasileño propuso ir a algún sitio donde se pudiera bailar. Una vez más, María fue la única que lo apoyó. Me pidió que preguntara a las camareras. La más joven, con unos tejanos ceñidos que se le incrustaban entre las nalgas, dijo que los sitios buenos de verdad estaban en el lago Tahoe, a varias horas por carretera. Puso gran énfasis en sus palabras. Posaba con una cadera echada a un lado.

Podemos ir. Haremos turnos al volante, dijo Messias.

Stefan y Erika respondieron que ellos se iban a la cama. El brasileño se volvió hacia mí.

¿Qué me dices?

Está lejos. No me apetece tanto.

¡Pero qué pasa! ¿Soy el único que quiere pasarlo bien? A eso hemos venido, ¿no?

Yo quiero bailar, aseguró María, y restregó las nalgas contra la silla.

Katharina fumaba en silencio. Contemplaba a la pareja de brasileños a través de una nube de humo.

María nos caía bien. O lo había hecho hasta el momento en que la vimos en compañía de su pareja. Era una chica agradable. Tenía la nariz un poco ancha. En las conversaciones serias, si había pocas personas presentes, podía alcanzar una sorprendente elocuencia. Erika, con quien durante unos meses había compartido apartamento cuando llegó al Bay Area, decía de ella que era disciplinada y trabajadora. En la puerta de su habitación fijaba hojas de papel con consignas escritas. Frases del tipo: «Cuentas con todo lo necesario» y «Míralos a los ojos». Cada mañana se detenía frente a ellas y las leía varias veces en voz alta antes de salir hacia la universidad.

Durante el viaje, ella y Messias no habían dejado de hacerse arrumacos.

Mañana nos espera un día largo. Tenemos muchas cosas que ver, dije.

¡Eso será mañana!

Paso.

El brasileño puso cara de incredulidad.

¿Qué me dices, Kathi? Seguro que a ti sí te apetece.

Ella se limitó a aplastar el cigarrillo en el cenicero y menear la cabeza.

Messias pasó un brazo sobre los hombros de María y la estrujó contra él.

Solo quedamos nosotros. Vamos, ¿no? Lago Tahoe.

La negativa de todos los demás la había desanimado un poco. Pero ya era tarde para echarse atrás; antes había demostrado demasiado entusiasmo.

Claro. Vamos.

El brasileño pidió a Stefan las llaves del monovolumen. Este se las entregó con evidente reticencia.

Mañana salimos temprano, intervino Erika. Su tono fue admonitorio.

Te preocupas demasiado, dijo Messias poniéndose en pie. Dejó unos billetes para pagar su cena y la de María.

Los observamos cruzar el local, repleto ahora de gente, y salir a la calle. Permanecimos en silencio. Luego los dos indios dejaron libre la mesa de billar y Stefan propuso que jugáramos. Chicos contra chicas. Pedimos otra ronda de cerveza.

A las pocas jugadas nuestro cansancio se esfumó. La música sonaba más alta que antes. La camarera de los pantalones ajustados pareció sorprendida al ver que seguíamos allí. En mitad de sus viajes a las mesas empezó a detenerse junto a Stefan o junto a mí para preguntarnos de dónde éramos y adónde íbamos. Evitaba las miradas de Katharina y Erika, que de todos modos no parecían molestas. Cuando ellas se inclinaban para jugar, los parroquianos les miraban el culo.

Stefan se meneaba al ritmo de la música. Medía cerca de dos metros y era robusto. Le gustaba llevar las camisas remangadas hasta los codos. Tenía las cejas muy rubias. No costaba imaginarlo coronando, piolet en mano, la cumbre de un pico nevado. Era ingeniero informático y buscaba trabajo en Silicon Valley. Hasta que lo consiguiera, vivía de sus ahorros. Era aficionado a la astronomía.

La risa de Erika era desbocada y casi cualquier ocasión le servía para sacarla a relucir. Nuestras malas jugadas la hacían reír a carcajadas. Los demás clientes se volvían a mirarla. Era rubia. Tenía caderas anchas y brazos fuertes, perfectos para transportar cerveza en locales repletos de humo, tres o cuatro jarras en cada mano, cosa que había hecho en su Múnich natal durante varios veranos.

Los dos compartían un apartamento de una habitación en Berkeley. El sitio estaba atestado de libros. A veces, sin aviso previo, un agua turbia brotaba del desagüe de la ducha e inundaba el baño, flotaban cosas en ella, una sopa maloliente.

Cada vez que se topaban con turistas alemanes evitaban hablar para no desvelar su procedencia. Agachaban la cabeza avergonzados cuando los veían hacer fotos sin ton ni son, llamarse unos a otros a gritos o pedir cerveza en cualquier momento y lugar, incluso en los evidentemente inapropiados.

Nos retiramos cerca de la media noche. Calculamos que para entonces los brasileños estarían a mitad de camino de Tahoe.

Las habitaciones del hotel tenían camas gemelas separadas por una mesita con una Biblia. Katharina se dejó caer en la suya. Yo me hice un hueco a su lado. Conversamos a media voz sobre el día que terminaba.

Stefan y Erika compartían la habitación contigua. Oímos orinar a alguien. El sonido de líquido contra líquido se prolongó durante tiempo considerable.

¿Quién crees que será?, preguntó Katharina.

Sentíamos gran curiosidad por Stefan y Erika. Nos parecían seres complejos y desarrollados. Respondían a mi idea de personas interesantes: inteligentes y dotadas de intereses poco convencionales. Imaginábamos intrincadas conversaciones entre ambos; matemáticas y astronomía. Teoría de grafos contra leyes de Kepler. Nos interrogábamos sobre cómo podrían desenvolverse en un apartamento tan diminuto como el suyo. Habíamos cruzado la barrera psicológica de imaginarlos en la cama. Katharina alababa las tetas de Erika.

Seguro que sabe sacarles partido cuando está a ello.

Decía que le gustaría tener unas iguales.

Quizá no tan grandes, acotaba.

Nos desnudamos y acurrucamos en la misma cama. La ventana no tenía persiana. Entraba la luz de la luna llena, que formaba un rectángulo azul en el suelo. No se oía nada en la habitación de al lado. Si estaban haciendo algo tomaban precauciones. Nos acariciamos perezosamente, sin verdaderas intenciones de llegar a algo más, solo una forma de desearnos buenas noches.

¿Ese imbécil encontrará el camino de vuelta?, preguntó.

Más le vale.

Hasta hoy nunca me había fijado en la boca de María.

¿Qué le pasa?

Las encías, son enormes. Y los dientes pequeños. Encías grandes y dientes pequeños.

Tiene una sonrisa desagradable, como si algo se replegara. Muestra mucha carne. Y tiene un incisivo torcido. Debería arreglárselo.

Seguimos hablando sobre los dos brasileños. Hicimos comentarios xenófobos.

Nos dormimos sin darnos cuenta. Nuestros cuerpos obraron por sí mismos, encajaron y hallaron postura en la estrecha cama.

En sueños, no dejaba de agradecer la suerte de haber encontrado a alguien como Katharina.

El suelo estaba helado. Me vestí teniendo cuidado de no despertarla. Una luz lechosa llenaba la habitación. El exterior estaba tomado por bruma matutina.

Cogí la llave y salí. La puerta de los brasileños estaba cerrada. Rodeé el hotel. El aparcamiento se encontraba en un solar cercano. Divisé el monovolumen, que parecía estar bien. Al lado dos hombres con sombreros vaqueros metían un caballo en un remolque.

De regreso me topé con Stefan. Iba a comprobar lo mismo que yo. Al otro lado de la calle había un café. Era la hora punta. Las camareras se afanaban con los desayunos. Había una hilera de *pickups* aparcada en frente. Acordamos vernos allí en cuarenta minutos.

Katharina ya estaba en pie. Se examinaba en el espejo como si nunca antes hubiera visto su rostro. El cuarto de baño era amplio, tan grande como la habitación. Había que esperar mucho hasta que el agua salía caliente. Hicimos el amor en la ducha. Ella no concebía pasar por una habitación de hotel sin practicar el sexo. Lo pasábamos bien juntos. Había sorpresas. Aún no sabíamos lo que podíamos esperar uno del otro.

Cuando terminamos cerramos el grifo del agua caliente y nos obligamos a permanecer bajo el chorro helado. Sentí pinchazos en los testículos. A ella se le endurecieron los pezones a cámara lenta.

* * *

Los brasileños se hicieron los remolones. Tenían mala cara. Habían llegado al hotel poco antes del amanecer. En el café aseguraron sentir arcadas al ver nuestros desayunos de huevos revueltos, beicon, salchichas y tostadas. Estábamos rodeados de viajantes y peones de rancho. Estos llevaban guantes con los dedos cortados. No se los quitaban para comer. Usaban un rincón del plato como cenicero.

Queríamos llegar a la central de servicios de Yosemite lo antes posible. Habíamos planeado hacer una ruta a pie y necesitábamos asesoramiento. A partir de las diez el lugar quedaba tomado por los turistas.

María contó a Katharina que se habían pasado la noche conduciendo. De camino a Tahoe se habían perdido y tuvieron que deshacer sesenta millas. Una vez allí no encontraron ningún sitio de su gusto. Había que pagar para entrar en la mayoría de los locales. Casi todo eran casinos. La clientela principal consistía en jubilados. Apenas se quedaron una hora.

Los brasileños se acomodaron en el asiento trasero, dispuestos a seguir durmiendo. Stefan se puso al volante. Giró la llave. Nada. Otra vez. Idéntico resultado. Fallaba la batería.

Messias había dejado las luces encendidas.

Búsqueda de un taller. El encargado mascaba una cerilla. Nos miró como si pidiéramos limosna. Antes tenía que atender una reparación urgente. Lo nuestro también era urgente, dijimos. El coche que tenía que reparar era uno de los de la oficina del *sheriff*. Si queríamos discutirlo podíamos ir a hablar en persona con él, respondió. Esperamos. Compramos una batería nueva. Los brasileños dormían en el monovolumen.

Cuando por fin llegamos a Yosemite ya había pasado el mediodía y había cola en la oficina de información y en todos los restaurantes.

Anochecía a las cinco, así que no nos quedaban muchas horas de luz. Escogimos una ruta corta. Repartimos en dos mochilas lo que íbamos a llevar. Stefan se cargó una a la espalda y yo la otra.

En cuanto dimos los primeros pasos por el sendero que ascendía un cerro, nuestro mal humor desapareció. El paisaje sobrecogía y colocaba las preocupaciones en su justo lugar.

El valle donde se levanta el pueblo de Yosemite se formó hace millones de años por la irrupción de un glaciar en la garganta del río Merced. Las partes más resistentes de la roca lograron soportar la erosión del hielo. El resultado son las inmensas formaciones de granito pulido que jalonan el valle. Abundan los cedros, los pinos amarillos, los sauces y los robles negros de California. Las vistas del valle superaban con creces nuestras expectativas.

Nos cruzamos con otros visitantes, todos de regreso. Los brasileños iban los últimos del grupo. Messias había cogido poca agua para no cargar peso y no tardó en terminarla. Pedía a María de la suya.

La cima consistía en una losa de granito que hacía la función de mirador natural. Entre las grietas se las apañaban para crecer unos pinos retorcidos. Había varios grupos de excursionistas. Todos guardaban un silencio respetuoso.

Nos sentamos junto a un pino. Unos pasos más allá una pared de granito caía a plomo hasta el fondo del valle. Vimos brumas de distintos colores. En otros puntos brillaba el sol. Dependiendo de hacia dónde dirigieras la vista sentías que te encontrabas en días diferentes.

La subida había sido más larga de lo que pensábamos. Yo no me lamentaba por ello. Olor a piedra y resina. El atisbo de un coyote entre los árboles.

Los brasileños se habían sentado apartados de nosotros y discutían en voz baja. Stefan preguntó si había algún problema.

No pasa nada, dijo María.

Luego se levantó y se alejó con su cantimplora.

Comenzaba a hacer frío y en la losa estábamos del todo expuestos. Katharina fumó un cigarrillo. Envolvió la colilla en un pañuelo de papel y se la guardó en el bolsillo. Los demás visitantes ya habían emprendido el regreso. El cielo se encendió por el oeste. Por la dirección opuesta había hecho aparición un frente de nubes que avanzaba a marcha visible hacia el atardecer, como si tuvieran concertado un encuentro sobre nosotros.

De pronto, un alarido, justo a nuestro lado, nos heló el corazón y nos hizo dar un brinco.

Era Messias. Nos sonreía desde el borde de la losa. Se golpeó el pecho como un gorila. El paisaje devolvía su grito multiplicado.

Menudo eco, ¿verdad? Os veía un poco dormidos. ¿Bajamos ya?

Stefan y yo nos quedamos atrás. Se lamentó de la presencia de Messias. Me mostré de acuerdo. Por delante de nosotros Katharina y Erika caminaban juntas. Adiviné que hablaban de lo mismo.

Messias llevaba a María abrazada por los hombros y le susurraba al oído. Antes de que llegáramos abajo ella reía otra vez.

Nuestro alojamiento para esa noche estaba fuera del parque. Cuando llegamos a la dirección que llevábamos anotada, nos encontramos con una caseta prefabricada embutida entre una gasolinera y una tienda de ultramarinos. Allí una chica con una frente enorme nos indicó el verdadero lugar donde pasaríamos la noche: unas cabañas en el bosque, varias millas más adelante, siguiendo por la carretera y luego por una rodera entre los árboles. La caseta solo servía de recepción. Nos entregó las llaves de las cabañas y un plano con instrucciones para llegar a ellas. También nos indicó un lugar no lejos de allí donde podíamos cenar.

Por si acaso, compramos algo de comida y bebida en la tienda de ultramarinos. Según la chica, las cabañas estaban bastante aisladas.

Cenamos en un café de carretera. La barra estaba ocupada por camioneros. Una camarera nos hizo pasar a un pequeño salón privado. Una balda repleta de animales disecados recorría las cuatro paredes. Mapaches, comadrejas, búhos… Sus ojos de cristal no se apartaban de la comida.

Hacía rato que evitábamos de manera evidente la conversación de Messias. Él no se dio por enterado.

Solo leo libros famosos, dijo. Si voy a pasar una semana, o un mes, o lo que sea, ocupado en su lectura quiero luego poder sacarle partido. Es lo justo, ¿no? Me gusta que cuando digo que he leído a tal o cual autor, la gente sepa de quién hablo. Así se dan cuenta de que tienen delante a alguien que ha avanzado más que ellos, que ha concluido una tarea laboriosa. ¿Shakespeare? Infalible. ¿Homero? La *Odisea* no está mal. La *Ilíada* la conoce menos gente. Ayuda que se hayan hecho películas sobre los libros. Me gustan Hemingway y Freud y Julio Verne y la Biblia. Paso de Chéjov.

Un trueno sacudió el edificio. De una nutria disecada se desprendió un hilillo de serrín. En la barra se hizo el silencio por un instante, tras el que volvieron a crecer las conversaciones. El repique de la lluvia llegó poco después.

Las nubes que habíamos visto en Yosemite eran la avanzadilla de una tormenta. El trecho hasta las cabañas resultó más largo de lo que la chica de la recepción nos había dado a entender. Los faros del monovolumen iluminaban una exigua franja de la rodera de tierra, cada vez más embarrada. El vehículo no era el más adecuado para aquel camino. La rodera poseía una acusada pendiente en ascenso. A los lados, las imponentes presencias de los árboles. Varias veces estuvimos a punto de quedarnos atascados, y en un par de ocasiones pensamos que nos habíamos perdido. El mapa era confuso. María propuso que retrocediéramos. En aquel punto la rodera era especialmente estrecha y Stefan, que iba al volante, dijo que seguiríamos un poco más. Conducía echado hacia delante, atento a los baches. Los limpiaparabrisas apenas eran capaces de desalojar la lluvia.

La rodera desembocó por fin en un calvero donde se levantaban seis cabañas dispuestas en círculo. La electricidad provenía de unos paneles solares montados en los tejados. Todas las cabañas estaban a oscuras. Éramos los únicos inquilinos.

Nos distribuimos por parejas. El interior de las cabañas estaba helado. Disponían de una única cama, un sofá y una pequeña cocina, todo ello en un mismo espacio, además del cuarto de baño. Una nota dejada en la mesita de noche informaba de que la brigada de limpieza de serpientes de cascabel había pasado por allí aquella misma mañana. La calefacción enseguida puso a tono el lugar.

Katharina miraba por la ventana. El paisaje que iluminaban los rayos invitaba a ponerse en guardia. Una tupida vegetación nacía a pocos pasos de las cabañas. El calvero era artificial y el bosque parecía reclamarlo.

¿A qué distancia estamos de la carretera?

Era difícil decirlo. La lluvia y la oscuridad habían vuelto engañosa la distancia, haciéndola parecer mayor.

Varias millas, estimé.

Alguien llamó a la puerta. Eran Stefan y Erika. Se protegían de la lluvia con un chubasquero que sostenían sobre sus cabezas. Traían cervezas y una caja de *muffins*. Nos acomodamos en la cama y el sofá y nos pusimos a charlar.

Katharina estaba considerando la posibilidad de buscar trabajo en San Francisco. Llevaba tres meses en la ciudad, más tiempo del que había planeado quedarse. Antes de eso había pasado por Nueva York, Chicago, Dallas y Las Vegas. Siempre vagando hacia el este. Nos habíamos conocido en el hotel Marriot de San Francisco, en el bar de la planta treinta y nueve. No nos alojábamos en el hotel, pero los dos íbamos allí cada tarde para contemplar la puesta del sol a través de las paredes acristaladas. No pedíamos más que una Coca-Cola, lo que era excusa suficiente para saquear el bufé de aperitivos gratuitos. Las camareras no nos ahorraban miradas de reprobación.

Katharina afirmaba que estábamos destinados a conocernos: dos apóstatas de nuestras vidas anteriores, que se limitaban a matar el tiempo lejos de sus casas.

Yo, a fin de reducir gastos, me había trasladado del hotel donde vivía antes a otro más económico: una de las tradicionales casas de madera de la ciudad, estrecha, de tres pisos, cuyas estancias habían sido redistribuidas para transformarla en hotel. Los inquilinos habituales eran estudiantes extranjeros u hombres de porte sospechoso. Algunos llevaban años viviendo allí. Los pasillos olían a meados de gato. Cada noche había peleas en el callejón contiguo.

Durante las últimas semanas Katharina se había alojado conmigo.

El portero se tomaba muy en serio que no hubiese más de una persona por habitación, así que ella tenía que entrar y salir a hurtadillas.

Stefan nos informó de las dificultades con que estaba chocando para encontrar trabajo, a pesar de su currículum y la demanda de programadores y técnicos informáticos en Silicon Valley.

Erika y él habían sido novios en Alemania. Él la había seguido cuando ella se trasladó a Berkeley. Yo admiraba la estabilidad de que daban muestras, la falta de fisuras a pesar del sacrificio de calidad de vida que había representado para ellos —especialmente para él— haber ido a California. Stefan se debatía como un gato para ubicarse y retomar el ritmo de las cosas.

A menudo me sentía en inferioridad moral respecto a él. Era consciente de que Stefan cuestionaba mi ociosidad y falta de objetivos inmediatos, así como la ausencia de un motivo práctico para mi presencia en San Francisco. Aunque ya le había hablado del modo como, casi de un día para otro, había abandonado mi trabajo y me había trasladado temporalmente a Estados Unidos para «aclarar las ideas», en ocasiones lo sorprendía mientras él me observaba de reojo, con una pregunta colgada del borde de la boca: «Si, pero, en serio, ¿por qué estás aquí?».

Su opinión sobre Katharina no debía de ser diferente.

Erika reclamó nuestra atención: el repique de la lluvia había cesado. Seguimos bebiendo, felices de pronto, como si nos hubieran aliviado de una pesada carga.

Poco después llamaron a la puerta. Messias asomó la cabeza. María iba con él.

Aquí funciona la calefacción, dijo, como si fuera algo de lo que no nos hubiéramos percatado.

Nuestra cabaña está helada, añadió María.

Ella llevaba el pelo revuelto y las botas desatadas. Se esforzaba por sonreír. Su expresión era parte arrepentimiento, parte placer que se desvanece. Messias hacía gestos exagerados de frío. Se sentó en cuclillas frente al radiador.

¿Qué estabais haciendo?, quiso saber.

* * *

El agua se desprendía en gotas de las ramas, como un aguacero privado, por y para el bosque. El suelo estaba esponjoso. Corrían regueros de lluvia. Stefan llevaba la linterna.

Habíamos prometido no alejarnos. Erika y Katharina nos dirigieron miradas poco amables cuando Stefan me sugirió que saliéramos a estirar las piernas. La locuacidad del brasileño se desplegaba a medida que iba entrando en calor. María había encontrado té en un armario y puesto agua a calentar.

Caminábamos por la rodera que nos había llevado hasta allí. Ni siquiera contemplamos la posibilidad de meternos entre los árboles. La vegetación se percibía con todos los sentidos. Desde todas direcciones llegaban susurros y crujidos. Doblamos una curva y las cabañas desaparecieron detrás de nosotros.

No soporto a ese tío, dijo Stefan.

Los intentos por poner en marcha la calefacción de los brasileños habían resultado infructuosos. Era tarde para volver a la caseta de recepción, así que tendrían que dormir en alguna de nuestras cabañas. Todavía no habíamos decidido en cuál.

Desde que habíamos salido de San Francisco, Messias se había ido haciendo más y más fastidioso. El brasileño se resistía a abandonar su autoasignado papel de organizador y líder, que había empezado a interpretar la noche que nos conocimos en el restaurante japonés. Desde su perspectiva eso implicaba una continua crítica a cada una de nuestras decisiones. El precio pagado por la batería nueva en Bridgeport le pareció desmesurado, dando a entender que nos habían estafado. La ruta a pie en Yosemite no era la mejor que podíamos haber escogido. Pretendió dar instrucciones a Erika sobre el manejo de su cámara de fotos. Ella se la arrebató de las manos y el brasileño se rio como si ella fuera una niña consentida con un desaforado sentimiento de posesión sobre sus juguetes. Messias contaba con consejos para todos. Enderezaría nuestras erráticas vidas con uno solo de sus enclenques dedos.

Stefan tomó del suelo una rama rota y, aburrido, azotó un arbusto. Algo que se escondía debajo salió huyendo.

Al igual que él, el brasileño era ingeniero informático. Había buscado colocación por todo el Bay Area durante un año. Según él era imposible si no se contaba con una carta de recomendación o no existía un acuerdo de contratación de personal entre tu anterior empresa y aquella en la que desearas entrar.

No lo quiero en mi cabaña, declaró Stefan.

Yo tampoco lo quería en la mía, pero me callé. No me apetecía discutir. Llegado el caso, lo echaríamos a suertes.

De no ser por la presencia de María, hacia quien sentíamos cierto aprecio, ya habríamos contestado de malas maneras al brasileño. Pero a modo de efecto colateral, la irritación que Messias nos producía empezaba a alcanzarla a ella. María era quien nos había puesto en contacto.

Llegamos a un tramo donde la pendiente era especialmente acusada. Allí la rodera se había transformado en una escorrentía. Patinamos varias veces y si no fuimos a parar al suelo fue solo por pura suerte. A pesar de todo ninguno manifestó deseos de dar media vuelta.

La única luz era la de la linterna, y una vez fuera del cerco protector del calvero su brillo resultaba exiguo. Stefan la agitó, como si creyera que las pilas se estuvieran agotando.

A medida que amainaba el goteo del agua acumulada en los árboles, nuevos sonidos ganaban terreno. Chillidos de roedores y el susurrar de cuerpos que se arrastraban. Sin duda la brigada de limpieza de serpientes de cascabel no se ocupaba de un terreno tan alejado de las cabañas. Si la linterna se apagaba tendríamos dificultades para regresar. Esta convicción se asentaba a cada paso en algún punto del fondo del tórax.

La impresión de irrealidad, de hallarme sumido en un decorado, que venía experimentando durante los días —y meses— anteriores, se resquebrajó. Me detuve en mitad del camino para contemplar los árboles. Respiré hondo, hinchándome de aroma a barro, madera mojada y materia vegetal en descomposición. Me sentía muy lejos de mi casa, y de cualquier otro sitio donde hubiera estado antes. Estaba en un bosque de California, en una trocha embarrada, en mitad de la noche. El lugar invitaba a la zoolatría. De pronto anhelé la sensación nunca experimentada de sostener un arma de fuego entre las manos.

Unos metros más adelante, Stefan se volvió y me apuntó a la cara con la linterna.

¿Pasa algo?, quiso saber.

No, dije, y seguí adelante.

Llevábamos un rato caminando en silencio cuando volvimos a detenernos, ahora los dos a la vez.

La rama de un árbol bloqueaba el camino, cortándolo de lado a lado. Poseía unas dimensiones notables, casi un árbol en sí misma. No se encontraba allí cuando pasamos antes.

El extremo de la rama estaba carbonizado. Stefan recorrió con la linterna los árboles próximos. El tronco de donde se había desprendido lucía una cicatriz negra. Un rayo debía de haberlo alcanzado y hecho desprenderse la rama.

Teníamos que retirarla. Si no, no podríamos salir de allí a la mañana siguiente.

Sin que mediara palabra, acometimos la labor con la certidumbre que produce encontrarse ante un trabajo que será duro pero que de modo natural te corresponde desempeñar.

Stefan posó la linterna sobre una roca a un lado del camino, de forma que nos alumbrara. Tiramos del extremo más delgado de la rama para hacerla pivotar sobre el muñón calcinado. Era pesada. Los brotes que salían de ella rastrillaban el barro. Resbalé y caí. El barro se me coló dentro de los pantalones. Poco después Stefan resbaló también. Varias veces nos detuvimos a acumular fuerzas para un nuevo ataque. La rama se oponía a nosotros con cada partícula de madera, con cada hoja, con el nido vacío que llevaba enganchado.

A pesar del esfuerzo estábamos disfrutando, liberábamos la tensión acumulada durante el viaje, aunque este supuestamente debía de haber sido motivo de relajo. No era necesario pensar, no se requería más que fuerza física. Habíamos venido al mundo para mover aquella rama cortada por un rayo. Debíamos ponerle nombre, darle entidad. En ningún momento pasó por nuestras mentes que no pudiéramos con ella. Nos arañamos las manos. Pasábamos de un asidero a otro, siempre en busca de uno mejor. Se trataba de un contacto íntimo. Una actividad regia. Si desaparecía la rama desaparecíamos nosotros.

Al final quedó apartada lo suficiente para que nuestro vehículo pudiera pasar.

Nos desplomamos sobre ella a recuperar el aliento. Stefan se pasó el dorso de la mano por la frente dejando un rastro de barro. Murmuró algo para sí mismo en alemán. El círculo de luz de la linterna caía sobre nosotros. Dos actores en el centro de un escenario. Una función de campamento.

De pronto Stefan parecía abatido. Más incluso de lo que correspondía al trabajo llevado a cabo. Resollaba.

Le di unas palmadas en la espalda, dejando unas huellas embarradas en su anorak.

Erika está embarazada, dijo.

Guardé silencio, como si sus palabras no hubieran sido más que otro de los sonidos del bosque, causantes de sobresalto pero que pronto se olvidan.

No sé qué voy a hacer, añadió.

¿Qué quiere hacer ella?

Tener el niño.

Hizo una pausa.

Para ella no hay más opciones, aclaró.

Lo habéis hablado.

Muchas veces.

¿Y tú qué piensas?

Arrancó unas hojas de la rama. Se frotó las palmas de las manos una contra otra, con las hojas en medio. Quedaron hechas unos guiñapos verdes. Las dejó caer al barro.

Tengo sed. ¿Queda algo de lo que hemos comprado?

Quedaba cuando salimos.

Ahora no estoy en situación de tener un hijo. Las cosas ya son bastante difíciles.

Se aclaró la garganta y escupió hacia el bosque.

No quiero tenerlo, dijo.

Supongo que Erika es consciente de todo eso.

No me miró a la hora de responderme. Se limitó a asentir.

Era asunto de ellos. Habían hablado. Ya existía un ganador. Y a mí no se me daban bien las palabras de consuelo.

Le dije que siempre podía encontrarse una solución para los problemas.

Él se puso en pie, recogió la linterna y echó a andar camino arriba, de regreso a las cabañas, ahorrándome su expresión de desprecio.

Cuando llegamos, el problema del alojamiento de los brasileños ya estaba resuelto. Messias trasladaba un colchón a la cabaña de Stefan y Erika. María prodigaba sus disculpas. Nadie parecía feliz. Incluso el brasileño había optado por un gesto serio.

Nuestro aspecto los alarmó. Yo apretaba los dientes para no tiritar. Explicamos brevemente lo sucedido. Una vez acabamos, Messias puso en duda el tamaño de la rama y la dificultad de nuestra labor. Por un instante creí que Stefan iba a darle un puñetazo.

Tú cállate. No quiero oírte decir una palabra más, se limitó a escupirle a la cara.

Luego se alejó a zancadas hacia su cabaña, en busca de algo para beber. Erika lo siguió empezando a amonestarlo.

Katharina tiró de mí para que fuera a cambiarme de ropa. Una vez fuera de la vista de los demás me contó que ella y Erika habían echado a suertes lo de los brasileños. Habíamos ganado nosotros.

Messias y María se quedaron entre las dos cabañas sin saber qué hacer. Él aún sostenía el colchón y se esforzaba por que no tocara el suelo mojado. Finalmente se decidieron a llamar a la puerta de la cabaña de Stefan.

Después de lavarme me metí en la cama y Katharina se acurrucó conmigo. Contó que mientras Stefan y yo estuvimos fuera, Messias les había propuesto hablar de sexo. Una charla de chicas en la que él sería como una más. Mientras tanto, María hacía esfuerzos por emborracharse lo antes posible. Entre los dos acabaron toda la bebida que quedaba.

Erika había pedido a Katharina que la acompañara al baño. Allí echaron a suertes dónde dormirían los brasileños.

Mientras hablaba, la mano de Katharina trabajaba bajo las sábanas. Estábamos en un hotel.

Un rato después me levanté para ir al cuarto de baño. Katharina dormía. Al pasar frente a la ventana algo captó mi atención. La cabaña frente a la nuestra era la de Stefan y Erika. Cada una de las cabañas disponía de un pequeño porche alumbrado por un farol y

Erika estaba en el suyo. Llevaba un anorak sobre el camisón. Contemplaba el bosque. Una leve brisa le mecía el pelo. Tenía unas piernas blanquísimas y las pantorrillas gruesas. Su expresión era relajada. Parecía inmensamente complacida por encontrase allí, en aquel momento y lugar. La noche se posaba sobre ella.

Después de la charla mantenida con Stefan, leí en su rostro la seguridad de la decisión tomada. No le importaba tener que abandonar o postergar su labor en Berkeley, ni tampoco lo que Stefan pudiera opinar. Ella sabía lo que había que hacer, y asumía el sacrificio que implicaba.

La noche se tragó todo el calor de la cabaña. Cuando me desperté al amanecer tenía los pies helados. Katharina dormía hecha un ovillo; en algún momento se había levantado y puesto un jersey sobre la ropa de dormir, y unos calcetines. Los acumuladores de calor del sistema de calefacción estaban agotados. Fuera la luz era gris metalizado.

Me asomé a la ventana y vi que, a pesar de lo temprano de la hora, Stefan ya estaba en pie. Cargaba su equipaje en el monovolumen. Se movía tratando de no hacer ruido. Salí a su encuentro.

Me recibió con la expresión seria y huidiza de quien se arrepiente de haber hecho una confesión.

Nos vamos, dijo con un susurro.

Ya lo veo. ¿No es un poco pronto?

Habla más bajo. ¿Vais a tardar mucho en recoger vuestras cosas?

Vi que dentro del vehículo estaba también el equipaje de Erika.

¿Pasa algo?

Date prisa. Avisa a Katharina.

A la luz del día el bosque presentaba un aspecto por completo diferente. Las copas de los árboles se alzaban hasta una altura muy superior a la que había imaginado, clavándose en unas nubes bajas y turbias que amenazaban más lluvia.

Stefan lucía unas profundas ojeras, como si no hubiera pegado ojo en toda la noche.

Despierta a Katharina, insistió. Y no hagáis ruido.

Lo dijo mirándome con fijeza. Mitad petición, mitad amenaza.

No se apreciaba movimiento en su cabaña. Me di cuenta de lo que pasaba: íbamos a dejarlos allí.

¿Erika está de acuerdo?

Lo está, aseguró él.

Katharina se despertó de mal humor. Le pedí que no hiciera ruido, para no alertar a los brasileños.

Me miró con el ceño fruncido. Alzó una ceja. Saltó de la cama.

Tardamos dos minutos en recogerlo todo. Salimos al calvero en el mismo momento en que lo hacía Erika. Caminaba de puntillas.

María acaba de entrar en la ducha y el otro duerme, nos informó.

Entonces, vamos, sentenció Stefan.

Pero no nos habíamos subido al monovolumen cuando Messias apareció en la puerta de la cabaña. O tenía el sueño ligero o solo había simulado estar dormido. Llevaba un pijama con un estampado de personajes de dibujos animados. En cuanto nos vio, empezó a gritar con su voz estridente y corrió hacia nosotros. Desesperado por que no nos fuéramos, agarró la bolsa de viaje que sostenía Katharina y empezó a tirar de ella. Le di un empujón para que la soltara. Lo hizo y cayó al suelo. Pero se levantó de inmediato y ahora corrió hacia Erika preguntándole en un inglés atropellado por qué hacíamos aquello. Ella le dio la espalda, como si el brasileño fuera algo sucio y no quisiera que la tocara. Pero él la cogió por los hombros para forzarla a volverse. Stefan se abalanzó entonces sobre él, lo apartó de su chica y le hundió un puño en el estómago. El brasileño se dobló sin respiración.

¿Nos vamos ya?, preguntó Erika.

Espera, replicó Stefan.

Nos quedamos mirando al brasileño, a la espera de qué hacía a continuación. Con el primer aliento que recuperó nos dedicó lo que supusimos que era una sarta de insultos en portugués. Se puso en pie y se lanzó directo por Stefan, que lo esquivó sin dificultad y le propinó un empujón que lo devolvió al suelo. El brasileño lloraba de rabia. Respondió lanzándonos puñados de barro.

Agárralo, me ordenó Stefan.

Me arrojé sobre él y lo inmovilicé como pude. Mientras tanto Stefan entró en su cabaña y salió un instante después llevando algo en las manos: los cables de las lámparas que había en las mesillas. Los había arrancado. De los extremos colgaban los enchufes.

Empleando los cables, ató las muñecas y los tobillos del brasileño, que no dejaba de gritar y había empezado a escupirnos. Cuando terminó de atarlo, Stefan le cruzó la cara con una sonora bofetada.

Ahora no vas a moverte tanto. Ni podrás seguirnos.

Mientras sucedía esto, Katharina se limpiaba con un pañuelo el barro que la había alcanzado y Erika observaba en silencio a Stefan. Parecía tan serena como la noche anterior, cuando la había visto en el porche de la cabaña. Al principio me sorprendió que no impidiera a Stefan tratar de aquel modo al brasileño, con una dureza a todas luces innecesaria. Luego ya no me sorprendió tanto. Le estaba permitiendo desahogarse; no solo de la irritación que el brasileño le había producido durante el viaje, sino también de todo lo demás, de cosas mayores y más profundas. El sacrificio del brasileño era parte del sacrificio que ella debía realizar.

Messias lloraba con la cara contra el barro y suplicaba.

Ahora sí, nos vamos, dijo Stefan poniéndose en pie.

Aunque no lo hicimos.

En la puerta de la cabaña estaba María, con el pelo mojado y cubierta solo por una toalla. Nos miraba incrédula y horrorizada.

¿Qué estáis haciendo?

Nadie respondió. En lugar de eso corrí hacia ella. Pero fue más rápida que yo. Saltó del porche y echó a correr hacia el bosque. En un instante se había perdido entre los árboles.

Hay que cogerla, dijo Katharina.

No necesitaba que nadie me lo ordenara. Fui tras ella. María iba descalza, no podía llegar muy lejos. Me metí en la vegetación como quien se zambulle en una piscina. Las ramas me azotaron por todas partes. Corrí en la dirección tomada por ella. Salté sobre troncos derribados. Tropecé un par de veces, levantándome al instante, sin dejar de correr. No alcanzaba a verla. Al cabo de un rato me detuve para replantear mi estrategia. Ni la vi ni la oí. Quizá se había escondido. El calvero con las cabañas resultaba invisible. Me encontraba rodeado por el bosque. Continué adelante, más despacio, atento a cualquier señal.

¿María?, llamé. Vuelve. No pasa nada.

No hubo respuesta.

Oí un ruido y corrí en su dirección. Una rama me azotó la cara y maldije. Me estaba enfadando de veras.

Ya está bien, María. Solo era una cosa de tíos. Tú no tienes que preocuparte.

Nada.

Jadeaba. Sudaba por cada uno de los poros. Entre el barro y el sudor, tenía la ropa pegada al cuerpo.

Seguí corriendo, hasta que vi algo que me hizo detenerme. La toalla de María estaba en el suelo, unos metros más adelante. Llegué hasta ella y la cogí.

¿María? No tengas miedo. No tienes que tener miedo. Tengo tu toalla. Voy a dejarla colgada en esta rama. ¿La ves? Puedes venir por ella. Yo no miraré. Luego podemos volver a las cabañas y hablar de todo esto. ¿De acuerdo?

Su respuesta llegó en forma de un golpe en la cabeza. Me llegó desde atrás, alcanzándome sobre la sien. Caí al suelo y me revolví. María sostenía una rama que había arrancado de un árbol o recogido del suelo, y la hacía oscilar como una maza. Resollaba con los dientes apretados y al mismo tiempo lloraba.

La cabeza me daba vueltas. Le pedí que estuviera tranquila, pero apenas oí mis propias palabras, eclipsadas por el zumbido que me atravesaba la cabeza. Alcé las manos en petición de calma. Intenté incorporarme, pero ella avanzó levantando la rama.

Está bien, está bien, dije.

¿Qué coño os pasa a vosotros?, gritó.

Deja eso en el suelo y hablamos. Lo único que tenemos que hacer es hablar.

María lloraba con mayor intensidad. Un hilo de moco le colgaba de la nariz. Ahora subía y bajaba su improvisada maza como si no supiera si dejarla caer o continuar blandiéndola.

¿Qué coño os pasa?, repitió.

Entonces algo la golpeó en la cara. Soltó la rama y se tambaleó intentando librarse del puñado de barro que la había alcanzado entre los ojos.

No había terminado de hacerlo cuando Katharina emergió de

entre los árboles y le dio una bofetada que la hizo girar sobre sí misma e ir a parar al suelo.

¿Estás bien?, me preguntó.

Dije que sí mientras me ponía en pie.

María sollozaba hecha un ovillo. Se cubría la cabeza con las manos. Desnuda, manchada de barro, con las piernas recorridas por arañazos, ofrecía una imagen penosa.

Katharina le ordenó que se levantara. No obtuvo respuesta, así que le dio un puntapié en las nalgas. María soltó un grito.

Te he dicho que te levantes, dijo Katharina.

María obedeció por fin. Tapó su desnudez con las manos. Las lágrimas le arrastraban el barro de la cara.

Vamos a las cabañas, dije. ¿No quieres ver a tu chico?

No hizo nada. Estaba paralizada.

¡He dicho que te muevas!, grité.

Aun así no hizo nada.

Katharina avanzó hacia ella dispuesta a asestarle otra bofetada. María alzó las manos en gesto de súplica.

Ya voy, ya voy..., farfulló.

Luego señaló hacia su toalla, abandonada en el suelo. Por favor...

Cógela, concedió Katharina.

Así lo hizo y se cubrió. A continuación echó a caminar hacia las cabañas, sin dejar de llorar en ningún momento y preguntando por qué, por qué, por qué. Nosotros callábamos y la seguíamos de cerca, dispuestos a lanzarnos sobre ella si hacía algún movimiento sospechoso.

Arrancamos los cables de las lámparas de nuestra cabaña. Con ellos atamos a María igual que lo habíamos hecho con Messias. Los dejamos en una de las cabañas.

¿Los amordazamos?, preguntó Katharina.

Mejor no, dije. No les privemos del placer de la conversación.

Messias se había dado cuenta de que con palabras no conseguiría nada y permanecía en silencio, lanzándonos miradas de furia. María seguía llorando y le preguntaba qué estaba pasando, como si él supiera algo que hasta entonces le había ocultado.

Cuando ya estaba a punto de salir de la cabaña, di media vuelta y rebusqué en los armarios hasta que di con un cubo. Lo llené de agua y lo dejé junto a la cama. Cuando tuvieran sed podrían arrastrarse hasta él. También dejé abierta la puerta del cuarto de baño y levantada la tapa del inodoro. Cerré las contraventanas interiores. Comprobé las ligaduras.

¿Vienes ya?, quiso saber Stefan, enfadado por mi tardanza.

Lo último que oí antes de cerrar la puerta con llave fue a María suplicar que no los dejáramos allí.

Nos acomodamos en el monovolumen, cuyo interior parecía ahora enorme. Stefan se puso al volante y Erika a su lado, mirando al frente con expresión indescifrable. Katharina se sentó conmigo. Le acaricié una rodilla y ella me apretó la mano.

Al pasar junto a la rama desprendida por el rayo me fijé en ella. Me pareció igual de grande que la noche anterior, inalterada por la luz del día. Stefan guardaba silencio.

Alguien encendió la radio. Se esperaban precipitaciones que en la sierra tendrían forma de nieve.

Las cabañas no disponían de servicio de habitaciones ni de limpieza. Nos lo habían advertido en la caseta que servía de recepción. Nadie iría por allí hasta el día siguiente, cuando supuestamente nosotros debíamos abandonarlas. Podían aparecer otros clientes, pero parecía poco probable, siendo domingo y estando fuera de temporada. Si aparecían y echaban una mano a los brasileños, mejor para estos.

Desayunamos en un café de carretera, pero no en el mismo donde habíamos cenado la noche anterior. No queríamos que alguien nos reconociera y echara en falta a los brasileños. Comimos con apetito. Por turnos fuimos al cuarto de baño para cambiarnos la ropa manchada de barro por otra limpia. Una camarera nos preguntó si habíamos tenido algún problema.

Un pinchazo en un mal sitio, dijo Erika.

¿Qué vamos a hacer?, preguntó después de que la camarera se alejara.

Habíamos planeado visitar las secuoyas, dijo Stefan.

En realidad era parte del plan organizado por Messias, pero nadie lo mencionó.

¿Y luego? ¿Vamos a volver por ellos?

Stefan lo pensó y dijo:

Claro. Cuando se hayan calmado. Hablaremos.

¿Crees que serán comprensivos?, pregunté.

Él se encogió de hombros y luego dijo:

No.

Yo tampoco.

Erika y Katharina opinaron lo mismo.

Pero no podemos dejarlos allí, opinó Stefan con la mirada clavada en la superficie de la mesa. Eso no.

Se hizo el silencio. El café estaba casi vacío. El cocinero hojeaba un catálogo de material de acampada. La camarera, junto a la caja registradora, se comprobaba el maquillaje en un espejito. Fuera el día era gris. Había empezado a caer una lluvia mansa y aburrida.

De nuevo en el parque de Yosemite, todo eran visitantes con ropa de agua, familias enteras. No se fiaban de las predicciones meteorológicas; preguntaban a los empleados del parque, como si ellos dispusieran de información más precisa. Oímos hablar de nieve y osos negros.

Las secuoyas eran columnas fabricadas para sostener algo inimaginable, un techo que se había derrumbado. Las contemplamos desde dentro del vehículo. Corros de personas cogidas de las manos rodeaban la base de los troncos. Se gritaban unas a otras, regocijadas, de lado a lado del árbol. No les importaba mojarse.

Hacía rato que ninguno de nosotros decía nada.

Para entonces ya sabíamos que no íbamos a volver a las cabañas. Regresaríamos a casa.

En realidad siempre lo habíamos sabido. ¿Por qué, si no, habíamos cogido nuestros equipajes?

A ninguno nos apetecía enfrentarnos de nuevo con los brasileños, tanto si se mostraban comprensivos como si no. Especialmente si se mostraban comprensivos. Esto habría resultado demasiado decepcionante.

Sabíamos que en un futuro próximo tendríamos noticias de ellos. Los encargados de las cabañas irían allí al día siguiente, cuando no apareciéramos por la recepción para devolver las llaves, y los liberarían. Luego pasaría lo que tuviera que pasar.

Pero aún quedaba algo que decidir. Consulté el mapa en busca de alguna localidad cercana al parque, en la ruta a San Francisco, lo bastante grande para tener una agencia de alquiler de vehículos.

Dije que Katharina y yo nos quedaríamos allí.

Vosotros podéis quedaros con este trasto, añadí.

¿Por qué?, preguntó Erika.

¿Hace falta que te lo diga?

No respondió. No hacía falta.

Era mejor no permanecer juntos. Si lo hacíamos, hablaríamos de lo que habíamos hecho. No regresaríamos por los brasileños, pero llegaríamos a conclusiones sobre nosotros mismos que no nos apetecía explorar si no era en privado.

Me parece lo más correcto, declaró Stefan.

La despedida se produjo frente a una oficina de Hertz. Todos nos abrazamos. Era una verdadera despedida. No sentíamos necesidad de volver a vernos. Así de simple. Cedíamos al desapego.

Arrojamos las llaves de las cabañas a una papelera.

El utilitario Chevrolet que nos dieron se deslizaba ligero sobre el asfalto. Yo no había contado nada a Katharina sobre la conversación mantenida con Stefan la noche anterior. Y continué sin hacerlo. Para ella no era relevante.

Por supuesto, hablamos sobre lo que había pasado, y sobre en qué momento los brasileños se darían cuenta de que no íbamos a regresar por ellos, si es que alguna vez pensaron que íbamos a volver.

Pero mucho antes de llegar a San Francisco hablábamos ya de otras cosas. Katharina reía. De ella aprendí que ser serio no es lo mismo que ser maduro.

Creo que es hora de volver, dijo.

¿Volver adónde?

A Europa.

¿Vuelves a Alemania?

Dijo que sí.

¿Vienes?, añadió después de una pausa.

Involuntariamente, aminoré la velocidad y un camión de seis ejes nos adelantó. El coche se estremeció como atacado por un escalofrío.

Claro, dije.

Katharina lanzó una exclamación de alegría que me conmovió. Empezamos a hacer planes de inmediato. Dijo que tenía que ser lo antes posible. ¿El día siguiente? ¿Por qué no? Incluso esa misma noche, si conseguíamos plaza en algún vuelo. Eso sería aún mejor. Nada nos retenía. No nos lastraba responsabilidad alguna. Ella se encargaría de los pasajes, acordamos. Yo discutiría con el encargado del hotel el reintegro del alquiler por lo que quedaba de mes.

Empiezo a aburrirme aquí, dijo Katharina.

Asentí dándole la razón.

Rostros cansados en los coches que nos rodeaban. Gorras de béisbol echadas hacia atrás. Emisoras de radio especializadas en grandes éxitos.

El flujo del tráfico era cada vez más denso. La red de vías se concentraba a medida que nos aproximábamos al Bay Area. Ya había anochecido. Las nubes estaban teñidas de un naranja sucio.

Ahora guardábamos silencio, saboreando la decisión tomada. No podíamos dejar de sonreír. San Francisco era un sumidero que nos tragaba, pero del que escaparíamos al cabo de unas horas. Contemplábamos los coches y las leyendas de los carteles indicadores con el tibio afecto que se siente hacia lo que pronto se va a perder de vista.

EL LADRÓN DE LENCERÍA

Se aburría. Ansiaba que sucediera algo, aunque no fuera bueno. Era domingo por la tarde y mataba el tiempo lustrando sus zapatos. Una docena de pares estaba dispuesta sobre el suelo de mosaico del salón, ordenada en tres filas idénticas. A un lado, la cesta con útiles de limpieza: tarros de betún y cera abrillantadora, cepillos (uno para cada tonalidad), paños viejos... Él, acomodado en una silla, con una toalla sobre las piernas para no ensuciar los pantalones, se acercaba los zapatos a la cara y bizqueaba en busca de defectos. Cuando volvía a depositarlos en la fila correspondiente, brillaban como nuevos. Todos, de hecho, eran nuevos o casi nuevos.

Oyó un ruido. Algo había golpeado el cristal de la ventana. Y luego otro, más apagado, al pie de la misma. Dejó el zapato que estaba limpiando y se levantó a ver.

El edificio se encontraba en el casco histórico de la ciudad. Un inmueble de ciento cincuenta años. Techos artesonados de tres metros de altura, puertas de doble hoja en cada habitación, un portal iluminado por una antigua lámpara de araña que los turistas se detenían a fotografiar y una fachada que se caía a pedazos. Con las lluvias del último invierno, fragmentos de los aleros y del enlucido de la fachada, algunos de ellos de notables dimensiones, se habían desprendido y caído a la calle. Por fortuna nadie había resultado herido. El saneado y rehabilitación de la fachada resultaban procesos costosos tanto en lo económico como en lo administrativo, por lo que se hacía necesaria una solución mucho más inmediata.

Fue él quien, en la reunión de vecinos convocada con carácter de urgencia, propuso la instalación de un andamio a todo lo largo de la fachada. Llegaría hasta la primera planta y concluiría en una artesa metálica que recogería los escombros antes de que llegaran a la calle y dañaran a algún transeúnte. La idea fue aprobada sin gran entusiasmo. Hacía poco que él se había mudado al edificio y deseaba causar buena impresión a sus vecinos, por lo que a continuación se ofreció para contactar con varias empresas de alquiler y montaje de andamios y solicitar presupuestos. Una semana más tarde, un entramado de tubos metálicos se había alzado frente al edificio. Era feo y dificultaba el tránsito por la acera, pero solventaba por el momento el problema de la fachada.

La presencia del andamio, sin embargo, trajo consigo un inconveniente con el que nadie había contado. La artesa metálica no solo recogía fragmentos de la fachada y el tejado, sino también objetos arrastrados por el viento y lanzados por los viandantes. Al cabo de escasos días estaba cubierta de papeles, hojas secas y basura diversa. El inconveniente resultaba nimio pero sin duda molesto, en particular para quienes, como él, vivían en la primera planta del edificio y la artesa repleta de porquería quedaba a la altura de sus ventanas. Se encargó al portero de la limpieza del andamio. Pero el portero era indolente, un joven huraño, siempre vestido de manga larga para ocultar los tatuajes carcelarios de sus brazos, y que desaparecía de su puesto durante largos intervalos a lo largo de la jornada laboral. No era por tanto de extrañar que la labor se viera a menudo aplazada durante días o semanas, hasta que los desperdicios desbordaban la artesa y las quejas de los vecinos se tornaban amenazadoras, momento en el que, por fin, apoyaba una escalera en el andamio y mascullando maldiciones acometía el trabajo.

El ruido que había oído lo había producido una paloma al chocar contra el cristal de la ventana. El ave agonizaba entre la basura de la artesa. Con una mueca de desagrado, la observó hasta que se quedó inmóvil, un ala plegada, la otra extendida y las patas apuntando al cielo.

Permaneció un rato frente a la ventana, considerando qué podía hacer. No le agradaba tener ese cuerpo descomponiéndose a escasa distancia de donde él hacía su vida, donde descansaba y comía. El portero había limpiado el andamio hacía apenas tres días, por lo que no podía esperarse que volviera a hacerlo en breve. Descartó buscar una escalera, sacarla a la calle y retirar él mismo la paloma. Tal cosa representaría un precedente y si el portero llegaba a enterrarse sin duda se sacudiría esa responsabilidad y esperaría que cada vecino limpiara en persona el tramo bajo sus ventanas. Tenía que encontrar una solución más discreta. Descartó también saltar al andamio desde la ventana por temor a luego no poder volver a subir.

Con la ayuda de una escoba, y doblado sobre el alféizar, empujó el cuerpo con la intención de hacerlo caer a la calle. Pero estaba demasiado lejos. Logró desplazarlo un poco, pero no hacerlo pasar sobre el borde de la artesa. Al cabo de varios intentos se vio obligado a desistir. La paloma reposaba con los ojos cerrados y el pico entreabierto.

Al día siguiente, cuando regresaba del trabajo, se detuvo en una ferretería. Se trataba de un establecimiento a la antigua usanza, provisto de un amplio mostrador de madera tras el que se desplegaban infinidad de anaqueles y pequeños cajones. En anteriores ocasiones había hecho un alto frente a sus escaparates, donde cada una de las mercancías expuestas figuraba acompañada de una etiqueta explicativa, a menudo imprescindible para el profano: clavos de herrar, limas para motosierra, tijeras de tapicero, cerrojos antipalanca para puertas... El conjunto causaba la impresión de que allí era posible encontrar respuesta a cualquier problema de índole práctica.

Esperó su turno mientras el dueño atendía a otro cliente. Lo vio verter clavos de acero en una balanza de platillos y admiró la pureza de la labor, el repiqueteo de los clavos, la concentración con que el dueño los iba depositando en la balanza, cada vez con mayor cuidado, hasta que esta quedó equilibrada. Luego retiró los pesos que había dispuesto en el platillo opuesto y confeccionó un primoroso paquete con los clavos.

Cuando le llegó el turno expuso su problema: debía coger algo hasta lo que no podía llegar. No mencionó de qué se trataba.

Lo que necesita son unas pinzas de alcance, dijo el dueño, que dio media vuelta y se perdió por un pasillo al fondo del local.

Regresó momentos después. Sobre el mostrador colocó un objeto alargado, similar a un bastón. En un extremo disponía de un asa provista de una especie de gatillo, el cual accionaba unas pinzas situadas en el extremo opuesto, recubiertas de goma antideslizante.

Lo tiene de cincuenta, de setenta y de ochenta centímetros de largo.

Es perfecto. Me llevo el mayor.

En casa desenvolvió las pinzas de alcance y las probó cogiendo una revista que descansaba en un sofá. Objetos más pesados, como un libro y un cenicero de cristal de roca tampoco se resistieron.

La paloma continuaba en el andamio. Después de una noche allí ofrecía un aspecto ajado y polvoriento. Dispuso para ella una bolsa de basura, que dejó al lado de la ventana. En primer lugar hizo uso de la escoba que había empleado el día anterior. Con ella arrastró el ave hacia la ventana, acercándola hasta situarla al alcance de las pinzas. Tras comprobar que no había nadie mirando, se estiró sobre el alféizar. Las pinzas se cerraron sobre un ala e izaron la paloma sin problemas. Apenas pesaba. Con cuidado de no tocarla, la metió en la bolsa. Aprovechó para retirar otros desperdicios que había bajo la ventana. Hizo lo mismo desde las demás ventanas del piso que daban a la fachada.

Minutos después ya se había desecho de la basura. Limpió las pinzas con agua y jabón. Frotó con esmero. Una vez secas, se preguntó qué hacer con ellas. No parecía probable que otro pájaro muerto fuera a parar al andamio, justo frente a sus ventanas, y si ocurría quizá el portero podría encargarse de retirarlo. Además, las obras de rehabilitación de la fachada ya disponían de fecha de inicio. En cuestión de un par de meses el andamio habría desaparecido. No se le ocurría qué otro uso dar a las pinzas, las cuales no habían sido baratas precisamente. Consideró regresar a la ferretería y devolverlas. Pero resultaría evidente que ya las había utilizado para lo que las necesitaba y se estaba desprendiendo de ellas. Y no quería causar una mala impresión al dueño de la ferretería, quien no había mostrado desagrado al mirarlo y lo había tratado con amabilidad.

Por el momento dejó las pinzas en el armario donde guardaba los objetos de limpieza y se acomodó a hojear el periódico.

Un rato después se levantó para ir al cuarto de baño. Este disponía de una ventana con cristal esmerilado, la cual daba al patio del edificio, un espacio rectangular, de paredes grises, donde los vecinos acostumbraban a tender la colada. Mientras se lavaba las manos tuvo una idea.

Abrió la ventana apenas un resquicio y miró hacia arriba. Sonrió y fue por las pinzas.

El piso situado encima del suyo lo compartían tres chicas. A menudo coincidía con ellas en el portal o las escaleras. Las tres eran jóvenes y atractivas. Iban siempre muy arregladas, maquilladas con esmero. Una o dos veces al mes celebraban fiestas que se prolongaban hasta bien entrada la madrugada. Fiestas a las que, por supuesto, él no era invitado. No tenían aspecto de estudiantes. No se atenían a horarios reconocibles. A todas horas las oía taconear sobre su cabeza. Especulaba acerca de que fueran azafatas, o modelos, o quizá prostitutas.

En varias ocasiones había espiado la ropa que tendían a secar. Entre sus numerosas prendas, destacaban sujetadores, bragas y tangas de colores vivos.

Esa tarde, junto a unas anodinas sábanas, figuraba un tanga de malla bordada, color calabaza. Lo bastante cerca para alcanzarlo con las pinzas.

Dedicó largo tiempo a escudriñar el resto de ventanas que miraban al patio. Lo último que quería era que alguien lo sorprendiera. Cuando se sintió lo bastante seguro, abrió un poco más su ventana y asomó las pinzas. Estirándose, llegó hasta el tanga y lo aferró. Mediante un tirón seco lo liberó de la pinza que lo sujetaba y rápidamente lo introdujo en su casa.

Olía a suavizante. La prenda no era nueva. En el fondillo presentaba una afianzada mancha amarillenta con la que el lavado no había podido. No sabía a cuál de las chicas pertenecía, aunque eso no le importaba. Para él las tres se confundían en una única. No sintió ningún malestar ni remordimiento por lo que acababa de hacer. Se dijo que si ellas lo hubieran tratado mejor, con un mínimo tan solo de educación, eso, el pequeño hurto, no habría sucedido.

La denominación precisa, de acuerdo a la clasificación de Mulliken y Young de anomalías vasculares, es síndrome de Sturge-Weber, también conocido como angiomatosis encefalotrigeminal. Su síntoma más visible, si bien no el más grave, consiste en unas llamativas manchas cutáneas de nacimiento, de tonalidad entre violeta y rojo oscuro, que aparecen en particular sobre el rostro, el cráneo y el cuello. En su caso, una única mancha, de vistoso color oporto, que le cubría la parte superior de la cara, desde la boca hasta más arriba de la línea del cabello, llegando por los costados a las orejas. Como si alguien le hubiera estampado una tarta de moras. Esta era, de hecho, una de las muchas burlas que durante su difícil niñez había tenido que soportar.

Eh, piel roja, ¿estaba buena la tarta?

¿Has metido la cabeza en agua hirviendo?

Chistes similares los había continuado oyendo en la adolescencia y la edad adulta. Nadie parecía saber o a nadie parecía importarle que el cincuenta por ciento de los afectados de angiomatosis encefalotrigeminal acaba con el cerebro frito durante la infancia por culpa de la medicación antiepiléptica (este sí, la epilepsia, uno de los síntomas graves del síndrome), o afectados de glaucoma, o ciegos de uno o ambos ojos a causa del desprendimiento de retina, mientras que él no solo había logrado superar la niñez conservando sus capacidades físicas y mentales, sino también ir a la universidad y obtener un trabajo en una compañía dedicada a la importación y exportación de bebidas alcohólicas, donde, año tras año, había ido ascendiendo posiciones. A nadie parecía importarle. Preferían evitar mirarlo, o compararlo con el siniestro personaje de *La máscara de la muerte roja* de Edgar Allan Poe (los intelectuales), o con Carrie en la escena del baile de fin de curso, cuando la sangre de cerdo le chorrea de pies a cabeza, o con Cráneo Rojo, el archienemigo del Capitán América (los aficionados a la cultura popular), o con cualquier otra imagen grotesca de la que el color rojo formase parte integrante, como si su condición no constituyera más que una excusa para que los demás agudizaran el ingenio.

Sus vecinos, incluidas las chicas del piso de arriba, habían seguido una pauta similar. Nadie en el edificio se había burlado abiertamente, pero tampoco nadie había mostrado interés por acercarse a él, ni respondido a sus repetidos esfuerzos por ser amable. Cuando alguien se cruzaba con él en el portal, lo habitual era que se limitara a murmurar un saludo, o ni siquiera eso, y a continuación, de forma invariable, desviara la vista. Otros, incluso, hacían una mueca, meneaban la cabeza disgustados, como si la visión de su rostro manchado les amargara el día.

No era extraño que prendas de ropa se desprendieran de los tendederos y acabaran en el fondo del patio. Ocurría a diario. En esos casos había que pedir al portero que las recuperase. El acceso al patio se efectuaba a través de la vivienda de este, un pequeño apartamento en la planta baja del edificio.

Él confiaba en que, dadas las características del tanga color calabaza, su dueña no acudiera a reclamarlo. Y en caso de que llegara a hacerlo, el portero negaría haberlo visto, y la chica, a falta de pruebas, tendría que darse por vencida. Pensó en esto mientras permanecía tendido en la cama, jugueteando con el tanga, estirándolo, olisqueándolo, rascando con la uña la mancha de la entrepierna. Se durmió con él apretado en el puño.

Pasaron dos semanas hasta que robó otra prenda a sus vecinas, en esta ocasión un sujetador adornado con flores bordadas. Lo vio a través de la ventana del cuarto de baño y, sencillamente, no fue capaz de resistirse. Se lo restregó por la cara como si deseara borrar la mancha oporto. A continuación sufrió un repentino ataque de pánico de sí mismo, a resultas del cual se desprendió del sujetador arrojándolo al patio. Aterrizó en el suelo como un ave exótica alcanzada por un disparo. Al día siguiente volvía a estar en el tendedero de sus vecinas.

Durante semanas las pinzas de alcance permanecieron en el armario de la limpieza, salvo en las contadas ocasiones en que las empleó para limpiar de basura la artesa del andamio.

De vez en cuando sacaba el tanga del escondite que le había asignado, al fondo del cajón de sus propias mudas. Por supuesto, lo empleaba para masturbarse. Se lo enrollaba alrededor del pene erecto, como el lazo de un regalo. Cada vez que lo lavaba lo tendía a secar en la barra de la ducha.

Espiaba el tendedero de las chicas. Se concedía eso. Era invierno. Jerséis, calcetines gruesos, camisetas térmicas y ropa interior tan lejana, por su propia decisión, como las manzanas de Tántalo. Hasta que llegó la Navidad y sus vecinas celebraron una fiesta que lo mantuvo despierto durante toda la noche. Él permaneció en su amplia cama, inmóvil, con su pijama de seda, las manos cruzadas sobre el pecho, los ojos fijos en el techo, el rostro granate encendido, contrastando incluso en la oscuridad con el blanco de la almohada. Grendel atormentado por la música.

Al día siguiente, tarde, casi era noche ya, en el tendedero de sus vecinas hizo aparición todo un muestrario de medias de malla, sujetadores de medio pecho con remates de encaje y pedrería, bragas de un material semitransparente por completo desconocido para él, e incluso un liguero; prendas de fiesta todas ellas, radiantes frutos de una primavera adelantada.

Dedicó largo rato a pensar en lo que iba a hacer. No podía limitarse a rapiñar por las buenas la lencería de sus vecinas, que sin duda sospecharían si sus prendas desaparecían de repente. Varias veces espió los frutos del tendedero, imaginando su tacto sobre el cuerpo desnudo.

Era noche avanzada cuando, como un eco de sus pensamientos grumosos, un fuerte viento comenzó a soplar. Un viento del sur, cálido, impropio por completo de la estación, que penetraba en cada rincón y trastornaba la atmósfera con sus silbidos. Se asomó a una de las ventanas delanteras y vio cajas vacías de regalos navideños descender rodando por la calle y papeles volar y a un perro pasar corriendo enloquecido, lanzando dentelladas al aire. Abrió la ventana y el viento le hizo tremolar el cabello alrededor de la mancha oscura que era su rostro. Sus ropas flamearon. No había luz en los edificios próximos. Todos dormían el cansancio de la fiesta. Se sintió el único habitante de la calle. El viento limpió de nubes el cielo y reveló una luna llena tan luminosa como un portal a un mundo mejor.

Cerró la ventana y se dirigió a la del cuarto de baño. El viento producía en el patio un silbido sostenido. Asomó la cabeza y miró hacia arriba. En los tendederos de las plantas más elevadas las prendas se agitaban pugnando por liberarse. Parecían a punto de huir volando.

La escalera del edificio era ancha, de piedra rosada y pulida. Ascendía de planta a planta mediante un único tramo en curva. En cada uno de los tramos figuraba una ventana adornada con vitrales. Las ventanas daban al patio. Nadie las abría nunca. Comenzó por el extremo superior de la escalera. La primera ventana que probó estaba tan agarrotada, incrustada en el viejo marco de madera, que temió quedarse con el tirador en la mano. Se abrió por fin, dejando caer sobre él una lluvia de astillas y esquirlas de pintura. El viento redobló su aullido. Frente a él, a un par de metros, se hallaba un tendedero. Correspondía a un matrimonio de ancianos; él, notario retirado, y ella, su antigua secretaria. No había más que trapos de cocina, ropa de cama y un camisón de franela. Escogió una sábana que se revolvía como un alma condenada. Para llegar hasta ella tuvo que encaramarse al borde de la ventana y, aferrándose con una mano al marco, estirarse hacia el vacío, con las pinzas en la otra mano. Evitó mirar hacia abajo. El fondo del patio se encontraba a siete plantas de distancia. Consiguió atrapar la sábana durante una de sus extrañas evoluciones. Tiró sin miramientos para soltarla de las pinzas. Después liberó el gatillo de las pinzas, abriéndolas. Y la sábana descendió al patio. Volvió a estirarse hacia el tendedero. En esta ocasión cogió un trapo de cocina, que dejó caer también. Su tercera presa consistió en una funda de almohada, la cual no soltó, sino que, una vez a salvo en las escaleras, introdujo en la bolsa que había llevado con tal fin.

Repitió la misma operación desde otras ventanas de la escalera, no todas. No resultaría creíble que el viento hubiera saqueado todos y cada uno de los tendederos. Dejó caer algunas prendas al patio; otras, en menor cantidad, las guardó, como si el viento se las hubiera llevado consigo.

En un par de ocasiones estuvo a punto de ir a parar él también al fondo del patio. Una, cuando se agarró a un marco de ventana taladrado por la carcoma, que se le deshizo entre los dedos; otra, cuando le falló un pie al subir al borde inferior de otra ventana. Ambas veces faltó poco también para que perdiera las pinzas. No podía continuar arriesgándose de ese modo, se dijo.

Dejó el tendedero de sus vecinas para el final. Con el corazón acelerado escogió una de aquellas bragas semitransparentes y, después de dudar un instante, el liguero. Arrancó otro par de prendas al azar y las abandonó en el patio, víctimas aparentes del viento.

Las demás prendas que se había apropiado las tiró a la basura. A continuación tomó una escoba y un recogedor y barrió las esquirlas y astillas desprendidas de las ventanas de la escalera y se aseguró de que estas se hallaran bien cerradas y no quedara rastro de que habían sido manipuladas.

Era libre ya para encerrarse a jugar con sus tesoros. El viento continuó soplando durante el resto de la noche sin que amainara su violencia. Los desagües vomitaron aliento a cañería y las cucarachas, enajenadas, manaron de sus escondrijos.

Dispuso sobre una mesa las pinzas de alcance, una sierra para metales, alicates, hilo de pesca, metro y medio de tubería rígida de PVC, cinta adhesiva, dos abrazaderas metálicas ajustables y un destornillador. Empleando la sierra cortó las pinzas por su pieza central, un tubo de aluminio que iba desde el mango hasta las pinzas propiamente dichas. Por el interior del mismo corría el alambre que transmitía hasta las pinzas el esfuerzo aplicado en el gatillo. Cortó el alambre con los alicates. Tomó a continuación un trozo de hilo de pesca de algo más de metro y medio de largo y lo hizo pasar por el tubo de PVC. Luego aseguró mediante nudos resistentes los extremos del hilo de pesca a los del alambre que antes había cortado. Presentó el conjunto sobre la mesa para comprobar su aspecto: parte delantera de las pinzas, tubo de PVC, parte trasera de las pinzas. Ahora debía empalmar el tubo de PVC con el original de aluminio. Previamente había medido el diámetro de este con un calibre, y con ese dato había acudido a la ferretería donde había adquirido las pinzas. Allí le facilitaron el tubo de PVC, cuyo diámetro interior coincidía con el exterior del de aluminio. Efectuó el empalme introduciendo por cada extremo del tubo de PVC unos diez centímetros de cada una de las mitades del tubo de aluminio. Fijó ambas uniones con cinta aislante en abundancia y las aseguró con sendas abrazaderas metálicas, que apretó mediante tornillos. Presionó el gatillo. Las pinzas no se abrieron. Sirviéndose del destornillador liberó el extremo del alambre que accionaba las pinzas y tiró de él hasta que el conjunto de alambre e hilo de pesca quedó tenso dentro de los tubos. Volvió a acoplarlo a las pinzas. Probó de nuevo el gatillo y las pinzas se cerraron.

La herramienta había pasado de ochenta centímetros a algo más de dos metros de largo. La sostuvo en el aire. Se veía rígida y fiable. No podría levantar grandes pesos con ella, pero esa no era su intención.

Remató la labor atando al mango un fiador fabricado con un lazo de cuerda fina de algodón. Se lo pasaría por la muñeca cuando usara las pinzas y así no las perdería en caso de soltarlas.

Provisto de sus pinzas modificadas, asaltaba los tendederos de los vecinos en las noches de viento. Trataba de no ser codicioso. Se quedaba con una parte mínima de las capturas. Una prenda cada varias semanas. No tanto como para despertar sospechas. No se limitaba únicamente a sus vecinas de arriba, robó también a otras residentes femeninas de edificio. Un camisón corto de satén, adornado con lacitos, a la chica con aspecto de bibliotecaria que vivía en el tercero. Un sujetador de lactancia a la joven madre del quinto. Se entretuvo abriendo y cerrando las copas de la prenda, que desprendía un tenue aroma agrio, o así quiso pensar él.

Espiaba los tendederos y consultaba los partes meteorológicos. Trabajaba a altas horas de la noche, cuando todos dormían. Tenía gran cuidado de no hacer ruido y de que nadie lo viera. Lubricó los goznes y tiradores de las ventanas de la escalera. Cualquier sonido en el edificio o luz que se encendía bastaba para que abandonara la labor por esa noche.

En varias ocasiones coincidió con alguna de sus vecinas en el portal mientras reclamaban al portero las prendas que habían caído al patio. También oyó una discusión en la que el portero no cesaba de negar haber cogido un sujetador color limón. Él mismo acudió al portero un par de veces para preguntarle sobre una camisa y un calcetín que dijo haber perdido.

Tenía un cajón dedicado a las prendas que robaba. Las guardaba limpias y plegadas. De vez en cuando lo abría para admirarlas y hundía las manos entre ellas como quien se las lava en un lago de montaña.

Llegó el verano. Se cruzó con una de sus vecinas en las escaleras. Ella vestía una escueta camiseta de tirantes bajo la que asomaban los tirantes y la parte trasera de un sujetador rosa. Días después reconoció el mismo sujetador en el tendedero. No le importó que esa noche no soplara ápice de viento, que la atmósfera estuviera serena y flotara un untuoso olor a ciudad en verano. Se lo apropió y se masturbó sobre él. Luego lo lanzó al patio. Cuando al día siguiente lo volvió a ver en el tendedero, lavado de nuevo, la sensación de triunfo lo recorrió desde la coronilla a la planta de los pies poniéndole la carne de gallina.

¿Cómo va todo?

Va bien, respondió tomando asiento en el despacho de su jefe.

Te preguntarás por qué te he llamado.

Él sonrió y asintió.

¿Hay algún problema?

No, ninguno.

Su jefe se mecía en su sillón abatible, al otro lado de la amplia mesa de caoba. Lo miraba a los ojos con una sonrisa que él interpretó forzada.

Estás al tanto de que estamos abriendo oficinas en el extranjero.

Por supuesto.

Entre tú y yo, no estaba seguro de que la iniciativa fuera a funcionar. Pero lo está haciendo. Y muy bien.

Hizo una pausa para carraspear, siempre sin dejar de sonreír.

Aunque no sé por qué te cuento esto, si ya lo sabes.

Así es.

El jefe hizo otra pausa antes de proseguir. Se estiró la raya de los pantalones.

Vamos a dar luz verde a una nueva fase. Más oficinas. La primera, en Milán. ¿Conoces Milán?

No.

¿Te gustaría ir?

Nunca me lo he planteado.

Pues te recomiendo que lo hagas. Lo antes posible.

¿Qué me quieres decir?

Me gustaría que estuvieras al cargo de Milán.

Vaya.

¿Te atrae la idea?

Debería pensarlo. Pero sí, me atrae.

Su jefe dio una palmada en la mesa y sonrió más abiertamente.

Queremos ser operativos allí en un plazo de entre tres y cinco meses. Pero tú deberías trasladarte con antelación, para poner a punto la maquinaria, ya sabes.

Ya sé.

Creo que eres la persona más adecuada para el puesto. Si hubiera dependido solo de mí te habría asignado antes una sucursal. Pero Milán no está nada mal.

Claro que sí, respondió él. Quiero decir no.

La cabeza le daba vueltas.

Su jefe se puso en pie y le tendió la mano.

Ponte en contacto con la gente de administración para conocer los detalles de las condiciones. Esperan tu llamada. Luego consúltalo con quien tengas que consultarlo y dame una respuesta lo antes posible.

* * *

Mayor sueldo, mayor responsabilidad, personal a su cargo, una ciudad nueva. Aceptaría, por supuesto. Le había bastado un instante para decidirse. No tenía que consultarlo con nadie ni tenía a nadie con quien consultarlo. Se sabía sobradamente preparado para el cargo. Aunque dudaba que su jefe se lo hubiera ofrecido por este motivo. Estaba convencido de que su presencia le desagradaba. Por culpa de la mancha. Percibía un fondo de falsedad en la familiaridad con la que siempre lo trataba. Creía que lo enviaba a Milán para librarse de él. Aunque eso no afectaba a su decisión.

Por otra parte, el traslado suponía un problema. Él se iba y las prendas de ropa interior dejaban de desaparecer de los tendederos, por mucho que el viento soplara. Los vecinos podrían sumar dos y dos. De repente le preocupaba que, a pesar de todas las precauciones adoptadas, se hubiera excedido con los hurtos, que sus vecinos sospecharan desde hacía tiempo que las desapariciones no eran debidas a la fuerza del viento, que hablaran entre ellos al respecto y circularan rumores que, debido al aislamiento en el que vivía inmerso, no habrían llegado a sus oídos.

Y le preocupaba también que supieran que él era el ladrón. Le preocupaba de veras. Aunque no pudieran tomar ninguna represalia al respecto y aunque él nunca más volviera a verlos. No quería dejar tras de sí esa imagen vergonzosa. Quería que todos supieran por qué y a dónde se trasladaba. Planeaba anunciárselo incluso a aquellos con quienes nunca había hablado y que rehuían su mirada. Empleando la disculpa de despedirse, los visitaría para hacerles saber que había sido ascendido, que en pocas semanas se encontraría en Milán al frente de una nueva sucursal de su empresa, un puesto importante, de elevada responsabilidad, que se sentía un poco intimidado por ello pero que se trataba de una de esas oportunidades únicas que no pueden dejarse pasar, y que los echaría mucho de menos, a todos. Quería que supieran de qué era capaz el tío de la cara manchada al que habían estado evitando. Esa era la impresión que planeaba dejar en el edificio. No quería que lo recordaran como el pervertido que asaltaba sus tendederos con quién sabe qué retorcida intención.

Podía interrumpir de inmediato los hurtos para que el cese de estos no coincidiera exactamente con su partida. Pero eso no sería una solución. Faltaba demasiado poco para la fecha en que debía hacer las maletas, y los vecinos podrían deducir con facilidad que había obrado de tal modo. Descartó también devolver las prendas de forma anónima, lo que no remediaría nada. No mejoraría su imagen ante sus vecinos, que probablemente no desearían ni tocar la ropa devuelta. Además, la quería para él. Era suya. Iba a conservarla, llevársela a Italia. Era muy grande el esfuerzo que había invertido en conseguirla.

Después de reflexionar largamente y descartar las demás opciones, se vio ante una única, aunque no resultaba por completo de su agrado. Debía hacer creer a todos que el culpable era otro.

De entre su botín escogió unas bragas. Llamativas, de color rojo. No se trataba de una captura reciente. Hacía tiempo que las tenía consigo.

El portero del edificio disponía de un cubículo en el portal, una especie de garita con una silla y un pequeño mostrador, donde de vez en cuando se le podía encontrar hojeando el periódico u oyendo la radio. La mayor parte de la jornada la pasaba refugiado en su apartamento, en la planta baja, donde había que ir a buscarlo si se le necesitaba para algo.

Una mañana, cuando salía hacia el trabajo, se detuvo ante el cubículo, que estaba desierto. Lanzó las bragas a un rincón, donde resultaban bien visibles para cualquiera que pasara por el portal. Por supuesto, cabía la posibilidad de que fuera el portero el primero en verlas, pero resultaba mucho más probable que se tratara de otra persona. A primera hora de la mañana, cuando el portal se hallaba más transitado, el portero acostumbraba a permanecer oculto para eludir las peticiones de los vecinos. Bastaría con que cualquiera se topara con las bragas para que corriera el rumor de lo que el portero estaba haciendo: apropiarse de un tipo muy concreto de prendas de los tendederos. Un rumor que sin duda se vería favorecido por la escasa estima que de él se tenía en el edificio.

Cuando regresó esa tarde las bragas habían desaparecido.

* * *

Dos días después, salía de casa cuando alcanzó a oír una discusión que se desarrollaba en el portal. Se paró a escuchar, oculto por la curva de las escaleras. Eran el portero y el presidente de la comunidad de vecinos. El primero gritaba; el otro efectuaba enormes esfuerzos por conservar la calma. Hablaban acerca de unas prendas que supuestamente habían desaparecido, lo que venía ocurriendo desde hacía meses. El portero repetía una y otra vez, con creciente acaloramiento, que no sabía nada de eso y tampoco de las bragas que alguien había encontrado en su garita. No entendía cómo habían llegado hasta allí e insistía en preguntar quién era el que las había visto y cogido. El presidente le respondió que eso no poseía ninguna relevancia. Sí la tenía, sin embargo, que la prenda había llegado a manos de su dueña (tampoco informó de quién se trataba) y que esta aseguraba que había desaparecido de su tendedero hacía semanas, y que había acudido a él (al portero) reclamándola por si había ido a parar al patio, y él le había dicho que no la había visto. Y ahora aparecía en su garita.

¿Cómo explica usted esto?, preguntó el presidente.

A lo que el portero respondió con un profundo encogimiento de hombros a la vez que mostraba las palmas de las manos en señal de no tener nada que ocultar.

No lo sé. De verdad que no lo sé. Pero a mí nadie me llama mentiroso. Si lo que quieren es echarme, háganlo. Ya sé que llevan tiempo buscando una disculpa.

Y diciendo esto dio media vuelta y se metió en su apartamento y cerró con un portazo.

Él aprovechó entonces para salir de su escondrijo. El presidente de la comunidad permanecía en mitad del portal, con las manos apoyadas en las caderas y la mandíbula apretada.

Me temo que os he oído discutir.

El presidente lo miró un instante. Bajó la mirada y suspiró.

¿Qué se puede hacer?, preguntó él señalando hacia la puerta del portero.

Después de un silencio prolongado, el presidente dijo:

No es empleado fijo. Su contrato vence dentro de un par de meses. Y lo cierto es que sí llevamos tiempo buscando un motivo para no renovárselo.

Mientras progresaban los preparativos para su traslado, mantuvo los oídos atentos, más dispuesto que nunca a detenerse a conversar con los vecinos y averiguar lo que estaba pasando. Se enteró así de que al portero le habían notificado que, al vencimiento de su contrato, debería abandonar el puesto y su alojamiento.

Aplacó los remordimientos pensando que aunque él no hubiera hecho nada habría sucedido lo mismo. No le caía bien ese chico. Lo había tratado con idéntica falta de respeto que el resto de los vecinos, si no mayor aún. Cuando se cruzaba con él se topaba siempre con sonrisas burlonas. Podían adivinarse las pullas que pugnaban por manar de su boca.

Dispuso sobre una mesa las pinzas de alcance modificadas, la sierra para metales y los alicates. Empuñó la sierra y seccionó aquellas en cuatro trozos. Usó los alicates para cortar el alambre metálico y el hilo de pesca que corrían por su interior. Lamentó tener que hacerlo, pero no podía conservarlas. Metió los trozos en una bolsa y salió a dar un paseo. Tiró la bolsa a un contenedor de basura alejado del edificio.

Su piso era alquilado. No planeaba regresar a él. Habló con su casero para cancelar el contrato. En Milán, hasta que encontrara una vivienda de su agrado, se alojaría en un hotel a cuenta de la empresa. Separó las cosas que llevaría consigo, las cuales formarían un abultado equipaje. El resto sería embalado y almacenado, por el momento, en un guardamuebles.

Faltaban tres días para su partida. La casa estaba repleta de cajas de cartón y plástico de burbuja. Era de noche y dormía profundamente, fatigado por los interminables preparativos, cuando lo despertaron unas voces. Alguien gritaba a pleno pulmón en el hueco de la escalera, donde retumbaban insultos dedicados a todos los habitantes del edificio. Era el portero. Había estado bebiendo. También le quedaban solo unos días antes de tener que abandonar el lugar.

Acudió la policía. Se celebró una reunión en el portal. Dos agentes, el presidente de la comunidad, en zapatillas, pijama y bata, y el tambaleante portero. Varios vecinos, él entre ellos, escuchaban desde las escaleras. El portero pidió disculpas de forma poco convincente, aunque ya parecía calmado. Tenía el rostro hinchado y enrojecido. Resultaba difícil distinguir si a causa del alcohol o porque había estado llorando.

Un agente le preguntó, como si se dirigiera a un niño pequeño, si iba a volver a gritar.

El portero meneó la cabeza, ahogó un eructo y murmuró:

No.

La reunión quedó disuelta. Los agentes se fueron y portero y vecinos regresaron a sus casas.

Por si acaso, antes de volver a acostarse, él se puso unos tapones para los oídos. Los mismos que empleaba cuando sus vecinas de arriba celebraban sus fiestas. Por ese motivo, cerca ya del amanecer, no oyó el golpe en el fondo del patio y el revuelo que a continuación recorrió el edificio.

Otro vecino de la primera planta sí oyó el golpe, que lo hizo despertar sobresaltado. Recorrió su casa en busca del origen del ruido, hasta que unos gemidos lo llevaron a asomarse al patio. En el fondo, entre una maraña de tendederos arrancados durante la caída y prendas de ropa diversas, vio el cuerpo del portero. Todavía aferraba en una mano lo que le pareció que era un sujetador de blonda. Una de las ventanas de la escalera, a la altura de la tercera planta, estaba abierta. Corrió a llamar a una ambulancia.

A la mañana siguiente, cuando se enteró de lo sucedido, el corazón le dio un vuelco. El portero estaba fuera de peligro, pero sufría una conmoción cerebral y tenía varios huesos rotos, entre ellos un fémur, fractura que había requerido cirugía. El vecino que lo había descubierto aseguraba que cuando los sanitarios se lo llevaron desprendía un fuerte olor a alcohol. Y tampoco dejó de señalar lo del sujetador de blonda, que resultó pertenecer a la mujer del presidente de la comunidad.

Un corrillo de vecinos se formó en el portal por la mañana, a primera hora. Comentaban lo sucedido. Se unió a ellos, quienes por vez primera, tuvo la impresión, lo aceptaron como a uno más.

Si a alguien le quedaban dudas sobre quién era el ladrón, esto las aclara, dijo uno de ellos.

Hubo asentimientos.

También hubo lamentaciones por el modo en que el asunto había concluido.

También hubo múltiples declaraciones sobre las sospechas que el portero venía despertando desde hacía largo tiempo.

Él guardó silencio.

Era su último día en el trabajo; los siguientes los tenía libres para ultimar el traslado.

Pasó la jornada dándole vueltas a la cabeza. Su mesa ya vacía de papeles. El presidente de la comunidad le había dicho (cuando era demasiado tarde) que, incluso antes de tener noticia de los hurtos, planeaba no renovar el contrato al portero. O que estaba buscando una disculpa para ello, lo que venía a ser lo mismo. Y el fin del contrato del portero coincidía aproximadamente con su traslado a Milán. Por lo tanto, no había sido por completo necesario dirigir las sospechas de todos hacia él (el portero). La coincidencia de fechas jugaba a su favor.

Por otra parte, prosiguió razonando, si no hubiera dejado aquellas bragas en la garita, al cabo de unos meses, cuando resultara evidente que las prendas de lencería habían dejado de desaparecer, los vecinos dispondrían de dos posibles culpables: el portero y él. ¿Por cuál se inclinarían? ¿Por el expresidiario grosero e incompetente? ¿Por el solitario de la cara manchada?

No estaba seguro.

Las bragas lo habían excluido de la reducida lista de sospechosos. Claro que si no las hubiera dejado (lo que ya no tenía sentido plantearse, se repetía una y otra vez) ahora no habría un inocente en el hospital con unos cuantos huesos reducidos a astillas.

Lo que el portero había hecho la pasada noche quedaba fuera de la ecuación, no se le podía acusar de ello. Los vecinos, y él en particular, lo habían empujado a hacerlo.

Poco antes de la hora de salida hizo aparición un equipo de *catering* que dispuso mostradores con comida y bebida. Una pequeña celebración de despedida para él. Todos le desearon buena suerte. Expresaron cuánto lo echarían de menos. Uno a uno se acercaron para estrecharle la mano y darle palmadas en la espalda. Un par de chicas incluso se despidieron de él con besos en la mejilla.

Mientras brindaba tenía en la cabeza la imagen del portero, condenado a permanecer largo tiempo en cama, tras lo que se vería privado de trabajo y hogar.

El día previo a su partida recorrió el edificio de acuerdo a su plan. Se despidió de los vecinos. Algunos lo invitaron a entrar en sus casas, otros lo contemplaron perplejos desde la puerta, como si no lo reconocieran. El presidente de la comunidad lo informó de que, dada la situación del portero, aplazarían la fecha en que debía abandonar su apartamento de la planta baja. Le permitirían continuar allí hasta que se recuperara. Luego tendría que irse.

Dejó para el final a sus vecinas de arriba. Llamó a su puerta pero nadie respondió. Pulsó varias veces más el timbre. No parecía haber nadie. No supo si se sentía molesto o aliviado.

El taxista lo ayudó a bajar las maletas. Antes de que el vehículo arrancara dedicó un último vistazo al edificio. El día era fresco y luminoso. La fachada relucía. Hacía meses que había sido remozada. Los andamios habían desaparecido.

Al aeropuerto, ordenó.

Cuando el maltrecho portero, ayudándose de muletas, regresó al edificio, encontró un paquete esperándolo. No llevaba remitente. No era pesado. Había sido envuelto con esmero. Dentro halló un amasijo de prendas de lencería y un sobre con una nota redactada en letras de molde. *DISFRÚTALO O DEVUÉLVELO. TÚ DECIDES. SON DE ELLAS*.

Le temblaba la mandíbula. Estrujó entre sus dedos bragas y sujetadores y tangas y camisones y medias y lo lanzó todo al extremo opuesto de la habitación.

No podía devolver la lencería. Si lo hacía, estaría dando a sus vecinos la prueba de que él era quien la había robado. Nadie creería que la había recibido de forma anónima.

Se dejó caer en un sillón desvencijado, desde el que se quedó mirando la ropa desparramada. Un rato después, con grandes dificultades a causa de las muletas, se levantó y fue recogiendo las prendas una a una y volviendo a meterlas en la caja y, sosteniendo esta entre los dientes, regresó al sillón, donde procedió a examinarlas sin saber que no eran todas las prendas desaparecidas y tampoco las mejores.

EL HAMBRE EN LOS ALREDEDORES DEL LAGO

Esperaba que el hambre desapareciera después del segundo día sin alimentos, como aseguraban sus fuentes. Lo esperaba de veras, porque a la tarde del primer día de ayuno total, gustoso habría renegado ya de su plan e hincado el diente a algo sólido.

El plan era sencillo, al menos al nivel de su planteamiento: una semana de ayuno de transición, seguida de otra de ayuno completo, ambas a realizarse en un entorno sereno, donde le fuera posible permanecer relajado, sin personas cerca que lo tentaran a comer.

Tras la primera semana, a base de verduras crudas y fruta, para limpiar el intestino, casi había resultado un alivio comenzar la abstinencia definitiva, pero en este momento, la tarde del primer día sin comida, lo habría dado todo por una manzana. O una zanahoria. Y él detestaba las zanahorias. En la casa no había nada comestible. Desoyendo a sus fuentes, que le recomendaron conservar algo de comida por si llegaba a sentirse demasiado mal, la noche anterior había tirado cuanto quedaba en la nevera y la despensa. Si no lo hacía así, tarde o temprano terminaría comiendo.

Quizá sentiría menos el hambre si no se aburriera tanto. Era difícil encontrar en la casa algo para entretenerse. Salvo en el dormitorio que había ocupado y en el salón, los muebles estaban cubiertos con sábanas viejas. La cocina era de leña, aunque él nunca la encendía. La familia de Diana no utilizaba mucho la casa, solo durante breves temporadas en verano. Estaba demasiado lejos y no era confortable. Cuando él propuso efectuar algunas reparaciones a modo de agradecimiento por el préstamo, la oferta fue recibida con indiferencia.

No merece la pena, dijo Diana. Mis padres la venderán cualquier día. Solo la han conservado por el terreno.

Aun así, él aseguró que haría los arreglos. Más tarde, sin embargo, cuando se aventuró en la caseta donde se almacenaban las herramientas, le bastó un vistazo a la confusión de útiles oxidados y mangos de madera deshechos por la polilla para desentenderse de sus palabras.

La mañana del primer día de ayuno completo se quedó hasta tarde en la cama. Luego dio un paseo por la orilla del lago. Durante el recorrido tuvo la impresión de que los rayos del sol se reflejaban con una especial sutileza en el agua, dotados de un titilar rítmico y diversidad de matices de color, así como le pareció que los olores de la vegetación y el cieno de la orilla eran más intensos, consistentes, que en los días anteriores; indicios, quizá, de la purificación de su organismo.

Una vez en casa se dio una ducha y salió afuera con un libro. Un tejadillo prefabricado daba sombra al frente de la vivienda. Tomó asiento en un sillón de mimbre y se quedó ensimismado contemplando el lago, con el libro olvidado sobre el regazo. A pesar de lo liviano del paseo, se sentía cansado, y hambriento. Lo daría todo por una manzana o una zanahoria o lo que fuera.

El terreno descendía hacia la orilla con una suave pendiente. Una cerca de madera delimitaba la propiedad, que concluía a escasos metros del agua, al pie de la pista sin asfaltar que comunicaba el puñado de casas dispersas por la zona, y que en aquel tramo discurría paralela a la orilla. A tres kilómetros de allí la pista se unía a una carretera de tercer orden; siguiendo esta durante otros doce kilómetros se llegaba a la población más próxima, apenas una docena de casas y un único establecimiento comercial, que cumplía las funciones de tienda de ultramarinos, farmacia y bar. En invierno el acceso al pueblo permanecía cerrado durante semanas a causa de la nieve. Llegar al lago resultaba complicado entre los meses de noviembre y abril.

Donde las orillas se hallaban más alejadas una de otra, el lago alcanzaba dos kilómetros de anchura. Los montes que lo rodeaban carecían de arbolado, cubiertos solo en su parte inferior por un manto de vegetación baja. Frente a frente, con la masa de agua mediando entre ambas, las heridas abiertas de dos viejas explotaciones de roca caliza introducían sendas alteraciones en el paisaje. Ambas habían iniciado su actividad al mismo tiempo, décadas atrás, y después de un efímero periodo de bonanza, también las dos habían echado el cierre por las mismas fechas, a causa, entre otros motivos, de la deficiente comunicación del lugar. Y, a decir de muchos en el pueblo, había sido una suerte que así ocurriera. Si hubieran permanecido abiertas, la fiera competencia entre las canteras, que hallaba reflejo en un encarnizado enfrentamiento entre sus plantillas, habría desembocado, sin lugar a dudas, en un final trágico.

Había escogido el lago por su tranquilidad. Y hasta el momento sus expectativas se habían visto satisfechas con creces. Varias veces al día revolvía en la provisión de discos, libros y revistas que había llevado consigo. En la mayoría de las ocasiones la búsqueda finalizaba sin haber encontrado algo de su agrado. La dieta de fruta y verdura le había limpiado las tripas pero también mermado las fuerzas. Le resultaba difícil concentrarse. Y a medida que el ayuno progresara, tal dificultad iría en aumento. Pasear y permanecer sentado, enfrascado en sus pensamientos, eran sus principales modos de ocupar el tiempo.

No había teléfono en la casa, por lo que se aseguraba de que el móvil tuviera siempre cargada la batería. Por las noches llamaba a Diana o ella lo llamaba a él. Las de Diana eran las únicas llamadas que contestaba. Él le aseguraba que se encontraba bien; débil —lo que era de esperar— y aburrido —que también lo era—, pero bien. Ella se lamentaba por no haber tenido ocasión de visitarlo aún. Estaban muy atareados en la productora de televisión donde ambos trabajaban, un negocio pequeño en el que había que sacar el máximo partido a las infrecuentes buenas rachas, y en el que él había solicitado unas semanas de vacaciones, concedidas a regañadientes. Pero el plan acordado se mantenía en pie, insistía Diana. No había motivo para que él se preocupara. En cuanto concluyera la semana de ayuno total, momento en que él estaría demasiado débil para conducir, ella acudiría en su rescate. Llevaría comida y le haría compañía durante un par de días, mientras recuperaba las fuerzas.

En un momento u otro, en cada una de sus conversaciones, ella le preguntaba si había escrito algo. La respuesta y el diálogo que venían a continuación se ajustaban siempre al mismo patrón.

Se supone que no debo trabajar, solo guardar descanso.

Eso ya lo sé. Pero ¿has escrito algo?

No, acababa por reconocer él. Tomo notas. Maduro ideas. Algunas de ellas bastante buenas.

Eso está bien.

Sí, respondía él, poco convencido.

Te dije que unos días solo te sentarían bien.

...

Te lo dije, ¿no?

Me lo dijiste.

Tienes la mejor chica posible. No me mereces. ¿Qué harías tú sin mí?

No lo sé.

Claro que lo sabes.

No lo sé.

Claro que lo sabes, insistía ella. No harías nada.

Diana había propuesto el retiro; otra empleada de la productora, una guionista japonesa con el pelo teñido de azul eléctrico, el ayuno. Esta les había hablado con vivo entusiasmo del ayuno voluntario. Ella misma lo había practicado en un par de ocasiones, tras cada una de las cuales se había sentido por completo renovada, afirmó. Para subrayar el mensaje de sus palabras, se recorrió el cuerpo con las manos, partiendo de la frente, bajando por el pecho, pasando por las caderas y finalizando en los muslos. Su boca permaneció entreabierta y los ojos perdidos en el vacío, como si el mero recuerdo de la experiencia bastara para inducirle un tenue éxtasis. Renovada, repitió con un susurro.

A Diana le pareció una idea ridícula, aunque aguardó a estar a solas con él para manifestarlo. No le gustaba la japonesa. Las dos se guardaban la distancia desde el día que la tarada del pelo azul, como Diana la llamaba, había intentado morderla cuando esta le robó uno de los kiwis de su almuerzo.

Él, sin embargo, se sintió intrigado. Le atrajo la expectativa de la purificación corporal. Como ventaja añadida, si eliminaba la comida, la cantidad de cosas a llevar al lago se vería reducida notablemente.

Continuaba sentado ante la casa cuando un coche pasó por la pista alzando un rastro de polvo. Lo miró con extrañeza. Lo habitual por allí era ver vehículos todoterreno, como el que él mismo utilizaba. Sin embargo, aquel era muy diferente: un Mercedes negro con los cristales tintados. Avanzaba despacio, esquivando los baches en la medida de lo posible. Lo contempló, preguntándose qué haría allí, hasta que desapareció tras una curva. Luego todo volvió a quedar en calma. Abrió el libro y se dispuso a leer. No había avanzado más que unas pocas páginas cuando las líneas se volvieron borrosas y empezó a cabecear.

Se despertó sobresaltado. El libro se le había deslizado de las manos y descansaba en el suelo. Le dolían la espalda y el cuello, y en un primer instante no supo dónde se encontraba. Ignoraba cuánto había dormido. La presencia de un desconocido que lo observaba con fijeza, a escasos pasos de él, no hizo sino elevar su desconcierto.

Perdone, no quería despertarlo.

Se enderezó en el sillón e hizo un gesto dando a entender que no tenía importancia. Luego quedó a la espera de que el visitante se presentara, pero este guardó silencio. Estudiaba con atención la casa y el todoterreno aparcado junto a ella.

Supuso que se trataba de alguien del pueblo o los alrededores, aunque nunca lo había visto. Lo situó por encima de los veinte años. Era delgado pero nervudo; había madurez en su complexión, si bien su rostro era aniñado y libre de sombra de barba. Vestía una camisa que le venía grande y unos pantalones de faena que, por el contrario, concluían por encima de los tobillos. Por supuesto, no se le pasaron por alto el ojo amoratado y el labio inferior partido. Ambas heridas parecían recientes. El labio estaba todavía manchado de sangre.

¿Puedo ayudarte en algo?, preguntó él, obligado a tomar la iniciativa.

Busco trabajo.

¿Trabajo?

Cualquier cosa me sirve.

Lo siento. No puedo ayudarte.

El desconocido lo miraba con una fijeza inquietante.

Podría hacer algo en la casa. Alguna reparación. Y luego usted me pagaría.

Conozco el procedimiento. Pero no quiero hacer reparaciones.

Como si no lo hubiera oído, el desconocido prosiguió en tono monocorde:

Esas contraventanas necesitan una mano de pintura, y en la parte de atrás hay una colgando, le falta una bisagra.

Al parecer, mientras él dormía, su visitante había tenido tiempo de inspeccionar la casa a sus anchas.

No, gracias.

Es una buena casa. La veo cuando paso por aquí. Casi siempre está vacía. Es una buena casa, repitió. Pero estaría mucho mejor con unos arreglos.

No es mía. Me la han prestado. Solo me quedaré unos días.

Esta información pareció desconcertar al chico, que amusgó los ojos.

No es suya, dijo para sí mismo, sopesando en qué medida eso podía servirle de ayuda o bien ir en su contra. Y luego añadió:

Si no tiene herramientas, yo puedo traerlas. Lo que haga falta. Y pintura también.

No pienso hacer reparaciones, dijo él, comenzando a cansarse. Lo siento mucho.

El otro se lamió el labio inferior y se le escapó una mueca, como si se hubiera olvidado de la herida y la sangre que allí tenía. Inclinó la cabeza para escupir.

¿Y hacerle algún recado? Puedo ir al pueblo y traerle lo que necesite. Voy y vuelvo rápido.

No necesito nada, gracias.

Diciendo esto se puso en pie. Confió en que el otro lo tomara como la señal de que la conversación había llegado a su fin.

Siento no poder ayudarte, dijo. Buenas tardes.

Recogió el libro del suelo y entró en la casa. Antes de cerrar la puerta miró atrás. Su visitante no se había movido.

Fue a la cocina, sacó una botella de agua mineral de la nevera y bebió dos vasos grandes, haciendo pausas entre trago y trago. Una adecuada hidratación era imprescindible durante el ayuno para eliminar toxinas. Dejó transcurrir unos minutos antes de asomarse discretamente a una ventana delantera. No vio a nadie.

El ofrecimiento del chico de hacerle algún recado le dio la idea de ir al pueblo. Solo le quedaba agua embotellada para dos días. La del grifo salía a borbotones y sucia. Sería prudente hacer acopio ahora. Luego se sentiría cada vez más débil y no quería ponerse entonces al volante. Hizo una lista con otras cosas que necesitaba y salió, teniendo cuidado de que la casa quedara bien cerrada.

Condujo con la ventanilla bajada y el codo descansando en el marco. Soplaba una brisa fresca, a pesar de que solo corrían los primeros días de septiembre. Por las noches la temperatura descendía hasta los cinco grados. Trató de imaginar el aspecto que ofrecería el paisaje al cabo de unos meses, cubierto de nieve y hielo, y se dijo que no sería capaz de pasar allí un invierno.

La dueña de la tienda de ultramarinos-farmacia-bar era una mujer gruesa y risueña, siempre vestida con jerséis polares y pantalones de pana gruesa, hiciera la temperatura que hiciera. En cuanto lo vio entrar, lo saludó con una amplia sonrisa. La primera vez que él visitó el establecimiento la había hecho reír hasta las lágrimas cuando le preguntó si vendía rollos de papel higiénico por unidades. Los paquetes más pequeños que había en la tienda eran de ocho rollos, mucho más de lo que necesitaba; claro que no estaba dispuesto a informar de que dentro de poco el papel higiénico dejaría de ser útil para él. Se limitó a decir que iba a quedarse sólo unos días. Ella, falta de aliento y con lagrimones bajándole por las mejillas, señaló la fruta y la verdura que él había colocado en su cesta, destinada al ayuno de transición, y le aseguró que con semejante dieta sin duda le haría falta todo el paquete.

Desde que había empezado el retiro, las visitas a la tienda representaban toda la vida social de que disponía, si se exceptuaban las charlas telefónicas con Diana. En cada ocasión, antes o después de realizar sus compras, se sentaba un rato en la parte del local que servía como bar, donde se apretujaban unas pocas mesas de madera cubiertas de nombres y fechas tallados. El gusto de verse acompañado compensaba la tortura de las chocolatinas y bolsas de patatas fritas expuestas al alcance de su mano. A la dueña del local le encantaba disponer de una cara nueva entre su clientela, y en cada visita se esforzaba por averiguar algo más sobre el flamante parroquiano. Él respondía gustoso a sus preguntas, aunque sin facilitar muchos detalles. Calló, por ejemplo, todo lo referente al ayuno. No confiaba en que los vecinos del pueblo, para quienes los lujos constituían algo inhabitual o desconocido, vieran su iniciativa merecedora de elogio.

Esa tarde había en el local otros dos clientes, dos ancianos del pueblo que compartían una frasca de vino sentados a una de las mesas.

Buenas tardes, los saludó.

Respondieron con inclinaciones de cabeza.

Aquí está nuestro escritor, lo recibió la dueña, aunque hablando hacia los ancianos.

Estos lo escrutaron de la cabeza a los pies y volvieron a lo suyo, que, además de beber, consistía aparentemente en mirar al vacío y chuparse la parte interior de las mejillas, sin hablar entre ellos.

¿Quieres sentarte?, ofreció la mujer.

Sí, pero solo un momento.

Se acomodó en una mesa y, sin que él lo hubiera pedido, ella le puso delante un vaso de agua. Para entonces ya sabía que era lo único que tomaba.

La mujer explicó a sus otros clientes que él estaba pasando una temporada en el lago. Especificó dónde, dio el nombre del propietario original de la casa, el abuelo de Diana.

¿Eres familia?, preguntó uno de los ancianos.

No. Solo un amigo.

Es el novio de la nieta, concretó la mujer. Y es escritor, repitió orgullosa, por si la primera vez no había quedado lo bastante claro.

Yo no diría tanto.

Has escrito libros, ¿no? Entonces eres escritor.

Los ancianos lo miraban con escaso interés.

Escribí un libro. Hace bastante.

Una novela, volvió a aclarar ella. Y ahora trabaja para la televisión. Escribe programas.

Era mejor cambiar de tema, pensó él, antes de que el informe sobre su persona se alargara en exceso.

Esta tarde he tenido una visita en la casa, dijo. Y un tanto extraña, por cierto.

Hizo una pausa antes de proseguir. Los otros lo miraban atentamente.

¿Quién?, deseó saber la mujer, sin contener la curiosidad.

Les describió al joven y resumió la conversación que habían mantenido. La mujer y los ancianos intercambiaron miradas pensativas.

¿Podría ser él?, les preguntó ella.

Parece.

La mujer miró al suelo y suspiró.

¿Por qué fue una visita rara?, quiso saber uno de los ancianos.

Contó entonces lo del ojo amoratado y el labio partido, y que ambas heridas parecían recientes. Resaltó la insistencia del chico en su petición de trabajo, como si se tratara de algo urgente. El gesto de preocupación de la mujer ganó definición y los ancianos menearon la cabeza.

¿En qué andará metido?, preguntó uno de ellos.

Por fin, la mujer explicó que, si se trataba de quien pensaban, y ella estaba segura de que así era, el joven que lo había visitado era otro vecino del lago. Su padre había trabajado en una de las canteras. Era barrenista, y hacía además la función de vigilante nocturno. Una mañana había aparecido muerto en las instalaciones, al pie del frente de extracción, con la cabeza partida. A su lado reposaba una piedra manchada de sangre. No había señales de que se tratara de algo más que de un accidente. La explicación oficial fue que la piedra se había desprendido de la pared mientras él hacía una ronda; si bien, en el ambiente de tensión que se venía respirando, el hecho dio que hablar y se formularon acusaciones que enconaron el enfrentamiento entre las dos plantillas. El hijo del fallecido no era entonces más que un niño. Los propietarios de la cantera consintieron que la viuda y él siguieran viviendo en la casa destinada al guarda, junto a la cantera, lugar donde también permanecieron después de que la compañía echara el cierre, y donde, unos años más tarde, él también continuó haciéndolo después de que su madre falleciera como resultado de un cáncer de garganta.

Desde entonces vive allí, solo.

Tiene a sus palomas, añadió uno de los ancianos.

La mujer hizo una mueca.

Esos bichos asquerosos.

¿Palomas?, preguntó él.

Palomas mensajeras, aclararon. Tiene un palomar en la cantera. A veces se ve a los pájaros volando por aquí. Los lleva a campeonatos.

Se pasa el día con ellos, añadió la mujer, metido en ese sitio triste, entre máquinas oxidadas. Que yo sepa no tiene ni un solo amigo.

Pues si tú no lo sabes es que no lo tiene, dijo uno de los ancianos, y el otro rio mostrando unas encías desdentadas.

Las pocas veces que viene por aquí, prosiguió ella como si no los hubiera oído, apenas dice palabra. Y si lo hace, es solo para hablar de sus palomas.

A mí no me ha dicho nada de palomas, solo que buscaba trabajo.

Ha estado preguntando lo mismo en otras casas, informó un anciano. Le han encargado alguna chapuza, pero poca cosa. La mayoría le ha dado largas.

¿Por qué?, interrogó él.

El anciano se encogió de hombros y tomó un sorbo de vino.

No es de fiar. Y este es un sitio pequeño.

¿Por qué querrá trabajar ahora?, preguntó la mujer. Tiene el dinero que le dejó su madre.

Si no trabaja, no le va a durar toda la vida, respondió el otro anciano.

Cayó un silencio durante el que los ancianos contemplaron el fondo de sus vasos; la mujer, sus uñas, mordidas hasta la raíz; y él, las galletas de chocolate expuestas en una estantería.

¿Cómo habrá sabido de mí?, preguntó a nadie en particular. No llevo mucho en la casa.

Lo habrá oído por ahí, dijo un anciano señalando a la mujer.

¡Cállate tú!, exclamó ella haciéndose la ofendida. Y luego, dirigiéndose a él, añadió: Solo es un desgraciado. No tienes que preocuparte. Si vuelve a visitarte, le dices lo mismo que hoy, y ya está.

Es lo que pensaba hacer.

Claro que sí, asintió ella con vehemencia.

Palmeándose las rodillas y poniéndose en pie, él anunció que ya era hora de coger las cosas por las que había ido.

Mientras hacía sus compras, le acudió a la mente el Mercedes visto esa tarde en el lago. Durante un instante pensó en mencionarlo, pero eso habría desencadenado un prolongado intercambio de especulaciones, y el hambre no le permitía continuar más en la tienda. Se despidió de todos y salió.

Creyó que el aire fresco lo aliviaría, pero no fue así. Durante el regreso al lago, de nuevo con la ventanilla abierta a pesar del frío, el hambre siguió en aumento. Los olores le llegaban potenciados: el del cuero de los asientos, el de la tierra de la pista y el suyo propio, más acre que de costumbre. Empezaba a sufrir dolor de cabeza: un martilleo rítmico y creciente que le atacaba las sienes. Otro efecto de la falta de comida. Y en estado de ayuno no debía tomar ningún medicamento, ni siquiera aspirina. Trató de no pensar en ello, ni en lo que vendría a continuación. Al dolor de cabeza le seguirían oscurecimiento de la orina, boca pastosa, náuseas, vómitos… Toda una crisis de abstinencia. Las horas siguientes, hasta que la sensación de hambre remitiera, serían las peores. En casa engulló varios vasos de agua para inducirse sensación de saciedad.

Al mismo tiempo y no muy lejos de allí, el joven que lo había visitado esa tarde entró en su casa arrastrando los pies. Estaba anocheciendo. Se dirigió a la nevera, cuyo interior contempló largo rato, a pesar de estar vacío. Rebuscó en los armarios de la cocina hasta dar con un paquete de galletas saladas. Llevaba tiempo abierto. Retiró algunas que estaban enmohecidas. Paseó por la casa mientras comía. El lugar necesitaba una buena limpieza, sin contar los muebles que había volcados y los fragmentos de un jarrón esparcidos por el suelo. Se dejó caer en un sofá. Terminó las galletas y recogió las migajas que le habían caído por el pecho y se las comió también. Todavía hambriento, emprendió otra búsqueda por los armarios. Un rato después salía de nuevo de casa.

Tomó un sendero que bordeaba la cantera y ascendía hasta la cima del frente de extracción. Allí el suelo estaba cubierto por hierba áspera, entre la que sobresalían peñascos calizos que refulgían bajo la luz de la luna. Un grupo de rocas en círculo delimitaba un espacio despejado de unos metros de diámetro. En el centro descansaba una chapa de fundición de un metro cuadrado, recuperada de la chatarra de la cantera y arrastrada por él hasta allí arriba. De debajo de la chapa asomaba una cuerda cuyo extremo estaba fijado a una estaca clavada en la tierra.

Tanteó entre dos rocas del pequeño anfiteatro natural en busca del martillo escondido allí. Con él golpeó la chapa metálica. Varias veces y con toda la fuerza que fue capaz. El sonido se expandió y despertó ecos dispersos. Permaneció en pie sobre la chapa, balanceando el martillo, mientras los retumbos se transformaban en un zumbido lejano dentro de su cabeza.

Se hizo otra vez el silencio.

¿Sigues vivo?, preguntó a la chapa.

Ningún sonido.

Lanzó el martillo a las rocas y empujó la chapa con el pie, solo unos centímetros, lo justo para descubrir el borde del agujero que había debajo, excavado en la tierra. Retrocedió de un salto. La abertura era pequeña, pero suficiente. En el agujero, la luz de la luna hizo llamear un par de ojos.

Instantes después un gato que apenas parecía un gato salía disparado a la superficie, y bruscamente era frenado por la cuerda que tenía atada al cuello. Trazó una voltereta y se retorció en el aire para caer de pie. De inmediato inició una nueva carrera, para acabar detenido del mismo modo. Al cabo de varios intentos más optó por quedarse inmóvil, con el vientre pegado al suelo. Miraba al chico, que lo contemplaba a su vez, más allá de su alcance.

El animal estaba en los huesos. No le quedaban fuerzas para bufar. Tenía el pelo apelmazado con tierra y sangre. El último tercio del rabo era un espolón sanguinolento, desprovisto de carne, devorado durante el encierro de días.

El chico tomó asiento en una roca y contempló al felino mientras él se hurgaba en un bolsillo y extraía un tubo de pasta de dientes medio vacío. Lo alzó sobre la boca y estrujó. El intenso sabor a menta hizo que se le dilataran las papilas gustativas. Medio masticó, medio chupó hasta acabar con el dentífrico, siempre sin dejar de observar al gato. Luego se relamió, recuperó el martillo del suelo y fue hacia el animal, que trató inútilmente de huir.

Nadie se acerca a mis palomas. Nadie. ¿Lo entiendes? Nadie. Nadie. Nadie. Nadie. Nadie. Nadie. ¡Y tú tampoco!

Segundo día de ayuno total.

Intentó mantener la rutina de los días anteriores. Por la mañana salió a caminar por los alrededores del lago. La ropa le quedaba floja. Tuvo frío a pesar de que hacía un día radiante y libre de brisa. El hambre seguía con él. Sobre el agua poco profunda de la orilla flotaba una nube de mosquitos. Un par de tencas saltaron a por ellos. Se quedó contemplando la superficie, aquí, allí, como si pudiera predecir por dónde iban a surgir de nuevo. Acertó una vez. Siguió caminando. Antes de concluir el recorrido que acostumbraba a hacer tuvo que dar media vuelta. Se sentía demasiado cansado. Estaba llegando a la casa cuando vio unas motas grises elevarse de una de las canteras. Trazaron círculos sobre el lugar y luego sobrevolaron el lago. Se perdieron entre las montañas.

Llenó la bañera y se metió en el agua. Desde la noche anterior su cuerpo desprendía un olor intenso y en absoluto agradable. Se frotó a conciencia bajo los brazos y entre las piernas. Empleó una esponja nueva. El aroma del jabón de avena hizo que la cabeza le diera vueltas. Se quedó un rato a remojo, hundido hasta la barbilla. Respiraba por la nariz. Su aliento era, simplemente, fétido. Continuaría siéndolo mientras su organismo siguiera consumiendo las grasas almacenadas. Cuando finalizara con ellas y atacara las proteínas, la fetidez daría paso a un tufo a acetona. Hacía horas que el azúcar de su sangre, hígado y músculos había desaparecido.

Bien abrigado, se sentó en la entrada de la casa. Sombras de nubes se deslizaron por el lago, como siluetas de leviatanes que nadaran bajo la superficie. Emergieron del agua y treparon por la ladera de una montaña. Estuvo atento al cielo y a la cantera de donde habían despegado las palomas, aunque no volvió a ver a las aves. Deseó disponer de unos prismáticos. Se lamentó por no haber ido a echar un vistazo a la cantera cuando tenía fuerzas para hacerlo. Se preguntó por aquel chico, solo con sus pájaros en aquel lugar aislado, haciendo frente a los buscadores de chatarra. Garrapateó algo en su cuaderno de notas. Quizá mañana. Iría en el todoterreno. Puede que incluso hablara otra vez con el chico. Era un personaje digno de ser explotado.

Al cabo de un rato volvió adentro y se tumbó en la cama. Pronto fue presa de un sueño ligero.

Apenas quedaba luz cuando lo despertó un vehículo que se detenía ante la casa. Se puso en pie demasiado rápido y un mareo lo hizo sentarse en el borde de la cama. Oyó abrirse la puerta y unos pasos sobre el suelo de madera vieja.

¿Quién es?

Una sombra se asomó a la puerta de la habitación.

Soy yo, anunció Diana. ¿Por qué estás a oscuras?

Minutos después estaban fuera, frente a la casa, acomodados en sendos sillones de mimbre. Él tomaba sorbos de agua y ella contemplaba las estrellas que poco a poco se hacían evidentes. Había llevado equipaje para una sola noche. Debía regresar al trabajo por la mañana. Tenía que asistir a una grabación a mediodía. Para no importunarlo, había cenado por el camino.

Deberías afeitarte. Tendrías menos pinta de náufrago. Has adelgazado.

Cómo no.

Ella lo miraba con el ceño fruncido.

¿Qué pasa?, interrogó él, ¿Crees que no ha sido buena idea?

No.

¿De veras?

Quiero decir que sí es buena idea, dijo. Pero no te sobraba peso. No necesitabas adelgazar.

Y tras una pausa:

No sé si es buena idea, se sinceró.

No lo hago para afinar la figura.

¿Para qué lo haces entonces?

Ya lo sabes.

Para purificarte, para salir del bloqueo, recitó Diana.

¿Te parece mal?

No. Pero dudo que sea el mejor modo.

Es un modo. Y en el peor de los casos, pasar un tiempo aquí, solo y sin comer, no puede hacerme daño.

¿Estás seguro?

Sí.

Ella volvió a mirar las estrellas.

¿Has venido para hacerme cambiar de idea?

No, dijo Diana.

Y luego:

Estoy cansada y mañana tengo que madrugar. ¿Vamos a la cama?

Él asintió.

¿No te afeitas?

¿Ahora?

Sí, ahora.

En la habitación, ella se desnudó primero, hasta quedarse solo con las bragas, que eran nuevas y caras, de color rosa, adornadas con bordados. Él, sentado en la cama, la observó hacer mientras sentía crecer una erección. Diana se inclinó y acarició el bulto.

Vaya… Parece que todavía te quedan fuerzas.

No estoy seguro. Ha sido involuntario.

Algunas mujeres tomarían eso como un desprecio.

No lo es.

Más te vale.

Lo ayudó a desnudarse mientras él le sobaba los pechos y las nalgas y empezaba a tirar hacia abajo de las bragas.

Estate quieto. ¿No dices que no tienes fuerzas?

Lo empujó para que se tendiera. La erección quedó apuntando al vientre enflaquecido. Diana hizo que se endureciera aún más. Luego se sacó las bragas y se montó encima, impidiéndole moverse. La ventana y las puertas de la habitación y de la casa estaban abiertas y los olores del lago circulaban libremente, pero el olfato de él se veía desbordado por los que brotaban de Diana y los suyos propios.

Apestas, dijo ella sin dejar de cabalgarlo. Mira hacia otro lado. No jadees.

Le giró la cabeza y se la aplastó contra la almohada. Él entraba y salía de Diana de modo automático, como si su cadera fuera víctima de espasmos. Ella se reía entre dientes. Aceleraba el ritmo y lo frenaba, aceleraba y frenaba, sin cesar de reír. Se inclinó, le giró la cabeza para que la mirara de frente y lo besó en la boca. Él hundió la lengua y descubrió restos de su cena. Rebuscó entre los dientes y en la parte alta de las encías. Algún tipo de pescado y ¿tarta de queso? Una hebra de algo atrapada entre dos muelas. La devoró. Ella se apartó e hizo una mueca.

Asqueroso. Eres un animal.

No dejó de moverse.

¿Tienes hambre?

Sí.

¿Cuánta?

Mucha hambre.

Diana se lo sacó de dentro y avanzó de rodillas, restregándose contra su pecho, hasta quedar encima de su cara. Él chupó y lamió. Fluidos y sudores mezclados, esmegma femenino. Estiró la lengua cuanto le fue posible y se ayudó con los dedos para llegar hasta el último rincón.

Mi oso hormiguero.

Ella volvió a la posición anterior y aceleró el ritmo. No se detuvo hasta que él hubo terminado. Se levantó y una hilacha de semen se escurrió de dentro de ella.

¿Y yo qué? Tú has terminado. ¿Para mí no tienes fuerzas?

Él respiraba a duras penas. Sentía muy lejos la parte inferior de su cuerpo. Contempló el semen salpicado en su bajo vientre.

¿También quieres comer eso?, interrogó ella. ¿Quieres olvidarte de tu ayuno?

...

Dime. Vamos.

...

Eso no te lo vas a comer. Eso es solo para mí.

A él se le cerraron los párpados. De nuevo, sin que pudiera evitarlo.

Diana lo tocó en el hombro para despertarlo. Le acercó un vaso de agua a los labios. Él se recostó sobre un codo y bebió a sorbos. La ventana estaba cerrada. Diana llevaba un camisón y se había cepillado el pelo y olía a jabón y crema hidratante.

¿Estás bien?

Él asintió. Cuando hubo terminado de beber volvió a tumbarse. Ella permaneció junto a la cama, con el vaso en la mano.

Necesitas ideas y lo único que se te ocurre es encerrarte aquí arriba, lejos de todo, en vez de ir a buscarlas.

...

Y dejas de comer. Te quedas en los huesos. Cuando necesitas sacar lo mejor de ti mismo.

Tú me propusiste que viniera.

Me equivoqué. ¿Por qué siempre me haces caso? No deberías.

...

¿Te falta criterio propio?

No.

¿Qué?

No me falta.

Demuéstramelo.

Lo haré. Lo hago, corrigió.

No tienes buen aspecto. Y solo llevas dos días sin comer.

Aguantaré.

¿Toda la semana?

Toda la semana.

Mírate. Entonces no podrás ni moverte.

Aguantaré.

No tienes por qué hacerlo. Puedes acabar con esto en cuanto quieras. Ahora mismo. Vuelve conmigo.

Voy a aguantar.

¿Y si no vengo a buscarte?

Él la contempló desde su posición inferior. Diana parecía más grande y fuerte que la última vez que la había visto.

¿Qué quieres decir?

¿Qué harías si cuando me llames yo no respondiese?

No harías eso.

¿Estás seguro?

Sí.

No lo estés. ¿No te parece una buena idea sobre la que escribir? El comienzo de una historia. O el final.

Vendrás.

Ella se rio.

Llamaría a otra persona, si no vinieses. Llamaría a emergencias.

¿Y si no tuvieras teléfono?

Tengo teléfono.

¿Lo tienes?, preguntó ella, y rio de nuevo.

Me estás asustando.

¿Sí? Todo lo que te estoy diciendo podría ocurrir.

Podría, pero no pasará.

Podría, insistió Diana. ¿Ves por qué tu ayuno es una estupidez? Una mala elección.

Se miraron a los ojos hasta que él reiteró:

Aguantaré.

Mi chico grande, mi hombre. Qué valiente es. Cuánto partido va a sacar de todo esto.

* * *

Durmieron juntos. Ella se quejó de lo incómodo de la cama y del lugar en general. Para él, el calor que desprendía el cuerpo de Diana resultaba reconfortante. A lo largo de la noche tuvo varias erecciones, como si, en ausencia de alimento, su cuerpo buscara formas alternativas de saciarse.

Despertó con la primera luz del amanecer y no había nadie más en la habitación. Llamó a Diana sin obtener respuesta. Estaba pegajoso y olía mal. Se quedó tendido, reuniendo fuerzas para ponerse en pie. Hasta que recordó algo y se forzó a levantarse. Sus piernas tardaron en ser capaces de sostenerlo.

Encontró el móvil en su lugar habitual, sobre la mesa del salón.

Con sorpresa y satisfacción descubrió que ya no tenía hambre. Esta se había convertido en un rumor lejano dentro de sí mismo, difícil de concretar si no supiera de qué se trataba. Una voz distorsionada que llegaba desde el fondo de un pozo. El fósil de una sensación.

Por otra parte, estaba más cansado que el día anterior. Mucho más. La visita de Diana había agudizado su fatiga. No se vio con fuerzas para salir de la casa. Anuló el plan de visitar la cantera y ver al tío de las palomas.

Bebió agua. Se dio un baño. Se cepilló los dientes. Cambió las sábanas y volvió a tumbarse. Pasó la mañana dormitando. Soñaba con Diana cuando el Mercedes negro pasó de nuevo ante la casa.

Unas horas antes, esa misma mañana, el chico había bajado al pueblo en su furgoneta destartalada. Cada poco echaba un vistazo a la aguja del combustible, que se inclinaba peligrosamente hacia la zona de reserva. Entró en la tienda de ultramarinos-farmacia-bar cargado con una maleta vieja. La dueña lo recibió con gesto severo y las manos apoyadas en el mostrador.

Buenos días, lo saludó a la expectativa.

Él miró a su alrededor como si no la hubiera oído. No había nadie más en el establecimiento.

Buenos días, repitió ella en tono más alto. ¿En qué te puedo ayudar?

¿Sabes si alguien tiene trabajo para ofrecer?

La mujer meneó la cabeza.

No.

Cualquier cosa.

No sé de nadie.

¿Y tú?

¿Yo?, preguntó ella sorprendida. Claro que no. ¿Por qué quieres trabajar?

Por lo que quiere todo el mundo.

¿Necesitas dinero?

En lugar de responder, el chico alzó la maleta al mostrador y la soltó de golpe, levantando una nube de polvo. La maleta llevaba años en lo alto de un armario; nunca había subido a un avión, ni salido del país, ni tampoco del pueblo. Forcejeó con los cierres. Cuando logró abrirla hizo un gesto con el mentón, invitando a la mujer a examinar el contenido: un batiburrillo de marcos de fotografías, tapetes de ganchillo, una radio, discos de música clásica, una Biblia con cubiertas de piel falsa, el carrete de una caña de pescar, una grapadora, un martillo, unos alicates y varias herramientas más, entre otros objetos diversos, todos viejos, en diferentes grados de deterioro, todos recolectados de su casa y las oficinas y talleres de la cantera.

¿Hay algo que te interese?

Ella miró con tristeza el amasijo de cosas.

El chico revolvió entre ellas. Escogió el carrete de pesca.

Funciona. Solo hay que ponerle un poco de aceite. Funciona, ¿ves?, y accionó la manivela, que emitió un ronroneo quejumbroso.

Ella se volvió despacio hacia la caja registradora, sacó algo de dinero y se lo entregó.

El chico le tendió el carrete.

Yo no pesco, dijo la mujer.

Él pensó un instante en lo que quería decir y se apresuró a coger lo que le ofrecía. Dejó el carrete junto con las demás cosas y cerró la maleta.

¿Tienes algún problema?, preguntó la mujer.

¿Yo? No.

Tu madre y yo éramos amigas. ¿Lo sabías? Fuimos amigas durante mucho tiempo. Si tienes algún problema, a mí puedes decírmelo.

¿Seguro que no sabes de nadie que dé trabajo?

No. Ya has preguntado por ahí y sabes que no hay trabajo.

¿Y el nuevo? El del lago.

¿El escritor?

¿Es escritor?

Sí. Aunque ahora trabaja para la televisión. Escribe los programas. Pero tampoco tiene trabajo para dar. Ya has hablado con él.

¿Cómo lo sabes?

La casa no es suya. Se la han prestado. No creo que quiera hacer arreglos en ella.

Digo que cómo sabes que ya he hablado con él.

Me lo dijo.

El chico pensó en ello. Movía los labios sin emitir sonido. No le importaba la presencia de la mujer, mirándolo con una ceja alzada.

A lo mejor sí que tiene algo, dijo como conclusión de sus meditaciones. Pero no me lo ha dicho porque no se fía. Porque no me conoce.

No creo.

A lo mejor sí.

La mujer suspiró.

Me parece que no. Pero, si quieres, se lo puedo preguntar la próxima vez que venga por aquí.

Iré yo a su casa.

No, lo atajó ella con firmeza. Se lo preguntaré yo. Le hablaré bien de ti. Así es mejor.

Él lo pensó un instante y terminó por asentir.

Pero no te prometo nada, le advirtió la mujer.

Pero se lo dirás.

Se lo diré. Puedes estar seguro.

El chico retiró la maleta del mostrador.

Dices que trabaja para la televisión.

Sí.

Ahí se gana mucho dinero.

No sé, respondió ella dudando. Supongo que algo.

¿Y cuándo se lo dirás?

Cuando venga por aquí.

¿Y cuándo será eso?

No lo sé. Será cuando sea.

Y adelantándose a la siguiente pregunta del chico, dijo:

Después de que él venga, mandaré a mi marido a la cantera para avisarte.

Bien. Entonces... adiós.

Adiós.

Pero no se fue. Se quedó mirando las chocolatinas ordenadas en un expositor.

¿Cuánto vale el chocolate?

Sin decir palabra, la mujer tomó una chocolatina.

¿Esta te gusta?

Supongo.

Toma.

¿Cuánto cuesta?

Tómala.

¿Me la da?

Te la apunto. Ya me pagarás cuando andes más desahogado.

Entonces apúntame también esa sopa de sobre. Y unas patatas. La sopa y las patatas son baratas, ¿verdad?

Devoró la chocolatina en la furgoneta. Cuando hubo terminado con ella se lamió los dedos y también la parte interior del envoltorio. A continuación dio inicio a un periplo por varias casas del pueblo. Volvió a preguntar si había trabajo para él, aunque en la mayoría de los sitios ya le habían respondido negativamente con anterioridad, e incluso advertido de que no volviera a asomar la cara por allí. Luego mostraba el contenido de la maleta. Vendió algunas cosas: un marco que parecía de bronce y un par de las herramientas que estaban menos oxidadas. Juntó el dinero conseguido con el que le había dado la mujer de la tienda y lo sumó mentalmente a lo que había conseguido días atrás, vendiendo otros objetos de la casa, los mejores: un joyero (vacío) que había pertenecido a su madre y la escopeta de su padre, junto con su estuche de útiles de limpieza.

Aún no era suficiente. Tenía que conseguir más.

Sin embargo, ya pensaría más tarde en eso. Era hora de comer. Sopa y patatas al horno.

Cuando llegó a su casa encontró aparcado delante el Mercedes negro. Los cristales tintados impedían ver si había alguien dentro. Aguardó unos instantes, pero ninguna de las puertas del coche se abrió. Tampoco vio a nadie por los alrededores. Se estiró hacia el asiento trasero, donde había dejado la maleta. Rebuscó entre las herramientas que no había logrado vender hasta dar con el martillo. Empuñándolo salió de la furgoneta.

Probó la puerta de su casa, que encontró cerrada. Se adentró luego en la cantera. Los palomares, uno para las aves reproductoras y otro para las de vuelo, estaban junto a la nave donde antes se efectuaba la molienda fina de la caliza. Los había levantado él mismo, empleando madera y chapa corrugada recuperada de la cantera. La malla metálica que cerraba los frentes no le había quedado más remedio que comprarla. Todo lo había fabricado con sus propias manos, incluidos los nidales y los posaderos y las puertas desmontables que empleaba en invierno.

Las aves zureaban tranquilas, ajenas al hombre que las contemplaba con las manos en los bolsillos de una chaqueta de piel. Se volvió al oír los pasos del chico.

¿Cómo va eso?

Sostenía un cigarrillo en la comisura de la boca y no se lo sacó para hablar. Mantenía un ojo medio cerrado para evitar el humo.

No hagas el tonto. Suelta el martillo.

Era robusto, patizambo y algo cargado de hombros. Llevaba la cabeza afeitada y unas gafas de sol subidas a la frente.

El chico se detuvo a una distancia prudencial. Soltó el martillo, aunque tuvo cuidado de que cayera cerca, donde pudiera recogerlo si lo necesitaba.

Hoy no es el día, dijo. Me disteis tres.

Ya lo sé. Mi jefe me manda para ver cómo andas. Por si te has olvidado de vuestro trato.

No me he olvidado.

Me alegro, porque no me gusta subir hasta aquí. Y no quiero hacerlo más que las veces justas. E incluso eso es demasiado. ¿Entiendes?

No.

El hombre meneó la cabeza.

Quiero decir que no deberíamos tener este problema.

El problema es entre tu jefe y yo.

Pero yo tengo que conducir hasta el culo del mundo para hacer de mensajero, y eso lo convierte también en mi problema. No nos vas a fallar, ¿verdad?

Tendré el dinero.

Más te vale.

Diciendo esto se volvió de nuevo hacia los palomares.

No sé cómo os gustan tanto esos bichos. A mí me dan asco. Son ratas con alas, así las llaman. ¿Lo sabías?

Miró por encima del hombro para observar la respuesta del chico, que meneó la cabeza.

Creía que tú lo sabías todo sobre mensajeras. Es lo que vas contando por ahí.

El chico no respondió, así que el hombre se mantuvo en su tono socarrón.

Claro que si lo supieras todo no perderías tanto apostando.

Se sacó el cigarrillo de la boca y lo sostuvo entre el pulgar y el índice.

¿Cuál es la que te hizo perder?

...

¿Cuál?, insistió.

El chico señaló hacia el palomar de aves de vuelo, a un pájaro que ocupaba en solitario un posadero.

¿Aquella rata con alas?

De un capirotazo lanzó el cigarrillo hacia el ave. Golpeó contra la malla de alambre, soltó unas chispas y cayó al pasillo de madera que recorría el frente del palomar. El pájaro meneó la cabeza y se desplazó al extremo más alejado del posadero.

El chico corrió a apagar la colilla.

Te queda un día, le recordó el hombre, alejándose hacia el Mercedes. Y hazte un favor: limpia un poco todo esto. No puedes vivir así, rodeado de chatarra. No es saludable.

Una vez en la casa volvió a contar el dinero, que seguía siendo insuficiente. Luego echó agua en un cazo y la puso a hervir para preparar la sopa. Metió un par de patatas grandes en el horno. Recuperó cubiertos y un plato de la pila sin lavar que desbordaba el fregadero. Sacó las patatas antes de que estuvieran asadas del todo, pero se las comió igualmente. No quedaba en la casa nada más que pudiera vender. No podía esperar a que la mujer de la tienda hablara con el escritor. Iría a verle él mismo, esa tarde, decidió. Pensaba en todo ello mientras comía. Masticó el corazón crudo de las patatas, acompañándolo con sorbos de sopa, que tenía un sabor que no recordaba al de ninguno de los ingredientes mencionados en el envase. Claro que aunque tuviera trabajo para él no sería gran cosa. Algún arreglo en la casa. Poco trabajo es poco dinero. Y él necesitaba bastante. Y los de la tele ganan mucho. Terminó la sopa y vertió un poco más de agua en el tazón para aprovechar los posos. Se levantó de la mesa sin retirar el plato usado. A la furgoneta le quedaba poca gasolina. Decidió ir a pie a la casa del escritor. Durante el trayecto tendría tiempo para pensar en qué hacer una vez allí.

Había alguien fuera. Se levantó de la cama con dificultad, adormilado todavía. A través de la ventana vio al chico del otro día, el de las palomas.

Un momento, dijo alzando la voz.

Fue al cuarto de baño y se lavó la cara y echó agua por el cuello para espabilarse un poco. El espejo le devolvió una imagen de sí mismo con las mejillas hundidas. Se puso una camiseta limpia, se peinó un poco, se aplicó desodorante y fue a abrir la puerta.

Perdona por hacerte esperar.

No importa, dijo el chico, que parecía incómodo.

¿Quieres pasar?

El ofrecimiento lo dejó confundido.

¿Adentro?

Claro, adentro, dijo él haciéndose a un lado para invitarlo a cruzar la puerta. Aunque te advierto de que no es un sitio lujoso.

Eso no me importa. La casa no es suya, ¿verdad?, preguntó el chico pasando adentro.

No. Prestada. Ya hablamos de ello el otro día. ¿Te acuerdas?

El chico asintió. Se quedó plantado en el centro del salón, con los brazos colgando, observando cuanto lo rodeaba.

¿Por qué no te sientas?

Obedeció. Ocupó el borde de un sofá, sin interrumpir su análisis de lo que había en la habitación. Vio un reproductor portátil de discos compactos encima de una mesa, al lado de un teléfono móvil y varios libros. Había puertas cerradas que supuso que conducirían a otras habitaciones, donde habría más cosas. Antes había tenido ocasión de echar un vistazo al todoterreno aparcado fuera, que parecía nuevo o casi nuevo. El escritor era un enclenque y parecía enfermo. No sería un problema. Su reloj era de los buenos.

Me alegro de que hayas venido. Precisamente quería hablar contigo, dijo.

¿Por qué?, preguntó el chico.

Puede que tenga algo para ti.

...

Me refiero a trabajo.

El chico alzó las cejas.

¿Ha hablado con la mujer de la tienda?

¿Cómo?

Hoy. ¿Ha hablado con ella?

No he hablado con nadie. ¿Por qué?

Por nada. ¿Qué trabajo?

Hay varias cosas. Me han dicho que vives en una de las canteras, dijo señalando hacia el lago a través de la ventana.

Sí. ¿Qué cosas?

Y que además crías palomas mensajeras.

Es verdad.

¿Te gustan las palomas?

Si no me gustaran no las tendría.

¿Las entrenas tú personalmente?

Sí, respondió el chico, sorprendido por el rumbo que tomaba la conversación, pero interesado a la vez. Le gustaba hablar de sus palomas. No disponía de muchas oportunidades para hacerlo.

Las hago volar sobre el lago y la cantera, dijo. Las llevo por ahí y las suelto para que vuelvan a casa.

¿Cómo las llevas?

Tengo una furgoneta.
¿Preparada para transportar las palomas?
Hice unas jaulas. Las llevo en la parte de atrás. Y las tapo para que los pájaros no se estresen en el viaje.
Interesante.
El chico se encogió de hombros.
¿Cómo de lejos las llevas antes de soltarlas?
Depende. Cien kilómetros. A veces más. A veces menos. Este sitio no es bueno para volar, por las montañas y los azores. ¿Cuáles son esos trabajos? No quiero molestarle. Seguro que tiene cosas que hacer.
No te preocupes por eso, dijo él acomodándose en un sillón y cruzando las piernas. Tenemos tiempo. Siento no poder ofrecerte nada de beber, a no ser que te apetezca un vaso de agua. Me temo que la despensa se me ha quedado vacía.
¿Quiere que vaya a comprar? Podría ir en su coche.
Eso no será necesario. ¿No tienes a nadie que te ayude con las palomas?
No me hace falta.
Algún amigo o algo.
¿Cómo *algo*?
Familiares, una chica…
No, nadie. A mi padre le gustaban. Pero yo lo hago mejor.
¿El qué?
Lo de las palomas.
Entiendo.
¿Qué más haces con ellas además de criarlas? ¿Las llevas a competir?
A veces.
¿Ganas?
A veces. ¿Por qué quiere saber todo eso?
Me dedico a escribir. Soy escritor. Una parte importante de mi trabajo consiste en fijarme en todo lo que resulta singular.
¿…?
Diferente, llamativo, seductor.
El chico lo miraba con la cabeza gacha.
¿Yo soy todo eso?

¿Acaso no te consideras a ti mismo diferente de los demás?

El chico se revolvió incómodo. Lo pensó y dijo:

Sí. A veces.

¿Lo ves?

Al fondo del salón había una puerta abierta. Al otro lado se veía una cama revuelta y, en el suelo, una maleta abierta de la que asomaban varias prendas de ropa. La cocina también estaba abierta y dentro reinaba un orden que al chico no le pareció natural. Como si nadie la usara.

¿A qué te dedicas? ¿Haces algo más que cuidar de tus palomas?

No.

¿No tienes trabajo?

Se encogió de hombros y seguidamente negó con la cabeza.

¿De qué vives?

Antes mi madre cuidaba de mí. Me dejó algo de dinero. Había una pensión, por lo de mi padre.

¿Qué le sucedió?

Murió en la cantera.

¿Accidente laboral?

Era vigilante nocturno. Se le cayó encima una roca.

¿Es lo que te han dicho? ¿Crees de veras que pasó así?

La mirada del chico se encogió.

¿Qué quiere decir?

¿Fue eso lo que pasó?

Claro que sí.

Un accidente.

Sí.

¿Qué tal se llevaba tu padre con la gente de la otra cantera?

Los trabajos que tiene para mí, ¿cuáles son? Puede que tenga que ir por herramientas.

Hay varias cosas, dijo él haciendo un gesto vago con la mano. Ya hablaremos de eso más tarde. Antes podemos conocernos un poco.

Tengo algo de prisa.

¿Por qué?

Cosas que hacer.

¿Relacionadas con tus palomas?

...

No te preocupes. No tardaremos mucho.

Eso espero, porque tengo cosas que hacer.

Ya lo has dicho. ¿Fuiste a la escuela aquí, en el pueblo?

Aquí no hay escuela.

¿Adónde fuiste?

Solo iba a veces. Mi madre me enseñaba.

¿Ella era profesora?

Era mi profesora.

Entiendo. ¿Quieres hablarme de ella?

No. ¿Qué libros escribe usted?

Solo he escrito uno. Una novela.

¿Ganó mucho dinero?

Él se rio.

Claro que no.

¿Salían palomas en su libro?

Me temo que la respuesta es no. ¿Decepcionado?

¿Cómo se titula?

Tepuy.

¿...?

Es una formación rocosa que se da en ciertos lugares de Sudamérica. Paredes de piedra verticales, cima plana. Allí arriba viven especies únicas, que no existen en el resto del planeta. Plantas, especialmente. ¿Te gusta leer?

Tengo algún libro en casa. De palomas. Pero no me gusta leer.

Es una lástima. Si tuviera aquí algún ejemplar de mi novela te lo regalaría, pero no lo tengo.

Parece que no tiene muchas cosas.

Estoy atravesando una época espartana. Autoimpuesta, eso sí.

No sé lo que es eso.

Intento pasar con lo menos posible.

¿Por qué?

Así dispongo de más tiempo para pensar. ¿Qué opinas sobre eso?

¿Sobre qué?

Sobre lo que hago. Estar aquí sin hacer nada, en una casa semivacía. ¿Te parece una estupidez?

Yo no opino nada. ¿Cuánto me va a pagar?

¿Perdón?

Por los trabajos, ¿cuánto dinero me va a dar a cambio?

No lo había pensado.

Se rascó la cabeza y dijo una cantidad.

¿Solo?

Bueno, no es mucho lo que hay que hacer.

Entonces el chico se levantó, fue directo hacia él y le lanzó un golpe al rostro.

El escritor quedó noqueado al instante, a pesar de que no lo había golpeado con tanta fuerza. Solo había sido un golpe de tanteo. Se escurrió del sillón y quedó despatarrado en el suelo, con la barbilla apoyada en el pecho. El chico aguardó, dispuesto a golpearlo de nuevo, pero el otro no se movió. Lo tocó en el hombro sin obtener reacción. Aprovechó para quitarle el reloj. Le inspeccionó los bolsillos, pero no encontró ninguna cartera.

Dio con ella en el dormitorio, en la mesilla que había junto a la cama. Dentro había algo de dinero. No tanto como hubiera querido que hubiese, pero algo al fin y al cabo. Se lo guardó en el bolsillo y metió la cartera en la maleta que estaba en el suelo, y que empleó para almacenar las demás cosas que cogió de la casa, incluyendo la ropa del escritor y un par de botas de monte. Junto a la cartera se hallaban las llaves del todoterreno, de las que se apropió también. Hojeó un cuaderno repleto de notas escritas con letra apretada y para él ininteligible y lo dejó donde estaba. Recorrió las habitaciones restantes levantando las sábanas que tapaban los muebles. No encontró allí nada que le fuera útil. Volvió al salón y guardó en la maleta el reproductor de compactos y el teléfono móvil. Parecía que eso era todo. Miró por las ventanas, por si había alguien cerca, y no lo había. Tenía la frente bañada en sudor, le chorreaba por los costados de la cara. Se lo enjugó con el antebrazo. El escritor continuaba donde lo había dejado.

Se sentó frente a él, con la maleta entre las piernas.

¿Me oyes?

El cuerpo permaneció inmóvil.

¿Me oyes?, repitió más alto.

Nada.

¿Quieres saber cosas sobre las palomas mensajeras? Yo sé muchas cosas sobre ellas que los otros no saben. Seguro que tú tampoco. Sé que son duras y capaces de cualquier cosa con tal de cumplir su trabajo. Son entregadas y leales y todas unas atletas. Si pudieran hablar tendrían muchas historias que contar. A mí me gustaría que hablaran, eso estaría bien. Una paloma mensajera llevó la primera noticia de la victoria de Julio César en las Galias, ¿lo sabías? Y otra, la del duque de *Güenlinton* en *Guaterlú*. Y en la Primera Guerra Mundial una paloma de los americanos que se llamaba *Cheramí* recibió un disparo mientras volaba en una misión en la batalla del bosque de Argón. La bala le arrancó una pata y le atravesó el pecho y la paloma todavía voló veinticinco millas, hasta su base, como debe ser. Allí se posó sobre la única pata que tenía, haciendo equilibrios, con la cápsula de aluminio donde llevaba su mensaje colgando del muñón de la otra. Solo entonces se dejó morir. Y en la Segunda Guerra Mundial otra paloma, esta una inglesa, María de Éxeter, mientras volaba de Francia a Inglaterra en una misión, desapareció durante toda una semana. Cuando por fin llegó a su base tenía un ala y el pecho desgarrados. Los cabrones nazis habían llenado de halcones el paso de *Calé* para interceptar a las palomas y uno la había atacado. La curaron y pudo volver a volar. Unos meses después volvió a desaparecer en combate, esta vez tres semanas, ni más ni menos, y cuando volvió llevaba tres perdigones metidos en el cuerpo. Otra vez la curaron y también volvió a volar. En otra misión terminó con un corte en la cabeza que la dejó más muerta que viva. Su cuidador le fabricó un collarín de cuero para proteger la herida y también para que pudiera sostener erguida la cabeza. Cuando terminó la guerra esa paloma tenía veintidós puntos de sutura en su cuerpecito. Hay muchas historias como estas. Yo las conozco. Pero no conozco a personas que harían cosas parecidas. Las palomas no son ratas con alas, como dicen algunos imbéciles. Esos no saben nada.

El escritor continuaba inconsciente.

El chico salió con la maleta y montó en el todoterreno.

* * *

Ninguno de los pueblos que había por los alrededores le servía, eran demasiado pequeños. Condujo hasta la ciudad más cercana y se detuvo ante un local de empeños al que había acudido otras veces. El dueño no hacía preguntas. Consiguió algo de dinero a cambio del reloj y poca cosa por el reproductor de compactos. Cuando ofreció el móvil obtuvo una negativa.

Tengo demasiados. Y es un modelo viejo.

El chico contempló el móvil, sin entender a lo que se refería.

Es nuevo.

No. Es viejo. No insistas.

¿Y qué pasa con la ropa?

El dependiente hurgó entre las prendas.

Las botas están bien, señaló el chico.

El otro gruñó y ofreció una cantidad por el lote, incluida la maleta.

¿Nada más?

Y te estoy haciendo un favor.

El chico aceptó.

Todavía le faltaba casi una tercera parte del dinero que debía. Pero le quedaba el todoterreno. Lo ofrecería como parte del pago. Eso cubriría con creces la diferencia.

Antes de partir empleó algo del dinero en comprar comida, para él y para las palomas. En la tienda de animales sumó a los sacos de alimento polivalente que acostumbraba a emplear, válido para las cuatro estaciones, otro más: una nueva mixtura de cereales destinada a aves de competición.

En el camino de regreso dio un respingo cuando el móvil se puso a sonar. En la pantalla aparecía un nombre: Diana. Lo ignoró y al cabo de un rato el aparato enmudeció. Unos kilómetros más adelante volvió a sonar. También la tal Diana. Bajó el cristal de la ventanilla y arrojó el móvil a la cuneta.

Cuando llegó al lago ya había anochecido. Dio un rodeo para no pasar ante la casa del escritor. Ahora solo le quedaba esperar a que vinieran por el dinero, o bien a que apareciera alguien para detenerlo, si el escritor había denunciado el robo. No sabía cuál de las expectativas era más de su agrado. Pasaría lo que tuviera que pasar, se dijo.

Alimentó a las aves y, mientras ellas comían, se dedicó a barrer los palomares. Luego preparó algo para cenar y salió afuera con el plato. Comió sentado en el suelo, delante de sus palomas, hablando con ellas.

A mediodía del día siguiente, puntual, hizo aparición el Mercedes negro. El hombre de la chaqueta de piel se apeó y se subió las gafas de sol a la frente. Luego abrió una puerta trasera y ayudó a bajar a un anciano que se apoyaba en un bastón y que se encogió ante la fría brisa que corría. El chico los observaba desde la puerta de la casa.

Buenos días, dijo el anciano.

...

Respóndeme. No seas maleducado. Es algo que detesto.

Buenos días.

Así me gusta. ¿Lo tienes?

El chico sacó un sobre del bolsillo y se acercó. El de la chaqueta de piel se adelantó para arrebatárselo de la mano. Lo abrió y contó el contenido, consistente en billetes pequeños y monedas, lo que hizo que torciera el gesto.

¿Y bien?, preguntó el anciano.

Falta.

El anciano meneó la cabeza tristemente.

No falta, intervino el chico. Está también eso, y señaló el todoterreno. Sacó las llaves del bolsillo y se las lanzó al de la chaqueta de piel, que las atrapó al vuelo.

¿Qué coño es eso?, preguntó el anciano.

Un coche. Un todoterreno. Está nuevo. Con eso cubro lo que falta.

¿Y para qué quiero yo ese cacharro?

Lo vende y ya está.

¿Es tuyo?

No es suyo, respondió el de la chaqueta de piel, que mostró el llavero que acompañaba las llaves: una chapa de plástico con el número de la matrícula a un lado y el logotipo de una compañía de alquiler al otro.

Eso no importa, dijo el chico. Puede venderlo. Hay sitios. Lo he visto en la tele.

El anciano guardó silencio. Con la punta de su bastón revolvió el polvo y la grava del suelo.

Creo que ya sé lo que ocurre, dijo por fin. Tú piensas que yo soy un mafioso, o algo parecido. Pero no lo soy. Soy dueño de una tienda de alfombras. Nada más. Y en mi tiempo libre cuido de mis palomas. Y cuando asisto a las competiciones me gusta ganar un poco de dinero apostando. Si pierdo, pago. Pero cuando gano, quiero cobrar, porque asumo que los tratos que hago los hago con caballeros. Aunque me temo que esta vez me he equivocado.

Puede sacar mucho dinero si vende el todoterreno, insistió el chico. Más de lo que yo le debo a usted.

...

O puede darme un poco más de tiempo.

...

Conseguiré lo que falta.

¿Tú qué opinas?, interrogó el anciano a su acompañante.

Sé de alguien que lo compraría. Se puede arreglar.

Olvídate de ese trasto, le cortó. No lo quiero. ¿Qué opinas que tenemos que hacer con este muchacho tan poco cumplidor? Yo le daría un escarmiento, dijo el de la chaqueta de piel, con gesto asqueado, y luego le reclamaría lo que falta, más los intereses.

Esa sería la opción más sencilla pero también la más desagradable, respondió el anciano. Y nos obligaría a volver aquí en otra ocasión más. Personalmente, no me satisface del todo.

O puedo ofrecerle alguna otra cosa, propuso el chico. Lo que quiera. Para quedar en paz.

Los ojos acuosos del anciano se clavaron en él.

¿En qué estás pensando?

...

Eres tú quien ha hablado.

...

Te has quedado mudo. Bien, no importa. No necesitas hablar para llevarme a ver tus palomas.

* * *

El día anterior, después de haber recobrado el conocimiento, el escritor se había palpado la nariz temiendo que estuviera rota. Después recorrió la casa haciendo inventario de las cosas sustraídas. Salvo los libros, los artículos de aseo y algo de ropa que había permanecido oculta en la lavadora, el chico de las palomas se había llevado todas sus pertenencias, incluyendo su vehículo y el teléfono móvil, de los que dependía para salir de allí.

Eran dos las opciones que tenía. Una: recorrer a pie los quince kilómetros que lo separaban del pueblo. No podía pedir ayuda en las casas que había más cerca; todas estaban cerradas, sus ocupantes se habían ido en cuanto terminó el mes de agosto. La otra opción: aguardar a que se cumpliera la fecha marcada como final del ayuno y confiar en que Diana acudiera a buscarlo. Pero después de su última charla, no sabía si podía fiarse de ella.

Aturdido todavía por el golpe, no se vio con fuerzas para emprender la caminata en ese momento. Quizá a la mañana siguiente, cuando hubiera descansado un poco. Se lo tomaría con calma, realizando pausas abundantes. Buscaría algo que le sirviera de cayado, como un mango de escoba. Claro que tendría que hacer el camino con las zapatillas que empleaba en casa, pues el capullo de las palomas se había llevado sus botas.

Aceptó la situación con una serenidad que lo sorprendió, y que atribuyó a su estado de debilidad.

Se lavó la cara y aplicó hielo en la nariz. Antes de que hubiera anochecido, ya estaba acostado. A pesar del dolor de cabeza que sentía, no tardó en dormirse.

El día siguiente amaneció frío y desapacible. Pasó un rato toqueteándose la nariz delante del espejo y concluyó que no estaba rota. El dolor de cabeza había desaparecido. Continuaba sin tener hambre. Trataba de economizar sus energías al máximo. Se desplazaba como un buzo por el fondo del mar, entre algas que le dificultan la visión y se le enredan en las botas. No podía decir que se sintiera verdaderamente mal.

Lo desagradable del tiempo y la presencia de nubes que amenazaban lluvia le hizo aplazar su decisión sobre la caminata al pueblo.

Visualizó el recorrido de quince kilómetros, plagado de subidas y bajadas, en buena parte por una pista irregular, a cubrir sin el calzado adecuado.

Para entonces llevaba más de tres días sin tomar bocado.

A mediodía el tiempo continuaba fresco, aunque no había llovido y espacios azules se habían abierto entre las nubes. A modo de comida virtual bebió dos vasos de agua y luego salió afuera con su cuaderno. Durante esa mañana había escrito más que todo lo que había hecho en semanas. Hacía mucho que no lograba concentrarse de ese modo.

Mordisqueaba el lápiz tras concluir un párrafo cuando el ya familiar Mercedes negro pasó en dirección al pueblo. Volvió al trabajo y se olvidó de él.

Un par de horas después, algo captado por el rabillo del ojo le hizo levantar la vista. Una columna de humo se alzaba de la cantera donde vivía el capullo de las palomas. La observó largo rato, preguntándose si el chico tendría algo que ver.

Dedicó el resto de la tarde a escribir. Más o menos cada hora efectuaba un alto y daba unos pasos cautelosos por la hierba a fin de estirar las piernas. Prestó atención tanto a la cantera como a la pista, por si volvía a haber movimiento de vehículos, pero no sucedió nada.

Cuando la luz fue demasiado escasa para trabajar volvió adentro. También ese día se acostó temprano. Durmió profundamente y libre de sueños importunos.

Al día siguiente la temperatura era templada y el cielo amaneció despejado y así continuó. A pesar de ello no se movió de la casa. Escribía con líneas cada vez más apretadas, para sacar el máximo provecho a las últimas hojas de su cuaderno. Lo terminó un día después. Rebuscando por la casa encontró un dietario de páginas amarillentas de hacía dos décadas. Trabajaba en la calle, donde podría ver si un vehículo pasaba por la pista y detenerlo para pedir ayuda, lo que no sucedió hasta otro día más tarde, cuando estaba a punto de cumplirse una semana desde el inicio del ayuno total. Al final de la tarde el coche de Diana se detuvo delante de la casa.

Dejó de escribir y entrelazó los dedos.

¿Estás bien?, preguntó ella.

Asintió, ofreciendo a la vez una sonrisa satisfecha.

Entonces, ¿por qué coño no contestas al teléfono?

El periodo de ayuno concluía a medianoche, pero le puso fin unas horas antes. No hizo falta que ella insistiera. Se dijo a sí mismo que se lo había ganado. Aseguró sentirse bien, aunque caminaba apoyándose en las paredes y los muebles y le dolía cuando orinaba y cualquier esfuerzo, por pequeño que fuera, lo agotaba y obligaba a tomar asiento durante largo rato.

Diana se lamentó de la tozudez de ambos; la de él, por haberse atenido tercamente a su plan inicial; y la de ella, por haber interpretado su silencio telefónico como un síntoma de enfado por su última conversación, y por ello no haber acudido antes en su ayuda. Reconoció que hasta esa misma tarde había estado decidida a no ir al lago. Solo en el último momento había cambiado de opinión.

Además de comida había llevado un hornillo de gas. No estaba dispuesta a pelearse con la cocina de leña. Calentó sopa de pollo que había comprado preparada en la ciudad. Él se quedó mirando largamente el plato antes de probarla.

Una semana después de que la columna de humo ascendiera de la cantera y varios días después de que Diana y el escritor se hubieran ido, la dueña de la tienda del pueblo convenció a su marido para que subieran a la cantera. Le inquietaba la falta de noticias del chico. Por el camino pararon ante la casa que había ocupado el escritor. Estaba cerrada a cal y canto.

Se ha ido sin despedirse, se lamentó ella. Y yo que creía que éramos amigos. Con todos los vasos de agua a los que lo invité. Venía a la tienda y se quedaba horas sentado, sin beber nada más que agua.

Me lo has contado, dijo el marido.

Las puertas que antes limitaban el acceso a la cantera estaban abiertas de par en par. Detuvieron el coche ante la antigua casa del guarda, apenas mejor conservada que el resto del lugar. En la grava del suelo destacaba un nítido rastro; como si algo, un bulto grande, hubiera sido arrastrado en repetidas ocasiones, unas veces adentro y otras afuera de la casa. El rastro se prolongaba desde la puerta, doblaba una esquina de la casa y se adentraba en las instalaciones de la cantera. La mujer y su marido lo siguieron. Ella avanzaba detrás de él, asomándose por encima de su hombro, a la vez que lo empujaba para que caminara más rápido. El lugar estaba tomado por un silencio opresivo.

El rastro concluía en los palomares, que hallaron carbonizados. Apenas quedaba de ellos un montón de cenizas. Las mallas metálicas que los cerraban por la parte delantera estaban negras y retorcidas. Entre los restos distinguieron los cuerpos, igualmente calcinados, de varias aves. A escasa distancia, tirada en el suelo, reposaba una lata que había contenido gasolina.

Vamos a ver en la casa, dijo la mujer.

No aceptó que su marido entrara en primer lugar y echara un vistazo. Insistió en acompañarlo. Él se armó con un trozo de tubería que extrajo de un montón de chatarra.

¿Hay alguien?, preguntó la mujer alzando la voz.

Nadie respondió.

El rastro proseguía a lo largo del pasillo. La puerta de la cocina estaba abierta. Dentro, la nevera y los armarios estaban abiertos de par en par, mostrando sus interiores desiertos. Sobre los fogones y la encimera había cacharros incrustados de suciedad. Flotaba un olor grasiento.

Descubrieron al chico en el salón, tendido en el sofá. Los miró con ojos inyectados de sangre. Parecía ido. En la pierna derecha llevaba lo que parecía un entablillado casero, realizado con la pata de una silla y jirones de una sábana. El suelo alrededor del sofá estaba cubierto de platos sucios y restos de carne y había huesecillos por todas partes.

Con expresión pétrea el marido buscó una manta, la extendió en el asiento trasero de su vehículo y ayudó a su mujer a trasladar al chico, que se limitó a menear la cabeza cuando ella le preguntó si había algo en la casa que quisiera llevarse.

Lo transportaron en volandas, tratando de ignorar la fetidez que desprendía. Mientras lo acomodaban dentro, el dolor de la pierna hizo que el chico lanzara maldiciones.

Si quieres que te llevemos, más te vale vigilar esa lengua, le advirtió la mujer.

Y luego añadió:

Te la curarán. Nadie se ha muerto por una pierna rota, dijo, aunque no estaba segura de ello. Luego ya veremos. Puedes quedarte con nosotros unos días si no queda más remedio.

El marido no abrió la boca. Se limitó a situarse al volante y conducir con la vista fija al frente.

Durante el trayecto ella insistió hasta que logró minar la barrera de monosílabos del chico y que le contara lo que había pasado. El chico habló entonces de cómo había apostado lo que le quedaba del dinero dejado por su madre, y más dinero aún, y de cómo lo había perdido todo. Y también de sus esfuerzos por reunir el importe de la deuda, y de lo que había hecho en la casa del escritor, y de las visitas de su acreedor, y de cómo este no había aceptado el todoterreno como parte del pago, y también del interés que había mostrado por sus palomas, pero no sin antes hacer que su chófer le ajustara las cuentas por haber faltado a su palabra, aunque luego le gritó por haberse excedido al partirle la pierna.

La mujer y el marido escucharon boquiabiertos, especialmente la mención de la agresión y robo al escritor. Luego el chico se extendió hablando de sus palomas, de cómo había construido él mismo los palomares, mejorándolos poco a poco y ampliándolos, y del dinero que de vez en cuando las aves le habían hecho ganar con las apuestas, y de que ellas no tenían la culpa de que ese fuera un mal sitio para entrenarse, por culpa de las montañas y todo lo demás, y que por tanto tampoco tenían la culpa de que él hubiera perdido todo ese dinero. Y siguió hablando sobre cómo, mientras él estaba en el suelo retorciéndose de dolor por la pierna rota, el hombre de la tienda de alfombras le había ordenado que, en cuanto fuera capaz de moverse, le llevara veinte de sus mejores aves, porque él no estaba dispuesto a ensuciar su bonito coche y tampoco tenía espacio para trasladarlas, y más valía que fueran buenas de verdad, porque si no volvería otra vez con su chófer, al que le molestaba terriblemente tener que viajar a la cantera, y este le machacaría la otra pierna hasta hacer harina con sus huesos.

Y a continuación, sin hacer siquiera una pausa, el chico se embarcó en la historia de un tal Denuit, comandante del Ejército belga durante la Primera Guerra Mundial y máximo responsable del Servicio de Palomas Mensajeras de ese ejército, quien, sin poder contener las lágrimas mientras lo hacía, había quemado vivas en la ciudad de Amberes a dos mil quinientas aves antes de que cayeran en manos de los alemanes. Y sin que la mujer y su marido tuvieran tiempo para procesar lo que les contaba, pasó a hablarles del ordenanza francés que en la misma guerra, y en pleno periodo de carestía de víveres, había sorprendido a su superior con lo que parecía un guiso de gallina de sorprendente buen sabor, y que tras ser interrogado al respecto acabó confesando el robo de dos palomas mensajeras, delito que bastaba para llevarlo ante un tribunal militar, pero que gracias a la buena voluntad de su superior, y quizás a la satisfacción de este por tener el estómago lleno, las pruebas fueron hechas desaparecer, aunque de modo no muy eficiente, pues si hubiera sido así él no podría contarles ahora esta historia.

Sé muchas historias sobre palomas, añadió. Os las podría contar también. Las hay muy curiosas.

Y como parecía que así el chico estaba más relajado y la pierna le dolía menos, lo dejaron hacer.

RATA

El jefe tenía la costumbre de rezar. Se trataba de algo que no hacía con una frecuencia establecida, ni en un lugar concreto, cada noche antes de acostarse o en la iglesia. El momento venía dictado en cada caso por las circunstancias. Y en cuanto al lugar, este importaba poco, siempre que el jefe se hallara a solas y tuviera la certeza de que nadie podía interrumpirlo.

No confiaba en obtener respuesta a sus rezos. Ni siquiera era creyente. No acudía a los oficios. Tampoco conocía las oraciones del catecismo. La letanía que desgranaba era fruto exclusivo de su invención, depurada por la práctica de años y años.

Rezar le ayudaba a definir sus deseos y necesidades, a valorarlos, a establecer una adecuada jerarquía entre ellos.

Había rezado antes de lograr su cargo en la Compañía, al frente de uno de los departamentos de mayor relevancia. Medio centenar de personas a su cargo. Un presupuesto anual cuyo desglose cubría más de mil páginas de papel reciclado. Toda una planta en la sede de la Compañía; una planta alta, elevada sobre los edificios circundantes. En los días nublados, al otro lado de las ventanas solo era posible distinguir una tupida masa gaseosa que dejaba el mundo reducido al espacio que ocupaban aquellas oficinas.

Casi un año después, cuando se acercaba su primera Navidad en el puesto, el jefe rezó de nuevo. Había organizado una fiesta para su gente, en la oficina; contribuiría a estrechar lazos. No es que esto fuera de veras necesario, opinaba él. Se llevaba bien con todos, conocía sus nombres, si estaban casados o solteros, algún detalle personal de la mayoría de ellos… Pero también era cierto que existían tiranteces. Casos aislados. Lo que se puede esperar en cualquier lugar, se decía a sí mismo. Siempre hay elementos que prefieren guardar las distancias, con estilos propios de actuar.

Mediante su rezo concluyó que deseaba, de veras, que la fiesta saliera bien.

Escogió un viernes para la celebración, que tendría lugar a media mañana. Contrató un servicio de *catering*. Se hizo con un equipo de música. Adquirió de su bolsillo un presente para cada uno de los empleados a su cargo: un llavero de plata para los hombres; un monedero de piel, repujado con una filigrana vegetal, para las mujeres. Se reprendió por sentar tal precedente. En las Navidades siguientes, predijo, esperarían una atención similar, si no mejor.

Pero a pesar de ello cedió a la tentación del derroche. Quería impresionarlos.

Trató de mantener la celebración en secreto. Y lo consiguió hasta que los del *catering* lo telefonearon al trabajo para aclarar una duda sobre el menú y una de sus secretarias contestó la llamada. Cuando todavía faltaba una semana para la fiesta, todo el mundo se encontraba ya al tanto. Las agendas se reordenaron a fin de liberar la mañana del viernes.

Al principio todo marchó bien, tal como el jefe había planeado, e incluso mejor. Recibió agradecimientos por los regalos. Se desplazó de un grupo a otro, charlando con todos y deseándoles unas felices fiestas. Acogió con risas los comentarios jocosos sobre la ausencia de alcohol en el surtido de bebidas. Todos parecían felices y satisfechos.

La celebración aún mejoró. En lo más alto de la fiesta, la esposa del jefe hizo aparición al frente de una columna de empleados del *catering* cargados con bandejas de dulces. Llevaba un abrigo de piel sobre los hombros y la rodeaban los olores de la peluquería.

Por delante de ella, a modo de pajes, desfilaron sus hijas gemelas de cinco años, ataviadas con vestidos a juego y zapatos de charol, quienes lo contemplaban todo entre admiradas y sobrecogidas. Durante años persistiría en ellas la idea de que en el lugar donde su padre trabajaba, la gente lucía a diario gorritos de fiesta, sonaba la música y adornos navideños pendían de las lámparas y coronaban los ordenadores.

Empleados de otras plantas del edificio se unieron a la celebración. Cada vez había más gente. Resultaba complicado hacerse oír entre el vocerío. Por eso en un primer momento casi nadie prestó atención al grito lanzado por una de las secretarias. Luego este se repitió, multiplicado al sumarse a él nuevas voces, y las conversaciones comenzaron a enmudecer, con lo que los gritos pudieron por fin ser oídos claramente, y las miradas se dirigieron hacia el centro de la conmoción. El jefe, sosteniendo un vaso en la mano, se abrió paso a codazos hasta allí. La gente había retrocedido despejando un círculo.

A primera vista no había nada anormal. Una mesa, una silla…, el puesto de trabajo de alguien. Pero bajo la mesa había una papelera y esta se hallaba volcada. Su contenido, incluido un canapé de la fiesta a medio comer, estaba en el suelo. Y una rata mordisqueaba los restos del canapé. Y la rata era grande. Y ante el griterío y los dedos que la señalaban se alzó sobre sus patas traseras para hacer frente a la congregación. Y la rata llevaba un primoroso lazo rojo en torno al cuello. Como un regalo de Navidad.

Luego el roedor echó a correr y se zambulló en la maraña de pies. Se produjeron nuevos chillidos y varias personas se encaramaron a mesas y sillas. La carrera del animal permitió que fueran muchos los que pudieron verlo con sus propios ojos, y también el lazo rojo que lo adornaba y probaba que su presencia allí no se trataba de algo casual.

Finalmente la rata quedó acorralada en una esquina y de nuevo se irguió en actitud retadora, como si hubiera sido adiestrada para resistir hasta el final. Pero eso no la salvó. Uno de los empleados se adelantó decidido y le lanzó, a modo de red, la funda de un monitor de ordenador. Y una vez atrapada acabó con ella mediante un pisotón. El sonido hizo estremecerse a quienes estaban más cerca.

Las conversaciones habían concluido. La esposa del jefe trataba de tranquilizar a sus hijas, a las que el griterío y la confusión habían hecho llorar. Sin despedirse de nadie las tomó de la mano y desapareció camino de los ascensores.

La misma persona que había terminado con la rata la alzó del suelo sirviéndose de la funda de monitor, que oportunamente mantenía el cuerpo sin vida fuera de la vista. Por debajo del envoltorio oscilaban el largo rabo rosado y un extremo del lazo.

Sosteniéndolo todo lejos de sí se dirigió al cuarto de la limpieza mientras decía:

Ya está. Ya está. No pasa nada. Tranquilos.

Sobre la moqueta quedaron una mancha de sangre y un amasijo de restos blandos, entre rojo y gris.

Tras lo ocurrido, el ambiente se enfrió con rapidez. Alguien desconectó el equipo de música. Los grupos se disolvieron. Cada empleado regresó a su puesto de trabajo. Se observaban entre ellos de reojo, comenzando ya las conjeturas. Los del *catering* empezaron a recoger las mesas.

Solo, en el centro de donde unos minutos antes la gente había estado comiendo, bebiendo y conversando, quedó el jefe, todavía con su vaso en la mano, mirando aturdido a su alrededor y preguntando a quien quisiera escucharlo a dónde habían ido su mujer y las niñas.

Así concluyó su fiesta de Navidad, por cuyo éxito y consecuencias beneficiosas él había rezado.

Hubo consecuencias, por supuesto. La aparición de una rata con un lazo alrededor del cuello era algo demasiado jugoso para dejarlo correr o que se olvidara en poco tiempo. Nunca había ocurrido algo semejante en la Compañía, ni siquiera que se le aproximara. Alguien tenía que haber llevado la rata hasta allí. Se había tomado la desagradable molestia de capturarla, la había adornado con el lazo, la había introducido en la fiesta y la había soltado teniendo la precaución de que nadie se percatara de ello.

¿Quién lo hizo?

Nadie lo sabía.

Los empleados bromeaban señalándose unos a otros como culpables, aunque tenían buen cuidado de cerrar la boca si el jefe estaba cerca.

De modo casi inmediato, la noticia se había propagado por todo el edificio y también fuera de él, hasta la última sucursal de la Compañía.

El jefe tuvo que soportar comentarios sarcásticos con motivo del insólito invitado a su fiesta. Comentarios que provenían de sus superiores e iguales, y también de los empleados a su cargo. Empleados que nunca antes se habían atrevido a bromear con él, pero a los que el incidente de la rata parecía haber dotado de coraje.

Porque desde el primer instante todos habían dado por sentado que la rata iba dirigida a él, al jefe: un regalo; o mejor: un mensaje. Había alguien entre ellos que no solo no le profesaba respeto, sino que albergaba algo contra él. Aquello no se trataba del mero trabajo de un bromista. Alguien se había tomado numerosas molestias para sabotear el que debía haber sido uno de los momentos álgidos del jefe. Y lo había logrado con creces, de un modo tan sencillo como efectivo: una rata y un lazo. Y esto —la meditada elaboración—, unido a que ninguno de los empleados supiera, que ni siquiera pudiera sospechar respaldado por un mínimo grado de certeza, quién había sido el culpable, que todos pudieran serlo —todos—, les hacía pensar que quizá el saboteador había obrado impulsado por motivos legítimos, que quizá el jefe se lo merecía, que detrás de la fiesta, de los regalos, del desempeño correcto aunque no brillante de su cargo, de su familia salida de un anuncio de mobiliario de gama alta, de todo el conjunto de su persona, había algo turbio que justificaba un ataque semejante, algo que estaba ahí pero que hasta la fecha solo esa persona desconocida había tenido la perspicacia de apreciar. Y si era así, la rata ya no era un regalo, ni siquiera un mensaje. Era un castigo.

Mientras todos llegaban a tal conclusión, la historia de la rata iba creciendo, ganando en detalles, sin que tampoco nadie supiera de dónde estos surgían, y sin que a nadie le importara si eran ciertos o falsos.

Cuando apareció en la fiesta de Navidad, la rata presentaba muy buen aspecto. No parecía una vulgar rata de alcantarilla.

Había sido alimentada.

Había sido desparasitada.

El lazo que portaba tenía un ribete dorado.

La rata había sido lavada.

La rata había sido perfumada.

El perfume que llevaba era el mismo que el de la mujer del jefe.

Así, fragmento a fragmento, la historia se desarrolló, asegurándose la pervivencia, pasando a formar parte de la mitología de la Compañía.

Solo faltaba una pieza más para completarla. La más importante de todas. Y esta también terminó por llegar; al igual que las anteriores, sin que se supiera quién la había descubierto. Alguien había oído un nombre, y se lo deslizó a otro alguien, que a su vez se lo dijo a otra persona, y esta a otra, y esta a otra…

Y así hasta que una mañana todos los empleados del departamento, en una planta elevada del edificio, con el sol matutino entrando oblicuo por las ventanas, volvieron la cabeza, estiraron el cuello, se pusieron en pie, para ver cómo el saboteador, el dueño de la rata, entraba en la oficina como cualquier otro día y tomaba asiento en su puesto. En apariencia indiferente a la atención que despertaba.

Un hombre introvertido, de escasas palabras pero de trato amable, buen trabajador, eficiente. Nadie habría creído que pudiera tratarse del culpable. Habían sospechado de él lo mismo que habían sospechado de todos los demás. Pero las sospechas habían pasado sobre su persona sin detenerse.

El autor era un buen hombre. Intachable.

Luego era cierto, pensaron todos.

Un castigo.

La rata se trataba de un castigo.

La puerta del despacho del jefe se abrió y este se asomó. La noticia también le había alcanzado. Ante la expectación de los presentes, los dos intercambiaron una breve mirada. Luego la puerta volvió a cerrarse.

Y el jefe volvió a rezar. Porque detestaba a aquel hombre y deseaba que desapareciera. Lo quería en un lugar lo bastante alejado como para que ni él ni nadie en toda la Compañía lo recordara.

No.
No es así.
Lo quería reducido.
Lo quería humillado.
Claro que no podía hacer nada al respecto. Carecía de pruebas en su contra. No existían más que rumores, que nadie —y menos aún el presunto culpable— iba a encargarse de confirmar. Aunque esto no resultaba necesario. Todos sabían lo que había ocurrido y quién era el protagonista. Y si todos pensaban igual, era cierto.

Cierto, pero el jefe continuaba sin poder hacer nada.

Y aunque hubiera podido hacerlo, tampoco habría dado ningún paso al respecto. Tomar medidas contra el empleado, trasladarlo a otro puesto, incluso aumentar su carga de tareas, incluso adoptar con él una actitud que fuera tan solo un poco menos amigable, un poco más exigente, habría significado el reconocimiento definitivo de que aquella rata iba, en efecto, dirigida a él.

Luego no podía hacer más que soportar su presencia.

Y rezar para que el culpable desapareciera —del modo que fuese—, y —por encima de todo— para que no surgieran más ratas con lazos.

En la oficina le parecía que se topaba con él en todo momento. Lo veía en la sala de descanso, junto a la máquina de café, siempre rodeado por otros empleados que lo escuchaban atentamente. El jefe nunca era capaz de averiguar lo que les estaba diciendo. Lo veía salir a la hora del almuerzo, de nuevo en compañía, a aquel hombrecillo callado que antes siempre comía solo en su mesa mientras leía una novela de bolsillo.

Pensaba en él los fines de semana en que, junto a su mujer, visitaba almacenes de materiales procedentes de derribos y seleccionaba antiguos ladrillos árabes, puertas de cuarterones y columnas de fundición con que decorar su nueva casa, adquirida gracias al incremento de ingresos que acompañaba el cargo al frente del departamento. Una casa que iba a parecer un palacio. Y un cargo para el cual —a decir de algunos— él no era la persona idónea.

Y en particular, pensaba en él cuando se reunía con sus superiores y apreciaba en ellos una desconfianza hasta entonces nunca demostrada, como si de veras creyeran que existía en él un motivo de sospecha, que era merecedor de un castigo. Las señales eran sutiles, pero estaban ahí. Saludos esquivos. Un especial escrutinio de las actividades de su departamento. Petición de aclaraciones ante sus informes de resultados.

Y a medida que su popularidad disminuía, la del manipulador de ratas crecía sin cesar. En este caso las señales no eran sutiles, sino evidentes. O al jefe así se lo parecían. El respeto que los demás empleados le profesaban de repente. El aire desenvuelto con que se movía por la oficina. Su imborrable sombra de sonrisa cada vez que el jefe se dirigía a él. Cada vez.

La situación se mantuvo así, uno bajando, el otro subiendo, durante varias semanas, hasta que el verdadero responsable de llevar la rata a la fiesta de Navidad decidió que ya era suficiente.

Una tarde aguardó en un rincón del garaje del edificio, fuera del alcance de las cámaras de seguridad, hasta que el hombre introvertido, de escasas palabras pero de trato amable, buen trabajador, eficiente y que estaba gozando del beneficio de algo que no había hecho, y que tampoco se le hubiera ocurrido nunca hacer, pues carecía de la imaginación y mucho menos aún del impulso necesario para ello, apareció al final de la jornada camino de su coche.

El garaje estaba desierto salvo por ellos dos.

Entonces el verdadero responsable salió de su escondrijo, y antes de que el otro alcanzara a tener un atisbo de su rostro lo golpeó en la cabeza con una llave inglesa. No demasiado fuerte. Solo lo justo para darle una lección. Porque él sí era de veras eficiente, además de cuidadoso. Y cuando el farsante cayó al suelo, todavía lo castigó con varias patadas y nuevos golpes de llave, en el rostro y el cuerpo, dando desahogo al resentimiento acumulado a lo largo de todos los días y semanas anteriores, cuando en la oficina, desde una mesa cercana, lo veía alardear y alardear a diario. A diario.

A continuación se guardó la llave inglesa en el bolsillo, comprobó que continuaban solos y sin mirar atrás desapareció a paso ligero.

Fue el jefe quien momentos después, también de camino a su coche, encontró el cuerpo. Sangraba por la cabeza. Balbuceaba. El jefe corrió hacia él, sin saber de quién se trataba. Intentaba levantarse y él se lo impidió, manchándose a su vez de sangre.

Aguarde. No se mueva, dijo. Pediremos ayuda.

Fue entonces cuando lo reconoció, al hombre de la rata.

Tenía la nariz rota y la cara machacada. Había dos dientes sobre el pavimento del garaje.

Y mientras seguía diciéndole, ordenándole, ahora en un tono más frío, y también perplejo, que no se moviera hasta que llegara la ayuda, el jefe oyó unos pasos que se aproximaban.

Eran tres, también empleados de la Compañía. Altos cargos. Antes comía con ellos y tomaban una copa juntos después del trabajo. Ya no.

Se detuvieron al unísono cuando lo descubrieron junto al cuerpo ensangrentado. Los miraron, boquiabiertos. Sus miradas saltando de uno a otro. Y parecieron querer retroceder cuando el jefe se irguió, apretó los puños y se dirigió a ellos diciendo:

¿Y cuál es vuestro problema, eh? ¿Cuál es? Venid si os atrevéis. De uno en uno.

COMO UNA HISTORIA DE TERROR

Redújose todo a amenazas, fue sólo una ficción de terrible efectismo, una farsa desde el principio al fin, planeada por el tremendo desdén con que nos tratan los poderes infernales.

JOSEPH CONRAD, *Lord Jim*[1]

I

El propietario salió a la terraza y dejó que inspeccionaran la casa a sus anchas. La mujer subió las escaleras hacia el piso de arriba. El hombre recorrió la planta baja pulsando interruptores y abriendo y cerrando armarios. Los muebles habían desaparecido. Quedaban rectángulos de polvo donde antes había sofás, camas y aparadores. En los maceteros de la terraza languidecían flores faltas de riego.

Las líneas de la casa reproducían las de las clásicas cabañas de montaña: base rectangular y cubierta a dos aguas; algo tan simple como el dibujo de un niño. Pero más allá del sencillo planteamiento se trataba de un diseño moderno. Las paredes exteriores eran de cristal: una vivienda abierta al entorno. Estores de algodón crudo constituían su única protección contra las miradas ajenas.

Se hallaba levantada sobre un zócalo de hormigón, provisto de un voladizo por el que discurría una terraza. Y dentro: paredes que no subían hasta el techo, una chimenea de obra en el salón y un altillo donde se albergaban dos habitaciones, todo pintado de

1. Traducción de Ramón D. Perés. Alianza Editorial, 2012.

blanco. La estructura era de madera de cedro y la marquetería de aluminio lacado. El salón, la cocina, el cuarto de baño y la habitación principal se hallaban en la planta baja. La viguería del tejado, también de cedro, estaba a la vista. Todo era nuevo, menos de un par de años. A un costado de la casa y un poco separado de ella, había un garaje para dos coches que no era más que una construcción de ladrillo con tejado de uralita, como si el constructor se hubiera quedado sin fondos para hacer algo acorde al diseño de la casa.

Desde la fachada principal, hacia donde estaba orientado el salón, se disfrutaba de un amplio paisaje verde. Ubicada en la falda de una colina, la construcción abarcaba una panorámica de campos, bosques, nuevas colinas y elevaciones mayores del terreno. En toda esa extensión, unas torres de tendido eléctrico, un puñado de construcciones alejadas y dispersas, y, más allá, apenas distinguible entre las nubes bajas, el penacho gaseoso de una central térmica eran las únicas evidencias humanas visibles. Una pista sin asfaltar remontaba la ladera y concluía en un rellano de grava frente a la casa.

Las habitaciones de la parte posterior ofrecían una vista muy diferente. A escasos metros daba inicio una enmarañada masa boscosa, cuyas copas se elevaban más allá del tejado. La apretada urdimbre de troncos, ramas y maleza, entre el gris ceniza y el verde musgo, se oponía al escrutinio de la mirada. Varios metros cuadrados habían sido talados y limpiados para crear un jardín trasero. La mujer lo contempló desde la que ya imaginaba futura habitación de los niños. Los propietarios se habían desentendido de una piscina prefabricada, que ocupaba el centro del jardín. Estaba vacía, salvo por unos centímetros de agua verde donde un flotador infantil semideshinchado navegaba empujado por la brisa. Junto a la piscina: una mesa y un puñado de sillas de jardín descoloridas por la intemperie, con hojas muertas adheridas y las patas hundidas en la hierba sin segar. Alrededor de todo ello asomaban los tocones de los árboles talados. Un poco más allá, el bosque ejercía la impresión de una avalancha vegetal que resbalara hacia la casa.

Se reunieron en el vestíbulo y salieron a la terraza, donde el propietario aguardaba fumando. Iba sin afeitar y lucía unas afianzadas ojeras. Llevaba la camisa arrugada, colgando por fuera de los pantalones. Los ojos enrojecidos acrecentaban la hosquedad de su expresión. Cuando los vio salir dejó caer la colilla al suelo de madera y la pisó, sin preocuparle la impresión que pudiera causar a los potenciales compradores. El hombre preguntó por el suministro de propano, la tensión eléctrica contratada, el estado del tejado y la situación de la fosa séptica, mientras hojeaba las páginas que habían recibido por fax, donde figuraban las características de la casa junto a unas fotografías borrosas de la misma. El propietario respondió escuetamente pero con seguridad; él mismo había levantado la vivienda, reconoció con orgullo insatisfecho. Concluyó asegurando que la propiedad se encontraba en perfecto estado, solo necesitada de una buena limpieza. Se hizo el silencio mientras el hombre revisaba por enésima vez los datos recogidos en las páginas, la mujer contemplaba el paisaje con los brazos cruzados y la cadera apoyada en la barandilla de la terraza, y el propietario miraba el reloj y se revolvía, sin ocultar su deseo de poner fin a la visita cuanto antes.

¿Qué pasa con el precio?, quiso saber el hombre, y la mujer se volvió para atender mejor a la respuesta.

Está ahí, dijo el propietario señalando las hojas. Al final.

Ya lo sé, respondió el hombre, y apuntó con el dedo a la cifra indicada. Y nos ha sorprendido bastante. Llevamos meses buscando una casa. Hemos visto muchas. La mayoría peor que esta. Y más caras. Bastante más.

¿Le parece demasiado barata?, preguntó el propietario torciendo la boca.

Nos gustaría saber por qué no pide una cantidad mayor, terció la mujer. Su voz poseía un tono grave, casi masculino. Es evidente que lo vale.

El propietario desvió la vista al suelo.

Necesito el dinero. Tengo una urgencia económica.

¿Es por eso por lo que la vende?, quiso saber ella. ¿Solo por eso?, recalcó.

Por eso y porque mi mujer y mis hijos se han cansado de vivir tan aislados.

Entiendo, musitó el hombre.

La mujer volvió a girarse para admirar el paisaje.

* * *

Aseguraron que lo pensarían, que la vivienda y su entorno les habían causado una buena impresión —muy buena—, lo que no bastó para que el propietario mudara el gesto huraño. Se despidió de ellos con un movimiento del mentón, subió a su coche y partió colina abajo a mayor velocidad de la que parecía recomendable en aquella pista de tierra. El hombre y la mujer permanecieron ante la casa, apoyados en su monovolumen, mientras observaban cómo la luz del atardecer mutaba el aspecto de la fachada, arrancando brillos a la estructura de madera y encendiendo los cristales con un brillo mostaza. La casa pedía a gritos tener la puerta abierta de par en par, y flores nuevas en la terraza, y un par de niños corriendo por la ladera, con los brazos extendidos como alas.

¿Qué te parece?, preguntó ella.

Está lejos, respondió él, y escrutó el paisaje tratando de ubicar el lugar donde, oculta tras una loma, estaba la estación de tren, a un par de kilómetros de distancia, quizá tres. Si se mudaban deberían recorrer ese trayecto cada mañana para tomar el tren; y después, más de una hora hasta la ciudad, donde ambos trabajaban. Cada día. Ida y vuelta.

¿Pero qué piensas de la casa?, insistió la mujer.

La casa no está mal.

Es la mejor que hemos visto. Con diferencia. Y el precio...

Lo sé, dijo el hombre.

El precio era bajo dadas las características de la vivienda, pero no dejaba de representar una cantidad considerable. Comprarla los obligaría a endeudarse.

No me explico cómo no la ha vendido todavía, pensó ella en voz alta.

Había sido la mujer quien, dos días atrás, había descubierto el anuncio mientras hojeaba el periódico: *OPORTUNIDAD. Vivienda de lujo. Familiar. Vistas. Entorno incomparable. 3 hab, 2 cb, gar. URGE VENTA.* Llamó de inmediato, y esa noche, cuando llegó a casa, encontró las páginas con los datos de la propiedad enroscadas en la bandeja de entrada del fax.

Me imagino, dijo él, que a la mayoría de la gente no le gusta vivir en un sitio así de alejado.

No está *tan* alejado.

Más de lo que habíamos acordado cuando empezamos a buscar. Bastante más.

Ella guardó silencio, dándole la razón.

Instantes después añadió:

Pero podemos pagarla. Y a mí me ha gustado.

Pasaron unos instantes más hasta que el hombre reconoció que a él también.

Un par de días después llamaron al propietario, que recibió la noticia sin especial demostración de alivio o alegría. Su voz quedaba ahogada por el ruido de un televisor y el llanto de un niño. Todo ello sonaba muy cercano, como si estuvieran pegados al teléfono.

De inmediato se pusieron en marcha los trámites de compra, que fueron resueltos a la mayor velocidad posible. Al cabo de escasas semanas el hombre y la mujer abandonaron su piso de alquiler en la ciudad y se trasladaron a la casa de la colina. Pidieron unos días libres en sus trabajos para llevar a cabo la mudanza y poner en orden la nueva vivienda.

Provistos de guantes y con pañuelos atados a la cabeza, acometieron la labor de limpieza. La primera mañana descubrieron, entre sorprendidos e indignados, que los contenedores de basura más próximos se hallaban junto a la estación de tren. Sudoroso como estaba y sin cambiarse de ropa, el hombre condujo hasta unos grandes almacenes próximos a la ciudad y compró tres cubos de basura. En el camino de regreso se detuvo en un establecimiento de venta y alquiler de maquinaria agrícola, donde se hizo con una segadora por espacio de un par de días. Pusieron los cubos en la terraza y fueron echando dentro todo lo que sacaban de la casa, incluida una docena de cajas de cartón medio deshechas por la humedad, repletas de mantas y ropa vieja y maloliente, con que se toparon en el fondo del garaje. En los armarios encontraron más cosas desechadas por los anteriores ocupantes: un aparato de video anticuado, un juego de café, un par de zapatillas de deporte incrustadas de barro... Cada vez que los cubos de basura quedaban llenos los cargaban en el monovolumen y los transportaban hasta los contenedores de la estación. Mientras trabajaban, Bambú, el *dachshund* de pelo duro de la pareja, correteaba a su alrededor, delirando por todo lo nuevo que había para olisquear. El bosque, en particular, despertaba su atención, si bien lo contemplaba desde distancia prudencial. De cuando en cuando lanzaba en su dirección una sarta de ladridos. Luego corría a refugiarse entre las piernas de sus amos, quienes, atareados como estaban, le gritaban para que se apartara.

Comieron en la cocina, bocadillos y cerveza. El tamaño de la estancia triplicaba el de su cocina de la ciudad. Las voces y el sonido de los pasos resonaban de un modo al que les costaría acostumbrarse.

Entre los objetos abandonados en la casa figuraba una colección de tallas de madera. Estaban alineadas sobre la chimenea y reproducían, o trataban de hacerlo, formas de animales. Un búho, algo que podía ser una jineta, una ardilla..., así hasta una decena de animales del bosque. Eran piezas toscas, carentes de detalles, mal proporcionadas —cabezas hidrocefálicas y cuerpos ridículos—, en las que se apreciaban las dentelladas de la navaja utilizada para crearlas. Supusieron que serían obra de alguno de los antiguos propietarios, fruto de un *hobby* en que distaba de ser diestro.

¿Qué hacemos con ellas?, preguntó la mujer sosteniendo un lirón de madera en una mano y una bolsa de basura en la otra.

Él, ocupado en limpiar las extensas paredes de cristal, apenas le dedicó un vistazo.

Lo que tú quieras.

Ella estudió la figurilla dándole vueltas en la mano y volvió a depositarla junto a las demás. El conjunto no dejaba de poseer atractivo, dentro de su tosquedad no intencionada, acorde al entorno de la vivienda.

Esa primera noche se derrumbaron en la cama, quedándose dormidos antes de tocar la almohada. Poco después se despertaron con el cuerpo dolorido, si bien no por los esfuerzos del día. Pasaron largo rato exterminando los mosquitos que habían invadido la habitación. Así averiguaron que no era recomendable dejar abierta la puerta corredera que daba a la calle.

Mira eso, dijo él con un susurro.

Por descuido habían dejado encendido el farol que iluminaba el jardín trasero, hacia donde estaba orientado su dormitorio. Una nube de insectos revoloteaba en torno a la luz y un flujo continuo de murciélagos brotaba del bosque para cebarse con ellos. Cuando los murciélagos cruzaban ante el cristal, casi rozándolo, su vuelo resultaba tan patente como bajo el foco de un estroboscopio. Quedaba fijado a las retinas de la pareja en forma de imágenes intermitentes donde se apreciaban cadenas de huesecillos transparentadas en las alas. Escasamente familiarizados con la fauna campestre, sus movimientos les resultaron poco naturales, alejados del reconocible batir de las aves, recordándoles a los murciélagos de las viejas películas de terror: meras réplicas de goma agitadas en el extremo de un hilo.

Segaron el terreno alrededor de la casa. Barrieron y fregaron el interior. Vaciaron de hojas muertas los canalones. Retiraron las telarañas de debajo de los aleros. Sembraron el garaje de veneno para roedores. Adecentaron la mesa y las sillas del jardín trasero y, con gran trabajo, desmontaron la piscina prefabricada, que guardaron en el garaje a la espera del verano. Al retirarla dejaron a la vista un círculo de hierba aplastada y marchita, entre la que se revolvían lombrices.

De uno de los numerosos viajes en busca de suministros, el hombre regresó con una caseta para Bambú —la primera que tenía— y un comedero para pájaros. Instalaron ambos en el jardín trasero, adonde las aves del bosque podían acercarse a picotear y donde Bambú debería acostumbrarse a dormir —también por vez primera— en la calle. El animal olisqueó poco convencido el interior de la caseta y luego se alejó como si no tuviera nada que ver con él. Aunque cuando dispusieron dentro sus cuencos para el agua y la comida, sus juguetes y el cojín sobre el que dormía, pareció resignarse a la idea.

Cada tarde, como conclusión de la jornada, el hombre, la mujer y Bambú daban un paseo por los alrededores. El perro correteaba sin alejarse de ellos.

La vivienda más cercana estaba a un kilómetro, aunque no resultaba visible hasta que uno se encontraba a escasas docenas de metros de ella, atrincherada como estaba en el fondo de una hondonada. Una casa vieja, de piedra. Las minúsculas ventanas de sus muros tenían más aspecto de oquedades que de ventanas, ajenas en apariencia a la función de proveer de luz al interior, más como el resultado de un trámite con el que era obligación cumplir. Anexo a la casa se alzaba un corral de madera cuyas paredes se inclinaban unas hacia las otras en lo que parecía un equilibrio más que precario. Frente a este, una superficie cercada y enfangada donde hozaba una docena de cerdos.

Nunca se acercaban a la casa, limitándose a observarla desde el borde de la hondonada. Las faldas de esta se encontraban salpicadas de círculos negros: restos de pequeñas hogueras. A docenas. A veces tocándose entre sí, formando extrañas tramas, sin que nada permitiera adivinar el motivo de semejante cantidad y disposición.

En una ocasión vieron salir de la casa de piedra a un hombre. Vestía mono de faena. Se sentó en un banco junto a la puerta y se calzó unas botas de goma hasta las rodillas. Luego se dirigió al corral, donde los cerdos, percibiendo su cercanía, habían duplicado el volumen de los gruñidos. Avanzaba encorvado. Antes de llegar junto a los animales, se paró y miró por encima del hombro directamente hacia donde estaban el hombre y la mujer. Permaneció sosteniéndoles la mirada hasta que dieron media vuelta y se largaron.

El día antes de volver al trabajo se detuvieron a contemplar cuanto habían hecho. Los suelos brillaban. Las huellas de dedos que antes emborronaban las paredes de cristal habían desaparecido. En el garaje reinaba un aroma fresco y húmedo que dilataba los pulmones. Sus antiguos muebles, tan ligeros y apropiados para el piso de la ciudad, parecían encogidos y desvalidos en el nuevo entorno, mucho más amplio, especialmente cuando los estores se encontraban levantados y los campos y el bosque parecían a punto de dar un salto y colarse adentro de la casa.

Se retiraron temprano. A la mañana siguiente debían madrugar. Fue esa noche cuando la mujer soñó por vez primera con las ardillas.

Vio alzarse lentamente uno de los estores, como si de un telón se tratara, que expuso ante su vista el jardín trasero. Se encontraba tal y como lo habían dejado esa tarde, segado y ordenado. Lo alumbraba un sol oblicuo y cálido. Por espacio de unos momentos —de duración imposible de determinar dado el ámbito onírico en que se desarrollaban— la quietud fue completa, hasta que un par de ardillas emergió tímidamente del bosque para adentrarse en el césped segado. Cada pocos pasos se alzaban sobre sus patas traseras y oteaban a su alrededor. De ese modo, mediante una interminable serie de aproximaciones sucesivas, llegaron al comedero para pájaros. Consistía este en una bandeja de madera, protegida por un tejadillo y emplazada en lo alto de un poste. A pesar de lo recto y liso de este último, los roedores lo escalaron sin dificultad. En la cima olisquearon la mezcla de cortezas de queso, frutos secos, copos de avena, migas de pan y trozos de manzana que la mujer, durante su vigilia, había depositado con la esperanza de atraer la mayor variedad de aves posible. Siempre alerta, los roedores lanzaron nuevos vistazos al entorno. Los pinceles que adornaban los vértices de sus orejas temblaban como diapasones. Y comieron.

La mujer, sin abandonar su estado durmiente, interpretó esto como un buen presagio.

Luego vio aparecer a Bambú. El perro corrió hacia las ardillas lanzando ladridos. Los roedores soltaron lo que estaban mordisqueando, brincaron del comedero y desaparecieron en el bosque mucho antes de que el perro pudiera alcanzarlos. Pero eso no desanimó a Bambú, que sin vacilar se zambulló en la vegetación. Sus ladridos se oyeron cada vez más lejanos.

Cuando sonó el despertador era todavía de noche y en la casa hacía frío. Antes de irse al trabajo, se aseguraron de que Bambú dispusiera de comida y agua. El animal descansaba con la cabeza y las patas delanteras asomando fuera de la caseta. Estaba atado con una cadena que le permitía desplazarse por el jardín. Abrió un ojo, meneó la cola y se despidió de ellos mediante un gemido, sin tomarse la molestia de ponerse en pie. Condujeron hasta la estación. Por supuesto, el pequeño quiosco que había en un rincón de la sala de espera no había recibido aún la prensa del día.

En el tren la mujer habló al hombre de su sueño. Insistió en su favorable impresión acerca de que las ardillas, unos habitantes del bosque vecino, hubieran aceptado su comida. E insistió además en la calma que a continuación la había embargado, incluso inmersa en el sueño como se encontraba.

El hombre asintió sin hacer comentarios. Durante el resto del trayecto se limitó a mirar por la ventanilla, que al principio solo le devolvió su reflejo adormilado, y tras la que luego, a medida que clareaba la mañana y se acercaban a su destino, discurrieron el triste paisaje suburbial que ceñía la ciudad, los muros cubiertos de hollín y graffitis, los edificios donde gentes con mirada vacía fumaban el primer cigarrillo del día viendo pasar los trenes, las vías que se iban juntando unas con otras hasta formar un gran peine, los gorriones que saltaban de un raíl a otro esquivando los convoyes, la basura arrojada a los costados del balasto, y, por último, la estación.

En este lugar se reunieron horas después, al final de la tarde, para regresar juntos a casa. Intercambiaron unas palabras acerca de cómo había ido la vuelta a la rutina e hicieron el resto del recorrido en silencio, mirando cada uno por una ventanilla. Cuando se apearon, el vagón quedó desierto. Ya había anochecido.

En cuanto llegaron a la casa, la mujer fue a saludar a Bambú. Pasó al jardín trasero y lo llamó, pero no hubo respuesta. Vio que la cadena que lo ataba se encontraba extendida sobre la hierba; un extremo unido a la caseta; en el otro, la correa del animal, vacía. Tomó esta. Estaba cerrada, sin señales de haber sido manipulada. Alzando la voz, llamó de nuevo a Bambú. El farol de la fachada alumbraba el jardín sin que la luz penetrara la maraña del bosque. El cerco iluminado solo alcanzaba la primera línea de troncos, de los que la corteza se desprendía en tiras como piel vieja de serpiente.

El hombre salió, alertado por las llamadas de la mujer. Ella le pasó la correa, que examinó brevemente y dejó caer en la hierba.

Habrá tirado hasta conseguir sacar el cuello, dijo.
¿Adónde habrá ido?
Él miró a su alrededor, a lo poco que podía ver.
No lo sé. Tampoco sabemos cuándo se ha soltado.
Gritó un par de veces el nombre del perro. Nada.
Mierda, dijo entre dientes.
Rodearon la casa sin dejar de llamar al perro. Él fue por una linterna y alumbrando el suelo ante sus pies recorrieron la falda de la colina. Hacía frío. Un toldo de nubes ocultaba las estrellas. La hierba estaba húmeda. Pronto quedaron mojados hasta las rodillas. Una hora después de haber empezado la búsqueda el hombre propuso que volvieran a la casa.
Tenemos que seguir buscándolo, replicó ella.
Luego. Ahora estamos cansados. Dejaremos las luces encendidas, puede que eso lo guíe de vuelta.
Ella accedió a regañadientes y lo siguió a la casa.
Después de una cena a base de sobras se sintieron más cansados todavía. Fuera había empezado a caer una lluvia mansa que contemplaron descorazonados.
¿Vamos?, planteó ella.
¿Dónde buscarías?, preguntó él, sentado todavía a la mesa y sin deseos de levantarse.
No lo sé. Pero yo iría.
¿Al bosque?
No creo que haya entrado al bosque. No le gusta. Ni se acerca.
Yo tampoco lo creo, coincidió él. ¿Entonces?
La mujer guardó silencio. Miraba caer la lluvia a través de la pared de la cocina.
Encontrará refugio. Es listo, dijo él leyéndole el pensamiento. Aquí está más seguro que en la ciudad. No hay vehículos que puedan atropellarlo.
...
Dejaremos las luces de fuera encendidas, añadió.
Ella mostró su conformidad mediante un asentimiento. Metieron los platos en el lavavajillas y fueron al dormitorio arrastrando los pies. Él se durmió al instante. La mujer permaneció en vela un rato más, luchando contra el sueño, atenta a cualquier

señal del regreso de Bambú, hasta que el cansancio pudo también con ella.

Se despertó varias veces durante la noche. En cada una de ellas se deslizó de la cama para comprobar si el perro había vuelto, siempre sin fruto. En una ocasión abrió la puerta corredera que permitía el acceso al jardín trasero, y salió afuera. La lluvia había cesado. Flotaba una niebla densa que parecía brotar de la misma tierra. Una brisa gélida y húmeda, como una corriente de aire en una cueva, dibujaba espirales en la niebla y abría vórtices por los que se atisbaba el bosque. Sintió un escalofrío.

¿Bambú?, llamó en voz baja.

Nada.

¿Bambú?

Un crujido entre los árboles la hizo envararse. Repitió la llamada. Pero no hubo respuesta y se dijo que solo había sido el viento. Regresó a la cama, donde se tumbó con las rodillas pegadas al pecho. Cuando se durmió soñó con ardillas.

Volvió a ver alzarse lentamente un estor y, tras él, el patio trasero, cubierto en esta ocasión por una luz cenicienta y uniforme que no producía sombras. Vio la mesa y las sillas y el comedero para pájaros y la caseta de Bambú, vacía. Y vio el bosque, de donde, al igual que la vez anterior, asomó una ardilla; imposible decir si era una de las del primer sueño u otra diferente. Lo que sí resultaba indudable era que el animal no mostraba temor alguno. Se encaminó al comedero para pájaros, trepó por él y se lanzó a comer con visible voracidad. A esta ardilla la siguió otra, que efectuó el mismo recorrido. Y luego otra, y otra, y otra más. Al cabo de unos instantes había más de una docena disputándose el alimento del comedero, y nuevos roedores continuaban emergiendo de entre los árboles y tomando el jardín. Escalaron las sillas y la mesa y se aventuraron en la caseta de Bambú, donde descubrieron unos granos de pienso canino en su cuenco y se abalanzaron por ellos. Docenas de ardillas y luego cientos. Saltaban desde las ramas de los árboles y aterrizaban en la mesa, sobre sus compañeras, empujándolas y provocando carreras. El comedero convertido en una refriega de la que llovían ardillas como en el asedio a una torre y se retorcían en el aire y algunas conseguían aterrizar sobre las cuatro patas y permanecían así, con la cabeza gacha, lanzando miradas furibundas a los flancos. Triscaban entre la hierba en busca de más comida. El jardín convertido en un bosque en miniatura de colas rojizas y esponjosas.

La concentración de cuerpecillos provocó en la mujer una tensión que casi la llevó a despertarse. Pero aún debía ver algo más.

Las ardillas se quedaron inmóviles y miraron hacia un punto del bosque, de donde ahora provenía un susurro como de algo que se arrastrara sobre hojas muertas. La maleza que taponaba el paso entre los árboles había comenzado a agitarse. Asomó entonces al borde del jardín un cuerpo renqueante que avanzaba a cuatro patas, del tamaño de un gato grande, y del que solo podían apreciarse con claridad un fiero par de ojos rojos y una cola larga y desmochada. Y entonces la mujer sí que se despertó.

El hombre dormía a su lado con un brazo echado sobre la cara. Faltaba poco para que sonara el despertador. La mujer permaneció unos instantes más en la cama, con los puños apretados contra el pecho, sintiendo latir el corazón. Luego se levantó y fue de nuevo a ver si el perro había regresado. Encontró el jardín desierto. La niebla se había retirado. Quedaba tras ella un rastro húmedo. Las paredes de cristal chorreaban igual que después de un chaparrón y un pelotón de babosas y caracoles trepaba por ellas. La mujer estaba en la cocina preparando café cuando sonó el despertador y oyó al hombre rezongar.

Me voy a quedar, dijo ella.

Él, ya vestido, tomó un sorbo de café y se la quedó mirando por encima de la taza.

¿Vas a ir sola a buscarlo?

La mujer asintió. Se había puesto unos tejanos y un jersey grueso.

El hombre posó la taza despacio.

¿Por qué no esperas a que yo vuelva? Iremos juntos.

Prefiero ir ahora, replicó ella con decisión. Llamaré a la clínica y diré que no me encuentro bien.

¿Un día después de haber vuelto al trabajo? ¿Lo crees imprescindible?

Ella lo miró con los ojos muy abiertos.

¿Estás de broma?

Olvídalo, respondió él poniéndose en marcha. Lo siento, pero yo no puedo quedarme. Hay demasiado trabajo atrasado.

No te he pedido que lo hagas.

Lo sé, respondió él. ¿Vas a ir al bosque?, preguntó señalando a través de la pared.

No creo. Daré una vuelta por los alrededores, como ayer. Iré a las otras casas.

Está bien, dijo él, poco convencido.

Ella lo llevó a la estación para poder quedarse luego con el monovolumen. Se despidieron con un beso.

Ten cuidado, pidió él. Te llamaré más tarde.

Ese día el perro no apareció.

La mujer volvió a la casa. Era pronto aún para llamar a la clínica, donde todavía no habría llegado nadie. Tomó asiento ante el ordenador y compuso un cartel con una foto de Bambú y un aviso de su desaparición. Añadió un número de teléfono y señaló de forma bien visible que quien encontrara al animal sería gratificado generosamente. Imprimió cincuenta copias.

Antes de salir y retomar la búsqueda, telefoneó a la clínica. Había pensado decir la verdad, pero en el último instante cambió de idea y mintió diciendo que no se encontraba bien.

Recorrió las casas de los alrededores, donde nadie pudo darle noticias de Bambú. En las viviendas en las que no había nadie, coló el aviso por debajo de la puerta o lo dejó en el buzón. Fijó carteles en postes telefónicos, marquesinas de autobús y árboles próximos a los caminos.

También visitó la casa de la hondonada. Dejó el coche en lo alto y bajó a pie por un camino de barro, flanqueado por los círculos calcinados que prestaban al terreno un aspecto lunar. A cada paso el tufo de la porqueriza se hacía más violento. El hombre la vio llegar. Estaba junto al cercado de los cerdos, descargando cestos de pan duro de una furgoneta tapizada de barro hasta las ventanillas. Había interrumpido su trabajo y con cara de pocos amigos la miraba acercarse. Al otro lado del cercado los cerdos se hacinaban y gañían reclamando comida. Entre la confusión de espaldas rosadas asomaban cabezas como en busca de una bocanada de aire, agitando las etiquetas de plástico que les atravesaban una oreja.

Buenos días, dijo la mujer llegando junto a él, que aguardaba encorvado, con las manos en la cadera. Vestía ropa de faena y botas de goma. Era más bajo que ella. Al verlo de cerca descubrió que su encorvadura estaba causada por una joroba que le abultaba un costado de la espalda.

La mujer se presentó. Explicó que ella y su marido habían comprado la casa de la colina. Señaló en la dirección de la vivienda.

Sé cuál es, dijo el jorobado. Así que la han vendido.

Pues sí.

Y ustedes la han comprado.

Eso es.

Pues me alegro por ustedes. Supongo.

Gracias, respondió la mujer, mareada por el olor de los cerdos.

¿Y qué quiere?

Nuestro perro se ha perdido, dijo tendiéndole uno de los carteles, que él contempló un momento antes de cogerlo. Ayer. No sabemos a qué hora. Cuando volvimos a casa por la noche no estaba.

El jorobado seguía mirando el cartel. Movía los labios mientras leía. Frunció el ceño y se acercó el papel a los ojos para observar mejor la foto.

Es un *dachshund,* dijo ella. ¿Sabe cómo son?

Veo la foto.

Perdone.

Uno de esos perros de ciudad, añadió él, despectivo.

La mujer tomó aire por la boca antes de preguntar:

¿Sabe adónde puede haber ido?

¿Yo? ¿Por qué? Es su perro.

Pensé que usted…, conociendo el entorno…

No tengo ni idea, la atajó.

Ella prosiguió con igual firmeza que antes.

¿Cree que puede haber ido al bosque?

Puede, supongo, si estaba persiguiendo algo.

¿Como qué?

Él se encogió de hombros, se metió la hoja de papel en un bolsillo, arrugándola, y descargó otra cesta de pan seco. El movimiento le tensó la ropa sobre la espalda, resaltando el volumen de su joroba.

¿Una ardilla?, insistió la mujer.

Por ejemplo.

¿Hay ardillas allí arriba?

Es un bosque. Hay ardillas.

¿Y qué más?, preguntó ella.

¿Qué más?

¿Qué otras cosas viven en el bosque?

Él la miraba ahora fijamente.

Por aquí hay muchos animales. Zorros, jabalíes, gamos… ¿Quiere que siga?

No.

Ahora tengo que continuar con esto.

Disculpe que lo haya molestado, se despidió ella.

Él farfulló algo ininteligible.

¿Me avisará si ve a mi perro?, quiso saber la mujer, sin moverse todavía.

Otro gruñido.

¿Perdón?

He dicho que sí, señora, respondió él alzando la voz.

Gracias.

Ella dio media vuelta y remontó la hondonada sintiéndose observada, pero sin volver la vista atrás. Cuando llegó arriba respiró profundamente para limpiarse los pulmones.

Fue a la casa. Era hora de comer. Preparó algo y se lo tomó en la cocina. Cada pocos instantes interrumpía su masticar para escuchar el denso silencio, opresivo casi. Ese era el primer día que pasaba a solas en la vivienda.

Se dejó caer en uno de los sillones del salón. El paisaje al otro lado de la pared era tan amplio como estático. No se movía ni una rama. Las nubes parecían pintadas en el cielo. Aquello era, al fin y al cabo, lo que habían ido buscando, se consoló. Trató de no pensar en Bambú. Se dijo que al perro no le había pasado nada malo y que regresaría pronto. De un momento a otro oiría unos ladridos fuera, reclamando comida.

El timbre del teléfono interrumpió sus pensamientos. Era el hombre. Llamaba para saber si había habido alguna novedad. Ella dijo que no. Él estaba en su pausa para comer. Hablaba desde un restaurante. La mujer oyó un animado fondo de conversaciones y entrechocar de cubiertos. Alzando la voz, alguien pronunció el nombre de él y le anunció que su mesa estaba lista. Ella creyó reconocer a uno de los compañeros de trabajo del hombre. Este respondió en tono alegre que ahora iba.

Te tengo que dejar, le dijo a ella. ¿Irás luego a buscarme a la estación?

Respondió que lo haría.

Cuando colgó el teléfono el silencio le pareció mayor incluso que antes. Aburrida, deambuló por el salón hasta detenerse ante las figurillas alineadas sobre la chimenea. Tomó la de la ardilla. Suponía que se trataba de una ardilla. Apenas podía distinguirse lo que era. Un cuerpo pequeño, con la espalda encorvada y una cola alzada en forma de S. No tenía ojos, ni boca, ni dedos. Apenas pesaba.

¿Dónde está mi perro?, preguntó.

...

¿Dónde está mi perro?, repitió espaciando las palabras.

...

Apretó la figurilla como si deseara aplastarla entre los dedos. Al hacerlo sintió un pinchazo. Abrió la mano y la ardilla cayó y rebotó en la alfombra. Se examinó la palma. En la base del anular asomaba una gota de sangre, y bajo ella el extremo de una astilla. Fue al baño y se la extrajo con unas pinzas de depilar mientras farfullaba maldiciones.

Cuando llegó a la estación el tren acababa de irse y el hombre aguardaba en la sala de espera, mirando el aviso de la desaparición de Bambú pegado en el tablón de anuncios.

Ya nos conocen todos los vecinos, ¿verdad?, dijo él. Los pringados de la ciudad que nada más llegar revolucionan a todo el mundo porque se ha perdido su perrito.

¿Un mal día en el trabajo, *cariño*?

No. Lo cierto es que ha sido bastante bueno, respondió él. Por fin me han ofrecido entrar en el equipo del aeropuerto. Un proyecto de un par de años, por lo menos. ¿Y tú? ¿Novedades esta tarde?

Ninguna. Sigue sin aparecer. Enhorabuena por lo del aeropuerto.

Gracias, dijo él mientras tomaba asiento en el coche. Es una buena oportunidad. Ya estaba cansado de chalés adosados. ¿Qué has hecho después de que habláramos?

Poca cosa.

¿Has seguido buscando?

Un poco. Cerca de casa. Y luego he dormido. Anoche no pude descansar.

Lo siento.

Tú no tienes la culpa.

Ya lo sé. Pero lo siento.

Ella no dijo nada. Apenas pronunció palabra hasta después de la cena. Estaban en el salón, él hojeando documentación sobre el futuro aeropuerto en cuyo diseño iba a participar y ella recostada en el sofá, con una copa de vino en la mano, observando las figurillas de la chimenea, entre las que se encontraba de nuevo la ardilla, devuelta a su lugar.

Anoche volví a soñar con ardillas.

Él no despegó la vista de los papeles.

Fue diferente.

¿Sí?, preguntó el hombre, absorto.

¿Me escuchas?

He dicho: «¿Sí?».

Fue raro.

¿Cómo raro?

Se lo explicó: la luz gris que inundaba el jardín, la invasión de roedores y, en particular, la extraña presencia que había asomado al final del sueño, el ser del bosque.

Cuando concluyó su narración, el hombre la observaba fijamente.

¿Vas a volver mañana a trabajar?, preguntó.

Ella miró su vaso de vino como si se hubiera olvidado de que lo tenía en la mano.

Sí. Iré, dijo, y tomó un sorbo.

Me parece bien. Ya hemos hecho por Bambú todo lo que podíamos hacer.

Diciendo esto, recogió sus papeles y se puso en pie.

Estoy cansado. Me voy a la cama.

Yo voy enseguida, respondió ella.

El hombre desapareció camino del dormitorio. No le apetecía seguir hablando, que ella le contara más sobre sus sueños. La narración le había irritado. Un ser extraño apareciendo entre la maleza, con los ojos rojos. ¡Por Dios! Él nunca soñaba, o al menos, si lo hacía, no lo recordaba a la mañana siguiente. Por eso le molestaba que los demás le hablaran sobre sus sueños, y más aún que lo hicieran como si estos se hallaran dotados de relevancia. Le parecía absurdo, carente de toda lógica. Él prefería, sin dudarlo, su situación: noches libres de sueños, una laguna negra donde zambullirse y de la que emerger a la mañana siguiente renovado, fresco y sin la carga de recuerdos equívocos y extravagantes.

Su memoria era capaz de detectar un único sueño. Una noche, siendo ya adulto, su laguna negra se había visto alterada por una imagen reflejada en la superficie, que poco a poco fue cobrando cuerpo. Vio así una gran estatua erigida en mitad de la negrura. Un coloso de piedra, con figura humana y una altura de decenas de metros, puede que cientos. Imposible saberlo. Los pies quedaban más allá de la vista, hundidos en la negrura. La estatua reproducía la figura de un hombre en pie, con un brazo alzado, y si en su mano elevada sostenía algo, esto, a su vez, era imposible de decir, pues la mano se hallaba también más lejos de donde alcanzaba la mirada. Y el hombre sabía que la estatua era él, que lo reproducía a él. Y sabía también que estaba hueca, que lo que veía no era más que una fina cáscara armada sobre un interior hueco. Y a continuación se distinguió a sí mismo, de carne y hueso, muy pequeño, ínfimo, escalando el interior de la estatua, aferrándose a las protuberancias de su parte oculta.

Este había sido su único sueño y por tal razón conservaba vivo su recuerdo, lo que en absoluto quería decir que le atribuyera significado o, menos aún, trascendencia alguna.

* * *

Los carteles no sirvieron de nada. No hubo ninguna llamada que aportara información sobre el paradero del perro. Al cabo de una semana la pareja lo dio por perdido. Ella trató de evitar que eso afectara a su opinión sobre la casa, como si el traslado a la misma hubiera tenido algo que ver; o como si ellos, los amos del animal, fueran de algún modo culpables por haber tomado la decisión de mudarse.

Una mañana de sábado la mujer visitó un vivero de flores con la intención de reponer el contenido de las macetas de la terraza. En el camino de regreso se cruzó con una furgoneta que le era familiar. Para su sorpresa, esta le lanzó unas ráfagas con los faros, aminoró la marcha y se detuvo en el arcén. Ella paró a su lado. El hombre de la casa de la hondonada, el jorobado, abrió la ventanilla y ella hizo lo mismo. Hablaron de vehículo a vehículo.

¿Ha encontrado a su perro?

Me temo que no.

Él frunció los labios en gesto de contrariedad.

Lo siento. Es una pena.

Gracias por su interés.

Puede que entrara en el bosque, sugirió él, y se perdiera.

Ya. Pero el bosque no le gustaba. Se mantenía a distancia.

El jorobado asintió.

Entonces no sé.

Se produjo un silencio. El agrio olor a animal que impregnaba el interior de la furgoneta llegaba hasta la mujer. No quería detenerse, hablar con aquel hombre. Dudaba de lo sincero de su interés. Creía que solo lo movía algún tipo de curiosidad resentida. Estaba a punto de despedirse y continuar su camino cuando él dijo:

Puedo conseguirles otro perro. Uno grande. Sé de alguien que los cría. Mastines.

¿Otro perro?, preguntó ella, como si la propuesta resultara algo por completo inverosímil.

Está bien tener uno. Algo que ladre y haga ruido si hace falta.

Entiendo. Pero por el momento seguiremos así.

No sería molestia.

Gracias, pero no.

Como quiera. ¿Están bien ahí arriba, en la casa?

La pregunta sorprendió a la mujer.

Muy bien.

Mejor. El otro no me gustaba. El que la construyó. ¿Sabe quién digo?

Ella asintió.

Armó mucho jaleo con la obra, dijo el jorobado meneando la cabeza. Camiones todo el día. Arriba y abajo. Y mucha gente. Antes ahí no había nada. Solo prado. Y el bosque. Él cortó árboles. No está bien eso.

Entiendo.

Era un buen sitio.

Ahora también lo es.

Puede que sí. Pero diferente. ¿Qué quiere que le diga? Es una casa rara, toda a la vista. Y ahora va él y la vende. Espero que se haya hecho rico.

La mujer no dijo nada.

¡Ah!, exclamó él, se me olvidaba. Tengo algo para usted.

Se volvió hacia la parte trasera de la furgoneta, ofreciendo a la mujer un primer plano de su joroba. Lo oyó rebuscar. Cuando se volvió tenía algo en la mano, que le ofreció a través de la ventanilla. Ella se estiró para cogerlo, lo tomó y lo sostuvo ante sí, paralizada, sin saber qué decir. Era una figura de madera. Un jabalí. Puede que un cerdo.

Es un jabalí, aclaró el jorobado. Lo he hecho yo. Mato el tiempo así, tallando. A la mujer que antes vivía en su casa, la mujer del dueño, le gustaban mucho. Le hice una colección. Bichos del bosque. Los tenía encima de la chimenea. Y he visto que siguen allí. La madera la cojo del bosque, añadió, y se quedó sonriendo, con el labio inferior colgante.

Ella continuaba sin poder hablar. Tenía una imagen clavada en la mente: el jorobado espiando a través de los muros de cristal de la casa, tratando de ver las figurillas y quién sabe qué más. Mediante un considerable esfuerzo logró musitar:

Gracias.

No hay de qué. Y piense lo del perro, se despidió el jorobado metiendo una marcha, lo que hizo gemir el embrague de la furgoneta.

Poco a poco fueron descubriendo las interminables atenciones que una vivienda en el campo exige, incluso tratándose de una de reciente construcción como era la suya. En el zócalo de hormigón sobre el que se sustentaba descubrieron grietas; pequeñas, pero que no podían ser pasadas por alto. Si estaban allí desde antes de que compraran la casa, no las habían visto. El hombre dispuso unos testigos que indicaran si iban en aumento: unos trozos de cristal fijados a los costados de las grietas mediante escayola. En caso de que la abertura creciera más, el cristal se quebraría. También pidió la opinión de un compañero de trabajo, experto en cimentaciones. Necesitaba saber si se trataba de simples grietas de asentamiento o si (cruzó los dedos para que no se tratara de eso) la casa estaba deslizándose ladera abajo. Después de echarles un vistazo, su compañero declaró que, en este último caso, debería haber otros indicios en el terreno, en forma de grietas en la parte posterior de la casa, ladera arriba, en dirección perpendicular a la pendiente.

Pasaron largo rato buscándolas en el jardín trasero, sin encontrar nada. Se detuvieron en la línea donde comenzaba el bosque.

¿Entramos?

El hombre asintió.

Haces de luz se colaban por el tejido vegetal. Flotaba en ellos un plancton aéreo de polen e insectos. Caminaban encorvados, luchando contra las zarzas, apartando arbustos y helechos con las manos, pateando capas y capas de maleza y hojas muertas hasta descubrir el suelo. Olía a musgo y madera húmeda. Un borrón azulino pasó volando, trazando quiebros entre los árboles.

¿Un herrerillo?

Tú sabrás, dijo el hombre.

Vieron raíces crecer sobre otras raíces más ancianas; vieron falsos fósiles impresos en rocas: manchas oxidadas dejadas por las hojas muertas, en forma de extraña garra, algunas con la nervadura aún adherida; vieron los restos correosos de un zorro, aplastados como si una apisonadora hubiera pasado sobre ellos, una bolsa de huesos, las patas en posición de correr, e insectos entrando y saliendo de la única cuenca ocular visible. No encontraron aberturas en la tierra. Cuando decidieron volver atrás no supieron por dónde habían entrado al bosque. Estaban por completo rodeados de vegetación. El cielo quedaba reducido a esquirlas entre la techumbre de ramas y hojas. El compañero de trabajo estiró la espalda para aliviar el dolor en los riñones y emitió un silbido de admiración en forma de nota decreciente.

Parece el bosque de Blancanieves, dijo.

Lograron salir siguiendo el rastro de vegetación aplastada que habían dejado tras de sí.

Aparecieron más deficiencias. Ladera abajo discurría un arroyo por una entalladura del terreno. A la pareja le gustaba el sitio, que consideraba propio, aunque estaba fuera de los límites de su propiedad. Nadie iba por allí. En los fines de semana soleados extendían una manta sobre el césped y se tumbaban con un libro cada uno. En una de tales ocasiones, mientras el hombre estiraba las piernas a la orilla de la corriente, llegó a su nariz una vaharada desagradable. Guiándose por el olfato fue corriente arriba, hasta alcanzar un punto donde el barro de la orilla era más blando que en el resto del arroyo, había tomado una tonalidad grisácea y al pisarlo rezumaba el mismo tufo que había notado antes, pero más fuerte. A partir de allí, siguió un rastro húmedo y pestilente que en forma de regueros bajaba por la ladera hasta unirse al arroyo. Localizó el punto donde el rastro afloraba a la superficie. Miró alrededor. Su casa quedaba a unos cincuenta metros, y la discreta trampilla de la fosa séptica a solo unos pasos.

Vaciaron la fosa con ayuda de una bomba de succión y un depósito remolcado por un tractor. Luego un pocero ataviado como si fuera a penetrar en un reactor nuclear se descolgó dentro con una linterna. Salió un rato después horriblemente chorreante y con el dictamen de que unas raíces habían abierto una grieta en una pared.

El ladrillo no es de fiar, añadió. Les recomiendo que instalen una fosa nueva, de fibra de vidrio.

Diez minutos más tarde el hombre marcaba el número del anterior propietario de la casa. Aún lo oía asegurar que la propiedad estaba en perfecto estado. Dudaba mucho de que pudiera obtener una compensación, pero al menos el otro oiría lo que pensaba de él.

Ni siquiera disfrutó de esa satisfacción. Una voz pregrabada lo informó de que el número solicitado no correspondía a ningún abonado. Perplejo, marcó de nuevo, por si la irritación lo había hecho confundirse. El resultado fue el mismo. No disponía de otro número de teléfono ni dato de contacto del anterior propietario.

Aceptaron el presupuesto de cambio de la fosa séptica. No tenían otra opción. Mientras duró el trabajo se vieron obligados a usar orinales que luego vaciaban a escondidas en el bosque.

Y había también otras molestias, como el tiempo invertido en los desplazamientos a la ciudad, y la sustancial merma que había sufrido su vida social, y la soledad.

Ninguno se quejaba. Cada uno por separado había formulado el firme propósito de habituarse a la casa. Tomaron las dificultades como algo natural, una variante de lo que habrían tenido que sufrir en cualquier otro sitio, como la cercanía de una calle ruidosa o un vecino con corrosión en las cañerías. Trataron de concentrarse en la parte positiva. En los días soleados, si se dejaban alzados los estores, la luminosidad invadía la vivienda por sus cuatro costados causando la impresión de que era posible flotar en la luz.

Cada noche, al regresar del trabajo, el hombre consultaba los testigos en las grietas del hormigón. Habían pasado semanas y estas no se habían ensanchado ni alargado. Cayeron fuertes lluvias, durante las que el agua descendió en regueros por la colina y del bosque asomaron lenguas de hojas muertas, y las grietas continuaron sin crecer. Las achacó al asentamiento de la casa y se dijo que ese problema, al menos, se hallaba zanjado.

Era a él a quien más le costaba habituarse a la nueva residencia. El proyecto del aeropuerto era una gran oportunidad, pero también lo obligaba a invertir enormes cantidades de tiempo. A menudo regresaba a la casa horas después de que lo hubiera hecho la mujer. Comenzó a detestar los trayectos en tren a la ciudad y, más aún, los de regreso. Los fines de semana siempre había tareas que requerían su atención y le robaban tiempo de descanso o de atención al trabajo que, cada vez con mayor frecuencia, se llevaba consigo. Aparecieron goteras. De los desagües del cuarto de baño de invitados brotaba olor a letrina. Las puertas del garaje cerraban mal, dejando un amplio espacio entre su parte inferior y el suelo. Una mañana encontró su coche cubierto por huellas embarradas que atribuyó a un zorro, y un montículo de excrementos frescos depositado en el centro del capó.

A menudo se topaban con su vecino, el jorobado. Varias veces lo vieron hacer sus extraños fuegos, y luego, con la barbilla apoyada en el extremo de un cayado, ensimismarse en la contemplación de las llamas. Una tarde, mientras paseaba solo, el hombre lo descubrió así y se aproximó. No le gustaba tenerlo encendiendo hogueras por los alrededores. A los pies del jorobado ardía un círculo perfecto, que, por el olor, el hombre supuso trazado con gasolina.

Buenas tardes.

El jorobado movió apenas la cabeza a modo de saludo.

¿Quema rastrojos?

Un gruñido.

¿Puede hacerlo?

Es mi terreno. Puedo.

¿Esto ya es su terreno?, preguntó el hombre, sorprendido. Estaban muy cerca de su casa, visible colina arriba, con el bosque como fondo.

Claro que lo es.

El hombre miró también el fuego, que empezaba a decaer. El jorobado se revolvió, molesto. Al parecer le estaba estropeando el placer que encontraba con su hoguera.

¿Por qué no se va a su casa?, dijo el jorobado. Ocúpese de sus asuntos. Más le valdría ocuparse de sus asuntos, añadió.

El hombre prosiguió su camino, lamentando el vecino que les había tocado en suerte.

Días después, mientras daba unos retoques de pintura a la barandilla de la terraza, vio al jorobado remontar la ladera. Lo acompañaban tres de sus cerdos, que se contoneaban mansamente ante él. Para caminar se ayudaba de su cayado, que empleaba también para espolear las ancas de los animales cuando alguno hacía amago de apartarse del grupo. Llegaron al bosque y se perdieron dentro. El hombre permaneció atento para verlos salir, pero transcurrió largo rato y eso no sucedió. Se lo comentó a la mujer, que con voz cansada reveló haber visto lo mismo otras veces.

Pasan horas ahí dentro. No sé qué hacen. Siempre él y unos pocos cerdos.

A lo mejor busca comida para ellos.

¿Qué clase de comida?

No sé. Esos bichos comen de todo.

Los dos callaron, acordándose de Bambú.

A lo mejor no van a comer, rectificó él. Habrá otra explicación para que se pasee por el bosque con los animales. Aunque no me pareció que los suyos fueran cerdos truferos.

¿Tú sabrías distinguir un cerdo trufero?

El hombre reconoció que no. Ni siquiera sabía si en ese bosque había trufas. Los dos habían vivido siempre en la ciudad.

Pasaron dos meses desde la desaparición de Bambú. Su caseta, la cadena, los cuencos para el agua y la comida, y los juguetes continuaban en el jardín, más por pereza y el vago asidero emocional que representaban, que porque la pareja conservara esperanzas sobre su vuelta.

Era sábado por la mañana y caía una lluvia cerrada, a ritmo continuado. Había caído del mismo modo durante toda la noche. Regueros de lluvia se precipitaban por los costados de la casa, como barrotes de agua. Descorazonados por el triste panorama, el hombre y la mujer se movían por la cocina como sonámbulos, todavía en pijama. Puesto que los días de labor apenas disponían de tiempo para tomar un café antes de salir hacia la estación, los sábados acostumbraban a regalarse un desayuno abundante, con huevos revueltos, tostadas, café, yogur y zumo de pomelo. Pero esa mañana a ninguno le apetecía prepararlo. Se sentaron uno frente al otro en la mesa de la cocina y se concentraron en revolver sus tazas de café, tratando de no mirar hacia fuera. Solo se oía la lluvia. Ella se levantó y encendió la radio, pero no consiguió captar ninguna emisora. La recepción siempre era deficiente, pero empeoraba aún más con el mal tiempo. Puso un disco.

¿Estás bien?, preguntó el hombre cuando ella volvió a la mesa.

Sí. ¿Por qué?

Esta noche te has movido mucho.

No he dormido bien.

¿Algún motivo en particular?

No.

¿Cuál?

He dicho que no.

Ya lo sé, respondió él sonriendo. ¿Cuál? ¿He vuelto a roncar? Ya te he dicho que me avises si lo hago.

No has roncado.

¿Entonces?

Ella guardó silencio, meditando si debía o no responder. Él aguardaba con una sonrisa en los labios y una ceja alzada, en gesto cómicamente inquisitorio. Se estaba esforzando por mostrar buen humor y levantar el ambiente.

¿Hay algo por lo que deba preocuparme?, insistió.

Ella se cubrió la boca con una mano, como ahogando un bostezo, y desvió la mirada hacia el exterior, que parecía una acuarela de tonos verdes y grises.

Las ardillas, dijo.

El hombre la miró sin comprender.

He soñado otra vez con ellas.

Él, despacio, tomó un sorbo de café y dirigió una mirada ensimismada más allá de la puerta de la cocina, dando a entender que había perdido el interés en la conversación.

Puede que te parezca ridículo lo que te voy a contar.

Se mordió los labios y añadió:

Creo que me estoy volviendo loca.

¿Qué quieres decir?, preguntó él con un tono en el que había más de molestia que de alarma. ¿Qué es lo que has soñado?

Más tarde se arrepentiría de haber formulado tal pregunta. La recordaría como un bisturí que sajara un absceso. La mujer se lanzó a hablar.

Como había dicho, esa noche las ardillas habían vuelto a visitarla en sueños. Al igual que en anteriores ocasiones, todo había comenzado con el estor que se alzaba y con la visión del jardín trasero. Estaba desierto, sin rastro de roedores ni seres de otro tipo. Transcurrió un rato y continuó así. Esperaba que algo saliera del bosque, lo aguardaba con el corazón hecho un puño, pero nada sucedió. Entonces un presentimiento la llevó a volverse y mirar a su espalda, hacia el interior de la casa, pues en los sueños ella siempre contemplaba a las ardillas tras la protección de las paredes de cristal. Y allí estaban ellas, dentro esta vez, a centenares. Tapizaban el suelo y la superficie de los muebles, olfateándolo todo, en busca de algo en lo que hundir sus dientes. La ubicuidad permitida por el estado onírico le permitió ver de modo simultáneo la totalidad de las estancias, igualmente invadidas. Horrorizada, intentó retroceder, pero algo se lo impidió: ¿la pared de cristal? Los chillidos de los roedores le taladraban los tímpanos. Se tapó los oídos y trató de gritar en un desesperado intento por imponer silencio, pero de su garganta no brotó sonido alguno. La barahúnda producida por las ardillas creció. Ahora, un retumbo que procedía de las entrañas mismas de la casa fue a sumarse al bullicio. Aumentó de volumen hasta materializarse como una catarata de ardillas que se desbordó por la chimenea del salón. La masa de roedores empujó a los que cubrían el suelo y provocó olas color caoba.

Igual que en *Los pájaros,* aclaró la mujer, como en la película. ¿Te acuerdas? Cuando la familia se refugia dentro de la casa y los gorriones entran por la chimenea.

Él asintió en silencio.

Así había concluido su pesadilla. La irrupción de los roedores por la boca de la chimenea la había hecho despertarse. Si bien no finalizaba aquí lo que tenía que contar.

En este sueño no había hecho acto de presencia el fantástico ser de ojos rojos que habitaba en el bosque. Pero sí lo había hecho otras veces. Porque la mujer había sufrido más pesadillas a lo largo de las semanas anteriores.

No había revelado nada porque sabía de qué modo interpretaría el hombre tales sueños (si bien no estaba al tanto de hasta qué extremo a él, con sus noches pobladas por una plácida laguna negra, le desagradaba ese tipo de historias). Había preferido callar con la esperanza de que los sueños cesaran. Pero no había sucedido así. En un sueño las ardillas habían llovido sobre el jardín; caían del cielo con las patas y la cola extendidas, sus cuerpos transformados en pequeños parapentes peludos. Otra noche había presenciado horrorizada cómo los árboles del bosque comenzaban a palpitar y reventaban, descompuestos en ardillas, la madera tornada carne, huesos y pelo, raíces incluidas. Los animales emergían del suelo parpadeando, manchados de tierra, con las uñas ensangrentadas. Otra noche los roedores se habían ensañado con la caseta de Bambú, como si de castores se tratara, hasta reducirla a astillas. Otra, grandes pelotas formadas por infinidad de ardillas habían salido rodando del bosque, a modo de primitivos artefactos de asalto, para estrellarse contra la casa, haciéndola tambalearse sobre los cimientos y lanzando roedores en todas direcciones.

Próximo el término de algunos de los sueños, con los animales correteando por doquier en un frenesí desquiciante, tenía lugar un marasmo general. Todos quedaban inmóviles. Era entonces cuando se oía el susurro de algo que evolucionaba arrastrándose por el bosque. La vegetación se agitaba marcando una trayectoria que se aproximaba a la casa, hasta que, por fin, el extraño ser ponía el pie en el jardín trasero, con los ojos reluciendo como ascuas. Era este el instante en que la mujer se despertaba falta de aliento y con el corazón acelerado.

Y todos esos sueños se iniciaban con el estor levantándose y ella viéndolo todo desde el interior de la casa, a salvo, señaló. Hasta la última noche, en que la pauta había experimentado un cambio y las ardillas habían saltado de fuera adentro de la casa.

Sé que parece disparatado, concluyó ella. Una historia delirante, con monstruos del bosque incluidos. Pero puede que de este modo, verbalizándola, desaparezca. Sin más. De la misma forma como empezó.

Continuaban en la mesa, con las tazas vacías ante ellos. Fuera seguía lloviendo. La mujer había hablado largo rato, desgranando un detalle tras otro de sus sueños, confiando en que las palabras sirvieran como exorcismo, saltando adelante y atrás en el ilusorio tiempo onírico, estableciendo comparaciones entre las pesadillas, insistiendo en la presencia de un patrón de intensidad creciente. Y cuando decía intensidad, quería decir peligro, amenaza.

El hombre permanecía de brazos cruzados. Los ojos se le habían vidriado y apuntaban a un punto de la superficie de la mesa. Cuando ella dejó de hablar, él aguardó unos segundos y levantó la mirada.

¿Qué es lo que me quieres decir con todo esto?, preguntó.

Ella se apartó el cabello de la cara, se pasó las manos sobre los ojos y la frente.

No te entiendo.

Sí me entiendes, afirmó él.

No.

¿Qué pretendes decirme?

Solo lo que te he contado.

¿Seguro? Si hay algo que *de veras* me quieras decir, hazlo claramente, por favor.

El disco que ella había puesto ya había concluido y no se oía más que el susurro de la lluvia.

La mujer se alzó enfáticamente de hombros.

¿No estás contenta aquí, en esta casa? ¿Preferirías no haber venido?

Yo no he dicho eso. No he querido decirlo.

¿Intentas con toda esta historia, de una forma retorcida, confesarme que quieres irte, que nos vayamos a otro sitio, que volvamos a la ciudad?

No es eso lo que he dicho, repitió ella. No debes interpretarlo así. Aunque imaginaba que lo harías.

¿No tengo que interpretarlo así? Entonces, ¿cómo debo hacerlo? ¿No es esa la lectura que cualquiera haría de lo que me has contado?

No lo sé.

No lo sabes.

No lo sé.

Pues yo sí. Quieres irte.

Ella trató de interrumpirlo, pero él no se lo permitió. Siguió hablando en tono cada vez más encendido, inclinado hacia delante, apuntando a la mujer con la barbilla.

Vinimos aquí por ti. ¿Lo has olvidado? Salimos de la ciudad porque tú asegurabas que no podías soportarlo más, que si seguías allí ibas a hacer algo de lo que te ibas a arrepentir. ¿Lo recuerdas? Llorabas cuando me lo dijiste. Te tirabas del pelo. Querías que estuviésemos tú y yo solos. Fuiste tan convincente que me lo creí todo. Me asustaste de verdad. Y nos tuvimos que venir aquí, ¡aquí!, exclamó señalando los cristales empapados de lluvia y el paisaje que, distorsionado, se entreveía al otro lado. Y lo acepté porque pensé, de veras que pensé, que sería lo mejor para ti y para mí.

Hizo una pausa. Una vena le latía en la frente. Tomó aliento antes de añadir:

Así que si ahora, después de todo, después de habernos hipotecado para vivir en mitad de la puta nada, has cambiado de idea, creo merecer, al menos, que me lo digas con claridad. Sin rodeos. Sin necedades.

El rostro de ella estaba encendido, tanto casi como el suyo.

No he dicho nada sobre irnos de aquí.

No has dicho nada, repitió él en un susurro.

¿Lo quieres más claro todavía? Me gusta la casa. Me gusta vivir aquí.

¿De veras?

¡Sí! No quiero ir a ningún otro sitio. Solo quiero saber por qué sueño lo que sueño. O que paren estas pesadillas.

Si me estás diciendo la verdad, no puedo ayudarte. Yo no entiendo nada de pesadillas.

Hizo una pausa tratando de recuperar la calma.

Si me estás diciendo la verdad, repitió despacio el hombre, me parece que no deberías darles importancia. No pensar en ellas. No creer que poseen significado... ¡Por Dios! Ya está. Punto. Eso es todo.

La lluvia caía empecinada. Una casa grande, un entorno sin límites visibles, extinguidos por el mal tiempo, y de pronto la proximidad del otro parecía algo de lo que no era posible librarse.

Una semana después el hombre tuvo que salir de viaje, una gira por aeropuertos europeos a fin de documentarse para el proyecto en que trabajaba.

Estaré fuera cinco días.

Ella asintió.

Sería la primera vez que pasara una noche a solas en la casa.

¿Crees que podrás?

¿Quedarme sola? Por supuesto.

Él empezó a disponer el equipaje. La primera escala sería París. Tomaría un vuelo nocturno. Trabajaría como cualquier otro día y luego iría al aeropuerto. Se despidió de su mujer por la mañana, en la ciudad, cuando llegaron a la estación.

Te llamaré esta noche, en cuanto aterrice. ¿Estarás despierta?

Claro.

Se besaron.

¿Seguro que estarás bien?

¿Por qué no iba a estarlo?

Él guardó silencio un instante y dijo:

Por nada.

Luego volvió a quedarse callado, tras lo que dijo, hablando para sí mismo:

Tendríamos que habernos hecho con otro perro.

¿Te parece el mejor momento para hablar de eso?

Lo haremos cuando vuelva.

Volvieron a besarse. Los trenes arribaban a los andenes sin apenas intervalo entre uno y otro. Sus puertas dejaban salir torrentes de gente que pasaban rozando a la pareja.

Esta noche hablamos.

Se separaron.

A mediodía el cielo comenzó a cubrirse de nubes. A media tarde caían ya las primeras gotas y la llegada del anochecer coincidió con el inicio de lo que a todas luces iba a ser una tormenta de cuidado. El hombre estaba en un taxi, camino del aeropuerto, cuando un rayo tornó blancas las ventanillas y casi de inmediato resonó una traca de truenos.

Tendrá suerte si su avión sale, dijo el conductor. Parece que va a ser de las buenas.

La azafata que le entregó su tarjeta de embarque lo informó de que, por el momento, los aviones estaban despegando. Mientras aguardaba en la sala de espera, sin embargo, en el monitor donde se anunciaban las salidas comenzaron a brotar avisos de vuelos retrasados y cancelados. Permaneció atento al suyo, que continuaba anunciado para la hora prevista. En cuanto se abrió la puerta de embarque, se apresuró a ponerse a la cola para subir al avión.

Una vez acomodado en su asiento de primera clase le embargó una profunda sensación de relajo, como una corriente cálida que le resbalara a lo largo de la espalda y las piernas, hasta la planta de los pies. Una azafata le ofreció un paño húmedo, sosteniéndolo con unas pinzas, para que se refrescara las manos. Solo había otros dos pasajeros en el compartimiento de primera clase.

Cuando su jefe lo había informado del viaje, él se había alegrado, como si en lugar de enviarlo en misión de trabajo le hubiera concedido unas vacaciones. Cinco días fuera le vendrían bien. Hacía tiempo que necesitaba ausentarse de la oficina, y de su casa. Durante las semanas anteriores se había visto sometido a una carga de trabajo creciente; el cansancio lo estaba volviendo irritable. A ello contribuía el escaso aprecio que sentía por su nueva vivienda. Echaba de menos la ciudad, cosa que estaba lejos de reconocer ante su mujer y ante cualquier otra persona. Ante sí mismo, sin embargo, se veía obligado a reconocer que mudarse no les había proporcionado la felicidad que de tal cambio esperaban.

Lo cierto era que con la disculpa del proyecto del aeropuerto, y el trabajo adicional traído consigo, a menudo había retrasado su hora de regreso a casa. A veces, simplemente, permanecía en su despacho mirando por la ventana o tonteando en el ordenador. Otras, salía a caminar, a sentir el asfalto bajo los pies. En varias ocasiones quedó con alguien para tomar una copa. Entonces le solía ocurrir, en un bar de moda, mientras tomaba un sorbo de cerveza importada, que lo asaltaba la imagen de la casa transparente, y luego la del bosque que, semejante a una ola negra, se alzaba sobre ella, y un malestar punzante le atenazaba las tripas.

La misma sensación le sobrevino entonces, mientras esperaba el despegue. Pero esta vez se repuso gracias a la expectativa del viaje. Cinco ciudades en otros tantos días. Alojamiento y comida en buenos hoteles y restaurantes. Él solo. Se aflojó la corbata y estiró las piernas. Ni siquiera el aviso del piloto de que su despegue debería aguardar un tiempo indefinido hasta que el avión recibiera pista, afectó a su buen humor.

Al otro lado de las ventanillas los fogonazos de los rayos recortaban la silueta de la torre de control y un horizonte de hangares. Una hilera de pequeños *jets* se hallaba al descubierto, lavada por la lluvia. Los aparatos, diminutos en comparación con las aeronaves que rodaban ante ellos, permanecían con las lunas de sus cabinas cubiertas por lonetas de protección, como criaturas a las que la visión de la tormenta pudiera llevar a huir presa del espanto, trazando tirabuzones en cualquier dirección.

En el trayecto desde la estación hasta la casa, los limpiaparabrisas del coche trabajaban a máxima velocidad, incapaces de desalojar el agua que azotaba el vehículo como una riada. La mujer conducía encorvada sobre el volante. La tormenta había hecho adelantarse el anochecer. Los faros apenas alumbraban la pista sin asfaltar por donde circulaba. El cielo sufría desgarros de luz y sonido. Cuando llegó a la casa ni siquiera se tomó la molestia de meter el coche en el garaje. Lo dejó en la explanada delantera y corrió adentro con el abrigo sobre la cabeza para protegerse de la lluvia. En cuanto entró, un trueno acompañó la puerta al cerrarse, y el rayo, simultáneo, iluminó la hilera de animales de madera sobre la chimenea.

Después de ponerse ropa seca, preparó una cena de microondas y se repantigó delante del televisor. Los estores de las paredes exteriores estaban echados. Cuando un rayo estallaba, se encendían como la pantalla de un cine en los instantes previos a la proyección.

A medianoche la tormenta no daba muestras de remitir y el hombre todavía no había llamado. Ella apenas podía mantener los ojos abiertos. Comprobó su móvil por si había recibido algún mensaje. Nada. Tras pensarlo un instante decidió llamar ella, a pesar de lo tardío de la hora. El móvil de él no se encontraba operativo. No estaba preocupada. Se dijo que habría llegado tarde al hotel y seguramente se habría olvidado de llamarla. No era la primera vez. Le envió un mensaje preguntándole si iba todo bien, para que lo viera por la mañana. Luego hizo un rápido recorrido por todos los canales del televisor por si había ocurrido algo (como un accidente de avión) y se retiró a la cama.

A pesar de estar sola en una casa aislada y del escándalo de la tormenta, se durmió con rapidez. Fuera el viento azotaba los árboles. En la linde del bosque se inclinaban hasta casi arañar el tejado de la casa.

Imposible decir cuánto tiempo llevaba dormida cuando vio alzarse lentamente uno de los estores. En el jardín volvía a reinar la luz mortecina conocida de otras veces y docenas de ardillas fluían del bosque y corrían resueltas hacia la casa. Para su horror, los roedores se colaban adentro sin ninguna dificultad. Las paredes de cristal habían desaparecido. No había nada que los frenara. En cuestión de segundos la vivienda quedó invadida.

Pero al contrario que en su último sueño, las ardillas no se repartieron por el conjunto de las habitaciones, llenándolo todo, sino que se encaminaron en masa hacia el dormitorio de la pareja. Fue tras ellas lanzándoles gritos insonoros y patadas y pisotones sin resultado. Nada hacía retroceder a los animales.

Había tantas ardillas concentradas en la habitación que la masa de cuerpos le llegaba a la cintura. Era un bullente estanque de cuerpecillos que se desbordaba por la puerta sin que esto afectara a su profundidad. Nuevos animales arribaban sin cesar, escalaban el talud de ardillas formado ante la puerta y se lanzaban al amasijo. La mujer se batía contra ellas como el niño que intenta evitar que la marea penetre en el pozo escavado en la playa.

Sobre la cama se alzaba una montaña de roedores. Por algún motivo inextricable la mujer se vio atraída hacia allí. Apartó las ardillas a manotazos, segura de que algo se ocultaba debajo.

A pesar de que fue lanzado con todo el aire que podía caber en unos pulmones, su grito, una vez más, resultó inaudible.

Lo que yacía en el lecho era el cuerpo del hombre. Desnudo. El cuerpo acribillado a mordiscos. De la cabeza colgaban tiras de cuero cabelludo que dejaban el cráneo al descubierto. Los dedos de manos y pies pavorosamente delgados, reducidos a los huesos. El pene había desaparecido. La cavidad del ombligo estaba ensanchada hasta el tamaño de un plato de postre y parecía no tener fondo y de ella salían ardillas.

Y aun así ella no se despertó.

Oyó algo que se acercaba arrastrándose. Pero en esta ocasión no por el bosque, sino allí mismo, en la casa. La masa de animales que llenaba la habitación se separó como el mar Rojo, formando un corredor desde la puerta hasta la cama. Y la mujer por fin pudo presenciar con claridad qué era lo que producía tal sonido de arrastramiento.

Una nueva ardilla apareció en la puerta. Mayor que las demás y mucho más vieja. Grande como un gato y con la panza tan hinchada que la restregaba contra el suelo al avanzar. El pelaje se le había tornado gris allí donde no había calvas que revelaban una piel escamosa. A remolque tras ella iba una cola larga y fláccida, con hojas adheridas. Una de sus patas traseras estaba atrofiada. Con las restantes se impulsaba dificultosamente entre sonoros jadeos. Con la llegada de semejante criatura, un poderoso olor a foresta colmó la habitación. Los demás roedores permanecían paralizados, sin osar dirigir la mirada a su Gran Señor.

La vieja ardilla escaló por la rampa ex profeso formada con cuerpos de sus súbditos para que llegara a lo alto de la cama. Allí olisqueó el cuerpo del hombre, se arrastró hasta su cabeza y, con la ceremonia rutinaria de quien bebe a diario de un cáliz, hundió el hocico en el charco de sangre formado en la cuenca vacía de un ojo.

De repente la mujer estaba despierta y sentada en la cama, manoteando la mesilla para dar con el interruptor de la lámpara. Espantada, miró a uno y otro lado, hallando la habitación desierta. Fuera seguía lloviendo. La tormenta no había cesado.

Se levantó y fue trastabillando al cuarto de baño. Se echó agua a la cara. El sonido de un trueno la hizo encogerse y mirar en todas direcciones. Temblaba de manera descontrolada. Recorrió la casa encendiendo luces. En el salón se plantó ante la fila de figurillas de la chimenea; la ardilla ocupaba el centro, encabezando el grupo. Las barrió de un manotazo. Las tallas llovieron por el suelo del salón. Y entonces se produjo un nuevo estallido de luz. Un trueno mayor que los demás sacudió la vivienda. Y esta vez el grito de la mujer sí fue acompañado de sonido.

El hombre se despertó a la mañana siguiente sin saber dónde estaba. Había llegado a su hotel de París a las dos de la madrugada. No había disfrutado de un descanso prolongado.

Después de desayunar subió a su habitación y preparó el equipaje. Iría al Charles de Gaulle, donde mantendría un par de entrevistas y sería conducido en una visita guiada por las instalaciones. Luego, allí mismo tomaría otro avión rumbo a Estocolmo. Cuando cogió el móvil se dio cuenta de que la noche pasada no se había acordado de encenderlo tras aterrizar. Segundos después el aparato emitía el aviso de varios mensajes en espera. El primero era de la mujer, el que le había enviado antes de acostarse para preguntarle si todo iba bien. Había otros tres, también de ella, enviados a lo largo de la noche. En todos insistía en que la llamara en cuanto le fuera posible.

Lo hizo desde el taxi que tomó para ir al aeropuerto. La mujer respondió al primer timbrazo.

¿Estás bien?, interrogó ella sin preámbulos.

Estoy bien. Ayer me olvidé de llamar. El avión salió con retraso y...

¿Estás en París?, lo interrumpió.

Claro que estoy en París. Ya lo sabes.

Deberías haberme dejado el nombre del hotel.

¿Pasa algo?

No.

¿Seguro?

Sí. Pero si me llamas esta noche, no lo hagas a casa. Voy a quedarme con Laura, en la ciudad.

¿Por qué? ¿Hay algún problema?

Ninguno. Hace tiempo que me invitó a ir a su casa y, al no estar tú, es una buena ocasión.

Supongo. Como quieras.

Llámame al móvil.

Me parece que tengo el número de Laura.

No hace falta. Llevaré el móvil.

Te llamaré a su casa, insistió él.

Bien...

¿De veras que no pasa nada? ¿Te encuentras bien?

No pasa nada, dijo ella espaciando las palabras.
Entonces, ¿qué eran todos esos mensajes?
Nada. Me puse un poco nerviosa porque no llamabas. Solo eso.
Ya te he dicho lo que pasó. Intentaré no olvidarme hoy.
Seguro que no lo harás.
Seguro, remachó él. Llamaré a casa de Laura. Lo siento, pero ahora tengo que dejarte. Estamos llegando al aeropuerto y hay alguien esperándome en la puerta.
Que te vaya todo bien.
Adiós.
El hombre colgó. El tráfico estaba detenido. Se encontraban en un atasco. Faltaba mucho hasta el aeropuerto. Cerró los ojos e hizo ejercicios de respiración.

No habría sido buena idea hablarle del sueño, teniendo en cuenta el modo como había reaccionado la vez anterior. Se lo contaría, por supuesto, pero una vez que hubiera regresado a casa. Tampoco habría sido buena idea telefonear al jefe de su marido, despertarlo en plena noche e interrogarlo sobre el hotel donde él se alojaba en París, y luego llamar allí para averiguar si se encontraba bien, como se había sentido tentada de hacer, de modo casi irrefrenable. Eso sí que habría sido un error. Él no habría creído que estaba preocupada porque no había llamado a casa; habría tenido que revelarle el verdadero motivo, y entonces se habría puesto hecho una furia. Además, ¿qué imagen habría dado de sí misma? La mujer atemorizada en la casa solitaria, bajo la furia desatada de los elementos, acosada por fantasías macabras. Muy gótico. Era mejor obrar como lo había hecho. Por el momento le bastaba con saber que él estaba bien.
Laura la recibió con los brazos abiertos, feliz de disfrutar de la compañía de su amiga por unos días. Esa noche, durante la cena, cuando preguntó a la mujer sobre su nueva residencia, esta se deshizo en elogios.
Suena muy bien, dijo Laura. Pero seguro que te alegras de volver a la ciudad. Ella hizo un gesto de cansancio.
Claro que sí. Un poco.

Yo estaría dando saltos de alegría. Tenemos que llamar a todos para decirles que estás aquí. Los veremos mañana.

El hombre escuchó las explicaciones de ella acerca de lo necesario de hablar sobre lo sucedido. Escuchó también sus peticiones de paciencia.

Ambos estaban de regreso en la casa; los equipajes, todavía sin deshacer. Era de noche y los estores permanecían levantados. Las paredes acristaladas ofrecían el reflejo de ellos dos, acomodados uno junto al otro en el salón, dando cuenta de sendas copas.

Él continuó sin interrumpirla mientras ella narraba su última pesadilla. Cuando hubo concluido, el hombre respiró hondo y tomó un sorbo de bebida, y luego otro.

Estaba molesto. Más que eso; se sentía ofendido. No preguntó si la pesadilla había sido la razón por la que ella se había instalado en casa de Laura. Prefirió no hacerlo. La respuesta podría haberlo llevado a perder los nervios. A pesar de la discusión mantenida días atrás con motivo de los sueños, de haberle dejado clara su opinión al respecto, ella continuaba insistiendo. Y lo introducía a él en la fantasía, por si fuera poco. De un modo burdo, ofensivo. Primero había soñado que Bambú entraba en el bosque, y más tarde el perro desaparecía de verdad. Y ahora soñaba que a él lo devoraban ardillas antropófagas, además de ese bicho, ese *Señor del Bosque,* con mayúsculas, como ella lo llamaba, así que a continuación…

De veras, quiero vivir aquí, aseguró la mujer. Me gusta la casa. Pero no sé lo que me está pasando.

¿Quieres vivir aquí?

Eso acabo de decir.

No quieres volver a la ciudad.

Ella meneó la cabeza.

Lo que quiero es vivir aquí, contigo.

Pero te atormentan esas pesadillas. Y observa que estoy reconociendo que existen.

La mujer asintió a la primera afirmación.

Te agradezco que, al menos, no me taches de mentirosa.

Él torció el gesto. Luego dijo:

Me estás asegurando que suponen un problema para ti, que hay algo raro ahí fuera, dijo señalando las paredes transparentes.

Ella asintió de nuevo, un gesto apenas perceptible.

O bien ahí dentro, añadió el hombre, y tendió su dedo índice, dispuesto a posarlo en la frente de ella. Pero antes de llegar a hacerlo abortó el movimiento.

Pues no nos vamos a ir de aquí, declaró con firmeza. Ni tú ni yo. Tendremos que acabar con esas pesadillas.

¿Cómo?, quiso saber la mujer.

Él guardó un instante de silencio antes de responder:

Practicando un exorcismo.

II

En varias ocasiones habían disfrutado de visitas de amigos y familiares en la nueva casa, siempre estancias breves. Esta vez sería diferente, aseguró el hombre. Traerían al lugar donde ahora vivían lo mejor de su vida anterior. Sembrarían la casa de buenas vibraciones a lo largo de todo un fin de semana. Convocarían a sus amigos. Una fiesta de viernes a domingo. Algunos de los invitados deberían pasar la noche en el suelo, en sacos de dormir, sobre colchonetas, qué más daba. Con la ayuda de todos ellos terminarían de hacer suya la casa, darían una patada en la entrepierna a cualquier influencia negativa que los acosara. Ese sería el exorcismo. Beberían hasta caer tumbados. Harían lo que no habían podido hacer en las fiestas celebradas en su piso de la ciudad. Pondrían la música a todo volumen. Conseguirían que su vecino jorobado no pegara ojo en todo el fin de semana. Por la noche se acercarían agazapados hasta su casa para gritarle insultos. ¡Soltarían a sus cerdos! Y el bosque… que también se preparara. La música estaría tan alta que cualquier bicho que habitase en él saldría huyendo sin deseos de volver a poner allí las pezuñas. Los invitados mearían entre las raíces. Arrancarían ramas y trenzarían con ellas coronas vegetales. Correrían desnudos entre los árboles y follarían como monos si así lo deseaban. Una ceremonia de renovación, de purificación a través del vino, la risa y el contacto humano. El gaudeamus de un solsticio privado.

El hombre se fue entusiasmando a medida que hablaba, contagiándola a ella, anheloso de recuperar, aunque fuera de forma momentánea, la vida social abandonada al mudarse. Consultaron sus agendas y escogieron la fecha. Más tarde, apoltronados en el salón, compusieron la lista de invitados. Estaban tan enfrascados que no se dieron cuenta de que era el momento más agradable del que disfrutaban en largo tiempo.

Esa noche la mujer descansó libre de pesadillas, sumida en la misma laguna negra y serena que su marido, hasta que el despertador la reclamó de regreso al mundo físico.

El viernes acordado para el inicio de la fiesta, al final de la tarde el hombre subió al tren en la ciudad acompañado por varios compañeros de trabajo, invitados a la celebración. El resto de asistentes acudiría en coche. Para entonces la mujer estaba ya en la casa ultimando los preparativos. Durante los días anteriores se habían abastecido a conciencia de comida y bebida para no tener que abandonar el lugar en todo el fin de semana.

Comenzaron la fiesta en el mismo tren. Los invitados llevaban consigo aportaciones personales a las provisiones del evento, y uno de ellos, dando muestra de una notable capacidad de previsión, se había hecho antes de montar al tren con vasos, platos y cubiertos de plástico. Sirviéndose del sacacorchos de una navaja multiuso abrieron una botella de vino. Comieron canapés de paté y dulce de manzana preparados allí mismo. Vieron atardecer al otro lado de las ventanillas, con los pies descansando en el asiento de enfrente, riendo y empezando ya a achisparse.

Cuando se apearon, la mujer y otro invitado estaban esperándolos en la estación. Se apretujaron en sus coches.

Ante la vivienda había congregado buen número de vehículos y unas cuantas personas charlaban en la terraza sosteniendo bebidas. La temperatura era agradable e invitaba a permanecer fuera. El hombre se congratuló del éxito de la convocatoria. En los días previos lo había acosado el temor a que los invitados se echaran atrás o que la aparición de algún imprevisto minara el encuentro, pero no había sido así. La idea de la fiesta, junto con los preparativos de la misma, había ejercido un efecto beneficioso sobre la pareja: la mujer no había vuelto a sufrir pesadillas y él había encontrado una nueva ilusión para regresar a casa cada día. Entró estrechando manos y besando mejillas, sin dejar de sonreír. A muchos de los presentes no los había visto desde que la mujer y él se mudaron al campo.

Su alegría se vio truncada cuando pasó a la cocina. En la isleta de granito del centro de la estancia, un hombre untaba queso y una especie de pasta de color rosa sobre biscotes. Con algo que estaba contando hacía reír hasta las lágrimas al grupo de invitados que lo rodeaba. Su figura era espigada. Lucía gafas con montura de pasta azul y un cuidado bigote rubio. Cuando vio al hombre interrumpió su narración y alzó las cejas simulando sorpresa.

Damas, caballeros, nuestro anfitrión ha entrado en el edificio.

El hombre saludó uno por uno a los que allí estaban. En último lugar estrechó la mano al del bigote rubio, manteniendo la isleta entre ambos.

Prueba un mordisco, dijo este tendiéndole el canapé que acababa de preparar.

El hombre se lo metió entero en la boca. Todos lo observaban, aguardando su reacción.

Masticó despacio. Había un sabor que se le escapaba.

¿Qué es lo rosa?

Crema de rosas, precisamente, reveló el del bigote rubio. Uno de mis últimos descubrimientos. También un buen acompañamiento para la carne. ¿Qué te parece?

Dulce.

¡Dulce!, exclamó el del bigote rubio, mirando a su alrededor boquiabierto y con los ojos desorbitados, lo que hizo reír de nuevo a los presentes. ¡Qué comentario tan audaz! ¡Dulce!

Apuntó al hombre con el índice, en gesto de amonestación, aunque sonriéndole.

Me seduce tu seriedad.

El hombre se forzó a sonreír y, diciendo que debía a saludar a los demás invitados, salió de la cocina. Se dirigió a su dormitorio a cambiarse de ropa. Por el camino lanzó una seña a la mujer, indicándole que lo siguiera. Echó los estores del dormitorio para que no los vieran quienes estaban en la terraza.

¿Qué hace aquí?, preguntó.

Cálmate, por favor.

Estoy calmado, mintió él.

Hablaban mediante susurros.

¿Lo has invitado tú?, quiso saber.

Claro que no. No pensaba hacerlo, dijo la mujer. Pero alguien le habló de la fiesta y luego él me llamó.

¿Quién se lo dijo?

No lo sé. Alguien. ¿Qué más da? Me llamó y no supe qué hacer. Acabé pidiéndole que viniera.

Él la observaba fijamente, a la espera de que añadiera algo más.

Eso es todo, dijo ella. Además, habría resultado extraño que no lo invitáramos. Están aquí todos nuestros amigos. Su falta habría llamado la atención.

Ante el silencio de él, se acercó y le acarició los hombros.

No le concedas importancia. Yo no lo hago, aseguró. Aquello pasó. Que no nos estropee la fiesta. Hemos trabajado mucho para que salga bien.

No me apetece hablar con él.

Pues no lo hagas. Ignóralo si es lo que prefieres.

Eso resulta difícil.

Sí, lo sé, dijo ella con un suspiro. Pero los dos podemos hacerlo.

Él asintió.

Ha traído unas cuantas cosas. Del tipo que le gusta: azúcar macerado en alcohol, crema de rosas y unas crestas de gallo confitadas a las que no pienso ni acercarme.

Ya he probado la crema de rosas.

A mí me ha gustado. Tiene un sabor… afelpado, ¿no te parece?

Él asintió sin entusiasmo. Luego ella salió, dejándolo solo para que se cambiara. Por unos momentos él permaneció en el centro de la habitación, oyendo las voces al otro lado de la puerta y de las paredes acristaladas.

Conocían al hombre del bigote rubio desde hacía algo más de un año, desde las penúltimas navidades. Se había presentado en una fiesta que la pareja celebró en su piso de la ciudad. Acompañaba a un amigo. Escribía críticas gastronómicas para un suplemento dominical. Aquella noche, a pesar de no conocer a nadie, haciendo uso de una envidiable desenvoltura y un nutrido repertorio de anécdotas sobre su trabajo, no tardó en erigirse en el alma de la fiesta. Después de aquello pasó a ser un habitual en las reuniones del grupo de amigos de la pareja. Al hombre no le caía del todo mal, si bien su compañía tampoco le entusiasmaba. La mundanidad del hombre del bigote rubio lo hacía sentirse socialmente limitado. En un primer momento, tras un juicio que a la postre reveló ser tan superficial como erróneo, pensó que era homosexual. Tal opinión se derrumbó de manera estrepitosa el día que la mujer, llorando y tirándose del cabello, le dijo que tenían que alejarse de allí, de la ciudad —con lo que quería decir: alejarse del hombre del bigote rubio—, o si no ocurriría algo de lo que se arrepentiría. Nada había pasado aún, pero pasaría, sin duda, aseguró, si no ponía tierra por medio. Si no la ponían los dos: ella y él.

El hombre cedió al ultimátum. Puesto que nada había sucedido todavía y el embrujo se encontraba en su fase inicial, no era necesaria una medida tan drástica como abandonar por completo la ciudad y buscar trabajo en otro lugar. Bastaba con salir de allí, interponer cierto grado de lejanía entre ellos y su círculo social, estar solos, reforzar su intimidad, dejar que el asunto se enfriara y falleciera por inanición.

Se dijo que ella tenía razón: no podía permitir que un invitado indeseado le aguara la fiesta. Minutos después tenía una copa en la mano y alternaba con sus amigos. Todos parecían pasarlo bien. A la caída de la noche, la casa, con todas sus luces encendidas y los estores alzados, parecía levitar en mitad de la nada.

Llegado el momento de la cena, los invitados se concentraron en el salón. No había en la vivienda mesa lo bastante grande para acogerlos a todos, luego se había optado por la opción de un bufé informal. Cada uno se sentaba donde podía, o bien permanecía de pie haciendo equilibrios con el plato y la copa. La disposición desordenada evitaba la existencia de una cabecera de mesa o puesto de privilegio, pero si hubiera que atribuir tal denominación a algún lugar del salón, este sería, sin dudarlo, la butaca donde el hombre del bigote rubio había tomado acomodo, y desde donde sin apenas esfuerzo se había hecho con la atención de los comensales. Cada vez que su plato o copa quedaban vacíos, a fin de que nadie le arrebatara el asiento si se levantaba, se los tendía al primero que pasara por su lado, lo conociera o no, y le pedía que se los rellenara. Nadie se negaba ni parecía molesto.

Santorini, estaba diciendo, viajé allí la pasada Semana Santa. ¿Conocéis la isla? Deberíais. Un sitio recomendable, singular donde los haya. Fira, la capital, está encaramada en lo alto de un acantilado, y en la base de este, unos ¿ochenta? metros más abajo, está el puerto; el viejo, donde atracan los pesqueros. Los ferris y los cruceros llegan a otro, mayor, en otro punto de la isla. El interesante es el primero. Para acceder a él existe una escalera empedrada que zigzaguea por el acantilado. Hay también un teleférico, pero ¿quién quiere montar en un cacharro de esos pudiendo disfrutar con calma de las vistas desde la escalera? Hay además una tercera opción: también por la escalera, pero en este caso, en lugar de bajar por ella a pie, hacerlo a lomos de burro. De lo más típico. Una práctica antes realizaba por necesidad, convertida hoy en reclamo para turistas. Y los pobres burros, por supuesto, a lo largo de todo un día subiendo y bajando escalones, sienten la necesidad de vaciar las tripas. Unas cuantas veces. Yo diría, de hecho, que de manera casi continua. En consecuencia la escalera está tapizada de excrementos de solípedo, lo que obliga a caminar con la mirada atenta al suelo y dificulta seriamente la contemplación de las vistas. Lo más curioso de todo esto es que en la escalera hay un chico cuyo trabajo consiste, exclusivamente, en retirar la mierda de los burros. Quizá no sea solo esa su labor, rectificó, pero sin lugar a dudas es una de las que mayor tiempo le ocupa: seguir a los animales, recogiendo lo que sueltan por detrás, subiendo y bajando una y otra vez el acantilado, a pleno sol, por unas escaleras resbaladizas donde ni siquiera hay una mísera sombra en la que refugiarse. Esas heces de mulo adoptan así el cariz de una penitencia ejemplar, equivalente a la roca de Sísifo, las manzanas y el agua de Tántalo y los insaciables buitres de Titio.

Aquí, el hombre del bigote rubio efectuó una pausa antes de proseguir. Tomó un sorbo de vino, ajeno en apariencia a las miradas fijas en él.

Ese chico tiene una mirada triste. Lo que resulta por completo comprensible. ¿Podemos acaso alguno de nosotros imaginar lo que acude a su mente cuando abre los ojos cada mañana? ¿Cuáles serán los malabarismos emocionales a los que debe recurrir antes de levantarse y empuñar sus herramientas de trabajo, la escoba y el recogedor que esperan cubiertos de moscas junto al pesebre de los burros? ¿Hasta qué extremo de refinamiento habrá llegado su fuerza de voluntad?

El salón quedó en silencio. Con tales interrogantes concluía la historia. Y quedaron flotando sobre los invitados, produciendo sonrisas incómodas y algún alzamiento de cejas. Durante unos momentos nadie pronunció palabra.

Puede que nada de eso ocurra, intervino el hombre, rompiendo lo que empezaba a ser una pausa incómoda. Estaba de pie, con un hombro apoyado en una jamba de la puerta principal. Esta se hallaba abierta para aliviar la atmósfera cargada del salón. Sentía en la espalda la humedad nocturna.

A lo mejor para ese chico su labor es lo más natural del mundo, prosiguió. Vive en mitad del Egeo, en un peñasco volcánico que durante los inviernos queda casi despoblado. Su padre es el dueño de los burros y antes de eso lo fue su abuelo. Y cada uno de ellos se dedicó antes a recoger la mierda de esas escaleras, hasta que tuvo un hijo a quien traspasarle la labor. El chaval no ha estudiado. Le gustan los animales. Los turistas le dan buenas propinas. Solo tiene que trabajar durante los meses de temporada alta. Seguramente habrá pensado en hacer otra cosa, pero ese deseo nunca ha llegado a concretarse más allá de lo abstracto. A lo mejor es consciente de que le resultaría complicado aspirar a algo más, y ha aceptado su situación. Y con aceptarla no pretendo decir resignarse a ella. Y a lo mejor esa mirada triste de la que hablas solo es consecuencia de tener que oír las gilipolleces que turistas melindrosos y con un elevado concepto de sus opiniones sueltan ante él un día tras otro.

Ahora el silencio fue incluso mayor que antes. Desde el extremo opuesto del salón la mujer exhortaba a su marido con la mirada.

Vaya…, dijo el del bigote rubio, visto así, casi me dan ganas de correr a comprar una escoba y un recogedor y montarme en el primer avión a las Cícladas.

Una carcajada unánime rompió la burbuja de tensión. El hombre sonrió y el del bigote rubio alzó su copa hacia él en gesto de paz. Varios invitados abandonaron sus posiciones para efectuar otra incursión en el bufé.

Siento que la anécdota no te haya gustado, dijo el del bigote rubio.

El hombre se encogió de hombros.

Te las he oído mejores. ¿Mierda de burro? Tienes más recursos para llamar la atención durante una cena.

En eso te doy la razón, dijo el otro, y volvió a alzar su copa. De todas formas no se trataba de una historia vulgar, ni mucho menos. Comenzaba con mierda, en efecto, pero finalizaba, o aspiraba a hacerlo, con una invitación a la reflexión. Pasaba de lo bajo a lo alto.

Luego se volvió hacia la mujer y preguntó:

¿Cómo lo soportas?, preguntó señalando a su marido.

¿Quién dice que tengo que soportarlo?, respondió ella.

Lo ambiguo de la respuesta provocó nuevas risas y alguna que otra mirada de reojo.

La mujer se dirigió al mueble bar y rellenó su copa. Por el camino trastabilló un poco. Para entonces llevaba bebiendo a ritmo pausado pero continuo varias horas. No era la única que mostraba síntomas de haber bebido más de la cuenta. En el salón no eran pocas las miradas vidriosas y los rostros encendidos. Las risas habían pasado a carcajadas. ¿Acaso no estaban allí para eso?

Tenéis que disculpar a mi marido, dijo la mujer alzando la barbilla y haciendo tintinear el hielo de su copa, imitando a Bette Davis. Su tolerancia a la conversación trivial es bastante limitada.

Los esfuerzos del hombre del bigote rubio por ocultar una sonrisa fueron evidentes.

El aludido no hizo ni dijo nada, limitándose a permanecer en su posición, recostado contra la jamba de la puerta. Al cabo de un momento se encogió de hombros, gesto al que trató de dotar de cierta comicidad y con el que reconocía la sinceridad de lo dicho, a la vez que mostraba el escaso relieve que le concedía. La ausencia de una reacción mayor logró que los invitados perdieran interés y dieran inicio a sus propias conversaciones.

No le gustaba el rumbo que estaba tomando la fiesta. Se arrepentía de haber abierto la boca. Se reprochó su debilidad. Sabía que en un enfrentamiento dialéctico contra el del bigote rubio no tenía nada que hacer. Pero verlo parlotear sin cesar, convertido una vez más en el centro de la fiesta cuando ni siquiera era deseado allí, había abierto brecha en su capacidad de autodominio.

Reiteró su propósito de ignorarlo.

Un grupo de invitados había salido a fumar a la terraza. Decidió unirse a ellos. Pero antes fue por algo más de comer. Fue entonces cuando el del bigote miró a su alrededor como si buscara algo o a alguien y le preguntó:

¿Vosotros no teníais un perro? He visto una caseta ahí fuera, pero no al animal.

Lo teníamos. Se llamaba Bambú.

¿Se llamaba?, preguntó otro invitado.

Sí. Se perdió, respondió él escuetamente.

La mujer intervino para los detalles.

Se perdió poco después de mudarnos. Se escapó, en realidad. Cuando llegamos a casa una tarde, no estaba.

Los invitados les ofrecieron muestras de condolencia, tan sentidas como si hablaran del fallecimiento de un familiar no muy cercano. Muchos habían conocido al perro.

La mujer relató cómo ella lo había buscado durante días, hasta que finalmente lo dio por perdido.

¿No tenéis idea de lo que le pasó?, se interesó uno de los presentes.

Ella reconoció que no. Contó cómo habían encontrado su collar entre la hierba del jardín trasero, cerrado, unido todavía mediante un mosquetón a la cadena con que ataban al animal.

Como si se hubiera esfumado, añadió.

Se hizo un silencio pensativo, que se vio interrumpido al preguntar el del bigote rubio:

¿Cuándo fue eso?

Hace tres meses, respondió ella.

Puede que alguien se lo llevara, propuso él. La casa no tiene cerramiento; cualquiera puede entrar en el jardín. Alguien vino, soltó al perro y volvió a abrochar el collar. No hacerlo habría sido dejar una prueba de su intrusión.

En mi opinión, dijo el hombre, simplemente el perro tiró del collar hasta que consiguió liberar la cabeza. No estaba acostumbrado a que lo dejáramos atado. Me temo que no le gustaba mucho.

También pudo ser, concedió el del bigote rubio. ¿Qué piensas tú?, preguntó a la mujer.

Ella tardó en responder. Al cabo de unos momentos, con la vista perdida en la alfombra, reconoció que Bambú bien podía haber tirado de la cadena hasta soltarse. Y que luego se había perdido. Resultaba lo más probable.

Entraría en el bosque persiguiendo a algún bicho, agregó un invitado.

El hombre y la mujer intercambiaron una mirada que no pasó inadvertida para el del bigote rubio.

¿Ese bosque tiene algo de especial?, dijo este.

La pregunta sonó más bien como una afirmación.

La contestación hubo de esperar. Varios invitados se adelantaron ofreciendo sus propias opiniones al respecto. A lo largo de la tarde habían sido muchos quienes se habían sentido impresionados al asomarse a la parte trasera de la casa y toparse con la muralla vegetal. Según ellos el bosque resultaba una presencia inquietante. Hubo quienes reconocieron sin tapujos que les cohibiría convivir con él, tan próximo como se encontraba. La ilusión inicial y un tanto ingenua del hombre de que sus invitados se adentraran entre los árboles para continuar allí la fiesta, se vino abajo. O al menos debería aguardar a verse realizada hasta la salida del sol, que con sus rayos restaría poder intimidatorio a la frondosidad.

Ignorando las declaraciones de los invitados, la mirada del hombre del bigote rubio saltaba entre sus anfitriones a la espera de una respuesta relevante. Ellos se miraban, confiando en que fuera el otro quien dijera algo.

La mujer liberó un suspiro y sonrió a los presentes.

Han pasado algunas cosas, dijo con desenfado.

No han pasado, corrigió el hombre, las has soñado.

¿Soñado?, repitió el del bigote rubio retrepándose en la butaca. ¿Qué tipo de sueños?

A lo que añadió despacio, depositando una pausa entre palabra y palabra:

Cuéntanoslo todo. Sin omitir detalle.

El resto de quienes ocupaban el salón parecía igualmente interesado. Ante la vacilación de la mujer a abundar en su declaración, la animaron a que hablara.

Ella miró al hombre, que se limitó a asentir. Llegados a ese punto no podían guardar silencio y pretender que el asunto quedara olvidado. Las peticiones de los invitados no cesaban.

Está bien, accedió la mujer. Pero que alguien me llene la copa. Voy a necesitar combustible para el viaje. Es una historia un poco larga y… rara, dijo arrastrando la primera «r», adoptando voz de ultratumba.

Entre risitas ansiosas alguien se apresuró a satisfacer su petición. Todos buscaron el mejor acomodo posible y se dispusieron a escuchar. La expectación se transmitió al exterior de la casa y los que habían salido a fumar volvieron adentro y buscaron un hueco en el corro formado alrededor de la mujer.

Comenzó por el primer sueño, aquel en que había visto por vez primera a las ardillas y en que Bambú se había sumergido en el bosque. Fue al día siguiente cuando el perro desapareció. El segundo sueño tuvo lugar horas más tarde, explicó. De nuevo había visto el jardín trasero, pero esta vez sin rastro de Bambú y tomado por cientos de roedores; y, a modo de clímax, la primera aparición del Señor del Bosque. Continuó con los siguientes sueños, en que las apariciones de las ardillas habían aumentado su grado de amenaza, hasta el último, en que los roedores habían destrozado el cuerpo del hombre y luego se habían apartado para permitir el paso a su Señor, que por fin se mostraba en todo su horrendo aspecto, y renqueante había trepado a la cama para participar en el sacrificio.

Los invitados la contemplaban anonadados. El del bigote rubio permanecía con la cabeza inclinada a un lado mientras se acariciaba la barbilla.

¿Y tú? ¿Has experimentado sueños similares?, preguntó al hombre.

No, él no, respondió la mujer en su lugar. Él nunca sueña. Ni con ardillas ni con nada más.

Dicho lo cual concluyó:

Y eso es todo.

Es solo una parte: la parte de los sueños, matizó el hombre.

¿Es que hay más?, quiso saber el del bigote rubio. ¿Algo que de veras haya ocurrido?

El hombre sonrió para sí. A diferencia de lo que había pensado que ocurriría, no se había sentido abochornado al escuchar a la mujer. Al fin y al cabo, solo se trataba de alguien un poco bebido que contaba sus sueños en una fiesta, algo a lo que no se concedía importancia. El especial énfasis con que había narrado los sueños, unido a la sofisticación de los mismos, no hacía sino incrementar su valor como anécdota y lograr que los invitados se divirtieran. Por otro lado, verbalizarlos ante un público de amigos solo podía resultar beneficioso para ella. La ayudaría a restar gravedad a sus fantasías.

No es que haya ocurrido algo real, al margen de la desaparición de Bambú, si es que quieres incluirla. Se trata más bien del contexto, del entorno que nos rodea, aclaró, el cual, lo reconozco, invita a especulaciones.

¿Tú las haces?, interrogó el del bigote rubio.

El hombre meditó su respuesta.

¿Especulaciones? No. No las hago. Pero existe tal contexto. Eso es indudable.

¿Y es…?

Ahora le tocó hablar a él. Y lo hizo evitando devolver la mirada a los ojos fijos en él.

El contexto comenzaba por el bosque, cuya cercanía causaba la impresión de que los árboles empujaban la casa, tratando de arrancarla de su asiento. Mencionó las grietas en la plataforma de hormigón. Prosiguió enumerando los demás elementos que, a su juicio, podían haber inspirado los sueños de la mujer, como la transparencia de la casa y la impresión de falta de seguridad que esto motivaba; también el bajo precio de la propiedad y el desapego de su constructor; el hecho de que ahora no les fuera posible contactar con él; el opresivo aislamiento del lugar; lo nada habituados que ellos estaban a la vida en el campo; y las bandadas de murciélagos que vomitaba el bosque. A todo ello había que añadir el muy singular vecino que tenían, a quien procedió a describir, enumerando además sus peculiares costumbres, entre las que destacaba la de tallar animales de madera que luego les regalaba, y que, de igual modo, había regalado a la mujer del constructor de la casa.

Y sí, añadió, también está la desaparición, o fuga, o como queráis llamarlo, del perro. Aunque todo ello, lo que acabo de decir, anotó con una sonrisa de disculpa, sintiendo que había ido demasiado lejos, posee explicaciones lógicas.

Levantó la vista y, ahora sí, observó a su público, que guardaba un silencio ensimismado. La mujer asentía dándole a entender que lo había hecho bien.

El del bigote rubio se desprendió de sus gafas y procedió a masajearse el puente de la nariz. Después de volver a ponérselas, sonrió y dijo:

Amigos míos, a vuestra vida solo le falta una banda sonora de Bernard Herrmann. Todo lo demás ya lo tenéis.

El comentario ayudó a relajar el ambiente, rescatándolo de la suspensión tras las narraciones de la pareja.

Recapitulemos, dijo el del bigote rubio. Intentemos dotar de forma a la historia. Creo que bien lo merece.

El hombre le dio la espalda. Se dirigió al barreño metálico donde entre cubitos de hielo flotaban botellas de cerveza. Abrió una y bebió directamente, sin servirla en un vaso. Cuando bajó la botella, había desaparecido la mitad del contenido. Se sentía acalorado e inquieto después de haber hablado tanto, afectado por sus propias palabras. Detrás de él, el del bigote rubio, sin abandonar su puesto en la butaca, reclamaba la atención de los demás invitados, que se habían lanzado a comentar las palabras de la pareja. Trataba de recuperar el protagonismo del que había sido desbancado por sus anfitriones. El hombre continuó bebiendo sin mirarlo. Sí dirigió un vistazo a su mujer. Ella permanecía junto a la chimenea, con la cabeza vuelta hacia los animales de madera. Debió de sentir su mirada pues se giró hacia él e intercambiaron una sonrisa. Le hubiera gustado abrirse paso hasta ella y pasarle un brazo sobre los hombros, besarla; pero eso habría sido reconocer que de veras creían lo que habían contado, que se trataba de algo más que una anécdota con que entretener a los amigos.

Recapitulemos, repitió el del bigote rubio alzando la voz, con lo que logró un poco de silencio. Tenemos en primer lugar a nuestros protagonistas: una pareja joven y atractiva, con un futuro prometedor. Aunque bajo tan sugestiva apariencia puede, quizá, ocultarse algo oscuro, algún asunto del pasado que consideran concluido y prefieren no recordar, pero que, posteriormente, a lo largo de la historia resurgirá de sus cenizas. ¿Es así? ¿Sí? ¿No?, preguntó con una sonrisa juguetona a sus anfitriones, que ni abrieron la boca ni hicieron gesto alguno. No hace falta que contestéis. Aunque seguro que a muchos de los presentes les encantaría que lo hicierais. Tan encantadora pareja decide trasladarse al campo. En un inhóspito lugar dan con la que parece ser la casa de sus sueños, un delicado cruce entre lo clásico y lo moderno. Se enamoran de ella al instante, a pesar de lo alejada que se encuentra de todo. Y, por si fuera poco, pueden comprarla. Su precio es sorprendentemente bajo. El dueño y constructor tiene prisa por venderla. Asegura necesitar el dinero con rapidez. ¿Será cierto? ¿O acaso, más bien, lo que desea es deshacerse de la casa? Lo único que sabemos con certeza es que, una vez ha logrado venderla, desaparece misteriosamente. Concluida su misión, se esfuma de la historia. ¿Voy bien?, preguntó al hombre.

No puedes ir mal. Repites lo que nos has oído decir, vistiéndolo de retórica.

El del bigote encajó el golpe sin parpadear.

¡Claro que es eso lo que estoy haciendo! Es lo que se echaba en falta en vuestras palabras.

Luego insistió:

¿Pero voy bien?

El hombre se encogió de hombros.

Seguramente el tipo que nos la vendió, dijo, cambió de número de teléfono. O con el dinero de la venta saldó sus deudas y se mudó a otra ciudad, y cambió de número de teléfono. O, a pesar de disponer del dinero, huyó de sus acreedores, y cambió de número de teléfono.

Por supuesto que pudo ocurrir algo así; es lo que todos pensamos, dijo el del bigote rubio. Pero todo eso es *demasiado* aburrido. ¿No os parece? ¿No te parece? Pongamos algo de nuestra parte, pidió en tono herido, como si hubiera solicitado un donativo para una buena causa y el hombre se hubiera negado a concedérselo.

Este dio otro trago a su cerveza, ignorándolo.

El del bigote rubio prosiguió, imperturbable.

Nuestros protagonistas se instalan en el nuevo hogar, donde no tardan en descubrir que el idílico entorno no lo es tanto. La casa va revelando uno a uno sus problemas ocultos; inconvenientes que vistos de modo aislado no merecerían atención alguna, pero que presentados en conjunto generan la impresión de que la vivienda no termina de encajar en el lugar, de que hay algo que no la quiere aquí. Y está el bosque. Siempre el bosque. Acechándola. A la casa y a sus ocupantes.

Hizo una pausa para aclararse la garganta con un sorbo de vino. Los invitados aguardaban divertidos.

Por otro lado está su vecino, quien me encanta porque ¡es jorobado! No podría ajustarse más a la historia. ¿Estáis seguros de que, además de joroba, no tiene los ojos saltones y se cubre con una capucha negra?, preguntó en esta ocasión a la mujer, tratando de evitar un nuevo desplante por parte del hombre.

A pesar de ello, fue él quien respondió.

No hay ojos saltones ni capucha. Pero su casa está en un hoyo en la tierra y si te acercas a ella de noche puedes oír a distancia los ronquidos de los cerdos.

También me gusta, concedió el del bigote rubio antes de retomar su reconstrucción.

Ya tenemos los personajes y también el escenario. Da comienzo ahora lo verdaderamente interesante. Una noche, la mujer tiene un sueño. Ve unas ardillas entrar en su jardín trasero. Luego su perrito aparece ladrando y las espanta. Fin del sueño. Aparentemente todo es inofensivo. Sin embargo, añadió alzando el tono, al día siguiente el perro desaparece. No hay rastro de él ni pista que permita adivinar lo que le ha ocurrido. Y a continuación la mujer vuelve a soñar. Las ardillas regresan al jardín, donde ya no tienen nada que temer porque el perro no está. Y se traen a sus amigas. A montones de ellas. De algún modo la intromisión del perro en el primer sueño trajo consecuencias en el mundo real. La conexión causa-efecto resulta sencilla de establecer. Pero detengámonos un momento y fijémonos en quién ha experimentado los sueños: la mujer, el elemento tradicionalmente más débil, más sensitivo, de una pareja heterosexual. El marido en esta historia es alguien que trabaja con datos fríos y contrastables, que se rige a diario por las leyes de la física, de la metalurgia y del resto de disciplinas con que su labor profesional está relacionada. No es alguien que se deje influir por fantasías. De hecho, ni siquiera sueña. Pero la mujer sí lo hace, y además pasa más tiempo que él a solas en la casa, expuesta a la influencia del bosque.

Nueva pausa. Los invitados se lo estaban pasando en grande. Nadie movía un músculo. El del bigote rubio había recuperado el puesto de protagonista, y estaba disfrutando con ello. El hombre, dejando atrás sus anteriores reparos, fue junto a su mujer y la abrazó por la espalda. Le pareció importante que los demás creyeran que también ellos estaban pasándolo bien. Ella respondió arrebujándose contra su pecho. Él le hundió la cabeza en la nuca y apartó el cabello con la nariz hasta llegar a la piel. Cuando depositó allí un beso, la mujer no pudo contener un escalofrío. Varios de sus amigos los observaban.

Por cierto, preciosa, ¿a qué te dedicabas?, preguntó el del bigote rubio a su anfitriona.

Ya lo sabes.

Perdona, hoy me falla la memoria.

Trabajo en una clínica veterinaria.

El del bigote rubio dedicó a sus oyentes un gesto de triunfo.

¿Qué os decía yo? La sensibilidad personificada en un cuerpo encantador. Todo el día curando a perritos y gatitos.

Asentimientos alcohólicos y nuevas risas. Una reverencia teatral por parte de ella, dirigida al auditorio.

Es precisamente tal sensibilidad, continuó el del bigote rubio, la que olfatea la entidad, llamémosla así, responsable de sus sueños. Unos sueños que van creciendo en intensidad, ejerciendo presión, buscando que quien los sufre haga lo que de ella se espera, que es irse de aquí. Abandonar la casa. El bosque no desea que alguien habite a su vera, y en la medida de sus posibilidades hará todo lo necesario para deshacerse de los intrusos. Lo consiguió con los anteriores propietarios y pretende hacer lo mismo con nuestros protagonistas. ¿Quién sabe a cuántos más habrá expulsado en el pasado? Bajo la tierra sobre la que nos encontramos pueden ocultarse vestigios de innumerables viviendas erigidas a lo largo de los siglos. Y ahora el bosque se enfrenta a nuevos invasores. Con el fin de echaros de aquí, dijo señalando a la pareja, está dispuesto a quebrar la base sobre la que se asienta vuestra casa, recurriendo para ello… ¿al incontenible empuje de las raíces? No soy un experto, pero supongo que podría ser.

Miró al hombre en busca de confirmación, pero este permaneció callado, por lo que reemprendió sin más demora su versión de los hechos.

Y, claro está, el bosque recurre también a los sueños, en los que él mismo se presenta encarnado en esa especie de ardilla ancestral.

Efectuó aquí otra pausa más, durante la que se acarició el mentón buscando el modo de proseguir, de que todas las piezas encajaran adecuadamente.

Pero el bosque no puede hacerlo todo por sí mismo. Es anciano y, a su particular modo, muy poderoso, pero también posee una escasa movilidad. No es capaz, por ejemplo, de penetrar en la casa para hacer más efectivo su acoso. El suelo que pisamos constituye para él un recinto cercado y ajeno donde carece de autoridad, como el edificio de una embajada o un recinto sagrado. Las luces halógenas, las sillas de plástico inyectado y vuestro sofá tapizado de cuestionable color naranja son amuletos que logran mantenerlo a distancia. El bosque solo puede atravesar estas paredes acristaladas en el plano de los sueños. Pero incluso para eso requiere ayuda. Con tal misión entra en juego vuestro maravilloso vecino jorobado. Podemos considerarlo el guardián del bosque, el vestigio viviente de una anciana religión no moral, cuyos dioses son la madera, el follaje y el humus. Se comunica con ellos a través de círculos de fuego que traza en la misma tierra, siendo estos para su doctrina el equivalente a los pentáculos en la demonolatría. Al mismo tiempo, se introduce en la historia el elemento del fuego, agente purificador por antonomasia, además del más grandioso visualmente, que bien podría resurgir al final, durante el necesario clímax de los acontecimientos. El fuego lo devora todo: la casa y el bosque mismo. La poderosa entidad culmina su propósito de expulsar a nuestros protagonistas, que sobreviven a tan desigual enfrentamiento pero pierden todas sus posesiones materiales. Al mismo tiempo, el bosque, en sus esfuerzos por preservar la integridad de su entorno, se destruye a sí mismo. Por supuesto, el jorobado, su ferviente servidor, se inmola lanzándose a las llamas para fenecer junto a sus deidades ancestrales, en lo que probablemente considera el más alto honor posible. A continuación, ante la pareja se despliega un nuevo comienzo. Han vencido a un rival superior y son libres de dar inicio a una nueva etapa de su vida en común. Sus asuntos pendientes, aquellos capítulos oscuros de su pasado que lastraban su existencia, han quedado atrás, superados gracias al ejercicio de autoconocimiento al que la contienda los ha obligado, además de borrados simbólicamente por la acción depuradora del fuego.

Se detuvo para tomar aliento. Las últimas frases habían brotado de sus labios cada vez más atropelladas. Respiró hondo. Se contempló las palmas de las manos y se las secó en las perneras de los pantalones.

Me estoy adelantando. Todo eso aún no ha sucedido. Nos encontramos todavía en un episodio mucho más temprano. El jorobado. Os hablaba del jorobado y de cómo sirve al bosque en su propósito. La misión que se le encomienda es la de ayudarlo a atravesar las paredes de esta casa en una medida suficiente para introducirse en los sueños de nuestra atractiva protagonista. Y os aseguro que el endiablado jorobado lo consigue.

Su pausa ahora es por completo premeditada. Calla, y su brazo, con el índice envarado, se extiende para señalar un punto del salón: las figuras de animales que adornan la chimenea.

Él mismo las ha fabricado empleando madera del bosque. Esas tallas son emisores a través de los que este emite sus vibraciones contaminantes. Es por culpa de ellas que has padecido todas esas pesadillas, aseguró a la mujer. Mediante esas toscas tallas el bosque despliega su poder en el seno mismo de vuestro hogar, mientras dormís, cuando más indefensos estáis.

Los invitados escuchaban con la mirada clavada en las figuras animales, fijándose en su tosca factura y preguntándose por qué alguien las ofrecería como presente si no hubiera un interés encubierto que lo impulsara.

Mediante esta cabeza de playa los sueños destilados por el bosque han ido creciendo en agresividad, tratando de asustar a la protagonista de la historia. Y parece que lo han conseguido, puesto que estamos aquí y ahora hablando de ellos. Durante la última función onírica incluso fueron representados el despedazamiento y muerte de nuestro pétreo anfitrión. Y puesto que existe el antecedente de la desaparición del perro después de haberse adentrado, en sueños, en el bosque, ¿qué puede esperarse que ocurra a continuación? De momento él sigue con nosotros. Eso es bueno, sin duda. ¿Pero quién sabe qué nos deparará esta trepidante historia en sus próximos capítulos? ¿Qué oscuras artimañas planea el ancestral enemigo de nuestra querida pareja protagonista?, preguntó el hombre del bigote rubio. Ahora quedaría bien que alguno de vosotros tarareara unas notas graves para crear un mayor suspense.

Nadie llegó a hacerlo, pero en su lugar varios invitados aplaudieron.

Ya está. Has acabado, dijo el hombre.

El del bigote rubio le dedicó una sonrisa torcida.

Lo cierto es que no. Aún queda algo más. Algo que todos juntos podemos hacer.

Guardó silencio hasta que alguien preguntó:

¿Qué es?

Podemos poner punto final a la historia ahora mismo, que este cenáculo represente la conclusión de la misma. O, al menos, una suspensión de carácter indefinido.

Diciendo esto abandonó de un salto la butaca a la que se había aferrado toda la noche. Lo hizo con ímpetu tal que algunos invitados retrocedieron; y siguieron haciéndolo, abriéndole un corredor, cuando se encaminó a la chimenea y tomó una de las figuras de madera.

Podemos hacer que dejen de emitir sus pestíferas señales.

¿Cómo?, preguntó alguien.
¡Quemémoslas!, propuso otro espontáneamente.
¡Sí, al fuego con ellas!, exclamó alguien más.
En el silencio entre divertido y alarmado que vino a continuación, las miradas se volvieron hacia la pareja, a la espera de su opinión al respecto.
La mujer sonrió y se encogió de hombros.
Lo cierto es que no les he cogido mucho cariño. Y tampoco me gustan especialmente.
El hombre meneó la cabeza en gesto de hastío.
¿No dices nada?, lo incitó el del bigote rubio.
No sé qué decir.
Pues yo creo que sí. ¿No estamos, al fin y al cabo, todos nosotros aquí, esta noche, con este fin preciso: ayudaros mediante nuestra cálida compañía a sobrellevar la inquietud que el nuevo hogar os causa?
El hombre se limitó a permanecer callado.
Lo tomaré como una respuesta afirmativa. En ese caso, ¿por qué no llevarlo hasta el final? No son más que unas figurillas horribles, no las echarás en falta. Permítenos conceder a su destrucción un sentido figurado. Estamos en el campo, dentro de un bosque prácticamente. Es de noche y hemos estado contando historias de terror. Necesitamos una hoguera para que el cuadro quede completo.
El hombre buscó ayuda en su mujer, que volvió a encogerse hombros. Pasaron unos instantes hasta que él dijo:
Haz lo que quieras.
Una exclamación de alegría brotó del grupo de amigos, tan sentida y unánime, que sorprendió a todos los presentes.
¿Cómo lo hacemos?, quiso saber uno de ellos. ¿Usamos la chimenea?
Se me ocurre algo mejor, respondió el del bigote rubio. ¿Tenéis una barbacoa portátil?, preguntó a su anfitrión.
En el garaje.
Perfecto. Quemaremos los animales en ella. Y lo haremos en el jardín trasero, a la vista de los árboles, para que sepan a quién se están enfrentando.

* * *

Bastaron unos minutos para que la barbacoa quedara instalada. Ni el hombre ni la mujer hicieron nada, limitándose a indicar dónde estaba todo lo necesario: el carbón, el atizador y unos periódicos viejos para ayudar a encender el fuego. Sus invitados se encargaron de todo, contagiados por un súbito entusiasmo. El del bigote rubio ejercía de maestro de ceremonias. No permitió que las tallas fueran quemadas hasta que se dispuso de una hoguera adecuada. Las llamas alumbraban los primeros troncos del bosque.

Ahora os toca, dijo el del bigote rubio a la pareja. Tenéis que hacerlo vosotros.

La pareja se adelantó. Las tallas aguardaban dispuestas en una bandeja sostenida con gran formalidad por una de las invitadas. Comenzó la mujer y lo hizo por la ardilla. La lanzó a la hoguera.

Todos permanecieron callados mientras el fuego comenzaba a morder la talla. Transcurrieron unos segundos y una llama de color ámbar brotó de repente, envolviéndola por completo. La figurilla se ennegreció.

Ahora tú, dijo el del bigote rubio.

El hombre tomó de la bandeja el jabalí, la última talla que había entrado en la casa y la única que el jorobado les había regalado a ellos. La depositó en el fuego.

Una tras otra, todas siguieron el mismo camino.

La noche había refrescado. Los asistentes al rito se habían cubierto con prendas de abrigo. Se abrazaban el torso para conservar el calor. Aguardaban encogidos y en silencio que el fuego concluyera su trabajo. Sobre ellos volaban murciélagos a los que dedicaban miradas desconfiadas. En la barbacoa, la última de las figuras quedó reducida a una pella carbonizada, sin que fuera posible adivinar lo que había representado.

Ya está, susurró alguien.

El silencio se prolongó durante unos instantes, tras los que unos alegres ladridos hicieron al grupo volverse.

Por un lado de la casa apareció corriendo Bambú. Pasó entre las piernas de los congregados y fue directo hacia la mujer, ante la que se puso a dar brincos con la lengua fuera, como si pretendiera encaramarse a sus hombros. Todos lo contemplaban con la boca abierta.

La mujer exclamó el nombre del animal y se arrodilló para abrazarlo y acariciarlo y recibir en la cara sus lametones, que le limpiaron las lágrimas de alegría.

Vaya..., dijo el del bigote rubio, reconozco que incluso yo estoy impresionado.

Al cabo de un rato de recibir caricias de la mujer, Bambú las cambió por las de su otro amo, que también se arrodilló para responder a la efusión del animal.

Estaba limpio, olía a champú canino, le habían cortado el pelo hacía poco y en el cuello llevaba un collar nuevo, del que colgaba una chapa grabada donde decía que se llamaba Cisco. Pero era Bambú.

Debe de haber estado con alguien durante todo este tiempo, dijo el hombre. Y ha vuelto a escaparse para volver con nosotros. Ha sido una casualidad.

¡Pero qué casualidad!, exclamó un invitado.

Todos deseaban acariciar al perro, que accedió encantado y se entregó a olfatear los pies de cada uno. Algunos aplaudían. Varios no eran capaces de contener las lágrimas.

Parece que ha funcionado, dijo el del bigote rubio a nadie en concreto.

Permanecía apartado del grupo. De nuevo había perdido el papel protagonista, que recaía ahora en el animal.

¿Tu ceremonia de exorcismo?, preguntó el hombre.

El otro asintió.

Olvidas que Bambú ha aparecido justo tras su conclusión, dijo el hombre. La vivienda más cercana está a un kilómetro. Suponiendo que haya estado allí, tiene que haberse escapado cuando apenas habíamos empezado a quemar las figuras, puede que antes.

El del bigote rubio sonrió.

Además, de acuerdo a tu historia, las figuras solo ejercían efecto sobre los sueños. No tenían nada que ver con la ausencia de Bambú.

Es posible. Pero su llegada no ha podido ser más oportuna.

El hombre no respondió a eso.

Disfruta de tu mascota, dijo el del bigote rubio soltándole una palmada en el hombro, y no me des las gracias.

Luego otro invitado se acercó al hombre y le palmeó también la espalda.

Puede que te haya salvado la vida, le dijo en tono confidencial, señalando al del bigote rubio.

Continuaron en el jardín un rato más, con el perro pasando de uno a otro. Nadie se cansaba de acariciarlo. La pareja hubo de asegurar repetidas veces que no se había tratado de un truco. Bambú había desaparecido meses atrás. Y ahora estaba de vuelta.

De la hoguera apenas sobrevivían unos rescoldos. Hacía frío. La mujer tomó en brazos al perro y dijo que ya era hora de regresar adentro. Los invitados la siguieron encantados, conversando animadamente, felices de tener algo que contar cuando regresaran el lunes a sus trabajos. Había merecido la pena acudir a la fiesta. Y se podía decir que esta solo acababa de empezar. Quedaba por delante todo el fin de semana.

El hombre del bigote rubio no los siguió. Permaneció en el jardín, observando lo que quedaba de la hoguera ritual.

Hay algo que debéis tener presente, dijo alzando la voz, con lo que todos se detuvieron y se giraron.

El hombre y la mujer estaban uno junto al otro; él, con un brazo sobre los hombros de ella. El del bigote rubio se dirigía a ellos.

Ninguna buena historia de terror tiene un final cerrado. Los poderes malignos nunca resultan vencidos por completo. Por la sencilla razón de que no pueden serlo. Cuando todos piensan que las cosas han retornado a la calma, algo ocurre, una manifestación nimia, quizá solo expuesta al espectador o al lector, pero que prueba que su poder solo ha sido aplacado temporalmente, y que, tras un periodo de letargo durante el que almacenará nuevas fuerzas, resurgirá más temible que antes.

Hizo una pausa durante la que todos lo miraron fijamente, pero nadie dijo nada.

Se hace así para abrir la puerta a una segunda parte, añadió con una sonrisa.

Después el grupo pasó en silencio al calor de la casa y él lo siguió.

* * *

Los invitados eran demasiados para que la vivienda prestara acomodo a todos. Varios habían hecho reservas en un hotel a pocos kilómetros de allí y, tras tomar una última copa, se despidieron del resto hasta la mañana siguiente. Las luces de sus coches descendieron titubeantes la ladera. Los demás ocuparon las dos habitaciones del altillo y unos pocos, los que habían perdido en el sorteo de las camas, se acomodaron como pudieron en el salón. La mujer, ya en camisón, observó el despliegue de colchonetas y sacos de dormir.

Buenas noches, niños y niñas.

Varias voces amodorradas respondieron. Y luego varias más se quejaron cuando la puerta de la calle se abrió y dejó colarse una bocanada de aire frío. El hombre entró y volvió a cerrar.

Perdón.

Llevaba una jarra en la mano. Después de desearles también buenas noches se retiró al dormitorio, sonriendo tras haber visto al del bigote rubio buscar postura en un sofá demasiado pequeño para él.

¿Adónde has ido?, preguntó la mujer.

A echar una jarra de agua a la hoguera. No me gustaría que una chispa llegara al bosque. Si pasara, el final que nuestro invitado favorito ha propuesto para la historia se haría realidad. El fuego y lo demás.

Ella se acercó y lo besó. Él le devolvió el beso.

¿Lo has pasado bien?

La mujer asintió.

¿Y tú?

Sí. Y me parece que ellos también, dijo señalando la puerta. Tendido en una alfombra a los pies de la cama, Bambú los observaba meneando la cola. Esa noche dormiría con ellos. Ya habría tiempo para decidir dónde lo haría en adelante, si regresaba a su caseta o pasaba las noches dentro de la casa. Le habían quitado el collar con la chapa de Cisco.

Se tumbaron. Apagaron la luz.

¿Estás borracho?, preguntó ella.

No. ¿Tú?
Lo estaba antes, pero se me ha pasado.
Él soltó una risa ronca.
Ha sido toda una casualidad, dijo ella. Sin duda.
Tú no crees que haya tenido nada que ver con lo de las figuras.
En absoluto. ¿Y tú?
Claro que no. Las detestaba. Deberíamos habernos deshecho de ellas mucho antes.
Él le dio la razón.
Buenas noches.
Que descanses, respondió la mujer. Luego buscó a tientas la boca de él para besarlo de nuevo. Le acarició el rostro. Su mentón estaba áspero, con el afeitado matutino ya lejano.
Te quiero, susurró ella.
Y yo a ti, respondió él del mismo modo.
Unos segundos después estaba dormido.
La mujer permaneció despierta un rato más. Era una noche sin luna y ni un resquicio de luz se filtraba a través de los estores. Oyó a alguien levantarse en el salón, tropezar con algo y avanzar a tientas hacia el cuarto de baño. Asomó un brazo por su lado de la cama y Bambú le lamió los dedos. Ella respondió acariciándole el cuello. No podía creer que volviera a estar con ellos. Había perdido toda esperanza. Sin embargo, se dijo, no había hecho nada por deshacerse de la caseta y el resto de las cosas de su perro. Como si algo en su interior le dijera que... Y el modo en que había regresado... ¡Por Dios! Era una suerte que todos sus amigos hubieran estado presentes; en otro caso nadie la creería cuando lo contara. Y el hombre del bigote rubio... Al principio había lamentado su presencia, había temido la reacción de su marido, pero este había sabido sobrellevarlo. Y la retorcida versión de los hechos que aquel había propuesto... Y como colofón: el rito y la entrada en escena de Bambú.
Se sentía cansada pero también muy feliz. Su marido respiraba pesadamente a su lado; Bambú buscaba postura en la alfombra; sus amigos yacían tras la puerta, como vigilantes que protegieran su dormitorio y salvaguardaran su sueño.
Pensando en todo ello la mujer se quedó dormida.

Como si fuera un telón, se alzó uno de los estores y vio el interior de la casa. Volvía a ser de día, aunque le parecía que hacía muy poco que se había acostado y no recordaba haberse levantado. La luz era tan apagada que la pintura blanca de las paredes parecía gris. Se encontraba en el salón. Todo estaba recogido. No quedaba rastro de la fiesta. Incluso sus amigos habían desaparecido. En el silencio reinante no tuvo dificultad para oír el chirrido que le dedicó la ardilla. Estaba en el pasillo que conducía al dormitorio principal. Alzada sobre las patas traseras, emitió de nuevo su llamada. No había ninguna ardilla más. El roedor dio unos saltos pasillo adelante y miró atrás para comprobar si lo seguía. Lo hizo.

La puerta del dormitorio se abrió por sí misma para permitir el paso al animal. Este entró sin vacilar.

La estancia se hallaba iluminada por la misma luz mortecina que el resto de la vivienda. Los estores estaban levantados, permitiendo una amplia visión del bosque. Una observación más atenta reveló que entre este y el interior del dormitorio no se interponía barrera alguna. Las paredes de cristal habían desaparecido. Un poderoso aroma vegetal colmaba el aire, como si alguien se hubiera dedicado a machacar hojas y raíces en un mortero durante horas. Tuvo un atisbo final de la ardilla. Cruzaba a saltos el jardín hacia los árboles.

En la cama yacía un cuerpo que, de algún modo, supo dormido. Permanecía cubierto hasta la coronilla por una sábana. Sentado a su lado se encontraba el hombre del bigote rubio. Observaba el bulto yaciente con una sonrisa en los labios, como si hubiera acudido allí a despertarlo pero retrasara el momento para disfrutar durante unos instantes del placer de su contemplación. El del bigote rubio se volvió despacio hacia la puerta. Luego se llevó el índice a los labios en petición de silencio y guiñó un ojo. Gestos nimios que bastaron para que el hombre despertara de su sueño.

LOS ESPÍAS

Los nuevos vecinos leen la Biblia por las noches, dijo la mujer entrando en el salón con el postre.

Su marido apartó del regazo la bandeja de la cena y se retrepó en el sillón. El televisor emitía los titulares de un informativo.

¿Cómo dices?, preguntó sin apartar los ojos de la pantalla. Después se rebañó un resto de comida de entre los dientes.

Leen la Biblia todos juntos. En el salón. Ellos dos y sus hijos.

¿Cómo lo sabes?

Los vi ayer. Y los he vuelto a ver hoy. El marido lee en voz alta y los demás escuchan. Ni siquiera corren las cortinas, dijo ella mientras se alejaba hacia la cocina con la bandeja.

Él estiró el cuello hacia la ventana. Salvo por el farol que había junto a la puerta principal, la casa del otro lado de la calle se encontraba a oscuras. Un coche familiar estaba aparcado en el camino de entrada.

Doña Rosa, la propietaria de la casa, se había trasladado a un apartamento en el centro del pueblo unos años atrás, después de enviudar, y desde entonces la alquilaba durante las vacaciones. Era una de las mayores de la calle, toda esta jalonada por viviendas unifamiliares. Disponía de una tupida enredadera de buganvilla en la fachada y de mimosas en el jardín. La playa estaba a solo cinco minutos a pie. Todo ello hacía que doña Rosa no tuviera dificultades para conseguir inquilinos. Durante el resto del año visitaba la casa con regularidad para atender en persona el jardín, que mantenía siempre en estado impecable. En algunas ocasiones los inquilinos repetían durante varias temporadas, si resultaban ser «de confianza», pero los de aquel verano era la primera vez que la alquilaban.

Podemos verlos mañana, sugirió la mujer cuando volvió al salón. Cenan temprano y después se reúnen para leer.

Él asintió sin interés. El postre permanecía sin terminar en un plato sobre su regazo. Se le descolgaban los párpados. La voz de su mujer sonaba muy lejos.

Ella guardó silencio cuando se dio cuenta de que él se había dormido. Con un suspiro, tomó asiento en una butaca, estiró las piernas y apagó el televisor. Por espacio de largo rato no hizo más que contemplar fijamente a su marido, que había empezado a roncar.

Al día siguiente, por la tarde fueron a pasear por la playa. Después se demoraron a propósito en su jardín arrancando malas hierbas. Estaban a punto de rendirse cuando apreciaron movimiento en el salón de enfrente.

La familia la componían cuatro miembros: padre, madre y dos hijos —chico y chica—, ambos en torno a los dieciséis años. A través de la ventana vieron cómo el padre extraía de un estuche de madera un voluminoso libro encuadernado en piel. Sobre la cubierta distinguieron, a pesar de la distancia, una resplandeciente cruz dorada. El padre tomó asiento, abrió la Biblia por una página marcada con una cinta de tela y dio inicio a la lectura. El resto de la familia se había acomodado a su alrededor y escuchaba atentamente. En un par de ocasiones los hijos rieron, divertidos por algo que decía el texto, mientras el matrimonio, más comedido, intercambiaba una sonrisa antes de que él prosiguiera.

El hombre y la mujer permanecieron en el jardín durante toda la sesión de lectura, aunque en su posición resultaban claramente visibles desde la otra casa.

Al cabo de media hora, su vecino cerró la Biblia. Los hijos se levantaron y abandonaron el salón. Ahora la madre hojeaba una revista, alternando la lectura con comentarios a su marido.

Ellos dos continuaron en el jardín, a la espera de que algo más sucediera. Poco después vieron salir de la casa a la chica. Se había cambiado de ropa. Pasó frente a ellos sin reparar en su presencia.

Más tarde, en la cama, el hombre y la mujer hablaron de lo que habían visto. Se preguntaron quiénes serían aquellas personas. Bromearon acerca de su poco habitual costumbre y, cada vez más interesados, acordaron averiguar más sobre ellos. Después se durmieron abrazados. Hacía tiempo que esto no sucedía.

A la mañana siguiente el hombre vio que su vecino estaba lavando el coche en la calle y aprovechó la oportunidad para presentarse. El vecino resultó ser de trato agradable. Tenía una voz profunda y bien modulada. Aceptó encantado la invitación para que las dos parejas salieran a tomar una copa esa noche. Todavía no conocían a nadie en el pueblo, dijo.

Antes de salir, los vecinos celebraron su habitual sesión de lectura de la Biblia. El hombre y la mujer volvieron a espiarlos, aunque de modo más discreto que la primera vez. Su salón estaba justo frente al de sus vecinos, así que apagaron las luces y los observaron desde la ventana, agazapados entre las cortinas.

Más tarde, en un bar cercano, la esposa de su vecino les pareció tan amigable como él. Los cuatro conectaron con rapidez. Los hombres se turnaron para pagar las rondas. Charlaron y bebieron hasta pasada la medianoche. Regresaron juntos a casa, dando un rodeo por la playa para despejarse un poco.

A partir de entonces se vieron casi a diario.

El vecino y su hijo guardaban gran parecido: apocados y de andar desgarbado; ambos lucían un corte de pelo militar que casaba mal con sus facciones huesudas, endureciéndolas demasiado. De ningún modo se les podía considerar físicamente atractivos.

La madre y la hija, por otro lado, eran bonitas y desenvueltas, moderadamente vanidosas. Se pedían consejos de vestuario. Al margen de las Escrituras, sus únicas lecturas eran publicaciones de moda extranjeras.

El resultado era una familia dividida, en apariencia, en dos mitades: la masculina y la femenina, existentes de forma previa a la creación del grupo. Esta particularidad condujo al hombre y a la mujer a prolongadas especulaciones sin fruto, y aumentó aún más el interés que sentían por sus nuevos amigos.

El hijo de los vecinos era reservado y pasaba la mayor parte del tiempo en su habitación, ocupado en lo que la madre llamaba protectoramente «sus cosas». La chica disfrutaba de modo más abierto de la estancia veraniega. Había formado un grupo de amigas con el que iba a la playa y salía por las noches. Pero cada día, después de cenar, los cuatro se reunían para leer la Biblia. La única excepción tenía lugar los domingos. Ese día la familia acudía a la iglesia, con lo que daba por cumplida su cita diaria con las Escrituras.

Nunca hablaban de ello en público. No mencionaban las creencias que profesaban. Eso quedaba restringido al espacio limitado por las paredes de su casa.

Y el hombre y la mujer nunca revelaron que estaban al tanto de ello. Ni que cada noche los espiaban durante sus sesiones de lectura. Ni que de su observación obtenían un cálido sosiego que se prolongaba durante horas.

Tengo que verlos de cerca, anunció una noche el hombre, incapaz de contenerse.

Él y la mujer estaban apostados en la ventana y en la casa de enfrente se preparaban para la lectura.

¿Qué vas a hacer?

Acercarme. Tendré cuidado, dijo él ya en la puerta. ¿No vienes?

Ella se lo pensó.

Mejor me quedo vigilando.

Vigilando ¿qué?

Vigilando, dijo ella y señaló las figuras del salón de enfrente.

Como quieras.

Desde su puesto en la ventana, la mujer lo vio salir y alejarse calle arriba como si fuera a dar un paseo. Instantes después el hombre regresó por la acera opuesta. Caminaba agachado para ocultarse tras el muro de metro y medio que separaba el jardín de sus vecinos de la calle. La mujer meneó la cabeza. Cualquiera que lo viera sospecharía que tramaba algo.

Su marido asomó la nariz sobre el muro y, cuando nadie de la familia miraba en su dirección, saltó y se dejó caer al otro lado, desapareciendo de la vista de la mujer. Ella supuso que se habría emboscado entre las hortensias que crecían contra el lado interior del muro, y que eran el orgullo de doña Rosa. Las flores tenían un vivo color azul, fruto del alto contenido en hierro de la tierra donde crecían. Antes de plantarlas, doña Rosa se había tomado la molestia de revolver el terreno y verter en él un saco de virutas de acero.

Como se las estropees, pensó la mujer en voz alta, te las verás con ella.

El farol de la entrada estaba apagado y los árboles del jardín lo cubrían todo de sombras. No veía al hombre. Lo imaginó arrastrarse al estilo comando para obtener una mejor línea de visión.

Cuando alguien bajó caminando por la calle, a la mujer se le heló el pecho. Un hombre se acercaba sin prisa, con las manos en los bolsillos. Al llegar frente a la casa de los vecinos, se detuvo. Daba la espalda a la mujer, pero a esta le pareció que miraba el salón de enfrente, donde la familia había iniciado la lectura. El desconocido sacó un cigarrillo y lo encendió sin perder detalle de la escena. Las emociones de la mujer se sucedían con rapidez: en primer lugar, nerviosismo ante el riesgo de que el recién llegado descubriera a su marido; a continuación, algo que luego identificaría como celos, al ver a un desconocido inmiscuirse en un ritual que ella consideraba privado; y por último, extrañeza ante la actitud de sus vecinos, un sentimiento que estos le venían produciendo desde el primer día, pero que la presencia de aquel desconocido enfatizó. Si los vecinos nunca hacían gala de sus creencias religiosas, si incluso parecía que cuando iban a misa lo hacían a escondidas, yendo y volviendo sin entretenerse, ¿por qué cada noche ofrecían ese desusado cuadro doméstico a la vista de todos, invitando a cualquiera que pasara por delante a hacer un alto para observarlos?

Minutos después el desconocido siguió su camino. Al hacerlo dejó libre la visión de la ventana de enfrente, que hasta entonces había obstruido a medias. La mujer descubrió así que se había producido un cambio en el salón de los vecinos. Una de las figuras había abandonado el grupo en torno a la Biblia y su silueta aparecía ahora recortada en la ventana, en posición de firmes. Era el chico. La mujer supuso que había visto al desconocido y se había levantado para correr las cortinas o ahuyentarlo por el simple método de devolverle la mirada.

El chico permaneció en la ventana mientras los demás seguían con la lectura. Giraba la cabeza a un lado y al otro, inspeccionando la calle, y entonces sucedió algo. Su cabeza se paralizó en mitad de un barrido del terreno. Al instante siguiente su silueta se agitaba y señalaba un punto del jardín.

La mujer supo que había descubierto a su marido.

Hubo gran agitación en el salón. Todos se pegaron a la ventana para mirar hacia donde señalaba el chico. Luego se encendió el farol de la entrada y el padre salió lanzando miradas furiosas. Desde el salón el chico continuaba señalando un punto del jardín. El padre se dirigió allí y miró a su alrededor, al parecer sin encontrar nada. En el salón la silueta del chico se encogió de hombros. Un momento después todos estaban fuera.

La mujer se había agazapado aún más tras las cortinas. Suponía que su marido había conseguido escabullirse, pero debía de seguir en el jardín, y, con toda la familia buscándolo, no tardarían en encontrarlo.

Tenía que hacer algo.

Realizando un gran esfuerzo por aparentar calma, salió a la calle.

¿Pasa algo?

Sus vecinos dieron un respingo. Con una mano apoyada en el pecho, la madre se acercó al muro.

Nos ha parecido ver a alguien.

¿Dónde? ¿En el jardín?, preguntó la mujer simulando alarma.

Sí. Lo hemos visto desde el salón.

¿Seguro que era una persona?

Eso creemos. Un hombre.

La mujer cruzó la calle y se aproximó al muro. El jardín rodeaba la casa y el padre y los hijos habían ido a inspeccionar la parte trasera.

Mi hijo lo ha visto allí, señaló la vecina. Estaba escondido detrás de esa acacia.

¿Ha visto quién era? ¿La cara?

No. Solo una silueta.

¿Qué estaba haciendo?

Creo que espiarnos, dijo la vecina, y se agitó presa de un escalofrío.

Yo acabo de ver a alguien corriendo calle abajo. Justo antes de que salierais todos.

¿Sí? ¿Por dónde?

La mujer señaló hacia un extremo de la calle.

Puede que fuera él. Saltaría el muro cuando lo descubristeis.

¿Estás segura?

Era alguien corriendo. De eso estoy segura.

La vecina llamó a gritos a su marido. Cuando este apareció, seguido por los hijos, ella le repitió lo que la mujer acababa de contarle. El marido se había armado con un trozo de tubería y su hijo con un rastrillo. La chica iba detrás de ellos, con los pulgares enganchados en el cinturón y aire de aburrimiento. Mientras la familia hablaba, la mujer lanzaba vistazos disimulados al jardín. No vio rastro del hombre.

Parece que se ha largado, concluyó el padre.

La chica resopló como si lamentara un final tan decepcionante y regresó adentro. El chico devolvió las improvisadas armas al garaje. Los adultos se quedaron hablando de lado a lado del muro.

Es por culpa de este muro, dijo el padre. Es demasiado bajo. Cualquiera puede entrar. En nuestra casa tenemos uno de tres metros, y rejas en la entrada y sistema de alarma.

Estas cosas no pasan por aquí, dijo la mujer en un intento por calmarlos. Es un vecindario tranquilo. Que yo sepa nunca ha habido robos.

Pues solo ha sido cuestión de suerte, declaró el hombre.

Tras desearse buenas noches, regresaron a sus casas. La mujer estaba apenas más tranquila que antes. Su marido seguía sin aparecer. Supuso que permanecía oculto, a la espera de poder abandonar su escondrijo.

Volvió a apostarse tras las cortinas del salón. La familia no retomó la lectura de la Biblia. En sus movimientos se apreciaba nerviosismo y fastidio. Varias veces se asomaron a la ventana para observar el jardín. Hasta dos horas después no se apagó la última luz en la casa. Al cabo de un rato, una sombra se deslizó sobre el muro y, agachada, se alejó calle abajo.

Diez minutos más tarde alguien llamaba a la puerta trasera y la mujer corría a abrir.

Su marido había dado un rodeo para que nadie lo viera pasar de la casa de los vecinos a la suya. Traía un aspecto penoso. Su ropa estaba manchada de hierba y tierra. Las piernas apenas lo sostenían. La mujer lo ayudó a alcanzar una silla.

Cuando el chico lo descubrió, él había corrido a esconderse. Desesperado, se zambulló en la antigua caseta de Yago, el pastor alemán de doña Rosa. La caseta ocupaba un rincón del jardín y estaba camuflada por la sombra de un árbol y una pila de bolsas de basura llenas de hierba segada, que nadie se había molestado en tirar.

Había permanecido en la caseta todo ese tiempo, con las rodillas pegadas a la barbilla y sudando a chorros. Desde allí escuchó la conversación de su mujer con los vecinos y luego el jardín quedó en calma. Fue más o menos entonces cuando recordó que era alérgico al pelo de perro. Los picores arrancaron de inmediato.

Tenía el cuerpo cubierto de ronchas y los ojos irritados. La cara se le había hinchado.

No te rasques, dijo la mujer. Te prepararé un baño.

Poco después el hombre se metía en la bañera.

Tendrás suerte si no has cogido pulgas, dijo ella. Luego vertió gel hipoalergénico en una esponja y empezó a frotar suavemente el cuerpo de su marido.

Tenemos que tener más cuidado, dijo él.

Y añadió:

Has hecho bien en salir a hablar con ellos para distraerlos. Si no, seguro que me habrían encontrado.

Lo hice sin pensar.

Pues ha estado muy bien. Como si hubieras nacido para ello.

La mujer sonrió.

Sí, dijo. Pero tienes razón: tenemos que ir con más cuidado.

Después del baño ella lo ayudó a secarse y le aplicó pomada antihistamínica en la cara. Cuando él se tumbó en la cama con un suspiro, la mujer se acomodó a su lado.

Ahora cuéntame lo que has visto, pidió.

Él desgranó los datos recopilados durante su incursión, como que durante la lectura los hijos asentían en silencio de cuando en cuando, mostrando su conformidad con lo leído; o que si alguno de ellos bostezaba recibía una mirada amonestadora de su madre; o que el padre, mientras leía, en un par de ocasiones se había acomodado disimuladamente los testículos; pequeños detalles que cobraban una dimensión especial gracias al riesgo con que habían sido obtenidos.

Cuéntame más, dijo ella.

Y cuando a él ya no le quedó nada más que contar, repasaron juntos lo sucedido esa noche. Luego ella le preguntó si ya se encontraba mejor, si le había bajado la inflamación del cuerpo. Él dijo que sí y entonces hicieron el amor.

Les fascinaba aquella familia. Cuando las dos parejas salían juntas, el hombre y la mujer no perdían detalle de cada palabra y gesto de los otros. Su vecino era topógrafo y trabajaba para una empresa de construcción civil. Su mujer trabajaba en una tienda de fotografía. Las cejas de él eran anchas e hirsutas. Se depilaba el entrecejo, gesto de coquetería en el que se apreciaba la influencia de su mujer. La nariz de ella parecía demasiado perfecta.

La actitud del hombre y de la mujer combinaba el fanatismo del coleccionista con la indagación detectivesca.

Un día, mientras curioseaba en una librería, el hombre se encontró por casualidad frente a un estante repleto de Biblias. Tomó una con la vaga intención de comprarla. El finísimo papel y el modo como se arrugaba cuando intentaba pasar las páginas le desagradaron de inmediato. El diminuto tamaño de los caracteres le hizo bizquear. Un rápido vistazo al índice —Levítico... 2.º Libro de los Reyes... Abdías... Miqueas... Carta a los Romanos... Carta a Tito...— le llevó a devolver el libro a su lugar, presa de una desazón que creía superada y olvidada hacía largo tiempo.

En lugar de la Biblia compró unos prismáticos.

Diez aumentos. Diseño ultracompacto. Solo ciento setenta gramos de peso, recitó mientras se los enseñaba a su mujer.

Ella asintió apreciativamente. Los estrenaron esa noche. El hombre se hacía el remolón cuando ella le pedía que se los prestara.

A la mañana siguiente la mujer visitó la misma óptica donde él había comprado sus prismáticos. Volvió a casa con unos de modelo profesional, de doce aumentos, diseño ergonómico, enfoque rápido y lentes con revestimiento múltiple para optimizar el brillo y el contraste.

No están mal, reconoció él a regañadientes.

Decidieron reforzar su vigilancia empleando dos líneas de visión. El hombre se quedó con la ventana del salón y ella se instaló en una de la planta superior. Después ponían en común lo que veía cada uno.

En sus respectivos lugares de vigía colocaron un asiento cómodo, y antes de apostarse se proveían de bebida y algo para picar. Para entonces las sesiones de vigilancia iban más allá de la escasa media hora que duraba la lectura de la Biblia.

Vieron al hijo de los vecinos afanarse durante varias noches en montar la maqueta de un biplano. Pegó las piezas. Uniformizó las uniones con masilla epoxídica y las lijó. Aplicó la pintura sirviéndose de un aerógrafo. Cuando la maqueta estuvo terminada la contempló acercándosela mucho a los ojos. Luego se puso en pie y, sosteniéndola con el brazo extendido, recorrió la habitación simulando que volaba.

Una noche vieron besarse a sus vecinos. Estaban en el salón, después de haber terminado por ese día con las Escrituras. El chico estaba en su habitación y la chica había salido. El padre y la madre se besaron durante largo rato en el sofá. En los descansos se susurraban al oído. A los espías se les aceleró el corazón.

Los vecinos se quejaban a menudo de la casa que habían alquilado. Los muebles, decían, eran feos y anticuados. Despotricaban sobre las cañerías, que no dejaban de emitir lamentos; sobre las ventanas, que cerraban mal; y sobre el olor a alfombra mohosa que llenaba la casa. Aseguraban haber encontrado un murciélago en una habitación de la planta superior.

El hombre y la mujer nunca habían estado en la casa, pero, conociendo el meticuloso carácter de doña Rosa, les extrañaron mucho aquellas críticas. Sospechaban que solo eran una disculpa para no invitarlos a su casa. Los vecinos no ponían pegas para salir a cenar o a tomar unas copas o para alquilar una motora y dar un paseo por la costa, pero nunca permitían que alguien ajeno a la familia pusiera un pie en su casa. El hombre y la mujer disimulaban el enojo que esto les producía.

Había un momento de la semana en el que se sentían especialmente excluidos de la vida de sus vecinos: los domingos por la mañana, cuando estos iban a misa. En tales ocasiones el hombre y la mujer se quedaban hasta tarde en la cama y mataban el tiempo como buenamente podían.

Un domingo, en cuanto los vecinos salieron hacia la iglesia y su casa quedó vacía, el hombre y la mujer cruzaron la calle, se aseguraron de que nadie los miraba y saltaron el muro del jardín.

Verificaron si la puerta estaba cerrada. Lo estaba. Y también todas las ventanas. Fueron a la parte trasera. Aquella zona del jardín estaba protegida por sus tres costados por un seto de ciprés de tres metros de alto. Ninguno de los dos había estado antes allí, con la salvedad de la noche en que el hombre se había escondido en la caseta de perro, pero entonces la oscuridad y la urgencia de la situación no le habían permitido ver nada.

Los vecinos empleaban esa parte del jardín como segunda sala de estar. Había tumbonas de lona y una mesa con botellas de cerveza vacías y vasos con restos de bebidas, algunos manchados de carmín. También había un cenicero repleto de colillas. La brisa empujaba las páginas de los *Vogue* y *Elle* que la vecina y su hija leían y que estaban esparcidos por la hierba, alrededor de los asientos. En un rincón había una ducha de jardín y de ella colgaban las piezas de un biquini rosa chicle.

Se los imaginaron allí sentados, bebiendo y conversando con indolencia. El padre y la madre un poco achispados. Los hijos, avergonzados y regañándolos. Pero luego todos reirían.

La mujer estudió el seto. Con cuidado apartó las ramas para comprobar cómo era de espeso.

Cuando se volvió, vio a su marido repantigado en una de las tumbonas, mirando a su alrededor satisfecho. Se había puesto unas gafas de sol con cristales de espejo que había encontrado abandonadas en la hierba.

Siéntate un rato, dijo él. Todavía tenemos tiempo.

* * *

Esa tarde, después de comer, el hombre se quedó amodorrado delante del televisor. La mujer aprovechó la ocasión para salir de casa sigilosamente.

La vivienda de los vecinos lindaba por su parte trasera con un solar vacío. Estaba cerrado por una valla de cañizo, pero a la mujer no le costó trabajo abrir un hueco por donde colarse.

Le bastó un vistazo para entender la altura del seto plantado por doña Rosa en la parte trasera de su casa. El solar estaba tomado por la maleza y sembrado de basura. Varios gatos se escabulleron nada más verla. Esquivó botellas rotas y excrementos renegridos hasta llegar al seto. Con cuidado, apartó las ramas. Abrió una mirilla por la que atisbó el jardín trasero. La vista era perfecta.

Fabricó un nido entre la maleza del solar: su nuevo puesto de vigía. Cuando lo visitaba se cuidaba de que nadie la viera entrar o salir. Y por supuesto de que sus vecinos tampoco la vieran ni la oyeran. Por si acaso evitaba la ropa de colores llamativos.

A su marido no le dijo nada. Se reservaba para ella lo que veía.

Una mañana, mientras volvía del supermercado, sintió un impulso repentino, dio un rodeo y se deslizó en el solar. No había nadie en el jardín. Decidió esperar un poco. El puesto de vigía olía mal, había moscas y nada que le permitiera guarecerse del sol. Se enjugaba el sudor con pañuelos de papel. Al cabo de un rato vio aparecer a su vecino, que volvía de la playa. Este dejó caer al suelo una toalla y una novela de bolsillo. Preguntó alzando la voz si había alguien, lo que hizo que a la mujer se le erizara el cabello de la nuca. Al no haber respuesta, se dirigió a la ducha que había en un rincón. La mujer lo vio quitarse el bañador. Se duchó empleando las manos para frotarse el cuerpo. Se llenó la boca de agua, hizo gárgaras y escupió en la hierba. Después se quedó en el jardín, desnudo, con los pies separados y las manos en las caderas, dejando que el sol lo secara. Estaba justo frente a la mirilla de la mujer, de cara a ella.

Cuando salió del solar, la mujer estaba bañada en sudor. A mitad de camino tuvo que dar media vuelta. Se había olvidado las bolsas de la compra.

Su vecino nunca le había resultado atractivo, pero contemplarlo de aquel modo, desnudo a la intemperie, con su pene reaccionando a los rayos del sol, mientras ella permanecía emboscada entre arbustos y basura, le había hecho sentirse excitada y cohibida a partes iguales. Dejó pasar tres días antes de volver al solar.

Se asomó a la mirilla. El hijo de los vecinos estaba en una tumbona. No hacía nada. Parecía limitarse a esperar. También parecía nervioso. Se llevó una mano frente a la boca y exhaló para comprobar si le olía el aliento.

Al cabo de un minuto, su hermana salió de la casa.

Se han ido a la playa, dijo.

¿Estás segura?

Claro que sí, respondió ella. Hazme sitio, dijo, y se sentó junto a él en la tumbona.

La chica suspiró y añadió:

Bien, vamos allá.

Se inclinó hacia su hermano y lo besó en la boca.

Fue un beso ni largo ni corto. Cuando ella se apartó, su hermano mantuvo los ojos cerrados. La chica se pasó el dorso de la mano por los labios.

Ahora tú, dijo.

Esta vez le tocó al chico tomar la iniciativa. Se lanzó hacia ella con demasiado ímpetu, lo que provocó una queja. Lo intentó de nuevo más calmadamente. Este beso fue un poco más largo. De nuevo fue la hermana quien le puso fin.

Ahora ya sabes cómo se hace, dijo dándole una palmadita en el muslo. Y ahora yo también me voy a la playa.

El chico se quedó en el jardín. Se pasó la lengua por los labios. Se estiró en la tumbona y miró a su alrededor para asegurarse de que su hermana se había ido. Después se desabrochó los pantalones y con un sentido suspiro empezó a masturbarse.

Al principio, la mujer apartó la mirada.

El hombre no tenía un puesto de vigilancia privado. Él había llevado su labor de observación a campo abierto. Seguía a la hija de los vecinos.

Resultaba complicado porque ella lo conocía y, viviendo en un pueblo pequeño, también mucha otra gente, y un comportamiento que se apartara de lo normal habría llamado pronto la atención. Optó por un proceder casual. No seguía propiamente a la chica, sino que frecuentaba los lugares donde era probable que se encontrara con ella. Un par de veces no pudo evitar que lo descubriera. Él la saludó y simuló seguir a lo suyo. Uno de esos encuentros se produjo un sábado por la tarde, en un supermercado al que la chica y sus amigas habían ido a aprovisionarse de bebida para esa noche.

Mientras él se alejaba, después de haberle recomendado una marca de cerveza mejor que la que ella había escogido, oyó que una de las amigas preguntaba a la chica:

¿Quién es ese viejo?

Y que esta respondía:

Nadie.

El hombre y la mujer no tenían plan para esa noche. Los vecinos les habían anunciado que se quedarían en casa. Al parecer ella tenía migraña.

Tras asistir a distancia a la sesión de lectura de la Biblia, el hombre dijo que le apetecía salir a estirar las piernas. La mujer respondió que prefería quedarse, y él se alegró.

Fue a la playa, donde los jóvenes acostumbraban a reunirse las noches de fin de semana. La arena estaba sembrada de grupos, localizables por las brasas de cigarrillo que levitaban en la oscuridad.

El hombre recorrió el paseo que bordeaba la playa. Sabía qué zona les gustaba a la chica y sus amigas: el extremo más alejado del pueblo, donde la concentración de viviendas era menor y también donde menos luz había. Identificó el grupo y tomó asiento en un banco. Llevaba sus prismáticos en el bolsillo; una ventaja de que fueran ultracompactos, a diferencia de los de su mujer. Los llevaba solo por si acaso; en realidad no le hacían falta. Para entonces estaba lo bastante familiarizado con la silueta y la gestualidad de la chica como para distinguirla sin problemas.

De las carcajadas que provenían del grupo, cada vez más ruidosas gracias al alcohol, varias eran masculinas. Una pareja se apartó de los demás y buscó un rincón discreto donde tumbarse. Poco después otra siguió sus pasos. El hombre continuó esperando. En la tercera pareja que se levantó distinguió a su chica. También reconoció la silueta que la acompañaba: el novio que, para amenizar el verano, se había echado nada más poner el pie en el pueblo.

Los vio trastabillar hasta una hilera de patines acuáticos varados en la orilla. Se tumbaron entre dos de ellos. Con disimulo, el hombre sacó los prismáticos y echó un vistazo para comprobar si hacían lo que él pensaba que hacían. Y así era. Volvió a guardarlos. No necesitaba ver de cerca lo que estaba pasando, le bastaba con saber que sucedía y con estar allí, vigilando.

Se reclinó y estiró un brazo sobre el respaldo del banco. Vio a la pareja cambiar de postura. La silueta de ella se montó sobre la de él.

Yo… soy… nadie, susurró el hombre. No puedes verme. Pero yo sí te veo a ti.

A unos metros de allí había una explanada que servía como aparcamiento. Desde uno de los coches, la mujer, con sus prismáticos profesionales, vio moverse los labios del hombre y la sonrisa satisfecha que dibujaron a continuación.

En cuanto él había salido de casa, ella había sentido la picazón de entregarse a algo privado y censurable. No le apetecía seguir espiando a sus vecinos por la ventana. Eso había perdido toda la emoción después de sus incursiones en el solar. Pero tampoco le apetecía ir allí en ese momento. Nunca había estado en el solar de noche y, aunque sabía de memoria el camino hasta el puesto de vigía, podía tropezar con algo y alarmar a los vecinos.

Sin necesidad de haber seguido antes a la chica, basándose en lo que sabía de ella, dedujo que un sábado por la noche la encontraría en la parte más oscura de la playa. El aparcamiento que había al lado sería un buen lugar de observación. Escribió una nota informando al hombre de que ella también había ido a dar un paseo, cogió sus prismáticos y sacó el coche del garaje.

Se sorprendió solo a medias al ver a su marido. Su presencia allí le confirmó la de la chica. Al abrigo del coche barrió la arena con los prismáticos. Localizó a la pareja entre los patines. No pudo distinguir si la chica era la hija de sus vecinos, pero se dijo que era ella. Era lo que cuadraba con la situación.

Sí le sorprendió no ser presa de los celos. La amargura que le estrujaba el pecho provenía más bien de que su marido se dedicara a espiar por su cuenta. Pero ella había hecho lo mismo desde el solar.

Gracias a los prismáticos, apreció los experimentados movimientos de la chica y el modo como dirigía la acción. Cuando terminaron, se sacudió la arena y se acomodó la ropa. Después volvió junto a sus amigas, que la recibieron con ovaciones alcoholizadas. El novio se quedó tumbado entre los patines, como si le hubiera absorbido toda la energía.

El hombre se puso en pie y emprendió el regreso.

La mujer esperó a que se alejara un poco para poner el coche en marcha. Llegó a casa antes que él y tiró la nota que le había escrito.

Cuando él entró, encontró a la mujer en la cama. Se desprendió de la ropa y se deslizó a su lado. Tal como ella había imaginado, llegaba dispuesto. Y ella también lo estaba. Se colocó encima e imitó los movimientos de la chica, lo que tuvo el efecto inmediato de acelerar el ansia de su marido.

Poco después yacían contemplando el techo. El pecho del hombre subía y bajaba mientras recobraba el aliento.

¿Estabas allí?, preguntó.

Ella dijo que sí.

¿Me has seguido?

No. Ha sido una casualidad. Iba por la chica.

Yo también.

Me he dado cuenta.

¿Te importa?

No. ¿Y a ti?

¿El qué?

Que haya estado allí. Que te haya visto.

No, dijo él, no me importa.

* * *

La mujer se despertó en mitad de la noche. Él roncaba. Fuera descargaba una tormenta de verano. Había sido el ruido de la lluvia lo que la había despertado. Se levantó para ir al cuarto de baño. Al pasar ante la ventana del dormitorio algo la hizo detenerse y mirar hacia fuera.

La lluvia caía recta, como plomo líquido. La casa de los vecinos estaba a oscuras, pero en la ventana del salón vislumbró una silueta. Permanecía inmóvil y parecía escudriñar la calle, o la casa de enfrente, la del hombre y la mujer. No pudo identificar la silueta, aunque por su estatura creyó que se trataba del padre o del chico.

La mujer se apartó de la ventana y se pegó a la pared. Al cabo de un momento se asomó con cautela. La silueta seguía allí. Parecía estar mirándola a ella. Un escalofrío le recorrió la espalda. Volvió a apartarse. Cuando se asomó de nuevo, la silueta continuaba donde la había dejado. La mujer observó a escondidas. Se dijo que alguno de sus vecinos no podía conciliar el sueño y mataba el tiempo mirando por la ventana. Después se dijo que no tenía ningún motivo para ocultarse como lo estaba haciendo. Estaba en su casa, se había levantado en mitad de la noche y contemplaba la tormenta. No había nada malo en ello. Abandonó su escondrijo y se plantó frente a la ventana.

No supo cuánto tiempo se quedó allí, sin apartar la vista de la silueta y sin saber si esta de veras la miraba a ella. Ninguno se movía. Hasta que la mujer no pudo resistirlo más y alzó una mano en un gesto de saludo. La silueta continuó inmóvil y ella se dijo que no la había visto.

Cuando se levantó a la mañana siguiente lo primero que hizo fue echar un vistazo a la casa de los vecinos. Estaba en calma. Era domingo, así que supuso que habrían ido a misa. Seguía lloviendo, aunque a ritmo más pausado que por la noche. Las nubes parecían posadas sobre los tejados. Era una mañana para quedarse en casa.

Preparó el desayuno mientras su marido se duchaba. A mediodía seguían en la mesa de la cocina, en pijama y bata, tomando café. El marido se desperezó y llevó su taza al fregadero.

¿Te apetece ir a algún sitio?, preguntó.

Ella dijo que no.

Aburrido, el marido salió de la cocina, pero volvió al cabo de un momento.

Doña Rosa está en el jardín de los vecinos, anunció. En su jardín, mejor dicho.

¿Qué hace?

Me parece que pasarle revista.

Se asomaron a la ventana del salón. En el jardín de enfrente, doña Rosa, protegida de la lluvia por un chubasquero, inspeccionaba los parterres. No había rastro de los vecinos.

¿Vamos a ver?, propuso él.

Claro que sí.

Se vistieron a toda prisa y cruzaron la calle simulando indiferencia.

Buenos días, dijeron.

Ella les dedicó un breve saludo. Luego señaló el jardín.

Mirad cómo está todo.

Se asomaron sobre el muro.

¿Qué tenemos que mirar?

¡Las flores! No las han regado. Menos mal que está lloviendo. Porque ellos no las han regado nunca. Y mira que se lo dije. Les pedí que lo hicieran. ¡Mirad las flores!, exclamó señalando la mata de hortensias que crecía contra el muro.

Efectivamente, las hojas colgaban mustias por la falta de agua y las flores habían perdido su color habitual.

Pero ¿dónde están los inquilinos?, preguntó el hombre, confundido.

Se han ido, respondió doña Rosa. Los dos la miraron sin comprender.

¿Cómo que se han ido? ¿Cuándo?

Esta mañana. O esta noche. No lo sé. He encontrado en el buzón las llaves y una nota donde decían que se iban.

¿Así, sin más?

Así, sin más.

Pero ¿por qué?

No lo sé. En la nota no había explicaciones.

El hombre y la mujer no sabían qué pensar. Doña Rosa seguía lamentándose por sus flores.

No las han regado nunca, decía con la voz rota por la indignación. Creo que se lo expliqué bien.

¿De veras no han dicho nada? ¿No han dejado una dirección o número de teléfono?, insistió la mujer.

Nada. Siempre fueron ellos los que se pusieron en contacto conmigo. ¡No hay derecho! ¡No hay consideración!

Dieron media vuelta y la dejaron en el jardín sin prestar atención a sus lamentos. Se encaminaron a su casa en silencio. La duda de si ellos habrían sido causantes de la marcha de los vecinos les rondaba la cabeza sin que ninguno se atreviera a plantearla en voz alta. La mujer recordó la silueta de la noche anterior: un centinela encargado de avisar a los demás cuando el terreno estuviera despejado. Los imaginó moverse por la casa a oscuras, hablar en susurros, cargar su equipaje en el coche y alejarse calle abajo, bajo la lluvia, antes del amanecer.

Se desplomaron en un sofá. Al cabo de un rato el hombre preguntó:

¿Qué vamos a hacer?

Transcurrió un rato más hasta que la mujer pudo decir algo. La idea de no contar con los vecinos le hacía temblar de angustia. Ya no tendrían nada para ocupar el tiempo. Y a esas alturas del verano era difícil que doña Rosa volviera a alquilar la casa, que permanecería vacía hasta un año después.

Tenemos que encontrarlos, dijo.

Sabían dónde vivían, en qué ciudad. Sabían sus nombres pero no sus apellidos. La suya había sido una de esas amistades pasajeras que pueden prolongarse durante meses o años, pero donde los apellidos no resultan necesarios. Sabían que él era topógrafo y para qué empresa trabajaba. También sabían que ella estaba empleada en una tienda de fotografía. Y sabían alguna cosa más. Había por dónde empezar.

El hombre había seguido la misma línea de pensamiento que ella, porque dijo:

Supongo que podríamos dar con ellos. Podemos contratar a alguien.

No lo necesitamos, respondió la mujer. Los buscaremos nosotros.

Y dicho esto se puso en pie con energías renovadas y fue a la ventana. El hombre la siguió. Había dejado de llover y las nubes empezaban a abrirse. Doña Rosa apilaba bolsas de basura en el camino de entrada de la casa. La anciana renqueaba y hablaba sola. Por lo visto los inquilinos no se habían molestado en limpiar antes de irse.

¿Crees que solo sabe lo que nos ha contado?, preguntó el hombre.

Ella meneó la cabeza.

Por supuesto que no, dijo. Yo pienso igual.

Y puede que en la casa hayan dejado alguna pista.

Sin una palabra más salieron a la calle.

El sol asomaba entre las nubes y se reflejaba con violencia en el asfalto mojado. Doña Rosa quedó deslumbrada cuando vio a aquella pareja que avanzaba hacia ella hombro con hombro, como una sola persona, dispuesta a arrancarle todo lo que sabía.

BELÍGERO

Después de varios días llegó la nieve y la chica abrió su puerta una mañana y se encontró cara a cara con el zorro. El animal se detuvo con una pata en el aire. El afilado hocico apuntó a la chica. Ella se quedó en el umbral recibiendo de frente el frío de la mañana. Caían unos copos dispersos. Las patas del animal se hundían hasta la mitad y su cola permanecía suspendida sobre la nieve, apenas rozándola. Intercambiaron una larga mirada. Luego el zorro se alejó con un trote elegante. Antes de desaparecer en un soto de castaños volvió la vista sin frenar su avance. La chica siguió inmóvil a pesar del calor que se escapaba por la puerta abierta. Tenía la certeza de haber experimentado un momento especial, de una trascendencia inequívoca, en grado aún por determinar.

Antes de instalarse en la casa, con los campos sin cultivar como única compañía, la chica pensaba que, si alguna vez tuviera que prescindir de uno de sus sentidos, sería el del oído. Ya no pensaba igual.

El hombre que le alquiló la casa la había mirado de la cabeza a los pies y luego su escaso equipaje.

¿Va a pasar aquí el invierno?

Vaciló antes de preguntar. Le costaba decidir entre tutearla o tratarla de usted.

Sí. Todo el invierno.

Él asintió y volvió a escudriñarla. La chica llevaba ropa cara pero de poco abrigo, un jersey que le llegaba hasta medio muslo y unos *leggins* de látex. Después la instruyó sobre el manejo de la caldera.

Si necesita algo, deje un mensaje en la tienda del pueblo. Me lo harán llegar, dijo el hombre.

La casa no tenía teléfono y la cobertura del móvil era débil y fluctuante.

Antes de despedirse, el hombre dirigió una mirada al utilitario color lima de ella, escorado en el camino de tierra que pasaba frente a la casa.

Al menos tendrá cadenas.

Por supuesto.

Se volvieron para contemplar un rebaño de ovejas que bajaba por el camino en dirección al pueblo. Medio cuerpo del pastor asomaba de la masa lanuda. El hombre lo saludó con la cabeza y el pastor contestó de igual modo. Vieron desfilar las ovejas. Cuando todas hubieron pasado, el hombre se volvió hacia la chica.

Bueno, dijo.

Bueno, respondió ella.

Cuando se quedó sola empujó la mesa del salón para colocarla junto a la ventana. Dispuso en ella bolígrafos, un diccionario y un diario en blanco. Planeaba escribir una crónica de su retiro.

Aquella primera tarde bajó al pueblo. Compró comida para varios días y unas cadenas.

Después del sexto intento desistió de encender la cocina de gas. Tomó una cena fría en el salón mientras veía anochecer por la ventana. El cielo pasó del gris al gris más oscuro y luego al negro. No había luna ni estrellas.

Al día siguiente limpió la casa y cambió la bombona de gas y frotó la grasa incrustada en los fogones y por fin pudo comer caliente. En nuevas visitas al pueblo se aprovisionó de todo lo que necesitaba. Compró unas botas, compró calcetines de lana, compró ropa interior térmica, compró una linterna, compró velas y cerillas, compró un cerrojo para la puerta y las herramientas necesarias para instalarlo, compró un botiquín.

Extendía una colchoneta en el salón y practicaba yoga.

Durante días, hasta la visita del zorro, no escribió nada en el diario. Nunca antes había tenido uno y pensaba que, como si fuera una novela, debía arrancar con un hecho relevante. Entonces apareció el zorro. Lo interpretó como una señal para empezar a escribir. Tomó asiento frente a la ventana y abrió el diario por la primera página. Puso en el papel el encuentro con el animal. La mirada de reconocimiento del zorro. Los movimientos controlados. A través de la rememoración distinguió en todo ello una cualidad que trascendía lo meramente físico.

El zorro estaba esperándola al otro lado de la puerta. Deseaba presentarse. Hacerla sabedora de su presencia.

Más tarde ese día, cogió su mochila y bajó al pueblo a pie. Había dejado de nevar. El cielo se había abierto y brillaba un sol desprovisto de calor pero que rebajaba el impacto de la nieve. Se ayudó de un bastón con punta de hierro que había encontrado en un armario. El camino discurría entre rastrojales y concentraciones de castaños que en las cercanías del pueblo daban paso a campos para el pasto y el cultivo del maíz. Llevaba la cabeza envuelta apretadamente en una bufanda, abierta apenas una franja por donde asomaban los ojos.

En la tienda de ultramarinos dejó en el mostrador una lista con lo que necesitaba. Mientras le preparaban el pedido llamó a su hermana desde el teléfono público que había en la tienda.

Soy yo, dijo. Estoy bien… No, no te voy a decir dónde estoy… Por favor, no insistas… Durante un tiempo. No sé cuánto todavía… Te mantendré al tanto… No, no hay ningún número de teléfono. Yo te llamaré.

Después escuchó unos momentos y dijo:

¿Sí? ¿Él en persona?… ¿Cuándo ha llamado?… No, es mejor que no le digas nada… Y a los demás tampoco… Quiero dejarlo. Definitivamente. O al menos por un tiempo. Ya veré lo que hago después… Sí, yo te llamaré. Te lo prometo… ¿Qué tal estás tú? ¿Alguna novedad en trabajo?

Volvió a escuchar y mientras lo hacía se le fue frunciendo el ceño.

¿De veras? Suena bien. Es un proyecto interesante... ¿Con él?... No, claro que no me importa. ¿Por qué iba a importarme?... No es un mal jefe. No del todo. Me alegro por ti, de verdad... ¿Qué día se emite?... Aquí no tengo televisor, pero intentaré verlo... Me alegro mucho, hermanita. De verdad...

Colgó.

La dependienta la miraba desde el mostrador.

¿Ya está todo?, preguntó la chica.

Faltan un par de cosas.

Curioseó en un expositor de novelas de bolsillo hasta que el pedido estuvo listo. Acomodó las compras en la mochila y emprendió el regreso. El camino fue más duro ahora, cuesta arriba y cargada. No dejaba de lanzar vistazos al cielo, que había vuelto a cubrirse. Empezaron a caer salivazos de nieve. Hizo el último trecho bajo una tupida nevada.

Antes de acostarse dejó unos restos de pollo en el banco de madera sin desbastar que había contra la fachada de la casa.

A la mañana siguiente un rastro de huellas se acercaba al banco y otro se alejaba. Los restos habían desaparecido. La chica salió a la calle con el diario para copiar las huellas. Eran un poco mayores que las de un gato. Cuatro dedos terminados en uñas. El resultado no fue elocuente. Dibujar no se le daba bien. Además, temblaba y tenía los dedos entumecidos.

Nevó de forma intermitente durante días. Cuando no estaba nevando, llovía. El camino se convirtió en un barrizal.

Intentaba distraerse con el yoga, pero no era una practicante versada. Le costaba alcanzar la concentración necesaria. La ropa de abrigo que llevaba incluso dentro de casa entorpecía sus movimientos.

Cada noche dejaba comida para el zorro. Por las mañanas había desaparecido. Solo en un par de ocasiones la encontró intacta y congelada. Registraba estos pequeños hechos en su diario.

Tenía mucho tiempo libre. Intentó describir en el diario el paisaje que rodeaba la casa, pero a las pocas líneas la tarea se le hizo insuperable. No encontraba las palabras adecuadas. Le irritaron las frases inconexas y tachaduras que deslucían las páginas. Los que se retiran en busca de comunión con la naturaleza llevan un diario. Son hechos ligados, pensaba ella. El diario les permite alcanzar un mayor conocimiento de sí mismos. Esas personas identifican los gorjeos de los pájaros, registran las variaciones de caudal de los arroyos, narran enfrentamientos entre hormigueros vecinos. Ella ignoraba los nombres de las plantas y también de las herramientas que usaba para hacer reparaciones en la casa. Cuando iba a la ferretería explicaba lo que quería mediante mímica.

Acabó escribiendo solo sobre el zorro: un escueto listado de fechas, comidas ofrecidas y crujidos nocturnos.

Se aburría.

La siguiente vez que fue al pueblo compró cinco novelas del expositor de la tienda. Pasó los días siguientes en la cama, cubierta de mantas, devorando los libros. Daba un respingo cada vez que un bloque de nieve se desprendía del alero de la casa y caía al suelo con un sonido a la vez blando y fuerte.

En la fecha que le había dicho su hermana, se embutió en ropa de abrigo y caminó hasta la casa más próxima, a un kilómetro de la suya y situada al pie del camino. No sabía quién vivía en ella, pero al pasar por allí en sus viajes al pueblo le había parecido oír un televisor.

La casa tenía estructura de madera. La planta inferior, la antigua cuadra, parecía abandonada. Unas escaleras sin pasamanos llevaban a la planta de arriba. Subió y llamó a la puerta.

Adelante. Está abierto.

Dentro hacía casi el mismo frío que en la calle. El dormitorio, el salón y la cocina ocupaban una única estancia de paredes violetas. En un rincón, acomodada en un sofá, reposaba una anciana diminuta. Contemplaba a la chica con una sonrisa plácida, como si la hubiera estado esperando. Frente a ella había un televisor con el volumen anulado. Al alcance de su mano tenía una mesilla con el mando a distancia, un teléfono, pañuelos de papel y un cuenco de caramelos.

La chica se presentó y empezó a explicar el motivo por el que estaba allí. Cuando iba por la mitad, la anciana, sin dejar de sonreír, la interrumpió alzando una mano arrugada. Estaba un poco sorda, debía hablarle más alto. La chica volvió a empezar.

Su hermana iba a salir por la televisión, presentaba la sección de debate en un magazine vespertino. Ese día era su debut. A la chica le gustaría verlo, pero en su casa no tenía televisor.

La anciana se ilusionó ante la idea de que la hermana de alguien que visitaba su casa fuera a salir en la televisión. Aseguró que eso nunca había pasado. Aplaudió emocionada e invitó a la chica a sentarse junto a ella.

¿Cuándo dices que empieza?

En diez minutos.

La anciana pulsó un botón del mando a distancia. El sonido del televisor llenó la habitación haciendo que la chica diera un bote en su asiento. El volumen estaba casi al máximo, si no al máximo. No era extraño que lo hubiera oído cuando pasaba por el camino.

Después del silencio en que había vivido los días anteriores, la música y las voces del televisor le parecieron hirientes. De no haber sido por su deseo de ver a su hermana, habría huido de allí.

Hasta que empezó el programa, exploró la habitación con la vista. Había una cama grande con armazón de hierro, sobre la que colgaba la fotografía de un hombre de mirada bizca. La cocina estaba limpia. Un radiador eléctrico a los pies de la anciana producía un liviano cerco de calor. La habitación olía a algo intermedio entre flores secas y madera vieja.

Una sintonía musical anunció el comienzo del programa y durante la siguiente hora la chica se abstrajo de cuanto la rodeaba, concentrada en el aspecto, gestos e intervenciones de su hermana, que valoró sin concesiones.

Cuando terminó el debate, la anciana pulsó un botón del mando y el aparato volvió a enmudecer. Un silbido agudo pervivió en los oídos de la chica.

Tu hermana es muy guapa.

Sí.

Es más joven que tú.

Sí. Un poco.

Tú también eres muy guapa. ¿Has salido en la televisión?

Bastante. Pero ya no.

La chica se levantó y dio las gracias a su anfitriona. No quería que la conversación se alargara. Había empezado a dolerle la cabeza.

¿Cuándo vuelven a poner el programa?, quiso saber la anciana.

Todos los días, de lunes a viernes. A la misma hora. La respuesta pareció hacer muy feliz a su anfitriona.

Puedes venir mañana a verlo también. Puedes venir cuando quieras.

La chica asintió, volvió a dar las gracias y se fue.

El tiempo experimentó una leve mejoría; seguía haciendo frío, pero la nieve desapareció y la lluvia concedía una tregua por las mañanas, antes de presentarse puntualmente a media tarde. La chica daba paseos cada vez más largos, venciendo la aprensión que había sentido los primeros días al alejarse de la casa. Continuaba dejando comida para el zorro y él seguía acudiendo por ella, pero no volvió a dejarse ver.

Le dejó huesos de chuleta con carne abundante. Le dejó media cazuela de macarrones. Le dejó carne picada. Le dejó una caja entera de queso dietético en porciones.

No ver al zorro no disminuyó el interés que sentía por él. Todo lo contrario. Esa circunstancia no hizo más que aumentar el aura mística que le atribuía. Si la casa hubiera estado vacía, el zorro no se habría aproximado. Si hubiera estado ocupada por otra persona que no fuera la chica, tampoco lo habría hecho. En ese caso quizá se habría acercado otro animal.

Por las noches conciliaba el sueño gracias a que el zorro velaba por ella.

¿El peinado ha sido idea tuya? Es muy original. Me gusta... Te digo que me gusta... Y tus preguntas, en general, también... No hagas caso de los guionistas... Déjate llevar por la situación. Te indicará lo que debes decir en cada momento... Fíate de tu instinto...

La anciana se alegraba de recibirla a diario. La puerta estaba siempre abierta cuando llegaba la chica. Nunca vio a la anciana fuera del sofá. Veían juntas el programa. El sonido del televisor reverberaba en la habitación.

La hermana de la chica ocupaba una silla de diseño en el centro del plató. El asiento y el respaldo consistían en una única malla de alambre cromado. La chica se asombró de conocer su nombre: silla Bertoia. Y de haber pasado toda una tarde, meses atrás, peregrinando de mueblería en mueblería para comprar una. No lo consiguió. Tuvo que inscribirse en una lista de espera.

Vio a su hermana cruzar las piernas para ocultar una carrera en la media hecha con el alambre.

Después del programa se quedaba unos minutos, cediendo a las peticiones de la anciana. Esta le habló de su difunto marido, el hombre bizco de la fotografía.

Trabajaba en la mina de cinabrio, en las montañas.

Hizo un gesto con la cabeza señalando hacia la ventana y más allá.

¿Sabes qué es el cinabrio?

La chica reconoció que no lo sabía.

Es un mineral del que se saca mercurio. ¿Sabes qué es el mercurio?

Claro.

La anciana contó que bajaban el cinabrio de la montaña con yuntas de bueyes, hasta unas naves cerca del pueblo, donde tostaban el mineral para extraer el mercurio. Contó que había visto las redomas con el insólito metal líquido, tan excepcional que parecía de otro mundo, mientras las cargaban con infinito tiento en viejos camiones Ford. Contó que los bueyes que esperaban a la entrada de las naves mecían sentidamente las cabezas ante la visión del azogue, dando muestras de un conocimiento pasado.

Mi marido murió de pulmonía, una primavera. Era duro el trabajo en la mina. Y también en las naves. Muchos acababan lisiados o locos.

¿Locos?

Sí. Locos. Hija mía.

Después de sus conversaciones con la anciana, la chica acababa aturdida y con dolor de cabeza. Se despedía rápidamente, rechazando las invitaciones para que se quedara un poco más. Se preguntaba en qué ocupaba la anciana el resto del día, si hablaría sola. Se preguntaba cómo sería vivir aislada tanto tiempo como para abrir la puerta al primero que llamara. Se dijo que ella nunca llegaría a ese punto.

Volvió a nevar.

No llores… No llores… A mí me parece que estás bien. Se te ve estupenda… ¿Eso te ha dicho él?… No le hagas caso. Olvídalo y olvídale… Sí, lo siento. Ya sé que no puedes… No se me ocurre ningún consejo… De verdad… Te aseguro que no retengo nada… Yo creo que estás bien. ¿Qué marcan las audiencias?… No está nada mal… ¿Eso también te lo ha dicho él? ¿De verdad?… No es cierto. Se equivoca. Yo no lo haría mejor que tú.

Esa noche, después de hablar con su hermana, le costó conciliar el sueño. Deambuló por la casa con una manta sobre los hombros y mordisqueando regaliz. Tras las ventanas solo se veía una oscuridad recia. Algunos cristales bailaban en los marcos y el frío se colaba por las grietas. Empezó una nueva lista de la compra escribiendo masilla. Fue al cuarto de baño, donde estaba el único espejo de la casa. Se estudió detenidamente la papada. Introdujo una mano bajo el grueso pijama de lana y se palpó la carne de la cintura.

Acababa de meterse en la cama cuando unos gruñidos la sobresaltaron. Fuera peleaban dos animales. Uno era el zorro, decidió sin dudarlo. El enfrentamiento no se prolongó mucho. Hubo un gañido largo y agudo que atravesó la noche y luego todo quedó en silencio.

Aguardó bajo las mantas. No hubo más ruidos. El mundo exterior permaneció en silencio y ella no tardó en dormirse. Soñó con carne cruda y una oscuridad espesa que se le adhería a los dedos.

A la mañana siguiente encontró la nieve revuelta frente a la puerta de la casa y huellas entremezcladas de zorro y de otra bestia que no reconoció. También había sangre. Su zorro la había protegido.

A veces pensaba en el último de sus novios. Trabajaba en una sala de edición de la cadena. Siempre escogía el turno de noche. Ella lo visitaba cada vez que tenía oportunidad. La sala estaba en penumbra, iluminada por el parpadeo de los monitores y mecida por un murmullo electrónico. El chico tenía los brazos tatuados desde el hombro hasta la muñeca. Escondía vodka y vasos de papel en un cajón. Ella llevaba galletas saladas. Él siempre le enseñaba en lo que estaba trabajando.

Recordaba un documental sobre el Polo Norte. Un grupo de científicos perseguía osos blancos para trazar sus áreas de acción en la banquisa. Explicaban que durante el periodo de hibernación los osos polares pasan cuatro meses sin orinar ni defecar. El organismo de cualquier otro animal se envenenaría mucho antes. Luego, tras el letargo, están hambrientos y son extremadamente agresivos.

A la chica le gustó esa imagen de los osos: tan encantadores en su blancura como letales.

El chico abrió otro archivo y el primer plano de un oso ocupó la pantalla. Había sido tomado con teleobjetivo. El blanco pelaje estaba manchado de sangre de foca y de las fauces colgaba algo largo y oscilante que podía ser un tramo de intestino.

En otras imágenes uno de los científicos se acercaba a una guarida abandonada buscando rastros de oseznos. Lo hacía con cautela, golpeando el suelo con una pértiga para advertir de su presencia y asegurarse de que la guarida estaba vacía. Lo explicaba dirigiéndose a cámara con una sonrisa que no ocultaba su miedo. Le temblaba la voz.

La chica no se acordaba del apellido de su novio. Ni de su edad. Se la había preguntado una vez, al principio. Era más joven que ella, pero no demasiado, no tanto como para ser un problema.

No se había despedido de él. Quizá ya compartiera su vodka con otra.

No había pensado en los osos polares cuando se retiró a la casa alquilada. Ni siquiera los recordaba. Y tampoco lo hizo hasta muchos días después. Antes pensó en su novio. Echaba de menos el sexo. Nunca había pasado tanto tiempo sola.

Una tarde encontró a la anciana cabizbaja. La noche anterior un zorro había matado varias de sus gallinas.

Y también conejos, añadió.

La planta baja de la casa, que la chica creía abandonada, servía en realidad como gallinero. Un sobrino de la anciana iba por las mañanas a dar de comer a los animales. Fue él quien descubrió lo ocurrido. Ella, por culpa de su sordera, no se había enterado de nada. El zorro había cavado un agujero bajo la puerta. Había matado tres gallinas, despedazado una de las conejeras y dado cuenta de los animales que había dentro.

¿Está segura de que ha sido un zorro?

Es lo que dice mi sobrino.

Puede haber sido otro animal.

La anciana sorbió por la nariz.

Él está seguro y yo confío en él.

Guardaron silencio. El televisor tenía el volumen anulado.

¿Quiere que veamos el programa?

La anciana se pasó un pañuelo por la nariz.

Claro.

Esa noche la chica volvió a dejar comida para el zorro. Estuvo despierta hasta bien entrada la madrugada, pero no oyó nada. A la mañana siguiente la comida había desaparecido.

Era sábado y el programa de su hermana no se emitía los fines de semana, por lo que no volvió a visitar a la anciana hasta el lunes.

Mientras subía las escaleras notó olor a tabaco.

La anciana estaba acompañada por dos hombres. Estos fumaban echando la ceniza en un tiesto del antepecho de la ventana. Se quedaron mirándola cuando entró.

Pasa, dijo la anciana.

Dirigiéndose a los hombres, añadió:

Es una amiga. Viene a ver la televisión.

Los dos llevaban ropas de faena, botas manchadas de barro y guantes sin dedos.

Este es mi sobrino, dijo la anciana señalando a uno de ellos.

El aludido saludó a la chica con el mentón. Tenía el labio superior partido, con la herida cubierta por una costra.

Ese zorro ha vuelto al gallinero, explicó la anciana. Anoche y también hace dos noches.

Solo se ha llevado una gallina, dijo el sobrino. Pero ha matado varias.

Está harto de comer, apuntó el otro. Mata por diversión.

¿Seguro que es un zorro?

Todos volvieron la cabeza hacia la chica.

Hemos encontrado huellas, dijo el sobrino. Andan hambrientos en esta época. Hay que tener cuidado con ellos. Con los zorros y los meloncillos. Si dan con comida siempre vuelven al sitio.

La anciana les preguntó qué pensaban hacer.

El sobrino dio una calada a su cigarrillo y suspiró soltando el humo.

Reforzar la entrada del gallinero. Eso lo primero. Si no, seguirá entrando hasta que no quede nada vivo.

¿Y después?

El sobrino miró al otro en busca de consejo. Este permanecía apoyado en el marco de la ventana; llevaba un chubasquero verde oliva sobre los hombros.

Podemos poner alguna trampa, dijo. En casa tengo jaulas para zorros, pero solo sirven para los cachorros, que son confiados. Y este parece que sabe bastante.

Entonces, ¿cepos?, preguntó el sobrino.

¿Vas a ir tú a ponerlos al monte?

El sobrino no respondió.

Son mejores los lazos.

Puedes poner los cepos aquí, insistió el sobrino.

¿Al lado del camino? ¿Junto a la casa de tu tía?

El sobrino frotó las suelas de los zapatos contra el suelo, dejando sendos rastros de barro.

Está bien. Pon esos lazos.

Gracias por todo, chicos, dijo la anciana poniendo fin a la reunión.

El sobrino se inclinó para besarla en la mejilla. El otro se despidió con un murmullo. Al pasar frente a la chica se detuvo y la miró sin disimulo. Olía a humo de leña.

¿Nos conocemos tú y yo?

No lo creo, respondió ella.

Te he visto antes. Seguro. ¿En el pueblo?

No.

¿En otro sitio?

Tampoco.

Entonces, ¿dónde?

Perdón.

La chica se deslizó por su lado y fue a sentarse junto a la anciana. El hombre le dirigió un último vistazo, sonrió y salió cerrando la puerta.

Son buenos chicos, dijo la anciana. Con ellos puedo estar tranquila. ¿Quieres ver el programa?

La chica se encogió de hombros.

El sonido del televisor llenó la habitación y la chica apretó las mandíbulas.

El zorro, su animal guía, tenía vida propia. Eso no cambiaba nada, se dijo la chica. Decidió que no se trataba de una infidelidad.

Estudió el diccionario en busca de adjetivos aplicables al zorro. En su diario anotó: «Belígero: dado a la guerra, belicoso, guerrero». Le gustó la sonoridad de la palabra. Estuvo repitiéndola largo rato.

Esa noche también dejó comida para él: hígado de ternera. También desapareció.

Al día siguiente la chica se presentó en la casa de la anciana media hora antes de lo habitual.

Tienes mala cara, dijo esta.

No he dormido bien.

Haz un poco de café. Está allí, en el armario.

Mientras llenaba de agua la cafetera, la chica preguntó por el zorro.

Esta noche no ha vuelto, dijo la anciana. Mi sobrino rellenó el agujero bajo la puerta con tierra y cristales.

¿Y las trampas? ¿Las han puesto?

Algunas. Hoy pondrán más.

¿Dónde?

No sé. Es cosa de ellos. Toma un bizcocho con el café. Estás muy pálida.

Claro que estoy pálida. Aquí nunca hace sol. ¿No siente que vayan a matar a ese animal?

Él mató mis gallinas.

Aun así.

Es un zorro. Por aquí hacen mucho daño.

La chica declaró su incredulidad.

En invierno comen lo primero que encuentran, aseguró la anciana. Comen ranas, topos, placentas de vaca… No son exigentes. Frecuentan los basureros.

Esa noche el zorro no visitó a la chica. A la mañana siguiente la comida estaba intacta.

Acosado por el alimañero, la había abandonado, pensó ella y se sintió más sola que en ningún otro momento desde que había llegado a la casa.

Fue al pueblo en coche y llamó a su hermana.

Soy yo. ¿Puedes charlar?… Sí, claro que estoy bien. ¿Y tú?… No, no me pasa nada… Por supuesto que voy a volver. Pero no sé cuándo… Sí, claro que sigo viendo el programa todos los días. En casa de una amiga… Alguien de aquí… Eso no importa. Solo es alguien… Claro que estás mejorando… Claro que lo veré esta tarde…

Cuando colgó, la dueña de la tienda cuchicheaba con otra clienta y las dos la miraban de reojo. Pagó su compra y salió a paso vivo. Dejó las bolsas en el coche y fue a dar un paseo por el pueblo. Llevaba la barbilla hundida en el cuello de su zamarra. Buscó algún sitio donde tomar algo caliente pero solo encontró un bar poco apetecible y una casa de comidas con el cierre echado. Las calles eran en pendiente y estaban resbaladizas. Desistió cuando se puso a llover.

Detuvo el coche frente a la casa de la anciana. Se quedó dentro con la calefacción puesta, masticando galletas. En un círculo bajo la puerta de la vieja cuadra la tierra estaba revuelta y tenía un color diferente.

Un minuto antes del comienzo del programa subió las escaleras. Apenas tuvieron tiempo de hablar y la anciana no dijo nada sobre el zorro, ni que hubiera vuelto ni que lo hubieran atrapado.

La hermana de la chica llevaba un vestido corto y escotado. La cámara la enfocaba aunque fuera alguno de los invitados el que estuviera hablando.

En cuanto terminó el programa, la chica se fue, consciente de que estaba siendo descortés. Volvió a su casa. Por el camino se cruzó con un todoterreno manchado de barro, conducido por el hombre del chubasquero verde oliva. Intercambiaron una mirada, pero no se saludaron. En la parte trasera dos perros jadeaban y empañaban los cristales.

El zorro tampoco apareció esa noche.

A la mañana siguiente el cielo estaba limpio de nubes. Había helado y de los aleros colgaban carámbanos que relucían al sol matutino. Preparó sándwiches y llenó un termo de café. Lo metió todo en su mochila, junto con una buena provisión de chocolatinas. Metió también unas tenazas y unas tijeras.

Se abrigó a conciencia. Con la mochila a la espalda y apoyándose en el bastón de punta metálica, salió a la calle. La nieve estaba dura. Caminaba con cuidado para no resbalar. Se apoyaba continuamente en el bastón. Cuando empezó a jadear miró atrás y la casa todavía estaba a la vista. Sentía el aire helado atravesarle las fosas nasales como si fuera un cuerpo sólido.

Con el ascenso del sol la marcha se hizo más llevadera. A media mañana entró en un soto, apartó la nieve de un tronco caído y se sentó a comer chocolate y sorber café. Cuando destapó el termo brotó gran cantidad de vapor, como de un brebaje maléfico.

Llegó a un arroyo. El agua bajaba con fuerza y tenía color arcilla. Recorrió la orilla corriente abajo tanteando delante de sí con el bastón por si hubiera lazos. La anciana le había dicho que era habitual colocarlos donde los animales iban a beber. Llegó a un puente. Era de piedra, con barandillas de tubería de andamio. Lo cruzó y remontó el arroyo por la otra orilla, siempre atenta a los lazos. Se le ocurrió de pronto que el alimañero podía haber cambiado de idea y puesto también cepos. Caminó con más tiento aún, moviendo el bastón como haría un ciego. Al cabo de una hora no había encontrado nada y decidió buscar en otro sitio.

Se topó con casas tan aisladas como la suya, de piedra y con techumbre de madera. Salían columnas de humo de las chimeneas. Dio rodeos para evitarlas.

Comió al borde de una zanja de irrigación congelada y terminó el café. Al comienzo de la tarde hacía ya rato que estaba más cansada de lo que había estado nunca. Pero no había encontrado ninguna trampa y siguió avanzando. Tampoco había visto huellas del zorro. La idea de que hubiera huido a otro paraje le preocupó.

Caminaba por lo alto de un ribazo entre dos fincas cuando un pie se le quedó trabado en algo y se fue de bruces al suelo. Hundió la cara en la nieve. Intentó levantarse, pero tenía el pie atrapado. Un lazo le ceñía un tobillo.

Era de sirga; lo habían pintado de blanco para que se camuflara con el terreno y tenido un día y una noche a la intemperie para que perdiera el olor a pintura. Y no tenía freno. Si el zorro hubiera caído en él se habría estrangulado.

Sacó las tijeras de la mochila y lo cortó. El extremo del lazo desaparecía bajo unas zarzas, donde estaba fijado a una estaca hincada en la tierra. Cerca encontró media gallina colocada como cebo; supuso que una de las muertas y abandonadas por el zorro en el gallinero de la anciana.

Si dejaba así el lazo sabrían que alguien lo había saboteado. Excavó con las tijeras alrededor de la estaca y tiró de ella hasta arrancarla. El zorro podía haber caído en el lazo y luchado hasta liberarse. Metió estaca y lazo en la mochila. Luego tomó la media gallina por su única pata y la arrojó lejos.

Dio con otros dos lazos antes de que empezara a oscurecer. Ninguno tenía freno. Uno lo desmontó y al otro se limitó a deshacerle el nudo corredizo. Hizo desaparecer los cebos.

Apretó el paso para volver a casa. El anochecer competía con una capa de nubes que avanzaba con rapidez. Pronto solo quedó limpia en el cielo una estrecha franja anaranjada.

Se desplomó en la cama. Un minuto después empezaba a nevar. La nieve borraría sus huellas. El zorro volvía a ayudarla. Ella había eliminado las trampas y él invocaba sus poderes particulares como agradecimiento.

Durante los tres días siguientes salió en busca de trampas. En ese tiempo no fue a visitar a la anciana. Al principio le inquietó que su ausencia la alarmara y que, a través de su sobrino, hiciera averiguaciones. Pero concluyó que la anciana habría aceptado su falta tan fácilmente como había aceptado sus visitas.

Avanzaba la mayor parte del tiempo por caminos y no se adentraba en los campos para que sus huellas no llamaran la atención. Encontró un perro atrapado en un lazo. Le ceñía el cuerpo por las ancas. La nieve a su alrededor estaba revuelta y ensangrentada. Se había herido a sí mismo al intentar liberarse.

Voy a ayudarte, le dijo y sacó las tijeras de la mochila.

El animal estaba tendido en la nieve con la cabeza entre las patas delanteras y cuando ella se acercó se puso a gruñir y le enseñó los dientes. No llevaba collar. Se miraron largo rato. La chica volvió a guardar las tijeras y se alejó dando un rodeo.

Vio unos pájaros negros volar en bandadas, haciendo quiebros a ras de la nieve. Para entonces ya manejaba el bastón como si fuera una prolongación de su brazo.

Al día siguiente de encontrarse con el perro, volvió al mismo sitio y el lazo estaba vacío y preparado para recibir una nueva presa. Como cebo había unas cabezas de sardina. Lo desmontó.

La tarde del tercer día, mientras avanzaba por un camino demarcado por dos muros de piedra, oyó un motor. Se agachó y asomó la nariz por encima de uno de los muros. No vio nada. Avanzó agachada hasta la siguiente curva. A unos trescientos metros, junto a una acequia, estaba el todoterreno con el que se había cruzado días atrás. El hombre con el chubasquero verde oliva, el alimañero, estaba acuclillado y miraba algo en el suelo.

Lo vio ponerse en pie y con las manos apoyadas en la cintura otear trescientos sesenta grados a su alrededor. La chica volvió a agacharse.

Había estado en aquella acequia esa misma mañana y desmontado un lazo.

Cuando se asomó de nuevo, el alimañero inspeccionaba la nieve a sus pies. La chica no había ocultado sus huellas. Lo vio montar en el todoterreno y poner rumbo al camino. Ella saltó el muro del lado opuesto y se aplastó contra el suelo. La nieve le empapó los pantalones y se le coló por el cuello. El todoterreno pasó a un metro de ella. Siguió tumbada e inmóvil hasta que se apagó el ruido del motor.

Cuando se levantó, se le desprendieron costras de nieve de la ropa. Tiritando, fue a refugiarse a un soto. A patadas, despejó de nieve un espacio circular y después recolectó leña. Encendió un fuego con ayuda de envoltorios de chocolatinas. Lo avivó y se quedó allí plantada mientras se le secaba la ropa.

El alimañero podría seguir sus huellas si tenía verdadero deseo de hacerlo. No sería difícil para él, pensó. Pero confiaba en que no lo hiciera, que simplemente echara la culpa a alguien que se oponía a la caza con trampas.

Aunque también podía seguir el rastro hasta su casa y entonces se produciría una escena desagradable.

Se acuclilló junto al fuego. Las noches anteriores había dejado comida para el zorro, pero aparecía intacta cada mañana. Decidió que el animal se había ido. El movimiento de gente por los alrededores y las medidas para impedir su entrada en el gallinero lo habían puesto en fuga.

Al menos no había caído en los lazos. Seguiría cumpliendo su función de guardián en otro lugar. Para otra persona.

La partida del zorro también implicaba la de ella. La decisión llegó de forma natural. Sin necesidad de reflexión.

Su retiro había terminado.

Esa noche recogió sus cosas. Solo le quedaba un asunto pendiente, relacionado con su zorro.

A la mañana siguiente subió a su coche y condujo hasta que tuvo a la vista la casa de la anciana. Se detuvo y esperó. Vio al sobrino salir del gallinero, subir las escaleras y entrar en la casa. No se quedó mucho rato. Lo oyó gritar:

Hasta mañana, tía.

Después el sobrino se alejó en dirección al pueblo.

La chica salió del coche y caminó hasta la casa. Inspeccionó las puertas del gallinero, que estaban cerradas con un candado. Rodeó la casa y en la parte trasera encontró un ventanuco. Estaba demasiado alto. Cerca había una carretilla oxidada. La llevó hasta debajo del ventanuco y se subió a ella. Dentro estaba oscuro. Vio un par de gallinas que picoteaban el suelo.

Volvió a su casa.

Esperó tumbada en la cama hasta que oscureció y luego todavía esperó varias horas más.

Dejó platos sucios en el fregadero y la cama sin hacer. Se llevó el bastón con punta metálica que tanto había usado durante los pasados días. También se llevó los lazos retirados; no quería que alguien los encontrara. También se llevó un cuchillo.

No había luz en la casa de la anciana. Se acercó con sigilo, llevando el bastón y el cuchillo. La carretilla seguía donde la había dejado por la mañana. Se subió a ella e introdujo el filo del cuchillo por el hueco que quedaba entre el borde del ventanuco y el marco. Lo movió hacia arriba y soltó el gancho que lo mantenía cerrado. Dejó caer el bastón dentro. Se produjo un revoloteo.

Se alzó con los brazos y entró de cabeza por el ventanuco. Aterrizó con las manos en un suelo de hormigón cubierto de pienso y serrín. Encendió la linterna que llevaba en el bolsillo. Hubo una convulsión de pelo y plumas.

La superficie de la vieja cuadra estaba dividida en dos por una valla de tela de gallinero; a un lado gallinas, al otro conejos. Unas cajas de fruta servían de cama para las aves. Había una tolva de chapa llena de pienso. El bebedero era una palangana desportillada en el suelo. Al otro lado de la valla había varias conejeras con sus correspondientes tolvas. Distinguió una docena de aves y cinco o seis conejos, supervivientes de los ataques de su zorro.

Paseó la linterna por los rincones. De unos ganchos en la pared colgaban cuerdas y correajes grises por el tiempo. El techo estaba cubierto por una urdimbre de telarañas, tan opaca por el polvo que no permitía distinguir las vigas.

Una gallina se acercó picoteando el suelo. Miró con un ojo a la chica. Giró la cabeza y la miró con el otro. Dos de sus compañeras deambulaban cerca. Las que seguían en las camas cloqueaban alarmadas.

La chica dio un paso atrás y la gallina que estaba más cerca aleteó y se alejó un poco. Luego volvió con la cabeza gacha.

Piensas que te voy a dar de comer, ¿verdad?

La gallina cacareó.

Estúpida, dijo. ¿Cómo te libraste las otras veces?

Posó la linterna en el suelo, de forma que iluminara el recinto de las aves. Cogió el bastón. Lo aferró como si fuera un palo de golf. La punta metálica centelleó. Miró a los conejos, que a su vez la contemplaban temblando desde sus camas.

Señoras y señores, bienvenidos al programa. Esta noche contamos con un espectáculo muy especial para todos ustedes.

La gallina siguió acercándose. La chica lanzó un guiño a las demás.

Ahora mismo estoy con vosotras, chicas.

La punta del bastón trazó un arco perfecto, acelerando a medida que se aproximaba a la cabeza del ave.

La descripción del golpe sería una perfecta conclusión para su diario.

UNA VICTORIA PARCIAL

> Todo el mundo sabe que la meditación
> y el agua están siempre coaligadas.
>
> HERMAN MELVILLE, *Moby Dick*[2]

El camino no era como yo lo recordaba. En algunos momentos me parecía mejor, sin tantos baches ni curvas, pero después cambiaba de idea y lo veía mucho peor, plagado de obstáculos y apenas transitable. Continuamente tenía que maniobrar para que el todoterreno no acabara en un socavón. A mi lado, Katharina se aferraba a la barra de sujeción del salpicadero. Por el rabillo del ojo la veía estirar el cuello y otear el terreno.

¿Lo recordabas así?, preguntó.

Me dolió reconocer que no. Cuando le pregunté cómo lo recordaba ella, no dijo nada. Se volvió hacia la parte trasera, donde nuestro hijo iba asegurado a un asiento infantil. Le palpó la frente y los brazos para comprobar si tenía calor. Después manipuló los mandos del aire acondicionado. Las ventanillas permanecían cerradas como protección contra las chumberas que crecían en las cunetas.

Muros de piedra y vallas fabricadas con ramas de olivo flanqueaban el camino. Al otro lado, un terreno baldío, cubierto de rocas y maleza polvorienta. De cuando en cuando asomaban casas cuyas vías de acceso me era imposible adivinar. Se trataba de construcciones recientes, muy alejadas del rústico estilo tradicional de

2. Traducción de Juan Gómez Casas. Alfaguara, 2010.

la isla. Sobre las fachadas: materiales modernos, tratados para soportar la intemperie. Los tejados: provistos de antenas parabólicas y placas fotovoltaicas. Aparentaban colonias de avanzadilla en un planeta yermo.

Katharina miraba las casas con suspicacia, del mismo modo como lo estudiaba todo desde que llegamos a la isla. Establecía comparaciones con el pasado. Se preguntaba si el lugar adonde íbamos estaría desierto o si nos encontraríamos con algún ocupante de aquellas viviendas. Eso nos obligaría a compartir un espacio de reducidas dimensiones que habíamos llegado a considerar propio.

Durante los días previos al viaje habíamos hablado a menudo de la playa. Especulamos sobre los cambios que habría sufrido en los cinco años que habían pasado desde que la descubrimos. Los dos reconocíamos que, después de ese tiempo, la probabilidad de que el lugar —cuarenta metros de arena engastados al fondo de un entrante rocoso de la costa— continuara como lo recordábamos era escasa. Incluso el camino por donde circulábamos, sin pavimentar y tan estrecho que a dos vehículos les sería imposible cruzarse, aparecía en la pantalla del GPS. Había sido reconocido, catalogado y registrado informáticamente.

Aun así, la perspectiva de convivir con personas para las que el lugar y la fecha carecían de significado especial, que solo disfrutaban de un día más de verano, era motivo de inquietud. Con cada nueva conversación el asunto adquiría una gravedad mayor.

¿Qué haremos si hay alguien?, preguntaba Katharina intentado dar un tono casual a sus palabras, pero afectada por una preocupación que se manifestaba en el endurecimiento de su acento alemán. ¿Nos quedaremos?

Yo no sabía lo que haríamos si encontrábamos la playa ocupada. Dependería del tono de nuestros estados de ánimo; de la magnitud del choque entre el recuerdo subjetivo y la realidad objetiva; de la interpretación de las señales percibidas.

Soy una persona que concede importancia a las señales.

Por fin el camino empezó a descender hacia el mar, aunque este no era visible todavía. Varios pinos rompieron la monotonía del paisaje. No vimos más casas.

A la salida de una curva el mar surgió de pronto ante nosotros. Una tenue calina filtraba la luz y apagaba los colores. En el cielo, el aspa plateada de un planeador trazaba una curva silenciosa, aproximadamente sobre nuestra playa, como si pretendiera señalarnos el lugar.

Ya falta poco, dije sin necesidad.

Katharina se volvió e hizo unas cosquillas al niño. Oí una risita.

Ya falta poco, repitió ella entusiasmada.

Justo donde las recordaba se alzaban las ruinas de una casa. En su tiempo debió de ser una vivienda de pescadores. El encalado y el mortero se habían desprendido y dejado al descubierto los muros de mampostería.

En lo que antes era el jardín, contiguo al camino y separado de este por un muro bajo, crecía una chumbera de proporciones monstruosas. Hijos y nietos de la planta original fundidos hasta formar un único ser de apariencia alienígena, que se elevaba hasta más de dos metros de altura y se desbordaba sobre el camino. El guardián de la playa. Sus ramas en forma de raqueta golpearon el parabrisas del todoterreno y arañaron la pintura del costado.

Por supuesto no éramos los únicos que no se habían dejado amedrentar por la planta. Sus ramas eran un registro del paso de antiguos visitantes. Muchas aparecían violadas con fechas y nombres tallados, lo que evidenciaba lo erróneo de nuestro sentimiento de posesión del lugar.

El camino terminaba unos metros más allá, en una pequeña explanada donde detuve el todoterreno. Después, un desnivel y la playa. Desconecté el motor y cayó un silencio plomizo. En el cielo, el planeador viró y se alejó en rumbo paralelo a la costa.

Habíamos llegado. Y no había nadie. Ningún otro vehículo. Ni tiendas de campaña. Ni embarcaciones fondeadas. Sin embargo, no hicimos nada por cubrir los últimos pasos. Ni siquiera salimos del todoterreno. Nos quedamos con la vista fija en la playa. Hasta que nuestro hijo empezó a revolverse. Se estiraba hacia delante, luchando contra el arnés que lo ataba a la silla. Sus bracitos señalaban lo que también nosotros contemplábamos.

En el centro de la playa descansaba el cuerpo sin vida de una ballena.

Cinco años atrás me había parecido que Katharina nunca se cansaría de estar en el agua. En tres ocasiones nadó hasta la embocadura del canal para permanecer allí mirando hacia mar abierto. Yo la acompañé las dos primeras veces. En la tercera me quedé atrás, convencido de que pasara lo que pasara por su cabeza tendría una mayor categoría si ella se encontraba a solas.

Estábamos hambrientos. Atardecía y no habíamos probado bocado desde el desayuno. Solo llevábamos una cantimplora que por el camino rellenamos en un manantial de agua sulfurosa. Un lugareño que cargaba con dos garrafas nos la recomendó por sus cualidades beneficiosas para la piel y el cabello. Después de un par de tragos el sabor apenas se notaba. Le preguntamos por dónde se llegaba al mar. Él señaló vagamente en una dirección. A nuestro alrededor solo había piedras y arbustos, ni una sombra bajo la que cobijarse.

Usamos el manillar de la moto como colgador para la ropa. No llevábamos bañadores. No esperábamos descubrir un sitio así cuando salimos aquella mañana a dar un paseo de reconocimiento por la isla.

Cuando por fin salió del agua, Katharina tomó asiento en una roca. Miraba el mar y se abrazaba el vientre. Le pregunté si tenía frío. Respondió que no, que todo estaba bien.

Hablábamos en inglés, el único idioma en que podíamos comunicarnos con fluidez; aunque los progresos de Katharina con el español eran veloces. Hacía que me avergonzara de mi torpeza. Mi alemán se reducía a un puñado de sustantivos de temática dispersa, además de unas cuantas frases que ella me había hecho aprender de memoria y que la hacían reír a carcajadas cuando yo las repetía, lo que me llevaba a pensar que me mentía sobre su significado.

El paisaje no difería mucho del de la costa californiana donde nos habíamos conocido. Las sensaciones de lejanía y *déjà vu* se superponían con un efecto agridulce. Se lo comenté a Katharina. Me dio la razón.

Los intentos por calcular la distancia recorrida durante el último año terminaban siempre en abandono. Estados Unidos, Alemania y ahora España. Llevábamos tres semanas en el país.

La isla era nuestra última escala. La excedencia de Katharina de la compañía farmacéutica donde trabajaba en Múnich finalizaba diez días después.

Le había preguntado si le gustaría vivir en España. Todavía no me había respondido.

Desnudos y al sol, saltaba a la vista cómo habían cambiado nuestros cuerpos durante el viaje. Más esbeltos que cuando lo iniciamos —cada uno en solitario, desde nuestros respectivos puntos de partida—, pero también maltrechos. Habíamos perdido peso. Se nos marcaban las costillas y los huesos de las caderas. Las piernas de Katharina estaban moteadas por verdugones de origen incierto, del tipo de los que te sorprendes contemplando una mañana en la ducha sin saber cómo ni cuándo han hecho aparición. Yo tenía las rodillas y los codos despellejados desde hacía días. Parecíamos una pareja de náufragos, impresión acentuada por lo desértico del lugar. En todo el día no vimos señal de presencia humana; ni una embarcación pasó siquiera ante la playa.

Katharina se levantó y fue hacia la moto. Hurgó en los bolsillos de un pantalón y sacó un paquete de cigarrillos. Fumó mientras contemplaba de frente el atardecer. El sol le perfilaba el cuerpo con una línea anaranjada. Ella permanecía inmóvil, ignorante del eclipse del que era causante. El cabello, apelmazado por el agua salada, y el vello de entre las piernas se encendieron con cálida violencia. Aprecié las siluetas de su cráneo y de su sexo.

Me acerqué a ella por la espalda y le pasé la lengua por las protuberancias de la columna vertebral. Los huesos de sus hombros estaban afilados como espolones. Murmuró algo que interpreté como una invitación. La empujé hacia una roca lo bastante grande como para servirnos de apoyo. Guardó silencio. Yo me había acostumbrado a su actitud distante. Había llegado a encontrar cierto placer en ella. En compañía de Katharina, lo que debería ser una experiencia conjunta finalizaba a menudo en un ejercicio de introspección.

Un rato después, mientras nos vestíamos, me dijo que no quería volver a Alemania, que se quedaría conmigo.

¿Estás segura?

Creo que sí.

Es mejor que lo estés.

Tras una pausa dijo que lo estaba.

Nos quedamos allí hasta que se hizo de noche, apoyados en la moto, planeando lo que haríamos a continuación e interrumpiéndonos cada poco rato para besarnos y toquetearnos como una pareja de adolescentes.

Liberé al niño de su asiento y con él en brazos salvé el desnivel que nos separaba de la arena. No debía de hacer mucho que la ballena había muerto porque apenas desprendía olor. Por el momento este quedaba oculto bajo el propio del animal, una emanación intensamente marina y orgánica, desagradable solo en un primer momento.

Yo repartía mi atención entre la ballena y el niño, tan interesado en aquella como en la reacción de este.

La ballena, más concretamente un rorcual de pequeño tamaño, mediría unos diez metros de largo. Era de color gris parduzco, con el vientre blanco. Reposaba sobre este; la mitad delantera del cuerpo sobre la arena y la trasera en el agua. Tenía los ojos cerrados, bellotas de mar adheridas en torno a las aletas y penachos de algas a lo largo del lomo. Había dignidad en su postura.

El niño se agitó. Quería que lo soltara. En cuanto lo dejé en el suelo se dirigió con pasitos vacilantes hacia el gran cuerpo. Parecía dispuesto a tocarlo. Estiró la mano, pero en el último instante rectificó y dio un paso atrás. Se volvió hacia mí señalando el promontorio de carne que se alzaba en el centro de la playa.

Ballena, dije.

Él miró al cetáceo y repitió:

Ballena.

¡Eh!

Katharina fumaba un cigarrillo recostada contra el todoterreno.

¿Qué vamos a hacer?, preguntó.

Pensando en la ballena a un nivel abstracto, como señal, su significado resultaba dudoso. No deseaba buscar metáforas. Si lo hacía resultarían negativas. Y no era eso lo que necesitábamos aquel día.

Nos quedamos, contesté.

* * *

Montamos el campamento lo más lejos posible del cuerpo. Toallas, juguetes para el niño, sándwiches envueltos en dos capas de papel de aluminio, una sombrilla... Esta visita se parecía poco a la de aquella primera vez. Los cambios eran sustanciales, y la ballena solo era uno de ellos.

Katharina intentaba que el niño dejara de prestar atención al cetáceo y jugara con la arena. Los observé mientras cavaban un foso. Las herramientas que usaban eran de colores vivos, con la doble finalidad de ser atrayentes para los niños y fáciles de localizar si se perdían en la arena. Estaban fabricadas de un plástico de alta densidad y resistencia. Cuando las compramos, el empleado de la juguetería nos detalló sus características con el entusiasmo y detalle de quien vende equipamiento para expediciones a la alta montaña. Escucharle me produjo ansiedad.

Katharina lanzaba miradas más allá del foso. Contemplaba el mar, la playa, las rocas. Buscaba algo comparable al recuerdo que albergábamos de nuestra primera visita. Algo al margen del entorno físico. Una conjunción de elementos. Algo seminal e inasible.

Un mechón le caía sobre los ojos e intentó apartarlo de un soplido. No quería tocarse la cara con las manos cubiertas de arena. Me acerqué a ella y se lo acomodé tras una oreja.

¿Mejor?

Mejor.

¿Todo bien?

Su rostro se ensombreció. No le gustaban las personas que buscan en los demás la confirmación de la correcta marcha de las cosas, como si fueran incapaces de darse cuenta por sí mismas. Lo cierto era que a mí tampoco me gustaban. Pero sentía la necesidad de cruzar unas palabras, por triviales que fueran.

Podemos darnos un baño, dije.

Ella miró la ballena e hizo un mohín.

Ya veremos.

Hablábamos en susurros, como si estuviéramos en un ascensor repleto o en un hospital.

El niño estaba más interesado en la ballena que en jugar con la arena y Katharina terminó por reconocerlo. Lo tomó de la mano y pasearon alrededor del cuerpo, metiéndose en el agua para rodear la cola. Ella le señaló el orificio nasal en lo alto del lomo, la presencia de barbas en lugar de dientes... Le explicó que la ballena era un mamífero, como nosotros, y que aunque vivía en el mar tenía que salir a la superficie para respirar.

Después le habló de la historia de Pinocho. Hacía poco que el niño había visto la película. Ella le recordó la escena en que el muñeco de madera y Gepetto son engullidos por un cetáceo llamado Monstro. Para escapar de la caverna viviente, los náufragos encienden una hoguera con restos de barcos tragados por la ballena. El humo descompone al cetáceo y su tos lanza a Pinocho y Gepetto fuera de él.

Yo no estaba seguro de que esa historia fuera adecuada para el niño en aquel momento. La imagen que da de la ballena no es muy positiva. Hice memoria de otras referencias: el cachalote que deja huérfano al protagonista de *Un capitán de quince años,* la ballena que se traga a Jonás, la isla viviente donde atraca Simbad, Moby Dick... Todas negativas.

Sin embargo, el niño no pareció alterado. Al contrario. Dejó atrás la reticencia de antes y se atrevió a tocar al animal. Después se olisqueó los dedos e hizo una mueca. Katharina le lavó la mano con agua de mar. Mientras lo hacía, él le susurró algo al oído. Ella se lo quedó mirando y luego me miró a mí.

Quiere saber por qué está aquí la ballena.

Era una pregunta lógica.

¿Algún vertido contaminante había alterado su orientación y la había hecho quedar varada?, pensé. En ese caso habría muerto asfixiada por su propio peso. ¿O bien ya había fallecido cuando llegó allí, víctima de alguna enfermedad o acaso de la vejez? Personalmente dudaba de esto último. Era tal la dignidad del animal en su muerte, como si hubiera sido dispuesto en la playa para ser admirado y despedido, que resultaba difícil creer que hubiera llegado allí dando tumbos, empujado por el azar de las corrientes.

Claro que, en cualquier caso, era complicado de explicar a un niño de tres años. Y así debió de pensar también Katharina, porque le dijo que la ballena solo estaba dormida, que después de nadar durante mucho tiempo se había retirado a la playa a descansar. Y que lo mismo que ella era enorme y lo eran las cantidades de comida que engullía y el volumen de aire que respiraba, su sueño era también profundo y prolongado. Días. Semanas. Tan profundo que ni siquiera se daba cuenta de nuestra presencia.

Entonces la calma del niño flaqueó. Retrocedió tirando de su madre. De pronto desconfiaba de la ballena. Y también de nosotros por haberlo sometido al peligro de su proximidad, a pesar de que Katharina le aseguró que no saldría de su sueño hasta dentro de mucho tiempo, hasta mucho después de que nos hubiéramos ido y estuviéramos muy lejos de allí.

El niño retomó la excavación de foso, pero estaba inquieto. Removía la arena sin ton ni son. Era cuestión de tiempo que empezara a llorar por cualquier nimiedad y pidiera que nos fuéramos. Katharina cruzó una mirada conmigo. Los dos rechazábamos los eufemismos y las fantasías mojigatas. La ballena le había sorprendido con la guardia baja. No esperábamos encontrarnos con una evidencia de la muerte. No allí. Y menos aún vernos obligados a dar explicaciones. No estábamos preparados.

Definitivamente, las cosas no estaban yendo como esperábamos.

Cuando nos instalamos en España, mi hermano me aceptó como socio en su negocio de persianas. Se alegró de verme de regreso. Aún no entendía por qué yo había abandonado mi puesto en una compañía eléctrica para dedicarme a recorrer mundo y dilapidar mis ahorros. A pesar de sus dudas sobre mi idoneidad para el puesto, me acogió con los brazos abiertos. Para mi hermano la familia contaba más que cualquier otra cosa.

Él estaba casado y tenía dos hijos, dos chicos de los que cualquier padre se sentiría orgulloso. Cuando no eran más que unos niños, su madre sufrió un accidente. Un conductor que había perdido el control de su vehículo la arrolló mientras ella circulaba en bicicleta por el arcén. Desde entonces se desplazaba en una silla de ruedas. Mi hermano reformó su casa él mismo para adaptarla a la nueva condición de su mujer. Trabajó por las noches, desoyendo las quejas de los vecinos. Aumentó la anchura de las puertas e instaló rampas. Llevó a cabo las reformas en un tiempo asombrosamente breve. Descargó la rabia echando abajo tabiques a golpe de maza. Su mujer y él nunca se han dejado seducir por el desánimo ni el rencor. Recompusieron su vida de forma modélica, sin privarse de nada de lo que pudieran haber hecho antes del accidente. Durante las vacaciones él ha empujado la silla de su mujer por las calles de Nueva York, Viena, Tokio... Han estado juntos en lo alto de la Torre Eiffel y la Gran Muralla.

Un tío grande, mi hermano.

Dos años después de nuestro regreso nació el niño. Para entonces el entusiasmo de volver a casa y empezar a vivir con Katharina casi se había apagado. Además, vender e instalar persianas no era lo mío. Yo lo sabía y mi hermano también. Sin decirle nada, busqué otra ocupación, pero no di con nada que me gustara. No podía guiarme por mi experiencia. Todos los momentos de mi vida profesional de los que guardaba buen recuerdo estaban asociados a puntos finales, nunca al trabajo en sí mismo. Finales de jornada, inicios de vacaciones, el día que anuncié en la empresa eléctrica que me largaba... Todos se resumían en una imagen de mí mismo subiendo a mi coche, acelerando y alejándome sin mirar atrás. Lo mismo podía aplicarse al plano personal.

Una tarde, dos semanas después de que naciera el niño, salí del trabajo como cualquier otro día. En lugar de ir a casa me dirigí al aeropuerto. Los padres de Katharina llegaban de Múnich para conocer a su nieto y yo tenía que recogerlos. Ella nos esperaba en casa con el bebé.

Iba con retraso. Aun así, a mitad de camino di un volantazo y saqué el coche de la autopista. Varios vehículos hicieron sonar el claxon. Me detuve en una isleta que separaba los dos sentidos del tráfico.

Me temblaban las manos. Tuvieron que pasar varios minutos hasta que me calmé un poco. Permanecí hundido en el asiento, presa de algo parecido a un trance. Vi el cielo teñirse de rosa. Los demás coches encendieron los faros. Sus luces me barrían una y otra vez. Circulaban muy próximos unos a otros, casi parachoques contra parachoques. Era agradable mantenerse al margen.

Mi teléfono sonó, arrancándome del ensimismamiento. Era Katharina. Quería saber dónde me había metido. Sus padres ya estaban en el aeropuerto y se habían encontrado con que no había nadie esperándolos.

¿Dónde estás exactamente?, preguntó.

En vez de responder dije:

Kat, no me encuentro bien. ¿Podrías ir tú a recogerlos?

¿Por qué? ¿Qué te pasa?

No lo sé. Simplemente no me encuentro bien. ¿Te importaría ir a ti?

No… Supongo que no. ¿Vienes ahora a casa? ¿Te quedarás tú con el niño?

Sí. No tardo nada.

Colgué, puse el motor en marcha y me reincorporé al tráfico. Hubo nuevos toques de claxon.

Encontré a Katharina ya arreglada. Paseaba por el salón con el niño en brazos. Me lo entregó en cuanto me vio entrar. Miró el reloj y resopló. Pero aun así se detuvo a observarme fijamente.

¿Te encuentras bien?, quiso saber.

Asentí.

Ella también asintió, varias veces, con un cabeceo distante, y después se despidió. Nunca me preguntó por qué no fui a buscar a sus padres. Lo sabía perfectamente.

Yo no quería estar a solas en un aeropuerto.

Ya lo había abandonado todo una vez. Había cruzado el Atlántico sin intención de volver. Katharina conocía bien los síntomas. Había pasado por ellos. Fue así como llegamos a conocernos.

Pero se suponía que las cosas habían cambiado.

Cinco años después de nuestra primera visita y tres después de que naciera el niño, decidimos volver a la playa.

Por aquella época mi hermano había empezado a sufrir ataques de ciática. El tratamiento consistía en reposo y las inyecciones de vitamina B que su mujer le administraba. Durante sus periodos de baja yo me ocupaba del negocio. Uno de los ataques lo mantuvo en cama durante tres meses, que coincidieron con una época de especial carga de trabajo. La tensión me hizo tratar de forma cada vez más deficiente a los empleados, precisamente cuando más los necesitaba. Se produjeron varios episodios desagradables.

Cuando mi hermano se reincorporó, lo primero que hizo fue invitarme a que me tomara unas vacaciones. Sin posibilidad de réplica. Katharina aplaudió la idea. Pidió unos días de descanso en la empresa de productos lácteos donde trabajaba como ayudante de laboratorio.

En cuanto surgió la idea de la isla los demás destinos quedaron descartados. La posibilidad de volver a nuestra playa nos animó. La visita tendría algo de ceremonial, equiparable a una renovación de votos. Nos aferramos a la idea con un fervor casi desesperado y sin duda ridículo.

Cuando descubrimos que el día de nuestra llegada a la isla coincidiría con el aniversario de la primera visita a la playa, lo interpretamos como una señal propicia.

No hubo más episodios como el de la autopista. Sin embargo, Katharina me vigilaba. Rastreaba señales de desfallecimiento.

No.

Es mejor que sea preciso.

Lo que buscaba eran señales de rendición.

¿Y ella?

Ella era feliz cuando estaba con el niño. De eso estoy seguro. Cuando estaba conmigo, quiero pensar que lo era también, siempre a su estilo característico, circunspecto y muy europeo. Disfrutábamos de la vida hogareña. Ninguno estaba conforme con su trabajo, pero intentábamos conciliar lo bueno y lo malo. Teníamos una vida social satisfactoria. Dos o tres veces al año Katharina volaba a Múnich para visitar a su familia. Todo parecía normal.

Pero aun así ella me vigilaba. Y a buen seguro era consciente de que yo me daba cuenta, lo que fomentaba una tensión permanente. Sus sospechas y mis disimulos invocaban una amenaza.

Nunca nos aventurábamos a hablar de nuestro viaje a Estados Unidos ni de las circunstancias que lo propiciaron. En su huida de Alemania, Katharina había dejado atrás a un novio al que había prometido un pronto regreso. Habían hablado de matrimonio.

Una tarde, poco antes de que volviéramos a la isla, Katharina salió del trabajo y recogió al niño en la guardería. Después fue a visitar a una compañera del laboratorio que estaba convaleciente en casa. Había sufrido una caída montando a caballo. Tenía un hijo de corta edad con el que el niño podría entretenerse mientras ellas charlaban.

Yo estaba al tanto de la visita, así que no me sorprendí cuando al llegar a casa no encontré a nadie. Comí algo y me acomodé en un sillón con un libro. No pasó mucho tiempo antes de que me quedara dormido.

Me desperté sobresaltado. Eran más de las once. La casa seguía vacía. Me pregunté dónde estaría Katharina. No sabía ni la dirección ni el número de teléfono de su amiga, y Katharina siempre dejaba su móvil en la guantera del coche. Me repetí que se habría entretenido por cualquier razón y que no debía preocuparme.

Durante media hora miré la televisión. Cuando ya no pude contenerme más fui a nuestro dormitorio y abrí el armario. La ropa de Katharina seguía allí. En un cajón de la mesilla de noche encontré la cartilla de la cuenta bancaria que conservaba a su nombre. En la habitación del niño, sus juguetes favoritos aguardaban en su sitio.

Llegaron al filo de la medianoche. En cuanto cruzó la puerta, Katharina se deshizo en disculpas. No se había dado cuenta de lo tarde que era. Su amiga tenía una doncella que se había encargado de los niños mientras ellas dos cenaban. El ambiente era tan agradable y ella estaba tan cómoda que perdió la noción del tiempo. Cuando se dio cuenta de la hora, era tan tarde que pensó que me habría acostado y no quiso molestarme llamándome por teléfono.

Le dije que no se preocupara. Acostamos al niño y nos fuimos a la cama. Katharina me pidió disculpas una vez más y yo volví a restarle importancia. La besé y la estreché en un abrazo que quizá resultó demasiado largo. Tardé en dormirme. En su lado de la cama Katharina permanecía de espaldas a mí, más rígida que inmóvil.

¿Era una somatización de nuestro disgusto o la ballena había empezado a oler peor?

Apenas hablábamos y cuando lo hacíamos era en un tono de falso entusiasmo que nos irritaba mutuamente. Masticamos los sándwiches que habíamos llevado para la comida. Después de un par de bocados, el niño dejó caer el suyo a la arena. Ni Katharina ni yo nos molestamos en regañarlo, a sabiendas de que era lo que esperaba para empezar un berrinche.

Mirábamos a nuestro alrededor y veíamos el lugar estéril, sin posibilidades. La conjunción de elementos no se había dado. Lo interpreté como un fracaso personal.

Como si Katharina hubiera seguido la misma línea de pensamiento, dijo:

Nos quedan todas las vacaciones por delante. No dejemos que esto nos las estropee.

Asentí sin mirarla.

Estoy segura de que en la isla hay sitios mejores que este.

Volví a asentir.

Cada vez hacía más calor. Estábamos sofocados, pero no nos apetecía meternos en el agua. El olor a podredumbre producía una impresión de contaminación generalizada. Recordé una de las citas que preceden la narración de Moby Dick, donde se menciona el insoportable hedor del aliento de la ballena, capaz de producir desórdenes mentales.

Es mejor que nos vayamos, dije.

Añadí que de camino al hotel pararíamos en una comisaría de policía o puesto de guardacostas para informar sobre la ballena. Alguien debía hacerse cargo de ella. No podían dejar que se pudriera en la playa.

La expresión de Katharina se iluminó. La expectativa de contribuir a que la playa recuperara su buen aspecto le hizo cambiar de humor.

Podríamos volver a intentarlo dentro de unos días, sugirió. Venir aquí otra vez.

Asentí, aunque sin contagiarme de su entusiasmo, y empezamos a recoger.

Fue entonces cuando oímos un ruido, una especie de batir, cuyo volumen iba en aumento. Poco después aparecía sobre la playa un helicóptero. Era un aparato del servicio de salvamento marítimo. Se detuvo encima del canal, apenas a una decena de metros de altura. El viento producido por las aspas levantaba olas concéntricas. Nos llevamos las manos a la cara para protegernos de la arena que removía. Katharina se puso delante del niño a modo de escudo. Oí un chasquido a mi espalda. La sombrilla había volado hasta quedar atrapada en un arbusto donde se revolvía como un ser vivo.

La puerta lateral del helicóptero se abrió e hizo aparición un hombre ataviado con un mono naranja, casco y gafas de sol. En las manos sostenía una cámara de fotos.

Trastabillé contra el viento para llegar junto a Katharina y el niño. Perdigonadas de agua salada y arena nos golpeaban. El niño estaba demasiado impresionado para asustarse. Atisbaba entre nuestras piernas sin perder detalle de lo que pasaba.

El hombre de la cámara hizo fotos a la ballena. Recordé el planeador, el que había sobrevolado la playa poco antes de que llegáramos. Sus tripulantes debían de haber avisado a la autoridad costera.

Al igual que no había sombras en la playa, tampoco había lugar donde guarecernos del viento. Nuestras manos alzadas para protegernos el rostro parecían algún tipo de saludo contrahecho, dirigido a la tripulación del vehículo.

El hombre del helicóptero bajó por fin la cámara. Después nos miró como si no hubiera notado nuestra presencia hasta ese momento. Debíamos de ofrecer una estampa lastimosa, los tres abrazados, con la cabeza alzada al cielo y nuestros enseres esparcidos por la playa. Sin apartar la vista de nosotros, movió los labios mientras se comunicaba con el piloto por la radio del casco. Después volvió a levantar la cámara y nos hizo unas cuantas fotos. Cuando terminó, habló de nuevo por la radio, con lo que el helicóptero giró para apuntar tierra adentro. Inclinó el morro y pasando sobre nosotros desapareció de forma tan súbita como se había presentado.

En el silencio que siguió, nos invadió un denso aturdimiento. Katharina se arrodilló junto al niño. Este parecía en perfecto estado salvo por algo de arena que le había entrado en un ojo. Sin escatimar críticas hacia los del helicóptero recorrimos la playa recolectando nuestras cosas. Minutos después todo volvía a estar en sus bolsas, más o menos en el momento en que oímos un nuevo ruido que se aproximaba.

Creímos que era el helicóptero de nuevo, pero pronto cambiamos de idea. El sonido era más agudo y provenía del mar.

Dos lanchas neumáticas aparecieron en la boca del canal. Aminorando la velocidad se adentraron en el mismo hasta quedar varadas en la playa, una a cada costado de la ballena. En cada una de ellas iban tres hombres vestidos con trajes de neopreno. Sin prestarnos la menor atención saltaron a tierra. Cada lancha remolcaba un grueso cabo que se prolongaba hasta más allá del canal. Mientras el resto de los hombres alzaba con esfuerzo la cola de la ballena, dos de ellos pasaron la aleta caudal por los lazos en que concluían ambos cabos. Actuaban con soltura y bien coordinados, como si supieran perfectamente lo que tenían entre manos. Apenas hubo intercambio de palabras entre ellos. Mientras llevaban a cabo la maniobra, el perfil panzudo de un remolcador se asomó a la entrada del canal. Los cabos concluían en él.

Una vez asegurados los lazos a la cola, uno de los hombres habló por un radiotransmisor envuelto en una funda impermeable. Dimos por sentado que se comunicaba con el remolcador. Todos, nosotros y los hombres de las lanchas, nos apartamos de la ballena. Guardamos un atento silencio.

El remolcador puso proa hacia mar abierto. Los cabos se tensaron poco a poco y tiraron de la cola de la ballena. Pareció que todo el cuerpo se estirara, como si la parte inferior estuviera adherida al suelo y se resistiera a ceder al arrastre del remolcador.

Entonces la nave aumentó la potencia, creció el rugido de los motores diésel, y el rorcual se movió, desplazándose unos centímetros. Luego volvió a quedar anclado. El movimiento fue tan repentino que nos sobresaltó a todos. El niño se aferraba a mi pierna.

La ballena se movió de nuevo, esta vez sin volver a detenerse. Al hacerlo produjo un sonido rasposo y arrastró gran cantidad de arena, dejando un profundo surco tras de sí. Finalmente el cuerpo quedó semihundido en el canal. Los hombres empujaron sus lanchas para devolverlas también al agua y saltaron a ellas. El que parecía el jefe del grupo, el que se había comunicado con el remolcador, se despidió de nosotros con un gesto del mentón. Al igual que había ocurrido con la tripulación del helicóptero, no había parecido reparar en nosotros durante el transcurso de su labor. Luego las lanchas se alejaron a baja velocidad, manteniéndose a la par que la ballena, una a cada lado. Una vez hubieron salido del canal, viraron cada una en una dirección diferente y desaparecieron de nuestra vista. Solo quedó el perfil trasero del remolcador, cada vez más pequeño, y la ballena, que ya no era más que una mancha en el agua.

Había desaparecido sin dejar rastro.

Nos quedamos allí plantados, asimilando el despliegue del que acabábamos de ser testigos.

Teníamos todo recogido, pero de pronto habíamos olvidado nuestra intención de irnos. Nos sentíamos agotados. Era como si nosotros mismos hubiéramos sacado la ballena de la playa, sin más ayuda que la de nuestros brazos y piernas. Teníamos el cuerpo cubierto de arena y sudor. De pronto la perspectiva de un baño era tentadora. Las aguas del canal habían recuperado su transparencia habitual, aquella que recordábamos, y el olor de la ballena había desaparecido.

El niño debía de sentir lo mismo, porque corrió hacia el agua. Aunque no en dirección a la orilla.

Me equivocaba en una cosa. La ballena sí había dejado una señal de su presencia.

Al ser arrastrado, el enorme peso de su cuerpo había abierto en la arena una zanja de un par de palmos de profundidad. Las olas la habían inundado, con lo que el resultado era un canal a pequeña escala, dentro de aquel que enmarcaba la playa.

El niño saltó riendo a su interior. El agua le llegaba apenas por las rodillas, pero chapoteó y se tumbó para mojarse por completo, sin dejar de reír. El pequeño canal parecía hecho a su medida, con el agua renovada mansamente por los extremos de las olas.

Katharina y yo nos sentamos en el borde, con los pies en el agua. Nuestro hijo nos salpicaba para que nos uniésemos a él. Respondíamos chapoteando con los pies y salpicándolo a su vez, lo que le hacía gritar de gozo. No parecía cansarse de jugar en el agua. Después del baño tendría hambre y querría que volviéramos a sacar nuestras cosas y comiéramos algo. Su madre sonreía y aplaudía todos sus saltos y falsas zambullidas.

Poco después Katharina declaró que le gustaría nadar un poco. Entró en el canal mayor y con enérgicas brazadas se alejó hacia su extremo.

Yo me quedé con el niño. Recordé las fotos que nos había hecho el hombre del helicóptero: los tres abrazados, soportando juntos el vendaval producido por el aparato. Se me ocurrió llamar al servicio de salvamento marítimo y ponerme en contacto con aquel hombre. Quizá pudiera facilitarme una copia.

Los tres detenidos en un presente perpetuo. Un presente para ser recordado y del cual aprender.

A menudo lamento no haberlo hecho.

SOY DUEÑO DE ESTE PERRO

Había un hombre y una mujer pescando desde un bote. Una pelusa de bruma matinal cubría la superficie del embalse. Los sedales se perdían de vista antes de llegar al agua.

La mujer ahogaba un bostezo cuando se agitó su caña. Al instante volvió a quedar inmóvil. Despacio, cogió el mango con ambas manos y asentó los pies en la borda. El hombre la miraba por encima del hombro. La caña sufrió otra sacudida, se curvó hacia abajo. El carrete arrancó a ronronear y después a silbar. El punto donde el sedal penetraba en la bruma se desplazó a la derecha, dio un quiebro y fue hacia la izquierda. Luego se acercó al pequeño bote de fibra de vidrio, para finalmente alejarse de él. El carrete liberó metros de sedal sin que la mujer se lo impidiera, hasta que la fuerza que tiraba de él cesó de repente. La caña tomó forma recta de nuevo. La mujer accionó el carrete, recuperando hilo sin hallar resistencia. El anzuelo había desaparecido.

Masculló una maldición, más fruto del aburrimiento que del fastidio. Posó la caña y revolvió en la caja de los aparejos. Junto a esta descansaba el cubo en que habían pensado guardar la pesca del día y que permanecía vacío.

Otra vez, se quejó el hombre. ¿Llevas sedal de 0,5?

Igual que tú.

¿Y el anzuelo?

De los forjados. Y solo nos queda uno más.

Él chasqueó la lengua.

Es por el sedal. El de 0,5 es poco.

No me recuerdes lo obvio, replicó ella.

Los movimientos de la mujer hicieron mecerse el bote. Aparte de eso todo estaba sereno. Desde la orilla llegaban gorjeos mañaneros. Una garceta atravesó la bruma a escasa distancia del bote. El hombre apoyó su caña contra la borda y desenroscó la tapa de un termo.

¿Quieres?, ofreció a su mujer.

Ella meneó la cabeza, concentrada en empatar el último anzuelo.

El hombre se sirvió café en un tazón provisto de tapa y se recostó contra el motor fueraborda.

El cielo iba adoptando un tono gris vidrioso. En la orilla una ringlera de álamos asomaba sobre la bruma. Más allá estaba la central nuclear. El imponente paraboloide de la torre de refrigeración se alzaba hasta gran altura, todavía con las balizas de posición encendidas. De su gran boca manaba una nube de vapor de agua que, con el frío de la mañana, presentaba una apariencia consistente y bulbosa, como un colosal cerebro albino.

Veinte años atrás uno de los ingenieros estadounidenses que supervisaron la construcción de la central se había topado con el embalse durante uno de sus paseos. El lugar tenía una forma aproximadamente circular, con unos doscientos metros de diámetro, y no parecía prestar servicio de ningún tipo. El dique de hormigón se hallaba adornado con pintadas.

El ingeniero no estaba disfrutando de la estancia en el extranjero. Padecía una profunda añoranza de su Wisconsin natal, y en particular de su gastronomía. Cuando dio con el embalse, de inmediato empezó a rondarle la idea de que aquel plácido depósito de agua dulce podía ayudarle a aliviar su nostalgia. Una rápida averiguación confirmó sus suposiciones. El embalse había sido construido para facilitar agua de refrigeración a una pequeña central eléctrica, ya en desuso. Las únicas funciones que continuaba desempeñando eran servir como lugar de pesca a los lugareños y para que los más jóvenes se bañaran durante el verano. El nostálgico ingeniero se acarició el mentón, complacido. Sin demora se puso en contacto con una compañía inglesa que prestaba servicio a viveros y restaurantes. Realizó un pedido de alevines de esturión lacustre, que le fueron remitidos por vía aérea. En cuanto los tuvo en su poder, los soltó en las aguas del embalse. Ya se relamía pensando en los platos de esturión con jengibre de los que disfrutaría al cabo de poco tiempo.

Los peces foráneos se adaptaron bien al medio. Proliferaron en gran número, en especial después de que el ingeniero de Wisconsin y sus colegas terminaran su labor y regresaran a sus hogares. Los esturiones crecieron. Crecieron mucho; hecho del que no pocos culparon a la presencia, a escasos cientos de metros, de un reactor de fisión. Los pescadores locales contaban historias sobre ejemplares de metro y medio de largo, revestidos de placas óseas duras como el metal y armados con mandíbulas erizadas de dientes. Los esturiones acabaron con la fauna del embalse y se convirtieron en sus amos y señores. Las orillas se llenaron de carteles que alertaban del peligro y prohibían el baño. Cuando un equipo de buceadores tuvo que reparar la válvula de alivio del dique, puso como condición hacerlo protegido por una jaula antitiburones. El estilo de pesca que practicaban los lugareños, relajado y poco exigente, más una disculpa para pasar un rato al aire libre que una verdadera actividad deportiva, dio paso a algo que se asemejaba a la caza mayor. En tales circunstancias, los pescadores fueron desistiendo uno a uno y solo de vez en cuando aparecía alguien que, habiendo escuchado las historias que circulaban por los bares, se atrevía a probar suerte.

El sol ya estaba alto cuando la mujer y el hombre oyeron unas voces procedentes de la orilla, entre las que sobresalían unos ladridos agudos.

Para entonces no quedaba rastro de la bruma y pudieron ver claramente una grúa de carretera aparcada junto a un embarcadero destartalado. Al lado del vehículo había tres personas: dos hombres y un niño. De los hombres, uno era de mediana edad, apreciablemente robusto, y vestía ropa de faena: botas, tejanos manchados de grasa y una cazadora adornada en la espalda con el mismo logotipo que aparecía en los laterales de la grúa. El otro era más joven, su edad podía situarse al final de la adolescencia, sin que llamara la atención en él ningún rasgo destacable, al margen de lo que estaba haciendo. Los dos permanecían arrodillados y manipulaban algo que, desde el bote de la pareja, quedaba oculto a la vista. El niño, de unos diez años, los observaba sin perder detalle. Permanecía inmóvil, a una distancia prudencial, con los brazos colgando.

Desde el bote, el hombre y la mujer oyeron decir al que supusieron que era el conductor de la grúa:

Sujétalo bien. No lo sueltes.

Luego se levantó y corrió a la parte trasera del vehículo. Al quitarse de en medio, el hombre y la mujer pudieron ver en lo que estaban ocupados. Era un perro. Un cachorro. El joven lo mantenía sujeto contra el suelo; con una mano le aferraba la cadera y con otra la cabeza. El animal se revolvía con una energía sorprendente para su pequeño tamaño y ponía en serios apuros a su captor, que empleaba todo su peso para controlarlo.

El conductor regresó cargado con algo que parecía un bloque de hormigón, con la forma y el tamaño aproximados de una caja de zapatos.

Aguanta un poco más, pidió al joven. Y tú, añadió dirigiéndose al niño, métete en la grúa.

El niño retrocedió unos pasos y volvió a quedar inmóvil, sin despegar los ojos del animal que se debatía en el suelo. El conductor no se entretuvo en repetir la orden, devolviendo su atención al perro. Dejó caer el bloque al suelo. Con un par de rápidos movimientos se liberó de su cinturón y volvió a arrodillarse.

En el bote, el hombre se puso en pie para ver mejor, con lo que la embarcación osciló peligrosamente.

¡Eh!, gritó. ¿Qué pasa ahí?

El conductor le dedicó un vistazo sobre el hombro y volvió a lo suyo. El joven gritó:

¡Déjennos en paz! ¡Métanse en sus asuntos!

¿Qué hacen?, preguntó la mujer. A continuación repitió la pregunta más alto, para que la oyesen desde la orilla. Aunque nadie respondió.

Cógelo. Cógelo bien, dijo el conductor. Vamos a levantarlo.

Él y el joven se pusieron en pie con dificultad. El primero sujetaba el bloque de hormigón y el otro hacía lo mismo con el cachorro, cuidándose de que no le alcanzaran los mordiscos. El conductor había rodeado el bloque con su cinturón y atado este a una pata trasera de animal.

Vamos. Despacio.

Entre los dos llevaron el conjunto de bloque y cachorro al embarcadero.

Van a tirarlo al agua, dijo la mujer, alarmada.

El hombre se abalanzó sobre el fueraborda y empezó a tironear del cordón de arranque. El motor petardeó, resistiéndose a ponerse en marcha.

Rápido, rápido, suplicó la mujer. Luego gritó a los de la orilla: ¡No lo hagan! ¡No lo hagan!

El conductor y el joven la ignoraron. Sortearon las tablas podridas del embarcadero hasta llegar a su extremo.

A la de tres, dijo el conductor.

El niño los había seguido para ver de cerca lo que iba a pasar.

Hicieron oscilar adelante y atrás el bloque y el cachorro. Adelante y atrás. A la tercera los soltaron.

El animal lanzó un gañido mientras trazaba un arco en el aire.

El fueraborda se puso en marcha.

El bloque impactó contra la superficie levantando una columna de agua verdosa, y el cachorro desapareció tras él.

El hombre manipuló el timón y enfiló el bote hacia el embarcadero. Al mismo tiempo la mujer sacó una navaja de la caja de aparejos y se desembarazó del chaquetón con que se había protegido del frío del amanecer.

¡Fuera! ¡Largo!, les gritó el joven desde el embarcadero, aunque su voz sonaba más asustada que colérica.

El bote solo tardó unos segundos en llegar adonde se había hundido el cachorro. Ondas concéntricas agitaban todavía el agua. La superficie era opaca. No podían ver al perro ni saber la profundidad del embalse en aquel punto. A pesar de ello la mujer se lanzó al agua de cabeza.

Un frío plateado la envolvió y sus manos se hundieron hasta las muñecas en el légamo del fondo. Filamentos de vegetación le acariciaron la cara. El agua tenía un color verde amarillento. Hizo un esfuerzo consciente por no soltar la navaja que llevaba en la mano. Giró la cabeza a un lado y al otro buscando al perro. A un par de metros el agua estaba más turbia a causa del légamo levantado por el bloque al golpear el fondo. Una figura borrosa se debatía dando tirones. Llegó a ella de una sola brazada. Tanteó hasta encontrar el cinturón que sujetaba al cachorro y empezó a cortar. De la boca del animal brotaban racimos de burbujas que ascendían hacia la luz.

En la superficie el hombre detuvo el motor. El bote estaba a tres metros escasos del embarcadero, donde el conductor de la grúa apretaba los puños y le increpaba a gritos. El hombre empuñó el gancho destinado a izar los esturiones sobre la borda y adoptó una pose amenazadora.

¡Fuera de aquí, animales! ¡Aquí ya habéis terminado!

El conductor pataleaba, haciendo que una lluvia de astillas se desprendiera del embarcadero y cayera al agua. Su cara había adoptado un tono cárdeno brillante. Amenazaba al hombre con los puños. Se produjo un intercambio de gritos, insultos y maldiciones durante el que el de la grúa llevó la voz cantante, imponiéndose en volumen y virulencia. El joven lo retenía como si temiera que fuera a lanzarse al agua. El niño rompió a llorar sin que nadie le prestara atención.

Entonces la mujer volvió a la superficie con un profundo sonido de inhalación. Llevaba al cachorro abrazado y el animal se debatía como si quisiera encaramarse a lo alto de su cabeza, lo más lejos posible del agua.

El hombre se apresuró a ayudarlos. Primero izó al cachorro tomándolo por la piel del cuello. Luego agarró a su mujer y tiró de ella. La embarcación se escoró, a punto de volcar. En el embarcadero continuaban los insultos. El conductor de la grúa se tironeaba del pelo.

¡Suéltenlo! ¡Devuélvanlo al agua!

Repetía las mismas palabras una y otra vez mientras hacía equilibrios al borde del embarcadero. El joven lo mantenía abrazado y tiraba de él hacia atrás. El niño se había acuclillado y continuaba llorando. Ofrecía un aspecto patético; se tapaba las orejas para no oír los gritos.

¡No saben lo que están haciendo! ¡Devuélvanlo al agua! ¡Al agua!

Una vez a bordo, la mujer se derrumbó en el fondo del bote. Sus ojos se cruzaron con los del cachorro, que había encontrado refugio bajo un banco y tiritaba y sufría arcadas. El hombre se abrazó a ella.

¿Estás bien?

Respondió agitando la cabeza.

Él arrancó el fueraborda, viró y se alejó del embarcadero. La distancia y el ruido del motor enmudecieron los gritos del conductor de la grúa, que continuaba advirtiéndoles de que no sabían lo que hacían.

El cachorro vomitó una bocanada de agua. La mujer lo atrajo hacia sí y lo acarició mientras le susurraba que ya había pasado todo, que todo estaba bien, que no se preocupara.

Se detuvieron en el centro del embalse. Desde allí vieron cómo el de la grúa discutía con el joven. El primero señalaba hacia el bote y el otro trataba de calmarlo y señalaba a su vez al niño, que seguía llorando.

Al cabo de un rato el de la grúa pareció calmarse lo bastante como para atender las peticiones de su compañero. Alzó el puño hacia el bote en un último gesto de amenaza o advertencia. El joven había tomado al niño en brazos. Los tres subieron a la grúa, que al ponerse en marcha soltó una nube de gases azules por el escape.

Hombre, mujer y perro aguardaron en el bote, a salvo en el embalse infestado de esturiones.

Concluyeron que el acto de arrojar el cachorro al embalse estaba motivado por la aridez moral del conductor de la grúa, que deseaba presenciar cómo los esturiones despedazaban al indefenso animal. A esta acusación se añadía el agravante de haberse acompañado de público; en especial, de un niño.

La mujer dijo que se quedarían con el cachorro. Lo dijo en el coche, de camino a la ciudad. No lo planteó como una posibilidad sino como una decisión firme. Ella era la rescatadora. Ella decidía.

Llevaba al animal en el regazo, envuelto en una manta. Ella se había quitado la ropa mojada e iba cubierta por el chaquetón del hombre. La calefacción del coche estaba puesta al máximo.

Él aceptó. Los miró mientras conducía, a ella y al animal, e hizo un gesto de asentimiento.

Vivían en una casa con jardín; tenían espacio más que suficiente para el perro. Lo cierto era que llevaban un tiempo pensando en hacerse con una mascota. Ella quería un perro. Él prefería un animal más tranquilo, un gato. Lo ocurrido en el embalse había puesto fin a la disputa. Si alguno de los dos hubiera tenido inclinación a lo poético quizá habría vislumbrado en el rescate una suerte de metáfora: un ser en la primera etapa de su vida que era extraído del agua. Un nacimiento. O de modo más preciso: un renacimiento.

¿De qué raza es?, preguntó él.

No lo sé. Parece un mastín.

Tiene mucho pelo para un mastín.

¿Terranova?, propuso ella.

Tiene las pezuñas pequeñas para un terranova.

Y seguro que no es un pastor alemán.

Será mezcla.

La mujer acarició al cachorro. Todo él era negro, sin la menor mancha de otro color. La tonalidad no se aclaraba en ninguna parte de su cuerpo.

Mañana lo llevaremos al veterinario para que lo revise y vacune. Él nos aclarará la raza, dijo ella.

En cuanto llegaron a casa y lo soltaron, el cachorro se lanzó a olfatear los rincones. Correteaba de un lado a otro meneando el rabo. El hombre y la mujer aguardaron en pie en el recibidor, uno junto al otro, presas de una satisfacción cercana al orgullo al comprobar que su hogar, y ellos mismos, estaban siendo examinados y aprobados.

Parece contento.

Sí. Parece contento.

Como si necesitaran una confirmación más, el cachorro trotó hasta ellos, emitió un par de sonoros ladridos y trazó una cabriola en su honor.

Le pusieron de nombre: Bruto.

* * *

En los meses siguientes el cachorro creció hasta convertirse en un perrazo, y ni el veterinario ni ninguno de los expertos que lo examinaron pudo determinar cuál era su raza. Coincidían en que debía de tratarse de una mezcla, aunque cada uno proponía una combinación diferente. Bruto poseía la talla aproximada de un pastor alemán; tenía la grupa baja, como la de esta raza, si bien su pecho era de mayor anchura y las patas delanteras estaban levemente arqueadas, como las de un bulldog. El pelo, que continuaba siendo tan negro como de cachorro, era largo y lanudo. El rabo, sin embargo, contaba con un pelaje más fino y corto y se curvaba hacia el lomo como la cola de un escorpión, concluyendo en una marcada punta. Tenía las orejas caídas y el hocico más bien chato. Alrededor de los ojos le colgaban unos pliegues de pellejo que era necesario untar con vaselina para que no se le agrietaran. El color de sus iris era amarillento; color miel para unos, azufre para otros. Presentaba, en conjunto, una apariencia que no pocos tachaban de amenazadora.

El carácter de Bruto, sin embargo, no coincidía con su aspecto. Era un animal tranquilo que podía pasar horas tendido en una alfombra sin mover un músculo. Apenas ladraba y cuando lo hacía sus ladridos eran breves y profundos.

Dormía en la parte trasera de la casa, donde tenía una caseta de madera construida por encargo. Los demás perros del vecindario lo evitaban. En cuanto captaban su proximidad abandonaban lo que estuvieran haciendo y se alejaban con la cabeza gacha. Bruto no se metía en peleas. No tenía necesidad.

Su presencia en la casa trajo otros beneficios además del de la compañía. Era un guardián de primera. La noche en que la mujer fue asaltada por un desconocido mientras hacía *jogging* cerca de su casa, bastó un grito para alertar al perro, que, materializándose de las sombras, puso en fuga al asaltante sin más que sacar a relucir los dientes y lanzar un par de ladridos. Cuando una ola de robos atacó el barrio, el del hombre y la mujer fue uno de los inmuebles que no se vieron afectados, hecho que explicaron por la presencia del perro. Por las noches este rondaba alrededor de la casa libre de ataduras, extendiendo su aura protectora sobre el lugar. Un par de ojos fosforescentes flotando en la negrura.

Cuando el hombre y la mujer tuvieron un hijo, no pensaron —ni siquiera se lo plantearon— que Bruto pudiera ser una amenaza para el bebé.

Una mañana, cerca de dos años después de que Bruto llegara a la casa, el hombre salió al jardín y lo llamó, como hacía cada día antes de ir al trabajo. Lo normal era que Bruto saliera a paso ligero de su caseta y se acercara meneando el rabo para seguirlo a la cocina, donde se le servía el desayuno, consistente en pienso granulado y sobras del día anterior. En esta ocasión sin embargo el perro no respondió a la llamada. El hombre silbó y lo llamó de nuevo. Al no obtener respuesta fue a la caseta y se acuclilló ante la puerta. Estaba vacía. En un rincón descansaban una pelota de caucho y un hueso sintético destinado a fortalecer las mandíbulas del animal.

Volvió a llamarlo, una vez más sin resultado. Salió a la calle y miró en una dirección y en otra sin ver al perro. Echó una ojeada a los jardines colindantes. Allí tampoco lo vio.

Se estaba haciendo tarde; debía ir al trabajo.

Entró en la casa y explicó a la mujer lo que pasaba.

Coincidiendo con el nacimiento de su hijo, ella se había tomado un año sabático en su trabajo, así que no tenía prisa por levantarse. Lo escuchó desde la cama, todavía medio dormida. Esa noche el bebé había llorado más que de costumbre; estaban empezando a salirle los dientes.

¿Cómo que no está? Él nunca sale del jardín.

No te preocupes. Volverá enseguida.

La mujer se había erguido y lo miraba con alarma.

Habrá olido a una hembra, trató de calmarla él. Fuiste tú quien no quiso que lo castráramos.

Y repitió:

No te preocupes. Aparecerá en cuanto tenga hambre. Nunca se ha saltado un desayuno.

Ella volvió a tumbarse y se quedó mirando al techo.

Tengo que irme. Se me hace tarde.

Se inclinó y la besó en la frente, pero ella no hizo gesto alguno, como si no lo hubiera notado.

Llámame en cuanto regrese, pidió el hombre.

Ella asintió.

No estaba preocupado. A diferencia de su mujer, él sabía que Bruto se daba algún paseo nocturno de vez en cuando. Buscaba nuevas esquinas donde mear. En un par de ocasiones en que se había levantado de madrugada, había encontrado el jardín desierto. Ambas veces, a la mañana siguiente Bruto estaba de vuelta, puntual al desayuno. Para no preocupar a su mujer, y como no le parecía importante, no se lo dijo.

Lo que sí había hecho fue averiguar cómo se las arreglaba Bruto para escapar del jardín. Tanto por su parte anterior como por la posterior, el terreno que rodeaba la casa estaba delimitado por un muro de tres metros de alto. Era imposible que el perro lo hubiera saltado. Sin embargo, a los lados había otras dos viviendas. En ambos casos los jardines estaban separados por setos tupidos y de altura suficiente para salvaguardar la intimidad. Durante su inspección el hombre encontró un hueco en uno de ellos, a la altura del suelo, donde el follaje era menos denso y permitía deslizarse al otro lado. En la tierra bajo el hueco, húmeda por efecto de los aspersores de riego, distinguió una de las inconfundibles huellas de Bruto. El hombre apartó las frondas y espió el terreno contiguo. En este caso el muro que lo separaba de la calle apenas tenía un metro de alto. El perro podía superarlo sin dificultad.

Era lógico.

Debía de tener una vía de salida. ¿Cómo se explicaba si no su veloz auxilio la noche en que la mujer fue asaltada? En aquel momento el alivio por que no hubiera nada que lamentar lo eclipsó todo. No dieron vueltas a la aparición de Bruto, limitándose a explicarla suponiendo que la portilla del jardín estaba abierta. Cada vez que recordaban lo ocurrido, los puntos en que se centraban eran el aspecto atemorizador del asaltante, con una mano hundida en el bolsillo de su cazadora, donde se adivinaba un objeto punzante; y, por supuesto, la irrupción de Bruto, aparecido de la nada, con el lomo erizado y el rosa de las encías a la vista; y cómo le habían bastado un par de ladridos retadores para que el desconocido diera media vuelta y arrancara a correr patinando sobre el adoquinado.

A la mujer le encantaba contar la historia del rescate. A las visitas, a su familia, en las reuniones de amigos... Si Bruto estaba presente, le acariciaba la cabeza mientras tanto, y él la miraba lánguidamente con sus ojos mitad miel, mitad azufre. La mujer hablaba de lo sucedido emocionándose a medida que avanzaba la narración; adornándola y añadiéndole suposiciones. Gracias a Bruto no había pasado nada.

Años atrás la mujer lo había salvado a él de morir ahogado, y ahora él la salvaba a ella. Se había cerrado un círculo.

El hombre no participaba en la narración, optó por guardar silencio. Por supuesto se alegraba de que ella no hubiera sufrido daño; sin embargo, habría preferido que las cosas hubieran discurrido de forma diferente. Que el final feliz no hubiera dependido del perro; o al menos no solo de él. Porque el hombre también estaba en casa en el momento del asalto, a solo unas decenas de metros. Estaba en el salón, repantigado en el sofá, con los zapatos quitados y pulsando al tuntún el mando a distancia del televisor. No había oído el grito de su mujer. No tuvo noticia de lo ocurrido hasta que ella apareció en el salón incapaz todavía de articular palabra, con Bruto asomando entre sus piernas y meneando el rabo, orgulloso.

Este resentimiento, al que se negaba a dar el nombre de celos, surgió más tarde, después de oír la historia unas cuantas veces. Por espacio de varios días, después del asalto frustrado, se había sentido más unido que nunca a su mujer, ansioso de cuidarla y darle cuanto pudiera necesitar y desear.

Por aquel entonces hacía tiempo que él venía experimentando una inquietud creciente. Inquietud referida a su mujer. A ellos dos, en realidad. Su convivencia discurría plácida y la pareja que formaban era la envidia de sus amistades, pero él no estaba seguro de que sus sentimientos fueran tan sólidos y cristalinos como lo habían sido antes. Cada vez con mayor frecuencia, para invocar tal intensidad de sentimientos se imaginaba a su mujer víctima de algún mal, una enfermedad o un ataque físico, como el que no había llegado a producirse aquella noche. Y entonces el dolor que acompañaba a la imagen de su mujer tendida en una cama de hospital, desvalida y conectada a una batería de aparatos electrónicos, le inoculaba una nueva dosis de emoción, hacía que su amor reverdeciera.

Pero cada vez que recurría a semejante práctica brotaban también las dudas de si lo que hacía era lícito, y, peor aún, de si lo que obtenía como resultado era verdadero o solo una ilusión, emociones autoinducidas.

Más tarde ella quedó embarazada y nació el bebé, y, por un tiempo, nuevas preocupaciones hicieron que el hombre dejara a un lado sus dudas.

Que, a diferencia de otras veces, esa mañana Bruto hubiera prolongado su ausencia hasta más allá del amanecer no le preocupó. Para cuando llegó al laboratorio farmacéutico donde trabajaba ya se había olvidado del tema.

Cerca del mediodía su secretaria lo interceptó en un pasillo y le comunicó que su mujer había llamado.

Ha dicho que el perro ya está en casa.

La secretaria era atractiva. Llevaba el cabello recogido en la coronilla, de un modo informal y elaborado al mismo tiempo. El hombre se sintió avergonzado al oír el mensaje. No era algo importante, no merecía la molestia de una llamada de teléfono.

Gracias, dijo. Se había escapado. Esta mañana no estaba en su caseta, se sintió obligado a explicar.

La joven sonrió de manera fugaz, apenas un breve ensanchamiento de la línea de la boca, sin hacer comentarios.

Cuando esa tarde abrió la puerta de la casa, salieron a recibirle un espeso olor a lengua de ternera cocida y un torrente de palabras en italiano. El olor provenía de la cocina y el italiano del equipo de música que había en el salón. Sonaba un CD de un curso de idiomas. Su mujer escribía guías de viaje. Cuando concluyera su año sabático, empezaría a investigar para una dedicada a Pisa y Florencia. Tenía que refrescar su italiano.

Entró en la cocina, donde el olor era más intenso. No le gustaba la lengua de ternera. El tufo le repugnaba. Había una olla al fuego.

La mujer paseaba canturreando, con el bebé en la cadera. Cuando lo vio entrar se detuvo y se giró para que el niño quedara mirando hacia él.

Mira quién ha llegado, dijo. Mira. ¿Quién es? Es papá. Sí, papá.

El bebé se agitó. El movimiento no podía calificarse de saludo.

Bruto descansaba en un rincón. Se puso en pie lentamente y se aproximó al hombre meneando la cola. Le olfateó los zapatos y las perneras y le hundió el hocico en la entrepierna.

El hombre lo apartó.

Así que has vuelto.

Bruto regresó a su rincón, donde medio se tumbó, medio se dejó caer.

Deberías haber visto la pinta con que ha aparecido, dijo la mujer. Hecho un asco. He tenido que meterlo en la bañera.

Sucio, ¿eh?

Asqueroso. Con manchas de grasa.

Se habrá arrastrado bajo algún coche.

Y creo que ha comido algo por ahí. Quiero decir cazado algo, matizó ella.

¿…?

Traía sangre en el hocico.

En el parque hay ardillas. Le gusta perseguirlas. Habrá atrapado una esta vez.

No era sangre de una ardilla.

¿Cómo puedes saberlo?

La pregunta le salió acompañada de un tonillo burlón.

Ella se encogió de hombros.

Era bastante sangre.

¿Dos ardillas? ¿Tres?

La mujer soltó un bufido, como si le ofendiera la idea de que su perro se rebajara cazando roedores.

La cena estará en diez minutos.

Sin decir más reanudó sus paseos con el bebé.

El hombre salió camino del cuarto de baño. Antes de llegar dio media vuelta y volvió a la cocina. Fue hasta su mujer y le dio un beso, y otro al bebé.

Tengo hambre, dijo. Y luego:

Hay un agujero en el seto, cerca del muro trasero. Supongo que habrá pasado por ahí al jardín de los vecinos, y de allí a la calle.

¿Un agujero? ¿Desde cuándo?

No lo sé. Acabo de verlo.

Acostumbraba a comer en los laboratorios, en una sala habilitada para ello. Llevaba algo preparado de casa. A la hora de la comida una docena de personas, siempre las mismas, se congregaba alrededor de una vieja mesa de reuniones. El resto de empleados comía en sus casas o en los restaurantes cercanos.

Al día siguiente de la desaparición y posterior regreso de Bruto, durante la comida uno de los presentes mencionó una noticia que había leído en el periódico. Alguien había muerto por el ataque de un animal. Un hombre de mediana edad. Había ocurrido el día anterior, a las afueras de la ciudad.

El hombre alzó la vista de su plato y prestó atención.

La noticia no sería llamativa, prosiguió el que había hablado, si no fuera por las circunstancias que la rodeaban. Nadie había visto nada. La víctima había sido encontrada con la garganta desgarrada. El animal se había ensañado. Casi le había arrancado la cabeza. La policía creía que se trataba de un perro, basándose en las huellas halladas en el lugar.

Cuando terminó el descanso para comer, el hombre recorrió los pasillos hasta dar con un periódico abandonado en una mesa. La noticia aparecía a una única columna, al final de la sección de sucesos, sin fotografías. La leyó detenidamente. La víctima, de quien solo figuraban las siglas, había sido atacada en su lugar de trabajo, alrededor de las siete de la mañana, o así se estimaba. Era propietario de un servicio de grúas de carretera. El asalto del animal se había producido al aire libre, en el aparcamiento donde se guardaban los vehículos. El cadáver lo había descubierto el hijo mayor de la víctima, empleado también en el negocio.

Al cerrar el periódico le temblaban las piernas. Pasó el resto de la tarde como en una nube, refugiado en su despacho. En cuanto llegó la hora de salida, corrió a la calle y compró tres periódicos diferentes. Los tres recogían el suceso. Uno de ellos mencionaba el nombre del servicio de grúas: Zenit.

Cuando entró en casa y saludó, su mujer respondió desde el dormitorio. La encontró tumbada en la cama, hojeando una gramática italiana. A su lado, en la cuna, el bebé agitaba los bracitos. Bruto también estaba en la cama, tendido con la cabeza sobre las rodillas de la mujer. Cuando vio al hombre hizo oscilar el rabo restregándolo contra la colcha.

Ya sabes que no me gusta que suba ahí.

Bah, no empieces, dijo ella.

Vamos, baja. ¡Baja!, ordenó al perro, que se limitó a seguir meneando el rabo.

Al final tuvo que empujarlo para que se bajara. Tirando de él lo sacó de la habitación y luego de la casa. En el jardín Bruto se lo quedó mirando como si esperara algo. El hombre cerró la puerta y volvió al dormitorio. La mujer apartó el libro cuando entró.

¿Se puede saber qué te pasa?

Él tomó asiento en el borde de la cama y le tendió el fajo de periódicos.

Ya he leído la prensa.

¿Esto también?

Buscó la noticia y se la enseñó. Ella leyó con el ceño fruncido. Cuando terminó alzó la vista.

Estás insinuando que…

¿Que lo ha hecho nuestro perro?, concluyó él. No lo sé. Pero todo coincide. A la hora en que pasó Bruto no estaba aquí. Y también está lo de las grúas. ¿Te acuerdas de la grúa que había en el embalse?

Claro que me acuerdo, dijo la mujer, y se cruzó de brazos. Lo que quieres decir es que el muerto podría ser el hombre que intentó ahogar a Bruto.

Él guardó silencio mientras buscaba las palabras adecuadas. Al final suspiró y se encogió de hombros.

No lo sé, reconoció. Ningún periódico incluye una foto.

La mujer saltó de la cama a la vez que lanzaba una carcajada.

Por favor. ¡Es ridículo!

La voz le salió lo bastante alta y crispada como para que el bebé iniciara un llanto quedo. Ella lo acunó a la vez que le susurraba unas palabras tranquilizadoras. El hombre, mientras tanto, se dedicó a barajar los periódicos, releyendo la noticia por enésima vez. Cuando la criatura se hubo calmado, la mujer dijo sin dejar de susurrar:

Lo que sugieres es ridículo.

Es difícil de creer.

¡Es ridículo!, exclamó ella alzando de nuevo la voz. Hablas de Bruto. Lleva toda la vida con nosotros. Nunca ha dado problemas.

Solo te estoy enseñando esto, respondió él, y agitó los periódicos. Solo quiero saber qué piensas tú.

Ella lo miró con una sonrisa petrificada.

Pues ya lo sabes. No le des más vueltas.

El hombre respiró hondo. Se levantó de la cama y dio unos pasos por la habitación. Luego entró en el vestidor contiguo y empezó a quitarse la ropa que había llevado al trabajo. Ganaba tiempo antes de decir algo más. Y su mujer lo sabía. Cuando salió del vestidor con unos tejanos y un jersey viejo se la encontró de brazos cruzados, apoyada en el marco de la ventana, esperando.

Dijiste que había vuelto manchado de grasa, se lanzó él.

Hay grasa por todas partes. Tenemos montones en nuestro propio garaje. No puedo creer que estemos hablando de esto. Que hayas llegado a considerarlo.

Y de sangre.

¿De una ardilla? No, perdón. De dos ardillas. Eso fue lo que tú dijiste.

Sé lo que dije, pero…

Cariño, le interrumpió ella. Todo esto, toda esta conversación, es ridículo.

Alzó las manos en gesto conciliador antes de matizar:

Se trata de una coincidencia. Nada más. Seguro.

Ya…

Claro que sí.

Me disgusta que hayas pasado el día preocupado por esto, dijo ella.

No estaba preocupado, mintió el hombre. Me ha llamado la atención, simplemente.

Es comprensible. Pero ¿crees de veras que nuestro perro puede haber hecho algo así?

Después de unos segundos, él dijo:

No. Claro que no.

Por supuesto.

La mujer se sentó en el borde de la cama y dio unas palmaditas en la colcha, a su lado, para que él también tomara asiento. Luego le cogió la mano entre las suyas.

Aprecio tu preocupación. Eres una buena persona. Es normal que al ver esto, y señaló los periódicos, hayas pensado lo que has pensado. Pero no hay motivo para preocuparse. Estoy segura. Al cien por cien.

Pero supón, repuso él, solo supón, que en efecto haya ocurrido, que Bruto sea lo que casi ha arrancado la cabeza a ese desgraciado. ¿Qué deberíamos hacer en ese caso?

Ella respiró hondo, contuvo el aire y lo soltó despacio, esforzándose por mantener la calma.

De acuerdo, concedió. Supongamos que ha sido así. En ese caso tendríamos que acudir a la policía.

Antes de que él pudiera decir nada, ella alzó una mano en señal de que la dejara continuar.

Iríamos a la policía y ¿qué diríamos? Verá, agente, hace dos años rescatamos a un cachorro de morir ahogado. Unos energúmenos lo habían arrojado al agua para verlo morir. Y creemos que hace un par de noches, ese mismo cachorro, ahora un animal adulto y que nunca ha provocado el menor problema, sintió un arrebato de furia vengativa, se escapó de nuestra casa y buscó, guiado suponemos por un oscuro y arraigado instinto primitivo, al líder de aquellos energúmenos. Y cuando lo encontró se le lanzó al cuello.

Bien, lo he comprendido.

Pero ella no estaba dispuesta a detenerse.

Sí, señor agente, lo sabemos, prosiguió. Ya sabemos que nuestra casa está a diez kilómetros de donde tuvieron lugar los hechos. Y sabemos que, para llegar allí, nuestro perro tendría que haber atravesado dos autovías e innumerables zonas habitadas, y que aun así nadie ha visto nada. Y sabemos además que es difícil que luego pudiera haber recorrido todo ese camino de vuelta para estar en casa al mediodía.

Es suficiente, dijo el hombre poniéndose en pie.

¿Te has convencido?, quiso saber ella.

Sí. Lo has dejado muy claro.

Con las manos en las caderas miró por la ventana. No alcanzó a ver al perro en el jardín. Trataba de no sentirse molesto por las palabras de su mujer.

Cariño…, dijo ella a sus espaldas.

Qué, respondió sin mirarla.

No le des más vueltas.

De acuerdo.

Podemos encargar algo para cenar, propuso ella cambiando de tema.

Como quieras.

¿Te apetece una pizza?

Voy a echar un vistazo en el garaje.

¿Cómo?

Quizá haya algo para atarlo esta noche.

Creía que ya lo habíamos dejado claro.

Sí, pero hay que evitar que se escape. No está bien que ande por ahí a sus anchas. Podría arrollarlo un coche. ¿No crees?

Sí, claro, concedió ella.

El hombre salió de la habitación.

Y puedes pedir esa pizza, dijo alzando la voz. O lo que quieras.

En el garaje apenas había sitio para moverse. El coche y el bote de fibra de vidrio, montado sobre un remolque, ocupaban casi todo el espacio. Una capa de polvo cubría el bote. Hacía meses que no lo usaban. Mientras revolvía entre cajas, muebles viejos y trastos en desorden, el hombre daba vueltas a lo que habían hablado. Se dijo que su mujer tenía razón.

No era la primera vez que el perro se escapaba, y nunca había ocurrido nada. ¿Qué se suponía que había hecho en tales ocasiones? ¿Buscar al tío de la grúa?

Se rio de su ocurrencia.

Encontró un rollo de cuerda lo bastante gruesa y larga. Por el momento bastaría. Salió al jardín y ató un extremo al árbol que había junto a la caseta de Bruto. El perro acudió en cuanto lo llamó.

Tranquilo, tranquilo…, murmuró mientras ataba la cuerda al collar.

Cuando terminó se apartó unos pasos. Bruto olisqueó la cuerda. Gimió un poco. No le gustaba estar atado. Tironeó y giró la cabeza intentando alcanzar con los dientes el punto donde la cuerda se unía al collar. Tiró varias veces más, pero la cuerda se mantuvo firme. Por fin pareció darse por vencido.

Mientras se alejaba, el hombre sintió los ojos del perro clavados en la espalda.

Al día siguiente, en el trabajo, cogió unas páginas amarillas de la mesa de su secretaria y buscó un contratista de obras. Había decidido levantar sendos muros que separaran su propiedad de las colindantes. Así terminarían las escapadas del perro. Además, no quería tener problemas con los vecinos por culpa de Bruto. Seguro que tenerlo campando por sus jardines no les hacía gracia.

Habló con tres contratistas. Cada uno quedó en enviar a alguien para evaluar el trabajo y hacer un presupuesto. A continuación llamó a su mujer para decírselo.

Cuando colgó el teléfono se sentía satisfecho de cómo estaba manejando la situación. Esa tarde, de camino a casa, se detendría en una ferretería y compraría varios metros de cadena, junto con todo lo necesario para fijarla a la caseta del perro. Con eso quedaría zanjado el problema.

Era la hora que seguía a la pausa para comer y los laboratorios estaban en calma. Nadie parecía tener prisa. La puerta del despacho estaba entornada. Sobre la mesa le esperaba un montón de papeleo acumulado. Lo había rehuido durante días.

Cerró los ojos y se recostó en su silla. Todavía sostenía las páginas amarillas en las manos.

Al cabo de un momento se irguió y empezó a hojear con calma el grueso volumen, como si solo estuviera curioseando. Buscó el apartado de grúas de carretera. El anuncio de Grúas Zenit era uno de los más destacados. Figuraba un logotipo: dos líneas quebradas..., no, dos rayos. Sí, dos rayos que se cruzaban en diagonal formando un aspa.

Le pareció reconocer el dibujo que, dos años atrás, había adornado la grúa del embalse y la cazadora del conductor.

No estaba seguro. Hacía mucho tiempo. Y entonces no había prestado atención a semejantes detalles. El recuerdo era borroso. Intentó visualizar la escena. El conductor y el chico junto a la orilla, forcejeando con el cachorro, lanzándolo al agua. La grúa, unos diez metros detrás de ellos, escorada por la pendiente del terreno. Y en medio aquel crío que berreaba. El cielo estaba despejado. La luz era fría y brillante.

Grúas Zenit.

Zenit.

Dos rayos cruzados. Como las tibias de una bandera pirata. Sí. Era el mismo logotipo.

Estudió el anuncio de las páginas amarillas. Lo observó fijamente, tratando de imaginar lo que significaba aquella coincidencia. Después tomó nota de la dirección.

Cuando llegó a casa encontró aparcada delante la furgoneta de uno de los contratistas. Su mujer estaba en el jardín con el bebé en brazos. Se despedía de un joven musculoso que llevaba una tablilla de notas y una cinta métrica. En cuanto este lo vio acercarse, aceleró la despedida para no tener que repetir lo que ya había explicado a la mujer. Estrechó las manos de ambos antes de irse.

Nos enviará el presupuesto por correo electrónico, dijo ella.

¿Y los otros?

Vendrán mañana.

El hombre miró a su alrededor buscando al perro. No lo vio por ninguna parte. Llevaba la cadena para él en el maletero del coche.

¿Dónde está Bruto?

En su caseta, respondió la mujer, camino ya de la casa.

¿Lo has soltado?

No.

El hombre encontró a Bruto estirado en el césped, con la cabeza entre las patas delanteras. Cuando lo vio aparecer se le estremecieron las orejas, pero no hizo ningún movimiento más. Estaba en el mismo punto donde lo había dejado la noche anterior después de atarlo. La cuerda seguía anudada al collar. Sin embargo, no llegaba hasta el árbol al que había fijado el otro extremo. Se detenía a mitad de camino. Sobre el césped, a escasa distancia una de otra, descansaban dos puntas roídas y empapadas de babas.

El hombre se detuvo en seco.

Serás hijo de...

Bruto lo observaba sin mover un músculo. Casi se podía percibir el esfuerzo que hacía por resultar inexpresivo.

Meneando la cabeza, el hombre fue al garaje por la caja de herramientas. Media hora después había atornillado a un costado de la caseta una robusta chapa metálica de la que colgaba una argolla. El animal no le prestó atención, como si lo que hacía no tuviera que ver con él.

A continuación, mediante sendos mosquetones de acero, fijó un extremo de la cadena a la anilla y el otro al collar de Bruto. Este siguió inmóvil. El hombre recogió las herramientas y se alejó satisfecho; sensación que se vio acrecentada en cuanto dobló la esquina de la casa y oyó tintinear la cadena. El perro lanzaba embates para comprobar su resistencia.

El local de Grúas Zenit estaba en una calle tomada por negocios de venta, alquiler y reparación de maquinaria pesada. Entre edificio y edificio se extendían solares repletos de camiones de volquete, excavadoras, perforadoras y compresores neumáticos. Grúas Zenit no era una excepción. Disponía de una nave para el taller y las oficinas, y de un parking anexo. En este había media docena de grúas, pintadas de amarillo y azul, con el logotipo de los dos rayos serigrafiado en las puertas. El suelo era de tierra y estaba surcado por infinidad de rodadas. Había sido allí donde se produjo el ataque del perro.

El hombre aparcó delante del local. Hacía dos días que llevaba la nota con la dirección en la cartera. Durante todo ese tiempo no había dejado de preguntarse si merecía la pena visitar el lugar. Concluyó que no tenía nada que perder, que en el peor de los casos solo parecería un morboso ávido de detalles.

Esa mañana había llamado por teléfono y preguntado por el encargado. Una voz de mujer lo interrogó por el motivo de su llamada. Él dio un nombre falso y dijo que trabajaba para un periódico. La voz al otro extremo del hilo le informó de que ni la empresa ni los familiares del difunto deseaban hacer declaraciones. Antes de que le colgara, el hombre preguntó cuál era el nombre del encargado. Ella se lo facilitó a regañadientes.

Es el hijo del difunto, ¿verdad?

Sí, respondió ella, y colgó.

Cruzó la entrada de Grúas Zenit. Ya casi había anochecido. Muchos locales habían cerrado ya. Sin embargo, en la nave de las grúas aún había actividad. Dos hombres se afanaban en el motor de un vehículo y otro más iba y venía acarreando piezas y herramientas. Las oficinas consistían en unos cubículos prefabricados. El más próximo a la entrada tenía la puerta abierta. Dentro, una mujer que rondaría los cincuenta, vestida de modo demasiado elegante para el lugar, trabajaba ante un ordenador. Sentada con la espalda erguida y los codos pegados al cuerpo, tecleaba a ritmo sostenido. El hombre supuso que era con quien había hablado esa mañana.

¿Qué desea?, preguntó la mujer.

Dijo que quería ver al encargado, al que se refirió por su nombre de pila.

La mujer enarcó una ceja, los dedos todavía sobre el teclado.

¿Con qué motivo?

Personal. Soy..., perdón, era amigo de su padre.

Ella le dedicó una mirada fría antes de querer saber su nombre.

Esta vez no mintió y dio el verdadero. Había decidido que cuanto más se aproximara a la verdad en todo lo que dijera, menos probabilidades tendría de despertar sospechas.

Respaldó la respuesta entregándole una de sus tarjetas de empresa. Confiaba en que el logotipo de los laboratorios y el título de doctor en Medicina fortalecerían su credibilidad. Ella la examinó con el ceño fruncido.

Un momento, murmuró abandonando su mesa. Llamó a la puerta del cubículo contiguo y pasó sin esperar respuesta. Dentro se oyeron unos cuchicheos.

Puede pasar, dijo la mujer cuando salió al cabo de un instante.

El hombre entró y ella cerró la puerta.

Estaba en un despacho de dimensiones más que reducidas. Un escritorio y un archivador ocupaban casi todo el espacio. En un rincón había un perchero del que colgaba un chaquetón con bandas reflectantes en mangas y espalda. En una de las paredes se abría una ventana con vistas al taller. Otra pared estaba cubierta por un plano de la ciudad.

Detrás del escritorio, sentado en un sillón giratorio, había un joven. Sostenía la tarjeta del hombre. Este lo ubicó en torno a los veinte años. La barba de varios días no conseguía darle apariencia de mayor edad. Tenía las mejillas hundidas y la frente punteada de acné. Llevaba una camiseta con el logotipo de la empresa.

De inmediato, el hombre pensó en el chico que había ayudado a lanzar a Bruto al embalse. El parecido era más que razonable.

Gracias por recibirme, dijo tomando la iniciativa.

¿Era usted amigo de mi padre?, preguntó el joven mientras le estrechaba la mano sin levantarse del sillón. A continuación señaló una silla de respaldo recto al otro lado del escritorio. El hombre tomó asiento.

Nos conocimos hace un par de años. Y yo… Hizo una pausa para aclararse la garganta. Yo he venido para comunicarle que lamento su pérdida.

Muy amable.

He estado de viaje, por lo que no supe nada hasta ayer. Quisiera haber asistido a los oficios.

El joven alzó las cejas.

El funeral y el entierro.

Ah, ya. En realidad lo incineramos.

Su voz era serena, lindando con lo apático. Permanecía con las piernas cruzadas y ladeado respecto al escritorio. La superficie de este estaba limpia de papeles. No había más que un ordenador apagado, un teléfono y una jarra de cerveza que servía de recipiente para lápices y bolígrafos.

Confío en no haber venido en un mal momento, dijo el hombre.

El joven se encogió de hombros.

Ni bueno ni malo. ¿Cómo dice que conoció a mi padre? No me suena su nombre. Creo que nunca me habló de usted.

Me sacó de un apuro con su grúa, hará unos dos años. Estaba lloviendo, descargaba una tormenta, perdí el control del coche y terminé en una zanja.

¿Perdió el control?

Sí. Carraspeó de nuevo. Era de noche y volvía de una cena en casa de unos amigos. Creo que se me fue la mano con las copas.

Vaya...

El chico parecía ahora más interesado. Solo un poco.

¿Se lesionó?

No. Los daños se limitaron al coche.

Eso está bien. Y entonces llamó a mi padre.

En efecto. Primero llamé a información. Pedí el número de un servicio de grúas y me conectaron con vosotros.

Sonó el teléfono en el despacho contiguo. Oyeron a la mujer contestar la llamada y luego hablar en susurros. El hombre guardó silencio.

No se preocupe, dijo el joven. Continúe.

Tu padre llegó enseguida, pero para entonces yo estaba más que empapado por la lluvia.

Podría haber esperado dentro del coche.

Ya..., pero estaba muy escorado, con medio chasis en el aire.

Entiendo.

Sacamos el coche. Bueno, él sacó el coche. Entre el susto y la lluvia a mí ya se me había pasado la borrachera. Cuando acabamos, yo necesitaba una copa. Insistí a tu padre para que me acompañara. Quería agradecerle lo que había hecho.

Solo era su trabajo. Pero me imagino que aceptaría. Él no dejaría pasar una invitación.

Acabamos tomando más de una copa en realidad, prosiguió el hombre un tanto incómodo. Charlamos un rato.

Mientras escuchaba, el joven se mordía las uñas con fruición. Las tenía comidas hasta la lúnula.

¿Así se conocieron?

El hombre asintió.

Poco después tuve otro problema con el coche y volví a llamarlo. Me había dado su tarjeta.

¿Otra zanja?

Pinché y no tenía rueda de repuesto. Volvimos a tomar una copa.

El joven estudió la tarjeta de los laboratorios.

Estoy más que seguro de que nunca me habló de usted.

El hombre hizo un gesto dando a entender que no tenía importancia. A continuación se produjo un silencio durante el que solo se oyó el trajinar de los mecánicos en el taller y el tecleo de la secretaria. El hombre cambió de postura en la silla, que era dura e incómoda, y el joven continuó mordiéndose las uñas con aire distraído.

Fue el hombre el que rompió el mutismo.

Onicofagia, dijo.

¿Cómo?

Onicofagia. Eso que haces con las uñas. Comértelas.

El joven se miró los dedos como si no supiera a qué se refería. Cruzó las manos sobre el regazo, incómodo, para terminar hundiéndolas en los bolsillos de sus tejanos. En esta postura miró fijamente al hombre y, poco a poco, una sonrisa le curvó los labios. No era una sonrisa amigable.

¿Sabe? Me cuesta creer que mi padre fuera amigo de alguien que sabe una palabra como esa. Onico…

Onicofagia. Nos encontramos en un par de ocasiones. Si lo prefieres, en lugar de amigos éramos conocidos. Quizá eso resulte más correcto.

La sonrisa del joven desapareció y su rostro adoptó una expresión grave.

Espero no haberle molestado, dijo. Estos días ha venido por aquí mucha gente. Ya sabe. Indeseables.

Entiendo.

Periodistas y curiosos con ganas de husmear.

Claro. Lo entiendo.

Pero usted no es de esos, añadió el joven señalando la tarjeta de los laboratorios, que ahora descansaba en la mesa.

Así es.

Siguió un nuevo silencio, que se prolongó lo bastante como para que el hombre empezara a incomodarse. Se ordenó conservar la calma. Hasta ahora las cosas no habían ido mal. Y cuanto más miraba a aquel joven, más se convencía de que era el mismo que había estado en el embalse.

¿Seguro que no molesto?, preguntó. Tendrás cosas que hacer.

No mucho. Lo cierto es que mi secretaria y los chicos se encargan de todo. Han estado haciéndolo estos días. Ellos me dicen que me quede en casa, pero yo prefiero estar aquí.

Es lógico, dijo el hombre, aunque no entendía cómo eso podía aliviarle el dolor si no hacía nada para mantenerse ocupado.

Así que podemos charlar, aseveró el joven.

Sacó las manos de los bolsillos, y ya estaba dirigiendo una hacia su boca cuando se dio cuenta y se cruzó de brazos.

¿Cuál es su trabajo en esos laboratorios? Parece un sitio importante.

La pregunta pilló al hombre desprevenido. Estaba a punto de lanzarse a averiguar algo sobre el ataque del perro y ahora tenía que hablar sobre sí mismo.

Formo parte de una investigación. Digamos que soy el segundo al frente del equipo.

¿Un medicamento?

Un tratamiento hormonal. Todavía en fase de pruebas.

¿Para qué enfermedad?

Ginecomastia, contestó el hombre.

Ginecomastia, repitió el joven deteniéndose en cada sílaba. Eso se parece a lo de antes, la onico…

Onicofagia. No, lo cierto es que las dos cosas no tienen nada que ver, dijo el hombre riendo. De inmediato se recompuso y volvió al tono serio de antes.

La ginecomastia es algo distinto. Mucho. Se trata de un problema que padecen algunos hombres. Un desarrollo excesivo de las mamas masculinas.

El joven lo miraba con una sonrisa petrificada.

¿Quiere decir hombres con tetas?

Yo no lo llamaría tetas, sino más bien…

No pudo terminar la frase. El joven rompió a reír con tales carcajadas que los mecánicos interrumpieron su labor y miraron hacia el despacho. La secretaria no tardó en asomarse con expresión alarmada.

Está bien, está bien, le dijo el joven a esta sin dejar de reír. No pasa nada, y le hizo una seña para que se retirara.

Comprendo que puede parecer humorístico, comentó el hombre alzando un poco la voz para imponerse a las carcajadas. Pero no lo es. Se trata de un verdadero problema para las personas que lo padecen.

Por supuesto, dijo el otro, con lágrimas bajándole por las mejillas. Disculpe. No debería reírme. Será por la tensión acumulada y todo eso.

No te preocupes. No me he ofendido ni nada.

No creyó útil señalar que la ginecomastia era un problema que padecía un importante porcentaje de hombres. Ni que podía resultar doloroso a todos los niveles. Ni que en algunos casos constituía un síntoma de tumores. Lo mismo que no le pareció relevante mencionar que antes de dedicarse a las tetas masculinas había trabajado en otro proyecto, una propuesta personal de la que con gran esfuerzo había convencido a los directivos del laboratorio: un nuevo tipo de crecepelo, basado en la regeneración de los folículos con células madre. Ni que después de una investigación tan prolongada como costosa su idea se había quedado muy lejos del nivel de resultados necesario para proceder a la comercialización.

Lo siento de veras, insistió el joven. Joder, tío. Si todavía tenía dudas de que fueras un periodista o algo así, has acabado con ellas de golpe.

Me alegro.

Supongo que a pesar de lo gracioso que parece, el asunto ese debe de ser complicado, lo de la cosa hormonal, digo.

Bastante. Llevamos meses trabajando en ello. Y puede que nos quede mucho tiempo más.

Joder, pues sí que es complicado.

Lo es. Créeme.

Te creo, te creo.

El joven recuperaba la calma poco a poco. Tenía los ojos llorosos y el rostro congestionado, pero parecía más despierto que antes. Había llegado el momento de ir al grano.

¿Se sabe algo?, preguntó el hombre cuidando el tono, intentando sonar solo moderadamente interesado.

¿Sobre lo de mi padre?

El hombre asintió.

Nada. La policía llama todos los días un par de veces, siempre con buenas palabras, pero sin resultados.

La prensa hablaba de unas huellas de perro.

El joven lanzó un bufido.

¿Piensas que no fue un perro?

¡Yo qué sé! Esto es de locos. Sí que había huellas. Pero ahí fuera hay huellas siempre, es un barrizal. Y mi padre no era un enclenque, ni mucho menos, y casi le arrancaron la cabeza.

Hizo una pausa en la que cerró los ojos y se llevó un puño a la boca.

Debía de ser un puto león para hacerle eso. Algo grande. Si no, él habría podido defenderse. Eso seguro.

Ya veo.

El hombre guardó un silencio prudencial antes de preguntar:

Entiendo que vosotros no teníais perro. ¿Alguno de los alrededores quizá?

La policía ha estado investigando. Algunos talleres de esta calle tienen perros guardianes. Los dejan sueltos por las noches en los almacenes. Fue en lo primero que pensamos. Pero parece que no ha sido ninguno de ellos.

¿Por qué?

Lo ha dicho la policía. Las huellas no coinciden. Ninguno se había escapado.

Ya veo.

El hombre decidió arriesgarse un poco más.

Tu padre me contó que una vez había tenido un perro.

Los ojos del joven se achicaron.

Nunca ha habido un perro en casa.

Lo que me dijo, prosiguió el hombre, fue que había tenido problemas con un perro, y que no había tenido más remedio que librarse de él.

...

Solo me contó eso. Me despertó la curiosidad, pero él no añadió más.

¿Y por qué se lo contó?

El hombre se encogió de hombros, como si no se acordara bien.

Por ningún motivo en particular. Estábamos en un bar y cerca de nosotros había alguien con un perro, un buen ejemplar. Creo que hice algún comentario al respecto. Entonces tu padre mencionó eso y luego cambió de tema.

El joven permanecía con la mirada clavada en él. Una arruga le partía el ceño.

Es curioso que dijera eso.

¿Por qué?

Se produjo una pausa durante la que el joven no dejó de mirarlo de forma igualmente intensa, como si considerara decir algo. Finalmente bajó los ojos y se observó las uñas mordisqueadas. El hombre esperó en silencio. La espalda le dolía por la tensión y lo incómodo de la silla.

Una vez pasó algo con un perro. Hará unos dos años. Padre recibió una llamada para un servicio en mitad de la noche y salió con la grúa. Volvió a casa al amanecer y nos despertó, a mí y a mi hermano. Nos ordenó que nos vistiéramos y bajáramos con él a la calle. Pensé que había pasado algo con la grúa y que necesitaba ayuda. Pero me extrañó que levantara también a mi hermano. Él era muy pequeño entonces.

¿Cómo de pequeño?

Diez. No, once años. La grúa estaba aparcada delante de casa, pero no le pasaba nada, prosiguió. En la parte trasera había un cachorro de color negro. Creí que lo había comprado, que era un regalo para nosotros. Mi hermano se puso a dar saltos de alegría. Pero padre no nos dejó cogerlo. Nos dijo que subiéramos delante y que no tocáramos al animal. Obedecimos. Él arrancó sin decirnos a dónde íbamos. Todo era muy raro. En la parte de atrás el cachorro iba de un lado a otro y nos metía el hocico en la nuca, pero padre nos dijo que no le hiciéramos caso. Insistió mucho. Amenazó a mi hermano con una buena zurra si se daba la vuelta para mirar al perro.

¿No le preguntaste de dónde lo había sacado?

Claro que se lo pregunté. Había sido esa noche. Alguien, un tío, lo había llamado para que fuera con la grúa. Un problema con el coche. Una vía de tercer orden en las afueras. Cuando llegó encontró un coche en el arcén. A simple vista no tenía desperfectos. Y no había nadie por allí. Parecía como si hubieran abandonado el vehículo. Me contó que dio unos gritos, por si el conductor se había alejado. Y que tocó el claxon. Pero que no apareció nadie. El coche estaba abierto y tenía las llaves puestas. Dentro había un cachorro. Dijo que parecía muy tranquilo, que no se alteró al verlo, ni tampoco cuando abrió la puerta para echar un vistazo. La guantera estaba vacía, sin documentación. Todo aquello le pareció muy raro. Pero, y aquí el joven hizo una pausa antes de continuar, lo más raro de todo, lo que le puso los pelos de punta, fue aquel perro negro. El animal lo miraba, nos contó, de una forma extraña, penetrante, como si hubiera estado esperándolo por algún motivo concreto. No ladraba ni gemía ni hacía nada de lo que hacen los cachorros, solo se quedaba allí sentado y lo miraba.

El joven calló, recordándose a sí mismo aquella mañana, en la grúa, con su hermano aturdido por el sueño a un lado, y al otro su padre, contando una historia fantástica sobre un perro.

Seguro que el cachorro no se había comido al conductor del coche, comentó el hombre intentando restar dramatismo.

El joven sonrió a medias.

Verá. Mi padre bebía, ¿sabe? Bebía bastante. A veces salía por la noche con la disculpa de un servicio y no volvía hasta el día siguiente. O dos días después. En realidad no lo llamaba nadie en apuros, sino alguno de sus amigos, desde un bar, para que se reuniera con él.

Entiendo, dijo el hombre con voz queda.

Creí que esa vez había pasado lo mismo y que lo que estaba diciendo era…

Se quedó sin palabras.

¿Un delirio? ¿Una fantasía?, apuntó el hombre.

Eso es. Que había encontrado al perro por ahí. Simplemente. En la calle. Nada más.

¿Qué pasó después?

Fuimos hacia la central nuclear. Cerca había una charca, un pantano pequeño, o algo así. Padre se paró en la orilla. Nos dijo que el perro era peligroso y que teníamos que acabar con él. Quería que lo ahogáramos. Era de locos.

El hombre alzó las cejas, como si la revelación le sorprendiera.

¿No intentaste detenerlo?

Aquí el joven sonrió de forma triste, no sin cierto desdén.

Me parece que usted no conocía a mi padre. Que no lo conocía bien. Cuando se le metía una cosa en la cabeza era mejor seguirle la corriente. Créame.

Te creo.

Nunca lo había visto tan convencido de algo. Cogió uno de los ladrillos que usaba para calzar las ruedas de la grúa y se lo ató al cachorro a una pata. Me obligaba a mí a sujetarlo. El perro debía de darse cuenta de que algo iba mal porque se revolvía como un tigre. Me costó sostenerlo mientras padre le ataba el ladrillo. Yo no quería hacerlo, pero tampoco llevarle a él la contraria, y menos con mi hermano delante.

Ya veo. ¿Lo tirasteis al agua?

La respuesta llegó en forma de asentimiento mudo.

Y el cachorro se ahogó.

En realidad no. Había una pareja pescando en un bote. Cuando vieron lo que pasaba se acercaron, la mujer saltó al agua y lo sacó.

¡Vaya!, exclamó el hombre.

Padre se puso hecho una furia. Si los hubiera tenido al alcance de la mano los habría matado. Seguro.

¿Se fueron con el perro?

Sí. Y me alegré. Me alegro de que lo salvaran.

Lo entiendo. ¿Qué pasó luego?

Padre estaba como loco. Les dijo que no sabían lo que hacían. Que ellos estaban locos. Despotricó hasta cansarse y por fin nos ordenó subir a la grúa. Nos dejó en casa y él volvió aquí, a trabajar. Nunca más volvió a hablar de ello. Como si no hubiera pasado.

Tras una pausa añadió:

A veces hacía cosas así.

A lo que sumó:

Me extraña mucho que se lo dijera, aunque fuera de pasada.

Sí, solo lo mencionó. Es extraño. Supongo.

No merece la pena pensar en ello, dijo el joven contemplando con aire sombrío la superficie del escritorio.

El hombre rectificó la opinión que se había formado de él. Aquel chico estaba dolido por la muerte de su padre, pero también se alegraba de ello, lo que hacía que el dolor fuera aún mayor. Y no estaba en aquel despacho sin hacer nada porque la aflicción lo tuviera anestesiado. Permanecía con la vista perdida en el vacío, mientras su secretaria llevaba el negocio por él, porque no podía, simplemente, entrar en el que había sido lugar de trabajo de su padre y empezar a prestar servicio como si fuera un ocupante legítimo, un jefe por derecho propio. Debía pedir permiso al difunto, lo que requería su tiempo.

Había dicho que su padre hacía cosas como ejecutar a un cachorro. Quizá también otras peores. Fuera y dentro de casa. Aunque eso no terminaba de explicar lo que había pasado en el embalse, y tampoco, ni mucho menos, su trágica muerte. Pero bastó por el momento para tranquilizar al hombre, que había conseguido más de lo que esperaba en un principio. Aquel era el chico del embalse y el fallecido era el conductor de la grúa. Y este había tratado de ahogar a Bruto porque era un hombre que bebía, presa de arranques de delirio y violencia. Solo eso.

Era momento de retirarse. Sería mejor dejar que el joven continuara con su peculiar penitencia.

El hombre empezaba a ponerse en pie cuando el nuevo encargado de grúas Zenit le preguntó:

¿Está usted casado?

Volvió a apoyar la espalda contra el respaldo de la silla, sorprendido.

Sí, lo estoy. ¿Por qué me lo preguntas?

Sigo intentando recordar si padre habló alguna vez de usted. Ahora creo que su nombre me suena de algo. No sé. ¿A qué se dedica ella?

Escribe.

¿Libros?

Guías de viaje.

¿Se gana dinero con eso?

Ella sí. Bastante.

¿Más que usted?, dijo acompañando la pregunta de una sonrisa socarrona.

Uno coma ocho veces más.

El joven lanzó un silbido.

Eso es casi el doble.

Casi.

Esas guías de su mujer deben de gustar mucho.

En efecto. Se trata de guías de viaje para neuróticos.

El joven achicó los ojos. No entendía.

Son como las guías convencionales, pero centradas en aspectos que interesan de manera especial a los… neuróticos.

Vaciló antes de la última palabra, buscando otra que resultara no más precisa pero sí más apropiada, aunque sin lograrlo.

¿Qué aspectos son esos?

Muchos y diversos. Compañías aéreas con bajos índices de siniestralidad, restaurantes con un historial sanitario intachable, farmacias de atención permanente, servicios de urgencias con reducida mortalidad, peluquerías que renuevan periódicamente su instrumental y…, bueno, muchas otras cosas.

No debe de ser trabajo fácil. Suena laborioso.

A ella se le da bien. Sus guías tienen bastante éxito.

¿Se le da bien escribir para neuróticos?

El hombre se lo pensó antes de responder.

Sí, así es, dijo.

¿Ella lo es? No se moleste por la pregunta, pero tengo curiosidad.

No me molesto. No, no creo que sea neurótica. No lo es.

¿Y usted?

¿Yo?

Si usted lo es, eso puede explicar que a ella se le dé bien comprender a los neuróticos. Saber cómo piensan.

El hombre cruzó las piernas y entrelazó las manos sobre el regazo, aproximándose despacio a la respuesta.

¿Acaso no somos todos un poco neuróticos?

El joven miró al techo meditando la respuesta. Cuando volvió a bajar los ojos lucía una sonrisa ladeada y la frente le brillaba, como si una nueva película de grasa cutánea se hubiera sumado a la que le obstruía los poros.

¿Acaso no somos todos un poco neuróticos?, repitió imitando el tono del hombre. Esa contestación me parece demasiado vaga para un médico.

Lo que quiero decir es que…

Para un médico que es un experto en el campo de la ginecomastia, además del segundo al frente del equipo encargado de erradicarla del mundo.

El hombre se puso en pie.

Es hora de que me vaya, anunció.

El joven sonreía y hacía girar su asiento a derecha e izquierda.

Espero que no se haya molestado.

Ya me has preguntado lo mismo varias veces. Aunque no lo he hecho. Molestarme. Pero debo irme.

Como quiera.

Te reitero mi pesar por la muerte de tu padre.

Gracias, musitó el joven.

Ojalá todo se solucione pronto.

Que se solucione ¿qué exactamente?

Los labios del hombre se movieron probando diferentes arranques, antes de decir:

Si me necesitaras para cualquier cosa, si quieres hablar…

Señaló su tarjeta.

Gracias. Pero no creo que lo haga. No soy muy hablador. O lo soy menos que mi padre.

Entiendo. Cuídate.

El hombre se volvió hacia la puerta. La estaba abriendo cuando oyó decir a su espalda:

No todos somos neuróticos. Yo no lo soy.

En la otra habitación la secretaria interrumpió su tecleo y los miró con atención.

He dicho un poco neuróticos, recordó el hombre sin soltar la manilla.

Ni siquiera eso. Yo no lo soy.

El hombre miró al joven, evaluándolo de nuevo.

Entonces me alegro por ti.

Momentos después el joven salía de su despacho, musitaba una despedida a la secretaria, decía adiós con la mano a los mecánicos y subía al flamante todoterreno con embellecedores cromados que antes había sido de su padre y ahora conducía él.

Vivía en un chalet adosado, en la periferia de un barrio obrero deprimido. En el momento de su construcción la vivienda había tenido un aspecto acogedor, incluso ostentoso en aquel entorno, con ventanas saledizas y paramentos de piedra ostionera en las fachadas. Ahora, sin embargo, presentaba claras muestras de abandono. Las ventanas estaban opacas de polvo. Contra la fachada descansaba una escalera de mano, allí donde alguien había empezado hacía tiempo a repintar el alero del tejado. El césped del jardín estaba amarillo y raleaba en muchos lugares.

Subió a la planta superior y llamó a una puerta tras la que sonaba música heavy metal. Entró sin esperar respuesta. En una mesa de estudio un niño de trece años alzó la vista del libro de texto que tenía delante. Estaba tan encorvado que casi tocaba la mesa con la barbilla. La música reverberaba en la habitación. Había ropa sobre la cama y también por el suelo. Las paredes estaban cubiertas de pósters: una mezcolanza de grupos heavy y parafernalia gótica. El joven bajó el volumen del equipo de música. Después se sentó en el borde de la cama. El niño, todavía encorvado y royendo el extremo de un lápiz, lo miraba sin decir palabra. El pelo, lacio y sin brillo, le colgaba hasta los hombros.

¿Te acuerdas de cuando padre nos llevó a matar a aquel perro?, preguntó el hermano mayor con voz queda, como si hablara para sí mismo.

...

Fue por la mañana, muy temprano. Tú tendrías once años.

...

Fuimos a un lago, cerca de la central nuclear.

Me acuerdo, dijo el niño sin sacarse el lápiz de entre los dientes.

¿Y te acuerdas de que en aquel sitio había un hombre y una mujer que sacaron al perro del agua?

Creo que sí. ¿En una barca?

Eso es.

¿Qué pasa con ellos?

Aquel hombre ha estado hoy en el garaje.

La revelación no pareció sorprender al niño, que siguió mirando a su hermano mayor con una máscara inexpresiva pegada al rostro.

Ha dicho que era un amigo de padre y que venía a darme el pésame. Pero yo lo he reconocido.

¿Qué quería?

Saber. Eso es lo que quería: saber.

Saber ¿qué?

El joven tomó aire antes de responder. Cada vez que hablaba lo hacía despacio, midiendo sus palabras.

Me ha hecho preguntas sobre el perro. De dónde salió, por qué padre quiso ahogarlo.

¿Por qué quiso ahogarlo?, le interrumpió el niño.

Su hermano se encogió de hombros.

Porque estaba borracho. ¿Por qué si no?

La respuesta hizo que el niño bajara la mirada y dejara de roer el lápiz.

Creo, prosiguió el hermano mayor, que todavía tiene el perro. Piensa que es el mismo que mató a padre. Supongo que eso le preocupa.

El niño enarcó las cejas. Los dos se miraron esperando que el otro dijera algo.

Eso es una gilipollez, dijo el niño.

Lo es. Claro que sí. Una gilipollez total, coincidió su hermano. Me parece que se siente culpable, además de preocupado.

Culpable ¿por qué?

Por haber salvado al cachorro.

El niño soltó una carcajada parecida a un graznido. La atajó de inmediato, como si el sonido le avergonzara. Intentó volver a su pose de indiferencia, aunque no lo consiguió del todo. Mostraba una preocupación que su hermano no dejó de notar: un pánico de baja intensidad.

Te lo digo solo como una curiosidad, dijo el joven intentando aminorar el efecto de sus palabras. A padre se lo cargó un perro cualquiera, alguno de los que guardan los talleres que hay cerca. Se escaparía y padre lo vio desde el parking mientras hacía la inspección de cada mañana a las grúas. Seguro que le gritó para que se fuera o le tiró alguna cosa… Le encantaba meterse con los animales a ese cabrón. Siempre los provocaba. Y al perro se le hincharon los huevos. ¿Entiendes?

Sí.

Eso fue lo que pasó.

El niño asintió.

Me da igual lo que diga la policía y más aún lo que piense ese tío. Eso fue lo que pasó, aseveró su hermano. No le des más vueltas.

No se las doy, dijo el niño. Tú sí lo haces.

No lo hago, respondió el joven con firmeza.

Vale, dijo el niño volviendo a su libro, aunque su mirada permaneció fija en un punto, sin seguir las líneas.

El hermano mayor se levantó de la cama y se acercó a él.

¿Cómo va todo?

Bien.

Quiero decir…

Ya sé lo que quieres decir.

El hermano mayor apoyó una mano en el hombro del niño.

Si necesitas algo, estoy en la cocina.

El otro se limitó a asentir. El hermano mayor volvió a subir el volumen del equipo estéreo y salió cerrando la puerta.

Era él, dijo el hombre. Estoy seguro. Era el chico que le ayudó a tirar a Bruto al embalse.

Hacía una noche templada. La mujer estaba en el jardín, estirada en una tumbona. El bebé se encontraba a su lado, en un capazo, chupándose los dedos de un pie. El hombre iba y venía con la espalda encorvada, hablando y manoteando efusivamente. A pocos metros, junto a su caseta, Bruto no perdía detalle de la escena.

La mujer seguía a su marido con la vista como quien sigue un partido de tenis. La serenidad que mostraba era solo aparente.

Por fin el hombre calló y se quedó plantado en mitad del jardín, jadeando un poco.

¿Cómo dices que se llama ese sitio?, preguntó ella.

Zenit. Grúas Zenit.

La mujer miró a Bruto, que tendido en la hierba se dedicaba a mordisquear una pelota de caucho sin dejar de observarlos.

Supongamos que en efecto se trata de la misma persona, empezó a decir ella. Pero su marido la interrumpió.

Nada de suponer. Es la misma persona.

De acuerdo, es la misma. Pero aun así eso no prueba que nuestro perro matara a aquel hombre. No lo prueba, recalcó. Es solo una coincidencia. Una coincidencia asombrosa, lo reconozco. Pero nada más que eso.

Él se llevó las manos a las sienes como si tuviera jaqueca.

¿No lo crees así?, quiso saber ella.

El hombre se encogió de hombros y respondió:

Sí, supongo que sí.

¡Claro que sí! Cariño, por favor, fíate de mí y olvídate de todo este asunto. Te está afectando demasiado.

Él se acercó al capazo y contempló al bebé, que respondió a su presencia agitándose y alzando los brazos. Le acarició el vientre hasta arrancarle unos balbuceos.

Estas fantasías no nos conducen a nada. A nada bueno, insistió la mujer.

Y repitió:

Fíate de mí. Por favor.

Sin dejar de acariciar a su hijo, él dijo que de acuerdo, que se fiaría de ella, que aquel desgraciado asunto y la fuga de Bruto no habían sido más que una coincidencia, y que intentaría olvidarse de ello.

Al día siguiente la mujer llevó al niño al pediatra. La cita era por la tarde. Tuvo que esperar a que su marido volviera del trabajo para poder llevarse el coche. Acopló la silla del niño al asiento del acompañante. Luego hizo pasar a Bruto a la parte trasera.

Lleva todo el día atado, explicó al hombre. Luego iremos al parque.

Mientras madre e hijo visitaban al pediatra, el perro esperó en el coche. A todos los que pasaban por su lado les llamaba la atención el extraño aspecto del animal. Una quimera canina. Él les devolvía la mirada, despreciativo en su indiferencia. Nadie se atrevía a acercarse.

Después de la consulta la mujer volvió a acomodar al niño en su silla. Cuando se puso en marcha no fue al parque, como había dicho que haría. Esa tarde había buscado la dirección de Grúas Zenit en la guía de teléfonos. Aparcó en la acera de enfrente, desde donde tenía una vista perfecta del parking y de la entrada a las oficinas y al taller. Se quedó allí, esperando. Cada poco rato dirigía vistazos a Bruto, que permanecía sereno, jadeando con la lengua fuera.

No pasó mucho tiempo hasta que un joven que se ajustaba a la descripción hecha por su marido salió de las oficinas.

Mira, Bruto, dijo la mujer. Mira allí.

Y señaló en la dirección del joven.

El perro reaccionó al oír su nombre. Gimió y se revolvió, pero no miró hacia donde se le indicaba.

Allí, Bruto. Mira quién está allí. ¿Lo conoces?

Hacía vehementes señas hacia el joven, que atravesaba el parking y se montaba en un todoterreno. El perro miró hacia allí y luego otra vez a la mujer, como si no hubiera visto nada o no supiera a qué se refería.

El joven puso en marcha su vehículo y lo sacó del parking. La mujer todavía se lo señaló al perro una vez más. Y este continuó sin reaccionar. Aquel joven no le decía nada. Bruto ni siquiera se había percatado de su presencia, se dijo ella.

El todoterreno pasó junto a ellos, bramó al acelerar y enseguida desapareció calle abajo.

La mujer se volvió a medias en el asiento y estiró el brazo para acariciar a Bruto, que respondió lamiéndole la mano.

Buen perro, buen perro, dijo. Y lo repitió varias veces más durante el trayecto de vuelta a casa.

Esto no tiene nada que ver contigo. Claro que no.

El joven apareció muerto a la mañana siguiente. Lo descubrió su hermano, en el jardín de su casa. El cuerpo descansaba en el césped amarillento, brazos y piernas extendidos formando un aspa, y en su vientre se abría una cavidad roja. Debía de haber sido sorprendido al amanecer, antes de subir a su todoterreno para ir al trabajo.

Nadie había oído nada. Nadie había visto nada. En el sendero de piedra que atravesaba el jardín había huellas de sangre. En ellas era posible reconocer, sin espacio para las dudas, las pezuñas de un perro de gran tamaño.

Esa misma mañana, cuando el hombre —desconocedor todavía de lo ocurrido— fue a soltar a Bruto para darle el desayuno, encontró la caseta vacía. La chapa metálica a la que estaba fijada la cadena había desaparecido. Quedaba solo uno de los tornillos, caído entre la hierba y rodeado de astillas. El perro había roído la madera alrededor de la chapa hasta soltarla. Debía de haber necesitado horas para lograrlo.

Maldijo en voz alta, varias veces. Imaginó al animal vagar por las calles, con astillas clavadas en las encías, la boca ensangrentada, arrastrando tras de sí su cadena, como un espectro.

Volvió adentro para contárselo a la mujer, que a pesar de mostrarse preocupada lo único que dijo fue:

Ya volverá. Siempre lo hace.

En cuanto relacionaron la muerte del joven con la de su padre, los medios de comunicación se cebaron con la noticia. Mostraron imágenes del cuerpo eviscerado. No lo trataron ni mucho menos como una coincidencia. Hablaron de una bestia que campaba por la ciudad, un monstruo sigiloso, un licántropo que albergaba algo personal contra aquella familia, de la que solo quedaba vivo el hijo menor, un niño de trece años a quien apuntaron sin dudarlo como la siguiente presa.

* * *

Como la vez anterior, el hombre estaba en el trabajo cuando se enteró de lo sucedido. Encerrado en su despacho, intentó conservar la calma y pensar en qué hacer a continuación.

Las coincidencias eran excesivas, superaban con creces lo razonable. Decidió no seguir haciendo caso a su mujer. Ella se equivocaba. Era él quien había estado en lo cierto desde el principio. El perro era peligroso. Más que eso. Era despiadado y maléfico. El padre del joven, de algún modo, lo había sabido cuando encontró al cachorro en aquel coche abandonado. Y no dudó sobre lo que debía hacer. Actuó con determinación y rapidez. Y se acompañó además de sus hijos, para que estos presenciaran el sacrificio de un ser malvado. Para que supieran lo que debían hacer si tenían la desgracia de verse en la misma situación. Había llevado al cachorro al embalse con la intención de ahogarlo, o de que lo despedazaran los esturiones que poblaban sus aguas. O de ambas cosas.

Y entonces el hombre y la mujer habían hecho su repentina entrada en escena, estropeándolo todo.

Debía enmendar ese error.

Así reflexionaba mientras recorría su despacho de punta a punta, con la corbata aflojada y la transpiración oscureciéndole la camisa.

Levantó el teléfono con intención de poner sobre aviso a su mujer, pero se detuvo. No podía perder el tiempo discutiendo. Porque ella, a pesar de las nuevas evidencias, encontraría la forma de convencerlo de que todo aquello era algo casual. Quizá necesitaba una tercera víctima para estar segura. Le pediría que siguieran esperando, y así aquel niño acabaría también despedazado.

Abandonó el laboratorio mucho antes de la hora de salida. Tuvo que dominarse para no correr hacia el coche. La cara se le había puesto del color del yeso. Varias personas con las que se cruzó le preguntaron si le ocurría algo. No se detuvo a contestar. En el aparcamiento le temblaban tanto las manos que le costó introducir la llave del coche en el encendido. Al dar marcha atrás, lo hizo demasiado rápido y golpeó otro vehículo, destrozándole un faro. Salió haciendo chirriar los neumáticos. El puñado de personas que había en el aparcamiento se preguntó si había enloquecido.

* * *

En un rincón del jardín, montados sobre palés, estaban los materiales para los nuevos muros. Los había dejado el contratista al que habían adjudicado la obra. El hombre rasgó con una llave el plástico que envolvía un lote de ladrillos. Acarreó un par de ellos al maletero del coche. Después entró en el garaje, donde encontró una cuerda, la misma con que había atado a Bruto la primera vez. La cogió también.

Mientras hacía esto, el perro lo observaba desde su caseta. Había vuelto a casa, como la mujer había asegurado que haría. Mientras iba y venía del coche, el hombre evitó mirarlo, aunque vio de reojo que no estaba atado, que no arrastraba ninguna cadena y que estaba limpio. Quizá su mujer lo había liberado de ella y lo había aseado. Era muy capaz. Como si no hubiera pasado nada. Como si unas fauces ensangrentadas fueran de lo más normal.

Abrió la puerta del coche y llamó a Bruto y le hizo gestos para que montara en la parte trasera. Obedeció gustoso, agitando la cola, como haría cualquier perro ante la perspectiva de un paseo. El hombre se sentó al volante. En ese momento su mujer se asomó a la puerta de la casa. Lo llamó y le preguntó qué estaba haciendo. Él arrancó, ignorándola. Por el retrovisor vio cómo ella corría detrás el coche hasta la calle y se quedaba allí plantada, con las manos en la cabeza.

No lo seguiría. No dejaría solo al niño. Él había contado con ello.

Atardecía cuando avistó la torre de refrigeración de la central nuclear. Salió de la carretera y se adentró en el camino de tierra que llevaba al embalse. Bruto miraba por las ventanillas, tranquilo como de costumbre.

De pronto la idea de ser su amo repugnaba al hombre. Era dueño de un animal que vagaba por las calles durante la noche, atacando a personas que se preguntaban por la razón de semejante furia desatada contra ellas. De un ser diabólico que obraba con meditada premeditación.

Pero él acabaría con el demonio. Iba a terminar el trabajo iniciado dos años atrás. No podía permitir que el perro llegara a aquel niño, el hijo y hermano de las víctimas anteriores.

Detuvo el coche lo más cerca posible de la orilla, a unos metros del roñoso embarcadero desde donde el cachorro había sido lanzado al agua la primera vez.

No había nadie por los alrededores. La superficie del embalse estaba serena y opaca. Imaginó las formas prehistóricas de los esturiones agazapadas entre la vegetación del fondo.

Se sentía tranquilo. Sabía lo que tenía que hacer y no había nadie para impedírselo. Bruto, en la parte de atrás del coche, introducía la nariz por la rendija abierta en una ventanilla y olfateaba el aire. Él también estaba tranquilo. El hombre pensó que se jactaba de su imperturbabilidad, como si el perro creyera que él (su amo) no podía hacerle daño alguno, que sus capacidades no llegaban a tanto.

Lo dejó en el coche mientras él cargaba con los ladrillos y la cuerda hasta el extremo del embarcadero. Avanzó con tiento, evitando las tablas podridas. Dejó allí las cosas y regresó por Bruto, que lo siguió dócilmente. Ni siquiera se alteró cuando le ató la cuerda a una pata trasera, limitándose a olisquearla para luego observar las aguas del embalse y seguir olfateando el aire cargado de aromas de vegetación y tenue podredumbre. El hombre abrazó los ladrillos con el otro extremo de la cuerda, asegurándolo todo con un nudo firme.

Miró a su perro.

¿Qué? ¿No dices nada?

Bruto volvió a olisquear la cuerda y también los ladrillos. El hombre se puso en pie y analizó el modo de hacerlo. Decidió lanzar primero los ladrillos, que arrastrarían tras de sí al animal. Los levantó y los hizo oscilar cogiendo impulso, bajo la atenta mirada de Bruto.

Lanzó los ladrillos. La cuerda se estiró, la pata trasera de Bruto dio un latigazo y el perro despegó del embarcadero. Voló a cámara lenta. La boca abierta y la lengua estirada más allá de los dientes a causa de la inercia.

Todavía estaba en el aire cuando el hombre se percató del inmenso error que había cometido. De por qué Bruto no estaba nervioso. Y las consecuencias de su precipitación se le presentaron en forma de flashes: el niño, y luego él mismo. Ambos despedazados.

Pero quizá eso no fuera suficiente para la vengativa bestia. Quizás a partir de ese momento la relación especial que había establecido con la mujer dejaría de tener efecto. Quizá ya no seguiría protegiéndola. Sino todo lo contrario. Iría por ella. Y después por el resto de la familia.

Hubo dos explosiones, una por el lastre al chocar contra el agua, otra por el perro. El sonido se propagó sobre el embalse, alcanzó la línea de álamos que lo rodeaba y espantó a unos cuervos que alzaron el vuelo y se alejaron graznando. Bruto se hundió bajo la espuma verde. Desapareció por un instante. Luego volvió a la superficie boqueando y debatiéndose y se hundió de nuevo, arrastrado por el peso de los ladrillos.

Segundos después su cabeza asomó sobre el agua. Solo la cabeza. Y permaneció así.

Bruto ya no era un cachorro. Había crecido y tenía el tamaño suficiente para, en aquel punto del embalse, cerca de la orilla, mantener la cabeza por encima de la superficie. Lo sabía porque había estado allí.

No se debatía, había vuelto a su serenidad de siempre. No parecía importarle estar en el agua, ni que los esturiones trazaran círculos a su alrededor, seres inferiores a él en todos los aspectos.

El hombre, boquiabierto y jadeante, contempló aquella cabeza que parecía flotar sobre el agua y que a su vez lo observaba a él. Las ondulaciones de la superficie se propagaban, concéntricas, perfectas, y la cabeza era su centro, el elemento capital de un jardín zen. Su pelaje mojado se había agrupado en mechones y ofrecía una apariencia sólida, como escamas de ónice. El embalse recuperaba poco a poco la quietud. El cielo sobre él era violeta y parecía suave y cercano.

No tengo prisa, decían los ojos del animal. Puedo roer una cuerda.

El hombre lo sabía. No dejaba de pensarlo mientras la cabeza lo escrutaba y recalibraba su actitud hacia él. De nada serviría huir. El animal lo sabía todo acerca de él. Y también de su familia.

Esperó que de un momento a otro la cabeza volviera a desaparecer bajo el agua para liberarse de su atadura.

Pero el perro aguardó todavía, inmóvil, bajo la imprecisa luz del atardecer.

EL MEJOR REGALO POSIBLE

Eufórico, el veterinario conducía por las pistas de montaña levantando surtidores de barro. En la parte trasera del todoterreno, el instrumental tintineaba en sus cofres de acero inoxidable.

Había pasado la tarde persiguiendo ovejas a todo lo largo y ancho de un pastizal, atrapándolas sin otra ayuda que sus manos. Correr hasta ponerse a la altura del animal, abrazarlo por el pescuezo y derribarlo, ese era el procedimiento. Con las ovejas más rápidas esto dejaba de ser útil y no quedaba más remedio que atraparlas como mejor se pudiera, por una pata o un puñado de lana. Algunas se revolvían para morderlo y había que disuadirlas mediante un pescozón.

Una vez derribado el animal, lo inmovilizaba con el peso de su cuerpo. Pecho contra pecho, ambos sentían los latidos del otro a través de la lana y la ropa. Las ovejas temblaban y se revolvían hasta que comprendían lo inevitable de la situación, momento en que se quedaban inmóviles; los ojos bailando en las cuencas, del cielo al rostro congestionado de su captor.

Caminando sin prisa, apoyándose en su cayado, llegaba el dueño del rebaño. Tomaba al animal por el morro y la quijada inferior y lo forzaba a abrir la boca. El veterinario le administraba entonces una píldora antiparasitaria empujándola con la punta del índice hasta el fondo de la garganta. Las ovejas alzaban los ojos mostrando la esclerótica.

Así una a una. Hasta perder la cuenta. Durante toda la tarde.

La labor le había hecho sentirse vigorizado.

Se dirigía a la casa de Beatriz, donde ella cuidaba de su hijo recién nacido. Su nueva condición de madre excitaba sobremanera al veterinario, que había estudiado con atención casi profesional los cambios producidos en ella durante el embarazo, como el brillo renovado de la piel y una necesidad nunca antes manifestada de intimidad.

En el séptimo mes del embarazo, Beatriz le había ordenado disminuir la frecuencia de sus visitas. Fue tajante al respecto; con un simple gesto de la mano barrió todas las quejas del veterinario. Tampoco le había permitido tocarla desde entonces; una norma —le había asegurado— aplicada tanto a él como a su marido.

Habían pasado tres semanas desde el parto y el veterinario desesperaba por que la situación llegara a su fin. Codiciaba besar a Beatriz como hizo la primera vez, cuando visitó la casa para curar un corte en la pata del dálmata con negro bien distribuido de la familia. Codiciaba recorrer su cuerpo a la caza de nuevos cambios, detenerse largamente en los pechos, hinchados como si contuvieran leche de ballena.

Aunque ella no le había dicho nada, él daba por sentado que esa noche Beatriz desharía sus barreras y le permitiría volver a tocarla.

Era el cumpleaños de Beatriz y él le llevaba un regalo. Iba en la parte trasera del todoterreno, junto a su equipo. La idea se le había ocurrido durante su última visita, la primera tras el nacimiento del bebé.

Anochecía. El marido de Beatriz había telefoneado; tenía trabajo y se quedaría a dormir en la ciudad, cosa que hacía dos o tres noches por semana. Estaban en el salón. Beatriz daba el pecho al bebé, que aún lucía la tonalidad cárdena de los primeros días de vida, y él observaba un tanto incómodo.

Hacía calor; las ventanas estaban abiertas de par en par y una polilla se coló en la habitación atraída por la lámpara del techo.

Trazó círculos sobre ellos antes de descender y posarse en el pecho descubierto de Beatriz, recorrido por un entramado de venillas azules. El insecto agitó las alas a escasos milímetros del rostro del bebé, que arrugó su naricilla como si fuera a estornudar, pero permaneció aferrado al pezón con obstinación masculina.

Ella tenía ambas manos ocupadas.

¿Podrías…?

Él veterinario empujó amablemente al insecto, que emprendió el vuelo, puso rumbo a la ventana por donde había entrado y se perdió entre los pliegues de las cortinas.

Esa tarde, antes de ir a perseguir a las ovejas, había llamado a Beatriz. Ella respondió con titubeos. No era prudente volver a verse tan pronto, dijo. El todoterreno aparcado frente a la casa podía llamar la atención de alguien.

Di que he ido a ver al perro. Que tiene problemas de estómago y le he dado unas pastillas para el aliento.

Se detuvo en el camino de acceso a la casa. Esta se levantaba en la base de una colina poco pronunciada. La vivienda más cercana estaba a medio kilómetro. A pesar de haber caído ya la oscuridad, el farol de la entrada se encontraba apagado. Esa era la señal para indicarle que el marido no estaba en casa.

Dejó el vehículo en la entrada y palpó el muro que rodeaba la propiedad hasta dar con un hueco cerca de su base. Tomó la llave escondida y abrió la portilla del jardín. Confiaba en que le diese tiempo a montarlo todo antes de que ella saliera a comprobar qué ocurría.

De la parte trasera del todoterreno sacó dos pértigas de acero inoxidable de dos metros de largo y una bolsa de lona. Hincó las pértigas en la tierra del jardín, frente a la casa, dejando un par de metros entre ambas. Se aseguró de que quedaran bien erguidas y firmes. Lo último que quería era que todo se viniera abajo una vez empezado el espectáculo. Afortunadamente no hacía viento.

De la bolsa sacó una sábana blanca, que tendió entre las pértigas y aseguró mediante pinzas metálicas. El montaje presentaba el aspecto de una pantalla de cine. Por último sacó del todoterreno un foco de quinientos vatios que colocó en el césped, de forma que apuntara al centro de la sábana. Desenrolló el cable y lo conectó al enchufe estanco que había junto a la puerta del garaje.

La sábana se iluminó. Un rectángulo de luz blanca que flotaba en mitad de la oscuridad del jardín. Se completaba así la ilusión de la pantalla de cine.

El veterinario se recostó contra la fachada y encendió un cigarrillo.

Las primeras polillas no tardaron en llegar.

Se materializaron provenientes de la oscuridad, atraídas por la blancura de la sábana. Pronto se formó una nube de insectos sobre la tela. Manchas móviles sobre el fondo blanco que recordaban la piel del dálmata cuyos ladridos se oían dentro de la casa. Entre la mayoría de tonos pardo-grisáceos destacaban mariposas con manchas de color naranja, rosa intenso, amarillo y plata. El veterinario reconoció pájaros luna, isabelinas y esfinges. Las había diminutas, que se confundían con las moscas y mosquitos que se habían unido al festín de luz, y otras del tamaño de una mano abierta, con cuerpos peludos como musarañas. Volaban frente a la sábana chocando entre sí. Se pegaban a la tela. Una constelación oscura. Manchas tenaces bailando en el fondo de la retina.

El cielo despejado y repleto de estrellas constituía el fondo perfecto.

Satisfecho, el veterinario caminó hasta el centro del jardín, sumergiéndose en la nube de insectos. Las polillas le rozaron la cara. La sensación no era desagradable. Beatriz ya debía de haber visto su regalo.

Y en efecto, allí estaba; en una ventana del segundo piso, con las luces apagadas para contemplar mejor el espectáculo. El veterinario esperaba que le enviase alguna seña, una indicación de que el regalo le había gustado o, mejor, una invitación a entrar.

Pero ella corrió las cortinas y desapareció.

Quizá se había excedido. El foco y la sábana podían ser vistos desde gran distancia y llamar la atención de los curiosos.

Sus dudas se esfumaron un instante después, cuando se abrió la puerta de la casa. Pero la figura que bajó con pasos contenidos los escalones del porche no fue la de Beatriz, sino la de su marido.

Era la primera vez que lo veía en persona: un hombre delgado, con los hombros esbeltos de quien ha practicado mucho deporte en su juventud y aún se esfuerza por mantenerse en forma, cabello corto, calvicie avanzada. Ocupaba un cargo importante en una compañía que elaboraba mapas para el Ministerio de Defensa.

Se aproximó al veterinario. Llevaba las manos en los bolsillos y la corbata aflojada; en apariencia tranquilo pero con el ceño levemente fruncido, como quien hace frente a una tarea que no requerirá gran esfuerzo pero que sabe fastidiosa y triste. Se detuvo ante él y lo observó detenidamente. El veterinario llevaba la ropa manchada de tierra y de hierba, y las botas de estiércol.

Apague esa luz, recójalo todo y váyase, dijo con calma el marido.

La ventana donde había estado Beatriz continuaba vacía.

Así que lo sabe.

El marido asintió.

Esto no cambia las cosas. Tendrá que ser ella quien me..., empezó a decir el veterinario.

Ella no tiene nada que decirle. Mi mujer y yo hemos hablado al respecto. Este asunto puede darse por concluido. A partir de ahora cuando necesitemos los servicios de un veterinario iremos a la ciudad.

Hablaba sin alzar la voz, con el tono contenido que emplearía para amonestar a un subordinado.

Y no vuelva a acercarse a mi propiedad, concluyó.

No se atreva a hablarme así.

Puedo hablarle como me plazca. Le recuerdo que está en mi casa, donde ya no es bienvenido.

El veterinario retrocedió unos pasos.

¡Beatriz!, gritó. ¡Beatriz!

Por Dios..., musitó el marido desviando la vista.

¡Beatriz!

Dentro de la casa no se apreció movimiento. El veterinario decidía a marchas forzadas qué hacer.

A la nube de polillas se habían unido nuevos invitados. Media docena de murciélagos penetraba una y otra vez en el cerco de luz. Sacaban provecho de aquel banquete inesperado, atrapando insectos entre sus dientecillos translúcidos.

¡Beatriz!, llamó una vez más, sin obtener respuesta.

Ya basta, dijo el marido. No quiere hablar con usted.

Tendrá que ser ella quien me lo diga.

Se equivoca.

La está reteniendo en la casa.

No es así.

Está dentro. La he visto.

Sí, está dentro. Y no quiere hablar con usted ni volver a verlo, dijo remarcando cada palabra.

No lo creo.

Puede creerlo o no, eso no me importa.

En ese instante, sin previo aviso, el veterinario echó atrás el hombro derecho y lanzó un puñetazo contra el marido. El puño se estrelló en el centro de la boca. El marido retrocedió trastabillando, tropezó con una de las pértigas y acabó desplomándose sobre la sábana iluminada. Todo el montaje se derrumbó tras él. Una multitud de polillas huyó hacia el cielo. Los murciélagos se esfumaron.

El veterinario aguardaba dispuesto para el contraataque, pero no encontró la respuesta que esperaba. En lugar de eso el marido se puso lentamente en pie. Escupió y un surtidor de gotitas de sangre brotó de su boca.

Es curioso, dijo, en la imagen mental que me había hecho de esta escena era yo quien lo golpeaba a usted.

El veterinario no supo reaccionar ante tal pasividad. El marido tenía salpicaduras de sangre en la corbata y el polvillo pardodorado de las polillas le cubría los hombros y brillaba bajo la luz del foco. Un par de insectos se había posado en su camisa.

Ha entrado usted en mi propiedad, sin permiso, prosiguió el marido, y me ha agredido. Son motivos más que suficientes para llamar a la policía. ¿He de pedirle una vez más que se vaya?

El veterinario vaciló, casi dispuesto a marcharse.

¿Estás bien?, oyeron entonces decir a una voz alarmada.

Los dos se volvieron. Beatriz estaba en el umbral de la casa. Con la sábana caída, el foco apuntaba directamente hacia ella, que se protegía de la luz con una mano alzada sobre los ojos, a modo de visera.

¿Te encuentras bien?, quiso saber.

El primero en responder fue su marido.

Sí, no te preocupes, dijo, y se llevó los dedos a los labios y los retiró manchados de sangre. No hay ningún problema.

Beatriz…, masculló el veterinario.

Dio unos pasos hacia ella y se detuvo, sin atreverse a avanzar más.

Vete, por favor, dijo Beatriz.

Él farfulló una maldición como respuesta y empezó a recoger las pértigas. Pero después cambió de idea y las dejó caer en la hierba. Dio una patada al foco y salió del jardín con zancadas furiosas, abandonando los restos de su regalo.

Beatriz desapareció en la casa.

Casi todas las polillas se habían ido ya, y las pocas que aún bailaban en el haz del foco se dispersaron cuando el marido desenchufó el cable de un tirón.

Más tarde, el marido tomó asiento junto a la cuna del bebé. Había adoptado la costumbre de hablarle. Lo hacía todas las noches que podía pasar en casa, durante largo rato, con voz arrullante, sobre el primer tema que le viniera a la cabeza.

Esa noche no había nadie que los molestara; Beatriz llevaba más de una hora encerrada en el cuarto de baño.

Le habló de las fotos que por la mañana había recibido en su despacho. Eran fotos aéreas de una zona boscosa. Abarcaban un área de varios kilómetros cuadrados. Para lograrlo, el avión había ascendido hasta una altitud desde la que los árboles perdían su individualidad y formaban un manto espeso, provisto de una gama inimaginada de verdes. Había sido necesario aguardar varios días para que se presentaran las condiciones idóneas: cielo despejado y atmósfera diáfana. La perfecta verticalidad con que habían sido tomadas —a mediodía, para evitar sombras que ocultaran partes del terreno— resultaba sobrecogedora.

Explicó al bebé cómo había unido las fotografías sobre su escritorio, como si de un rompecabezas se tratara. El resultado había sido un paisaje que incluía estribaciones montañosas de granito gris, la cinta negra de una carretera y, cruzando transversalmente el conjunto, un río, motivo este de las fotografías pues existía un proyecto para embalsar sus aguas y levantar una central hidráulica. Una parte del terreno que quedaría inundado era empleada por el ejército para la práctica de maniobras. Existía un conflicto entre ministerios.

Se entretuvo en los detalles: en los distintos tonos de los robles y las encinas; en las cicatrices marrones de los cortafuegos; en el incendio forestal presente en una fotografía, con dos frentes avanzando en cuña; en la zona quemada, negra y lustrosa vista desde las alturas; en los penachos de humo; en el destello captado por la cámara —como el de un niño que jugara con un espejo—, provocado por el sol en el techo de un camión de bomberos.

Hasta ese momento el bebé se había movido de forma abotargada en su cuna, abriendo y cerrando las manitas en busca de asidero, con sus ojos yendo de un punto a otro, distinguiendo solo formas vagas. Pero entonces se quedó inmóvil y fijó los ojos en su padre. Como si quisiera contemplar por sí mismo aquel paisaje magnífico que le estaba siendo descrito.

Después recorrió la habitación con la vista, tembloroso y aturdido, inmerso en el trauma de descubrir la profundidad y la perspectiva. Se agitó ante el colgante de gaviotas y peces voladores que pendía encima de la cuna.

Por último volvió a posar los ojos sobre la figura que se hallaba a su lado, y la observó con una atención que albergaba reconocimiento, fijando para siempre en la mente el rostro de su padre.

A continuación cerró los párpados y se relajó poco a poco, sumiéndose en un mundo de sueños sin mácula.

UN PADRE, UN HIJO

El amigo del colegio al que no veía desde hacía años enarcó las cejas, sorprendido, y en lugar de entrar en la tienda para amantes del café, cambió de dirección y se abrió paso hacia mí entre la gente que abarrotaba la calle a aquella hora de la tarde. Este fue el comienzo. Podría escoger otro para lo que voy a contar, pero elijo este. El sencillo.

Después de mostrar nuestra sorpresa y alegría e interrogarnos acerca de qué hacíamos y dónde vivíamos ahora, él consultó su reloj y preguntó:

¿Tienes prisa?

No la tenía. Acababa de salir del trabajo y carecía de planes para el resto de la tarde, salvo retrasar cuanto pudiera el momento de volver a casa. Así que los dos entramos en la tienda y tomamos asiento en una de las mesas dispuestas al fondo, junto a una pequeña barra, donde podía degustarse el género en venta.

Charlamos un rato poniéndonos al día, hasta que mi amigo calló y su expresión se hizo seria. Contempló el fondo de su taza escogiendo las palabras para lo que tenía que decir a continuación.

¿Cómo está tu padre?

Bien, respondí encogiéndome de hombros.

Me miró fijamente.

Está bien, insistí. ¿Por qué?

Mi amigo conocía a mi padre. Cuando éramos niños había visitado nuestra casa varias veces, pero eso era todo. Yo no alcanzaba a comprender su interés.

Sonrió como si hubiera dicho una tontería y se encogió también de hombros.

Bueno, no sé. Me habré equivocado. Pero me había parecido que…

Qué te había parecido.

Carraspeó antes de decir que unas noches atrás, mientras regresaba a su casa después de haber cenado con unos conocidos, el coche de mi padre se había detenido junto al suyo en un semáforo. Era tarde, más de las dos. Mi padre se volvió hacia él y le dedicó un saludo con el mentón. Luego el semáforo pasó de rojo a verde y mi padre aceleró sin aguardar respuesta.

Juraría que iba en pijama, añadió mi amigo. Conducía en pijama.

Al comprobar que yo no iba a hacer ningún comentario al respecto, sino que me limitaba a contemplarlo incrédulo, añadió:

Pensé que había ocurrido algo. Que se había sentido mal e ido al hospital tal como estaba en ese momento, en pijama.

Alarmado de pronto, tuve que reconocer que no sabía nada. Añadí que no había hablado con mi padre desde hacía un par de semanas, aunque en realidad se trataba de más de un mes.

¿Cuándo dices que lo viste? La semana pasada. El martes.

De pronto los dos teníamos prisa por salir de allí y separarnos. Mi amigo miró de nuevo el reloj y recordó que le aguardaba algo importante que hacer. Nos despedimos en la calle.

Llamé de inmediato a mi padre. Contestó al segundo timbrazo. Se mostró sorprendido de oír mi voz, y más aún cuando le dije que esa noche iría a cenar con él.

Mejor salimos a algún sitio, propuso. Aquí no tengo nada. A algún sitio donde se coma con las manos.

Quedé en pasar a recogerlo.

Antes de colgar pregunté:

¿Va todo bien?

Claro. De maravilla, respondió con su voz explosiva de siempre.

A las nueve detuve el coche ante su casa, que en realidad era nuestra casa, donde yo había crecido y en la que él había insistido en seguir viviendo después de que mi madre muriera hacía diez años, aunque el lugar resultaba demasiado grande para él. Me fijé en que el jardín estaba cuidado y que la portilla de entrada había recibido una mano de pintura recientemente. Me esperaba en la acera, con las manos en los bolsillos y silbando. Subió al coche y me dio unas palmadas en el hombro que me aplastaron contra el asiento.

¡Qué caro eres de ver! ¿A qué se debe el honor?

Ya ves... Hacía mucho tiempo.

Y tanto, asintió. Vamos, arranca, tengo hambre, dijo frotándose las rodillas.

Me guio hasta un asador cercano. Las camareras lo saludaron con familiaridad. Él prodigó sonrisas y sin preguntar se encaminó a una buena mesa, al lado de una ventana. Lo seguí a un par de pasos de distancia.

No veía nada raro en él. Me había pasado la tarde devanándome los sesos sobre lo que había dicho mi amigo, preocupándome cada vez más. Conducir de noche y en pijama no era un comportamiento acorde con mi padre, pero de pronto alguien ajeno me lo decía y todo encajaba. Mi padre, un hombre que rondaba los sesenta, que vivía solo. Me lo imaginaba conducir camino de urgencias, aquejado de un dolor lacerante en el costado izquierdo, que le descendía por el brazo.

No mires la carta. Yo te digo lo que está bien. ¡Casi todo!, exclamó, y soltó una fuerte carcajada. La camarera que nos había acompañado a la mesa sonrió.

Entonces pide por los dos, dije.

Ordenó carne como para un regimiento.

En cuanto la camarera nos hubo dejado, él se acodó en la mesa frotándose las manos, que eran anchas, con las falanges cubiertas de vello. Me escrutó y preguntó:

¿Cómo va todo?

A lo que, sonriendo de oreja a oreja, añadió:

¿Necesitas dinero? ¿No te pagan bastante en ese banco tuyo?

El banco no es mío, ni mucho menos. Y no necesito dinero. Y todo me va bien. ¿Cómo te va a ti?

¿A mí? A mí me va de maravilla.

Lo cierto era que estaba exultante. Era propietario de un negocio de venta e instalación de sistemas de aire acondicionado y aquel mismo día había firmado un contrato para equipar un nuevo centro comercial. Mi llamada no podía haber resultado más oportuna.

Lo celebraremos juntos, dijo extendiéndose la servilleta sobre el pecho al ver acercarse la primera fuente de carne.

La cena fue agradable y una vez tras otra aplacé el momento de preguntarle sobre su peculiar salida nocturna. Dimos cuenta de una botella de vino caro. Mi padre bebió la mayor parte.

Tras el postre insistió en que tomáramos una última copa en su casa.

A saber cuándo volveré a verte, añadió.

Durante el breve trayecto en coche guardamos silencio, yo pensando en cómo preguntarle lo que tenía en mente y él quién sabe en qué.

La casa pedía a gritos una limpieza. Bolas de polvo corrían por el pasillo. El fregadero y la encimera de la cocina estaban atestados de platos sucios. Rebuscó entre ellos hasta dar con un par de vasos que puso bajo el grifo.

¿Qué pasa con Kirstine?, pregunté. ¿Cuánto tiempo hace que no viene?

Kirstine era la chica polaca que mi padre había contratado hacía un año para hacerse cargo de las tareas domésticas. Yo lo había instado a ello, cansado de encontrarme, cada vez que iba a visitarlo, con la casa como la estaba viendo en aquel momento. Kirstine tenía treinta y tantos años y, a pesar de sus cerca de cien kilos, desplegaba una energía desbordante. Despachó en una semana la labor de un pelotón. Fregó, lavó, barrió, cepilló, enceró, secó, pulió…, todo sin dejar de tararear con aire desenvuelto.

Hace más de un mes que no trabaja aquí, dijo mi padre, incómodo de repente. Colocó los vasos sobre la mesa de la cocina sin molestarse en secarlos y sacó una botella de whisky de un armario. Sirvió raciones moderadas. Nos sentamos.

¿Por qué?

No lo sé.

Tiene que haber alguna razón.

Por supuesto. Pero yo no la sé.

¿Pasó algo?, pregunté tras una pausa prudencial.

Él dio un sorbo a su bebida y chasqueó los labios.

Un sábado por la mañana estaba yo sentado aquí mismo, desayunando, y ella andaba también por aquí, haciendo sus cosas. Entraba. Salía. Siempre cantando, ya sabes. Yo tomaba café y la miraba trabajar. Me gustaba hacerlo, simplemente. Me resultaba relajante. Parecía que nunca se cansara. Siempre iba a lo suyo. Siempre ocupada a la vez que cantando. Entraba, salía... Llenaba la casa, la hacía alegre. Entonces me di cuenta, esa mañana, de pronto, de que nunca le había dicho nada al respecto. Y pensé que estaría bien hacerlo, ofrecerle una muestra de aprecio. Así que cuando entró por una botella de limpiador o lo que fuera, le dije «Kirstine», y ella se paró con la botella en la mano y dijo «¿Sí?». «Me alegro de que estés aquí, Kirstine. Me alegro mucho.» Y ella volvió a decir «¿Sí?». Pensé que no me había entendido. «En la casa, tu presencia, es buena», dije. «Me gusta verte trabajar.» Entonces se me quedó mirando de una forma rara, como si le hubiera dicho algo malo. «Me gusta tu compañía», le dije para que me entendiera. «Gracias, señor», respondió ella con una sonrisa que también era rara. «A mí también me gusta estar aquí.» Y dicho esto salió y siguió limpiando o lo que fuera, pero ahora sin cantar.

Mi padre hizo una pausa. Una arruga le partía el ceño.

¿Y luego?, quise saber.

Luego no vino más.

¿...?

Nunca más. Después de que faltara durante tres días seguidos llamé a su casa, por si estaba enferma o algo. Se puso alguien que creo que fue su hermana. Dijo que Kirstine no estaba y que no la llamara más. Dijo que le dejara debajo del felpudo el dinero que le debía. Y así lo hice. Al día siguiente, cuando volví del trabajo, el dinero no estaba.

Yo no sabía qué pensar y menos qué decir. Lo único que se me ocurrió fue:

Buscaremos a otra. Esto, hice un gesto que abarcó la cocina, no puede seguir así.

Como quieras.

Y puedo hablar con Kirstine.
No, me atajó él. No lo hagas.
¿Por qué?
Déjalo correr. Si no quiere venir, no quiere venir. Y ya está.
Como prefieras.
Bebimos un rato en silencio, hasta que yo dije:
Papá, esta tarde…
¿Sí?
Esta tarde me he encontrado con alguien, un amigo del colegio. Tú lo conocías, pero no creo que te acuerdes de él.
¿Sí?
Me ha dicho que te vio la semana pasada, una noche.
¿Y quién dices que es? No recuerdo haber hablado con nadie de tu colegio.
No hablasteis. Me ha dicho que te vio en el coche, tarde, por la noche. Y que tú ibas en pijama.
¿Sí?
En pijama, repetí. Por la noche. Puede que fuera el martes.
Él no dijo nada. Apretaba las mandíbulas.
¿Es cierto?, pregunté.
Asintió. Y poco después dijo:
Es cierto. Lo es.
¿Qué pasó? ¿Estabas mal?, pregunté ya sin contenerme. ¿Adónde ibas?
Él sonrió con tristeza y dio unas vueltas a su vaso antes de confesar:
Fui a ver a tu madre.
Me retrepé en la silla, entre aliviado y sorprendido.
Mi madre había muerto hacía diez años en un accidente de tráfico. Iba sola en el coche. Se estrelló contra un árbol. Su cuerpo, por expreso deseo de ella, había recibido sepultura en su pueblo natal. Este no se encontraba cerca. Cuatro o cinco horas en coche y otro tanto de regreso. Cada aniversario de su muerte mi padre cubría ese trayecto para visitar la tumba. Religiosamente. El día exacto. Iba y volvía en la misma jornada. Yo lo había acompañado solo en una ocasión, aparte del día del funeral; fue en el primer aniversario. Mi padre guardó un mutismo pétreo tanto durante el

viaje de ida como durante el de vuelta. En el cementerio permaneció igualmente callado. Yo llevé unas flores; él, nada. Se plantó ante la tumba con expresión concentrada, observando las fechas cinceladas en la lápida. Poco después me hizo una seña para que regresáramos al coche. En total no permanecimos allí más de diez minutos.

¿Por qué fuiste a ver a mamá?, dije, sabiendo que era una pregunta estúpida.

Quise hacerlo, me contestó con expresión diáfana, sonriendo a medias. Era de noche. No podía dormir. Me puse a pensar en ella. De pronto quise ir a verla. En aquel momento, ¿entiendes? Así que me levanté de la cama y tal como estaba cogí la cartera y las llaves del coche y me puse en marcha.

Se encogió de hombros.

Eso es todo, dijo.

Vaya…

Pues sí.

De nuevo yo no sabía qué decir. Él lo notó y acudió en mi ayuda.

Como ves no hay nada de lo que tengas que preocuparte. Tu padre está bien. Seguro que te habías imaginado cosas. Es cierto que tendría que haberme vestido, reconozcámoslo, pero no estoy chalado, por si eso era lo que te inquietaba.

No lo era.

No sabes cuánto me alegro.

¿Lo has hecho otras veces?

¿El qué?

Eso. Ir a visitar a mamá repentinamente.

Sí. Alguna que otra, reconoció. Tres o cuatro. Pero no hay nada de malo en eso. ¿Lo hay?

Claro que no.

¡Claro que no!

Me sentía más aliviado.

Pero la próxima vez acuérdate de vestirte.

Se estiró sobre la mesa y me soltó una palmada de las suyas en el hombro.

Prometido.

Y con una carcajada añadió:
Deberías haber visto la cara del encargado de la gasolinera donde paré a repostar.
Sonreí y dije:
La próxima vez, avísame. Puede que vaya contigo.
Tras escrutarme un instante dijo:
Puede que lo haga.
Y así quedaron las cosas. El tema estaba zanjado; mis inquietudes, borradas. Mi padre, el rompemontañas, el autosuficiente, el gran fajador, se sentía solo, padecía añoranza.
¿Y tú qué?
Yo ¿qué?
No te hagas el tonto, me increpó. ¿Qué pasa con lo tuyo? ¿Has vuelto a saber de aquella chica?
Laura.
Eso. Laura.
Está en casa.
Una pausa. Un silencio largo.
¿En qué casa?
En la mía. Está allí ahora.
Creía que ya había acabado todo. Fue lo que me dijiste. Que no era para ti.
Y ha acabado.
No estáis juntos.
Negué con la cabeza.
Pero cuando dices que está en tu casa…
Quiero decir que vive en mi casa. Por el momento. Hasta que se calme.
Creía que ya estaba calmada.
Es complicado.
Es raro.
No, insistí. Es complicado.
Siempre es complicado, con cualquiera. Lo tuyo es raro. No creo que esa chica sea lo que te…
Papá, atajé.
Alzó las manos en gesto de paz.
Está bien, dijo. Y en tono prudente añadió:

¿Cómo llevas que esté allí?

Bien.

Hice una pausa.

Duermo en el sofá. Por lo demás, bien. Todo está bien. Y pronto estará mejor.

Pues no pareces tener mucha prisa por volver a casa, me parece a mí.

No respondí a eso y agradecí que él no insistiera. Cambiamos de tema y seguimos conversando un rato más, hasta que él miró el reloj y se palmeó las rodillas.

No sé tú, dijo, pero yo mañana tengo un montón de faena. Es tarde. Lo siento.

Me acompañó hasta la puerta, donde nos despedimos con un abrazo que siempre resultaba un tanto incómodo. Se quedó allí, con las manos hundidas en los bolsillos, mientras yo subía a mi coche y me alejaba.

Días después me llamó para informarme de que ya tenía a otra chica trabajando en casa. Los platos sucios no se apilaban en la cocina.

Regresamos a nuestra rutina habitual, cada uno haciendo la vida por su cuenta.

Pasaron las semanas.

Una tarde me telefoneó al trabajo.

¿Pasa algo? Nunca me llamas aquí.

La semana que viene es el aniversario de tu madre.

Aguardé un instante y luego dije:

¿Sí?

He pensado que podrías acompañarme. Dijiste que lo harías. ¿Recuerdas?

Lo recuerdo.

¿Sigue en pie el ofrecimiento?

Sí. Supongo.

Supones… Cuánto entusiasmo.

Oye, no sé si…

Sin darme tiempo a añadir nada más dijo:

También he pensado que podríamos dar un rodeo y alargar un poco el viaje. Nos tomaríamos un par de días de vacaciones. Nos acercaríamos a la costa.

...

¿Sigues ahí?

Sigo aquí.

Solo serán dos días. Martes y miércoles. Ir uno, volver el otro. Conozco un buen sitio donde pasar la noche. Te gustará.

Un plan tipo padre e hijo.

Eso es.

Nunca hemos hecho algo así.

¿Y?

Es algo repentino.

No te hablo de remontar el Amazonas, solo de ir a ver a tu madre. ¿Podrás tomarte dos días de permiso en el trabajo?, quiso saber.

Supongo que sí.

Perfecto. Contaba contigo.

El martes siguiente, poco antes de las ocho de la mañana, yo tomaba café en mi cocina y esperaba a mi padre. Laura iba y venía preguntándome si había metido tal o cual cosa en la bolsa de viaje. Alguna prenda impermeable. Calcetines de lana. Hilo dental. Pomada antibiótica. Yo asentía.

Dicen que va a hacer mal tiempo, tormenta, donde vais. Muy mal tiempo.

Nos las arreglaremos.

Quizá deberíais retrasarlo.

Es el aniversario de mi madre. No podemos retrasar eso.

Hizo amago de añadir algo, pero se contuvo. Dio media vuelta y volvió al dormitorio. La oí hurgar en el armario y después abrir y cerrar la cremallera de mi equipaje, metiendo dentro otro jersey o lo que fuera.

A esa hora lo habitual era que Laura todavía estuviera en la cama. En el restaurante donde trabajaba como ayudante de cocina no entraba hasta el mediodía. Esa mañana, sin embargo, estaba en pie desde hacía rato. Se había vestido y maquillado con esmero.

Mi padre llamó al timbre del portal cuando aún no eran las ocho. Llegaba con adelanto sobre la hora fijada, de acuerdo a su costumbre.

Laura insistió en bajar a despedirnos. La expresión de mi padre se torció al verla. Aguardaba en la acera, apoyado en un flamante todoterreno nuevo. Sin duda había esperado sorprenderme con él, pero la aparición de Laura le había chafado el momento.

Ella se le acercó tendiéndole la mano.

Me alegro de volver a verle.

Él se la estrechó y la soltó rápidamente.

¿Cómo estás?

Laura se arrebujó en su chaqueta. La mañana era brillante y fría.

Bien.

Me alegro.

Y, dirigiéndose a mí, mi padre preguntó:

¿Estamos listos?

Si tú lo estás, yo también.

Entonces guarda eso ahí detrás. Nos vamos.

Metí la bolsa en el maletero, donde el equipaje de mi padre descansaba junto a una caja de buen tamaño, cuidadosamente embalada, y otra menor, envuelta en papel de regalo. Laura me siguió.

¿Llamarás?, preguntó.

Solo son dos días. No creo que sea necesario.

Prefiero que llames.

Eso ya lo sé.

Tened cuidado.

Se alzó de puntillas y me besó en los labios. Demasiado rápido para evitarlo.

Oí a mi padre mascullar:

Por Dios…

Si Laura también lo oyó, hizo como si no.

Adiós, dije. Hasta mañana por la noche.

Ocupé el asiento del acompañante. Mi padre arrancó sin pronunciar palabra. Laura se quedó en la acera despidiéndonos con la mano.

¿Y esas cajas del maletero?

Unos encargos. Nada importante.

¿Encargos? ¿De quién?

De nadie. Olvídalo. ¿Qué te parece?, preguntó refiriéndose al todoterreno.

Desprendía un poderoso olor a nuevo y el motor emitía un ronroneo acogedor. Me entretuve curioseando los mandos e indicadores del salpicadero.

Es bonito, dije.

¿Te gusta?

Precioso.

Luego coges tú el volante. Es como ir en el puente de un portaaviones.

Había recuperado su habitual buen humor. Sonreía mostrando los dientes. Me dio una palmada en la rodilla.

¡Estamos en marcha!

Mi padre lo tenía todo planeado En primer lugar: ir a la costa, comer allí y llenarnos los pulmones de aire marino. Por la tarde cubriríamos otro trecho más. Nos detendríamos a cenar y pasar la noche en un hostal del que mi padre no dejaba de cantar alabanzas. A la mañana siguiente haríamos el trecho restante hasta el pueblo de mamá, visitaríamos el cementerio y, después de comer, emprenderíamos el regreso.

En cuanto hubimos dejado atrás la ciudad, abandoné toda reticencia acerca del viaje y pasé a alegrarme de estar allí. Charlábamos relajadamente. Mi padre conducía con el codo apoyado en el borde de la ventanilla.

Tras la muerte de mamá me había sorprendido la disciplina casi religiosa con que comenzó a visitar su tumba cada aniversario, y, por lo que sabía desde hacía poco, también en otras ocasiones. Me había asombrado, a la vez que alegrado, tal devoción libre de resentimiento. Porque cuando ella sufrió el accidente ya no vivía con nosotros. Hacía varios meses que nos había abandonado.

Cuando ocurrió, yo vivía aún con mis padres. Una tarde, al concluir las clases, entré en casa y la encontré vacía. Era temprano para que mi padre hubiera vuelto del trabajo y di por sentado que ella había salido. Todo estaba limpio y ordenado, más incluso que de costumbre. La cocina brillaba y olía a desinfectante. Sobre la mesa donde acostumbrábamos a desayunar descansaba un sobre en el que, con la modélica caligrafía de mamá, figuraba escrito el nombre de mi padre. Lo dejé en su sitio sin dedicarle un segundo vistazo. Abrí el frigorífico. Rebosaba de comida; no cabía nada más. En los armarios de la cocina y en el arcón congelador resultó que ocurría lo mismo. Me preparé un sándwich y me tumbé delante del televisor.

Un rato después llegó mi padre.

¿Estás solo?

Asentí sin apartar la vista de la pantalla. Él fue a la cocina. Lo siguiente que oí fueron sus puñetazos contra la puerta del frigorífico. Corrí a ver. El sobre había sido abierto y la carta que albergaba leída y releída y después arrugada y hecha pedazos y esparcida por el suelo. Mi madre se había ido. Lejos. Aunque no decía a dónde. Había conocido a alguien. Pedía que no la buscáramos. Su estilo de redacción siempre había sido telegráfico. Mi padre interrumpió sus puñetazos y me miró y se pasó las manos por el pelo y los nudillos le sangraban y tenía la cara roja y cubierta de lágrimas y se desplomó en una silla cuyas patas temblaron a punto de romperse.

Han pasado diez años y lo recuerdo como si hubiera sucedido ayer.

Nos detuvimos en un pueblo de la costa. Paseamos por la playa. Una barricada natural de madera de deriva y plásticos y basura recorría la arena. El mar estaba encrespado y turbio. Las olas formaban remolinos al retirarse. Hacía frío. Nos subimos el cuello de los abrigos.

El restaurante donde comimos ocupaba el edificio de una vieja fábrica de hielo. Tenía vistas al puerto pesquero. Éramos los únicos clientes en el comedor. Nos dieron una mesa junto a los ventanales. Al otro lado, en el muelle, se apilaban redes y nasas y cajas de pescado vacías, brillantes de escamas adheridas.

¿Recuerdas el pueblo?, preguntó mi padre.

Creo que sí. Vagamente.

La primera vez que pisaste la playa fue aquí. Hubo una época en la que veníamos a menudo.

Pensativo, sonrió al cristal de la ventana.

Me acuerdo de que cuando no eras más que un mocoso e ibas por ahí en pañales tu madre te amenazó con que si te lo hacías encima, si te cagabas, los gusanos que vivían en la caca te comerían la carne.

No lo recuerdo, dije parpadeando, sin entender a qué venía aquello.

Es lo que te decía para que empezaras a usar el retrete. Funcionó solo a medias. El verano siguiente vinimos aquí y, cuando viste en la playa los muslos de las señoras picoteados por la celulitis, te quedaste horrorizado. Pensaste que eran las marcas de mordiscos de los gusanos y viniste corriendo junto a nosotros, señalándolas con el dedo y gritando que las señoras eran unos seres repugnantes que se defecaban encima hasta bien avanzada edad. Aunque no usaste estas palabras, por supuesto. Y tu madre se quedó más horrorizada todavía que tú y nunca más volvió a decirte aquello.

Miré también por la ventana y repetí:

No lo recuerdo.

Pues así fue.

Soltó una carcajada y continuó comiendo.

Mientras tomábamos café, el dueño del restaurante se acercó para preguntarnos si todo había resultado de nuestro agrado, y también cuánto tiempo planeábamos quedarnos en el pueblo y de dónde veníamos.

¿Allí estaba lloviendo?

No.

Aquí llovió anoche. Muy mal tiempo, dijo, y señaló al otro lado de los ventanales. Los barcos no han podido salir hoy. Y dicen que esta noche volverá a haber tormenta.

En el cielo predominaban los espacios azules sobre las nubes.

No lo parece, dije.

Él asintió enfáticamente.

Habrá tormenta. ¿Les apetece una copa después del café?
Los dos negamos en silencio.

Mi padre quería probar la tracción total de su nuevo juguete así que tomamos una senda sin asfaltar que bordeaba huertas y campos particulares. Allí resultaba evidente el mal tiempo de la noche anterior. El camino estaba embarrado y, en los puntos bajos, cubierto por charcos de un palmo de profundidad. Vimos árboles con ramas desgajadas y también otros derribados. Nuestro paso frente a las huertas y viviendas iba acompañado por ladridos de perros invisibles.

Al cabo de unos kilómetros dejamos la senda y paramos en otro pueblo.

También había un puerto y las embarcaciones también permanecían atracadas. Sentados en el muelle había dos pescadores fabricando plomadas para sus cañas. Nos detuvimos a observarlos. A sus pies tenían un pequeño crisol que no era más que un cazo de hierro donde fundían secciones de tubería de plomo con un soplete. Sirviéndose de unas tenazas vertían el metal fundido en los moldes. Vimos el plomo, que parecía vivo y ansioso en su estado líquido, correr por las cavidades hasta ocuparlas todas. No disponían de más moldes, así que tenían que esperar a que se enfriara cada tanda de plomadas para repetir el proceso. Sacaron cigarrillos y mi padre les ofreció fuego. Le dieron las gracias con asentimientos mudos.

Mi padre se puso a charlar con ellos. Hablaron de pesca. Ellos aseguraron que las capturas escaseaban cada vez más. Uno afirmó que la culpa la tenía una planta de ácido sulfúrico que había por allí cerca.

Entiendo. Y los afectados, siempre los mismos, dijo mi padre, echando mano de la reserva de tópicos que empleaba con quienes no los veían como tales.

Los pescadores volvieron a asentir. El plomo se enfriaba. Uno de ellos lo tanteó con el extremo de las tenazas. Aún estaba blando.

Mi padre tomó asiento sobre unos palés, como si fuera un pescador más, recio y resentido. Habló de cuando trabajaba en la central térmica, aunque sin mencionar que él era ingeniero. Les contó que la central estaba rodeada por campos y que en ellos pastaban las vacas de las granjas vecinas. Eso fue hasta que la producción de leche empezó a mermar, y también hasta que los animales comenzaron a perder peso. El veterinario de la zona los examinó. Les miró los dientes. Estaban limados hasta las encías.

Los pescadores escuchaban con atención, las piernas cruzadas y fumando.

El veterinario investigó. Preguntó por el régimen del ganado. Recorrió los campos tomando muestras del pasto. Este se hallaba cubierto por una fina capa de ceniza, procedente de la chimenea de la central. Y esa ceniza incluía una fracción de sílice. Cuando el ganado pastaba, la sílice les limaba los dientes. Sin dientes, no comían. Al no comer, adelgazaban y producían menos leche.

Los ganaderos presentaron una demanda contra la central. Ganaron. La central se vio obligada a compensarles. Desde entonces tuvo que abonarles a todos, año tras año, una cantidad equivalente a la producción láctea que sus vacas darían en condiciones normales. Eso resultaba más barato que instalar un sistema de captación de cenizas, y mucho más barato que cambiar el combustible por otro con menos sílice.

Eso ocurrió poco antes de que mi padre se hartara de gilipolleces, según sus propias palabras, y se largara de allí para iniciar su propio negocio.

Los pescadores asintieron aprobadoramente.

¿Y cómo le va ahora?

¿A mí?

Mi padre se encogió de hombros contemplando los moldes y el plomo.

Me va.

Luego todos guardamos un silencio pensativo.

Yo recordaba la historia. Aquello pasó cuando tenía nueve o diez años. Recordaba también que las vacas no habían dejado de dar leche por completo, sino que aún producían un poco, y en base a la sentencia ese poco era entregado a la central, que en realidad estaba pagando por él. Luego la leche era repartida entre los empleados de alto rango. Y también recordaba la primera vez que aquella leche llegó a casa. Mis padres se reunieron en torno a la mesa de la cocina para decidir qué hacían con ella. En el suelo, dos cántaras de aluminio. Leche de vacas alimentadas con cenizas de central térmica. Al cabo de un rato mi padre se levantó y tomó una cántara en cada mano. Mi madre le abrió la puerta y él salió de casa y se alejó calle abajo cargado con ellas. Se encaminó a otra vivienda del vecindario, donde vivía una pareja de ancianos junto con sus tres nietos, y les hizo entrega de la leche. Lo sé porque días después la anciana, raquítica y cubierta con un abrigo negro muy gastado, me detuvo en la calle y me acarició el rostro y me instó a que diera gracias a Dios por tener unos padres tan buenos y generosos.

Uno de los pescadores volvió a tantear el plomo y lo encontró frío. Dio la vuelta al molde y lo golpeó con las tenazas hasta que las plomadas se desprendieron y cayeron al suelo sin tintineo.

Es hora de que nos pongamos en marcha, dijo mi padre.

Me puse al volante. Durante tres horas conduje guiado por el GPS. Mi padre dormitaba a ratos. Al final de la tarde, cuando hacía bastante que había anochecido, dijo:

Vamos a parar ahí, y señaló un letrero de desvío con el nombre de una población que no me decía nada.

Ignorando el GPS, él personalmente me guio a través de un pueblo consistente en apenas un puñado de casas. Cuando llegamos a una plazoleta frente a una iglesia me ordenó que parara. La fachada estaba recubierta por una red metálica para prevenir los desprendimientos.

¿Está aquí el hostal?

No. Cerca.

Entonces ¿por qué hemos parado?

Vamos a recoger a alguien. ¿No te apetece compañía? ¿No te has cansado ya de estar solo con tu viejo?

Sin esperar mi respuesta abrió la puerta y dirigió una seña hacia una galería porticada en un lateral de la plaza. De las sombras emergió una figura femenina que se acercó con un contoneo apreciable. Cuando llegó al todoterreno acarició el costado al tiempo que emitía un silbido en forma de nota decreciente. Tendría poco más de veinte años. Llevaba unos tejanos y una parka engrasada. Cargaba con una bolsa de supermercado. Saludó a mi padre con sendos besos en las mejillas, dirigiéndose a él por su nombre, en tono familiar.

Llegas antes de la hora, como siempre, dijo ella.

Él le tomó la bolsa y la guardó en el maletero.

¿No bajas a saludar?, me dijo golpeando con los nudillos el cristal de mi ventanilla.

Me apeé. La chica me miraba sonriente, con el peso cargado sobre una pierna y la cadera ladeada.

Por fin te conozco. Tu padre no deja de hablar de ti.

Esta es Sara, dijo él pasándole un brazo por los hombros. Vive en el hostal donde vamos a alojarnos. Su madre es la dueña.

Ella misma concluyó la explicación añadiendo:

Tenía que hacer unas compras y tu padre se ofreció a recogerme.

Asentí. No lo había visto hacer ni recibir ninguna llamada.

Mi padre resopló y se frotó las manos.

Hace frío aquí.

Fue la señal para que subiéramos de nuevo al todoterreno. La chica se acomodó en el asiento trasero. Volví a ponerme al volante y ella me señaló la dirección para salir de aquel pueblo o aldea o lo que fuera. Olía a perfume y el aroma aumentó cuando se contorsionó para desprenderse de la parka.

¿Qué tal todo por casa?, le preguntó mi padre.

Bien.

¿Clientela?

¿En esta época? ¿Estás de broma? Podréis escoger habitación, dijo, y soltó una risita.

Yo le echaba vistazos por el retrovisor. En la penumbra del habitáculo apreciaba poco más que una nube de cabello rizado. Antes, en la plaza, la había visto mejor. Rubia. Gafas sin montura. Delgada. Sonreía apoyando los incisivos superiores en el labio inferior. Varias veces durante el trayecto me sorprendió mirándola.

Disculpa al chaval, dijo mi padre. Es un poco callado.

No importa, dijo ella.

Para algunos entraría en la categoría de atractiva. Para mí no.

Me gustan las mujeres atractivas. Siempre ha sido así. Atractivas en el sentido más convencional, lo que incluye una nota de vulgaridad que puede ser abundante. Modelos de revistas masculinas. Reinas de la camiseta mojada. Actrices porno. Piernas largas. Zapatos de tacón de aguja. Tetas grandes; no importa si son de goma o auténticas. Laboriosos trabajos de depilación. Marcas de bronceado como fantasmas de biquinis y tangas diminutos.

Definitivamente, la chica, Sara, no era así.

Laura, que me esperaba en casa, probablemente sin alejarse mucho del teléfono, a la espera de una llamada que —ya lo adelanto— no tuvo lugar, lo era aún menos.

A simple vista el hostal no tenía nada de llamativo: un edificio de tres plantas con un aparcamiento de grava enfrente; una luz en baja forma sobre la puerta de entrada y otra más alumbrando el nombre del negocio. Alrededor, una pequeña huerta y campos. Nos habíamos alejado varios kilómetros del último pueblo. La oscuridad circundante indicaba que no había otro en las proximidades.

Basándome en el entusiasmo de mi padre, había esperado un alojamiento pintoresco, y no aquello, una vivienda familiar donde los aprietos económicos habían obligado a alquilar habitaciones a extraños.

Él saltó del todoterreno y tendió la mano a la chica para ayudarla a apearse. Los seguí, sintiendo que el viaje tomaba un tinte poco prometedor.

Échame una mano con lo del maletero, dijo mi padre, y me entregó mi bolsa de viaje y la suya. Él se hizo cargo de las cajas, la embalada y la envuelta en papel de regalo. La chica cogió su bolsa del supermercado.

Se abrió entonces la puerta de la casa o el hostal o lo que fuera, y en el rectángulo de luz quedó recortada una figura de mujer.

Ya estáis aquí.

Ya estamos aquí, mamá, respondió Sara.

Mi padre se encaminó hacia la mujer cargado con las cajas y se las arregló para besarla en las mejillas.

¿El viaje bien?, preguntó ella a la vez que le acariciaba el brazo y le hacía señas para que pasara al interior.

De maravilla, gracias a la compañía.

Sara también besó a su madre y entró en la casa.

La mujer se volvió entonces hacia mí, con las manos descansando en las caderas.

Son unos maleducados, dijo. Ninguno nos ha presentado. Soy Alma.

Posé las bolsas en el suelo y le estreché la mano.

Alma llevaba un delantal de cocina sobre una falda negra y un jersey, también negro, entre cuyo tejido brillaban unas hebras doradas. Tendría unos cincuenta años. No era alta. La papada se le empezaba a descolgar. Había ido a la peluquería y se había pintado las uñas. Me escrutó de la cabeza a los pies.

Ya era hora de que vinieras.

¿Yo?

¿Quién si no?

Mi habitación estaba en la segunda planta. Una cama individual. Una mesilla con una lámpara. Un armario de madera oscura y patas en forma de garra de león, parte en algún momento de un dormitorio más fastuoso. Olía a algún tipo de desinfectante.

El cuarto de baño está en el pasillo. Segunda puerta a la derecha, me informó Alma. ¿Estarás bien aquí?

Supongo. Claro que sí, corregí.

Si necesitas algo, no tienes más que pedirlo. A Sara o a mí. Miró a su alrededor, comprobando la habitación por última vez. Luego me miró a mí y sonrió, de pronto incómoda. Se pasó las manos por los costados de la falda. Tenía las caderas gruesas.

Será mejor que te deje. La cena estará lista en quince minutos. Cordero. Tu padre me ha dicho que te gusta el cordero.

Sí. Está bien.

Me miró de costado, achicando los ojos.

¿Mientes?

No.

Tú comes carne. Se nota.

Como carne. Me encanta la carne.

Así me gusta.

Sonrió de nuevo y salió cerrando la puerta tras ella.

Los escasos muebles ocupaban casi la totalidad de la habitación. Apenas quedaba espacio para moverse. Miré por la ventana. Campos oscuros. Me senté en la cama. El somier chirrió y se hundió hasta el suelo. No tenía ni idea de dónde estaba mi padre. Había desaparecido en cuanto entró en la casa.

Deambulé por pasillos y un comedor desiertos hasta que un murmullo de voces me guio a una sala de estar donde aguardaba dispuesta una mesa con cuatro servicios. Lo profuso y un tanto desordenado de la decoración me hizo pensar que la habitación no estaba destinada a la clientela. Acuarelas caseras en las paredes. Revistas de moda formando una pila junto a un sofá. Tapetes de ganchillo.

Ya estás aquí.

Era mi padre. Entraba con una cesta de pan que dejó en la mesa. Iba en zapatillas.

¿Qué tal tu habitación?

¿De qué va todo esto?, pregunté con un susurro.

¿Cómo que de qué va?, respondió él sin bajar la voz. ¿No te agrada el sitio?

Resoplé e hice un gesto abarcando lo que nos rodeaba.

¿Quién es esa mujer?

¿Alma? Una amiga.

¿Desde cuándo? No me habías hablado de ella.

Ni de ella ni de otras cosas. Tú tampoco eres muy hablador que digamos. ¿Tenemos que discutir ahora de eso?

Sí. Me apetece hacerlo.

La conocí en uno de mis viajes al cementerio. Paré aquí, me gustó el sitio y ahora vuelvo a menudo. Alma es buena gente.

Cogió un sacacorchos y atacó una botella de vino. Tiró con firmeza, un ¡plop! y olfateó el contenido.

¿Qué pasa? ¿Por qué me miras así?

¿Qué quieres decir con buena gente?

Me escrutó como hacía mucho que no lo hacía. En el pasado yo había temido aquella expresión.

Compórtate, chaval, me advirtió.

A continuación sirvió dos copas. Cuando me tendió una de ellas volvía a sonreír.

Hemos venido a divertirnos. ¿Sí o sí?

Creía que veníamos a visitar a mamá.

Bajó su copa, que había alzado a la espera de entrechocarla con la mía.

También. Pero eso será mañana. ¿Son cuestiones excluyentes?

No supe responder.

Venga, brinda con tu viejo.

El tintineo de las copas colmó por un instante la abigarrada sala de estar. Saboreamos el vino.

Es bueno, dije.

Excelente.

¿Lo has traído tú?

No. Alma tiene buena mano. Dirige ella sola el negocio.

¿Qué pasa con las cajas del maletero?

Se encogió de hombros.

Encargos. Un par de cosas que Alma necesitaba.

Encargos del tipo…

Tipo un robot de cocina.

¿Y puede que algún regalo?

Y puede que algún regalo.

Del tipo…

Del tipo que no es asunto tuyo. ¿Qué te ha parecido Sara?

¿La chica? ¿Qué me tiene que parecer?

Me soltó un manotazo en el hombro. Poco faltó para que la copa se me cayera al suelo.

Ya sabes lo que quiero decir.

Y añadió:

Es una chica estupenda.

Me alegro por ella.

¿No te gustaría conocerla mejor?

¿Me estás preparando un lío con esa tía?

No me digas que eso te molestaría.
¿El lío o que tú me lo organices?
Soltó una carcajada y me dio un nuevo manotazo que me dejó el hombro dolorido. Unas salpicaduras de vino fueron a parar a la alfombra. Nos quedamos mirando las manchas, luego lo miré a él, que me hizo un gesto: «Olvídalo».
Habla con la chica. Te gustará.
Lo dudo.
Estás libre, ¿no? Ahora no estás con nadie.
Asentí.
Con nadie, repitió, buscando asegurarse.
Nadie.
Bien. Entonces, habla con ella.
¿Qué sabes tú de ella?
Sonrió con medio rostro.
Lo bastante como para estar seguro de que te gustará. Tú y yo siempre estamos de acuerdo en lo fundamental. Y sé además que no está con nadie. Y que se aburre en este sitio. Ya le he hablado de ti.
Voy a tomar todo esto como una broma.
¿Por qué?
¿De qué otra forma puedo hacerlo?
Alma entró, interrumpiéndonos, y colocó una fuente de ensalada en el centro de la mesa. Se desprendió del delantal, hizo una bola con él y lo lanzó a un sillón.
¿Cenamos?
Sin esperar nuestra respuesta gritó llamando a su hija.
Esta entró casi de inmediato, como si hubiera estado escondida detrás de la puerta.

La cena fue abundante y sabrosa. Mi padre y Alma llevaron el peso de la charla. Ella habló de la tormenta de la noche anterior, que había descargado con fuerza en la zona causando numerosos destrozos. El nivel de los ríos había subido y estos se hallaban desbordados en varios puntos.

Terminamos la botella de vino y abrimos una segunda. A mi padre se le veía relajado y desenvuelto, como en su propia casa.

Alma sonreía en abundancia, se esforzaba en actuar como la anfitriona. La chica apenas intervino un par de veces en la conversación. Permaneció en silencio durante la mayor parte del tiempo, con un codo apoyado en la mesa y la barbilla en la palma de la mano, como sobre una atalaya, llevándose los bocados a los labios a cámara lenta. Alma me pidió que le hablara de mi trabajo en el banco, lo que no me llevó mucho tiempo. Mi padre anunció su contrato para instalar el aire acondicionado del centro comercial y Alma se apresuró a sugerir un brindis.

De postre había tarta de zanahoria. Sara le dio un único bocado, dejó caer el tenedor, se volvió hacia mí y dijo:

¿Me acompañas a la calle? Necesito tu ayuda para hacer una cosa.

Me detuve con un trozo de tarta a mitad de camino de la boca.

¿Ahora mismo?

Asintió.

No salgáis, intervino Alma sin dejar de masticar. Hace frío. Va a llover más. Lo han dicho en las noticias.

Ahora no llueve, dijo Sara. Por eso tiene que ser ahora.

Mujer, dijo mi padre, deja que los niños salgan a jugar a la calle. Ya son mayorcitos.

Venga, me ordenó Sara. Después podrás tomar toda la tarta que quieras.

Siguiendo sus instrucciones subí a la habitación por mi abrigo y me reuní con ella en el aparcamiento. Sentía curiosidad y fastidio a partes iguales.

La temperatura había descendido. Sara me esperaba abrigada con un anorak que multiplicaba por dos su volumen. Se cubría la cabeza con la capucha de la prenda, ribeteada de piel sintética. Había cambiado su calzado por unas botas de agua. Llevaba guantes. Sostenía una pala en las manos.

¿Para qué es?

Ahora lo verás.

La seguí hasta una caseta de ladrillo en la parte trasera de la casa. Me tendió la pala y pasó adentro. La caseta estaba atestada de herramientas y trastos viejos. Sara salió arrastrando un saco. El contenido era pesado y desprendía un tufo rancio.

Yo cargo con él y tú lo entierras. Este es el trato.

Juraría que estaba sonriendo mientras me lo decía.

No entiendo nada.

Te lo explico mientras caminamos, ¿te parece? Hace demasiado frío para quedarnos quietos. Quizá debería haberte buscado un calzado más apropiado. En fin.

Echó a caminar. El saco trazaba un surco en el suelo de grava. Cuando llegó a una valla de madera que delimitaba el comienzo de los campos, Sara se detuvo y me miró por encima del hombro.

¿Vienes?

...

Por favor. Necesito ayuda con esto.

Fui tras ella.

Cruzamos la puerta de la valla, consistente en un viejo somier de muelles con dos lazadas de soga a modo de bisagras.

Déjame eso, dije y le cogí el saco. ¿Qué hay dentro?

Tranquilo. No es nada ilegal ni raro, dijo y sacó del bolsillo una linterna con la que procedió a alumbrar el camino ante nosotros. Aunque no había ningún camino propiamente dicho.

Todo el día está resultando bastante raro.

Ella rio y dijo:

Lo imagino.

El saco pesaba. Solo podía tirar de él con una mano, en la otra cargaba con la pala. Avanzábamos campo a través. La hierba estaba húmeda. El frío me trepaba por las piernas.

Sara señaló hacia un punto de la oscuridad. Aproximadamente en la dirección en que avanzábamos.

Allí hay una casa.

No veo nada.

El cielo estaba cubierto. La oscuridad era uniforme. No se apreciaba nada en la dirección que ella me indicaba.

No tiene luz desde ayer, explicó, cuando cayó un rayo que la dejó así.

¿No os afectó a vosotras?

Nos alimentamos de una línea diferente. En esa casa vive una anciana. Sola.

Tras una pausa añadió:

Luego cayeron dos rayos más, muy próximos. Los vi desde mi ventana. El tercero de los rayos alcanzó al perro de la vieja, y lo frio. Fue como si hubieran ido directos por él. ¡Zas, zas, zas!, dijo acompañándose de sendas palmadas. Uno, otro y otro, cada vez más cerca, como la plasmación de un plan superior.

¿Estoy arrastrando un perro muerto por un rayo?

Se detuvo y me miró.

Apuesto a que no pensabas que lo harías cuando te levantaste esta mañana. ¿Estás jadeando?

Lo estoy, reconocí. Se supone que vamos a hacerle un favor a esa mujer y enterrar su perro.

Lo has pillado.

¿Y por qué no lo has dejado donde lo mató el rayo? Te habrías ahorrado arrastrarlo hasta tu casa.

No pude dejarlo allí. Ella se puso histérica, la mujer. Dijo que no lo quería cerca. El animal estaba hecho una ruina. Daba miedo. A ella le asustaba incluso cuando estaba vivo. Ese perro era un cabrón. Nos tenía a todos hartos. Y además no me gusta acercarme a esa casa de noche. A saber cómo se las estará arreglando la vieja a oscuras. Lo pienso y me dan escalofríos. Irá palpándolo todo, con sus manos retorcidas.

Tendrá velas. Habrá llamado a alguien para que la ayude.

Cuando quiere ayuda nos llama a nosotras. Y no ha llamado. Sigue ahí, en la oscuridad.

Miré otra vez hacia donde se suponía que estaba la casa y volví a no ver nada. La chica abría el paso. De cuando en cuando daba quiebros y me advertía de una zanja o valla de espino. El saco pesaba. Lamenté no disponer de guantes.

Por fin se detuvo y señaló el suelo.

Aquí.

Aliviado, solté al saco.

¿Dónde estamos?

Lo bastante lejos.

¿El terreno es vuestro?

No.

A mí no me importaba si lo era o no, pero lo siguiente era empezar a cavar y necesitaba recuperar el aliento.

¿Cuál era el problema con el perro?

Ninguno y todos. Nunca hizo nada malo de verdad, aunque se colaba en las huertas y cavaba hoyos, eso sí. También ladraba por las noches. La vieja está prácticamente sorda así que a ella no le importaba. Pero lo peor era su aspecto. Era una bestia negra como el carbón. Daba escalofríos. La vieja no podía gobernarlo, así que campaba a sus anchas. Si no llegan a acabar con él los rayos, lo habría hecho alguien de por aquí, un día u otro. A mi madre le aterrorizaba. Nunca salía de casa si sabía que andaba cerca.

Ahora tendréis que aguantar a la vieja quejarse por su ausencia.

Ella rio sin humor.

Yo ya tenía preparado el veneno para cargármelo. Matarratas.

Bromeas.

Dentro de una salchicha.

Bromeas.

¿Tú crees?

Me parece que sí.

Bromeo. Pero lo habría hecho. Los rayos nos han solucionado el problema. ¿Vamos a cavar esta noche o no?, preguntó y trazó unos círculos con el haz de la linterna, señalando una diana en el suelo.

Me quité el abrigo y ella me lo cogió. Clavé la punta de la pala en la tierra y empujé con el pie. Se hundió con facilidad. El terreno estaba húmedo.

Cuando tu padre viene de visita se encarga de las reparaciones de la casa. También hace recados para mi madre. Si no hubieras venido, esto lo habría hecho él.

Pues ha tenido suerte.

He pensado que preferirían estar ellos dos solos. ¿Te molesta?

Supuse que se refería a lo de que estuvieran solos, no a que yo tuviera que cavar.

Todavía no lo sé. Imagino que no debería molestarme. Está bien que tengan a alguien.

Hablaba a la vez que cavaba. Del agujero ascendía un olor fresco a tierra mojada. Si yo no hubiera estado allí habría sido mi padre quien disfrutara de aquel aroma. Él habría hecho un buen trabajo, una fosa profunda, de lados bien definidos, paralelos dos a dos. Se le daba bien el trabajo manual. De cualquier cosa hacía una herramienta. En casa tenía toda una colección de manuales de bricolaje, albañilería y mecánica, y también libros con instrucciones para sobrevivir en un bote salvavidas en alta mar o si te perdías en un bosque. Recuerdo haber hojeado uno de estos cuando era niño y leído que a falta de aceite para proteger un revólver de las inclemencias atmosféricas la médula ósea puede cumplir la misma función.

Yo supongo lo mismo, dijo ella. A mi madre le viene bien la compañía. Se pasa la vida en el hostal. Apenas sale. No dispone de tiempo para ella.

¿Y tu padre?

Murió cuando yo tenía diez años.

Lo siento.

Aprecio tu gran sinceridad.

Durante un rato cavé en silencio, hasta que ella dijo:

Tu padre habla mucho de ti.

¿De veras?

Está orgulloso.

No dije nada.

¿Te has emocionado?

No. Solo pensaba.

También nos ha hablado de tu madre. De cuando se fue de casa, y también del accidente.

Por lo visto sabes mucho más de mí que yo de ti, que no sé nada.

¿Y hay algo que quieras saber?

¿Cuándo vino mi padre aquí por primera vez?

Esa no es una pregunta sobre mí. Voy a sentirme ofendida. Puede que nunca lo supere.

Alguien capaz de sacrificar un perro con matarratas seguro que puede superarlo. ¿Recuerdas cuándo?

No lo sé exactamente. Hace varios años.

¿Mi padre y tu madre se conocían de antes?

Que yo sepa no. ¿Hay algo que te preocupa?

Yo me preocupo por todo.

Lo siento por ti. Bebe mucha agua, es un antiestresante natural.

Yo también lo siento por mí. ¿Alguna de las veces en que mi padre ha parado aquí venía en pijama?

¿Qué quieres decir?

Exactamente lo que he dicho. En pijama. Sin nada más. Sin equipaje.

No. Nunca. Lo recordaría.

El agujero iba creciendo. Cada poco rato tenía que soltar la pala para arrancar con las manos una piedra de entre la tierra. Estaba sucio hasta las rodillas y sin embargo no me importaba. Había cogido el ritmo. Ya no sentía frío. Disfrutaba de un grato calor que me corría por todo el cuerpo. La noche era silenciosa. Las nubes parecían estar justo sobre nosotros, rozándonos las cabezas. El mundo reducido a la chica, a mí, al agujero y al saco con el perro.

Ella daba saltos sobre una pierna y luego sobre la otra para combatir el frío. Cada vez que la pala arañaba una piedra oculta en la tierra, ella se quedaba paralizaba un instante, para seguidamente retomar su baile.

¿No quieres saber nada de mí?, insistió.

¿A qué te dedicas?

Me refiero a algo más interesante.

¿Estás con alguien?

Hoy no.

No pregunté más. Me concentré en la labor. Medí la profundidad del agujero poniendo la pala en posición vertical. Unos sesenta centímetros.

¿Será suficiente?, la interrogué.

Creo que tu padre quiere que tú y yo...

No lo veo posible.

Insisto en lo de ofenderme.

Disculpa.

¿Tú estás con alguien?

Sí.

Tu padre me ha dicho lo contrario. Que había una chica, pero que ya no.

Entonces, ¿por qué lo has preguntado?

Soy precavida.

Sigue habiendo una chica. Laura.

¡Tiene nombre! Entonces es algo serio.

No se lo cuento todo a mi padre. Como ya imaginas.

Guardó silencio un instante y dijo:

De todas formas, supongo que sería bastante raro. Tu padre y mi madre, tú y…

El agujero. ¿Es lo bastante profundo?

Lo miró sin interés.

Claro.

Salí de él y ella empujó el saco con el pie. Se deslizó en la fosa con un susurro. Tomé una palada de la tierra que había ido acumulando en un montón y la vertí sobre el bulto. Pensé en que no había llegado a ver el perro y que en realidad desconocía lo que estaba enterrando. Continué tapándolo. Ella no le quitó ojo mientras desaparecía bajo la tierra.

Resultó que el agujero no era lo bastante hondo. La tierra apenas cubría al perro, o lo que fuera. Si todavía estaba vivo, o si resucitaba, no tendría dificultades para resurgir de su sepultura. Una criatura cubierta de tierra, carbonizada, en busca de venganza. Iría por su antigua dueña, que aguardaba a oscuras en su morada de rancia atmósfera, o por Sara y su madre. Por los rayos seguro que no podría ir.

¿Qué hacemos?, pregunté, esperando que ella no dijera que era necesario cubrirlo mejor.

Vámonos a casa. Estoy helada.

Me cambió la pala por mi abrigo.

Caminó por delante de mí de regreso al hostal, alumbrando el suelo con la linterna. Tuve ocasión de observarla por la espalda. El anorak anulaba sus formas. Luego miré yo también al suelo para no tropezar. La oscuridad empezó a tronar en algún punto sobre nosotros.

El día que Laura casi lo jodió todo yo había planeado una fiesta privada. Por la tarde, en mi despacho del banco, me había dedicado a hojear las páginas amarillas en busca de algún videoclub donde todavía no hubiera estado. Seleccioné uno que parecía prometedor, en un barrio periférico; en el anuncio se jactaba de poseer un catálogo con más de cinco mil títulos de todos los géneros. Me puse en marcha en cuanto llegó la hora de salida.

La noche anterior había roto con Laura. Durante la discusión evité revelarle el motivo: que ya no me atraía físicamente. En su lugar recurrí a excusas cada vez más burdas. Cuando salió de casa lloraba y apenas podía caminar.

El barrio era de esos a los que no irías si no dispusieras de un buen motivo. Entré en el local y paseé con las manos en los bolsillos entre las estanterías repletas de películas. Busqué el que debía de ser el rincón más discreto del negocio. Una puerta batiente cerraba el paso a una sala anexa. Me asomé. Había varios centenares de películas, clasificadas por categorías. Las más antiguas, las que se remontaban a los años ochenta, estaban sobadas y mugrientas. Apenas se reconocían los rostros y cuerpos de las actrices. En lo alto de una esquina había una cámara de vigilancia con el cable arrancado. En el suelo, un ambientador con olor a lilas.

Resolví el trámite de inscribirme como socio. Aquello (el desplazamiento, la visita) no resultaba en realidad necesario. Podría haber encontrado satisfacción similar a través de los numerosos, y mucho más discretos, portales disponibles en Internet, como de hecho también hacía (la correspondencia de la compañía de crédito con que abonaba los servicios de *camgirls* llegaba acompañada de publicidad sobre su ventajosa Opción Oro). Sin embargo, la autohumillación de mostrarme ante el aburrido dependiente del local, de hacerle entrega de mis datos personales, de inhalar el ambientador a lilas, de cruzarme en la puerta con otros clientes y mirarlos y que me miraran por un instante a los ojos, formaba parte del ritual.

Volví a la sala dedicada a la pornografía y escogí media docena de películas. Me demoré cuanto quise. Conocía o había visto buena parte de los títulos. Buscaba actrices específicas.

A continuación, sin abandonar el barrio, visité un supermercado. Compré una pizza congelada, un pack de seis cervezas y un frasco de aceite corporal. No sentí vergüenza ni culpabilidad cuando la cajera tomó este entre sus manos para consultar el precio.

Regresé a casa regodeándome en el placer de la anticipación.

Guardé la pizza y las cervezas en la nevera. Dejé las películas y el aceite corporal al lado del televisor. Bajé las persianas. Fui al dormitorio y me desnudé. Fue entonces cuando noté el olor a tabaco. Salía del cuarto de baño. La puerta estaba cerrada y no se oía ruido dentro.

Temí que hubieran entrado a robar y que el intruso pudiera estar emboscado. Sin embargo, yo había encontrado cerrada la puerta del apartamento, sin rastros de haber sido forzada.

Con el corazón batiéndome el pecho entré en el cuarto de baño.

Laura estaba sentada sobre la tapa del inodoro. Su gesto era relajado, las piernas cruzadas, un cigarrillo y una copa de vino en la mano. Desnuda. Su ropa había sido pulcramente doblada y descansaba en una banqueta. La bañera estaba llena hasta el borde. Me dirigió una mirada turbia y se tambaleó un poco. Tenía los ojos enrojecidos. La botella de vino que había a sus pies estaba vacía en sus tres cuartas partes. Junto a la botella, un cenicero atiborrado de colillas.

¿Qué haces?, pregunté.

Ella no me quitaba ojo, sorprendida por mi aparición.

No llevas ropa, dijo.

Tú tampoco.

No respondió. Volvió a tambalearse, en precario equilibro sobre sus escuálidas nalgas.

Vi el cuchillo en la encimera del lavabo. Uno de mis cuchillos de cocina, siempre bien afilados. Volví a mirar la bañera. Y a ella. A ella y al cuchillo. Los dos habían estado conversando en silencio hasta que yo los había interrumpido.

¿Qué ibas a hacer?

Rompió a llorar. Intentó posar la copa en el suelo, pero se le escurrió de los dedos y acabó quebrándose contra los azulejos. Ella también estuvo a punto de caer. Lo habría hecho si yo no me hubiera apresurado a agarrarla. Estaba helada. La obligué a ponerse en pie y, con cuidado de que no pisara los cristales, medio la acompañé medio la arrastré al dormitorio, donde se tendió en la cama.

Lo siento, dijo.

Ella estaba llorando y temblaba. La tapé con la colcha. Atenué la luz de la habitación.

¿Estás enfadado?

No lo sé.

No sabía qué hacer, dijo.

Ahora descansa. No ha pasado nada.

Y repetí:

No ha pasado nada.

Y ella repitió:

No sabía qué hacer.

Cuando estaba saliendo del dormitorio, ella preguntó:

¿Adónde vas?

A recoger el baño.

No. Ven.

Me tendí junto a ella sin meterme bajo la colcha. Me pasó un brazo sobre el pecho. Permanecí con los ojos abiertos, fijos en una pared, hasta que su respiración se suavizó. Aguardé un poco más y me levanté teniendo cuidado de no despertarla.

Fui en primer lugar al salón. Volví a subir las persianas y escondí las películas y el aceite. Después regresé al cuarto de baño. Tiré del tapón de la bañera y esta empezó a vaciarse con un fuerte ruido de succión. Retiré los fragmentos de la copa y limpié el vino derramado. Cogí el cuchillo y lo llevé a la cocina. Antes de devolverlo al cajón donde guardaba los cubiertos lo lavé.

De nuevo en el hostal, encontramos a mi padre y a Alma sentados todavía a la mesa y charlando.

¿Cómo ha ido?, quiso saber él, a quien Alma ya había puesto al corriente de lo que habíamos estado haciendo.

Está resuelto, respondió Sara. Y ahora me retiro. Estoy agotada.

Rodeó la mesa para dar un beso a Alma y despedirse de mi padre con unas palmaditas en el hombro.

Que descanses, preciosa, dijo él.

Buenas noches, y gracias por la ayuda, me dijo cuando pasó a mi lado.

Yo aguardaba en la puerta. Me había quitado los zapatos, que estaban cubiertos de barro y que sostenía en la mano. También me había remangado los bajos de los pantalones, igualmente sucios, para no manchar el suelo. Estaba mojado de la cabeza a los pies. Había empezado a llover cuando estábamos a mitad de camino.

Alma se llevó las manos al rostro en un gesto de horror cuando descubrió el estado de los zapatos.

Dámelos, pidió, los limpiaré y mañana los tendrás como nuevos.

No es necesario.

Sí que lo es. Seguro que no has traído más que estos. No eres previsor. Me lo ha dicho tu padre.

Traté de resistirme, pero antes de que me diera cuenta ella me había arrebatado los zapatos y también el abrigo empapado. Desapareció con todo ello.

Nos quedamos solos él y yo.

¿Estás bien?, preguntó.

Claro.

¿Ha sido duro?

Soportable.

Seguro que sí.

Yo también me voy a la cama.

Que descanses. Mañana salimos temprano. ¿Quieres que te despierte?

Estaré despierto. Nunca duermo bien en los hoteles.

Antes de que pudiera salir de la habitación me preguntó:

¿Has hablado con la chica?

Sí.

¿Y bien?

No funcionaría.

Él apretó los labios. Después asintió sin hacer comentarios.

Cortinas de agua lavaban las ventanas.

Dormí poco. Un canalón repiqueteó junto a mi ventana durante toda la noche. Cerca del amanecer recordé el saco que habíamos enterrado. La lluvia habría arrastrado la tierra que lo cubría. El trabajo había sido en buena medida inútil. A la lluvia se unieron violentas ráfagas de viento. Oí algo metálico caer en la calle. Resultó ser la antena de televisión.

Cuando me levanté, casi tan cansado como al acostarme, la casa estaba en silencio y la tormenta había amainado un poco su ímpetu, aunque seguía lloviendo. En calcetines y entre una luz lechosa y fría bajé a la sala donde habíamos cenado. Mi padre, ya vestido, tomaba café y escuchaba las noticias de la radio.

El asunto pinta mal, dijo.

¿Cómo de mal?

Inundaciones. Hay carreteras cortadas. La que lleva al pueblo de tu madre es una de ellas.

Habrá otra forma de llegar.

Se puso en pie.

Vengo ahora. ¿Quieres desayunar? Pasa a la cocina y sírvete.

Cuando volví a la sala con un tazón de café y un trozo de bizcocho, mi padre estaba de nuevo en la mesa, hojeando una guía de carreteras.

Hay otros caminos. No me suena que en la radio hayan dicho que están cortados. Pero habrá que dar un rodeo.

¿Podremos volver hoy a casa?

¿Tienes que volver hoy?

Trabajo mañana.

Y yo, dijo él, siguiendo con el índice una de las rutas del mapa.

Celebramos un consejo. Debíamos decidir qué hacer. Descarté la posibilidad de quedarnos en el hostal hasta que mejorara el tiempo, retrasando así nuestro regreso.

Entonces será mejor que nos pongamos en marcha, dijo él.

Nos levantamos. Alma estaba en la puerta. Nos había estado escuchando. Llevaba una bata de color zafiro de aspecto caro; di por sentado que un regalo de mi padre.

Os vais, dijo con voz queda.

Me disculpé y subí por el equipaje. Oí cómo mi padre y ella hablaban en susurros. Él le decía que no se preocupara, que volvería pronto.

Bajé minutos después. Mi abrigo colgaba del respaldo de una silla. Estaba seco y le quedaban marcas de haber sido cepillado. En el suelo estaban los zapatos, también secos y limpios.

¿Volveremos a verte por aquí?, preguntó Alma mientras yo me calzaba.

No lo sé. Puede que sí.

Espero que sí.

Le di las gracias por todo, cogí nuestros equipajes y corrí bajo la lluvia hacia el todoterreno. Él se entretuvo en la puerta con ella. Alma se cerraba el cuello de la bata con la mano. Él le posó un beso en la frente y otro más en los labios. Ella cerró los ojos.

La chica no dio señales de vida. Entre la bruma y la lluvia, en la dirección que ella había indicado, se levantaba una decrépita casa de piedra. Supuse que sería la de la vieja, la dueña del perro. Seguía a oscuras.

Con la mitad de las vías inundadas el GPS no servía de nada. Llevábamos la radio sintonizada en una emisora local y nos guiábamos por sus informes y el mapa de carreteras que habíamos cogido en casa de Alma. Los limpiaparabrisas trabajaban al máximo. Habíamos salido de la carretera general y avanzábamos con dificultad por vías de tercer orden. Cada poco rato nos topábamos con un árbol caído o un curso de agua desbordado que nos interceptaba el paso y nos obligaba a dar media vuelta y buscar otro camino. Mi padre conducía; yo leía el mapa y le daba instrucciones.

Avanzábamos despacio. Continuaba lloviendo sin alivio. Vadeamos zonas inundadas, con el agua por encima de las ruedas, a paso de tortuga por si había troncos o broza ocultos. Llegar al cementerio estaba convirtiéndose en una aventura. No puedo negar que yo estaba disfrutando. Habíamos llegado hasta allí y no íbamos a abandonar sin hacer la visita de rigor a mamá. Mi padre opinaba igual. Cuando nos vimos obligados a dar media vuelta y replantearnos la ruta por enésima vez, dijo para sí, entre dientes:

Vamos a llegar. Por mis cojones que vamos a llegar.

El agua caía del cielo y también parecía rezumar del suelo.

Llegamos a un tramo recto que discurría por mitad de un llano. Al fondo se levantaba una nave industrial y a su lado unos corrales. Más allá, montañas.

Hubo un fogonazo. Un rayo había caído en algún punto de las cumbres. Casi seguido cayó un segundo rayo, este más cerca. Y después un tercero. Más cerca aún, aproximándose. Como parte de un plan superior. El último rayo cayó tan cerca de nosotros que el parabrisas se volvió blanco. Nos llevamos las manos al rostro, deslumbrados. El vehículo se desvió hacia la cuneta cuando mi padre soltó el volante. Me lancé para atraparlo, pero mi padre me devolvió a mi sitio de un empujón y recuperó el control del todoterreno. Entonces vimos una columna gaseosa ascender de los corrales.

¿Qué es eso?, pregunté.

No me respondió.

¿Qué es eso?, repetí asustado.

Ante nosotros, bajo la lluvia, unas figuras zancudas, negras y blancas, invadían enloquecidas la carretera.

Los corrales eran una granja de avestruces.

Las enormes aves, docenas de ellas, corrían, resbalaban y se desplomaban sobre el asfalto. El último rayo había abierto una vía de escape para ellos.

Era demasiado tarde para frenar. Nos introdujimos en la bandada. Los pájaros corrían despavoridos a nuestro alrededor, nos acompañaban como si fuéramos su macho guía. Uno de ellos me miró con sus ojillos negros a través de la ventanilla y yo le devolví la mirada boquiabierto. Era tan alto como el todoterreno. Oí las pezuñas arañar el asfalto mojado.

Mi padre dio un volantazo para evitar un avestruz que apareció ante nosotros. Y eso nos condujo directos contra otro de ellos.

El parachoques le partió las patas como si fueran ramas secas. La masa de plumas mojadas y patas y cuello rodó sobre el capó y fue a estrellarse contra el parabrisas, que se astilló como una telaraña. El pájaro todavía estaba vivo. Había quedado enganchado a los restos del parabrisas. Fuera de control, el vehículo acabó en la cuneta, en una zanja de hormigón donde hundió el morro y se detuvo con un fuerte golpe que hizo saltar los airbags.

El cuello del avestruz se movía como un látigo dentro de la cabina.

Mi padre se puso a gritar e insultar al pájaro y a lanzarle puñetazos, tan enloquecido como él. Este aleteaba y lo hacía con tanta fuerza que sus alas inútiles parecían capaces de elevarlo en el aire, y también el todoterreno y a nosotros con él. El cuello se paralizó de pronto y su rostro quedó a unos centímetros del mío. Le brotaban unos pelos puntiagudos del cráneo. El aliento le olía a algo agrio, como pienso fermentado. Nos contemplamos uno al otro por un instante, antes de que me lanzara un picotazo entre los ojos. Fue como si me golpearan con un martillo neumático. Una vez más, todo se volvió blanco. La cabeza me dio vueltas. Oí gritos en algún lugar cerca de mí. Lo último que vi antes de perder el conocimiento fue a mi padre con el cuello del avestruz entre los dientes.

Cuando mi madre falleció conducía por un tramo recto, en un paraje despejado. Se estrelló contra un árbol solitario. El forense encontró entre su ropa una avispa. Concluyó que el insecto se había colado en el vehículo y ella, al intentar librase de él, había perdido el control. Mala suerte.

En su documento de identidad figuraba todavía su antigua dirección. La policía se puso en contacto con nosotros. Unos recibos bancarios encontrados en su bolso nos condujeron al lugar donde residía entonces, una casa de campo alquilada, cerca de su pueblo. Visitamos la vivienda. El casero, comprensivo ante nuestra pérdida, aunque asombrado por la aparición de un marido y un hijo de quienes no tenía noticia, nos permitió acceder al interior. Solo encontramos sus cosas. Nada indicaba que con ella viviera alguien más. El casero nos lo confirmó: siempre había vivido sola.

Así que nos había mentido. No había nadie. No existía ningún amante que la hubiera rescatado de la tediosa vida doméstica, de su marido y su hijo.

Había actuado así para facilitarnos las cosas. Para facilitárselas a mi padre, en particular. Le había regalado un rival incorpóreo contra el que canalizar la rabia del abandono. Un saco de arena emocional. Lo había eximido de su culpa.

El lugar donde desperté olía como el aliento del avestruz. Me encontraba en la nave industrial contigua a los corrales, tendido en el suelo. Alguien me había colocado un anorak doblado a modo

de almohada. Me rodeaban mi padre y otros dos hombres a quienes no conocía. En cuanto abrí los ojos aquel dijo:
Ya despierta. Ya despierta.
Y me preguntó:
¿Estás bien? ¿Cómo estás?
Bien. Me parece.
Me dolía horriblemente la cabeza. Me habían aplicado entre los ojos un vendaje chapucero que me entorpecía la visión. Intenté ponerme en pie. Los dos desconocidos, el encargado de los corrales y su hijo, me ayudaron. Sufrí un mareo y por poco acabé otra vez en el suelo. Continuaron sosteniéndome mientras me reponía. Les hice un gesto para indicar que estaba bien y me soltaron con cautela, sin alejarse demasiado.
¿Puedes sostenerte?, preguntó mi padre.
Me estoy sosteniendo.
¿Y caminar?
Hablaba con dureza. Estaba enfadado.
Creo que sí. ¿Cuánto tiempo he estado desmayado?
Un buen rato.
¿No quieren que llamemos a alguien?, preguntó el encargado.
Mi padre desechó la propuesta.
Tenemos que seguir.
¿Seguir?, pregunté.
Por supuesto. Una mierda de pájaro no va a detenernos.
A mí ya me ha parado un buen rato, dije palpando el vendaje.
Y ha sido demasiado. Nos vamos. Muchas gracias, dijo a los otros dos y les estrechó la mano. Espero que recuperen sus avestruces.
Y nosotros. Cuídense, respondieron quedamente.
Salimos. Seguía lloviendo. El todoterreno continuaba en la zanja, con las ruedas traseras en el aire. Tenía un golpe en el morro y un faro hecho añicos. El cuerpo muerto del avestruz presentaba un aspecto patético. El cuello le colgaba sobre el salpicadero como una manguera vieja. La corriente de agua que corría por la zanja pasaba bajo el vehículo y salía cubierta de irisaciones de aceite.
Mi padre abrió el maletero y sacó los equipajes.
¿Qué vamos a hacer?, pregunté.

Con este tiempo y todos los accidentes que habrá habido será difícil conseguir una grúa. Dejaremos eso para cuando volvamos.

Para cuando volvamos de dónde.

Del cementerio. ¿Lo has olvidado? ¿El picotazo te ha dejado amnésico? Visitaremos el cementerio. Tu madre se lo merece. Esos tipos dicen que estamos a solo seis kilómetros y me han indicado un camino. ¿Crees que podrás llegar como estás?

Solo ha sido un golpe, dije mirando los restos del pájaro.

El encargado de los corrales y su hijo nos contemplaban desde la puerta.

Parecen amables, dije.

Les preocupa que pongamos una demanda.

¿Y los pájaros que han huido? ¿No les preocupan?

Se encogió de hombros.

Tendrán un seguro. Yo qué sé.

A continuación expuso lo que íbamos a hacer. El plan era sencillo. Llegaríamos al pueblo a pie, visitaríamos el cementerio, presentaríamos nuestros respetos a mamá y después, al diablo con todo. Buscaríamos un sitio donde descansar. Si no quedaba más remedio pasaríamos allí la noche. Nos lo merecíamos, aseveró él.

Antes de ponernos en marcha rebusqué en mi bolsa y saqué el chubasquero que Laura había añadido a última hora.

¿Tienes tú otro?, pregunté a mi padre.

Dijo que no.

Toma. Coge este.

No lo quiero. Póntelo tú.

¡Cógelo, joder!

Me lo arrancó de las manos y se lo enfundó a tirones.

Volví a buscar en la bolsa y di con una bufanda. Me la enrollé en la cabeza, cubriendo boca y nariz. Mi padre ya había echado a caminar.

Decidí no consultar el reloj. Me limitaba a dar un paso tras otro. No reconocía los sitios por donde pasábamos. Cada poco rato me cambiaba de hombro la bolsa de viaje. Mi padre iba siempre unos pasos por delante de mí. Avanzábamos con la cabeza hundida entre los hombros y la espalda encorvada. No dejó de llover ni un instante y tampoco aminoró el ritmo de la lluvia. Yo estaba empapado de la cabeza a los pies. Mis zapatos producían un sonido desagradable a cada paso que daba. Vimos caer más rayos, aunque estos se mantuvieron a distancia. Un par de coches pasaron junto a nosotros. Alcé el pulgar, pero ninguno se detuvo. Mi padre ni los miró.

Por fin, entre las cortinas de agua, divisamos un campanario que nos era familiar. Hicimos un alto y lo contemplamos. Mi padre no había abierto la boca desde que empezamos a caminar. Su gesto era concentrado. Señaló la dirección en que estaba el cementerio y caminamos de nuevo.

Lo habíamos conseguido.

El cementerio estaba a las afueras del pueblo. Cerca de sus muros me detuve ante un chalé. No había nadie a la vista. La valla del jardín era baja y me incliné sobre ella para arrancar unas flores. Mi padre esperó en silencio.

Avanzamos entre las lápidas y los bloques de nichos. El suelo era de grava y crujía bajo nuestros pies. Vi la lápida desde lejos y caminé sin despegar la vista de ella. Piedra negra, nombre y dos fechas. En su momento habíamos decidido no añadir ninguna inscripción personal.

Mi padre se detuvo ante la tumba. Llegué a su lado y me detuve también. Posé la bolsa en el suelo y me agaché para dejar las flores. Cuando me levanté volví a colocarme la venda de la frente, que, empapada, se me despegaba una y otra vez. Debía de tener un aspecto ridículo.

Esperé a que mi padre presentara sus respetos a su modo. Lo miré de reojo. Él apretaba las mandíbulas y una vena le latía en la sien. Parecía más viejo que esa mañana.

Entonces dio un paso al frente y se situó sobre la tumba misma. Dio unos taconazos sobre ella como quien pretende librarse de algo desagradable que se le ha quedado pegado a la suela.

Aquí estoy otra vez, dijo. Y volveré el próximo año. Y puede que antes. No te vas a librar nunca de mí.

Después dio media vuelta y echó a caminar hacia la salida del cementerio sin mirarme.

HA DESAPARECIDO UN NIÑO

La vida es una sombra que camina, un pobre actor
que en escena se arrebata y contonea
y nunca más se le oye. Es un cuento
que cuenta un idiota, lleno de ruido y de furia,
que no significa nada.

WILLIAM SHAKESPEARE, *Macbeth*[3]

Rebeca dijo a los alumnos que empezaran a trabajar en sus tareas para casa. Faltaban apenas unos minutos para la hora de salida y solo unos pocos niños obedecieron. La mayoría recogió sus cosas y se puso a hablar. Ella miró por la ventana del aula, ignorándolos.

Desde hacía más de una hora sufría un ataque de hipo. El más fuerte y persistente que había tenido nunca. Cada pocos segundos, sus hombros saltaban presas de una nueva contracción, movimiento acompañado por el inconfundible sonido mitad aspiración, mitad sorpresa.

Por supuesto a los niños les había parecido graciosísimo. Habían coreado los hipidos con risas, desentendidos por completo de la lección y esperando ansiosos cada nueva contracción de su diafragma. Después de un rato, como el ataque no remitía, Rebeca había salido del aula. En algún sitio había leído que respirar dentro de una bolsa de papel sirve de ayuda, pero no encontró ninguna en la inspección que hizo de la sala de profesores. El mismo texto mencionaba que en casos extremos, cuando los ataques

3. Traducción de Ángel-Luis Pujante. Austral, 2011.

se prolongan durante horas e incluso días, el único remedio efectivo es un lavado de estómago.

El primer hipido tras su regreso provocó carcajadas todavía mayores. Los niños se retorcían de risa. Le preocupó que la directora oyera el escándalo desde su despacho y fuera a ver qué ocurría. Rebeca puso gesto severo y dio unas palmadas exigiendo silencio. Lo último que le apetecía era una de las miradas reprobadoras de la directora, miradas que siempre eran más críticas cuando iban dirigidas a Rebeca, debido a su juventud y su carácter de nueva en el colegio y el pueblo.

El siguiente hipido volvió a ser motivo de risas, aunque esta vez acalladas. Rebeca continuó como pudo con la lección, mirando a sus alumnos a los ojos, detestándolos intensamente y deseándoles alguna desgracia aleccionadora.

También había leído que el hipo puede tener origen neurológico, que puede ser provocado por un tumor en el cerebro.

Por fin sonó el timbre. Se produjo un tumulto de arrastrar de sillas. Sin volverse, Rebeca les recordó que debían dejarle sus cuadernos para corregirlos. Vio cómo la calle se llenaba de niños con sus carteras a cuestas, corriendo desordenadamente y chocando entre sí, como hormigas, pensó, cuando pisoteas su hormiguero.

Cuando se volvió, estaba sola en el aula y sobre su mesa se alzaba un desordenado montón de cuadernos. Abrió las ventanas para ventilar el ambiente y tomó asiento, poco deseosa de enfrentarse a las últimas redacciones de sus alumnos. Sacó de un cajón un paquete de cigarrillos y un encendedor. Se recostó con los pies sobre la mesa y fumó mirando por la ventana. La directora no admitía excepciones a la prohibición de fumar en el colegio, pero Rebeca se dijo que se lo merecía. Usó la papelera como cenicero. Intentó olvidarse del hipo.

El colegio estaba en un extremo del pueblo y por la ventana del aula Rebeca veía las casas extenderse como una media luna en torno a la playa. La mayoría de las ventanas tenían las persianas echadas y descoloridas por la intemperie. Permanecerían así hasta la llegada del verano y los turistas.

Le distrajeron unos golpes en la puerta. Una encargada de limpieza preguntó si podía pasar. Rebeca asintió y apuró el cigarrillo. La mujer empezó a mover mesas y sillas antes de fregar el suelo.

Para que no la viese de brazos cruzados, Rebeca cogió el primero de los cuadernos del montón. La redacción encargada a sus alumnos llevaba por título: «¿Qué harías si pudieras volar?».

Leyó.

Al mismo tiempo, un coche abandonaba la autopista y tomaba la salida hacia el pueblo. Estaba sucio, como si llevara recorrido un largo trayecto. Las ventanillas estaban grises de polvo y barro adheridos capa sobre capa. El parabrisas era una galaxia de mosquitos estrellados. Entre la mugre de la aleta delantera izquierda asomaban los arañazos de una colisión leve. En todo lo demás se trataba de un coche común, sin nada que atrajera la atención sobre él. El titubeo del conductor en los cruces indicaba que no era del lugar.

Llegó a la calle principal, por la que avanzó despacio, como si buscara algún sitio donde detenerse a comer algo y descansar un rato antes de seguir su camino.

> Si pudiera volar yo volaría entre los árboles. Llebaría una cesta para coger fruta. Cuando estubiese llena la llevaría a mi familia y volbería a por más. A mi familia le gusta mucho la fruta. Cada mañana mi padre desalluna 2 naranjas.

La limpiadora le preguntó si podía vaciar la papelera y Rebeca dijo que sí. La observó hacer, y después limpiar la pizarra con un paño húmedo. Mientras trabajaba tarareaba una melodía inidentificable, sin importarle la presencia de la maestra.

Rebeca descubrió entonces que el hipo había desaparecido sin que ella se diera cuenta. Más tarde se preguntaría si ocurrió al mismo tiempo que el trágico suceso.

La limpiadora terminó su trabajo. Antes de irse se detuvo ante la mesa de Rebeca, miró el paquete de cigarrillos y luego a ella, alzando una ceja. Rebeca empujó el tabaco hacia la mujer, que cogió un cigarrillo, lo guardó en el bolsillo de su bata y se despidió dejándola a solas.

Si pudieran volar, varios de sus alumnos visitarían otros planetas, otro se aventuraría a romper la barrera del sonido en perjuicio de su integridad física, y otro más diría a su padre que vendiese su coche, dado que ya no lo necesitaban, pudiendo él volar y llevar a toda la familia (!) a cualquier parte de forma mucho más rápida y cómoda, para así con el dinero comprar una televisión nueva, de la que por lo visto estaban muy necesitados.

Casi había terminado de corregir cuando oyó sonar el teléfono en el despacho de la directora, al final del pasillo. En el silencio reinante pudo oír cómo contestaba, aunque no entender lo que decía.

Un minuto después la directora se presentaba en el aula. Rondaba los cincuenta años. Caminaba ligeramente encorvada, como si el peso del grueso manojo de llaves que siempre llevaba en la mano la venciera. Su atuendo solía consistir en faldas rectas y blusas abotonadas hasta el cuello. El único adorno que se permitía eran los broches que lucía en la solapa y de los que parecía disponer de una colección inagotable.

Sin mediar saludo, preguntó por uno de los niños. Quería saber si seguía allí. Rebeca negó con la cabeza. Sentía un profundo desagrado hacia aquella mujer, en especial por su costumbre de olisquearse continuamente las puntas de los dedos.

Ha llamado su madre. Lo está esperando para ir al alergólogo, dijo la directora.

Rebeca se encogió de hombros.

Se fue con los demás. Aquí no queda nadie.

La directora inspeccionó el aula con la vista, como si Rebeca pudiera estar engañándola.

Seguramente se ha entretenido por el camino, añadió Rebeca, y se ha olvidado de lo del médico.

La directora asintió y volvió a su despacho.

Cuando terminó con las redacciones, Rebeca apiló los cuadernos encima de la mesa para que sus dueños los recogieran a la mañana siguiente. Cogió su bolso y su abrigo y salió del aula apagando las luces. Al pasar frente al despacho de la directora la oyó teclear dentro, pero no se detuvo a despedirse.

* * *

Rebeca había estudiado Historia del Arte. Un año después de terminar la carrera, el único trabajo que había conseguido era el de guía en un museo. Gracias más a su afición personal que a sus estudios, se había convertido en una moderada experta en arte moderno. Sus visitas guiadas eran las más solicitadas por los visitantes, que gracias a las explicaciones de Rebeca llegaban a apreciar, a menudo por vez primera, sentido e interés en las obras. Contemplando a aquellos desconocidos —a menudo grupos de escolares— que asentían al ritmo de sus palabras, Rebeca se sentía llena de orgullo hacia ellos y también hacia sí misma. Ese orgullo y la necesidad de un trabajo más estable la animaron a estudiar Magisterio.

La primavera anterior, cuando le comunicaron los destinos entre los que podía escoger para dar clase, reconoció uno de los lugares: un pueblo en la costa donde, cuando era niña, había pasado un verano con sus padres. Sus recuerdos incluían una playa bordeada de pinos, gente practicando esquí acuático y una ausencia permanente de nubes en el cielo.

Por el lado negativo, el pueblo estaba lejos. Solo podría volver a casa durante las vacaciones. Rebeca tenía reparos en dejar sola a su madre, viuda desde hacía menos de un año, pero esta la animó a escoger la plaza.

No fue igual de sencillo que su novio aceptara el traslado. Él impartía clase de física en la universidad, al mismo tiempo que preparaba su doctorado. Se prometieron mantenerse en contacto todo lo que la distancia les permitiera. Organizaron un calendario de visitas.

Al día siguiente llegó tarde al colegio. La tarde anterior había ido a la piscina y nadado hasta que se le entumecieron los brazos. El cansancio hizo que durmiera profundamente y no oyera el despertador.

Aunque ya había pasado la hora de inicio de las clases, encontró a sus compañeros congregados en la sala de profesores. Los niños estaban en las aulas sin nadie que se ocupara de ellos. La algarabía retumbaba en los pasillos. La directora estaba encerrada en su despacho, pegada al teléfono.

Uno de los maestros informó a Rebeca de que un niño había desaparecido, el mismo por el que la directora había preguntado la tarde anterior. Al ser alumno de Rebeca, le dio la noticia tan sentidamente como si le comunicara el fallecimiento de un ser querido. La desordenada charla en que habían estado enfrascados cuando entró quedó interrumpida. Todos la miraban expectantes.

Rebeca se limitó a contemplarlos sin acertar a articular palabra. Era obvio que esperaban de ella que se sintiera interesada y sobrecogida, así que carraspeó e, intentando adoptar un tono grave, preguntó qué había ocurrido.

La tarde pasada el niño no había vuelto a casa después de las clases. Tras llamar al colegio y hablar con la directora, la madre había telefoneado a las casas de los amigos de su hijo, por si este había olvidado la cita con el alergólogo y estaba con alguno de ellos. En todos los casos recibió respuestas negativas. Cuando ya fue demasiado tarde para ir al médico, salió a buscarlo. Recorrió el trayecto entre su casa y el colegio y después pasó el resto de la tarde visitando los sitios adonde los niños acostumbraban a ir a jugar.

No lo encontró. Para cuando se dio por vencida ya había anochecido.

De regreso en casa hizo otra ronda de llamadas, obteniendo respuestas similares a las anteriores pero ahora teñidas de alarma.

Ya en estado de profunda preocupación, llamó a su marido a su despacho del ayuntamiento. Su marido era el alcalde. Este escuchó atentamente y le dijo que se reuniera con él en la comisaría de policía.

El marido de una de las maestras había sido el oficial de guardia la noche pasada. Este le contó a su mujer lo ocurrido en comisaría, y ella se lo repitió a Rebeca.

El oficial no hizo pasar al alcalde y a su mujer a un despacho, sino que, sentados en la recepción junto a una máquina de café y rodeados de carteles de seguridad vial, como si solo mantuvieran una charla informal, pidió a la madre que le contara la historia de las últimas horas. Después de escuchar con atención, se excusó por las preguntas que debía hacerles. El alcalde asintió, indicándole que comenzara.

¿Han notado algún comportamiento extraño en el niño últimamente?

No.

¿Ha amenazado alguna vez con irse de casa?

No. Solo tiene diez años. ¿Adónde podría ir?

¿Les ha hablado su hijo de algún nuevo amigo?

No.

Respondía la madre y el alcalde confirmaba sus respuestas mediante leves movimientos de cabeza.

¿Han visto a alguien extraño rondar la casa los últimos días?

No.

¿Tienen ustedes problemas domésticos?

¿Qué quiere decir?

El oficial se aclaró la garganta. ¿Han reñido al niño?

Padre y madre respondieron al unísono.

No.

¿Discuten ustedes?

Tampoco.

¿Hay algo que pueda haber asustado o disgustado a su hijo?

No, dijeron tras pensarlo unos segundos.

Bien.

El oficial se palmeó las rodillas y contempló el suelo. El alcalde y su mujer esperaban que dijera algo que les tranquilizara, una explicación lógica de por qué su hijo no había vuelto a casa, algo que les hiciera soltar un suspiro de alivio y mirarse entre sí riendo como tontos.

¿El niño es diabético o sufre alguna enfermedad que requiera medicación?

No, respondió la madre.

De acuerdo. Lo buscaremos y en cuanto averigüemos algo les avisaremos. Creo que lo mejor que pueden hacer ahora es volver a su casa y esperar allí.

Les aseguró que harían todo lo que estuviese en su mano para encontrarlo, aunque tuvo buen cuidado de no decirles que no se preocuparan, ni de restar importancia al asunto.

Antes de irse, la madre entregó al oficial una foto de su hijo.

El personal de servicio recibió una descripción del niño y la orden de buscarlo por el pueblo y sus alrededores. Eran más de las once de la noche.

Cuando el oficial terminó su turno por la mañana, llamó a los padres para comunicarles que la búsqueda continuaba. De día sería más fácil encontrar pistas.

La directora entró en la sala de profesores.

No deberían estar aquí. Vuelvan a sus clases.

Pero nadie mostró intención de moverse. Alguien preguntó si sabía noticias.

He hablado con la policía. Todavía no saben nada. Más tarde vendrán para hablar con nosotros y los alumnos. Hasta entonces debemos comportarnos con naturalidad y no inquietar a los niños. Vuelvan a sus clases.

En la mesa de Rebeca solo quedaba el cuaderno del niño desaparecido, que ella guardó en un cajón sin hacer ningún comentario. Los demás alumnos la contemplaban a la espera de que empezara la clase. Se fijó en la mesa desocupada que había entre ellos. De momento no tenían razones para que esta despertara su curiosidad ni su inquietud.

Copió en la pizarra el enunciado de varios ejercicios. Se sentía perpleja por la indiferencia con que había recibido la noticia, como si esta no incluyera todavía los elementos dramáticos suficientes para despertar su interés.

La imagen que le acudía a la mente cuando pensaba en el alumno desaparecido era la de uno de los trabajos que este había hecho en clase de manualidades. Unas semanas atrás los niños habían confeccionado un regalo con motivo del día del padre. El del niño consistía en un portarretratos. La base era una lámina de madera a la que había limado toscamente los bordes. El marco lo formaba una variedad de tipos de pasta fijados a la madera con cola de carpintero: raviolis, fetuccinis y macarrones, sobre los que había espolvoreado purpurina y dado una mano de barniz. El conjunto resultaba abigarrado y neurótico. En el centro había pegado una foto suya en la que aparecía en primer plano, sonriendo a cámara. Era una fotografía de las últimas navidades. Lucía una pajarita de lunares y alguien le había peinado el pelo hacia atrás con fijador. A su espalda, desenfocada y uniéndose en perfecta continuidad al caótico marco, asomaba la algarabía de colores de un árbol de Navidad.

Rebeca había llegado al pueblo en septiembre, cuando el lugar todavía estaba tomado por los turistas y el sol brillaba a diario. Fuera de las horas de trabajo se encontraba siempre sola, pero se decía que eso cambiaría pronto, en cuanto hiciera las primeras amistades. Paseaba. Iba a nadar a la playa. Compró unas gafas de buceo. En el espigón del puerto vio unos desconcertantes mejillones, grandes como el zapato de un adulto, y una pareja de pulpos acoplados en una intrincada lucha o acto sexual.

Había alquilado un apartamento cerca de la playa. La dueña era una viuda que vivía en la planta baja y a la que su marido, un constructor belga, había dejado la propiedad de todo el edificio. Se llamaba Victoria y era una mujer alegre que siempre parecía recién salida de la peluquería. Tenía un hijo que vivía en Bruselas, donde trabajaba como intérprete para los turistas. Victoria se dio cuenta de la soledad de Rebeca y asumió el papel de madre adoptiva. Le preparaba fuentes de comida, la presentó a los vecinos y, varias noches a la semana, la invitaba a cenar a su casa.

Un día de comienzos de octubre hizo aparición en el horizonte un frente de nubes que se acercó como una inmensa ola. En primer lugar descargó un chaparrón de gotas gruesas y cargadas de tierra. El pueblo quedó cubierto de un barrillo anaranjado que se deslizaba por las fachadas en churretones. Después llegaron las cortinas de lluvia.

Llovió sin parar durante tres días. Las alcantarillas se desbordaron y por las calles corrieron torrentes en busca de desembocadura al mar. La temperatura descendió bruscamente. Cuando mejoró el tiempo, Rebeca salió una mañana a la calle y encontró el pueblo vacío. Los últimos turistas habían desaparecido, como arrastrados por el agua. A lo largo de la playa se amontonaba una muralla de plásticos y madera de deriva que ya nadie se molestó en limpiar.

Durante las primeras semanas había hablado a diario con su novio. Ella llevaba el peso de la charla, le describía a sus compañeros de trabajo y alumnos. Más tarde las conversaciones fueron espaciándose y volviéndose más breves. Él decía que quería ir a visitarla, pero nunca encontraba la oportunidad de hacerlo. Tendrían que esperar a las vacaciones de Navidad para estar juntos.

Empezó a ir a la piscina. El resto de los nadadores se apartaba a su paso formando una calle no delimitada, exclusiva para ella, intercambiando miradas interrogativas ante aquella chica que no cruzaba palabra con nadie, con un cuerpo de encantos notables, ceñido por un bañador de competición de color amapola.

Una noche en que llamó a su novio después de tres días sin saber de él, contestó una voz desconocida y femenina. Rebeca vaciló antes de presentarse. La otra chica le dijo que esperara.

Cuando él se puso al aparato la saludó un tanto sorprendido y le preguntó qué tal iba todo.

¿Quién era esa?

Nadie. Una compañera que me ayuda con la tesis.

...

¿Rebeca?

¿Sí?

¿Va todo bien?

Claro, respondió ella, diciéndose que era una estúpida.

Las semanas que faltaban hasta Navidad fueron su particular travesía del desierto.

Su madre la recibió en la estación con los brazos abiertos e hizo comentarios sobre su aspecto demacrado. Rebeca había adelgazado y su pelo había perdido el brillo. En casa comió sin rechistar toda la comida que su madre le preparó y después pidió cita en la peluquería.

Esa tarde fue a ver a su novio. Quedaron en casa de él. A los cinco minutos ella lo arrastró a la cama. Después salieron a cenar. Ella habló mucho y él respondía con monosílabos. Bebieron casi dos botellas de vino. Después Rebeca quiso que volvieran a casa para hacerlo otra vez, pero él se disculpó torpemente y le dio las buenas noches en la puerta del restaurante.

A la mañana siguiente la llamó él. Tenían que hablar, dijo. Se vieron en un café. Él le anunció que estaba saliendo con otra chica, alguien del trabajo. No era nada serio aún, pero tenía muchas ilusiones puestas en ello. Muchas ilusiones. Así que era mejor que ellos dos —Rebeca y él— lo dejaran. Sentía que ocurriera de ese modo, pero era mejor no retrasarlo. Tenía billetes de avión para pasar el fin de año en Praga con su nueva pareja. Rebeca se levantó y se marchó. Sin gritos ni acusaciones.

Durante la larga caminata que dio después se le ocurrieron muchas cosas que echarle en cara, presentes y pasadas. Ese era su defecto, se reprochó. Las buenas respuestas siempre se le ocurrían demasiado tarde.

El resto de las vacaciones fue un infierno. Se comportó de forma huraña y desconsiderada con su madre. Esta intentó averiguar qué le pasaba, pero ante sus continuas negativas terminó por agachar la cabeza y retirarse. Rebeca la oyó llorar en su habitación. Hasta el final de las vacaciones se trataron con mutuo distanciamiento.

La noche de Fin de Año aceptó ir a una fiesta en casa de unos amigos. Se arregló con esmero.

En la fiesta se encontró con muchos conocidos. Bebió champán y pronto se sintió mejor. Siguió bebiendo. Tomó de la mano a un amigo de toda la vida y lo arrastró a la pista de baile improvisada en el salón. Él estaba solo. A Rebeca le parecía aceptablemente atractivo, aunque demasiado serio. Siempre había sospechado que ella le gustaba. Durante el resto de la fiesta se pegó a él. Pasadas las campanadas de medianoche lo provocó para que se acostaran. Él también había bebido mucho y la miró con una sonrisa bobalicona. Se metieron en una habitación. Lo hicieron sobre una cama cubierta de abrigos. Varias personas entraron mientras tanto. Algunas recogieron sus prendas farfullando quejas; otras se quedaron a mirar, siluetas sin cara recortadas sobre el brillo y la música de la fiesta.

Muchos se preguntaron si la movilización habría sido la misma si el niño desaparecido no hubiera sido el hijo del alcalde y este no se encontrara además en plena campaña para su reelección.

La policía visitó el colegio y se entrevistó con los profesores y los compañeros del niño. Nadie había notado nada extraño en él, ni el día de la desaparición ni los anteriores. Era un niño inquieto al que le costaba prestar atención, pero que nunca causaba problemas. Las dos últimas personas con que había hablado —teniéndose noticia de ello— habían sido dos compañeros de los que se despidió frente al colegio. Les dijo que se iba a casa para ir luego al médico.

Varios agentes recorrieron el trayecto entre el colegio y la casa del alcalde preguntando en establecimientos y domicilios si alguien había visto al niño la tarde en cuestión.

Nadie.

¿Y a alguna persona extraña? ¿Alguien que actuara de forma poco convencional?

Los interrogados hacían memoria. A nadie, concluían.

¿A alguien esperando en la calle o dentro de un coche?

No.

¿A alguien hablando con un niño?

No.

Visitaron las gasolineras cercanas por si algún coche extraño se hubiera detenido en torno a la hora de la desaparición.

¿Un coche extraño? ¿Qué quieren decir con eso?

Solo hubo respuestas negativas.

Se revisaron las cunetas de las carreteras, la playa, los solares aislados, las casas abandonadas, los colectores de alcantarillado, varios campings cerrados durante el invierno, el vertedero de basuras y los corrales de una granja de avestruces cercana. Se planteó dragar el puerto, pero el propio alcalde rechazó la idea.

Por otro lado, a nadie se le escapaba el gran número de casas con las persianas echadas desde hacía meses, donde cualquiera —cualquiera— podía esconderse fácilmente. Aquella era una localidad de veraneo. Había bloques de apartamentos vacíos por completo, calles desiertas, jardines desbordados por las malas hierbas, garajes donde permanecer agazapado, moviéndose en la oscuridad.

La posibilidad de un secuestro fue tenida en cuenta dado el cargo del padre y la coincidencia con la campaña electoral. Pero no hubo petición de rescate ni tipo alguno de chantaje o amenaza. La hipótesis perdió fuerza a medida que pasaron los días. Un pariente confeccionó carteles con la foto del niño y los distribuyó por el pueblo y localidades próximas. No quedó nadie sin saber cuándo había sido visto por última vez ni la ropa que llevaba en aquel momento. Los carteles se sumaron a la vorágine de propaganda electoral que cubría el pueblo, de forma que la foto del alcalde podía verse junto a la de su hijo, ambos sonrientes y despreocupados. La imagen del niño, superpuesta a los carteles políticos, daba una nueva dimensión a los eslóganes de solidaridad y esfuerzo.

Tres días después de la desaparición, el alcalde y su mujer aparecieron en televisión para hacer un llamamiento. Habló sólo él. Su aspecto era muy diferente al que presentaba en la propaganda electoral. Estaba pálido y tenía unas profundas ojeras. Mostró una foto de su único hijo. Aseguró que no habían perdido la esperanza, que estaban convencidos de que seguía vivo. Agradeció la colaboración y el apoyo que recibían y concluyó pidiendo la ayuda de todo el que pudiera facilitar alguna información que les ayudara a encontrar al niño.

Su mujer guardó silencio durante la comparecencia. En un par de ocasiones miró a alguien situado fuera del campo de la cámara y asintió lentamente, con expresión ida. Sus ojos desprendían un brillo acuoso, efecto de los sedantes.

En el colegio, Rebeca y los demás maestros intentaban actuar de forma natural, lo que no era fácil. Los niños hacían preguntas y había que responder con un mensaje tranquilizador, a la vez que libre de falsas esperanzas, que nunca los dejaba satisfechos.

El pupitre del niño fue motivo de comportamientos peculiares entre sus compañeros. Unos pasaban las clases con la vista clavada en él, mientras que otros evitaban mirarlo y más aún tocarlo, como si fuera fuente de algún mal. El sentimiento reinante entre los niños no era tristeza sino más bien desconcierto ante una situación desconocida que, presentían, los afectaba a todos. De algún modo, observó Rebeca, culpaban al niño desaparecido por el mal trago que los estaba haciendo pasar. Una noche, su bata, con manchas de pintura y un dulce olor a sudor, que hasta entonces había permanecido en el armario del aula, fue descubierta por el conserje en un cubo de basura. No se culpó a nadie.

Varias veces Rebeca tuvo que interrumpir sus explicaciones para calmar a alguien que era súbita presa de lloros. Estos ataques no estaban ocasionados por que los niños echaran de menos a su compañero ni por imaginar lo que le había ocurrido, sino por el ambiente de alarma generalizada que se respiraba.

Los adultos, más curtidos en desgracias y con mayor tendencia al pensamiento negativo, arrugaban el ceño resignados ante los carteles con la foto del niño.

Nunca había sucedido algo parecido en el pueblo. Habían muerto niños ahogados, atropellados, víctima de enfermedades y uno cuando a su padre se le disparó una escopeta de caza. Hechos, todos ellos, por los que en su momento los vecinos se habían cubierto el rostro horrorizados, pero que en última instancia solo eran accidentes. Los habían asumido e incorporado a su experiencia emocional sin pasar por el trauma de tener que buscarles una explicación.

Este caso era diferente. Los días discurrían sin noticias y eran demasiadas las preguntas que todos se hacían: ¿Por qué precisamente el hijo del alcalde y en aquel momento? ¿Podía el niño haberse escapado? ¿Era una hipótesis plausible? ¿Tenía motivos para ello? Y, en ese caso, ¿había recibido ayuda de alguien? ¿De quién? ¿Había caído en manos de un desequilibrado?

Nadie daba crédito a la posibilidad de un accidente, prefiriendo inclinarse por la existencia de un culpable que los ayudara a responder sus preguntas.

En semejante estado de tensión contenida, cualquier actitud inhabitual, como pasear por la noche, ausentarse repentinamente del trabajo o dirigirse a un niño sin tener para ello una justificación absolutamente indiscutible, era motivo de alerta. Lo mismo sucedía con la aparición de caras extrañas, como el hijo de Victoria pudo comprobar el día que, recién llegado de Bruselas, se presentó en el pueblo cargado con un petate, luciendo ropa arrugada y barba de varios días. La atención desconfiada de todos los que se cruzaban con él lo hizo sentirse como un genuino enviado del mal.

* * *

La aparición televisiva del alcalde conmovió a los vecinos hasta el punto de que algunos de ellos se organizaron para salir en busca del niño. La partida se convocó para el primer sábado tras la desaparición. El viernes, Victoria, una de las promotoras de la iniciativa, invitó a Rebeca a cenar en su casa con la disculpa de presentarle a su hijo y, de paso, convencerla para unirse a los voluntarios.

Mientras daba los últimos retoques al frite de cordero preparado para la ocasión —una especialidad belga acompañada de una salsa con cebolla, ajo y pan frito triturado que inundaba la cocina con un picante olor—, explicó a Rebeca que los voluntarios se dividirían en grupos, y que a cada uno de estos se le asignaría una zona a batir.

Rebeca, con la cadera apoyada en la encimera de la cocina y bebiendo una cerveza, escuchaba sin prestar mucha atención. La policía no veía con buenos ojos aquella iniciativa, argumentando que en su inexperiencia los voluntarios podían borrar pistas no descubiertas. Rebeca ni siquiera pensaba que pudieran dar con huellas del niño. La movilización solo le parecía una forma de consuelo para el sector de vecinos emocionalmente más vulnerable, en el que encasillaba a su casera. Creía que eran unos ingenuos por pretender servir de ayuda de ese modo.

Victoria intentaba convencerla con el argumento de que cuantos más fueran, mayores serían sus posibilidades de encontrar algo. Rebeca quiso preguntarle a qué se refería exactamente con «algo», pero se contuvo. Le caía bien su casera, a pesar de su sensiblería de telefilm y su falso liberalismo burgués. La independencia económica que a Victoria le daba el alquiler de los apartamentos, su seriedad carente de pretensiones y su moderado distanciamiento la habían colocado en la posición de viuda respetable a la que era aconsejable escuchar. Rebeca tenía la certeza de que, por el hecho de ser ella una de las promotoras de la idea, el número de personas concentradas a la mañana siguiente frente al ayuntamiento —lugar acordado para iniciar la partida— sería elevado.

Rebeca dijo que lo pensaría, lo que por el momento dejó a Victoria satisfecha.

Aún no había visto al hijo de esta, aunque él estaba en la casa. Había ido a pasar unos días con su madre, lo que no pudo resultar más oportuno para Victoria, que de inmediato lo había enrolado con los voluntarios. Mientras terminaba de preparar la cena, Victoria dijo a Rebeca, bajando la voz, que la carrera artística de su hijo no marchaba muy bien, y que por eso se había tomado un descanso para visitarla. Además de su trabajo como intérprete, el hijo de Victoria fabricaba lámparas y candelabros a partir de viejos cuadros de bicicleta. Rebeca se lo imaginaba como un treintañero aferrado a la adolescencia, dueño de unas aspiraciones artísticas infundadas, que subsistía gracias al dinero que su madre le enviaba periódicamente.

Una de sus obras colgaba sobre la mesa del comedor: una lámpara formada por dos aros concéntricos de tubería, unidos por radios del mismo material, sobre los que iban montadas las bombillas. A estas las cubrían unas pantallas de celofán de colores alternos, rosa y amarillo, sostenidas por unos alambres que Rebeca suponía los radios de la bicicleta con que había sido elaborada la lámpara. La primera vez que la vio le parecía un objeto aparatoso, sin atractivo y poco digno de confianza en la posición donde estaba, sobre las cabezas de los comensales, y seguía pensando lo mismo.

Buscaba una bandeja para ayudar a Victoria a servir el frite cuando esta sonrió hacia la puerta de la cocina. Al volverse, Rebeca se encontró frente a un joven alto y delgado, con la constitución fibrosa de un corredor de fondo, vestido con una camiseta negra y unos vaqueros gastados.

El hijo de Victoria se presentó y alabó el buen olor de la cena. Ya estaba todo listo, así que su madre y él llevaron las fuentes al comedor y Rebeca los siguió un tanto incómoda.

Durante los entrantes hablaron de temas insustanciales, pero mientras daban cuenta del frite la conversación derivó hacia el tema inevitable: el niño. El hijo de Victoria lo había conocido.

Huyendo del calor de Bruselas, el verano anterior había realquilado su estudio e ido a pasar unas semanas al pueblo. Había aprovechado para ganar un poco de dinero dando clases de inglés y francés. El niño había sido uno de sus alumnos. Después de un carraspeo, confesó que le había parecido raro. Dijo que era inteligente pero inquieto, que le costaba concentrarse y que era evidente que en su casa le presionaban mucho para que se esforzara.

Rebeca también había notado en el niño síntomas de estrés, o de algo peor, como el hábito de acariciar continuamente los cantos de su mesa o el modo en que se quedaba paralizado y se ponía a parpadear de forma descontrolada cuando se le hacía una pregunta. Durante una reunión de padres y profesores había intentado comentar el posible problema con su madre, pero ella había rechazado airadamente la idea.

No me dio la impresión, prosiguió el hijo de Victoria, de que fuera un problema grave. Quizá me he excedido al llamarlo raro. Probablemente sus problemas se habrían solucionado con la adolescencia.

Mientras hablaba posó suavemente los cubiertos y unió las manos sobre el borde de la mesa, con los dedos entrelazados, en actitud casi de oración. Rebeca se dijo que era un hombre sereno y se preguntó qué sería necesario para alterarlo. Pensativa, tomó un sorbo de vino. No opinaba como él, ni creía que el calificativo «raro» estuviera fuera de lugar. Recordó las marañas psicodélicas con que el niño llenaba páginas y páginas de sus cuadernos, agotando cajas completas de lápices de cera. Cuando imaginaba cómo habría sido de adulto, veía una de esas personas que antes de salir de casa tienen que encender y apagar diez veces las luces de cada habitación, o que después de ir al cuarto de baño nunca acaban de comprobar si se han cerrado la bragueta. Y, moderando sus palabras para no dar la impresión de que el niño le desagradaba, así lo manifestó.

Victoria, que hasta entonces había guardado silencio, se aclaró la garganta y aplicó la servilleta a las comisuras de los labios. Ambos jóvenes callaron mientras ella plegaba la pieza de hilo con sus iniciales y las de su marido bordadas y volvía a posarla en el regazo. Cuando habló lo hizo en un tono autoritario desconocido hasta entonces para Rebeca.

Puede que no os hayáis dado cuenta, pero los dos estáis hablando de ese niño en tiempo pasado, algo que no resulta en absoluto apropiado, dijo. Hemos de empezar por referirnos a él con respeto, al margen de otro tipo de consideraciones, añadió dirigiéndose a Rebeca, que bajó la mirada, avergonzada. No somos tres borrachos desocupados haciendo juicios apresurados y dando hechos por supuestos. Ya hay demasiada gente en estos momentos dedicada a ello. Nosotros hemos de tener esperanza en que ese niño aparecerá con vida, y así manifestarlo. Podemos considerarlo nuestra responsabilidad como personas generosas.

Hizo una pausa para tomar un sorbo de agua y volver a aclararse la garganta.

Y en segundo lugar, prosiguió, no es este el tipo de actitud que espero de quienes van a salir mañana conmigo a buscarlo. Tampoco somos perros de caza en busca de una presa abatida. Confío en que no sea esa la idea que tenéis en la cabeza.

Dirigiéndose a su hijo añadió:

Tú me has dicho que nos acompañarías, y tú, Rebeca, aunque todavía no me has contestado, confío de corazón en que mañana podamos contar con tu compañía y apoyo. Espero de ambos que salgáis a buscarlo con la voluntad real de servir de ayuda. Meditadlo esta noche.

A la mañana siguiente, mucho antes de la hora a la que acostumbraba a levantarse los sábados, Rebeca ya estaba en pie y estudiaba el contenido de su armario. Se preguntaba qué sería lo más apropiado para ir en busca de un niño desaparecido. Sobre la cama tenía apartadas varias opciones de vestuario. Se sintió como si escogiera la ropa para una cita.

Se decidió por unos vaqueros y un jersey de angora, completando el conjunto con un poncho traído por unos amigos de unas vacaciones en Perú. A falta de un calzado más adecuado se puso unas viejas zapatillas de deporte.

Un viento frío y racheado hacía la mañana desapacible. El cielo parecía sacado de un grabado del Antiguo Testamento, cargado de nubes oscuras entre las que se filtraban unos débiles rayos de sol. La reunión frente al ayuntamiento estaba acordada para las ocho. Veinte minutos antes Rebeca bajó a la calle, donde Victoria ya estaba esperándola. Esta llevaba un chándal de un optimista color rosa y unas zapatillas blancas, de aspecto nuevo y acartonado.

Anunció que su hijo estaba poniendo a punto el coche pero que ellas podían adelantarse e ir a pie al ayuntamiento.

Minutos después se reunían con un grupo de unas veinte personas. Victoria consultó la hora y puso gesto preocupado. Esperaba que hubiera más gente. El aspecto inestable del día había desanimado a muchos. Pidió a Rebeca que la esperara mientras ella iba a tratar unos asuntos.

Rebeca la vio abrirse paso entre los congregados hasta llegar junto a un hombre rechoncho y de baja estatura que llevaba una carpeta bajo el brazo. Era un capitán de la marina mercante retirado, que se refería a sí mismo usando la primera persona del plural. A Rebeca se lo habían presentado en una ocasión. Su última época como capitán la había pasado en un carguero. Viajaba a las repúblicas del mar Negro en busca de despojos de matadero, que luego eran vendidos a una compañía de sopas de sobre. Junto con Victoria, era el principal organizador de la búsqueda. Rebeca lo llamaba en secreto: el capitán de los huesos, y pensó que si había alguien destinado a encontrar «algo» aquel día, sin duda era él.

No conocía a casi nadie del grupo. Distinguió, sola y apartada de los demás, a la directora del colegio. Cuando sus miradas se encontraron, intercambiaron saludos con la mano, sin que ninguna mostrara intención de acercarse a la otra. La directora había dejado a un lado su habitual atuendo de blusa y falda en favor de una vestimenta deportiva. Se abrigaba con un abultado chaquetón negro, cubierto de bolsillos y cremalleras.

Media docena más de personas llegó en un lento goteo. Las conversaciones eran escasas y en voz baja. Algunos llevaban bastones de marcha y mochilas, y los más previsores, brújulas y prismáticos.

Justo cuando Victoria y el capitán dieron por concluida la espera, apareció un coche de policía. De él se apeó un oficial que miró a su alrededor tratando de distinguir quién estaba al mando. El capitán dio un paso adelante y saludó al estilo militar. Los dos se alejaron para hablar. Mientras tanto Victoria dirigía gestos tranquilizadores a los presentes.

La policía había ido para disuadirlos, cosa a la que, a juzgar por los inequívocos gestos del capitán, no estaban dispuestos. El oficial se dirigió a continuación al grupo de voluntarios pidiéndoles que lo pensaran una vez más y regresaran a sus casas. Hubo cruces de miradas pero nadie se movió, aunque muchos deseaban seguir su consejo. Después el oficial volvió al coche, desde donde un agente miraba al grupo con gesto desdeñoso.

En total, el grupo no alcanzaba las treinta personas. El capitán llamó a todos a formar un círculo a su alrededor. Les dio las gracias por su presencia. A continuación leyó una nota que le había entregado el alcalde. En ella agradecía a los voluntarios su buena voluntad y entrega y les deseaba suerte en la búsqueda. Cuando terminó de leer, el capitán mostró la nota sosteniéndola con los brazos extendidos, dando una vuelta completa sobre sí mismo, como si quisiera dejar claro que nada de lo que había leído era inventado.

Después pidió a los presentes que se dividieran en grupos de cuatro o cinco personas. Mientras lo hacían les recordó, poniendo gran énfasis en ello, que en caso de realizar algún descubrimiento no tocaran nada y llamaran de inmediato al teléfono de emergencias.

Una vez formados los grupos, Victoria distribuyó fotocopias de un plano del pueblo y sus alrededores. La superficie había sido dividida en zonas de diferente tamaño de acuerdo a su dificultad. En el momento de entregarle a Rebeca su copia del plano, le pidió que esperara; ellas dos y su hijo irían en el mismo grupo.

Justo entonces llegó el hijo de Victoria con el coche. Sonrió a Rebeca y le hizo una seña para que montara.

Aquí dentro se está más caliente, le dijo.

El coche era un Morris 1100, traído por el marido de Victoria desde Bélgica hacía treinta años. Gris plata, aletas en la parte trasera y asientos color burdeos. Como Victoria no conducía, el vehículo solía permanecer en un garaje. La mayor parte de los voluntarios había ido en todoterrenos. El Morris era, sin lugar a dudas, el vehículo más elegante de la expedición.

Vaya pieza de museo, dijo Rebeca acomodándose en el asiento del acompañante. El vinilo de los asientos desprendía un vigoroso aroma, como el de las tiendas de artículos de pesca.

Tiene un montón de años, explicó él acariciando el volante, pero salvo algunos problemas para arrancar va como la seda, siempre que no quieras pasar de noventa por hora. Me encanta tu poncho.

Gracias, dijo ella, y pasó la mano por el colorido estampado andino.

La zona a batir que Victoria se había autoasignado estaba al sur del pueblo, en la franja de terreno que se extendía entre el mar y la autopista paralela a la costa. Los voluntarios ya se estaban dispersando y montando en sus vehículos. La directora del colegio parecía haberse quedado sin grupo y Victoria la invitó a ir con ellos en el coche.

Rebeca y el hijo de Victoria emitieron sendas exclamaciones de contrariedad.

¿La conoces?, preguntó ella.

Del colegio. Fue mi maestra.

Iban en busca de un cadáver. Pensar otra cosa habría sido engañarse. Después de los días transcurridos desde la desaparición, todo el mundo había asumido de forma silenciosa y resignada que el niño estaba muerto. Ahora —en un siniestro juego de espejos— lo que les producía horror era la idea de que estuviera vivo, así como las preguntas de por qué en ese caso no se tenían noticias de él, en qué estado se encontraba, dónde y en compañía de quién.

Y aunque siguiera con vida, podía afirmarse de forma casi categórica que no estaría en el sitio donde iban a buscar, tan cerca de donde fue visto por última vez. La policía había batido el lugar varias veces y sin resultado. Esto reforzaba la opinión de Rebeca sobre lo falto de sentido de aquella iniciativa vecinal.

El hijo de Victoria se detuvo al comienzo de una pista de tierra, en el extremo norte de su zona de búsqueda. Para que al final de la jornada no tuvieran que desandar el camino para volver al coche, acordaron que Rebeca, Victoria y la directora empezarían a buscar desde allí. Mientras tanto, él conduciría hasta el otro extremo de la zona asignada, dejaría allí el vehículo y avanzaría en dirección contraria a ellas. Calcularon que se encontrarían a la hora de comer. Como punto de reunión escogieron una vieja pista de karts, equidistante de ambos extremos. Después harían juntos el resto del camino.

Tened cuidado, dijo él poniéndose en marcha de nuevo. Una vez solas, las tres mujeres se miraron indecisas. La directora, que tras su saludo inicial no había dicho palabra, rebuscó en los numerosos bolsillos de su chaquetón y sacó un par de guantes de látex de color verde quirúrgico que, después de soplar en su interior, procedió a ponerse. Rebeca desvió la vista al cielo.

Será mejor que empecemos, dijo Victoria.

Avanzaron en paralelo: Rebeca a lo largo de una línea próxima a la costa, la directora junto a la autopista y Victoria entre las dos, con más de doscientos metros entre ellas. El área a cubrir era demasiado amplia para solo tres personas. Era fácil pasar algo por alto. Una prueba más para Rebeca de lo inútil de la labor.

El viento racheado del amanecer se había concretado en una corriente estable con origen tierra adentro. Los huecos entre las nubes se estaban ensanchando. Aunque seguía haciendo frío, el día era más agradable ahora.

Rebeca había dado con un sendero que, con algún que otro rodeo, se ceñía bastante bien al recorrido marcado. Era un camino trazado por los excursionistas que en verano buscaban un sitio aislado donde disfrutar de la costa. De él partían ramificaciones hacia pequeñas calas o terrazas de roca suspendidas sobre el agua. A su derecha, con la vista fija en el suelo, Victoria avanzaba en zigzag para cubrir un área lo mayor posible. La directora, más lejos aún, quedaba oculta por las ondulaciones del terreno.

De tanto en cuando el camino interceptaba vías de acceso a viviendas aisladas, cerradas durante el invierno. Rebeca se asomó sobre las vallas. Vio piscinas vacías y racimos de sillas de jardín asegurados con cadenas. Pasó junto a un hotel nudista. También estaba cerrado. A través de un agujero en el vallado de cañizo distinguió una edificación con almenas en la azotea y ventanas árabes. En la temporada estival se alojaban allí veraneantes centroeuropeos, casi todos de edad avanzada, que disfrutaban de sus vacaciones como Dios los trajo al mundo, entretenidos con las actividades organizadas por el hotel, como concursos de petanca y de tiro al plato. Colocaban las máquinas lanzaplatos apuntando al mar y el retroceso de las escopetas hacía temblar sus carnes fofas y sonrosadas.

En ningún caso distinguió rastros de presencia humana reciente.

Caminaba dando patadas a las piedras. El paisaje era monótono: hierba seca y roca áspera, de aspecto coralino, sin árboles. Había encontrado un palo y, por simple aburrimiento, azotaba con él la maleza.

Se había embarcado en la búsqueda para no contrariar a Victoria. No esperaba dar con nada. Pero una vez sola —no alcanzaba ya a ver a ninguna de sus compañeras— y en aquel entorno desolado, no pudo evitar imaginarse cómo sería encontrar «algo». ¿Atisbaría una mancha de color entre la maleza, un jirón de ropa del niño? ¿Y a continuación un olor que le haría cubrirse la nariz? ¿Moscas? ¿Una bandada de gaviotas chillonas?

Durante las pasadas y nefastas vacaciones de Navidad, la madre de Rebeca había tocado el tema de la muerte. Estaban cenando en el salón, con Rebeca sumida en un silencio malencarado. La televisión emitía un chorreo de anuncios de perfumes y dulces. Unos adornos navideños comprados en tiendas de antigüedades engalanaban las paredes. Durante el postre, la madre de Rebeca musitó que ojalá su marido estuviera allí con ellas. Era su primera Navidad sin él. Lo echaba de menos. Con una sonrisa temblorosa, recordó en voz alta lo buen hombre que había sido, el modo responsable y cariñoso como había cuidado de ellas. Sin duda estaría en el cielo, esperándolas, preparándoles el terreno, afirmó.

Rebeca había oído ese mismo discurso otras veces, y aunque nunca se había creído la parte del cielo, no había dicho nada por respeto a su madre y para no agrandar su dolor. Pero en esa ocasión, sin dejar de masticar y con la mirada fija en la pantalla de la televisión, afirmó que su padre no estaba en el cielo ni en ningún otro lugar. Que había desaparecido.

Mueres y desapareces, dijo. Así de fácil. Sin misterios.

Su madre la miró boquiabierta. Sin decir palabra, se levantó de la mesa y desapareció en su habitación dejando sola a Rebeca. Esta acabó el postre, llevó los platos a la cocina y los fregó. La puerta de su madre seguía cerrada. Se maldijo por haberse dejado llevar de aquella forma. Su madre era la última persona que merecía pagar su rabia. Sin embargo, creía de veras lo que había dicho. Y no le parecía que una disculpa fuera lo apropiado ni que sirviera de algo.

Llamó suavemente a la puerta de su madre. No hubo respuesta, pero se asomó al interior. Su madre estaba sentada en la cama que durante cuarenta años había compartido con su marido; entre sus dedos corrían las cuentas de un rosario. Volvió a cerrar la puerta y salió a la calle. Caminó largo rato. Hacía un frío cortante y el aire tenía un gusto metálico, como el de una moneda vieja.

Días después, de regreso en el pueblo, llamó a su madre para pedirle disculpas por su comportamiento. Le explicó que había roto con su pareja. No facilitó detalles. Su madre tampoco se los pidió.

Cansada y aburrida, decidió hacer un descanso. Fue hasta el borde del agua, donde, entre unas rocas, encontró una concavidad que ofrecía un perfecto abrigo contra el viento y las miradas. Si la echaban en falta e iban a buscarla, diría que había sufrido un mareo y se había sentado un momento.

Empujadas por el viento, las nubes avanzaban mar adentro. Conos de luz solar barrían el agua y la hacían destellar.

Cuando se acercó la hora de comer, salió de su escondrijo y se encaramó a una roca. Distinguió las diminutas figuras de Victoria y de la directora. No parecían haber notado su ausencia, continuaban la búsqueda, inclinadas como plantadoras de arroz. Saltó al suelo y reanudó la marcha a paso ligero.

Fue la última en llegar a la pista de karts. Cuando la vieron acercarse, los demás interrumpieron su conversación. Antes de que le preguntaran nada, Rebeca meneó la cabeza.

¿Y vosotros? ¿Habéis encontrado algo?

Tampoco, respondió la directora.

Victoria no dejaba de mirar el mapa, como si pudiera haber alguna parte de la zona a inspeccionar que había pasado por alto. Finalmente lo dobló con un suspiro y sonrió a Rebeca, que no distinguió si su expresión era de desilusión o de alivio. La directora se había quitado los guantes de látex y se olisqueaba los dedos.

La pista de karts parecía abandonada. El firme estaba agrietado y por las aberturas brotaban mechones de hierba amarilla. Una valla metálica rodeaba el recinto. Dentro correteaba un pastor alemán que no había dejado de ladrar desde que los vio aparecer. Las costillas se le marcaban bajo el pellejo. Pequeños montículos de excrementos salpicaban la pista. El animal interrumpió sus ladridos y emitió una especie de tos. Una costra blanca le cubría los bordes de la boca.

¿Qué tal si comemos algo?, propuso Victoria.

De la bolsa con bocadillos y bebidas que su hijo había traído del coche, sacó un mantel que extendió en la hierba. Aunque había comida más que suficiente, la directora rechazó la invitación para compartirla. De un bolsillo de su chaquetón sacó un sándwich envuelto en papel de aluminio. De otro bolsillo sacó un bote de refresco de cola. Y de otro, una radio.

Por si hay alguna noticia sobre el niño, dijo.

Los demás la miraban divertidos.

Podría usted sobrevivir en una isla desierta, bromeó el hijo de Victoria. ¿Lleva algo más escondido? ¿Un bote hinchable? ¿Armas?

Rebeca contuvo una carcajada.

Veo que sigues siendo igual de gracioso, comentó la directora.

Sentada en el suelo, con el chaquetón abombado en torno a ella y cubriéndole las piernas, a Rebeca le pareció un montón de algo: humus o estiércol, o bien una de esas viviendas de palos y barro que levantan los castores.

Veo que me recuerda, dijo el hijo de Victoria.

Desgraciadamente me acuerdo de todos los que habéis pasado por mis manos.

Qué pensamiento tan gratificante.

Victoria dirigió a su hijo una mirada con la que le pedía que se callara, pero este preguntó:

¿Nunca ha pensado en cambiar de trabajo?

La directora envolvió su sándwich, al que solo había dado un par de bocados. La conversación le había quitado el hambre.

¿Y tú? ¿A qué te dedicas, si se puede saber?

Es artista, se adelantó Victoria.

Mamá…

¿Qué pasa? Es lo que eres, ¿no?

Autocalificarse como artista es patético, pero que te lo llame tu madre es todavía peor. Ya hemos hablado de ello.

Qué interesante, dijo la directora, aunque su tono no revelaba interés alguno. ¿En qué campo del arte te mueves? ¿Pintura? ¿Escultura? ¿Fabricas ceniceros de barro y los vendes en los mercadillos?

Ceniceros de barro… Vaya. No ha perdido usted su sentido del humor. En cualquier caso, no va desencaminada.

Fabrica lámparas, dijo Victoria.

Lámparas, repitió la directora. Eso es.

¿Así que todos aquellos planes que tenías de recorrer el mundo te han llevado a fabricar lámparas… artísticas?

Pronunció la última palabra con un marcado retintín.

Entre otras cosas, respondió él sin perder la calma. No creo que fueran unos malos planes. Y estoy orgulloso de lo que hago. ¿Va a comerse el resto de su sándwich?

¿Por qué?

Para dárselo al perro. Tiene pinta de necesitarlo.

La directora se lo entregó con desgana. El animal permanecía sentado al otro lado de la valla. Cansado de ladrar, ahora se limitaba a emitir unos gemidos ahogados.

Gracias, dijo él.

Se acercó a la valla e introdujo el cuello de una botella de agua por uno de los huecos y derramó un poco para llamar la atención el perro, que se acercó de inmediato y aplicó la lengua a la botella.

Rebeca, que había ido tras él, le dijo:

No hagas caso a esa zorra.

No se lo hago. Solo es una pobre mujer dedicada en exceso a un trabajo equivocado.

Desenvolvió los restos del sándwich, partió un trozo y lo pasó al otro lado de la valla. El perro se lo tragó sin apenas masticar.

En cualquier caso, tiene parte de razón al burlarse, añadió. Mi obra no es del tipo que perdura.

Los dos miraron a la directora. Le vieron sacar una chocolatina y una mandarina de otro de sus bolsillos, como en un truco de magia. A juzgar por los gestos de Victoria, esta intentaba describirle las lámparas de su hijo.

Trozo a trozo, el perro terminó el sándwich y el hijo de Victoria se sacudió las migas de las manos. La expresión se le había ensombrecido.

¿Qué tal esta mañana?, preguntó a Rebeca. ¿Has encontrado un buen sitio para esconderte?

Después, sin esperar su respuesta, le dio la espalda y se alejó hacia su madre, que ya estaba recogiéndolo todo para retomar la marcha.

Ha sobrado esto, dijo Victoria ofreciéndole un bocadillo. ¿Quieres dárselo también a ese pobre animal?

Él se encogió de hombros. Lo cogió y, sin molestarse en sacarlo del envoltorio, lo lanzó por encima de la valla. Trazó un arco en el aire, pasando sobre una Rebeca boquiabierta, y el perro lo atrapó de un salto antes de que tocara el suelo.

Rebeca no pudo volver a escabullirse. La franja de terreno entre el mar y la autopista era más estrecha en la zona que recorrieron por la tarde y ella resultaba visible para sus compañeros en todo momento.

El hijo de Victoria ocupaba la posición más cercana a Rebeca. Ella lo veía pararse y mirar ensimismado el cielo o el horizonte. No demostraba ningún interés en la búsqueda. Varias veces lo sorprendió mirándola a ella, sin que él se mostrara turbado ni apartara la vista.

Se preguntó si tendría pareja y decidió que sí: una chica que vestía ropa de fibras naturales y usaba champú ecológico, con un interés por el arte que no acababa de definirse y una opinión flexible respecto al uso recreativo de las drogas.

El hijo de Victoria fue el primero en llegar al final del trayecto. Las esperó en el Morris con el motor en marcha. No habían encontrado nada. Ni el menor rastro. El cansancio hizo que todos guardaran silencio durante el camino de vuelta, cada uno concentrado en sus pensamientos.

Al final de la tarde el cielo había vuelto a cubrirse. Antes de que llegaran al pueblo empezó a caer una suave llovizna.

* * *

Delante del ayuntamiento, el capitán y los demás voluntarios se encogían bajo la lluvia. Su búsqueda tampoco había dado resultado.

En cuanto el coche se detuvo, la directora murmuró una despedida, se apeó y desapareció por una calle lateral. Victoria fue a dar su informe al capitán mientras su hijo y Rebeca esperaban en el coche. En un mapa que se esforzaba por proteger del agua, el capitán marcaba las zonas cubiertas. A medida que los voluntarios se marchaban, les recordaba la hora de salida para el día siguiente, también a las ocho de la mañana.

Luego los tres volvieron a casa. Por el camino, el hijo de Victoria preguntó a Rebeca si esa noche cenaría con ellos.

Ello lo miró sorprendida, y luego a Victoria, sin saber qué responder.

Su casera, sorprendida también, terminó por asentir.

Claro. Tienes que venir.

El hijo de Victoria sonrió satisfecho.

Después de la cena, consistente en sobras de la víspera, Victoria se retiró a descansar. Se alejó por el pasillo con una leve cojera. Su hijo y Rebeca fregaron los platos.

Un rato después los dos estaban de nuevo en el salón y terminaban el vino abierto para la cena. Él se había repantigado en el sofá con una copa sobre el estómago y Rebeca se dedicaba a curiosear. Abría cajones y cogía libros y adornos de las estanterías. Se había cambiado de ropa para cenar. Llevaba una falda que acababa varios centímetros por encima de las rodillas y una blusa sin mangas. Durante la cena había parloteado y corregido continuamente su postura, hasta que notó que Victoria la miraba de forma extraña y se obligó a cerrar la boca.

Rebeca sentía los ojos de él clavados en la espalda. El hijo de Victoria se levantó.

¿Quieres ver algo interesante de verdad?

Abrió un cajón y apartó varias carpetas llenas de papeles amarillentos. Sacó de debajo una bolsa de terciopelo. Contenía una Biblia de viaje. Estaba encuadernada en piel y adornada con filigranas doradas. El texto estaba en flamenco. El marcapáginas era una fina trenza de cabello humano.

Qué maravilla, declaró ella.

Las cubiertas poseían un tacto suave, casi esponjoso. Rebeca pensó que sería agradable dormir abrazada a aquel libro. Al mismo tiempo, sintió que el hijo de Victoria le acariciaba la espalda.

Se quedó inmóvil mientras él se abría paso entre la blusa y la falda para tocar la piel. Sus dedos juguetearon con el borde de las bragas.

Sé cómo eres, le susurró él al oído.

Rebeca se dejó besar. Él le acarició los pechos por encima de la blusa. Se detuvo para quitarle la Biblia y devolverla a la bolsa.

Vamos, dijo empujándola hacia su habitación.

Al principio tuvieron cuidado de no hacer ruido, para que Victoria no los oyera, pero después se fueron abandonando. En el momento de correrse, Rebeca lo agarró del pelo para forzarlo a mirarla a la cara. Ella se tensó, emitió un gemido y a continuación eyaculó copiosamente, empapando las sábanas. Él se apartó de un salto, primero alarmado y luego divertido.

Eres sucia, dijo.

Tumbada de espaldas, Rebeca se acariciaba los pechos.

Metieron las sábanas en la lavadora y dieron la vuelta al colchón.

Estaban en la cocina y hablaban en susurros. Se turnaban para beber de un frasco de zumo de melocotón. Los dos seguían desnudos.

¿Crees en el amor a primera vista?, preguntó él, y sin esperar la respuesta declaró que él no creía que existiera.

Rebeca dijo que ella tampoco lo creía.

Solo es un recurso narrativo que novelistas y guionistas usan para juntar rápidamente a los personajes, añadió. Así se saltan el juego de aproximaciones sucesivas.

Van al grano, directamente al drama.

Eso es. También evitan una elipsis temporal en una etapa temprana de la historia, lo que sería demasiado brusco.

Él asintió, de acuerdo con ella.

¿Por qué me lo preguntas?, quiso saber Rebeca, cogiéndole la polla y sopesándola en la palma de la mano. Estaba pegajosa y respondió a su contacto.

Me ha parecido oportuno.

Déjate de chorradas. ¿Por qué no vamos a mi apartamento?

A la mañana siguiente, poco antes de las ocho, Rebeca llamó a la puerta de Victoria. Abrió su hijo.

Adelante. En seguida estoy con vosotras.

Dicho esto, se alejó hacia su habitación. Llevaba en la mano un papel doblado.

Cuando Rebeca pasó a la cocina, encontró a Victoria sentada frente a una taza de café y un talonario de cheques. Se había puesto el mismo chándal rosa que el día anterior.

¿Tengo tiempo para una taza?, preguntó Rebeca señalando la cafetera.

Sírvete tú misma, dijo su casera.

Su tono dejó claro que no se alegraba de verla.

Oyeron abrirse la puerta de la casa y luego cómo volvía a cerrarse. El hijo de Victoria iba por el coche. Apenas había luz en la calle. Había llovido toda la noche, parando al amanecer. Victoria se masajeaba los párpados, sumida en un silencio ceñudo. Rebeca se preguntó si solo estaba molesta por el ruido que habían hecho esa noche o también por salir de nuevo en busca del niño. En la calle sonó un claxon. Victoria se levantó y cogió la bolsa con la comida.

Frente al ayuntamiento había la mitad de gente que el día anterior. El capitán charlaba con ellos. Victoria se reunió con el grupo. Su hijo y Rebeca esperaron apoyados en el coche, pasándose un cigarrillo. La directora del colegio no apareció esa mañana y los dos se alegraron. De las mujeres presentes, Rebeca era la única que iba maquillada.

He visto a tu madre con el talonario. ¿Tienes problemas?

Él meneó la cabeza.

He tenido que dejar mi estudio. El casero entró mientras yo no estaba y encontró en la cocina las botellas de acetileno que uso para el soplete. Me preguntó si quería hacer saltar todo el edificio por los aires y me echó a la calle. Era un sitio raquítico y oscuro, pero barato. Necesito un poco de dinero para alquilar otra cosa.

Ya...

No me quejo. Podría haberme denunciado.

Creía que habías venido para ver a tu madre.

Y es verdad. Lo otro no tiene nada que ver.

Rebeca cruzó los brazos bajo su poncho.

¿Cuándo te vas?

Mañana. He dejado mis cosas en casa de un amigo, pero no me fío de él. Ese cabrón no dudaría en venderlo todo si tardo en volver.

Tras una pausa pensativa añadió:

Solo son cosas que pasan.

Sonrió a Rebeca e intentó atraerla hacia él, pero ella se apartó.

Aquí no. Pueden vernos.

La nueva zona asignada a Rebeca, Victoria y el hijo de esta se encontraba al sur del pueblo, como la del día anterior, pero más al interior, al otro lado de la autopista. En el coche, la plaza dejada por la directora del colegio fue ocupada por el capataz de una fábrica de ladrillos, que no dejó de parlotear durante el trayecto. Declaró que el alcalde nunca le había caído en gracia.

Sin embargo, no está bien que a un niño le pasen cosas así, añadió. Un niño tiene que estar en su casa, con su familia, sin que nadie en la Tierra tenga derecho a separarlos, y eso no tiene nada que ver con lo otro, con que me lleve mal con su padre. Esa es la razón por la que hoy estoy aquí. Porque hay que saber separar las cosas, ya saben, cuando no tienen nada que ver.

Era un hombre robusto, con la cara recorrida por una red de capilares reventados. Según les informó, el grupo que le había tocado el día anterior no había sido capaz de estar a su altura.

No eran más que un atajo de torpes, unos aficionados. Al final acabé por dejarlos atrás y seguir por mi cuenta, ya saben. Cubrí más terreno que todos ellos juntos. Puede que el doble. O el triple.

Varias veces sacó una petaca de licor que los demás rechazaron.

Victoria miraba por la ventanilla con los labios apretados.

En aquella ocasión no había ninguna ruta que permitiera llevar el coche hasta el otro extremo de la zona de búsqueda, como habían hecho el día anterior. Aparcaron al comienzo del recorrido, se distribuyeron formando una línea recta y empezaron a caminar.

Media hora después, Rebeca buscó una roca donde sentarse, se quitó el poncho y lo agitó para llamar la atención de los demás.

El capataz fue el primero en llegar a su lado, corriendo y resoplando como un buey.

¿Ha encontrado usted algo?, preguntó ansioso.

No me encuentro bien, dijo Rebeca, que permanecía con los codos apoyados en las rodillas y el rostro entre las manos.

¿Qué le pasa?, preguntó el capataz mirándola con desconfianza.

Es el estómago. Creo que he comido algo en mal estado.

El capataz dijo que estaba un poco pálida.

Victoria y su hijo llegaron poco después. Cuando se enteraron de lo que pasaba, Victoria preguntó a Rebeca si podía continuar.

A modo de respuesta, esta se llevó una mano al estómago e hizo gestos como si quisiera liberarse de algo atravesado en la garganta. Cerró los ojos.

No lo sé. Creo que no, dijo, y murmuró una disculpa.

Victoria le dedicó una mirada severa, pero se volvió a su hijo y le dijo que llevara a Rebeca a casa.

Volveré lo antes posible, aseguró él, que tendió al capataz la bolsa con la comida.

No te preocupes por la señora, dijo este. Cuidaré de ella. Si hace falta, yo me encargaré de revisar toda la zona. No hay problema.

Rebeca ya caminaba hacia el coche, con el poncho hecho una bola y apretado contra el estómago.

En cuanto llegaron al apartamento de Rebeca, ella se desnudó, se tumbó en la cama y él le ató las manos a la espalda con el cinturón de un albornoz. A esa hora no había nadie más en el edificio. Rebeca gritó cuanto quiso durante toda la mañana.

¿Qué podía importar?

Las cosas ocurren como ocurren. No tiene por qué haber explicaciones. Y en caso de que existan no han de ser necesariamente útiles.

El hijo de Victoria subiría a un tren a la mañana siguiente y nunca más volverían a verse. Rebeca seguiría dando clase en el colegio. Unos meses después, el director del museo donde había trabajado antes se pondría en contacto con ella para ofrecerle una plaza de asesora de adquisiciones. El salario sería ridículo, pero Rebeca podría volver a conducir visitas guiadas. Ella aceptaría. Abandonaría el colegio. Sus compañeros le organizarían una fiesta de despedida en la sala de profesores. Comerían tarta en platos de papel. La directora haría acto de presencia y declararía a Rebeca que siempre había sabido que terminaría por irse. Victoria lloraría a moco tendido al despedirla y le pediría que se mantuvieran en contacto, cosa que no sucedería. Rebeca regresaría a su casa. Nunca más se dedicaría a la enseñanza. Un año más tarde su madre fallecería a causa de un infarto mientras dormía. Rebeca la encontraría por la mañana, tendida en su cama, con una expresión plácida en el rostro. Poco después Rebeca empezaría a salir con un conservador del museo. Se casaría con él. Tendrían dos hijos. Una noche, cenando con su marido en un restaurante recién inaugurado, llamarían su atención los candelabros que adornaban el local, fabricados con manillares de bicicletas. Su marido se reiría de ellos, opinando que eran ridículos. Rebeca coincidiría con él y reiría también.

Seguían en la cama cuando a varios kilómetros de allí un voluntario, después de comer, se apartó de su grupo en busca de intimidad. Dejó atrás la urbanización desierta que estaban inspeccionando y se adentró en un campo de golf. El césped le llegaba a las pantorrillas. Se refugió en una trampa de arena. Se bajó los pantalones y se acuclilló. Estaba en esta posición cuando vio algo de color rojo que asomaba entre la arena cerca de él. Sin levantarse, estiró el brazo y lo tanteó con los dedos. Era alguna clase de tejido. Con cuidado tiró de él, extrayendo primero una manga y después el resto de un anorak de talla infantil.

Sin terminar de abrocharse los pantalones corrió por el campo de golf chillando como un poseso.

Hubo llamadas telefónicas. La policía se presentó de inmediato en el lugar.

El cuerpo del niño estaba enterrado en la trampa de arena. Además del anorak, también se encontró el resto de las prendas que llevaba el día de su desaparición. Salvo su ropa interior, que no apareció por ninguna parte.

Después de cubrir todo el terreno, como el hijo de Victoria no regresaba, el capataz llamó por el móvil a su hermano para que fuera a recogerlos. Cuando llegaron al pueblo la noticia ya se había extendido. Una multitud conmocionada se concentraba frente al ayuntamiento. Todos daban por supuesto que el cuerpo encontrado era el que buscaban. El capataz abrazó a Victoria y lloraron juntos.

El alcalde ganaría las elecciones por un escaso margen, pero después renunciaría al cargo. Su mujer sufriría una crisis nerviosa que obligaría a internarla en lo que todos llamarían una clínica de reposo. Más tarde los dos abandonarían el pueblo para no volver nunca más. No tendrían más hijos. Durante largo tiempo, familiares y amigos temerían que, no pudiendo superar la pérdida del niño, la mujer decidiera poner fin a su vida. Alcanzaría sin embargo la edad de noventa y tres años, superando en once meses a su marido.

La policía nunca descubriría al asesino del niño.

En una decisión controvertida, el colegio abrió sus puertas el lunes por la mañana. Aún no se había recibido la confirmación oficial de que el cuerpo hallado fuera el del niño. Cuando esta llegara horas después, el centro interrumpiría las clases y permanecería cerrado dos días en señal de duelo.

Pero a las ocho de la mañana, Rebeca, dolorida y con magulladuras bajo la ropa, tuvo que presentarse ante sus alumnos como cualquier otro día. Muchos se habían quedado en casa, por lo que, entre todas las mesas vacías, la del niño desaparecido no destacaba tanto como era de temer.

Los niños estaban cabizbajos. Rebeca, incapaz de aclararles unos hechos sin explicación, les habló en su lugar sobre el significado de un minuto de silencio. Sobre cómo debían despedirse de su compañero recordando todo lo bueno que había en él y los momentos agradables que habían pasado juntos.

Sin embargo, cuando la vieron cruzar los brazos y desviar la mirada hacia la ventana con expresión seria, sumida en un silencio privado, como hacía siempre que se portaban mal, se sintieron todavía más desconcertados.

BAJO EL INFLUJO DEL COMETA

Fue un tiempo singular. Seguramente usted lo recuerde. Si fue una de las muchas personas afectadas sin duda lo hará. Ocurrió en el año mil novecientos noventa y siete, a comienzos de la primavera. Desde entonces el mundo ha vivido muchos otros acontecimientos, algunos de ellos graves de verdad, con culpables bien definidos, y la atención general ha terminado por verse desviada, como a la postre era inevitable que sucediera.

Se ha discutido largamente sobre los hechos de aquellas semanas, y todavía son muchas las respuestas que faltan por encontrar. Probablemente permanecerán ignoradas para siempre o, en el mejor de los casos, limitadas a meras especulaciones.

La ausencia de alumbrado permitía apreciar a simple vista la cola del cometa Hale-Bop a su paso por el firmamento nocturno. En aquellas circunstancias era fácil dejarse llevar y fantasear con su influjo ominoso. Tan solo los aficionados a la astronomía se permitieron disfrutar declaradamente del gran apagón.

Resumamos una vez más —y seguro que no será la última— los hechos bien sabidos por todos.

Coincidiendo con la llegada del cometa a su perihelio, una extensa zona de varios cientos de kilómetros cuadrados se quedó de pronto sin electricidad. Los técnicos se rascaron la cabeza, desconcertados. Las centrales productoras no parecían sufrir problemas.

El corte del suministro fue achacado a una deficiencia en la red de distribución, aunque esta también parecía en correcto estado.

Horas más tarde las cañerías emitieron unos gemidos agónicos y el agua dejó de manar de los grifos.

Poco después murieron las líneas telefónicas.

Las emisoras de radio informaron de que lo mismo ocurría en otros lugares. Vastas zonas quedaron desprovistas de los servicios esenciales. Su distribución en los mapas, la variedad de los emplazamientos afectados —capitales, ciudades fabriles, áreas agrícolas semidespobladas—, los dibujos que formaban sus contornos... no tenían significado alguno.

Todos decíamos que no podría durar mucho.

Desde los satélites llegaban fotos del nuevo paisaje nocturno del planeta. En lugares donde antes había figurado un denso punteado de luces ahora reinaba la oscuridad más impenetrable. En algunos casos, los bordes de la negrura estaban tan nítidamente definidos como si hubieran sido trazados con una inmensa regla demiúrgica.

Las partes del mundo donde la vida continuaba sin cambios, que no vieron radicalmente alteradas sus rutinas diarias, tuvieron que ayudar a los afectados. Agua, alimentos en conserva, estufas de gas e infinidad de otros artículos circularon por tierra, mar y aire. Siempre durante las horas de luz. Nadie quería permanecer en las partes afectadas más allá de la caída de la noche, cuando se manifestaba el lechoso rastro del cometa.

Para quienes habitábamos en las zonas oscuras, especialmente los que estábamos en su interior profundo, y decidimos permanecer en nuestros hogares, o no nos quedó más remedio que hacerlo, fue un periodo duro y al mismo tiempo fértil en revelaciones.

Como una especie de compensación, durante el apagón reinó un tiempo impropio de aquella época del año. Los cielos permanecieron despejados y la temperatura rondó los veinte grados día tras día. O al menos así ocurrió en el pequeño pueblo pesquero donde mi mujer y yo vivíamos.

Nuestra casa estaba en la playa. La separaban de esta una calle de un único sentido y un paseo adoquinado. La mayoría de las viviendas de los alrededores eran residencias de veraneo que permanecían cerradas desde septiembre a junio. El núcleo del pueblo, formado por casas de pescadores rehabilitadas y un puñado de comercios, guardaba un letargo parecido durante el mismo periodo del año.

En circunstancias normales, tanto mi mujer como yo nos trasladábamos a diario a nuestros lugares de trabajo en la ciudad, a una hora de camino en coche. Y, también en circunstancias normales, nos gustaba volver al final de la jornada a la tranquilidad del pequeño pueblo.

Con la aparición del cometa dejamos de ir a trabajar. La planta de embotellado y distribución de refrescos donde yo era jefe de ventas había recortado su actividad de manera drástica, incapacitada para operar normalmente en ausencia de teléfono y electricidad. Un pequeño grupo de empleados permanecía al pie del cañón, encargado de atender, mientras durase el *stock* almacenado, los pedidos que todavía se recibían. La contabilidad se hacía con lápiz y papel, y los cobros en efectivo. El resto de los trabajadores habíamos sido invitados a disfrutar de unas vacaciones obligatorias.

Durante el apagón pasamos la mayor parte del tiempo en casa. Yo hacía pequeñas reparaciones y mi mujer pintaba acuarelas de la costa aprovechando la anómala luz reinante, más propia de un tiempo veraniego. Leíamos. Escuchábamos la radio a la hora de las noticias. Los días discurrían con lentitud.

En nuestro garaje guardábamos provisiones de agua embotellada, bombonas de butano, leña para la chimenea y latas de gasolina, aunque el suministro de combustible para los vehículos todavía funcionaba con relativa normalidad. Siempre disponíamos de pilas de repuesto para la radio y las linternas.

Cuando no encontrábamos alimentos en el pueblo o en las localidades cercanas, conducíamos varias horas, hasta sobrepasar la línea de la oscuridad, donde se restituían la electricidad y el agua. Los supermercados de la franja fronteriza hacían su agosto. Llenábamos el coche de productos no perecederos. Aprovechábamos la ocasión para telefonear a los parientes que teníamos fuera de la zona oscura y los tranquilizábamos asegurándoles que estábamos bien. En los teléfonos públicos siempre había colas. Después guardábamos otra cola más para sacar dinero en un cajero automático. A continuación emprendíamos el camino de vuelta. Resistíamos la tentación de tomar asiento en un restaurante o ver una película en un cine. Preferíamos volver cuando todavía había luz.

Una sola vez nos quedamos a pasar la noche en un hotel. No fue como esperábamos. La habitación estaba sucia. Solo habían cambiado las sábanas. Alguien se había afeitado en el baño sin limpiar luego el lavabo. Nos quejamos y como respuesta nos dijeron que aquello era lo que había, o lo tomábamos o lo dejábamos. Tenían clientes de sobra. Los hoteles fronterizos también se estaban beneficiando. La gente que llegaba de las zonas oscuras alquilaba las habitaciones por horas, para darse una ducha caliente o ver su programa favorito de televisión.

Podríamos habernos alojado con algún pariente, fuera de la zona afectada. Pero habíamos escogido permanecer en nuestra casa. Creíamos que así la probabilidad de que algo sucediera sería menor. En las zonas oscuras se estaban produciendo saqueos. Por las noches veíamos desfilar coches desconocidos ante nuestra casa. Avanzaban despacio, escrutando las viviendas. Circulaban con las luces apagadas, guiados solo por el brillo de la luna y del cometa.

No teníamos armas. No creíamos que fueran necesarias. Pensábamos que nuestra mera presencia bastaría para disuadir a los asaltantes. Por las noches, nuestro perro, Titus, un terranova con pezuñas como los puños de un hombre, dormía ovillado a los pies de nuestra cama.

Yo había tomado la costumbre de levantarme cuando todavía era de noche y ver amanecer por los ventanales del salón, mientras sorbía café preparado en un hornillo de gas. Estaba haciendo eso la mañana en que vi salir a alguien de la vivienda contigua. Era un joven moreno que cruzó la calle arrastrando los pies, al mismo tiempo que se sujetaba el vientre con las manos. Su cara me resultó familiar, aunque no llegué a reconocerlo. Desde luego no era uno de los vecinos.

El joven llegó hasta la barandilla que bordeaba el paseo y despegó una de las manos del vientre para sujetarse a ella. Por unos instantes permaneció inmóvil, como si él también contemplara el amanecer.

Me sobresaltó el sonido de unos pasos detrás de mí. Era Titus, que se acercaba bostezando. Volví a prestar atención a lo que pasaba en la calle. El perro se alzó sobre las patas traseras, se apoyó en el marco de la ventana y miró también hacia fuera.

Juntos vimos cómo el joven se deslizaba hacia el suelo y cómo a medio camino se detenía, enganchado por la axila en el travesaño superior de la barandilla. Su barbilla quedó apoyada en el mismo lugar, sosteniéndole la cabeza erguida. Tenía los ojos abiertos y miraba el horizonte marino sin verlo. A sus pies florecía un charco encarnado.

Un rastro del mismo color salpicaba el camino que había recorrido desde la casa.

El perro gruñó.

Calla, dije y le acaricié la cabeza.

Durante un rato no sucedió nada. Después la puerta de la casa contigua se abrió y los vecinos, una pareja de ancianos, se asomaron. Iban en pijama y camisón, ella con una redecilla en el pelo. Él dio unos pasos vacilantes hacia al cuerpo. Llevaba un cuchillo de cocina en la mano. Llegó junto al joven.

Desde donde estaba, oí decir a mi vecino:

Tú. Eh, tú.

Y lo vi pinchar al joven con el cuchillo para comprobar si reaccionaba.

No lo hizo, y el anciano volvió a casa evitando pisar la sangre, empujó adentro a su mujer y cerró la puerta.

Pensé en ir adonde ellos por si necesitaban ayuda. Pero antes de llegar a decidirme vi abrirse su garaje y a mi vecino, ya vestido, salir en su anticuado BMW en dirección al pueblo.

Poco después llegaban la policía y una ambulancia.

Esa mañana desayunamos tarde. Un agente de policía nos visitó para interrogarnos. Le conté lo que había visto.

El agente nos explicó que el muerto había trabajado como jardinero para los vecinos hacía un año. Esa noche se había colado por una ventana con la presunta intención de robar. Debió de pensar que, dada su avanzada edad, los inquilinos habrían abandonado la zona oscura. La equivocación le había costado cara.

Para cuando terminaron las declaraciones y todo se hubo calmado —el cuerpo había sido levantado y la sangre cubierta con serrín— ya era media mañana.

Yo iría, de todas formas, dije mientras rebañaba el fondo de un tazón de cereales.

Todavía nos queda la embotellada, contestó ella.

Prefiero que no la gastemos. Al menos por el momento. Creo que es lo mejor, afirmé.

Esa mañana teníamos planeado reponer nuestra provisión de agua. Cada vez que tocaba a su fin íbamos a un manantial en las afueras del pueblo, en la falda de una estribación montañosa, y llenábamos varias garrafas. De una ranura en la base de un estrato calizo brotaba un hilo de agua cristalina y gélida. Si no se tenía la precaución de ir a primera hora había que sufrir una cola interminable.

Ella frunció la boca ante mi empeño. En realidad no habría pasado nada si hubiéramos abierto un par de botellas y esperado al día siguiente para ir al manantial. Pero yo ya había decidido el plan del día, y no cumplirlo me oscurecería el humor para el resto de la jornada. Me dejaría sin nada que hacer. Y prefería estar ocupado. Especialmente después de lo que había visto. No se me iba de la cabeza la imagen de mi vecino tanteando con el cuchillo el cuerpo que se desangraba.

Cargamos el coche con las garrafas. Dejamos a Titus en casa como disuasión para posibles asaltantes.

Mi mujer tampoco iba ya a trabajar. Era dependienta en una tienda de material de dibujo y pintura. Hacía dos semanas que la dueña no daba señales de vida. Una mañana, mi mujer había encontrado en la persiana metálica del negocio una nota que informaba pomposamente de que las actividades se suspendían hasta próximo aviso. Supuso que, como muchos otros, su jefa había abandonado la zona oscura hasta que la normalidad fuera restituida.

Tal como nos temíamos, una larga cola culebreaba por la ladera antes de llegar al manantial. La hicimos estoicamente. El resto de la gente aguardaba sin prisa a la sombra de los pinos piñoneros, habituada a la rutina.

Durante los primeros días del apagón se habían producido algunas escenas tensas en el manantial. Un grupo de lugareños había pretendido acotarlo y reclamar un pago por el agua. La violenta oposición con que se toparon les convenció de volverse atrás en sus intenciones.

En cuestión de pocas semanas, el sendero que iba desde la carretera al manantial se había ensanchado notablemente. La continua afluencia de gente lo había dejado cubierto de colillas, paquetes de tabaco arrugados y envoltorios de caramelos y chocolatinas. De cuando en cuando brotaban discusiones si alguien juzgaba que otro de los presentes acarreaba un número de garrafas desconsideradamente alto y retrasaba el ritmo de la cola.

También se conversaba sobre lo que pasaría si el manantial dejaba de manar, como había sucedido con los grifos.

Eso no pasará.

¿Por qué?

Porque no puede ser. Son cosas diferentes. No puede ser. Y punto.

Las conversaciones seguían siempre el mismo patrón, con escasas variaciones.

Lo cierto era que los grifos no estaban del todo muertos. Algunos días resucitaban. Siempre a horas impredecibles. Como medida de prevención los grifos se mantenían abiertos, con un recipiente debajo. La llegada del agua era precedida por un gorgoteo en las cañerías. Luego brotaba explosivamente y durante unos minutos podía recogerse una provisión de color ferruginoso que olía como el fondo de un florero. Este agua podía emplearse para los inodoros y, hervida, para lavar la ropa, beber y cocinar. Pero nunca resultaba suficiente.

Esa mañana se escucharon también conversaciones sobre lo ocurrido en la casa de la playa. Un intento de robo. Una muerte en defensa propia. Oímos versiones deformadas, rebuscadas y grotescamente difamatorias. No hicimos comentarios.

Después de llenar las garrafas condujimos hasta un bar-restaurante en el borde de la carretera. El propietario había demostrado una notable visión para los negocios al hacerse con un generador eléctrico portátil y conectarlo a una nevera repleta de hielo y helados. Nosotros también habíamos intentado conseguir un generador, pero había sido imposible. La demanda superaba con creces la oferta. Las áreas afectadas por el apagón eran demasiado amplias y numerosas para ser abastecidas de generadores.

Delante del local había una terraza improvisada con sillas plegables y mesas de caballete. El lugar estaba concurrido. La familia del propietario se afanaba en atender a los clientes. La mayoría habíamos estado antes en la cola del manantial. Ocupamos dos sitios que acababan de quedar libres. Yo pedí cerveza y ella un refresco.

Con mucho hielo, dijo a la camarera, que no era más que una niña y no debería estar allí. Las clases no se habían suspendido.

Solo dos cubitos por persona. Es la norma. Si quiere más tendrá que pagarlos aparte.

Entonces que sean dos.

Cuando nos llevaron las consumiciones ella dio un sorbo a la bebida y suspiró.

Está fría. Me gusta.

Si supieras cómo se hace eso y cómo limpiamos las botellas, no te lo beberías.

Ella se encogió de hombros.

Me da igual.

Sacó un cubito de hielo del vaso y se dedicó a chuparlo con deleite.

Disfrútalo, dije. Vamos a pagarlo a precio de champán del bueno.

La mascota del establecimiento era un cuervo con las alas cortadas. Se paseaba entre las mesas y por el aparcamiento contiguo. Tenía la costumbre de recoger guijarros con el pico e introducirlos en los tubos de escape de los coches. Los clientes lo observaban hacer mientras saboreaban sus consumiciones. Algunos le ofrecían guijarros que él tomaba directamente de sus dedos.

Mi mujer me propuso hacer una visita a los vecinos. Esa tarde. Charlar un poco. Ofrecerles una muestra de consuelo después del mal trago. Y de paso enterarnos de los detalles.

Asentí, de acuerdo con ella.

Manteníamos una buena relación con los vecinos. Desde hacía años, mi mujer y la anciana de la casa de al lado organizaban cada verano un certamen de pintura rápida en el pueblo. Las obras se exponían después en el salón de actos del ayuntamiento.

¿Crees que a pesar de todo se quedarán?, preguntó ella.

Seguramente, dije con un suspiro. Ese cabrón es duro. Tiene más de setenta y le ha metido un cuchillo en las tripas a ese desgraciado. Y le triplicaba la edad.

Tuvo suerte.

Puede ser. Pero es mejor que vayamos a verlos, coincidí.

Pasaremos antes por el pueblo. Quizá encontremos algo para llevarles. Un detalle.

Mientras hablábamos, un individuo con un traje harapiento se acercó caminando por el centro de la carretera. Tenía el pelo revuelto, barba de varios días y los ojos enrojecidos. Iba descalzo y llevaba la bragueta abierta. En una mano sostenía una botella de plástico llena de vino.

Se detuvo ante el grupo congregado en la terraza y se tambaleó enfocando la mirada. Se aclaró la garganta para reclamar atención. Muchos lo ignoraron al principio, pero las conversaciones terminaron por enmudecer. Incluso el cuervo dio unos saltitos para situarse ante el recién llegado y alzó el pico hacia él. Con un amplio gesto del brazo abarcó a cuantos ocupábamos la terraza, y entonces declamó:

«Prodigiosa escapatoria la del putero, achacando su lujuria a las estrellas.»

Su voz recordaba a un estropajo sucio. Ahora todos los ojos estaban clavados en él.

«Mi padre se entendió con mi madre bajo la cola del Dragón y la Osa Mayor presidió mi nacimiento, de donde resulta que soy duro y lascivo.»

La hija del propietario abandonó lo que estaba haciendo y corrió adentro. Por el camino dejó caer su bandeja, que restalló contra el suelo y dotó de una gravedad fútil a la escena. El hombre del traje manchado prosiguió.

«¡Bah! Habría salido el mismo si me hubieran concebido mientras lucía la estrella más virgen de todo el firmamento.»

Dicho esto desprendió el tapón de su botella y engulló un buen trago. El dueño del restaurante apareció agitando los brazos y vociferando para que se largara de allí y dejara en paz a los clientes. El desconocido respondió orgulloso que no se hallaba dentro de los límites de su local, sino sobre el asfalto mismo de la carretera, de donde el señor mesonero no poseía la potestad de expulsarlo. El dueño parpadeó confuso.

Ya te advertí ayer que si volvías te la ibas a cargar, dijo.

Y entonces se abalanzó sobre él.

En el forcejeo que siguió, la botella de vino fue a parar al suelo y rodó esparciendo su contenido. Varios clientes corrieron a separar a los dos hombres y sostuvieron al dueño mientras el desconocido se alejaba por la carretera dando tumbos y con un labio partido sumado a su miserable aspecto.

Volvieron a brotar las conversaciones. Varios preguntaron quién era aquel hombre, pues no se trataba de un vecino del pueblo. Alguien dijo que la noche pasada lo había visto durmiendo dentro de un coche. Otro añadió que todo era culpa del apagón, que atraía a los tarados como una bombilla a los mosquitos.

Mi mujer me miró y alzó una ceja.

Yo me encogí de hombros.

No hagas caso, dije, y apuré mi cerveza.

Antes de ir a casa paramos en el pueblo. En las tiendas las estanterías estaban desiertas. Había carestía de productos frescos. Los tenderos se quejaban de que los repartidores nunca llegaban hasta lo más profundo de las zonas oscuras; toda la comida se quedaba por el camino.

Por el contrario, nunca faltaba alimento para Titus. Los sacos de pienso canino continuaban en sus estanterías igual que siempre, como una posibilidad que aún no era necesario considerar pero que estaba ahí.

Cuando salíamos con las manos vacías de la tercera tienda que visitamos, un niño nos chistó para llamar nuestra atención. Llevaba en la mano un sedal del que colgaban tres anguilas. El conjunto tenía el aspecto de un látigo de múltiples colas.

Baratas, dijo. Pescadas esta mañana.

Me acerqué para inspeccionar el pescado. Lo olfateé y miré las agallas, que tenían una tonalidad rojo oscuro.

No las has pescado hoy.

El niño me arrebató el látigo de anguilas.

Tú qué sabrás.

Claro. Yo qué sabré.

De regreso en el coche mi mujer dijo que en casa habría algo para llevar a los vecinos.

Nos queda un panetone sin empezar. Con trozos de fruta. Eso les gustará.

Claro, musité.

A mí también me gustaba el panetone. Siempre tomaba un trozo acompañando el café, mientras miraba el amanecer. Pero no era correcto presentarse en casa de los vecinos con las manos vacías. La situación no era tan desesperada como para abandonar las buenas maneras.

No te enfades, dijo ella adivinándome el pensamiento. Además, desde que estás en casa has engordado un poco.

Hmm.

En serio. Pero estás guapo. Te estabas quedando en los huesos. Me gustas más así.

¿Y ahora qué coño le pasa al coche?, pregunté.

Llevábamos las ventanillas abiertas, pero aun así un tufo a gases de combustión había ido creciendo hasta que ya no pudimos pasarlo por alto. En el último tramo el motor empezó a petardear. Entramos en el garaje y, después de sacar las garrafas de agua, eché un vistazo al motor. No vi nada raro. Cuando me agaché para inspeccionar el tubo de escape encontré dentro el tapón de plástico de una botella.

En la puerta de nuestros vecinos nos cruzamos con el sacerdote del pueblo, que se había apresurado a visitarlos al enterarse de lo ocurrido. Cuando vio el panetone alzó las cejas y lamentó no poder quedarse más, aunque nadie lo había invitado a hacerlo. Aún tenía un par de visitas pendientes antes de la misa vespertina.

Dentro, los muebles estaban cubiertos por una gruesa capa de polvo y había bolas de pelusa en los rincones. La asistenta había dejado de ir poco después de que fallara la electricidad. Los vecinos no sabían nada de ella.

Nuestra vecina llevaba una bata de satén que le llegaba a los pies. Unas gafas de cristales gruesos, prendidas a una cadenilla, le colgaban del cuello. Se había peinado y maquillado para la visita del sacerdote, pero los trazos de rímel estaban torcidos y llevaba demasiado colorete. En los últimos años su vista se había ido deteriorando. Por ser una de las organizadoras del certamen de pintura rápida, cada verano formaba parte del jurado, pero su criterio era cada vez menos digno de confianza. Mi mujer había tenido que incorporar nuevos miembros al jurado para compensar los errores de apreciación de la anciana.

Nos invitó a tomar asiento en el salón. Agradeció el regalo, aunque miró el panetone achicando los ojos, insegura de lo que era.

Es una clase de bizcocho, explicó mi mujer. Es italiano.

¡Italiano! Entonces me gustará. ¡Ah, Italia!, suspiró la anciana. Vamos a probarlo ahora mismo. Hoy no he comido nada, por lo que ha pasado, ya sabéis. Se me ha quitado el apetito. Pero ahora vuelvo a sentir el gusanillo.

Mi mujer dijo que prepararía un poco de té. Insistió en ocuparse ella misma y en que la anciana aguardara en el salón. Cuando esta y yo nos quedamos solos, le pregunté por su marido. Me dijo que estaba en la cama, durmiendo gracias a un calmante administrado por el médico.

En la cocina, mi mujer encontró el fregadero y la encimera atestados de platos sucios. Manipuló el hornillo de gas y puso una tetera al fuego. Mientras hervía el agua, fregó unas tazas en un barreño de agua marrón donde flotaba una película de grasa.

Sobre la nevera, entre recibos viejos de electricidad y frascos de especias, había una figura de bronce de San Sebastián. Mi mujer la había visto a menudo, pero esa fue la primera vez que pudo examinarla en privado. Tenía un par de palmos de alto y era un trabajo maestro. Inspeccionó la base en busca de alguna firma o marca de autor, pero la mugre adherida le impidió distinguir nada.

El santo estaba atado por las muñecas al tronco de un árbol, con las manos sobre la cabeza. Dirigía la mirada al cielo y su expresión era más de esperanza que de agonía, a pesar de las flechas que lo atravesaban. Se recostaba contra el árbol con un gesto lánguido. El conjunto era armonioso, provisto de un dramatismo tolerable.

Mi mujer acarició el torso de la figura. Una de las flechas estaba rota por la mitad del astil. La tara restaba valor a la pieza. Volvió a dejarla en su atípico emplazamiento sobre la nevera.

La casa estaba repleta de obras de arte —escultura y pintura principalmente— propiedad de la anciana, heredadas de su padre. Algunas poseían verdadero valor y todas estaban faltas de conservación. Varias ya habían quedado dañadas sin remedio por la atmósfera salitrosa. En varias ocasiones mi mujer había recomendado a nuestra vecina que sacara de allí las piezas y las llevara a lugar seguro. Y otras tantas había recibido negativas como respuesta. A los vecinos les gustaba tener cerca sus posesiones. No querían dejarlas al cuidado de desconocidos.

El intento de robo no era de extrañar. Si el que entró en la casa había tenido ocasión de echar un vistazo al interior cuando trabajaba allí como jardinero, bien podía haberse hecho ilusiones de un buen botín. En semejante decorado, y con aquellos inquilinos, no descuadraban las imágenes de un colchón relleno de dinero o un joyero atiborrado de piezas antiguas.

Mi mujer volvió al salón llevando una bandeja con el té. En una alacena había encontrado medio limón reseco que cortó en rodajas para aderezar la infusión. La anciana alabó el panetone, pero fue retirando los trozos de fruta del interior a medida que comía. Formaron una brillante curva multicolor en el borde de su plato. Entre sorbo y sorbo de té se lamentó de su situación. Nos interrogó sobre cuándo volverían la electricidad y el agua y el teléfono, por si habíamos oído algo. Echaba tanto de menos el teléfono. Le gustaba charlar por teléfono, declaró.

Nosotros, por supuesto, no sabíamos nada.

El señor cura me ha contado que ya no se molesta en llenar la pila de agua bendita de la iglesia, dijo ella. Cada día la encuentra vacía. La gente la roba. El agua bendita. Adónde vamos a parar.

Nosotros asentimos en silencio.

Todo volverá a la normalidad, ya lo verá. Usted y su marido están bien, le dije. Ahora eso es lo importante.

Ella sacó un pañuelo arrugado de un bolsillo de su bata y se lo llevó a los ojos y después a la nariz.

Ese chico… No me gustaba… Pero no esperaba que fuera así… Todo es como una pesadilla.

Mi mujer se sentó a su lado y le pasó un brazo por los hombros.

Ahora ya ha pasado. Y ustedes se encuentran bien.

De pronto nos sobresaltaron unos gritos procedentes del piso superior, producidos por una voz atragantada. La anciana se puso en pie de un brinco.

Se ha despertado, dijo. Voy a ver.

Pero antes de que diera un paso, la detuve.

No se preocupe. Iré yo. Usted siéntese y descanse.

Ella obedeció mansamente.

Subí las escaleras de dos en dos. Encontré al anciano en una habitación con la persiana echada. Hacía esfuerzos por erguirse en la cama.

¿Quién es? ¿Quién es?, exigió saber.

Soy yo. Tranquilo.

Levanté la persiana. Fuera la tarde tocaba a su fin.

¡Ah, hijo! Lo siento. He oído voces extrañas y me he…

No pasa nada. ¿Puedo ayudarle en algo?

Si fueras tan amable de darme otra almohada… Creo que hay una en ese armario.

Cogí la almohada y se la coloqué tras la espalda, teniendo cuidado de no tropezar con el orinal que asomaba bajo la cama.

Una vez acomodado, el anciano me escrutó.

Estás cambiado. Te has dejado barba.

Y usted también.

Claro. Ahora todos parecemos cavernícolas.

Bueno, yo todavía me la recorto. Y mi mujer dice que le gusta.

Suerte que tienes, dijo, y los dos sonreímos.

En un rincón, frente a un tocador repleto de frascos, había una butaca. Tomé asiento mirando hacia la cama.

Tengo que preguntarle cómo se encuentra, aunque ya estará harto.

Lo estoy.

¿Cómo se encuentra?

Mejor que ese mierda.
¿Qué pasó?
¿También tú vas a interrogarme?
Me mata la curiosidad.
El anciano soltó una carcajada.
Entró por una ventana del salón que se había quedado abierta. O tuvo suerte o pasó varias noches de guardia hasta que se le presentó la oportunidad. Yo lo oí. Conservo todo el oído, dijo tocándose una oreja con el índice. Bajé con el cuchillo…
Con el cuchillo…
Lo guardo al alcance de la mano, dijo dando unas palmaditas en el colchón. Aquí debajo.
¿Y luego?
Bajé con el cuchillo y pasó. Ya está. Defensa propia. La policía lo ha confirmado. Fue rápido.
¿Él le atacó?
Claro.
…
¿Pones en duda lo que digo, hijo?
¿Él llevaba algún arma?
Un destornillador de estrella. Con mango de color rojo. Y recubrimiento de protección eléctrica.
…
¿Qué piensas?
Nada. Que ha tenido usted suerte.
El anciano lo pensó un instante antes de responder.
Sí. La he tenido.
¿Y ahora? ¿Van ustedes a quedarse?
Yo lo haría. Pero no sé. Tú me entiendes.
Yo le entiendo. Pero irse sería lo mejor. ¿Tienen adónde ir?
Por supuesto. Mi hijo ha estado aquí dos veces para llevarnos con él. Se fue por donde vino. Él vive fuera de esto, ya sabes, de la oscuridad.
Es una buena propuesta.
Pero preferiría no tener que recurrir a ella. Esto no puede durar mucho tiempo.
Irse es lo mejor. No tiene sentido resistir más allá de lo razonable.

¿De veras?, el anciano me observó de reojo. Eres demasiado joven para la caballerosidad paternalista. No te pega. Y vosotros os habéis quedado.

Así es, reconocí.

Y no pensáis iros.

De momento no. Pero es distinto.

Distinto. Ya.

Los dos guardamos silencio. Miramos hacia la ventana. El cielo era de un violeta grisáceo. Dentro de poco el Hale-Bop volvería a hacerse visible. Una tiznadura blanquecina. En la habitación, el anciano y yo no éramos más que siluetas; una, tendida en la cama y tamborileando con los dedos sobre sus muslos; la otra, sentada en la butaca, con los codos apoyados en las rodillas. El dormitorio olía a orina. Ninguno demostraba notarlo. Últimamente todo olía a deposiciones. En ausencia de agua la gente buscaba lugares ajenos a sus casas para hacer sus necesidades. Nosotros teníamos suerte de vivir junto a la playa. En uno de sus extremos la arena daba paso a un roquedal donde, durante la marea baja, podíamos aliviarnos con cierta discreción. Mejor no imaginar cómo sería en las ciudades.

¿Quiere que encienda una luz?, pregunté.

Hay una palmatoria y cerillas en la mesilla.

No deberían usar velas. Las linternas son más seguras.

¿Vas a seguir diciéndome lo que debo y lo que no debo hacer?

Encendí la palmatoria y la dejé sobre una cómoda. En lugar de responder a su pregunta pregunté:

¿Cómo se las arreglan con la comida y el agua? ¿Tienen suficiente?

Tenemos. Salgo en coche a buscar. Cuando no encuentro agua embotellada pago a un chico del pueblo para que me llene unas garrafas.

No pague a nadie. Yo estoy aquí al lado y voy al manantial cada dos o tres días.

Te lo agradezco.

No es ninguna molestia. Y para cualquier otra cosa, ya sabe dónde estamos.

Callamos de nuevo, hasta que el anciano dijo:

Se está haciendo otra vez de noche.

Suspiró y encadenó el suspiro con una tos bronquial.

Le acerqué un vaso de agua que había en la mesilla.

Gracias, dijo él después de beber. ¿A ti te gusta la noche? ¿Te gustaba antes?

Sí. Supongo que sí.

A mí me gustaba mucho. Me gustaba más que el día. Durante el día la luz te obliga a verlo todo. Nada queda oculto. Pero durante la noche... solo vemos lo que está iluminado. Y nadie se molesta en iluminar la mierda. Claro que eso era antes. Ahora solo hay oscuridad. No vemos nada.

Podría considerarse de otro modo, dije. Podría considerarse que el cometa lo ilumina todo. Que ahora tampoco de noche es posible ocultar lo que no se quiere que se vea.

Peor me lo pones.

Di unos pasos por la habitación. Miré una foto enmarcada y colgada en lugar bien visible. Era la foto de un perro, un collie. En su cuello leonado había una cinta púrpura con una medalla. El fondo representaba un cielo de un azul primario, salpicado de nubes algodonosas, un decorado de estudio fotográfico.

Me acerqué a la ventana. La marquetería era vieja y endeble, la pintura estaba desconchada y la madera de debajo se había vuelto gris. Sin necesidad de haber encontrado una ventana abierta, el ladrón podría haber entrado fácilmente. Me repetí que el anciano había tenido mucha suerte.

El jardín al otro lado de la ventana estaba descuidado, con el césped demasiado crecido y plagado de malas hierbas. Hacía pensar que el sitio se hallaba abandonado. Era una tentación para los salteadores.

En las casas es diferente, dije.

¿Cómo?

En nuestras casas podemos encender luces. Todavía podemos iluminar solo lo que deseemos.

Esa noche, al abrigo de nuestro dormitorio, arropados por los ronquidos de Titus, mi mujer me confesó que tenía miedo. Desde el inicio del apagón nunca lo había reconocido. La persiana estaba levantada y una luz más clara que la de una noche normal llenaba la habitación. La abracé.

¿Y tú?, quiso saber.

Claro, dije. Yo también.

La mantuve abrazada hasta que se quedó dormida. Después me despegué de ella y me levanté. Titus alzó la cabeza. Le hice señas para que se quedara donde estaba.

Recorrí la casa comprobando las entradas. Desde los ventanales del salón escruté el exterior. Me dije que tenía que segar el jardín al día siguiente. Luego me puse una parka sobre el pijama, cogí una linterna y salí a la calle. Di una vuelta alrededor de la casa buscando cualquier cosa anómala. Todo estaba en orden.

Recorrí el camino de entrada, crucé la calle y llegué a la barandilla del paseo. Oriné trazando un arco hasta la arena. Después me quedé apoyado en la barandilla. Estaba a pocos pasos de donde había muerto el chico. Todavía quedaba una mancha en el suelo. Evité mirarla.

El centro del pueblo estaba en un extremo del paseo. Desde hacía semanas, por las noches no era más que una mancha negra. Pero esa noche era diferente. En el centro de la mancha se alzaba una luz como un faro primitivo. Una casa estaba ardiendo.

Una vela, pensé.

Siempre que mi mujer o yo usábamos velas teníamos la precaución de colocarlas en el centro de un plato lleno de agua.

Los bomberos se ocuparían del incendio empleando agua del mar.

Miré el fuego hasta que aquella luz también decayó. Después volví a la cama.

A la mañana siguiente traspasé al cortacésped parte de la gasolina que almacenábamos y adecenté el jardín. El ejercicio y el olor de la hierba cortada me hicieron sentir bien. Vacié el depósito de hierba, limpié las cuchillas de la máquina y aceité el motor. Cuando terminé estaba acalorado y sudoroso.

Acarreé dos garrafas de agua al cuarto de baño. El contenido de una lo calenté en un hornillo de gas hasta que rompió a hervir.

Vertí el agua caliente en la bañera. El recipiente que usaba no era grande, así que tuve que repetir la operación varias veces. Regulé la temperatura añadiendo agua fría. El nivel solo llegaba a un tercio de la bañera, pero sería suficiente. Disolví unas escamas de jabón aromático.

Mi mujer leía en el salón. Titus le hacía compañía.

Vamos, dije.

¿Adónde?, preguntó ella, reticente a abandonar la página.

Vamos.

Nos desvestimos uno al otro y nos metimos juntos en la bañera. Usamos sendas manoplas para frotarnos.

¿Cuál es ese libro donde una madre riñe a la doncella por bañar a sus hijos en la misma agua que a un niño enfermo?, pregunté.

Suave es la noche, creo.

Vertí gel en la palma de la mano y me lavé la barba produciendo abundante espuma.

Parece que tengas la rabia, dijo ella.

Puse cara de loco y me arrojé agua a la cara para aclararme.

No me gustó ese libro, dije. Nunca pasa nada.

Inspeccioné el garaje. Valoré las herramientas de que disponía. Escogí una palanqueta de acero de un metro de largo.

La llevé al dormitorio y la puse al fondo del armario, escondida tras una gabardina, donde estaría al alcance de mi mano llegado el momento.

A menudo por las noches iba a la playa y me sentaba en la arena. Del bolsillo de mi parka asomaba una llave inglesa, como remedo de una maza primitiva.

El horizonte marino solía estar iluminado por rayos que centellaban entre masas de nubes. Todo quedaba en eso. El sonido de las tormentas no llegaba a tierra. Las olas alcanzaban la orilla mansamente. Ocurría desde la aparición del Hale-Bop. Una pirotecnia natural que se sumaba al espectáculo del cometa. A la mañana siguiente no quedaba rastro de las nubes y el cielo recuperaba el azul blanquecino característico de aquellos días. Los que teníamos jardín habíamos construido en ellos embalsaderos de plástico para el agua de lluvia, pero esta nunca hizo acto de presencia.

Estaba una noche en la playa cuando un escalofrío me recorrió la espalda. Me puse en pie de un salto y llegué a la calle a tiempo de ver un coche que circulaba con las luces apagadas. El resplandor del cielo nocturno se reflejaba en sus llantas doradas. Dentro brilló la brasa de un cigarrillo y las siluetas de dos cabezas se volvieron hacia mí.

El vehículo continuó adelante sin detenerse. Crucé la calle, entré en nuestro jardín y me agazapé tras un seto por si volvía a aparecer. Cada poco rato comprobaba si la llave inglesa seguía en mi bolsillo. Pero el coche no se dejó ver de nuevo, y veinte minutos más tarde, aterido de frío, entré en casa.

¿Qué haces?

La voz de mi mujer me hizo dar un brinco.

¿Qué haces?, volvió a preguntar.

Ella estaba en lo alto de la escalera que llevaba a la planta superior.

No me des esos sustos, dije llevándome la mano al pecho.

¿Pasa algo?

He salido a echar un vistazo. Está todo bien.

Me alegro. ¿Y tú, estás bien?

En lugar de responder, le pregunté:

¿Crees que somos personas con suerte? Ella echó atrás la cabeza, sorprendida.

¿A qué viene eso?

Tú dime. ¿Tenemos suerte?

Sí. Eso creo. Tenemos suerte. ¿Es lo que querías oír?

Después de pensarlo contesté:

Sí. Más o menos.

Las emisoras de radio nunca respondían las preguntas que todos nos hacíamos. Nadie sabía las razones del apagón. Las noticias hablaban de la caída libre bursátil que sufrían las compañías eléctricas. Hablaban de la proliferación de sectas apocalípticas.

* * *

Finalmente nuestros vecinos terminaron por marcharse. Su hijo apareció una tarde dispuesto a llevárselos, y esta vez no se topó con una negativa. Fuimos a despedirlos.

Hasta pronto, dije.

Ya, se limitó a responder el anciano. Se había arreglado para recibir a su hijo. Llevaba traje y corbata y se había peinado la barba, pero los kilos perdidos las semanas anteriores hacían que los pantalones le colgaran flácidos y la camisa no le abrazara adecuadamente el torso.

Ante un comentario dirigido a su buen aspecto, respondió:

Los de ahí fuera no deben pensar que nos hemos dado por vencidos.

Al decir «los de ahí fuera» señaló a su hijo.

Cierto, coincidí.

Nos estrechamos la mano.

Nuestro vecino dirigió un último vistazo a su casa y subió al coche. Su hijo llevaba una camisa blanca con una funda para bolígrafos en el bolsillo del pecho. Tenía el rostro velado de sudor después de cargar el equipaje de sus padres. Cada poco rato consultaba su reloj digital, ansioso por largarse de allí.

Cuando le estreché la mano me sentí legítimamente superior a él.

Estuve atento por si volvía el coche de las llantas doradas. Creí verlo una noche, a lo lejos, recorriendo la línea de la playa. Desapareció por una bocacalle antes de alcanzar nuestra casa.

Lo mencioné en la cola del manantial. La gente que esperaba meneó la cabeza. Nadie había visto aquel coche.

Pero es cierto que varias casas han sufrido robos, dijo alguien. En el pueblo y en los alrededores. Hay que andarse con ojo.

Me recomendaron acudir a las autoridades, y a renglón seguido me aseguraron que estas no harían nada, desbordadas como estaban. Todos decían que el apagón terminaría pronto, y los buitres parecían pensar lo mismo. Los ladrones se apresuraban a apropiarse de todo lo que pudieran antes de que volviera la normalidad. Actuaban al amparo de la noche. A la luz del día toda cara extraña era motivo de sospecha.

Como cada vez que esperábamos turno para el agua, oímos una nueva sarta de especulaciones, bulos y fantasías. Alguien dijo que la noche en que el cometa hizo aparición, su familia y él habían subido a un cerro para verlo por un telescopio, y que desde entonces su mujer era presa de tics faciales. Alguien dijo que el audífono de su abuela captaba sonidos extraños, como señales en Morse. Alguien dijo que al cabo de nueve meses se produciría una ola de nacimientos.

Mi mujer repitió que tenía miedo. Para aplacarlo trabajaba en sus acuarelas.

Como me habían sugerido, fui a ver a las autoridades. En la recepción había gente haciendo cola para presentar denuncias. El ronroneo de varios generadores eléctricos portátiles volvía el lugar aún más incómodo de lo que era de por sí. Me atendió un oficial sin afeitar, atrincherado tras una mesa cubierta de papeles. Mientras yo le hablaba del coche con llantas doradas, él me devolvía una mirada inexpresiva, enmarcada por cercos violetas.

Pediré a alguien que pase por allí a echar un vistazo, dijo. Pero le seré sincero: no le prometo nada.

Ni esa noche ni las siguientes volví a ver el coche de las llantas doradas, ni ningún otro que deambulara con las luces apagadas. Tampoco vi ningún coche de la policía.

La tercera noche después de que se hubieran ido nuestros vecinos, yo estaba tumbado en la cama mirando el techo y mi mujer estaba a mi lado, dándome la espalda, también despierta.

Las manecillas fosforescentes del reloj de la mesilla indicaron las dos de la madrugada. Me levanté. Abrí el armario, me vestí y calcé. Después cogí mi parka y la palanqueta de acero que había guardado hacía días. La sopesé aferrándola con ambas manos.

¿Qué pasa?, preguntó ella.

Ya no aguanto más. ¿Tienes algo que decirme antes de ir?

A lo mejor no deberías hacerlo.

No deberíamos.

Eso.

Tras una pausa ni corta ni larga dije:

Claro que sí. ¿Por qué no?

¿Ahora?

Sí, ahora. Vístete, pero espera aquí de momento. Yo te avisaré.

Ten cuidado.

Hice una seña a Titus para que se quedara en la habitación. Bajé al salón y miré por los ventanales sin ver nada anómalo. La calle y la playa estaban desiertas. Fui al garaje. Con ayuda de una linterna localicé el par de guantes de jardinería sin estrenar que tenía reservados desde hacía días. Abrí el maletero del coche y cogí el gato. Con todo ello salí a la calle.

Rodeé la casa de los vecinos en busca de una ventana adecuada. La encontré en el lado opuesto a nuestra casa. La vivienda contigua también se hallaba vacía.

La persiana estaba bajada, pero en la parte inferior quedaba una franja de varios centímetros hasta el alféizar. Inserté el gato y forcé la persiana a subir un trecho lo bastante amplio como para deslizarme por debajo.

Después examiné el marco de la ventana y lo tanteé con la palanqueta. Estaba muy deteriorado. Podría haberlo forzado, pero eso habría llevado su tiempo.

Sin apenas pensármelo, estrellé la palanqueta contra el cristal. El estrépito me hizo sobrecogerme. Me escondí en un rincón oscuro a la espera de alguna respuesta.

No la hubo. Minutos después, evitando los cristales que quedaron fijados al marco, me colé adentro.

Estaba en el salón de los vecinos. Encendí una linterna y atenué la luz colocando los dedos sobre la lente.

Chsssst.

Me quedé helado.

Soy yo.

Mi mujer estaba asomada a la ventana. Se había vestido y, como yo, llevaba guantes, además de una bolsa de nylon que antes había sido la funda de un saco de dormir, y también otra linterna.

Coge esto y ayúdame a entrar, dijo.

Me has dado un susto de muerte. Te he dicho que me esperes.

Hablábamos en susurros y aun así parecía que lo hacíamos desmesuradamente alto.

¿Pensabas que me iba a quedar sin venir?, dijo ella.

Los vecinos no se habían ido sin antes adoptar algunas medidas. Las figurillas de marfil amarillento, sin duda valiosas, que antes adornaban las estanterías del salón habían desaparecido. Tampoco quedaba rastro de una pareja de sujetalibros de jade. Echamos a la bolsa un par de esculturas africanas de ébano, mujeres de cabezas grandes y pechos caídos. No prestamos atención al televisor ni al aparato de vídeo, que eran modelos anticuados. Abrimos armarios y cajones y revolvimos el contenido sin miramientos.

Fuimos a la cocina. En aquella época y lugar cualquier ladrón buscaría también comida. Solo dimos con una caja de cereales para el desayuno y con galletas dietéticas de arroz. Mi mujer sopesó el San Sebastián de encima de la nevera. La flecha rota, además de estropearlo, lo hacía fácil de identificar. Lo arrojó encima de la mesa.

Vamos arriba, dijo.

Nos ensañamos con el dormitorio principal, que pusimos patas arriba. El joyero estaba casi vacío. Solo quedaban unos pendientes de bisutería que también nos llevamos. En un cajón, bajo unas mudas de hombre, encontramos un estuche con un par de gemelos que quizá fueran de oro. Lo revolvimos todo. Yo bajé a la cocina y volví con un cuchillo que usé para destripar el colchón. Extraje la mayor parte del relleno.

Aquí no hay mucho donde escoger.

Tenemos que llevarnos algo más, dijo ella.

Volví a recorrer la casa. Metí en la bolsa candelabros dorados, una bandeja para pastas de té y todo lo que pareciera antiguo, valioso o fuera fácil de transportar. Cuando la bolsa estuvo llena, cogí un almohadón, lo abrí, saqué el contenido y en la funda metí un juego de café sin importarme que muchas piezas se rompieran en el proceso. De todos los cuadros que había, descolgué los tres que tenían los marcos más llamativos, al margen del contenido de los lienzos.

Mientras tanto, en el piso de arriba, mi mujer fue a la habitación de invitados. Solo había estado allí una vez, durante una cena celebrada por los vecinos. El cuarto de baño de la planta baja estaba ocupado y ella había ido al de arriba. Al buscarlo se confundió de puerta. Colgada en un rincón había una lámina enmarcada. El papel había adoptado un tono amarillento y manchas de humedad estropeaban los bordes. Contenía un apunte a plumilla. Apenas podía distinguirse lo que representaba: un borrón alargado del que brotaba un brazo provisto de un doble codo, concluido en una mano crispada. La firma se reducía a unas iniciales apretadas, prácticamente invisibles por culpa de la humedad, aunque ella las reconoció de inmediato. El nombre al que correspondían figuraba en los libros de arte en letras de grandes tipos.

Bajo el haz de la linterna la habitación ofrecía un aspecto grisáceo y polvoriento. Llevaba semanas, quizá meses, sin ventilar. Dejó abiertos los cajones de una cómoda que solo contenía ropa de cama y cartuchos antipolilla. Luego descolgó la lámina del rincón, poniendo gran cuidado al hacerlo. Extrajo del bolsillo un retal de sábana y lo empleó para envolverla.

Se reunió conmigo en el salón.

¿Todo bien?, pregunté.

Ella asintió.

Sin entretenernos más nos deslizamos por la ventana. Retiramos el gato. Tras asegurarnos de que había vía libre, corrimos a nuestra casa.

Titus salió a recibirnos meneando la cola. Mi mujer posó la lámina sobre una mesa. Lo demás lo escondimos en el armario donde guardábamos las cosas de limpieza. Nos quitamos los guantes y la ropa y lo metimos todo en bolsas de basura, calzado incluido. Al día siguiente conduciríamos hasta un lugar resguardado de miradas indiscretas y nos desharíamos de todo: prendas y botín —salvo la lámina—, además del gato y la palanqueta.

Cuando más adelante nos interrogaran sobre lo sucedido y nos preguntaran si no habíamos oído nada, diríamos que por supuesto que sí, que el ruido de cristales rotos nos había despertado, pero que habíamos tenido miedo y nos habíamos quedado encerrados en casa hasta la mañana siguiente, cuando por fin nos habíamos atrevido a salir. Entonces habíamos visto los destrozos e ido a denunciarlo.

Subimos al dormitorio con la lámina. Mi mujer usó como atril el caballete que empleaba para sus acuarelas. Bajamos la persiana y con la luz de una linterna admiramos el confuso apunte.

Los bordes están deteriorados, dije.

Ella tanteó con la uña el marco de madera.

Medio podrido, sentenció y soltó un bufido de desdén. No le han prestado la menor atención. Nunca.

Seguíamos hablando en susurros.

Es por la humedad, dije yo. Y el salitre. Mira dónde lo tenían. Donde nadie podía verlo.

El arte debe estar en manos de quien sabe apreciarlo. De quien puede apreciarlo. Si se les hubiera caído al suelo mientras limpiaban el polvo y el marco se hubiera deshecho, no lo habrían cambiado. Lo habrían tirado, lámina incluida.

Es probable.

Y si hubiera seguido allí hasta que esos dos se murieran, insistió ella, su hijo tampoco habría sido capaz de apreciar la obra. La habría saldado junto con los muebles.

Hemos hecho bien, afirmé.

Nos tumbamos en la cama para seguir contemplando la lámina. Titus subió de un salto y se ovilló entre nosotros. Permanecimos así, relajados, cerrando los ojos a ratos y volviendo a abrirlos para encontrarnos de frente con la lámina, hasta que un sonido de borboteo vino a alterar la calma.

Las cañerías, dije, y un segundo después llegó de los baños y la cocina el estrépito de los chorros de agua a alta presión que llenaban los recipientes dispuestos para ello.

Esta vez viene fuerte, comentó ella.

Fue justo entonces cuando regresó la electricidad.

La lámpara de la mesilla se encendió de repente. Los dos nos sobresaltamos y nos apartamos, como si la luz pudiera quemarnos. No recordábamos haberla dejado conectada. Las cifras del despertador digital parpadearon por primera vez en semanas. Titus ladraba en todas direcciones.

Sonó un chasquido en la línea telefónica.

¿Estás bien?, pregunté.

Yo sí. ¿Y tú?

Sí. También.

Señalé la lámina y dije:

Deberíamos guardarla donde nadie la vea.

Todavía no. Luego.

Tomados de la mano salimos a la calle. Las farolas del paseo volvían a alumbrar. También había regresado la luz al pueblo. Desde allí llegaban gritos de alegría. En el horizonte parpadeaba una tormenta lejana, pero nadie miraba en aquella dirección.

¿Sabes qué?, dijo ella. Tengo hambre. Muchísima hambre.

Ya no había motivo para seguir reservando comida. Pronto las tiendas volverían a estar abastecidas.

El ronroneo de la nevera resultaba acogedor. Preparamos un desayuno de media noche, con café, tostadas, jamón y cereales. Solo nos apetecían productos frescos. Un bizcocho un poco reseco lo tiramos a la basura. Engullimos toda la fruta que había en la casa. Reíamos sin poder evitarlo. La idea del agua caliente y de una ducha prolongada mejoró todavía más nuestro humor.

El amanecer nos encontró sentados a la mesa de la cocina, charlando relajadamente.

¿Salimos?, propuse.

Sí. Pero sigo hambrienta. Es como si no tuviera fondo.

Nos vestimos y yo cogí una navaja. Bajamos a la playa con Titus, que correteaba a nuestro alrededor levantando arena y meneando la cola. El cielo brillaba, libre de nubes. La marea estaba baja. Nos adentramos en el roquedal del extremo de la playa y, cuando no pudimos seguir avanzando sin mojarnos, nos descalzamos y remangamos los pantalones y continuamos con el agua por las pantorrillas. Estaba fría sin ser insoportable. El perro nos seguía gustoso.

Las rocas eran allí de mayor tamaño y estaban cubiertas de mejillones y lapas. Usando la navaja empezamos a arrancar estas de las rocas y a comérnoslas. Las masticamos con placer, extrayéndoles el jugo antes de tragarlas. A veces iban acompañadas de un poco de arena que crujía entre los dientes. El sol de la mañana arrancaba destellos verdes y dorados a la superficie marina. Seguimos comiendo, sin sentir hambre ya. Cuando no pudimos más hicimos un alto. Nos llevamos las manos al rostro e inhalamos el poderoso y limpio olor marino que las impregnaba.

PASO A PASO HACIA EL FINAL DEL DÍA

Había cambios en el pueblo. El hombre pasó ante una tienda de equipos de submarinismo, otra de productos dietéticos y una franquicia de lencería; todos negocios nuevos. Algunas fachadas habían sido chorreadas con arena. Pero lo principal seguía allí, inalterado. No gran cosa. Una bruma salada atenuaba la luz de las guirnaldas de bombillas tendidas sobre la calle principal. El único indicio de las fiestas navideñas.

No había podido resistir la tentación de echar un vistazo. Pero se hacía tarde. Sin más preámbulos puso rumbo al cementerio.

Aparcó el coche frente a la verja del camposanto y buscó entre los bloques de nichos el lugar donde iban a enterrar a su padre.

Le sorprendió el número de asistentes, más reducido aún de lo que esperaba. Solo cinco hombres, todos de edad avanzada y rostro abotagado, abrigados con chaquetones de pana. Marineros retirados. Uno iba en zapatillas. No reconoció a ninguno. Sin embargo, su identidad sí debía de estar clara para ellos pues al verlo aproximarse hubo inclinaciones de cabeza y un incómodo y generalizado restregar de pies contra el suelo.

La ceremonia ya había empezado. El sacerdote también era nuevo, un joven con gafas de pasta de diseño moderno. La reserva con que recitaba el responso indicaba que era una de las primeras ocasiones —si no la primera— que lo hacía.

El hombre contempló el ataúd y la única corona de flores que lo acompañaba. Al cabo de unos minutos las palabras del sacerdote derivaron hacia un sonsonete monótono y se distrajo sin poder evitarlo. Dejó vagar la mirada por los rostros de los asistentes y más allá, hasta las tumbas de la parte antigua del cementerio. Recordó cuando, siendo él niño, un ascenso del nivel freático hizo que el agua alcanzara las tumbas y penetrara en las cajas. Ni el ayuntamiento ni la parroquia disponían de fondos para drenar el suelo, por lo que los restos permanecieron así, disolviéndose en sus ataúdes, hasta que la pulpa resultante se sedimentó en una burda parodia de entierro marinero.

Su padre estaría seco. Su lugar estaba en el último nivel de un bloque de nichos, a dos metros del suelo. Haría falta una plataforma elevadora para subir el ataúd y, más tarde, una escalera para ponerle flores, ocurriese eso cuando ocurriese.

El oficio concluyó con suavidad. Dos de los marineros se acercaron para estrechar la mano al hombre y murmurar unas palabras ininteligibles. Los demás se alejaron con las manos hundidas en los bolsillos. Una vez se hubieron ido todos, el sacerdote se aproximó también, luciendo una sonrisa demasiado amplia, dadas las circunstancias.

Me alegro de verlo. Pensaba que no iba a venir.

Había sido el sacerdote quien el día anterior lo llamó para comunicarle el fallecimiento. Después, creyendo por el tono falto de sorpresa del hombre que el anuncio no le había afectado en exceso, pasó a hablarle de sí mismo. El hombre había permanecido con el teléfono pegado a la oreja, oyendo aquella voz desconocida que lo informaba de su reciente llegada al lugar y de los planes que tenía para la parroquia; pensaba reparar el tejado de la iglesia e instalar un nuevo sistema de calefacción.

El difunto había reservado el nicho hacía años y la cofradía de pescadores corre con los gastos del entierro, le dijo el sacerdote mientras salían del cementerio.

Entonces, ¿está todo arreglado?

Por ese lado sí. Tendrá usted que ir a la pensión donde se alojaba, para recoger sus cosas.

¿Sabe si debía algo allí?

Probablemente. Quiero decir que probablemente lo debía.

Bien… Iré.

Y añadió:

Quiero darle las gracias por cómo lo ha llevado todo.

Le resultaba extraño tratar de usted a alguien más joven que él.

No hay de qué, respondió el sacerdote. Es parte de mis obligaciones y, como he dicho, no sabía si usted iba a venir o no.

Yo…, empezó a decir el hombre sacando del bolsillo un sobre con un cheque, no sabía cómo se iban a solucionar las cosas y he traído esto en previsión.

No es necesario.

¿Cree que debería entregárselo a la cofradía?

Esa es su decisión.

Una vez más, ¿podría usted hacerse cargo?, preguntó tendiendo el sobre, que el otro tomó con miramiento.

¿A la cofradía?, preguntó el sacerdote sosteniéndolo entre el índice y el pulgar.

El hombre lo meditó un instante.

No. A la parroquia, dijo. Creo que es lo correcto.

El sacerdote agradeció su generosidad y le mostró de nuevo sus condolencias antes de despedirse.

Espero volver a verlo por aquí, dijo.

Sí, es posible, respondió el hombre con vaguedad.

Se ofreció a llevar al sacerdote de regreso al pueblo, pero este disponía de su propio coche. Se estrecharon la mano.

El hombre ya estaba sentado al volante cuando, en un arrebato, bajó el cristal de la ventanilla y llamó al sacerdote. Este se detuvo, con las llaves de su coche en la mano.

Oiga… Lo del sobre, dijo el hombre, mejor mitad para la parroquia y mitad para la cofradía, ¿de acuerdo?

El sacerdote asintió en silencio.

La pensión no estaba lejos del cementerio. Un anciano abrigado con una chaqueta de lana le abrió la puerta. Ante las explicaciones del hombre acerca de quién era y el motivo por el que estaba allí respondió con un escueto: ¡Ah, sí!, y lo guio por un pasillo estrecho y oscuro. Pasaron ante una sala de estar de la que salían voces roncas y cada pocos segundos el estampido de una ficha de dominó contra una mesa. En el extremo del corredor se detuvieron frente a una puerta cerrada con llave que el anciano procedió a abrir.

Un olor a ambientador de lilas y madera vieja abrazó al hombre.

La habitación era mayor de lo que había imaginado. Tenía un ventanal amplio, con un geranio y un pequeño tendedero en el alféizar. Por supuesto, estaba desordenada y no muy limpia. Había una cama, una mesa con una única silla y una alacena con algunas latas de conservas. En un armario al que le faltaban las puertas se amontonaban varias prendas de ropa. Salvo dos cañas de pescar en un rincón y un carrete desmontado junto a un bote de aceite sobre la mesa, el hombre no vio más aparejos. Había una caja de manzanas arrugadas, una radio, cáscaras de avellana por el suelo, un fregadero y, junto a él, los enseres de afeitado y un frasco de colonia sin tapón, con el contenido evaporado. Encima del radiador, un par de calcetines puesto a secar.

No vio ninguna botella. Supuso que el dueño de la pensión las habría retirado.

Sobre la mesilla de noche estaban desplegados varios documentos, entre ellos los carnés de identidad y conducir de su padre —ambos caducados—, y una agenda manoseada abierta por la página donde figuraba el número de teléfono del hombre. Era así como el sacerdote lo había localizado.

La ropa de cama había desaparecido. Un colchón desnudo descansaba sobre el somier.

Debía el alquiler del mes pasado y de lo que llevamos de este.

La voz del anciano lo sobresaltó.

Yo me haré cargo. ¿Durante cuánto tiempo vivió aquí?

Deje que piense... Creo que fueron tres años. Casi. O algo más.

Y... ¿ocurrió aquí?

¿El fallecimiento?

Asintió.

Sí, en la cama. Yo mismo lo encontré. Vine a buscarlo cuando vi que tardaba en ir a desayunar. Habitualmente estaba en pie a las siete.

¿Sabe si sufrió?

El otro se encogió de hombros.

No creo. Fue algún asunto del corazón. No sabía que tuviera problemas con eso.

Yo tampoco, reconoció el hombre.

Y tras una pausa pensativa añadió:

Ahora, si me permite, quisiera recoger sus cosas.

Sí, claro. ¿Quiere que lo deje solo?

Por favor.

Estaré en la sala por si me necesita, dijo el anciano, pero no se movió.

¿Ocurre algo?

El dinero. ¿Podríamos dejarlo solucionado ahora?

Sí, el dinero. ¿Cuánto le debía?, preguntó sacando la cartera.

El anciano dijo una cantidad, ni baja ni elevada, y él le tendió una tarjeta de crédito.

No aceptamos de eso. Solo efectivo.

Pagó sin discutir.

¿Va a llevarse ahora sus cosas?

Sí, ahora mismo.

Solo los efectos personales. Los muebles son de la pensión, puntualizó el anciano.

Lo tendré en cuenta.

Una vez a solas se sentó en la cama. No había llevado ninguna bolsa ni maleta para recoger las cosas de su padre. De todos modos no había nada que mereciera la pena ser salvado, pensó. Salvo las cañas de pescar todo era ropa vieja y artículos sin valor. Su padre no era como él, amigo de atesorar recuerdos personales y libros con dedicatorias o páginas especiales señaladas con trozos de papel de seda. Su padre tampoco había llevado nunca reloj ni poseído coche. Solo tenía su lancha de pesca, que en aquel momento permanecía atracada en el puerto, urgentemente necesitada de achique.

En la calle la oscuridad se colaba a tientas entre la niebla.

Sacó el móvil y llamó a su casa. Después de una docena de timbrazos colgó y marcó un nuevo número. Su mujer respondió al instante.

¿Cómo ha ido?, preguntó ella.

Bien. Llegué tarde. Por poco me lo pierdo.

¿Dónde estás ahora?

En su pensión. Tengo que recoger algunas cosas.

Entiendo. ¿Estás bien?

Sí… Eso creo.

Suenas cansado.

Lo estoy.

Es tarde. ¿Vas a quedarte o volverás esta noche?

Lo estoy pensando.

¿Por qué no buscas un hotel?

Puede que lo haga. Primero voy a salir de aquí. De esta habitación. Después decidiré si me quedo o no. Buscaré un sitio donde cenar algo.

Me parece bien.

Si paso la noche aquí volveré a llamarte. ¿Dónde estás ahora?

En el gimnasio. En los vestuarios.

¿Vistiéndote o desnudándote?

Desnudándome.

Mejor. Disfruta de tus ejercicios.

En realidad voy a meterme en la sauna. Un baño de vapor rodeada de mujeres sudorosas. ¿Envidia?

Toda.

Se despidieron y colgaron.

Al otro lado de la ventana la niebla y la oscuridad habían formado una pasta uniforme, de leche y ceniza, entre la que una farola emitía una luz baja de forma, verdosa y extraña.

La última vez que habló con su padre fue tres semanas atrás. El teléfono sonó en mitad de la noche. En cuanto alzó el auricular la voz de su padre brotó atropellada. De nada sirvió pedirle calma. Sus palabras se apelotonaban sin espacios entre medias. El hombre apartó un poco el auricular del oído.

Llamaba para contarle algo que le había ocurrido esa tarde, mientras pescaba en el mar con su lancha. Estaba anocheciendo y recogía los aparejos para volver a puerto cuando vio algo en el agua. Los últimos rayos de sol arrancaban destellos de un cuerpo metálico que flotaba a un centenar de metros. Puso el motor en marcha y se acercó a él.

Se trataba de una cápsula esférica, de aproximadamente un metro de diámetro. Estaba fabricada con planchas finamente soldadas, de un metal azul celeste que al mirarlo de soslayo se cubría de irisaciones. A simple vista carecía de aberturas. Permanecía hundida a medias, subiendo y bajando en virtud del vaivén de las olas. Ignoraba qué podía ser. Quizá una pieza desprendida de un barco, pensó. La parte que se mantenía sobre la superficie estaba seca. El metal repelía el agua como hacen las plumas de algunas aves.

Se estiró sobre la borda para tocarlo. Estaba caliente. Se asombró aún más al notar una pulsación proveniente del interior, que se propagó por su brazo.

Pensó en llevar aquella cosa a tierra. Consideraba el modo de remolcarla cuando lo sobresaltó un silbido hidráulico proveniente de la cápsula. Una hendidura circular, hasta entonces invisible, se perfiló en la superficie metálica y con un nuevo silbido, este más grave, una escotilla procedió a abrirse, activada quizá por el reciente contacto de su mano.

La pulsación notada antes se hizo audible.

Con el corazón batiéndole en el pecho se asomó adentro.

Vio paneles de mando en los que relucían bombillas y pequeños relojes. Y en medio de todo ello: el tripulante. Un ser con aspecto de pulpo, provisto de tentáculos verrugosos. El frío aire marino lo hizo encogerse. Sus extremidades se agitaron; dos aún enroscadas a sendas palancas de control. Un arnés lo mantenía fijado a un asiento acorde con las peculiaridades de su fisonomía. Varios electrodos se adherían a la parte gruesa del cuerpo, de donde nacían los tentáculos. Nada en él hacía pensar en INTELIGENCIA.

La versión alienígena de la perra Laika.

El padre del hombre retrocedió hasta el extremo de la lancha llevándose una mano al pecho. Un tentáculo asomó fuera de la escotilla.

Entonces una ola más fuerte que las demás alcanzó la cápsula y su interior se llenó de agua. Una segunda ola concluyó el trabajo.

Se hundió rápidamente, sin dejar rastro. Las luces de los paneles de mando brillaron por última vez mientras desaparecía en la negrura.

Me crees, ¿verdad? Yo lo vi.

El hombre dijo que sí como quien da la razón a un loco. Eran las dos de la madrugada; no era difícil adivinar lo que su padre había estado haciendo hasta esa hora. Le recomendó que se fuera a la cama y descansara. Hablarían al día siguiente.

Pero él quería asegurarse de que lo creía. Entre palabra y palabra sorbía por la nariz y se aclaraba la garganta.

El hombre volvió a decir que sí antes de colgar el teléfono.

Cuando regresó a la cama su mujer le preguntó:

¿Tu padre?

Sí.

¿Había bebido?

No se molestó en responder y ella no repitió la pregunta.

El hombre tardó en volver a dormirse. Pasó horas contemplando las formas difusas que se adivinaban en la habitación a oscuras.

Echó otro vistazo a su alrededor en busca de algo que llevarse. Un testimonio. Consideró coger la agenda de teléfonos. Pero finalmente se limitó a arrancar la hoja donde aparecían su nombre y su número de teléfono. Hizo una bola con ella y salió a la calle sin despedirse de nadie, en busca de una papelera.

Ansioso por respirar aire fresco, paseó por el pueblo. En los bares se jugaban partidas de cartas que habían empezado cuando él era niño. Al pasar por delante de uno de ellos distinguió a dos de los asistentes al entierro. Estaban apoyados en la barra. Uno lo vio y le mantuvo la mirada y él siguió adelante sin detenerse.

Se paró ante un sitio familiar. En su recuerdo allí se levantaba una vieja casa de tres pisos. En la fachada solía haber un cartel —una tabla de contrachapado pintada a brochazos e hinchada por la lluvia—: HAY HABITACIONES LIBRES.

Estaba remozada hasta el punto de ser casi irreconocible. La fachada lucía un impecable color azul cobalto, el tejado era nuevo y el pobre cartel había sido reemplazado por otro que, junto a tres brillantes estrellas, informaba de la presencia allí de un hotel.

El moderno aspecto del lugar lo hizo sentirse mejor y traspasar decidido la entrada.

En la recepción una chica leía una novela. La cerró al verlo entrar.

Buenas tardes, lo saludó.

El interior era acogedor y la temperatura agradable.

Buenas tardes. Quisiera una habitación para esta noche.

La chica se disculpó. No trabajaba allí. La dueña había salido un momento. Ella solo era una amiga. Le estaba cuidando el negocio.

¿Sabes si tardará mucho?

Nunca está fuera más de media hora. Si quiere usted volver más tarde…

No lo sé, dijo él, de pronto dubitativo.

O puede usted esperar aquí, se apresuró a añadir la chica, como si sus anteriores palabras pudieran hacerla responsable de perder un cliente.

Está bien. ¿Puedes decirme al menos si hay alguna habitación libre?

Ella se hizo a un lado y con un gesto de corista le señaló las brillantes hileras de llaves que colgaban frente a sus respectivos casilleros.

Gracias. En ese caso iré a dar un paseo y volveré más tarde.

¿Me lo promete?

El hombre se detuvo, la mano ya en el tirador de la puerta.

¿Es necesario?

Sí, respondió ella, vehemente.

Entonces te lo prometo.

La dueña está en el parque, dijo la chica, no fiándose quizá de su promesa. Por si quiere hablar con ella.

¿En el parque?

¿Lo conoce?

Él asintió.

El parque estaba a menos de cinco minutos. También allí había habido cambios. En lugar de los viejos plátanos de sombra y el suelo de tierra, encontró una moderna zona de recreo infantil. Había columpios, toboganes, estructuras para trepar y una torre de vigilancia en miniatura. En el centro de un foso de arena se alzaba una jirafa de escayola de dos metros de alto y brillante piel esmaltada. De su cuello pendía una guirnalda de flores, como si acabara de ganar una carrera de jirafas. Entre sus patas jugaba una niña. La madre la vigilaba desde un banco. Salvo por ellas dos, el parque estaba desierto.

El hombre se acercó a la madre.

Hola, Mamen, dijo, teniendo cuidado de no bloquear la línea de visión entre ella y la niña.

La mujer sonrió, sorprendida, y se puso en pie.

Intentó decir algo pero se le atascaron las palabras. Tragó saliva, sonrió de nuevo y preguntó:

¿Cómo estás?

Él se encogió de hombros.

Bien. Estoy bien.

Hubo un silencio durante el que se miraron uno al otro.

Siento mucho lo de tu padre.

Gracias.

Me extrañaba que no vinieras. No te vi en la iglesia.

Llegué tarde. Fui directamente al cementerio.

¡Ah! Yo no. Los cementerios… Ya sabes.

No importa.

Y añadió:

Me alegro de verte.

Y yo a ti.

Se sentaron en el banco.

Vengo de tu casa, que por lo visto ahora es tu hotel.

Mi boyante negocio.

Ha cambiado mucho. Por poco paso de largo sin reconocerlo.

Mi trabajo me ha costado. ¿Vas a quedarte?

Solo esta noche.

Serás mi huésped.

Eso me temo.

Lo dices como si te disgustara la idea. Te advierto que es el mejor hotel del pueblo.

Contigo al frente estoy seguro de ello. ¿Podré tener la que era tu antigua habitación?

Ella se rio.

Después de la remodelación se convirtió en cuarto de limpieza. Pero si te empeñas puedo llevarte allí una cama plegable.

Entiendo, dijo él uniéndose a su risa. Aceptaré lo que me ofrezcas.

La pequeña explosión de buen humor llamó la atención de la niña, que al erguirse reveló su considerable estatura. Con una mano posada sobre el lomo de la jirafa los observó fijamente.

¿Conoces a mi hija?, preguntó Mamen.

No.

Ahora la niña lo miraba a él, al extraño que se reía con su madre.

¡Rosa! Ven, corazón, la llamó Mamen. Ven a decir hola a un amigo.

La niña se aproximó con recelo.

Tienes que decirle hola sonriendo, le pidió su madre.

Hola, dijo ella, con una vocalización oscura, parte, junto con los ojos rasgados y las facciones redondeadas, de los efectos del síndrome de Down.

Hola, cariño, ¿cómo estás?

Desde que el hombre había dejado el pueblo, Mamen y él solo se habían visto en un par de ocasiones. Aparte de eso las noticias sobre ella le habían llegado de tercera o cuarta mano. Supo que también se había ido de allí y que había empezado a trabajar en una guardería, así como que se casó con un ingeniero empleado en una central nuclear. Más tarde supo del nacimiento de su hija, y quien se lo comunicó empleó un tono nada jubiloso.

Por último tuvo conocimiento —esta vez a través de la televisión— de la muerte del marido.

Una noche sonó su busca. Había una emergencia en la central nuclear. Salió de casa diciéndole a Mamen que no se preocupara, que no sería nada importante.

Caía una fuerte helada. En la autopista su Mercedes patinó sobre una placa de hielo y salió despedido hacia un talud de hormigón. Los bomberos necesitaron más de una hora para sacarlo de entre el amasijo de hierros en que quedó convertido el vehículo, tiempo suficiente para que un equipo de televisión que regresaba de cubrir el inicio de la temporada de esquí grabara unos planos del siniestro. El hombre recordaba las imágenes: el coche con la mitad delantera aplastada y los bomberos que, empleando una cizalla, trataban de abrir una salida por un lateral. En el interior los restos del airbag brillaban bajo el foco de la cámara. El cuerpo del ingeniero resultaba apenas distinguible. Un sanitario había roto la luna trasera para colarse dentro, inmovilizarle la cabeza y suministrarle oxígeno.

El marido de Mamen falleció antes de que pudieran liberarlo.

La compañía eléctrica propietaria de la central lo consideró accidente laboral *in itinere* y desembolsó una cuantiosa indemnización. En el informe que más tarde se publicó sobre el incidente de aquella noche figuró como causa de la alarma: «Disparo espurio de reactor por fluctuación de tensión».

Nada importante. Como él había adivinado.

Poco después Mamen dejó su trabajo y regresó al pueblo. Con el dinero de la indemnización reformó la casa donde había crecido y abrió el hotel.

Suelo traerla al parque a esta hora, cuando no hay nadie, explicó ella por el camino. Debería tratarse más con otros niños, pero no es fácil. En este aspecto creo que lo estoy haciendo mal.

La niña caminaba por delante de ellos. Llevaba en la mano un puñado de arena del parque y cada docena de pasos dejaba caer un poco, como un personaje de cuento que trazara un rastro para encontrar el camino de vuelta.

Tenemos que empezar a ir más temprano, ¿verdad, Rosa?

Bueno, dijo la niña sin mirar atrás. Soltó la arena que le quedaba y se frotó la mano en el abrigo.

Cuando mejore el tiempo, añadió Mamen.

Luego se volvió hacia él.

¿Has cenado?

No.

Entonces lo harás con nosotras.

Tras una pausa añadió:
También vendrá Ángel.
Luego vaciló antes de preguntar:
¿Te acuerdas de él?
El hombre sonrió.
Por supuesto.
Aunque aún no habían llegado ya sentían el calor del hotel.
¿Has traído equipaje?
Solo un neceser. Está en el coche.
¿Vas ahora por él?
No. Más tarde.

Mamen agradeció su ayuda a la chica de la recepción.

De nada. También te he vigilado la cena, respondió ella. Miraba al hombre satisfecha y un tanto admirada de que hubiera vuelto.

¿Irás esta noche al concierto?, le preguntó Mamen.

Sí, allí estaré, dijo y tras abrigarse con una gruesa pelliza y un gorro de lana se despidió de todos y salió a la calle.

Dejaron las luces encendidas pero cerraron la puerta. Si llegaba otro huésped llamaría al timbre. La vivienda estaba en la planta baja. Se accedía a ella por la recepción del hotel.

¿No tienes miedo de que alguien se largue a la francesa?

No. Esta noche eres mi único huésped.

Mamen lo invitó a pasar a un pequeño salón. En un rincón, un abeto artificial, todavía desnudo. El contenido de varias cajas de adornos navideños estaba desperdigado por el suelo.

Es por la niña, le encanta adornarlo, explicó Mamen.

El hombre vio una estantería ocupada por libros de pedagogía y logopedia. Sobre una mesa auxiliar había varios artículos recortados de revistas médicas: «Últimos avances en síndrome de Down, síndrome de West y Trisomía 21», «Desarrollo cognitivo e interacción», «El afecto: un factor estimulador del aprendizaje».

Mamen fue a la cocina.

¿Te ayudo?, se ofreció él.

No, gracias. Ya está casi todo listo. Rosa, ¿por qué no le enseñas tus dibujos?

La niña obedeció gustosa. Corrió a su habitación, de donde volvió poco después con una carpeta que tendió al visitante. El hombre se acomodó en un sillón. Cuando abrió la carpeta se encontró frente a un dibujo que lo dejó desconcertado: círculos de colores, unos agrupados en el centro de la hoja y otros dispuestos alrededor, como si de satélites se trataran. La niña le arrebató el dibujo y le dio la vuelta. En la otra cara del papel figuraba escrito: «Carbono, Número Atómico: 6».

Un átomo de carbono, con los protones y neutrones en el núcleo —rojos los primeros, azules los segundos— y los electrones girando a su alrededor, en diferentes órbitas.

El hombre fue pasando el resto de dibujos: flúor, sodio, aluminio… El tamaño de los círculos de colores disminuía progresivamente, al mismo tiempo que crecían su cantidad y el número atómico de los elementos químicos.

Su padre le enseñó a hacerlo, aclaró Mamen asomándose a la puerta de la cocina. Dibujaban juntos.

El hombre estaba impresionado.

¿Y ahora sigue ella?

Yo la ayudo. No es complicado si se tiene una tabla periódica. Dice que quiere dibujar todos los elementos, declaró Mamen sin ocultar su orgullo. ¿Verdad, cariño?

A modo de respuesta, la niña tomó una hoja del fondo de la carpeta y se la mostró al hombre. Los círculos de colores no eran ya más que meros puntos, tan elevado era su número. De haberlos contado, el hombre habría hallado treinta y un electrones y otros tantos protones, a los que aún había que sumar los neutrones.

Galio, lo informó la niña.

Mientras contemplaba la nube de partículas subatómicas, el hombre no pudo reprimir un estremecimiento. Imaginó al padre de la niña en la noche de su muerte, durante los instantes previos al accidente, interrogándose por la naturaleza de la alarma en la central nuclear, mientras ella, en su habitación, cuando hacía horas que debería haber estado dormida, dibujaba átomos y átomos y átomos y átomos…

* * *

Si quieres echarme una mano, dijo Mamen, puedes poner la mesa. Cubiertos para cuatro. Está todo en el aparador que hay a tu espalda.

Colocaba los platos cuando sonó el timbre de la puerta. Rosa fue corriendo a abrir y al instante se oyeron unos aullidos de placer. Alguien la alzaba en el aire y la hacía volar entre las lámparas.

Ángel se quedó paralizado con la niña en brazos al ver al hombre. Llevaba el uniforme azul marino del cuerpo de bomberos. Lucía un aspecto veraniego, bronceado, con el pelo rubio muy corto. Dejó en el suelo a Rosa y se acercó a él.

¿Cómo estás?, preguntó estrechando con fuerza la mano del hombre.

Muy bien. Me alegro de verte.

Y yo a ti.

Ángel le dio el pésame por la muerte de su padre y cambió rápidamente de tema para reiterar lo mucho que se alegraba de volver a verlo.

¿Cuánto hace? ¿Tres años? ¿Cuatro?

Más o menos.

Casi nunca vienes por aquí.

Es cierto, tuvo que reconocer.

Mamen los observaba sonriente. Ángel fue a saludarla, la abrazó y le dio un beso. El hombre supo que si él no hubiera estado presente, tanto el abrazo como el beso habrían sido más prolongados.

¡Hmmm! ¡Eso huele bien!, exclamó Ángel, sin especificar si se refería a la cena o al cuello de Mamen.

Pronto estará listo. ¿Por qué no os sentáis y habláis?

Buena idea, reconoció Ángel. Pero antes disculpadme un momento.

Fue al cuarto de baño y el salón quedó en silencio. Entonces Mamen, como si la muestra de afecto de la que había sido objeto no hubiera sido suficiente, se acercó al hombre y lo estrechó entre sus brazos.

¿Estás bien?, preguntó.

Sí, lo estoy, respondió él devolviéndole el abrazo.

¿De veras?

Él asintió.

Mamen lo mantuvo abrazado por unos instantes.

La niña no pareció dar importancia al gesto. Se entretenía seleccionando los adornos para el árbol de Navidad.

Mamen dejó en la mesa unos aperitivos y una botella de vino y volvió a la cocina.

¿Qué puedo hacer con la lancha de mi padre?, preguntó el hombre a Ángel cuando este regresó.

¿Piensas venderla?

¿Qué otra opción tengo? No la quiero para nada.

No será fácil encontrar comprador. No está cuidada. Tu padre no se preocupó de lijarla ni pintarla en los últimos años. ¿Sabes si conservaba los aparejos?

Supongo que sí. Tenía un tinglado en el puerto.

Ángel tomó un sorbo de vino.

Dependiendo del estado del motor se podrá sacar algo de dinero o no, dijo. Lo revisaré y veré si doy con alguien a quien le interese.

No quise decir que te ocuparas tú del asunto.

Olvídalo, lo atajó Ángel. No es trabajo. Además, ¿qué vas a hacer? ¿Quedarte aquí hasta que consigas venderla?

Tuvo que darle la razón.

No hace falta que regatees. Cualquier cantidad que te ofrezcan servirá.

El hombre dijo esto mientras miraba a la niña, que de entre los adornos de Navidad había escogido las bolas rojas y las azules: protones y neutrones.

El tema del marido de Mamen parecía un trámite obligado. Se esforzó por recordar lo poco que sabía de él, pero nada le pareció lo bastante importante o interesante para mencionarlo.

Fue Ángel quien preguntó:

¿Qué tal has encontrado a Mamen?

Muy bien. Parece que se ha adaptado al pueblo.

Es de aquí.

Ya sabes a lo que me refiero. Después de pasar un tiempo fuera… Yo no podría volver.

Ya, musitó Ángel, como si nunca hubiera pensado en ello. Es estupendo tenerla con nosotros. Lo ha superado muy bien.

Mamen lo interrumpió al colocar una ensaladera en la mesa.

No os he dejado a solas para que habléis de mí. Por supuesto que lo he superado. En la medida de lo posible, matizó. Solo soy de lágrima fácil cuando me río. ¿Tenéis hambre?

Los dos asintieron.

Durante la cena, el radiotransmisor de Ángel permaneció a su lado sobre la mesa. Emitía un murmullo indescifrable, puntuado por chasquidos y pitidos, al que el bombero no aparentaba prestar atención.

¿Y bien?, preguntó llegado el postre. ¿Cuál es el plan para esta noche? ¿Vamos a ir al concierto?

¡Concierto!, coreó la niña golpeando la mesa con los puños.

El hombre los miró sin comprender.

Un concierto de Navidad, aclaró Mamen. Música de cámara.

¡Concierto!, repitió la niña.

Parece que Rosa quiere ir, dijo Ángel. ¿Quieres escuchar música, cariño?

Ella asintió.

¿Dónde se celebra?, preguntó el hombre.

La oscuridad y la niebla no le permitieron apreciar el exterior de la iglesia, pero el interior seguía tal como lo recordaba. Contempló las pinturas y las imágenes esculpidas, reconociendo cada detalle a pesar del tiempo transcurrido y que en ese intervalo no había pensado en ellas ni un instante. Todas las luces estaban encendidas. En un lateral del templo habían colocado un nacimiento de cerámica. Las figuras tenían más de un siglo y eran una de las posesiones más preciadas de la parroquia. Una oreja de la mula estaba desportillada.

Una mujer con collar de perlas y abrigo de piel les hizo entrega del programa, compuesto por piezas de Haydn y Bartók.

Tomaron asiento en uno de los bancos centrales. El contacto de la madera contra la espalda del hombre hizo estallar flashes en su memoria táctil.

Reinaba un murmullo agradable. Muchos asistentes se habían vestido de domingo. Frente al altar aguardaban cuatro sillas tapizadas en azul zafiro, ante sus respectivos atriles con partituras. Sin que nadie le prestara atención, un sigiloso sacristán vació el sagrario y sopló la vela que brillaba al lado. El sacerdote, principal promotor de la velada musical, iba de un lado a otro sonriendo a todos y estrechando manos.

Faltaba poco para que comenzara el concierto. El lugar se llenaba rápidamente. Varias personas se acercaron para saludar a Mamen. Algunas miraban al hombre dubitativas, sin llegar a ubicar su rostro, entonces ella les aclaraba de quién se trataba y podían saludarse adecuadamente.

Se apreciaba tensión en el ambiente. Todos notaban la necesidad apremiante de que empezara la música.

El hombre se sentía cada vez más reconfortado. Rodeado por aquella gente, antiguos vecinos y conocidos, le pareció que todo lo ocurrido durante el día hallaba un cierre apropiado.

La puerta de la sacristía se abrió y aparecieron los músicos. Tres hombres ataviados con trajes oscuros y una mujer con un vestido rosa pálido: dos violines, una viola y un violonchelo. Se oyó algún carraspeo y después silencio. Los intérpretes tomaron asiento y abrieron las partituras. Uno de los violinistas hizo una seña a los demás y, sin más preámbulos, comenzó el concierto.

El sonido de los instrumentos llenó la nave de la iglesia.

Con las primeras notas el hombre recordó que no había llamado a su mujer para decirle que no regresaría esa noche. La imaginó en camisón, leyendo en la cama, esperando noticias de él, y se prometió llamarla en el descanso.

En el extremo del banco Ángel permanecía con la vista extraviada en el vacío. Había apagado su transmisor. A su lado, la niña columpiaba las piernas siguiendo la melodía. Mamen estaba junto al hombre. Cuando finalizó la primera pieza se inclinó hacia él.

¿Estás bien?, preguntó al igual que había hecho en el hotel, ahora mediante un susurro.

Sí, lo estoy, dijo él, repitiendo a su vez la respuesta.

Me alegro de volver a verte, añadió ella, y le acarició el dorso de la mano. Nadie los miraba.

La música volvía a sonar.

El hombre contempló el templo inundado de luz y sonidos festivos y, sin que pudiera evitarlo, su mente derivó hacia su padre. Le parecía imposible que allí, ese mismo día, se hubiera celebrado su funeral. A modo de despedida, dedicó unos momentos a pensar en él, en su carácter terco y desagradable, en su ignorante falta de imaginación y, por tanto, en lo poco probable de que hubiera inventado la historia del alienígena.

UN ANEXO AL GÉNESIS

El séptimo día, cuando todos creían que descansaba, hizo repaso de Sus errores. Su mirada se desplazó a Occidente. Allí había creado una isla en el centro de la inmensidad marina. A esa porción de tierra la rodeaba un anillo de agua no poco generoso y a este, a su vez, lo rodeaba un nuevo anillo, tan lejano que desde las orillas de la isla solo era visible como un fino trazo oscuro que recorría el horizonte. Formaban este segundo anillo paredes verticales de roca que ascendían hasta las primeras nubes; roca nueva, desconocedora de fósiles y erosión, resbaladiza y sin asidero alguno, imposible de escalar para los moradores de la isla.

En el anillo acuático había permitido Él vivir a los errores cometidos durante la creación de las criaturas marinas, y en la isla, a los cometidos durante la creación de las terrestres, así como durante la creación del primer hombre y de la primera mujer.

Eran estas últimas criaturas las que provocaban Su mayor fascinación, pues habían surgido en el proceso de engendrar seres a Su imagen y semejanza.

Las criaturas se alimentaban de lo que encontraban en la isla, formada esta por ciclópeos bloques de roca negra entre los que brotaban unos escasos árboles de tronco retorcido y fruto amargo. Su alimento principal lo constituían seres destinados a poblar los cielos, que Él había condenado a morar en la isla por no considerarlos aptos, por lo que les había atrofiado las alas. Y las criaturas se alimentaban también de sus semejantes; de los más lentos y débiles, de los que carecían de piernas y se desplazaban arrastrando el vientre sobre la áspera roca, de los que tenían ojos inútiles, de los que en lugar de brazos poseían extremidades semejantes a aletas, de los débiles de mente, de los desdentados, de los ingenuos. Mucho antes de que lejos de allí, en Oriente, naciera un hijo del primer hombre y de la primera mujer, y después otro hijo, y que estos dos descendientes fueran protagonistas del llamado primer crimen, en la isla eran hechos cotidianos el asesinato, la mutilación en vida y el canibalismo.

Un orden de líderes y súbditos, de cazadores y presas, surgió de modo natural. Por las escarpadas laderas de roca trepaban seres con torso humano y cuatro piernas, más ágiles que cualquier otro habitante de la isla. En los puntos altos se emplazaban vigilantes encargados de señalar cuanto mereciera ser visto; vigías poseedores de una cabeza sembrada de ojos y un índice leñoso que triplicaba en longitud a sus demás dedos. Por las noches, unos insomnes perpetuos, escuálidos y voraces, merodeaban alimentándose de los durmientes.

Él observaba todo esto con interés incansable, desentendido de cuanto sucedía en el Edén creado para goce del primer hombre y la primera mujer, pues allí los creía a salvo.

Con mezcla de enojo y orgullo, presenciaba cómo las criaturas de la isla, sin que Él hubiera pronunciado palabra al respecto, se entregaban a las empresas de crecer y multiplicarse. Las criaturas copulaban sin vergüenza ante la mirada de los demás. Se penetraban unas a otras formando monstruosas masas de cuerpos de las que rezumaba una humedad viscosa y jaspeada de sangre. Su avidez no se limitaba a sus semejantes. Cuando un macho descubría una criatura marina arrojada a la costa por las olas, muerta por su imperfecto sistema respiratorio o la voracidad de sus congéneres, buscaba una piedra afilada, abría con ella una entrada en el cuerpo del cadáver y allí mismo lo penetraba. A continuación le arrancaba un trozo de carne que devoraba mientras contemplaba las lejanas paredes de roca, con el órgano sexual aún goteante y manchado de sangre.

Las hembras eran tan numerosas como los machos, pues de la costilla del primer hombre Él no logró la adecuada compañera al primer intento, sino que Sus errores fueron de nuevo incontables. Los alumbramientos en la isla eran continuos y motivo siempre de atención, señalados por los centinelas de multitud de ojos. Las hembras parían en el centro de un tembloroso círculo de criaturas a las que mantenían alejadas mediante gruñidos y mordiscos. En cuanto brotaba el fruto de su primitivo vientre, las hembras lo tomaban en brazos y se alejaban renqueando a un rincón solitario mientras las criaturas congregadas se disputaban la placenta. Una vez a salvo, la madre lamía a su cría, tan deforme y repulsiva como ella, y le dedicaba unos ronroneos adormecedores posando sus labios en la fontanela. Durante un tiempo se dirigiría al recién nacido de ese único modo. Más tarde lo haría mediante gruñidos, aullidos y gritos, como todos los moradores de la isla hacían entre sí, pues allí, a diferencia de lo ocurrido en el Edén, nadie les había otorgado nombres.

Él admiraba las cabalgadas de las criaturas cuadrúpedas, armadas con mazas de madera, alzando nubes de polvo negro, cuando perseguían a sus presas; y el modo como los siempre atentos centinelas cerraban cíclicamente una porción de sus múltiples ojos mientras permanecían vigilantes con el resto, para así evitar el brillo directo del sol durante el peregrinar del astro por el cielo; y a los peces transparentes que poblaban los abismos del anillo acuático; y a los inmensos seres, también acuáticos, de color mutable y enormes ojos, que con sus tentáculos palpaban la base de las paredes de roca buscando una salida de su prisión.

Y mientras tanto, lejos de allí, en el Edén, una serpiente tentaba a la primera mujer para que comiera del árbol de la ciencia del bien y del mal, y ella comía y a continuación tentaba a su vez al primer hombre, que comía también.

Cuando Él visitó el Edén tiempo después encontró a los dos ocultos tras unos arbustos. Les ordenó mostrarse y vio entonces que se habían cubierto con ridículas hojas de higuera, y supo que habían violado Su mandato y se enfureció con ellos. Pero consciente de que la culpa era Suya por haber desatendido a aquellas dos criaturas blandas y sin experiencia, no cumplió de forma inmediata Su amenaza de condenarlos a muerte si comían del árbol, sino que al primer hombre le dijo que con el sudor de su frente obtendría el pan hasta que volviera a la tierra, pues de ella fue tomado, ya que polvo era y en polvo se habría de convertir, y a la primera mujer le dijo que el dolor de sus preñeces se multiplicaría y que con gran agonía habría de parir a sus hijos, y a continuación les arrojó sendas túnicas de piel y los expulsó del Edén, a cuyas puertas emplazó la espada flameante.

Seguidamente, empujado por el remordimiento, volvió Su mirada hacia la isla y decidió destruirla. Hizo llover del cielo fuego y azufre y hervir las aguas del anillo acuático, lo que causó horrible muerte a criaturas terrestres y marinas. Una columna de vapor ascendió ocultando el sol y el olor a carne quemada flotó hasta Oriente, donde provocó que seres racionales e irracionales se encogieran de congoja. A continuación procedió a derribar las murallas de roca, permitiendo que el fiero mar exterior cubriera la isla en forma de ola colosal y oscura.

Y entonces Él se detuvo, jadeante, asombrado por Su furia y el ensañamiento con que había destruido lo que, poco antes, tan grande esfuerzo le había costado crear, y puso fin al cataclismo al hacer que el mar regresara a la calma.

De la isla solo quedaban unos troncos calcinados que flotaban sobre las aguas. Pero pronto vio Él que la destrucción no había sido completa. Uno a uno fueron llegando a la superficie los supervivientes, criaturas que habían buscado refugio en las más hondas cavernas de la isla. Eran apenas un puñado y sufrían horrendas quemaduras y mutilaciones. Nadaron hasta los troncos y se aferraron a ellos. Olfatearon el aire y observaron el horizonte a su alrededor, encontrándolo libre de barreras que los encerraran. Se llamaron entre sí con roncos gritos. Se lamieron las heridas. Se hicieron con los restos cocidos de criaturas marinas que flotaban en la superficie y los devoraron para recobrar fuerzas, triturando entre sus dientes escamas y espinas.

Él observó sorprendido a estos supervivientes, sin saber qué hacer con ellos, hasta que en Sus indescriptibles labios apareció una sonrisa, y suspiró, y Su suspiro creó un viento que onduló las aguas y empujó a las criaturas en todas direcciones.

PRUEBA DE AMOR

Bastaba con que uno de los presentes no hubiera oído la historia para que mi madre la contara de nuevo. Sucedía cuando venían visitas y en las reuniones familiares.

Yo podría contaros una historia. Una historia sobre una vela, decía ella, y esperaba a que se hiciera el silencio para comenzar a hablar.

Ocurrió en el verano de su segundo año de casada, cuando mi padre y ella fueron de vacaciones a Córcega. Un conocido les había prestado una casa en la costa. El primer día de su estancia el cielo amaneció cubierto de nubes. Corría un viento desapacible y una resaca poco habitual en el Mediterráneo roía la playa de guijarros visible desde el dormitorio. Lejos de desanimarse, mi madre corrió a darse un baño. Entró en el agua dando saltitos. Mi padre se acomodó en una tumbona en la orilla acompañado de un libro.

Ella jugó con las olas recibiéndolas de frente. Al retirarse, el agua socavaba el suelo bajo sus pies y la dejaba clavada hasta los tobillos. El ronroneo de los guijarros le trepaba por las piernas y se alojaba en la base de su espalda, como si allí escondida tuviera una cámara de resonancia. Disfrutó de las embestidas del oleaje hasta que una ola más violenta que las anteriores impactó contra ella, haciéndole perder el equilibrio y revolcándola por el fondo. Cuando volvió a la superficie notó escozor en un hombro y una rodilla, rozados contra el lecho de guijarros. Pero no fue eso lo que la alarmó. Con la punta de la lengua se tanteó los dientes. Descubrió un hueco entre ellos.

Llevaba una funda en un incisivo de la línea superior. Se había roto la pieza, casi de raíz, a los quince años, en una caída de bicicleta. La fuerza de la ola le había arrancado la funda.

Volvió a la orilla maldiciendo su suerte. Allí dedicó a mi padre una sonrisa de chiste. Un espacio vacío y negro imposible de ignorar. Él contempló su afeada nueva apariencia antes de preguntar qué había pasado. Ignoraba la existencia de la funda.

No conocían a nadie en Córcega que pudiera recomendarles un buen dentista y mi madre no se fiaba de los profesionales de la isla. Prefería esperar hasta que volvieran a casa. Pero no se sentía cómoda con aquel nada atractivo hueco en su sonrisa. De pronto había perdido la ilusión por las vacaciones. Mi padre intentó consolarla. Dijo que habría algo que pudieran hacer. Seguro que sí.

En la casa había una vela de gran tamaño, similar a un cirio pascual. Ocupaba un rincón del salón, sobre una peana de hierro forjado. Tenía el color del marfil nuevo.

A la mañana siguiente mi padre se levantó temprano, dejando a mi madre dormida en la cama. Fue al salón y con un cuchillo cortó a la vela una porción de cera del tamaño de una avellana. Luego se acomodó en una mesa bien iluminada y sin más ayuda que sus dedos y el cuchillo procedió a modelar un diente. El primer intento no le dejó satisfecho, así que siguió trabajando. Cuando consideró que la cera estaba demasiado manoseada cortó otro trozo. Para cuando mi madre se levantó, mi padre ya había terminado un diente aceptable.

Abre la boca, le dijo y presentó el falso diente ante el hueco para comprobar las dimensiones.

¿Pretendes que me ponga eso en la boca?

Servirá por el momento, respondió mi padre, concentrado en efectuar unos ajustes a su obra.

Cuando lo consideró terminado, depositó el diente sobre una servilleta y lo metió en la nevera para que se endureciera. Después de desayunar, mi madre, desconfiando todavía, se sentó en una silla con la boca bien abierta y él se dispuso a colocarle el diente.

Contaba con un hueco en su base para encajar en lo que quedaba del incisivo original, así como con sendas entalladuras laterales para hacerlo también en las piezas de los costados.

Mi padre retrocedió un paso y estudió el resultado. El color de la cera apenas difería del de los dientes auténticos.

Mírate en el espejo.

Ella se contempló de frente y girando la cabeza a los lados.

No está mal, reconoció.

No te lo toquetees, aconsejó mi padre. ¿Se mueve?

Ella dijo que no con la cabeza sin dejar de contemplarse.

Mi padre volvió por el cuchillo y cortó otros tres trozos de cera a la vela.

No va a durarte todo el día, dijo. Se ablandará. Y por supuesto no puedes comer con él. Necesitarás recambios.

Ahora que disponía de un modelo trabajó más rápido. Esculpió tres dientes más, que tras su paso por la nevera depositó en un pastillero que le entregó a ella.

Y ahora, ¿qué tal si vamos a dar un paseo?

Mi madre, feliz con su sonrisa restaurada, asintió. Después besó a mi padre, sintiendo en el interior de los labios el fresco contacto de la cera.

He visto fotos de aquellas vacaciones. Las he estudiado con una lupa. Mi madre sonríe en ellas. No se nota nada. Los dientes de cera salvaron aquel verano, aseguraba ella.

Cada mañana mi padre saltaba de la cama con la primera luz y trabajaba encorvado sobre la cera, con las gafas resbalándole hasta la punta de la nariz, enfrascado en su trabajo, probando herramientas que le sirvieran de ayuda, esforzándose por hacer los dientes cada vez mejor y lamentando la escasez de detalles que reproducir. Luego ella abría la nevera para coger la leche del desayuno y encontraba cuatro dientes descansando sobre una inmaculada servilleta de hilo, como si fueran reliquias.

Cuando llegó el momento de volver a casa, mi madre quiso llevarse lo que quedaba de la vela. Dijo que nadie la echaría en falta. Dijo que representaba mucho para ella.

Mi padre respondió que no era para tanto y que no veía sentido a cargar con la vela. Mi madre se ofendió y, sin molestarse en tratar de convencerlo, envolvió la vela en papel parafinado y varias toallas y la metió en su maleta.

De regreso en casa, la colocó en un rincón del comedor y después fue al dentista para que le pusiera una funda nueva.

La historia solía concluir aquí. A continuación, los oyentes que la escuchaban por primera vez se deshacían en comentarios apreciativos hacia mi padre. Alababan su actitud durante aquellas vacaciones, actitud que todos interpretaban como una indudable prueba de amor. Mi madre asentía en silencio. Luego, mientras a su alrededor rebrotaban las conversaciones, se hundía en un ensimismamiento atribuible al recuerdo del marido ausente.

Lo normal era que la carcomida vela del rincón despertara la curiosidad de las visitas. Fue así como mi madre empezó a contar la historia de los dientes de cera y el esmero de mi padre; mientras que él se limitaba a guardar silencio o quitarse importancia.

Pero lo que ni las visitas ni la mayoría de la familia sabían era lo poco que a mi padre le gustaba aquella historia. Con el tiempo, la insistencia de mi madre y los halagadores comentarios de los oyentes le molestaron cada vez más. Un día no pudo continuar soportándolo. Exigió a mi madre que no volviera a contar la historia. Siguió una discusión que fue aumentando de tono y llegó a su cumbre cuando mi padre gritó que la vela no era símbolo de nada. De nada, repitió. Solo había sido una forma de entretenimiento durante aquellas vacaciones. Había modelado el primer diente para ayudar a mi madre, pero luego había seguido haciéndolo cada mañana por la sencilla razón de que disfrutaba con el reto de modelar la cera cada vez mejor. Eso era todo.

Mi madre lo miró boquiabierta. Con lágrimas en los ojos guardó la vela en el fondo de un armario.

A partir de entonces sus discusiones fueron cada vez más frecuentes.

Cuando mi padre ya no estuvo con nosotros, mi madre retomó la costumbre de contar su historia. Y no solo eso. Empezó a revisarla y hacerla más extensa. Le incorporó detalles e imágenes. Fue entonces cuando añadió lo del ronroneo de los guijarros y la cámara de resonancia en la base de su espalda, y también la meticulosa descripción de mi padre fabricando los dientes, cosa que ella no había visto porque a aquellas horas de la mañana siempre estaba dormida. Añadió muchas cosas más. Añadió que «Al final de las vacaciones la vela parecía atacada por castores» y que «El hueco entre sus dientes era una tronera y su sonrisa, la de una bruja de cuento». Detalles y adornos, reales o ficticios, que habrían enfurecido a mi padre si hubiera estado presente, y que ella disfrutaba visiblemente mientras los recitaba con la vista clavada en el vacío. Casi tanto como disfrutaba seleccionándolos y retocándolos para hacer su historia cada vez mejor.

HORROR A BORDO DEL BORIS BUTOMA

Desde la ventanilla del tren Anna Ivanovna Pretrova solo veía una llanura nevada. Las únicas alteraciones en el monótono panorama eran las torres de alta tensión y las estacas rojas que asomaban entre la nieve y señalaban las lindes de las propiedades. Sobre todo ello, una techumbre gris de nubes. El límite de los árboles había quedado atrás. Hacía demasiado frío para los árboles. Anna pensaba, sin embargo, que tal ausencia se debía en realidad a lo que moraba en el destino al que se dirigía, algo que con el tiempo lograba corromper árboles y cualquier otra forma de vida. Ni siquiera se podía consolar soñando con la aún lejana primavera. Entonces, cuando la nieve se derritiera, en los espacios despejados no asomarían los brotes nuevos de la tundra, sino que solo vería la luz una tierra negra y pútrida. Así pensaba que sucedería.

Un revisor recorrió el vagón anunciando que acababan de sobrepasar el círculo polar ártico. Sonreía al decirlo. Algunos pasajeros aplaudieron.

Anna no necesitó que le dijeran que estaban llegando a Múrmansk. Un banco de niebla ocultó el triste paisaje. Después comenzaron a vislumbrarse las siluetas de los inmensos tanques de combustible, de los almacenes y de las fábricas.

La corriente del Golfo discurría ante la península de Kola a la altura de Múrmansk y evitaba que el mar se congelara incluso en lo más crudo del invierno, circunstancia que había convertido el lugar en el mayor puerto del norte de Rusia y, posteriormente, en cuartel de la Armada de Guerra Soviética. El precio a pagar por la ausencia de hielo era una niebla permanente, fruto del contraste entre la temperatura del mar y de la atmósfera. Pero Anna tampoco daba crédito a esa explicación.

Caído el comunismo, el dinero para las soldadas y el mantenimiento de los barcos había empezado a escasear. Múrmansk dejó atrás el esplendor vivido durante la Guerra Fría y se sumió en un declive que rebajó el puerto a la categoría de cementerio naval. La desembocadura del río Kola se hallaba erizada de muelles y diques donde se desmantelaban, cuando no se dejaba que simplemente se pudrieran, naves tanto civiles como de guerra, incluidos los siempre temidos submarinos nucleares.

Su hermana la esperaba en el andén de la estación. A Anna le costó reconocerla. Ella solo era una niña cuando Sofía se casó y se fue de Moscú. Le sorprendió lo envejecida que estaba. Sofía llevaba un anorak con los colores de la bandera nacional, remendado con cinta aislante. Le quedaba demasiado grande; las mangas le tapaban las manos. Las dos hermanas se miraron sin abrazarse.

¿Es tu equipaje?, preguntó Sofía.

Anna asintió. Sostenía una maleta en cada mano.

Te dije que un solo bulto. En casa no tenemos mucho sitio.

Seguro que nos las apañaremos.

Sofía la miró fijamente. Luego dijo:

Ya veremos.

Cogió una de las maletas, hizo una seña a Anna para que la siguiera y echó a caminar hacia el coche.

A mitad de camino se detuvo para decir:

Siento lo de tu marido.

Ya. Gracias.

Y siguieron caminando.

* * *

El edificio donde vivía Sofía parecía un bloque de nichos: un rectángulo tendido sobre el costado más largo, entre marrón y gris, con hileras de ventanas cuadradas. Alexei, el marido, estaba sentado a la mesa del salón. Los gemelos, uno a cada lado, observaban lo que hacía. Alexei aplicaba un soldador a un circuito electrónico. Cuando las dos mujeres entraron ninguno se levantó. Miraron de arriba a abajo a Anna.

Esta es vuestra tía, dijo Sofía.

Alexei asintió. Los chicos ni siquiera eso. Tenían dieciocho años. A Anna le parecieron indistinguibles. Ambos, y también el padre, eran de rasgos alobunados.

Te enseñaré la casa, dijo Sofía.

Alexei y los chicos volvieron a lo suyo.

La casa tenía una habitación, que ocupaban los padres; un salón, donde había unas literas para los chicos; una cocina y un baño. La mayor parte de este se hallaba ocupada por una bañera que no era la original de la estancia; era enorme, reposaba en el suelo como un gran cascarón esmaltado.

Alexei la trajo de los barcos, explicó Sofía.

También había conseguido en los barcos el calentador de agua, el armario del dormitorio y el óleo cuarteado que adornaba el salón. Anna descubriría más adelante otras cosas, como sábanas y toallas con el nombre de las naves de las que procedían bordado en ellas.

De momento dormirás en la cocina.

¿En el suelo?

Claro, en el suelo.

¿De momento?

Eso es.

Sofía guardó silencio, en guardia por si su hermana replicaba. Como no lo hizo, añadió:

Deja tus cosas donde no molesten demasiado.

Del salón llegaron exclamaciones de alegría. Alexei y los chicos se daban palmadas en la espalda. Cuando Sofía preguntó qué pasaba, su marido levantó el circuito electrónico, al que había conectado un pequeño altavoz y algo que parecía un tubo negro de un palmo de largo, y dijo:

¡Mira, Sofía! ¡Está cantando! ¡Canta!

Del altavoz surgía un tenue crujido.

Muy bien, dijo Sofía, en absoluto impresionada. ¿Podemos cenar ya?

El responsable de que la casa de Sofía y Alexei, así como varias más en Múrmansk, estuvieran repletas de objetos procedentes de barcos era el mayor Vitaliy Nóvikov, oficial al mando de la cercana base naval de Severomorsk. El mayor se veía a sí mismo como una bien aceitada bisagra entre dos eras: la comunista, que continuaba añorando, y la capitalista, que sabía inevitable pero cuya irrupción contemplaba con recelo. Cuando la actividad naval comenzó a mermar y el puerto de Múrmansk pasó a ser un gigantesco desguace y depósito de residuos nucleares, a Nóvikov se le ocurrió una idea para que los habitantes de la ciudad obtuvieran beneficio de la nueva situación.

Sirviéndose en parte de su autoridad, en parte de su notable poder de persuasión, había logrado que cada vez que una embarcación era desahuciada y remolcada a los diques de desguace, antes de que las cuadrillas con sopletes comenzaran a despiezarla, la gente de Múrmansk pudiera acceder a la nave y llevarse lo que quisiera. El pueblo recibía así, sin más coste que el sudor de su frente, a la vieja usanza, unos bienes que podía disfrutar o bien vender a cambio de unos muy necesarios rublos. Estos desguazadores no profesionales eran como las hormigas que mondan un cadáver hasta no dejar más que el esqueleto; y en este caso, el esqueleto era lo realmente valioso: el acero, el noventa por ciento del peso del barco, que los ávidos vecinos de Múrmansk dejaban desnudo, dispuesto para ser troceado y enviado a las acerías, donde se fundía para fabricar los productos de la nueva era.

Anna ayudó a su hermana a preparar la cena. Desde que Sofía se había ido de Moscú solo se habían visto un par de veces; en ambos casos, encuentros breves y de compromiso. En la práctica eran dos desconocidas. Lo que sabían una de la otra se reducía a recuerdos de una infancia lejana en Moscú; Anna, una niña caprichosa, y Sofía, una adolescente callada que permanentemente parecía estar rumiando algo. Cada una a su modo, siempre insatisfechas.

Anna miraba a Sofía de reojo. No recordaba que su hermana tuviera el rostro tan alargado. Sofía no había cumplido los cuarenta pero ya parecía una anciana. Estaba muy arrugada y tenía las manos callosas, de un color entre rosa y naranja. A Anna no le gustaría que la tocasen unas manos como esas.

Cenaron en el salón y Alexei explicó a su cuñada cómo iban a ser las cosas en adelante. Toda la familia trabajaba en los barcos, y a partir del día siguiente Anna iría con ellos. A cambio obtendría techo, comida y puede que unos rublos. Por supuesto, también tendría que echar una mano a Sofía en la casa.

Añadió que era un buen trabajo. Algunos desguazadores hacían tonterías. Se metían donde no debían. Habló de cargueros con restos de mineral de uranio en las bodegas. Habló de respirar amianto y asbesto. Pero ellos no, ellos eran listos. Tenían equipos. Además conocían a la gente adecuada. Sabían antes que los demás cuáles eran los barcos que merecían la pena.

Alexei hablaba con gravedad, los codos apoyados en la mesa, tomando un sorbo de vodka entre frase y frase. Anna le miraba las mejillas, recorridas por un entramado de capilares rotos, y el jersey con puntos saltados. Alexei se llevó un bocado a la boca y trituró un trozo de cartílago.

El aparato en el que estaba trabajando antes, explicó, era un contador Geiger. Antes tenían otro, pero dejó de funcionar. Le contó, sin ocultar su orgullo, cómo había comprado un tubo Geiger a un soldado de la base y cómo había fabricado él mismo un contador nuevo. Siempre llevaban un contador cuando entraban en un barco. Si detectaba radiación, daban media vuelta.

Anna no supo si sentirse inquieta o tranquilizada por esa información. Lo de la radiación, las historias que había oído, era todo cierto.

No te preocupes, dijo él leyendo su expresión. Es un buen trabajo, repitió. Los hay mucho peores. Desmantelar los submarinos nucleares. Eso sí que es malo. Malo de verdad. No te gustaría nada. A esa gente la desnudan en el mismo muelle y la manguean y la frotan con cepillos, a quince grados bajo cero.

Los chicos no abrieron la boca en toda la cena. Comían con la cabeza muy cerca del plato. Miraban de reojo a Anna, que se había soltado el pelo y llevaba las uñas pintadas de rojo.

Sofía tampoco habló.

En las siguientes semanas Anna descubrió que quizá hubiera trabajos peores, pero que desmantelar barcos no le gustaba nada. Cada mañana la familia acudía a algún muelle para sumarse a una masa de desguazadores pertrechados con palancas, destornilladores eléctricos y sopletes. Cuando los soldados les daban permiso para subir a bordo comenzaba una carrera para llegar los primeros a los camarotes y la cocina, donde se encontraban las mejores piezas. Abundaban los insultos, los empujones y los codazos. Al subir atropelladamente por la pasarela, de vez en cuando alguien caía al agua y los soldados reían a carcajadas. Arramblaban con todo lo que fuera vendible: muebles, vajillas, cocinas, generadores eléctricos, interruptores de la luz, cable, escotillas, ojos de buey, chalecos salvavidas… Para saber cuándo llegaban los barcos, había que pagar a los soldados; para subir a los barcos antes que los demás, había que pagar a los soldados; para acceder a la sala de máquinas y llevarse piezas de los motores, había que pagar a los soldados. Y aun así, instalados al pie de la pasarela, los soldados podían quedarse con lo que quisieran del botín. Del dinero pagado, la mayor parte iba a los bolsillos de Nóvikov.

Había accidentes, había explosiones cuando un soplete cortaba una tubería donde quedaban restos de combustible, había peleas; los desguazadores llevaban cuchillos ocultos bajo las ropas, y algunos, pistolas. Olor a petróleo. El estruendo de los generadores portátiles para alimentar los focos. Días enteros y también noches desmontando tablillas de parqué.

Durante los descansos a Anna le contaban historias. Le hablaron de desguazadores que morían de asfixia al quedar atrapados en espacios confinados; de una bodega repleta de cerdos muertos; de un lobo famélico que encontraron a bordo de un cablero, hecho un ovillo en la cabina del capitán. Nadie sabía cómo había llegado allí. Sus aullidos resonaban en los corredores. Lo dejaron encerrado hasta que enmudeció. A los desguazadores les encantaban esas historias, las repetían una y otra vez, estaban ávidos de ellas, comparaban versiones. Parecían la auténtica razón por la que acudían a los barcos.

Alexei felicitaba a sus hijos cuando conseguían una buena pieza —una brújula dorada, un samovar, una cristalería casi completa—. Descansaba las manos en la cintura mientras recuperaba el aliento y sonreía viéndolos desmontar una válvula o arrancar un lavabo. Los dos eran obedientes, recios y de pocas palabras. Le gustaría tener no dos, sino diez, veinte como ellos, todos a sus órdenes. Anna seguía sin distinguir a los gemelos, que apenas le hablaban, aunque la observaban fijamente cuando pensaban que ella no se daba cuenta.

Los dos pares de guantes que Anna tenía acabaron destrozados. Los usaba para trabajar. Con el poco dinero que le dio Alexei, compró una crema para las manos y otros guantes, más resistentes que los anteriores pero no tanto como le recomendó su hermana. Los destrozó igualmente. Continuaba durmiendo en la cocina. Sus cosas, guardadas en las maletas. Cada noche, tumbada en un colchón que debía levantar al amanecer, imaginaba que el resto de la familia susurraba sobre ella. Vestía ropa vieja de los chicos. Se ponía varias camisetas, una encima de otra. Olían a lejía y debajo de las mangas y a lo largo de la espalda tenían un indeleble color amarillento.

Cada día hacía más frío. Una tarde el sol se puso y ya no volvió a salir. Durante los dos meses siguientes una noche permanente se sumaría a la niebla de Múrmansk. Las chimeneas de las fábricas proyectaban columnas de humo a la oscuridad.

Los mejores ratos para Anna llegaban cuando podía disfrutar de aquella inmensa bañera. Su hermana le había prohibido llenarla del todo y siempre aporreaba la puerta en el mejor momento, mientras ella dormitaba con la nuca apoyada en el borde esmaltado. La bañera reposaba sobre calzos de madera y un trozo de manguera conectaba el desagüe con un agujero en el suelo. Mientras Anna se bañaba, la vivienda se sumía en un silencio inhabitual. Cuando salía del baño envuelta en un albornoz y con una toalla en la cabeza, los rostros de todos se volvían hacia ella. Las fosas nasales de Alexei y de los chicos se dilataban. Anna agachaba la mirada y se metía rápidamente en la cocina.

Por fin consiguió distinguir a los gemelos. Uno la siguió llamando tía pero el otro empezó a dirigirse a ella por su nombre.

Una mañana, mientras ella y el gemelo que la llamaba por su nombre desmontaban lámparas en un viejo dragaminas, él le dijo, sin mirarla a los ojos, que si necesitaba cualquier cosa se lo dijera, que podía ayudarla y que le gustaría mucho hacerlo. Añadió que no pensaba dedicarse a eso toda la vida, que iba a dejarlo lo antes posible, que ahorraba para irse a otro sitio.

Y ya no dijo más porque Alexei apareció en la puerta del camarote donde desmontaban las lámparas y los miró detenidamente y les ordenó darse prisa.

Esa noche, durante la cena, Alexei bebió más vodka del que solía tomar un día de labor. Lanzaba miradas de furia al gemelo que llamaba a Anna por su nombre. Después de la cena siguió bebiendo. Sofía intentó quitarle la botella y él le gritó que se metiera en sus asuntos y la llamó bruja y espantapájaros. Poco después se ponía en pie derribando la silla y empezaba a golpear al gemelo que llamaba Anna a Anna. Este se limitó a cubrirse la cabeza con los brazos mientras su padre le daba puñetazos y patadas. El otro gemelo trataba de detenerlo sin conseguirlo; Alexei era aún más robusto que sus hijos. Sofía gritaba. Lo llamaba animal y borracho. Por fin Alexei se detuvo y se metió a zancadas en el dormitorio y cerró la puerta dando un portazo. Anna seguía refugiada en el rincón desde el que, horrorizada, había presenciado la escena.

Algunos días Sofía no iba a los barcos. Hacía la compra o se quedaba en casa limpiando o zurciendo la ropa de su marido y de sus hijos. Esos días le gustaban. Detestaba los barcos. Le habría gustado escapar de Múrmansk en cualquiera de aquellas embarcaciones. Sin embargo se dedicaba a despiezarlas, ayudaba a que nunca volvieran a navegar.

Cuando se quedaba en casa husmeaba en las cosas de sus hijos y de su hermana. Un día descubrió en una de las maletas de Anna un paquete con tres pastillas de jabón envueltas en papel de celofán; una dorada, una lavanda y una rosa, cada una con su correspondiente lazo plateado. El aroma de las pastillas escapaba de los envoltorios. Y también encontró un par de pendientes que en inspecciones anteriores no estaban allí.

Su hermana no tenía dinero para comprar aquellas cosas. Ni los chicos para regalárselas.

Sofía volvió a dejarlo todo como lo había encontrado.

A ella, Alexei nunca le había regalado pendientes.

Al mayor Nóvikov no le gustaba la comida de la base. Cada mediodía se desplazaba a Múrmansk, a una casa cercana a los muelles, donde una anciana, antigua cocinera de un restaurante en la época dorada del puerto, le preparaba sus platos favoritos. Después de comer hojeaba el periódico o echaba una cabezada en el sofá de la anciana. Si se sentía benevolente atendía a los que, sabiendo que se le podía encontrar allí, acudían a pedirle algo.

Sofía vio el coche de Nóvikov ante la casa de la anciana. Dos soldados montaban guardia en la entrada. Les dijo que quería ver al mayor. Uno pasó adentro mientras el otro se quedaba con ella sin quitarle ojo. Un momento después salía el secretario del mayor y le preguntaba quién era y qué quería. Sofía dijo que era la mujer de Alexei Vasiliev y que quería hablar con el mayor sobre un barco. El secretario asintió. La iniciativa del mayor de permitir a los vecinos el acceso a los barcos había disfrutado de gran éxito al principio, cuando la gente de Múrmansk había acudido en masa a los muelles, ya fuera por necesidad o como mero pasatiempo. Pero la dureza del trabajo y, sobre todo, el comportamiento territorial de los que afrontaron de forma más profesional la tarea pronto redujeron la afluencia a una serie de grupos organizados. Alexei y sus gemelos eran bien conocidos por el secretario, que ordenó a Sofía que esperara. Entró en la casa y poco después salía con la noticia de que el mayor hablaría con ella. Antes de permitirle entrar, un soldado la cacheó. En uno de los bolsillos encontró una bolsa de plástico que contenía un fajo de billetes; a Sofía le había costado años ahorrarlos en secreto. El secretario examinó brevemente el dinero y se lo devolvió.

Pasaron al salón, donde el mayor tomaba té en compañía de la anciana. Esta se abrigaba con una bata floreada y de su barbilla crecían unos pelos grises. Nóvikov llevaba la guerrera desabotonada y tenía la cara roja. Los dos habían estado riéndose, recordando viejos cotilleos sobre oficiales que habían pasado por Múrmansk, habituales del restaurante de la anciana. Sofía miró a esta esperando que se levantara y se fuera, pero eso no sucedió. La vieja le dedicó una sonrisa burlona sin moverse de su butaca.

¿Qué quieres?, preguntó el mayor.

Un barco. Antes que los demás.

¿Cuánto tiempo antes?

Unos días. Todos los posibles.

¿Qué tipo de barco?

Uno grande.

El mayor sorbió de su té.

¿Por qué vienes tú en lugar de tu marido?

Él está trabajando.

Está trabajando y piensa que si te envía a ti a pedírmelo hay más posibilidades de que acceda, dijo el mayor mirándola de la cabeza a los pies.

No tengo ni idea de lo que piensa mi marido, dijo Sofía tendiendo la bolsa con el dinero.

El secretario se adelantó para cogerla y asintió al mayor, que se acarició el vientre y luego preguntó:

¿Hay algún barco como el que pide?

El secretario dijo que el *Boris Butoma* llevaba varios días atracado pero que no tendría turno en los muelles de desguace hasta, por lo menos, dentro de dos semanas.

¿Qué tipo de barco es?, quiso saber Sofía.

Un buque cisterna militar. Veintidós mil toneladas. Podéis subir a bordo mañana.

Ella negó con la cabeza.

Iremos dentro de dos días.

El secretario se encogió de hombros.

¿Algo más?, preguntó el mayor. Si no es así, puedes irte.

Dos días después Alexei y los chicos dedicaron la jornada a recorrer Múrmansk y la vecina ciudad de Kola para vender las últimas cosas recuperadas de los barcos. En ocasiones como esa alquilaban la furgoneta de un conocido. A veces las negociaciones se ponían tensas y a Alexei le gustaba hacerse acompañar por los gemelos para que le guardasen las espaldas. Salvo en esos casos, era una labor mucho más liviana que el trabajo en los muelles. Volvían a casa con dinero en los bolsillos y caprichos que se concedían, como alguna cinta de música para los chicos y, para Alexei, vodka mejor que el que bebía habitualmente.

A Anna también le gustaban esos días, en los que se veía liberada de ir a los barcos. Podía quedarse en casa con Sofía, que siempre se las arreglaba para mantenerla ocupada o hacerla sentir culpable por algo, pero eso era mejor que desmontar inodoros cubiertos por una costra de porquería o abrir un armario y que una rata te saltara a la cara.

Se tapó hasta la coronilla cuando su cuñado y los gemelos entraron en la cocina a desayunar. Poco después se relajaba al oírlos salir de casa. Cambió de postura, dispuesta a seguir durmiendo un rato más, pero no le fue posible. Poco después su hermana le ordenaba ponerse en pie. Tenían que a ir a un barco. Ellas dos. Le habían hablado de uno al que los desguazadores no podrían subir hasta más adelante, pero ellas iban a hacerlo hoy. Ya lo había arreglado con los soldados.

Anna se quejó, dijo que ellas solas no conseguirían nada. Su hermana respondió que se centrarían en las cosas valiosas de verdad. Y añadió que si dejaban pasar esa oportunidad y Alexei se enteraba, las echaría de casa a las dos. Anna se puso en marcha a regañadientes, con los pliegues de la almohada aún marcados en la cara. Era de noche. Seguiría siendo de noche durante unas semanas más.

Sofía llevaba anotada la ubicación del *Boris Butoma.* El muelle donde estaba atracado se encontraba aguas abajo de Múrmansk, cerca de la desembocadura del Kola. Aquella era una zona que no frecuentaban, un cajón de sastre donde languidecían barcos cubiertos de herrumbre, algunos escorados o yaciendo ya en el lecho del puerto, junto a otros que aguardaban un atraque mejor. Sofía se detuvo frente a una garita y entregó al soldado que dormitaba dentro el pase facilitado por el secretario de Nóvikov. El soldado lo echó al fondo de un cajón y siguió dormitando. Ellas condujeron todavía un largo trecho hasta alcanzar el muelle. Pasaron ante hileras de almacenes cerrados o en ruinas.

Aquí no hay nadie, dijo Anna.

Mejor. Menos molestias.

Sofía dejó el coche en un callejón entre dos almacenes. Cuando su hermana le preguntó por qué no aparcaba junto al barco, aquella respondió que debían ser discretas. No querían que el coche llamara la atención de alguien, ¿verdad?

¿Quién va a venir aquí?

Coge tus cosas.

La pasarela era estrecha, empinada y solo tenía pasamanos a un costado. Subieron por ella haciendo equilibrios, cargadas con el equipo.

¡Vaya!, exclamó Anna cuando llegaron arriba.

Era el barco más grande en que había estado. Caminaron por la amplia cubierta, recorrida por el sistema contra incendios y de la que asomaban las salidas de venteo de los inmensos tanques que había debajo. Sofía se detuvo.

Es mayor de lo que pensaba, dijo. Si cargamos con todo esto no nos dará tiempo a acabar hoy. Cogeremos solo lo imprescindible y dejaremos aquí el resto.

Comenzó a seleccionar las herramientas que llevarían y a repartirlas entre ella y su hermana.

¿Solo una linterna?, preguntó Anna.

Será suficiente. Estaremos todo el tiempo juntas.

Llevamos el Geiger, ¿verdad?

Por supuesto.

Se dirigieron a la popa y buscaron una escotilla. Pero en lugar de subir hacia el puente y los camarotes, Anna comenzó a bajar hacia las bodegas y la sala de máquinas.

¿Adónde vamos?, quiso saber su hermana.

Hoy no tenemos competencia. Lo que haya en los camarotes seguirá allí dentro de un rato. Por una vez quiero echar un vistazo ahí abajo.

Con Alexei nunca vamos ahí abajo.

Sofía, que iba en primer lugar y empuñaba la linterna, se detuvo y apuntó a su hermana a la cara. Anna se quejó y alzó una mano para protegerse de la luz.

Alexei se equivoca a menudo, pero no le gusta que se lo digan. Muchos de estos barcos los usaban para hacer contrabando. Si queda algo, no estará en el puente de mando.

Está bien, dijo Anna con reticencia. Pero enciende el Geiger.

Sofía torció la boca, pero obedeció a su hermana pequeña. El contador crujió; la medida correspondía a la radiación de fondo que podía encontrarse en cualquier lugar.

¿Más tranquila?

Anna resopló. Siguieron bajando. Se asomaban a las estancias ante las que pasaban, pero no veían nada de interés. El suelo de los corredores estaba cubierto de prendas de ropa sucias y arrugadas, cajas rotas y papeles polvorientos. La linterna dibujaba un cono bien definido en la espesa negrura.

¿Sabes dónde estamos?, preguntó Anna. Esto parece un laberinto.

Deja de decir tonterías y abre los ojos. Busca algo que nos podamos llevar. No me dejes todo el trabajo como de costumbre.

Bajaron aún más. Bajaron tanto que Anna no podía creer que todavía siguieran en el barco. Le parecía que tenían que haber abandonado la nave y que lo que ahora recorrían era una red de túneles que se extendía quién sabe si bajo el muelle o bajo el mar. Los mamparos oxidados, el fuerte olor a humedad y el aire pesado, que costaba introducir en los pulmones, reforzaban su impresión. Se cruzaron con unas cuantas ratas.

Sofía se detuvo junto a una compuerta, la abrió y se asomó adentro.

Parece un almacén. Hay cajas. Puede que hayamos tenido suerte.

Anna entró. La estancia era amplia, el techo se elevaba a unos cuantos metros y, en efecto, al fondo había varias cajas de madera, aunque alguien ya las había revisado; estaban abiertas y el suelo sembrado de espuma de poliestireno. Iba a decírselo a su hermana cuando la compuerta se cerró con un fuerte golpe y el almacén, o lo que fuera aquel lugar, quedó sumido en la oscuridad. No había ni un resquicio de luz. Anna gritó llamando a Sofía. No hubo respuesta. Avanzó a tientas hacia la compuerta, o hacia donde creía que estaba. Tropezó con algo y cayó al suelo. Siguió adelante arrastrándose. Tanteó el mamparo hasta dar con la compuerta, que encontró bloqueada. Se puso a golpearla con los puños. Mientras tanto no dejó de llamar a su hermana con todas sus fuerzas.

Después de cerrar la compuerta, Sofía había dejado caer todo lo que llevaba consigo, salvo la linterna, y echado a correr para alejarse de los gritos de Anna. Llegó a unas escaleras que subió de tres en tres. El haz de luz brincaba ante ella. Tomó un corredor por el que no recordaba haber pasado antes; los gritos de Anna cada vez más distantes. Nuevas escaleras y otro corredor, medio obstruido por unas estanterías y una pila de cajones y sillas rotas. Al sobrepasar la barrera, esta se vino abajo terminando de cegar el pasillo. Siguió corriendo. Su hermana golpeaba un mamparo con algo sólido, seguramente la palanca que llevaba entre su equipo.

Al acometer un nuevo tramo de escaleras, Sofía tropezó, la linterna se le escapó de la mano, se oyó el ruido de un cristal al romperse y todo quedó a oscuras.

En el almacén, Anna reunió sus últimas fuerzas para dar otro golpe con la palanca. Luego se dejó caer sentada en el suelo. Lloraba. Se le ocurrió que podría aplicar la palanca al borde de la compuerta y que quizá así lograra abrirla. Sin embargo siguió sentada y llorando y repitiendo entre sollozos e hipidos el nombre de su hermana.

Sofía tanteó los escalones hasta dar con la linterna. No hubo forma de encenderla. La bombilla estaba rota. Se maldijo a sí misma.

Luego se repitió que tenía que mantener la serenidad, que con serenidad saldría de allí. No sabía en qué parte del barco estaba, pero todo lo que tenía que hacer era subir. Buscar unas escaleras y subir. Siempre hacia arriba. De esa forma llegaría a la cubierta o a algún sitio donde hubiera luz. Entonces recuperaría la otra linterna y volvería a por su hermana.

Solo quería asustarla. Dejarla encerrada a oscuras un rato. Luego le diría que se había desorientado y dado vueltas por los corredores hasta encontrar de nuevo el almacén. Su hermana no la creería, aunque eso no tendría importancia. Sofía quería que se fuera. Por el miedo producido por el encierro, por la evidencia de que no era querida o por ambas razones. Eso era lo que Sofía había planeado. Quería que las cosas volvieran a ser como antes, cuando Alexei y ella y los gemelos estaban solos y todo iba bien.

Se pegó a un mamparo y, arrastrando los pies para no tropezar con las cosas que había por el suelo, avanzó en busca de unas escaleras.

Anna dejó de repetir el nombre de su hermana. Calló un momento y empezó a llamar a Alexei. Él encontraría aquel sitio y la sacaría de allí. Alexei derribaría la puerta si no quedaba más remedio. En cuanto notara su ausencia se lanzaría a buscarla. Y luego echaría a Sofía de casa por haberle hecho aquello a su hermana. La echaría a patadas.

Alexei era mucho mejor que su difunto marido. Este se emborrachaba cada noche; Alexei solo los fines de semana. Y era inteligente; había fabricado el contador Geiger para protegerse a sí mismo y proteger a su familia. Había mantenido a Anna a salvo de la radiación. Gracias a él seguía conservando los dientes y su bonito pelo. Y la casa no estaba mal, con todas aquellas cosas que había llevado de los barcos. Solo le hacían falta unos arreglos. Los chicos eran mayores y pronto se irían, y entonces ella y Alexei dispondrían de tranquilidad y de más sitio.

Alexei, Alexei… ¿Dónde estás?

Se abrazó a sí misma y cerró los ojos con fuerza para no ver la oscuridad. Seguiría así todo el tiempo que fuera necesario.

* * *

Adelante y hacia arriba.

Sofía subió a tientas un tramo de escaleras y se topó con una compuerta cerrada. Fue incapaz de abrirla. Deshizo el camino. Había adoptado el método de no apartar su mano izquierda del mamparo del mismo lado. Creía que así evitaría moverse en círculos. Respiró hondo. Había que dar con otra escalera. Buscar luz. Cualquier luz.

Maldijo la noche polar.

Adelante y hacia arriba.

Alexei y los gemelos entraron en casa riéndose. Habían vendido todo el cargamento y a buen precio. Alexei llegaba achispado. Había comprado una botella de vodka por el camino y la había abierto en la furgoneta. Uno de los gemelos se encargó de conducir.

Se extrañaron al no encontrar en casa a ninguna de las mujeres. Alexei estaba hambriento y rompió a maldecir. Las cosas de Sofía y Anna seguían donde siempre. No había ninguna nota que informara de que hubieran salido. De pronto Alexei corrió al dormitorio y miró bajo la cama, donde guardaban el equipo que llevaban a los barcos. Sus maldiciones se redoblaron. Aquellas perras se lo habían llevado todo. Los sopletes, el contador Geiger… Habían abandonado sus escasas y estúpidas pertenencias pero se habían llevado lo único que había de verdadero valor en la casa. A continuación Alexei miró en el escondite secreto de su mujer, un hueco detrás de un rodapié, donde ella guardaba sus ahorros, y lo encontró vacío. Ordenó a uno de los gemelos que corriera a ver si el coche estaba donde tenía que estar. Mientras tanto siguió insultando a las dos hermanas. Aseguró que ellas solas no conseguirían nada. Que morirían de hambre o que volverían a casa con la cabeza gacha y en adelante tendrían que hacer siempre lo que él dijera. Y añadió que entonces preferirían haber muerto de hambre.

Luego ordenó al otro gemelo que le preparara algo de cenar y él se sentó a la mesa del salón y siguió maldiciendo y bebiendo.

Su hijo obedeció. Entró en la cocina y cerró la puerta. Apoyado en el borde del fregadero lloró en silencio. Se tapó los ojos con una mano mientras se mordía la otra para que su padre no lo oyera. El llanto le deformó los rasgos. Imposible saber de cuál de los gemelos se trataba.

Primer amanecer después de dos meses de oscuridad. El sol asoma tras el horizonte y tiñe de color salmón las nubes.

La casa de Alexei está más desordenada y sucia que cuando su mujer vivía allí, pero entre él y los chicos se las apañan. Vuelven de los barcos al final de la tarde, Alexei se sienta a beber, se acuerda de Sofía. Seguro que ella llevaba tiempo pensando en irse; la llegada de su hermana aceleró sus planes. La echa de menos a ratos. Los gemelos preparan la cena, la llevan a la mesa. Él toma un bocado y dice:

No está mal. No está mal.

Después dice que ha oído hablar de un buque cisterna que llegará a los muelles en pocos días. Podría ser interesante. Se pregunta en voz alta si merecerá la pena pagar a Nóvikov para subir a bordo antes que los demás. Los gemelos cenan en silencio. Su opinión no importa.

Al mayor Nóvikok no le ha sentado bien la comida. La empanada que la anciana le ha servido como segundo plato llevaba demasiadas coles en el relleno. Se suelta el botón del pantalón y resopla. Se pone en pie tambaleándose y llama a su secretario. Cuando este aparece Nóvikov le dice que antes de volver a la base dará un paseo para bajar la comida. Luego le ordena buscar a esa bruja y sacarla del rincón donde esté escondida. Quiere que ella lo acompañe.

Poco después Nóvikov recorre los muelles a pie. Lleva el cuello del abrigo levantado y suelta pequeños eructos por un costado de la boca. La anciana lo sigue a regañadientes. Sopla un viento húmedo y helador. La anciana tirita. Nóvikov se da cuenta pero hace como que no. Esa vieja no se moverá de allí hasta que él le permita irse. La próxima vez tendrá más cuidado a la hora de preparar el relleno de la empanada. Ya le había dicho que tiene problemas para digerir las coles.

El mayor se detiene con expresión contraída en el borde del muelle. El agua es de color grafito y en la superficie flota basura y las manchas de hidrocarburo forman auras multicolores alrededor. Si la maldita corriente del Golfo no pasara por allí, tendrían hielo, piensa. El hielo tiene sus cosas buenas. Evita ver el sucio color del agua y también la basura. En otros puertos tienen hielo y se las apañan. A continuación menea la cabeza y sonríe, divertido por la capacidad de las personas para envidiar incluso lo que no quieren.

UN VIEJO CON SUERTE

Saltaron del todoterreno y se alejaron unos pasos, cada uno en una dirección. Se hincharon el pecho de aire pirenaico. Los campos descendían suavemente desde la estribación montañosa, salpicados de flores cuyos nombres científicos desearon conocer de inmediato. El día tocaba a su fin y, aunque a aquella altitud todavía brillaban los últimos rayos de sol, el valle estaba sumido en una semioscuridad entre la que se distinguían una estación de tren con una vía simple y un grupo de casas del que sobresalía un campanario. En la dirección opuesta, con las cumbres encopetadas de nieve, se elevaban las montañas. Detrás estaba Francia.

Los dos hombres dejaron que las mujeres contemplaran el paisaje mientras ellos comprobaban la carga del remolque. Retiraron la lona que cubría la máquina de tiro al plato, firmemente sujeta con cuerdas y calzos, y que apuntaba al cielo como un arma antiaérea. Disponían de varias cajas de platos, de mezcla de arcilla y alquitrán, y verificaron que el contenido no se hubiera dañado durante el último tramo del trayecto, por una pista accidentada. Después volvieron a taparlo todo con la lona.

Los hombres se habían negado a contratar un taxi de montaña. Por el camino se habían desorientado en un par de ocasiones. Eran gentes de ciudad, con ocupaciones lucrativas aunque convencionales. Tanto su vehículo como las ropas deportivas que vestían eran caros. De no haberse encontrado allí aquel fin de semana habrían estado jugando al golf o reunidos en casa de unos u otros, conversando y bebiendo. Salvo por las escasas salidas como aquella que cada cierto tiempo llevaban a cabo, planificadas con amplia antelación y una meticulosidad que lindaba con lo militar, no estaban habituados a la vida al aire libre.

El albergue donde iban a pasar los dos días siguientes era una construcción de piedra con tejado a dos aguas y amplios aleros. De ella salió un hombre de avanzada edad para darles la bienvenida. Dedicó a cada uno una breve inclinación de cabeza y los ayudó a trasladar al interior su equipaje y las dos escopetas. Las habitaciones estaban preparadas y la cena lista para servir, dijo. Era el único encargado del albergue. Los informó también de que no habría más huéspedes durante el fin de semana.

Las habitaciones estaban adornadas con acuarelas de jabalíes, corzos y otros ejemplos de la fauna de los Pirineos. La planta baja abarcaba un amplio salón-comedor, la cocina y la vivienda del viejo. Una construcción anexa hacía las funciones de despensa, almacén y garaje para un Land Rover.

Después de la cena, el viejo les indicó en el mapa de las montañas colgado en una pared del salón algunas rutas de escasa dificultad. A continuación les deseó buenas noches y, tras pedirles que apagaran las luces cuando se fueran a dormir, se retiró. Las parejas siguieron conversando un rato, hasta que la fatiga hizo que, uno a uno, los cuatro quedaran en silencio. Permanecieron acurrucados en sus asientos, dando sorbos a las copas mientras escuchaban las rachas de viento que llegaban con regularidad desde la mole de las montañas, como exhalaciones de una enorme respiración cansada. Regresaron a media tarde, eufóricos por el paseo y deseosos de pasar las horas que quedaban de luz tirando al plato. Descargaron del remolque la máquina y la emplazaron apuntando al valle. Cargaron el carrusel y lanzaron varios platos para ajustar el ángulo y la distancia. A continuación organizaron una competición entre parejas. Pero a las mujeres pronto empezó a dolerles el hombro y dijeron que abandonaban sus puestos. Se retiraron al albergue para darse un baño. Ellos siguieron disparando. Empleaban el capó del todoterreno como mesa para la munición y las botellas de cerveza de las que bebían entre disparo y disparo.

Caía el sol cuando el viejo salió para preguntar si todo iba bien y avisarlos de que la cena estaría lista enseguida. Ante la invitación de ellos examinó una de las escopetas, se la llevó al hombro y paseó el punto de mira fosforescente por la línea del horizonte, aunque rechazó hacer fuego. Miró los fragmentos de los blancos que salpicaban la ladera y los cartuchos quemados a los pies de los tiradores pero no dijo nada. Cuando le ofrecieron una cerveza, respondió que no. Debía ir a atender la cocina.

Contaron los platos que quedaban e interrumpieron la competición hasta el día siguiente. Cubrieron la máquina con la lona sin moverla del sitio.

Después de la cena una de las parejas salió a dar un paseo. La otra consiguió que el viejo se sentara a tomar un coñac con ellos. Hombre de pocas palabras tras muchos años de vida solitaria, contó que antes había trabajado en la construcción, levantando viaductos, motivo por el que le faltaban dos falanges en la mano izquierda. Un buen día decidió abandonar aquella vida. Invirtió sus ahorros en el albergue y se instaló en las montañas.

A las preguntas de si no echaba de menos la ciudad y si nunca se sentía solo respondió con una sonrisa y meneando la cabeza.

Cuando quiero ver gente bajo al pueblo, dijo. Allí encuentro todo lo que necesito. Y si hay problemas tengo la emisora.

Le gustaba leer y con el tiempo había reunido una nutrida biblioteca que incluía novelas, libros de viajes y manuales de geología y botánica. Se confesó admirador de Jack London.

Charlaron sobre libros y los inviernos en las montañas hasta que la otra pareja regresó. Sonrientes, entraron en el salón abrazados por la cintura. Traían el rostro encendido, y ella, el cabello revuelto. Anunciaron que se iban a la cama y les desearon buenas noches. Después de eso el viejo perdió las ganas de hablar. Al cabo de un momento los otros también se retiraron.

Los hombres madrugaron para continuar la competición. En el valle, cubierto todavía por la sombra de las montañas, quedaban jirones de bruma mañanera. A pesar de lo temprano de la hora el calor se hacía sentir. Se anunciaba un día sofocante.

Cargaron el carrusel de la máquina con los platos que restaban y se pusieron los tapones para los oídos.

A la hora del desayuno ya habían terminado. El ganador concedió al otro la posibilidad de una futura revancha, a sabiendas de que la ocasión tardaría en presentarse.

Volvieron adentro, donde encontraron a las mujeres a la mesa, tomando café malencaradas. Los disparos las habían despertado. Se unieron a ellas y engulleron los platos de huevos revueltos y beicon, acompañados de tostadas y café, que el viejo les puso delante. Ellas los miraban comer sin hacer comentarios.

Ante la pregunta de qué hacer ese día, las mujeres rechazaron la opción de una nueva marcha. La insistencia de sus maridos no les hizo cambiar de idea. Preferían quedarse en el albergue y tomar el sol.

Privados de la diversión del tiro, a ellos no les apetecía pasar el día sin moverse de allí. Con ayuda del viejo estudiaron el mapa de las montañas en busca de un destino atractivo. Debían regresar a la ciudad esa tarde, por lo que no había tiempo que perder. El viejo les había hablado de un pequeño lago a tres horas de camino.

Subieron una ladera poco pronunciada, poblada de pinos negros, y cruzaron una garganta tras la que perdieron de vista el refugio. La garganta se abría a un valle herboso que, según el viejo, debían recorrer hasta su otro extremo antes de empezar a ascender hacia el lago. El valle era una antigua artesa glacial y a todo su largo y ancho descansaban grandes bloques de roca depositados por el hielo, algunos de más de tres metros de alto, con fechas y nombres de anteriores excursionistas grabados.

Vieron marmotas asomadas a la boca de sus madrigueras. Cuando se detenían para mirarlas, ellas se escondían con rapidez. Si cuando ya habían reanudado la marcha miraban hacia atrás, las veían de nuevo, con sus naricillas a ras de la hierba, asegurándose de que se iban.

Medio en serio, medio en broma, lamentaron no haber llevado las escopetas.

El calor era cada vez mayor. Decidieron hacer un descanso. Rellenaron las cantimploras en el arroyo que discurría por el centro del valle. Iban más despacio de lo esperado. Un vistazo al mapa que les había prestado el viejo dejó claro que, si seguían al mismo ritmo, no llegarían al refugio a la hora acordada para volver a casa. Estudiaron el mapa y descubrieron un sendero que nacía cerca de donde estaban. Ascendía por un costado del valle y parecía un camino más corto para llegar al lago.

La idea de apartarse de la ruta y tomar un camino donde no sabían a ciencia cierta qué iban a encontrar los excitó y les dio nuevos ánimos.

El sendero era escarpado y en algunos tramos estaba casi borrado por la erosión. Hacían pausas para beber y enjugarse el sudor mientras dirigían miradas de escepticismo a la cima.

En el último trecho el sendero se hizo tan empinado que tuvieron que servirse de pies y manos para seguir subiendo. Coronaron exhaustos la cresta lateral del valle y se dejaron caer al suelo como pesos muertos. Uno se vació su cantimplora por la coronilla sin pensárselo.

Necesitaron unos instantes antes de ser conscientes del panorama que se extendía ante ellos. El sendero se borraba en aquel punto. Habían dejado atrás los pastos y pasado a terreno rocoso. El lago se encontraba a un kilómetro, una insólita superficie plana entre las caóticas formas de las rocas, dotada de un brillo plateado que los obligaba a bizquear. El paisaje rielaba por efecto del calor.

Su entusiasmo se había esfumado por el cansancio y lo poco atrayente del panorama. No vieron sentido a continuar hasta el lago y correr el riesgo de torcerse un tobillo en terreno tan irregular.

Arrastrando los pies se encaminaron a una gran roca con forma de espalda de camello que proporcionaba sombra suficiente para ambos. Se sentaron bajo su protección a comer barritas energéticas y fruta. Masticaban despacio, hasta reducir la comida a una papilla lo bastante fluida como para que sus gargantas resecas la tragaran sin ayuda de agua. No les quedaba más que media cantimplora.

A medida que el sol continuaba su ascenso, ellos se desplazaban para mantenerse al abrigo de la decreciente sombra de la roca, hasta acabar con las piernas encogidas, hombro con hombro, en una estrecha franja de oscuridad.

Permanecieron en silencio, deseando encontrarse con el viejo para darle su opinión sobre el destino que había escogido para ellos, hasta que se adormilaron.

Los despertó el sonido de gran número de pies aproximándose a la carrera. La roca junto a la que estaban se encontraba en lo alto de un promontorio, por lo que cuando el grupo de soldados apareció tras una ondulación del terreno, corriendo en formación, los dos hombres tuvieron una visión inmejorable del conjunto.

Eran miembros del Regimiento de Cazadores de Montaña, acuartelado no lejos de allí. Iban cargados con equipo de campaña. Desde la cabeza de la columna un sargento exhortaba a gritos a los que se quedaban atrás.

Los militares pasaron ante ellos sin notar su presencia, ocultos como estaban por la sombra. Eran unos treinta, todos reclutas, con la excepción del suboficial, y corrían con la mirada en el suelo. No los envidiaron.

Ya habían desaparecido de la vista y el sonido de sus botas se apagaba cuando vieron aparecer, por el mismo lugar por donde habían llegado los demás, a un rezagado.

Iba aplastado por el peso de la radioemisora que cargaba a la espalda. Daba pequeñas carreras alternadas con tramos en los que avanzaba a paso ligero, temeroso de lo que pudiera pasarle si se quedaba demasiado atrás o llegaba a perderse. Jadeaba con la espalda dolorosamente encorvada. Lo observaron avanzar de este modo hasta que llegó a su altura, momento en que pisó una piedra poco firme y cayó al suelo. Instantes después seguía sin levantarse.

Vamos a ver, dijo uno.

Cuando llegaron junto al recluta, este manipulaba los correajes que lo ataban a la radio. Se liberó y el aparato cayó al suelo con un preocupante ruido metálico. Los miró aturdido. Estaba pálido y le temblaban las manos. Los dos hombres, a su vez, lo contemplaban con curiosidad.

¿Estás bien?, preguntó uno.

El recluta, tranquilizado al comprobar que no eran más que excursionistas, intentó decir algo, pero no logró que de su reseca garganta saliera ninguna palabra. Se limitó a asentir.

Parece que tus compañeros te han dejado atrás. Será mejor que descanses un poco. De todos modos no vas a alcanzarlos. ¿Puedes caminar?

Apenas se tenía en pie. Tuvieron que cargar con él hasta la sombra de la roca. Dirigía miradas angustiadas en la dirección por la que se habían ido sus compañeros. Luego hizo un gesto inconfundible. Quería algo de beber.

No nos queda mucha agua.

La mirada del recluta saltaba de uno al otro. Tenía una costra blanca en las comisuras de la boca.

Solo un trago, concedieron por fin.

Él asintió y se llevó la cantimplora a la boca. Dio un trago corto, dejando que el agua se le escurriera por la garganta. A continuación tomó otro, más largo, y devolvió la cantimplora.

¿Mejor?

Sí.

¿Tu cuartel está lejos de aquí?

Cinco o seis kilómetros. Es el primer día que llevo la emisora. Pesa como un muerto.

Los hombres asintieron. El aparato de radio, envuelto en su funda, destacaba entre las rocas con intensidad acusatoria.

Me voy a ganar una buena si no vuelvo pronto, añadió el muchacho.

Más vale que te recuperes.

No tengo tiempo.

Uno de los hombres consultó su reloj.

Nosotros también deberíamos movernos.

Pero ninguno sentía deseos de ponerse en camino. Miraron hacia el lago, cuyas orillas parecían frescas y acogedoras en la lejanía, un gran acumulador que retenía en sus profundidades las temperaturas del invierno.

Tenemos que irnos, dijo uno de los hombres.

Sí.

Así es, coincidió el recluta.

Este dio un paso y salió de la sombra. La luz del sol pareció borrar los detalles de su rostro y su uniforme, aplanando su figura. Se volvió hacia los hombres y abrió la boca como si fuera a decir algo, pero interrumpió el gesto y se quedó paralizado mirando al horizonte.

Ahora sí que la he jodido.

Los hombres miraron en la misma dirección.

Los militares estaban de vuelta. Habían abandonado la formación y deshacían el camino como un grupo desordenado, con el sargento al frente. Cuando el suboficial los vio junto a la roca aceleró el paso.

Joder..., musitó el recluta.

Los dos hombres aguardaron tranquilos. Ellos no tenían por qué preocuparse.

¿Se puede saber qué está pasando, soldado?, ladró el sargento. Era robusto y de corta estatura. Traía el rostro enrojecido por el calor y el enfado. Señaló la emisora abandonada.

¿Qué está pasando?, repitió.

Se detuvo frente a ellos y miró de arriba a abajo a los dos hombres sin reprimir una mueca despectiva ante sus llamativas ropas de deporte.

Nada, mi sargento, respondió el recluta.

¿Nada? ¿Cómo que nada? ¿Qué hace la emisora ahí tirada?

Ahora mismo la recojo, mi sargento.

¡Pues claro que ahora mismo la recoges! ¿Y se puede saber qué coño haces aquí parado? ¿Te apetecía un descanso o qué?

No, mi sargento.

El chico ha tropezado e iba a ir ahora tras ustedes, intervino uno de los hombres.

El sargento lo miró con fijeza.

No me interesa su opinión. ¿Por qué no se largan de aquí?

Cálmese, dijo el otro hombre. Solo le hemos dado un poco de agua.

Al sargento le palpitaban sendas venas en las sienes.

¿Le han dado agua?, preguntó recalcando las palabras.

El hombre asintió.

¿Le han dado agua? Todos tienen orden de no beber hasta finalizar la marcha. ¿Y le han dado agua?

El interrogado se encogió de hombros.

No sabíamos nada.

El recluta se había escabullido para recuperar la emisora. Sus compañeros, que tenían un aspecto solo un poco mejor que el suyo, escuchaban atentos la discusión.

Y aunque lo hubiéramos sabido se la habríamos dado de todos modos.

¿Ah, sí?

Sí. ¿Por qué no pueden beber agua? Es una estupidez.

Lo que pueden o no pueden hacer mis hombres no es asunto de ustedes. Si yo digo que no beben agua, no la beben. Y la opinión de unos domingueros no me interesa en absoluto.

En cualquier caso, no puede decirnos que nos marchemos. Tenemos todo el derecho a estar aquí.

El sargento miraba a uno y otro con los puños apretados. Resopló y se pasó el antebrazo por la frente para enjugarse el sudor. La tranquilidad de aquellos hombres lo estaba dejando en ridículo ante los reclutas. Dos de estos, cargados con las piezas de un mortero, habían aprovechado para dar un descanso a sus piernas sentándose en el suelo. En cuanto los vio fue directo hacia ellos.

¡En pie! ¿Quién os ha dado permiso para sentaros?, exclamó al tiempo que arremetía contra el más cercano y le lanzaba una patada a la cadera.

El chico rodó por el suelo con el rostro contraído de dolor, mientras el otro se ponía en pie de un brinco. Los demás no dijeron palabra. Parecían habituados a aquel trato.

¡Eh!, exclamaron los dos hombres al unísono, menos acostumbrados a las demostraciones de violencia.

El sargento se volvió hacia ellos.

¡Qué!, rugió.

No puede hacer eso.

El sargento sonrió y dio media vuelta, dispuesto a patear otra vez al recluta, pero este tuvo la agilidad suficiente para ponerse en pie y alejarse con rapidez.

No puede tratarlos así.

El sargento caminó despacio hacia los dos hombres, olvidado el recluta del mortero.

Por supuesto que puedo… Estoy en mi completo derecho, dijo socarrón. ¡Y ahora todos en marcha!, gritó a los reclutas. ¡Ya habéis tenido bastante descanso!

Imbécil, masculló uno de los hombres, lo bastante alto como para que el sargento lo oyera.

¿Cómo ha dicho?

Al verlo ir hacia él, el hombre sintió que el estómago se le encogía, pero no se amedrentó. El sargento se le encaró; los músculos de los brazos tensos y brillantes.

He dicho que es usted un imbécil, repitió el hombre.

Su amigo dio un paso al frente y los dos quedaron hombro con hombro ante el suboficial, que tenía que alzar la cabeza para mirarlos a la cara.

Transcurrieron unos segundos sin que nadie se moviera ni dijese nada. Parecía que en cualquier instante el militar iba a arremeter contra uno u otro. Los dos hombres se mantenían a la espera, en apariencia imperturbables. El sargento era más fuerte que ellos dos juntos, no tendría problema para darles una paliza.

Mi sargento, son civiles, dijo entonces un recluta señalando lo obvio.

Al cabo de un momento los músculos del suboficial se relajaron y este respiró hondo y sacudió la cabeza como para librarse de un aturdimiento pasajero.

¡En marcha!, gritó.

Los reclutas acomodaron la carga de sus espaldas.

¡Vamos! ¡Y no quiero ver a nadie quedarse atrás!, añadió mientras se colocaba al frente del grupo y apuntaba con un dedo amenazador al recluta de la emisora, que lo miró atemorizado.

El sargento echó a correr y los demás lo siguieron. Los dos hombres observaron cómo se alejaban.

Bajaron al valle azuzados por una intensa euforia. Salir airosos del enfrentamiento —ambos opinaban que habían resuelto la situación con gran claridad y firmeza— los hacía sentir orgullosos. Tenían la sensación de haber hecho algo importante al salir en ayuda del recluta.

Su razonamiento concluía en tal punto. No se detuvieron a pensar que no había sido su determinación lo que echó atrás al suboficial, sino el temor a las consecuencias que agredir a dos civiles ante numerosos testigos podía traer consigo. Ni que, con toda probabilidad, en otras circunstancias el sargento no habría dudado en golpear sus dignos rostros hasta reducirlos a sendas masas sanguinolentas. Ni que, en cuanto llegaran al cuartel, el muchacho de la radio sería blanco de las represalias del sargento con un perjuicio mayor del que habitualmente sufriría por quedarse atrás en una marcha.

En el arroyo bebieron con avidez y rellenaron las cantimploras. El ejercicio físico les había bastado hasta entonces para aliviar la tensión. Pero ya no era suficiente. Estallaron en carcajadas de autosatisfacción. Aullaron haciéndose oír en todo el valle y se palmearon la espalda uno al otro.

El camino restante lo hicieron a buen paso, ansiosos por contar lo ocurrido a sus mujeres.

El albergue estaba silencioso cuando se acercaron. No vieron a nadie fuera. Saludaron a voces para anunciar su vuelta. La puerta del albergue se abrió de golpe, una de las mujeres salió corriendo y se lanzó a los brazos de su marido. El recibimiento no podría haber sido mejor, si no fuera porque tenía la cara cubierta de lágrimas. La otra mujer permanecía en la entrada abrazándose el pecho y los observaba con expresión cauta.

¿Qué pasa?, preguntó el marido, respondiendo al abrazo.

Pero ella, que no dejaba de llorar, no podía articular palabra.

¿Estás bien?, quiso saber él, y la cogió por los hombros tratando de calmarla. ¿Ha pasado algo?

Ella asintió repetidas veces.

La segunda mujer se hizo a un lado para flanquearles la entrada al albergue. Los hombres miraron a su alrededor buscando al viejo, al que no vieron por ningún lado.

¿Pero qué es lo que pasa?, insistieron, contagiados del nerviosismo de sus esposas.

Una vez en el salón, ellas les contaron lo sucedido.

Poco después de despedirse de ellos esa mañana, las dos mujeres habían bajado al pueblo con el viejo en su Land Rover. A pesar de ser domingo, los escasos comercios estaban abiertos. Había turistas paseando por las calles. Mientras el viejo compraba provisiones ellas desayunaron por segunda vez en una taberna y luego visitaron el lugar. Regresaron al albergue con la parte trasera del Land Rover cargada de comestibles.

Para entonces el calor apretaba con fuerza y el viejo se ofreció a prepararles una limonada. Ellas aceptaron gustosas. Sacaron unas tumbonas del garaje y las arrastraron a la ladera. Se tendieron a tomar el sol y charlaron contemplando el paisaje hasta que el viejo les llevó la bebida. Les preguntó si querían alguna cosa más, ellas dijeron que no y volvió al albergue.

No pasó mucho rato hasta que la ropa empezó a sofocarlas. Ninguna había llevado bañador así que miraron por si el viejo andaba cerca, y al no verlo decidieron que no había ningún problema por desnudarse. En ropa interior y con sendos vasos de limonada apoyados en el estómago volvieron a acomodarse en las tumbonas. Pronto cayeron en un sueño ligero.

Al cabo de un rato, una se despertó con dolor de cabeza por culpa del sol. La otra seguía durmiendo. La primera volvió a ponerse la ropa y fue al albergue dejando a su amiga en la tumbona. Subió a su habitación para darse una ducha. Un rato después, estaba aplicándose crema hidratante en las piernas cuando oyó los gritos.

En este punto la otra mujer tomó el relevo de la historia.

Me desperté atontada, dijo. Poco a poco se me fue aclarando la cabeza. En sueños había derramado el vaso de limonada y tenía el vientre pegajoso. Fue al levantarme cuando vi al viejo.

Estaba detrás de mí. A un par de metros. Parecía llevar observándome desde hacía rato. Debió de esperar hasta que te fuiste a la habitación para salir del albergue, dijo a su amiga.

Me miraba fijamente. Entonces me di cuenta de que estaba casi desnuda y me cubrí y le pregunté qué hacía allí. No contestó.

Siguió mirándome con la boca entreabierta. Volví a preguntarle qué hacía y le pedí que se fuera. Pero no me hizo caso. De nuevo le dije que se fuera. Entonces se lanzó sobre mí.

Intenté pararlo, pero me tiró al suelo. Es mucho más fuerte de lo que parece. Lo golpeé. Era como pegar a un muñeco de madera. Jadeaba y tenía ojos de loco.

Aquí la mujer hizo una pausa y se tapó la cara con las manos. Los demás esperaron a que pudiera continuar. Su marido la mantenía abrazada por los hombros.

Al final, prosiguió ella, me inmovilizó. Y me restregó la cara por el pecho. Yo me revolví, pero me tenía bien sujeta.

Hizo otra pausa.

Entonces me puse a gritar, dijo, y se le rompió la voz.

Su amiga retomó la narración.

Corrí a la calle y los vi en el suelo. Me puse a golpear al viejo para que la soltase. Al final, como no se apartaba, tomé carrerilla y le di una patada que lo hizo rodar por la hierba. Luego echó a correr y se perdió de vista. Habrá ido a esconderse a algún sitio. Se sujetaba un costado con la mano. Creo que le he roto alguna costilla.

Los hombres guardaban silencio.

No sabéis dónde está, dijo uno de ellos finalmente.

Ellas menearon la cabeza.

Podemos bajar al pueblo y denunciarlo, propuso el marido de la mujer agredida.

Ella dijo que no.

¿Por qué?

Quiero irme de aquí ahora mismo.

Su tono era decidido. Ahora que estaba más calmada, la conmoción daba paso a una irritación sorda.

Pero no podemos dejarlo así.

Vamos por él, propuso el otro hombre. Si como decís tiene alguna costilla rota, no habrá ido lejos. Lo encontramos y le damos su merecido. ¿Qué me dices?, interrogó a su compañero.

Este se masajeaba las sienes.

Sí, vamos, dijo al cabo de un momento y se puso en pie. Coge las escopetas, ordenó al otro.

¿Qué vais a hacer?, quisieron saber las mujeres, alarmadas.

No os preocupéis. Solo le daremos un buen susto. Cerrad la puerta, por si aparece por aquí. Y recogedlo todo. Nos iremos en cuanto volvamos. No creo que tardemos mucho.

A continuación salió a la calle, donde ya lo esperaba su amigo, que le entregó una escopeta y un puñado de cartuchos. Ellas los observaron alejarse en la dirección por la que había huido el viejo. Después se encerraron como les habían dicho.

Una hora después los dos hombres estaban exhaustos y continuaban sin encontrarlo. Habían buscado por los alrededores y se habían adentrado en los pinares de la parte alta de la ladera. Dudaban de que se hubiera encaminado al pueblo, por temor a que ellos también fuesen allí.

Se hacía tarde. Llegarían a sus casas bien entrada la noche. Cada uno por su cuenta iba haciéndose a la idea de no dar con el viejo. Este conocía el terreno y sabía que tarde o temprano ellos tendrían que irse, así que habría buscado algún rincón donde esperar agazapado.

Será mejor que volvamos, dijo uno. Estarán preocupadas.

Y añadió:

Es un viejo con suerte. De haberlo encontrado se lo habríamos hecho pasar mal.

El otro, el marido de la mujer agredida, emprendió con desgana el regreso al albergue. Poco después se detuvo y contempló los árboles que los rodeaban, entre los que quizá se escondía el viejo, observándolos regocijado al comprobar que se rendían.

Gritó hasta vaciarse los pulmones, dando rienda suelta a su frustración y agitando la escopeta como un bastón de guerra. Y el paisaje le devolvió su voz multiplicada.

En el albergue todo estaba recogido y guardado en el todoterreno, menos la máquina de tiro al plato, que los hombres cargaron en el remolque.

Estaban a punto de irse cuando el marido de la mujer atacada volvió a sacar su escopeta de la funda y se encaminó al garaje con la intención de reventar las ruedas del Land Rover y dejar al viejo parcialmente incomunicado. Quería sentir cómo temblaban los cristales de la casa y ver cómo se desprendía serrín de las vigas del techo. Lo detuvieron por la fuerza. Su mujer volvía a llorar y suplicaba que se fueran. Lo metieron a empujones en el todoterreno.

Durante la semana siguiente las dos parejas no se vieron ni hablaron entre ellas. El sábado salieron juntas a cenar. La conversación se centró en temas cotidianos. Se rieron. Nadie hizo mención de lo ocurrido en las montañas. Tras la cena fueron a un bar donde bebieron en exceso.

EL BECERRO DE LEGO

Debo comenzar pidiéndole disculpas por enviarle esta carta sin que nos conozcamos. En un primer momento me propuse visitarla en su casa y contarle en persona lo que aquí voy a escribir, pero después pensé que esta opción sería más adecuada: nos pone a ambos en una situación mucho menos incómoda y me permite escoger mejor las palabras. En cualquier caso, confío en que sabrá perdonar mis más que probables vacilaciones. Cuando haya terminado usted de leer las presentes líneas y meditado sobre lo recogido en ellas, si lo cree pertinente, no dude, por favor, en ponerse en contacto conmigo a través del número de teléfono que le adjunto más adelante.

A continuación debo pedirle disculpas de nuevo, esta vez por empezar mi historia con algo tan doloroso como la enfermedad y muerte de mi mujer. No puedo saber si usted y Sara se conocían. Seguramente coincidieran al llevar a los niños al colegio, o cuando iban a recogerlos. No lo sé. Mientras su salud se lo permitió, Sara se hizo cargo siempre de esas tareas. Si en efecto se conocían y alguna vez ella la mencionó a usted, no soy capaz de recordarlo.

La enfermedad no llegó precedida por ningún malestar ni síntoma apreciable, sino que fue descubierta durante una revisión ginecológica de rutina. Para entonces el mal estaba extendido en una medida que se contradecía con lo bien que se sentía Sara. A partir de aquel momento, sin embargo, las cosas se desarrollaron con rapidez. Sara tuvo que abandonar su trabajo y centrarse en la recuperación. Nosotros lo llamábamos recuperación. Los médicos lo denominaban tratamiento, término mucho menos comprometido.

A nuestro hijo no le ocultamos lo que pasaba, si bien no llegamos a revelarle lo grave de la situación. Tiene diez años, edad suficiente para darse cuenta de que algo no iba bien. El declive físico de Sara pronto fue apreciable y ella no podía dedicarle tanta atención como antes. Poco después apenas era capaz de prestarle ninguna atención. Yo solicité una excedencia para cuidar de ella y pasar juntos todo el tiempo posible.

También me ocupaba de nuestro hijo, en la medida que el ánimo y mis capacidades me lo permitían. Al principio no me puso las cosas difíciles. Siempre ha sido un niño callado e introvertido, con tendencia a enfrascarse en fantasías personales. Le gusta leer y dibujar. Puede pasar horas en su habitación, entretenido sin necesidad de nadie más.

Yo le dedicaba un rato cada tarde. Lo visitaba en su cuarto. Quería hacerle saber que seguíamos preocupándonos por él, a pesar de lo que sucedía. Le preguntaba por sus clases. Lo cierto es que no era fácil hablar con él. Resultaba imposible sacarle dos frases seguidas. Al poco rato ninguno sabía qué más decir y nos quedábamos callados. Yo buscaba disculpas para continuar en su habitación, pero debía de ser evidente que deseaba salir de allí, y creo que él prefería quedarse a solas.

Cuando yo era niño me encantaban los juegos de construcciones, y aún me siguen gustando. Bueno, ahora ya no tanto.

Un día, cuando regresaba de la farmacia, me detuve en una juguetería y compré a mi hijo una caja de Lego. Con las piezas que contenía podía construirse un camión de volquete.

Recibió el regalo sin ninguna emoción, más o menos como es su estilo. Abrió la caja sobre la mesa de su cuarto y contempló las piezas como si no supiera qué hacer con ellas. Le propuse montar el camión entre los dos y, temiendo que me contestara que no, me puse a ello sin esperar su respuesta. Hice la mayor parte del trabajo, aunque iba explicándole cada paso que daba, señalándole los gráficos de las instrucciones. Era un bonito camión. La caja basculaba para desalojar la carga. Fui a la cocina y la llené de arroz, como si el vehículo transportara un cargamento de grava. Pregunté a mi hijo si le gustaba y respondió que sí.

Al día siguiente, cuando entré en su habitación, el camión de Lego seguía en la mesa, aunque arrinconado. Le pregunté si quería que construyéramos algo más; las instrucciones ofrecían un par de alternativas, menos llamativas que el camión de volquete, que podían realizarse con las mismas piezas. Tuve que insistir para que aceptara mi propuesta. Desmontamos el camión y escogimos una de las alternativas posibles. Esta vez participó más. De hecho lo hizo casi todo. Yo, con las instrucciones en la mano, iba indicándole los pasos.

Adquirimos la costumbre de construir cosas entre los dos. Yo le compraba uno o dos Lego cada semana. Mientras encajábamos las piezas charlábamos, aunque no mucho. Siguiendo el precedente del camión de volquete le llevé otros vehículos de construcción: una apisonadora, una grúa, una excavadora… Después pasamos a las réplicas de arquitectura. En una juguetería del centro encontré una réplica de la Casa de la Cascada de Frank Lloyd Wright. Y luego el Guggenheim de Nueva York y el edificio Empire State. Llegué a esperar con ansiedad aquellos ratos que pasábamos juntos.

Una tarde entré en su habitación y, para mi sorpresa, vi que estaba construyendo algo por su cuenta. Lo habitual era que le tuviera que pedir una o dos veces que dejara lo que estuviera haciendo para que nos pusiéramos a jugar con los Lego. Sin embargo, aquella tarde él había reunido en un montón todas las piezas de todas las cajas que yo le había regalado y construía algo que no fui capaz de distinguir. Trabajaba sin ayuda de instrucciones, tan concentrado que no se percató de mi presencia. Preferí no molestarlo. Ese día Sara sufría más de lo habitual y creí mejor estar con ella.

El malestar de Sara empeoró en las fechas siguientes, por lo que apenas tuve ocasión de estar con el niño, que pasaba en su habitación casi todo el tiempo que estaba en casa. En las breves visitas que le hice comprobé que seguía con su proyecto de construcción. Lo que estaba haciendo no se parecía a nada reconocible, una mera acumulación sin sentido de piezas, semejante a una torre de la que brotaban salientes diversos, sin pauta ni función apreciables. La mezcla de colores de las piezas, en la que tampoco podía apreciarse ninguna pauta, hacía el conjunto aún más desconcertante y feo.

El estado de Sara se agravó tanto que tuvo que ser trasladada al hospital. Mi madre vino a casa para ocuparse del niño. Yo casi dejé de verlo, centrado como estaba en hacer compañía a Sara.

Mi mujer fallecía una semana después.

Siguieron unos días que, aunque su narración fuera imprescindible para el propósito de esta carta, no me vería capaz de rememorar.

Durante ese tiempo, aquella cosa construida por mi hijo permaneció sobre la mesa de su habitación. Imposible no fijarse en ella. Medía medio metro de alto y otro tanto de ancho. Su sección era más o menos circular. Tenía aspecto macizo.

No le presté importancia. Para mí la época de nuestras construcciones de Lego había quedado atrás, al igual que tantas otras cosas. Di por sentado que él pensaba del mismo modo y que si no se libraba de aquello era por la pereza de desmontar la gran cantidad de piezas que lo formaban.

Regresé al trabajo. Tenía que mantenerme ocupado. Mientras tanto mi hijo se volvía más y más introvertido y yo era consciente de ello y no tenía fuerzas para remediarlo. Lo visitaba en su cuarto, me sentaba junto a él, intercambiábamos algunas palabras. Yo le acariciaba la cabeza como quien frota con desgana una lámpara encontrada en un desván, por si pudiera salir un genio.

No trato de disculparme.

Ante aquella situación comprenderá usted que me alegrara el día que llegué a casa y lo encontré jugando con otro niño, un compañero del colegio. Hacía semanas que mi hijo no estaba tan alegre. Se entretenían con la construcción de Lego, añadiéndole nuevas piezas. No pregunté de dónde las habían sacado. Desde el pasillo los oí cuchichear animadamente.

Al día siguiente mi hijo volvía a jugar solo. Le pregunté por su amigo y me dijo que esa tarde tenía clase de kárate. Unos días después, cuando le hice la misma pregunta, se limitó a encogerse de hombros. No insistí más.

Poco más tarde, no obstante, otro niño fue a jugar a casa, otro compañero del colegio. También jugaron con la construcción de Lego. El nuevo amigo le añadió piezas que fue sacando de una arrugada bolsa de supermercado. Las colocaba obedientemente donde mi hijo le indicaba. Al igual que el anterior niño, este solo visitó nuestra casa una vez. Incorporó a la construcción las piezas que había llevado y no volví a verlo. Hubo más visitas, igual de fugaces. Todos los niños aportaban piezas. Unos, cajas enteras; otros, apenas un puñado, que transportaban en el bolsillo.

Pregunté si no tendrían problemas para saber de quién era cada una cuando desmontaran lo que estaban construyendo. Mi hijo me miró como si no hubiera pensado en ello, pero dijo que no sería un problema. Le pregunté también qué era lo que estaban haciendo y respondió que no estaba seguro. Le pregunté si intentaban averiguar hasta dónde podían llegar juntando piezas y piezas y respondió que sí, que eso era lo que estaban haciendo.

Días después entré en la habitación de mi hijo mientras él no estaba en casa. Necesitaba un bolígrafo y pensé que encontraría alguno entre sus cosas.

La construcción de Lego abarcaba toda la mesa y ya medía más de un metro de alto. Debo reconocer que era impresionante. Mientras buscaba en los cajones tropecé con ella. Lo difícil habría sido no hacerlo. Asomaba de ella gran número de brazos, algunos de los cuales se proyectaban más allá de los límites de la mesa. Fue con uno de ellos con lo que tropecé, uno de los superiores y por tanto una de las últimas partes sumadas a la construcción. El brazo se desprendió y cayó al suelo. Me apresuré a recogerlo. Pero antes de colocarlo de nuevo vi algo que llamó mi atención.

También se habían desprendido varias piezas de la zona donde el brazo entroncaba con la construcción, y al hacerlo habían dejado a la vista un espacio hueco, poco mayor que una caja de cerillas, en el interior de aquella cosa. Dentro había algo. Tuve que desmontar algunas piezas más para sacarlo. Era un papel, doblado una y otra vez. Lo desplegué: una página arrancada de un cuaderno. En la parte superior aparecía escrito: QUIERO UN RELOJ NUEVO. Debajo figuraba el dibujo de un reloj digital con muchos botones. La caligrafía era infantil. El dibujo había sido hecho con lápices de cera. La petición estaba subrayada varias veces y alrededor de la misma, así como del reloj, había dibujados unos rayos que brotaban de ellos, como si las palabras y el reloj brillaran.

La caligrafía no era la de mi hijo, y el dibujo tampoco era suyo; él dibuja mucho mejor. Supuse que el autor fue uno de los niños que habían pasado últimamente por allí.

Con cuidado, desmonté más partes de la construcción en busca de nuevas cámaras interiores. Encontré dos, con sus correspondientes papeles doblados y vueltos a doblar: QUIERO SER MÁS ALTO y QUIERO QUE NO SE RÍAN DE MÍ. Ambas peticiones iban acompañadas por su correspondiente dibujo. En la primera: un monigote con unas piernas larguísimas; en la segunda, otro monigote, este de anchas espaldas y puños desproporcionadamente grandes, y a sus pies otros monigotes más pequeños, del tamaño de hormigas. También en ambos casos aparecían los rayos, amarillos y naranjas, brotando de palabras y dibujos. Las caligrafías eran diferentes entre sí y diferentes a la del primer papel. Ninguna correspondía a mi hijo.

Lo interpreté como un juego. Cosas de críos. Cuando yo era pequeño también hacíamos cosas así. Sobre todo las hacían las niñas. Escribían peticiones y las metían en cajitas o botellas y enterraban estas entre las raíces de un árbol.

Preferí no seguir buscando. Corría el riesgo de no saber recomponer la construcción. Devolví los papeles a sus cámaras secretas y monté las piezas retiradas.

En las semanas siguientes, cada vez que un niño se presentaba en casa con nuevas ofrendas en forma de piezas de Lego y con un papelito doblado en el bolsillo, yo me divertía adivinando qué pediría. ¿No llevar gafas? ¿Que sus padres le compraran ropa mejor? ¿Tener las orejas más pequeñas?

Cuando mi hijo no estaba en casa, yo desmontaba los últimos añadidos a la construcción en busca de las peticiones. Algunas veces coincidían con lo predicho. Otras no: QUIERO VER DESNUDAS A LAS MUJERES QUE YO QUIERA, QUIERO QUE LA GENTE NO HABLE TAN ALTO.

En cualquier caso, siempre eran niñerías. No me preocupé.

Empecé a hacerlo cuando llegó un niño que no se limitó a incorporar nuevas piezas a la construcción y luego desaparecer, sino que sus visitas se convirtieron en rutina. Me encontraba con él casi a diario. Siempre traía nuevas ofrendas en forma de piezas adicionales. Un niño alto para su edad, silencioso, educado. No me extrañó que mi hijo y él hicieran buenas migas.

Por si albergara usted alguna duda, ese niño era su hijo, además del motivo por el que le escribo esta carta.

Pasaron varios días hasta que tuve ocasión de entrar en la habitación del niño, desmontar parte de la construcción y leer las nuevas peticiones. Solo había una. Di por sentado que era la depositada por su hijo.

En el papel decía: QUIERO QUE MIS PADRES SE MUERAN. El dibujo adjunto ilustraba perfectamente esas palabras: dos cuerpos despedazados, extremidades y cabezas separadas de los torsos, abundante sangre y los habituales rayos de poder que emanaban de todo ello. Un letrero aclaratorio, «Mamá», figuraba junto a una de las cabezas, una con el pelo largo; otro: «Papá», estaba al lado de la segunda.

Ahora comprenderá usted mi decisión de escribirle esta carta en lugar de reunirnos y hablar cara a cara. Si ese hubiera sido el caso, llegado al punto que acabo de referirle, muy probablemente usted me habría ordenado callar, incrédula y escandalizada. Me habría echado de su casa sin querer oír una palabra más, lo que habría sido una reacción comprensible. En el mejor de los casos, usted me habría exigido unas explicaciones que no puedo facilitarle. De este modo, por el contrario, la indignación quizá le haga abandonar la lectura, incluso arrugar estas páginas y arrojarlas a la papelera. Pero también puede suceder, y confío en que así sea, que más tarde, cuando su enfado haya remitido, la curiosidad la empuje a terminar de leer lo que debo contarle.

Esa misma noche, después de cenar, hablé con mi hijo. Dije que me había fijado en que había un niño que venía bastante a casa. Le pregunté quién era. Su respuesta fue la habitual: un compañero del colegio. Añadió que en realidad no eran amigos, solo jugaban juntos. Le pregunté si había estado alguna vez en la casa de su compañero y me dijo que no. Mientras hablábamos, él hojeaba un cómic. Sus respuestas se demoraban unos instantes, como si debiera pensarlas o, simplemente, no le interesara nuestra conversación. Continué diciendo que, aunque no hubiera estado en su casa, seguramente conocería a sus padres. Al parecer no era así. Le pregunté si su compañero de juegos hablaba de ellos. No lo hacía o mi hijo no lo recordaba. Le pregunté si él los había visto alguna vez. En este caso la respuesta fue afirmativa. Los había visto varias veces, cuando iban a recoger a su hijo al colegio; unas veces el padre, otras la madre. Le pregunté cómo eran. Mi hijo se encogió de hombros, limitándose a decir que eran normales.

Me quedé rumiando la respuesta. Él siguió leyendo su cómic. Me sentía cada vez más enfadado y harto de aquella historia. Él debió de notarlo porque lo sorprendí mirándome de reojo y a continuación se levantó con intención de abandonar la habitación. Le ordené que no se moviera. Volví a preguntarle qué era eso que estaban construyendo y me respondió como había hecho antes; dijo que no sabía lo que era, solo un juego en el que juntaban piezas y piezas. Le pregunté entonces, sin ocultar mi irritación, que hasta cuándo iba a durar ese juego. Me miró confuso, por lo visto no lo sabía. ¿Cómo sabrás cuándo ha terminado? ¿Cómo sabrás cuándo no tenéis que poner más piezas? Eso fue lo que le pregunté. Le dije que quería una respuesta concreta pero se quedó mirándome en silencio. A continuación le dije que su juego no me gustaba, que estaba harto de aquella cosa y le ordené desmontarla. Se quejó y se hizo el remolón. Me preguntó si no podía dejarla allí un poco más. Pregunté que cuánto tiempo más y para qué. Me dijo que unos días.

Por supuesto, respondí que no. Le dije que empezara a desmontarla en ese mismo instante.

Se encerró en su habitación. Un rato después fui a decirle que ya era hora de irse a la cama. Lo encontré sentado ante la mesa, con una pieza de Lego entre las manos. Canturreaba, mirándola ensimismado. Había desmontado dos extremidades de la construcción y parte de una tercera. La zona central, donde se albergaban las peticiones, permanecía intacta. Cuando me quejé de que solo hubiera hecho eso respondió que era más difícil de lo que parecía, que algunas piezas estaban pegadas y costaba mucho soltarlas. Le ordené cepillarse los dientes y meterse en la cama.

A la mañana siguiente llamé al trabajo para decir que llegaría tarde. Esperé hasta que el niño se fue al colegio y entré en su habitación. Yo mismo me encargaría de desmontar aquello.

Me llevó mucho más tiempo del que esperaba. En efecto, algunas piezas parecían soldadas entre sí. A medida que iba encontrándome con las peticiones, las guardaba para deshacerme luego de ellas. Las piezas fueron formando una pila sobre la alfombra, en mitad de la habitación.

Por fin llegué a la parte inferior, la formada por las piezas de los Lego que yo había comprado. Y entonces encontré un nuevo papel, uno que no había visto antes. En este caso la caligrafía sí era la de mi hijo. Su petición era: QUIERO QUE MI MADRE SE MUERA DE UNA PUTA VEZ. Prefiero no describir el dibujo que acompañaba estas palabras. Como ya he dicho, mi hijo dibuja muy bien.

Esa petición, la primera, estaba enterrada bajo una infinidad de piezas traídas por otros niños. La leí varias veces. Luego la guardé y terminé de desmontar la construcción. En realidad no la desmonté. La arrojé contra la pared, una vez tras otra, hasta que se deshizo.

Tiré las peticiones, menos la de mi hijo. Ahora me doy cuenta de que también debería haber conservado la del suyo, pero espero que confíe usted en mi palabra.

* * *

Cuando mi hijo volvió aquella tarde del colegio estaba esperándolo. Aguardé a que entrara en su habitación y un momento después fui tras él. Mi hijo estaba de pie en el umbral y contemplaba el montón de piezas de Lego que se alzaba en la alfombra. Le dije que le había ahorrado el trabajo de desmontar. Él, al contrario de lo que yo esperaba, se mostró sereno. Le pregunté si le importaba que lo hubiera hecho y murmuró que no. A continuación me preguntó si eso era todo. Hizo la pregunta señalando las piezas. Le dije que claro que eso era todo. ¿Qué más iba a haber? Me miró fijamente y repitió su pregunta. Yo respondí que en aquel montón estaba todo lo que había en la construcción. No faltaba nada. Él volvió a mirar las piezas, pensativo, y asintió. Luego las recojo, dijo.

¿Por qué iba a mostrarse molesto? Yo no había destruido nada importante, una mera imagen de aquello a lo que él y los demás niños, incluido su hijo, dedicaban sus peticiones. Mi acción tuvo el mismo efecto que podría tener romper en pedazos una estampa de la Virgen.

Entenderá ahora mi necesidad de contarle todo esto. Porque estoy plenamente seguro de que ni usted ni su marido se merecen lo que les desea su hijo, de la misma manera que no se lo merecía Sara. Porque son ustedes normales, al igual que lo era ella y lo soy yo.

EL EREMITA

Como hacía cada mañana, después de contemplar la salida del sol y asegurarse de que este continuaba su camino ascendente hacia lo más alto del cielo, el eremita cruzó las murallas de la ciudad desierta y caminó hasta la orilla del Tigris. Una piel de cabra atada a la cintura era todo su atuendo. Cojeaba del pie derecho a causa de una fractura mal soldada. Al hombro llevaba el odre donde almacenaba el agua. Bebió, se mojó la cara, llenó el odre.

Al ponerse en pie vio en el horizonte una nube de polvo. La observó hasta que estuvo seguro de que avanzaba hacia él. Regresó todo lo rápido que pudo al cobijo de la ciudad, cargado con su odre. Trepó a los restos de la muralla, desde cuya cima vio un ejército que se acercaba por el desierto.

Eran los restos de los Diez Mil, la fuerza de mercenarios griegos reclutada por el persa Ciro para derrocar a su hermano Artajerjes II, el Gran Rey. Habían partido de Lidia hacía más de seis meses y se abrieron paso a través del Imperio persa hasta Cunaxa, en Babilonia. Allí se enfrentaron en batalla al Gran Rey y Ciro resultó muerto al ser alcanzado por una jabalina en un ojo, lo que canceló su acuerdo con los mercenarios.

Avanzaban de regreso a su patria tras haberse deshecho de carros, tiendas y todo material superfluo. Los acosaba el persa Tisafernes, sátrapa de Caria, Lidia y Gran Frigia. Los supervivientes de los Diez Mil estaban al límite de sus fuerzas, y su viaje de retorno apenas había comenzado. Se alimentaban de lo que cazaban y robaban. Empleaban como leña las flechas lanzadas contra ellos.

La ciudad desierta era la antigua Larisa, levantada por los asirios y asediada y destruida por los medas hacía doscientos años. Desde entonces permanecía en ruinas.

Los restos de los Diez Mil marchaban hacia Larisa en formación rectangular, con los heridos, los animales de carga y los esclavos en el interior. Al llegar ante las murallas, el ateniense Jenofonte, líder de los mercenarios, detuvo el ejército. Anunció que acamparían en la ciudad durante tres días. Envió partidas de soldados hoplitas a las aldeas próximas en busca de comida. Les ordenó también secuestrar a no menos de ocho médicos para que atendieran a los heridos.

El eremita atajó por casas en ruinas y callejones. Tenía su guarida en una construcción donde el techo no se había derrumbado, pero que no era una de las mejores ni de las más próximas al centro de la ciudad. La entrada estaba medio obstruida por escombros y arena. Él añadía ramas de espino. Siempre que un cazador o un viajero curioso se adentraban en Larisa, el eremita se acurrucaba en su refugio y no se movía de allí en varios días.

Pero los griegos eran como agua vertida sobre roca porosa. Llegaron a cada calle, a cada edificio y a cada habitación. Dos hoplitas apartaron los espinos con sus lanzas y penetraron en la guarida del eremita. Lo descubrieron agazapado en un rincón, como una araña barbuda. Los cascos de bronce, los mantos púrpuras y los escudos lo hacían temblar. Fue llevado a rastras ante Jenofonte.

El ateniense encabezaba los restos de los Diez Mil desde que los persas ejecutaron a los generales griegos. Él ni siquiera era capitán, pero había reorganizado el ejército y le había insuflado ánimo para emprender la vuelta a casa. Presumía de ser amigo de Sócrates. Para que su aspecto fuera lo más marcial posible, llevaba siempre puesta la coraza. Estaba acampado en la plaza de la ciudad. Cuando le llevaron al eremita, bebía vino de dátil sentado en un banco que dos esclavos habían construido para él con ladrillos de una casa.

Los soldados soltaron a su presa, que se encogió en el suelo. El pelo y la barba del eremita barrían la arena. Su rodilla derecha se doblaba hacia adentro, en un ángulo anómalo. Estaba esquelético, renegrido por el sol y tenía los ojos inflamados. Sus captores informaron de dónde lo habían encontrado.

¿Quién eres?, preguntó Jenofonte.

El eremita miraba atemorizado a la multitud que lo rodeaba. Uno de los hoplitas lo pinchó con el extremo romo de su lanza para hacerle contestar.

Hacía años que no hablaba con otra persona. Tampoco con los dioses ni consigo mismo.

Nadie, dijo.

La falta de práctica hizo que su respuesta sonara como un gañido. El eremita se asustó de su propia voz. Miró alrededor con ojos desorbitados. Jenofonte le ordenó repetirlo.

No soy nadie.

¿Cuál es tu nombre?

No lo recuerdo.

¿Estás solo? No mientas o morirás.

Estoy solo.

¿Eres espía de Tisafernes?

No sé quién es Tisafernes.

Ojalá yo pudiera decir lo mismo. ¿Cuánto tiempo llevas viviendo en estas ruinas?

No lo sé.

Demasiado, sin duda, dijo Jenofonte. ¿Por qué estás aquí? ¿Alguien te obliga? ¿Eres un desterrado?

Este es mi lugar.

¿La ciudad te pertenece?, preguntó Jenofonte con una sonrisa sardónica.

No.

¿Entonces te gusta vivir aquí, entre víboras y escorpiones?

Al eremita se le atascaron las palabras. Jenofonte ordenó que le dieran agua. Se estaba divirtiendo.

No hago mal a nadie, dijo el eremita.

Jenofonte lo contempló largamente y movió la cabeza en un gesto impreciso que pudo ser de asentimiento.

¿Necesitas algo? Mis hombres llegarán pronto con comida.

El eremita negó con la cabeza.

Un médico puede mirarte esa pierna.

El eremita volvió a negar.

Como quieras, dijo Jenofonte, y ordenó que lo dejaran ir, y luego pidió más vino y pan de mijo.

Regresó a su guarida evitando las miradas de los griegos. La encontró desierta pero sus míseras pertenencias estaban esparcidas por el suelo, rotas. Alguien había rajado el odre y la arena se había tragado su contenido. Se acurrucó en un rincón sin molestarse en colocar los espinos en la entrada. Se tapó los oídos para no oír las estruendosas voces de los griegos.

Las partidas enviadas por Jenofonte en busca de provisiones regresaron con bueyes y cabras. Sacrificaron a los animales, los clavaron en espetones y los pusieron a asar en la plaza de Larisa. El olor se esparció por la ciudad. El eremita, que no recordaba la última vez que comió carne cocinada, deliró el resto del día y toda la noche.

Perdido su odre, tenía que ir a beber al río. Eso lo obligaba a ver a los griegos. Aguantaba la sed hasta que no podía más. Entonces iba al Tigris y veía a los soldados bañarse desnudos, frotándose unos a otros con cantos rodados.

El eremita regresaba a su guarida tratando de evitar a los restos de los Diez Mil. Doblaba una esquina y se quedaba paralizado. En mitad de una calle desierta, un griego defecaba. El eremita lo contemplaba estupefacto. El griego, sin levantarse, le gritaba y amenazaba con su lanza y buscaba a su alrededor alguna piedra que arrojarle.

La mayoría de los griegos ignoraban al eremita. Algunos lo odiaban.

Estaban extenuados. Habían sido humillados en combate. Los persas iban tras ellos. Era poco probable que volvieran a ver a sus padres, mujeres, hijos. Los pueblos por los que pasaban eran pobres, así que el botín que obtenían de los saqueos era escaso, y no les quedaba más remedio que llevarlo a cuestas, teniendo que abandonarlo en la siguiente escaramuza.

Cuando divisaron las murallas de Larisa ansiaban un oasis repleto de manjares y mujeres hermosas donde reponer fuerzas. Pero la ciudad no era más que un montón de escombros. Las murallas se habían derrumbado en diversos puntos; no eran una defensa contra las tropas de Tisafernes. No había comida. En las aldeas más cercanas los recibían arrojándoles flechas y piedras.

Que el eremita hubiera escogido vivir allí era un insulto. Los griegos irrumpían en su guarida blandiendo lanzas y dagas e insistían en preguntarle dónde había nacido, si tenía mujer, si tenía hijos, si en su vida anterior había sido rico o esclavo, si practicaba sacrificios a los dioses, si era persa o pertenecía a alguno de los pueblos bárbaros que luchaban del lado del Gran Rey. Él gemía y suplicaba que lo dejaran solo y entonces lo pateaban y le escupían.

Al segundo día decidió abandonar la ciudad hasta que los restos de los Diez Mil hubieran proseguido su camino. Esperó a la noche. No había luna. Conocía las calles tan bien que habría podido recorrerlas con los ojos vendados. Salió de la ciudad por una abertura de las murallas. Solo llevaba un hatillo con unos pocos dátiles, una calabaza llena de agua y una hoja de sílex encontrada hacía años en una cueva.

Caminó guiándose por las estrellas. Contaba sus pasos para saber cuánto se había alejado. Cuando la pierna le dolió tanto que ya no pudo seguir caminando, se tendió al raso y se cubrió con una piel de cabra. Disfrutó de un sueño instantáneo, libre de molestias.

Estaba en pie antes del amanecer. Quería recorrer un buen trecho antes de que el sol calentara con fuerza. Se dirigía a las montañas, donde planeaba buscar alguna madriguera abandonada por un animal. Si no la encontraba, construiría un refugio empleando palos y piedras.

Con la primera luz, se sintió observado. Miró a su espalda. Una polvareda se aproximaba por la llanura. Pensó que eran los restos de los Diez Mil, que iban en su busca, pero pronto vio que no era posible. La nube de polvo era demasiado pequeña y se movía muy rápido.

Como no había dónde ocultarse, el eremita se tendió boca abajo y se enterró en la arena, asomando nada más que los ojos y la nariz. Permaneció inmóvil. La nube siguió acercándose.

Era el último carro de guerra de los Diez Mil. Tenía ruedas robustas, un largo eje para evitar los vuelcos y hoces laterales con las que segar a los enemigos. El auriga gobernaba con una mano; en la otra sostenía una jabalina. Los caballos cabalgaban hacia donde se hallaba el eremita. Cuando estaban a punto de pasarle por encima, se puso en pie y cruzó los brazos ante el rostro. Ni siquiera se le ocurrió gritar. El auriga tiró de las riendas y detuvo a los caballos justo a tiempo. Al eremita le temblaban las piernas. No quería abrir los ojos para ver qué había ocurrido.

El auriga se llamaba Cleáreto y en la ciudad nunca había tratado mal al eremita. Al descubrirlo en mitad de la llanura no se enfadó, sino que le preguntó si se encontraba bien y si podía ayudarlo en algo. Incapaz de dejar de temblar, el eremita negó con la cabeza. Cleáreto recogió su hatillo, caído en el suelo, y se lo entregó. Le explicó que había salido de la ciudad en compañía de una partida de cazadores. Los demás iban a pie; Cleáreto se había adelantado. La única razón por la que el ejército conservaba aquel carro era que les servía para cazar. Pero en cuanto el terreno se volviera difícil, lo dejarían atrás. Cleáreto se lamentaba por anticipado. Amaba su carro. Presumió de sus habilidades como auriga. Exageró las hazañas que había realizado en Cunaxa. Antes de que le ordenaran abandonar el carro, quería disfrutarlo cuanto fuera posible.

Dijo al eremita que montara con él. Quería mostrarle la velocidad que alcanzaba, la disciplina con que le obedecían los caballos.

El eremita respondió que no pero Cleáreto lo forzó a subir. Antes de que se diera cuenta, los caballos iban al galope. Cleáreto los azuzaba con el extremo romo de su jabalina. A su lado, el eremita se aferraba al borde de la caja. Cada vez que el carro pasaba sobre una piedra y las ruedas se despegaban del suelo, Cleáreto aullaba de placer. Dijo a gritos que buscarían una bandada de avestruces y les segarían las patas con las hoces.

Vieron avestruces y fueron en su persecución. Pero los caballos estaban cansados. Las aves se abrieron en abanico. Manchas temblorosas, negras y blancas. Las patas se movían tan rápido que no se veían. Cleáreto tiró de las riendas. A los caballos les salía espuma de la boca.

No importa, dijo Cleáreto. Ha sido divertido.

El eremita quiso apearse, pero el auriga no se lo permitió.

Vayamos con los demás, dijo. Comamos algo.

Regresaron con el resto de la partida de caza. Los otros cazadores habían tenido más suerte. Sentados alrededor de una hoguera, una docena de arqueros se pasaban un odre de vino de dátil. Un poco más allá: un desordenado apilamiento de avutardas y otro de gacelas. Una de estas se asaba al fuego. Mejor comer antes de volver a la ciudad, donde tendrían que compartir la caza con los demás.

Cleáreto tiró del eremita hacia el círculo y lo obligó a sentarse a su lado. Contó a los otros lo cerca que habían estado de segar diez avestruces. Cuando la carne estuvo hecha, cortó un trozo con su daga y se lo tendió al eremita, que lo miró horrorizado.

Cleáreto le preguntó si no le gustaba la gacela. El eremita no respondió. Comió. Masticaba cada bocado eternamente, resistiéndose a tragar. La carne se le enfrió entre las manos. Le corrían lágrimas por el rostro pero nadie le prestó atención.

Llegó otro cazador, que se había apartado del grupo. Traía una única presa: una chica a la que había encontrado mientras pastoreaba cabras. Le había atado las manos a la espalda y ella lo seguía con la cabeza gacha y lloraba en silencio. El cazador se sentó a comer y la chica aguardó al borde del círculo, temblando, sin atreverse a alzar la cabeza. Era guapa y muy joven, apenas una niña.

Cuando otro de los cazadores se hartó de gacela, cortó las ligaduras de la chica, le arrancó la túnica y la tumbó en el suelo. Los demás se fueron sucediendo. A veces la usaban de dos en dos. Cleáreto y otros reían. El eremita evitaba mirar. Los que habían terminado con la chica, miraban hacer a los demás o volvían el rostro al sol con los ojos cerrados y se escarbaban entre los dientes, rescatando restos de gacela, y sonreían satisfechos. Cleáreto no dejaba de dar codazos al eremita. Le decía que él también tendría su oportunidad, aunque debería esperar hasta el final; sería el último, y habría cazadores que querrían repetir. Entonces llegó el turno del auriga y, cuando se tendió sobre la chica, el eremita aprovechó para escabullirse.

Caminó todo el día por una llanura donde crecía el ajenjo. La pierna le dolía pero estaba satisfecho de volver a estar solo y esto le proveía de fuerzas para continuar. Se quedaría un tiempo en las montañas, había decidido, suficiente para que los restos de los Diez Mil se fueran de Larisa, y más aún.

Al atardecer divisó un jinete al que seguían varios hombres a pie. El grupo también lo vio a él y se desvió para ir a su encuentro. Poco después llegaban junto al eremita. Se trataba de una partida de exploradores del persa Tisafernes, integrada por un hombre a caballo y seis honderos.

El jinete, que era el jefe de la partida, contempló al eremita y luego miró a su alrededor, como si quisiera asegurarse de que no lo acompañaba nadie, o como si no pudiera creer que un hombre caminara solo por aquella llanura.

Con la autoridad que le otorgaban su posición elevada y el respaldo de los honderos le preguntó quién era y qué hacía allí.

Soy un eremita. Me dirijo a las montañas.

¿Por qué motivo?

Ninguno, salvo que el aire es allí más fresco.

El jinete gruñó, lo que no tenía por qué significar que estuviera de acuerdo.

¿Vas a reunirte con alguien?

No conozco a nadie en las montañas.

El jinete señaló en la dirección de la que venía el eremita.

¿Qué hay por allí?

La antigua ciudad de Larisa.

¿Quién la habita?

Nadie. La ciudad está desierta, abandonada desde mucho antes de que tú y yo naciéramos. Poblada solo por víboras y escorpiones.

¿Has vivido en ese lugar?

Lo hice durante un tiempo.

¿Por qué?

Porque no había nadie.

El jinete volvió a gruñir.

¿Has visto un ejército de perros griegos huir por este desierto?

Hace mucho que no veo a nadie.

¿Cuánto tiempo?

El eremita agachó la mirada.

Ni siquiera puedo recordarlo, dijo.

El jinete hizo aparecer una bolsa. No la abrió. Se limitó a agitarla. Algo tintineó dentro. Era una bolsa abultada. Luego repitió:

¿Has visto un ejército de perros griegos huir por este desierto?

Otra negativa.

Entonces el jinete hizo un gesto para indicarle que prosiguiera su camino, pero como el eremita seguía mirando al suelo tuvo que decir:

Puedes irte.

Se alejó cojeando. Los exploradores permanecieron inmóviles hasta que el jinete dio una orden. Los honderos escogieron proyectiles de los zurrones que llevaban cruzados sobre el pecho, los colocaron en sus hondas y los lanzaron contra el eremita. Varios le alcanzaron. Luego practicaron su puntería con el cuerpo caído en el suelo. Continuaron haciéndolo hasta que el jinete dio otra orden.

El grupo se acercó al cuerpo. Un proyectil le había abierto la cabeza. Los honderos se acuclillaron a su alrededor. Desataron el hatillo. Mientras tanto el jinete oteaba el horizonte, al margen de aquel mísero saqueo. El que aseguró con mayor vehemencia que había matado al eremita se quedó con la hoja de sílex. Nadie quiso nada de lo demás. Registraron el cadáver. Le dieron la vuelta y lo volvieron a registrar. Un hondero le palpó el hueco tras los testículos por si allí ocultaba algo.

UNA CASA FRENTE AL CEMENTERIO

La punta metálica del bastón de marcha arrancó dos festivas chispas al resbalar sobre la piedra. Medio segundo después el tío Toni, perdido un punto de apoyo, caía de costado sobre la misma piedra. Si la mochila hubiera ido cargada con más peso, el golpe habría sido aún más violento, pero solo llevaba una botella de agua, dos chocolatinas y una guía de aves de la península ibérica. Sintió un dolor agudo y se quedó tendido sin moverse, con los ojos cerrados, deseando que pasara. La senda ascendía entre pinos y estaba desierta en el tramo que quedaba visible. Unos minutos antes lo habían adelantado dos chicos que subían sin hablar entre ellos, mirando al suelo, con el ritmo jactancioso de la juventud. Si gritaba quizá lo oyeran. Antes de intentarlo, probó a levantarse. Se apoyó en el suelo con las manos y se alzó despacio. El dolor tuvo un pico, pero remitió cuando se sentó a recuperar el aliento. La pinaza que mullía la senda había ocultado la piedra. Un delgado hilo de humo se elevaba recto en el aire sin viento. Una chispa había prendido la pinaza. El tío Toni apagó el conato de fuego con la mano, dando unas palmaditas, como si el suelo fuera un niño o un animal doméstico al que consolara por lo sucedido. Comprobó que los prismáticos que llevaba colgados del cuello no se hubieran dañado. Al cabo de un momento se levantó y comenzó a bajar, despacio, asegurándose de dónde ponía los pies y dónde apoyaba el bastón.

En el hospital bromeó con el radiólogo sobre su torpeza y le dijeron que tenía una costilla rota. El médico que lo atendió lo reprendió amablemente por haber ido a pie al hospital: a su edad, tendría que haber pedido ayuda desde el mismo lugar del accidente. Le prescribieron dos días de inmovilidad total y una semana de reposo. Dentro de poco volvería a avistar pájaros.

Cuando casi se había cumplido la semana de reposo y creía encontrarse bien, le apeteció un sándwich de atún. Al forcejear con la tapa del bote de mayonesa sintió una dentellada de dolor en el costado. Su asistenta lo encontró horas después, en el suelo de la cocina, inconsciente, y llamó a una ambulancia. El esfuerzo de abrir el bote había hecho que una esquirla de costilla se le clavara en el pulmón. El tío Toni entró en coma y falleció dos días después.

Al entierro, además de numerosos amigos, asistió su sobrino con su mujer. El tío Toni era el único pariente directo del sobrino, con el que siempre había mantenido una estrecha relación, caracterizada por consejos sinceros y nunca impositivos y ayudas económicas en forma de regalos discretos y desinteresados: un viaje a Estados Unidos y Canadá cuando el sobrino finalizó los estudios, un utilitario de elegantes líneas deportivas poco después y, más recientemente, el viaje de novios a Isla Mauricio. El día y medio entre la noticia del fallecimiento y el funeral los pasó el sobrino debatiéndose con un aturdimiento que anulaba cualquier emoción. En la ceremonia, durante la que su mujer no dejó de mirarlo de reojo a la espera del inminente desbordamiento, el sobrino comparó lo que empezaba a sentir con lo que había sentido cuando murió su padre. Era entonces un niño, y su padre una figura borrosa. La renuencia de trato con su hijo no era consecuencia del desafecto, sino de una timidez que se manifestaba incluso en el ámbito de la familia, y que un trabajo exigente, que durante la mayor parte del tiempo desempeñaba a solas y que le gustaba demasiado, no le ayudaba a superar. Su padre era el sonido de una puerta que se cerraba cuando él ya se había acostado y de nuevo cuando todavía no se había levantado, un montón de ropa sucia con olor raro en un rincón del cuarto de baño y un semidesconocido que los fines de semana se materializaba en el salón, con el periódico desplegado ante él. Era también la amenaza última: si no te duermes, si no recoges tu habitación, si no te comes el hígado, se lo digo a tu padre. Su muerte no supuso ningún cambio crucial en la vida del hijo. Se mostró apenado porque se daba cuenta de que era lo que los demás esperaban, pero el dolor fue en su mayor parte una aplicada imitación de lo que observaba a su alrededor.

La muerte del tío Toni tuvo un efecto muy diferente. Superado el aturdimiento inicial, le causó una aflicción que cancelaba los matices y mostraba a su tío como alguien sin tacha, un verdadero padre del que se había vuelto dependiente en una medida que hasta entonces no había querido reconocer, y a él como alguien no lo bastante agradecido, no lo bastante accesible, no lo bastante pronto en la respuesta. Racionalizar la aflicción solo generó nuevos motivos para alimentarla, además de despertar preguntas alarmantes sobre el futuro.

El cementerio donde recibió sepultura el tío Toni estaba rodeado por calles de viviendas unifamiliares con jardín, a modo de cerco de transición entre el arbolado composanto y la ciudad que lo abarcaba. Por lo visto hacía mucho que el tío Toni había hecho los arreglos necesarios para terminar en aquel alojamiento definitivo. Nadie más de la familia estaba enterrado allí. Aneja a la tumba del tío Toni había otra, gemela. El nombre de mujer que figuraba en la lápida manchada de liquen no decía nada al sobrino.

Su mujer, menos afectada que él, no dejó de fijarse en lo agradable del sitio, con más aspecto de parque que de cementerio, con amplias zonas de césped y senderos adoquinados. Discretamente ocultas detrás de algunas lápidas había regaderas de estaño y otras herramientas de jardinería.

Cuando volvían al coche, mientras su marido estrechaba manos e intercambiaba palabras a media voz con otros asistentes, ella se detuvo a mirar la casa que había frente a la entrada del cementerio. La fachada estaba pintada de un tono de granate que llevaba a dudar si era el color real o si la casa estaba sucia. Por lo demás, la fachada no tenía ningún ornamento, las líneas de la construcción difícilmente podrían ser más sencillas, y el jardín estaba descuidado. Solo dos aspectos llamaban la atención. El primero, una ventana en la planta baja, mayor que las demás y que la mujer supuso la del salón, adornada por un cristal emplomado con un escudo de armas. El segundo, el cartel que informaba de que la propiedad se hallaba en venta. Se situó de espaldas a la casa, mirando hacia el cementerio, para hacerse una idea de la vista desde las ventanas.

No mencionó la casa a su marido, ni volvió a pensar en ella, hasta que unos días después el sobrino recibió la llamada de la notaría. El tío Toni lo había nombrado principal beneficiario en su testamento.

La pareja vivía en un piso de alquiler en el casco histórico de la ciudad, zona que les gustaba desde que eran estudiantes pero que era ruidosa y deficitaria en cuanto a servicios, y el apartamento tenía unas cuantas fallas, como la escasez de luz, un cuarto de baño gélido y donde siempre olía a tabaco, aunque ninguno de ellos fumaba, y un casero reacio a hacer reparaciones. La herencia del tío Toni bastaba para adquirir una vivienda propia, si no lujosa, sí mejor que la que ocupaban entonces.

La mujer propuso una tarde a su marido que fueran a dar un paseo y lo condujo hasta la casa frente al cementerio. Él escuchó las propuestas de ella acerca de cambiar el color de la fachada y adornar los estrechos aleros con molduras de madera sintética. Ella misma se ocuparía de desbrozar el jardín y llenarlo de flores. Añadió que, además, estarían al lado del tío Toni: comprar aquella casa sería un tributo, una muestra de agradecimiento por lo mucho que había hecho por ellos. Al igual que ella el día del entierro, el hombre dio media vuelta para contemplar las vistas. Tanto el sitio como la casa le gustaban, pero dudaba que, incluso con el dinero de la herencia, pudieran pagarla. No obstante, cuando llamaron al número de teléfono del cartel, el agente inmobiliario les dio un precio mucho más bajo del que esperaban. Se apresuraron a concertar una visita.

El interior de la casa avivó su interés. En respuesta al porqué del precio tan asequible, el agente respondió, con una avergonzada sonrisa de disculpa, que a la mayoría de la gente «no le gustaba el vecindario». Ellos dos, sin embargo, no podían dejar de mirar por las ventanas. Desde las del piso superior lo único que se veía de la ciudad era una distante línea de edificios que asomaba entre los árboles del cementerio. Estaban a finales del invierno; en unas pocas semanas, cuando las ramas volvieran a poblarse, ni siquiera eso se vería. Compraron la casa.

Se burlaban de las reticencias de sus amigos, tanto sobre el cementerio como sobre la propia casa, de la que provocaban extrañeza la entrada —en un ángulo cortado en chaflán que rompía la simetría del diseño y daba una impresión de inestabilidad— y el escudo de armas de la ventana del salón, en el que aparecían un hacha con el filo ensangrentado y la cabeza de lo que para unos era un lobo y para otros un oso. Ellos racionalizaban las vistas. Las ceremonias que se celebraban en el cementerio suponían un discreto elemento humano que proveía de dimensión, perspectiva y trascendencia al entorno; y los árboles y los monumentos fúnebres proveían, a su vez, de dimensión, perspectiva y trascendencia a los asistentes. Y en cuanto a la casa, la consideraron su hogar desde el primer día. Un año después de instalarse, nacieron los gemelos.

Los niños crecieron junto al cementerio. Para ellos formaban parte del día a día las ancianas que limpiaban las tumbas, los pájaros que acudían a comer las lombrices de la tierra revuelta, las flores secas esparcidas por ráfagas de viento... Jugaban allí. Las lápidas eran edificios que escalaban sus muñecos de guerreros galácticos y aberraciones mutantes. Aprendieron que no debían levantar la voz si delante de la puerta había aparcado un coche negro muy grande y que tenían que dejar tranquilas a las personas que a veces se quedaban paradas delante de una tumba y movían los labios sin decir nada.

Sin embargo, cuando cumplieron seis años, extrañados por las negativas de sus amigos a ir a jugar con ellos, no digamos a quedarse a dormir en su casa, empezaron a hacer preguntas. Para ellos el cementerio nunca había sido causa de miedo. Habían visto cementerios en los dibujos animados y las ilustraciones de los cuentos infantiles, representaciones góticas con lápidas inclinadas, siluetas de murciélagos recortadas sobre lunas inmensas y ojos que parpadeaban tras los ventanucos enrejados de los mausoleos, todas ellas imágenes que no asociaban con la plácida vista de la que disfrutaban desde su casa, más un campo de juegos privado que un cementerio. Los padres, que habían previsto ese momento, respondieron a las preguntas con llaneza, tratando de restarles dramatismo, lo que por un tiempo bastó para aplacar a los niños.

Pocos días después se celebró un entierro y, cuando la madre entró en la habitación de los gemelos con una brazada de ropa recién planchada, los dos miraban por la ventana con una atención inédita. Ella dejó la ropa y salió sin decir nada, prefiriendo no darle importancia. Al cabo de un rato, una vez que los asistentes al entierro se dispersaron, los niños la buscaron para hacerle más preguntas. ¿Por qué se muere la gente? ¿Cuánto tiempo dura la muerte? ¿A qué profundidad se entierra a los muertos? ¿Debajo de la tierra, los muertos están solos o todos juntos?

La madre respondió en el mismo tono que en interrogatorios previos, pero en esta ocasión los niños insistieron más y sus preguntas buscaban el detalle, lo que la obligó a dar información que habría preferido reservarse por el momento, y que generó nuevas preguntas.

¿Qué es la putrefacción? ¿Cómo son las personas cuando se pudren? ¿Huelen igual que el filete que se quedó olvidado en la nevera cuando se fueron de vacaciones?

Esa noche ella se lo contó al marido, quien respondió que la curiosidad de los niños era normal y sana, y que ellos dos estaban manejando bien la situación.

Una tarde, la madre advirtió que el cajón donde los niños guardaban sus muñecos estaba inusualmente vacío, y no los vio abandonados por ninguna parte de la casa ni del jardín. Les preguntó por ellos. Dijeron que habían estado jugando en el cementerio. Ella preguntó si los habían dejado allí. Respondieron que sí. Ya estaba anocheciendo. La madre tomó a los gemelos de la mano y cruzaron la calle. La guiaron hasta el pie de un ciprés. Entre las raíces había una docena de montoncitos de tierra. Los niños habían tomado prestada una de las muchas paletas de jardinería que había ocultas por el cementerio y cavado tumbas para los muñecos. A falta de lápidas, cada pequeña tumba tenía encima un *post-it* con una cruz trazada con rotulador; la brisa se había llevado varios. La madre les ordenó desenterrar los muñecos. Los niños preguntaron si estaba bien desenterrar a los muertos. Ella respondió que los muñecos no estaban muertos. Los niños dijeron que, cuando jugaban con ellos, los muñecos morían muchas veces. La madre dijo que los muñecos no morían como las personas, ni como los animales, ni como las plantas. Reacios, los niños procedieron a desenterrar los muñecos. Había anochecido y hacía frío. No había nadie más en el cementerio. La madre, abrazándose a sí misma, lanzaba miradas a su alrededor mientras sobre la hierba los muñecos iban formando un montón, manchados de tierra, con las extremidades dobladas en ángulos extraños.

La insistencia de los niños consiguió erosionar la naturalidad de los padres a la hora de responder a sus preguntas. ¿El pollo que comían estaba muerto? Entonces, cuando comían pollo relleno de jamón, ¿comían algo muerto dentro de algo muerto? ¿Podía haber algo muerto dentro de algo vivo? Cansados, en lugar de responder les ordenaban que se terminaran la comida y fueran a su habitación.

La madre tuvo que salir de viaje por trabajo, una semana. Durante ese tiempo, el padre, menos acostumbrado que ella a estar con los niños y a enfrentarse a sus preguntas, fue perdiendo la paciencia. Una de las últimas noches, entró en la habitación de los niños para asegurarse de que se ponían los pijamas. Llevaba tres días lloviendo y el cielo todavía tenía reservas para arrojar una tormenta con potente acompañamiento de rayos y truenos. Fuera, una alcantarilla se había desbordado y la calle estaba encharcada. Los escasos coches que circulaban levantaban cortinas de agua y la luz de los faros, filtrada por la lluvia, era de un tono verdoso. Los niños comentaban que la lluvia era buena para los muertos porque ablandaba la tierra y así les era más fácil visitarse los unos a los otros. A lo mejor hasta podían salir del cementerio, pasar por debajo de la calle y llegar hasta su casa. Pegarían la oreja al suelo del sótano para enterarse de qué decían de ellos. Los muertos eran orgullosos.

Harto del tema, el padre decidió cambiar de estrategia. Si la relación de los niños con el cementerio no podía ser natural, prefería al menos que fuera convencional, que le tuvieran miedo, un miedo moderado.

Desde que se mudaron a la casa habían hecho reformas para acercarla a su gusto, pero conservaba defectos difíciles de solucionar. Un error en el trazado de la fontanería provocaba que las cañerías emitieran profundos gemidos y lamentos, lo que sucedía en cualquier momento y sin causa aparente. Esa noche no era una excepción. Quizá por culpa de la lluvia, al sonido habitual lo acompañaba un gorgoteo lejano.

Interrumpió la conversación de los niños diciéndoles que teníian razón. Los muertos se arrastraban. Abrían túneles comiéndose la tierra, igual que las lombrices. Y el ruido que salía de los desagües era el que hacían los muertos al moverse. Lo dijo con voz baja y profunda, como si les comunicara un secreto importante, a la vez que miraba a los costados de reojo. Los niños lo contemplaron boquiabiertos y obedecieron de inmediato y sin protestar cuando les dijo que se metieran en la cama.

Él fue al salón a leer un rato. Poco después el cielo se resquebrajó con un fuerte crujido, hubo un fogonazo blanco azulado y se fue la luz. Se quedó sentado, con el libro todavía en las manos. De la habitación de los niños no llegaba ningún ruido. Esperó un poco más y fue a ver. Cuando preguntó si estaban bien, solo respondió una voz. Preguntó al niño adormilado dónde estaba su hermano y este respondió que no lo sabía. El padre salió al pasillo y llamó al otro niño sin alzar la voz. No hubo respuesta. Al fondo del pasillo, vio una débil franja de luz bajo la puerta del cuarto de baño. Abrió despacio. El niño no se dio cuenta. Inclinado sobre el lavabo, apuntando al desagüe con una linterna, preguntaba: ¿Me oyes? ¿Cómo te llamas? ¿Te duele algo? A cada pregunta la seguía un gemido. Regresó entonces la luz. Al encenderse la lámpara del pasillo, el padre apareció de pronto reflejado en el espejo del cuarto de baño, lo que los sobresaltó tanto a él como al niño.

Levantó a su hijo en brazos y lo llevó de vuelta a la cama. Después de arroparlo le dijo que lo sentía, que lo que les había dicho no era cierto, solo una broma: los muertos no podían moverse, se quedaban en sus ataúdes para siempre, calladitos, y no molestaban a nadie.

Desde la otra cama llegó la voz queda del otro gemelo, al que creía dormido. Dijo que era una pena, porque, si fuera verdad, cuando el padre se muriera podrían enterrarlo en el cementerio y ellos podrían hablar con él todas las noches mientras se cepillaban los dientes.

El padre volvió al salón, pero no retomó la lectura. Se quedó mirando por la ventana, donde cada rayo iluminaba el escudo con el hacha ensangrentada y la bestia indefinida. A veces los rayos coincidían con los gemidos de la casa.

Cuando la madre regresó, debatieron qué actitud adoptar. Al padre le parecía que las preguntas de sus hijos eran indicio de una imaginación truculenta. En esta ocasión fue ella quien le tranquilizó. Dijo que la curiosidad de los niños era volátil, pronto se vería atraída por otro tema. Lo que debían hacer era no darle importancia y seguir respondiendo a sus preguntas con sencillez y franqueza.

Pocos días después la madre vio que uno de los niños contemplaba fijamente el cementerio por una ventana. Ella le preguntó qué miraba. Él se encogió de hombros. Ella le preguntó si había visto a alguien. Él dijo que no. Luego dijo que a lo mejor. Ella preguntó que a quién y dónde. Él señaló un punto. La madre vio una tumba cubierta de coronas de flores frescas. Luego el niño dijo que a lo mejor entre los árboles. La madre escrutó el cementerio. No distinguió ningún movimiento. El día era neblinoso y la niebla formaba rizos en espiral al abrirse paso entre los árboles, como impulsada por grandes ventiladores escondidos. Le dijo al niño que fuera a jugar.

Al cabo de unos minutos ella volvió a descubrir al niño en el mismo sitio de antes. Seguía mirando hacia fuera. La niebla, más densa ahora, se arremolinaba contra el cristal de la ventana. Lo increpó por desobedecerla. El niño se giró asustado, y ella se dio cuenta de que era su hermano. Suspiró y le pidió disculpas. El niño se alejó arrastrando los pies. El cementerio era un despliegue de manchas sospechosas entre la grisura. Algunas parecían moverse muy muy despacio. Esa noche ella le dijo a su marido que tenían que dejar de vestir igual a sus hijos. Y arreglar las putas cañerías. ¿No había dicho él que iba a llamar a un fontanero? Cada vez hacían más ruido. Él respondió que hacían el mismo ruido que siempre, y si no había llamado a un fontanero era porque había estado muy ocupado, y que ya habían estado allí tres fontaneros y ninguno les había dado ninguna puta solución. No le apetecía pagar a otro para nada, joder. ¿Y por qué le echaba ella la culpa de los problemas de la casa? Siempre hacía lo mismo. Ya estaba harto. Si quería arreglar las cañerías o cualquier otra cosa, ahí tenía las páginas amarillas.

Curioseando en la biblioteca, en busca de nada en concreto, la mujer dio con un manual de heráldica. Allí mismo, entre las estanterías, buscó el escudo de armas de su ventana. No lo encontró, y tampoco los emblemas que lo componían. Consultó todos los libros sobre la materia disponibles en la biblioteca, sin averiguar nada. Una búsqueda en Internet tampoco arrojó resultados. Más tarde se lo contó a su marido y añadió que, en su opinión, el escudo era inventado. Pero, de ser así, ¿por qué el autor había escogido emblemas tan tétricos? Nunca se habían preguntado quién puso allí el cristal con el escudo, si el constructor de la casa o alguno de los moradores. Podían llamar a la agencia inmobiliaria. De paso podían preguntar si «el vecindario» era de veras la razón por la que la casa no se vendía, o si en ella había pasado «algo» que repelía a los compradores y de lo que no les habían informado.

El marido escuchó sin decir nada y, cuando ella terminó de hablar, suspiró. Luego dijo que podían llamar a un cristalero, lo que sería más barato y efectivo que reparar las cañerías. Quitar aquel escudo espantoso seguro que les ayudaría si querían vender la casa. Ella lo miró sorprendida. ¿Quería él vender la casa? Él respondió que hablaba sólo hipotéticamente, por si decidían hacerlo en algún momento. Podían retirar la cristalera y guardarla en el sótano. Ella se apresuró a responder que si quitaban el puto escudo sería para tirarlo de inmediato a la basura, que no lo quería más en su casa. Últimamente siempre corría las cortinas del salón para no verlo.

Los días en que el marido había tenido una jornada difícil en la oficina o si, sencillamente, le apetecía estirar las piernas antes de llegar a casa, se bajaba del metro dos estaciones antes de lo habitual y hacía el último trecho a pie. En esas ocasiones atravesaba el cementerio y volvía a casa caminando entre las tumbas.

No había sido un día especialmente duro en el trabajo y tampoco le apetecía hacer ejercicio, pero se bajó del metro antes de tiempo. Llevaba inquieto desde la mañana. Mientras desayunaban, un gemelo le había preguntado cómo le gustaría morir, y el otro cuándo iba a hacerlo. No tuvo reflejos para responder de forma natural, ni de ninguna otra. Ante su silencio, que ahora se imaginaba acompañado por una expresión de estúpida perplejidad, los niños se miraron, se encogieron de hombros y uno preguntó si podía tomar más galletas rellenas de chocolate. Se percataba de que su desazón no se debía tanto a las preguntas, de nuevo atribuibles a la curiosidad infantil, como al tono de absoluta indiferencia con que las formularon.

A fin de economizar, solo una de cada tres farolas en los senderos del cementerio se encendía por las noches. La escasez de luz no le dificultaba encontrar el camino, acostumbrado como estaba a recorrerlo. De hecho, agradecía ese tramo que hacía prácticamente entre tinieblas y en solitario, con los ruidos de la ciudad desterrados más allá de la verja del cementerio: le ayudaba a dejar atrás las preocupaciones de la jornada.

Esa noche, enfrascado en la actitud de los niños y en lo que podía hacerse para ponerle remedio, caminaba mirándose los pies. Algo en la disposición de las sombras a su alrededor llamó su atención y lo hizo detenerse y alzar la vista. Se encontraba en una parte del cementerio fuera de su ruta habitual. Distraído, debía de haberse equivocado en alguna encrucijada. Miró a su alrededor tratando de orientarse. Los senderos no discurrían rectos, sino trazando curvas caprichosas, y se cruzaban una y otra vez. Los árboles le impedían ver las casas que rodeaban el cementerio. Siguió adelante en busca de un punto de referencia. Lo encontró poco después y se detuvo, desconcertado.

Hacía años que no visitaba la tumba del tío Toni, pese a que vivía al lado. En ausencia de otros parientes que cuidaran de ella, la tumba estaba cubierta por una pasta solidificada de hojas muertas. Una rama de un árbol próximo había caído sobre ella y en la rama había un nido. Los restos resecos de los polluelos estaban diseminados sobre la losa. La mujer que descansaba junto al tío Toni, fuera quien fuera, tampoco debía de tener parientes.

Arrastró la rama y la arrojó tan lejos como pudo. Intentó apartar con la punta del pie los cadáveres de los polluelos, pero estaban aprisionados en la cobertura de hojas igual que si hubieran caído sobre cemento fresco. Al empujar uno de ellos, le arrancó la cabeza. Retrocedió unos pasos. Se inclinó y apoyó las manos en las rodillas.

Desde esa posición vio su casa a través de un agujero entre las frondas. Había dos ventanas iluminadas en la planta de arriba, una a cada costado de la fachada. En el centro de la planta baja había una tercera ventana iluminada, la del salón. Vista desde allí, la fachada delantera parecía un rostro; el escudo de la ventana del salón hacía las veces de boca fruncida. En cada una de las ventanas superiores, los ojos, había una silueta alargada a modo de pupila felina, ambas idénticas. Los gemelos vigilaban el cementerio a la espera de Dios sabía qué. Puede que quizás a él, pensó el padre, que al final del día regresaba a casa fatigado y tambaleante como si acabara de salir de una tumba. Una de las siluetas se agachó un instante, quizá para recoger algo del suelo, y fue como si la casa le guiñara un ojo.

Volvió junto a la tumba del tío Toni y la contempló con desagrado. No tenía más parientes, pero sí amigos, su sobrino los había visto en el entierro. ¿Es que ninguno visitaba la tumba? Podrían haberla limpiado un poco. A lo mejor no eran tan amigos, o con el tiempo su opinión sobre el tío Toni había cambiado y habían llegado a la conclusión de que no se merecía la molestia de hacerle una visita, ni de que siguieran recordándolo. Si eso era cierto, a lo mejor resultaba que el tío Toni no era tan intachable como parecía. A lo mejor detrás de sus consejos y regalos y apoyo discreto pero constante escondía algo, una faceta privada o una intención hacia los demás, ambas reprobables. Por ejemplo, ¿quién era aquella mujer que descansaba a su lado? Si fue tan importante para él como para que decidiera reposar junto a ella durante toda la eternidad, ¿por qué nunca se la mencionó? Él era su sobrino, su único pariente, creía ser digno de su confianza. Y aquel cementerio. Tan alejado de donde había vivido. Y la tumba. Desde la que era casi imposible no ver la casa en venta, sobre todo en invierno, cuando los árboles estaban desnudos, y el cabrón del tío Toni había muerto en invierno. Podía haberse guardado su dinero. El tío Toni siempre guiando sus pasos, siempre diciéndole lo que debía hacer, de una forma u otra, como si él no tuviera juicio suficiente para tomar sus propias decisiones. Y las frecuentes visitas que le hacía a su madre después de que se quedara viuda. Y las invitaciones que le hacía a él para ir a acampar al monte, a ver pájaros, durmiendo en la misma tienda de campaña, y las invitaciones para ir a nadar a la piscina de su gimnasio, donde luego chinchaba a su sobrino porque le daba vergüenza desnudarse delante de adultos desconocidos, y luego, después de insistir como solo él sabía, le decía: ¿Ves cómo no pasa nada, nada de nada? No tienes que preocuparte.

Se sintió asqueado de sí mismo. No podía pensar así. Decidió que al día siguiente volvería con herramientas para limpiar la tumba y puede que con unas flores. Iría con su mujer y los niños.

Echó a caminar. Los gemelos continuaban en las ventanas. Sin duda la imagen que él les ofrecía al acercarse satisfacía con creces lo que esperaban ver.

Se sorprendió entonces al percatarse de que nunca había visitado con los niños la tumba del tío Toni, ni siquiera les había hablado de él. Si lo hacía ahora, de repente, si se enteraban de que delante de su casa estaba enterrado alguien tan importante para su padre, harían preguntas, querrían saberlo todo sobre el tío Toni, y a saber cómo eso podría multiplicar y sofisticar sus fantasías.

Mientras pensaba todo eso, la casa no dejaba de mirarlo.

La vendieron. Mintieron a los compradores diciéndoles que a él le habían ofrecido un trabajo mejor en otra ciudad. Se mudaron a un piso en un barrio nuevo de las afueras. La primera imagen que al hombre se le quedó grabada de su nueva vivienda fue la de los gemelos que, tomados de la mano, escrutaban por la ventana las vistas de torres de ladrillo y solares aún sin edificar, cubiertos de maleza, escombros y basura.

ENTONCES AHORA DESPUÉS

Aquella tarde también tocaba Bob Dylan. Llegaron a Mendizabala a tiempo de verlo —cómo no, era Dylan—, pero se quedaron al fondo, sin prestar atención, hablando entre ellos. Todas las canciones les sonaban, aunque no terminaban de reconocer ninguna. Llovía. Hacía frío para ser finales de junio. Miraban el reloj, él y ella: Jon y Katharina.

Mataron el tiempo entre conciertos bebiendo cerveza. Se encontraron con un conocido que se había quedado sin dinero y no recordaba dónde había aparcado el coche. Lo invitaron a una cerveza, a dos, a tres. A él le había encantado Dylan, necesitaba compartir su entusiasmo con alguien. Se disculparon, querían coger buen sitio. Estaba anocheciendo. Iba a tocar Chris Isaac. Por eso estaban allí. Katharina lo había propuesto y él había accedido a acompañarla.

No en la primera fila, pero cerca. Muy apretados. Katharina delante y Jon, más alto, detrás. Ya había empezado. Cada poco rato ella miraba por encima del hombro para asegurarse de que era él quien le tocaba el culo. Seguía lloviendo. Isaac bajó del escenario y caminó entre el público mientras cantaba «Love Me Tender», mojándose hasta que alguien corrió a cubrirlo con un paraguas. Al principio Jon ni se dio cuenta de que el tema no era suyo; tan natural resultaba que Isaac cantara una canción de Elvis. Y se acordó de cuánto le había gustado a él hacía muchos años Elvis, cuando se mudó de Ribadesella a Oviedo, un crío de pueblo con ansia por parecer de ciudad, ávido de lo moderno, y al que le confundió que a los modernos, o a los modernos que a él más le gustaron, o que él creía que eran modernos cuando en realidad eran todo lo contrario, aunque él no lo sabía, tan de pueblo era, a aquellos chicos y chicas de su instituto que se peinaban con tupé les gustara una música antigua, la misma que a su madre, y él quiso que también le gustara y lo consiguió fácilmente. No llegó más lejos en su intento por parecerse a ellos. Se compró una corbata de bolo, dorada, que no le quedaba bien con ninguna de sus camisas, y aun así tuvo la osadía de llevarla un día a clase y pasar por delante de los chicos y las chicas del tupé. No se la volvió a poner. A Katharina nunca se lo había contado. Ni pensaba hacerlo.

Un destello lo deslumbró. Isaac vestía un traje recubierto de espejos o de chapas rectangulares de metal o de algo que, en cualquier caso, lo hacía relucir como una bola de discoteca. Cantaba «Pretty Woman». Ahora Roy Orbison. ¿Rendía honores a sus progenitores musicales antes de abordar su propio repertorio? Jon había oído la canción por primera vez en la película de Julia Roberts, tan de pueblo seguía siendo. ¿Estás bien?, preguntó Katharina. Él asintió. ¿Te gusta? Había visto la película con E. Él asintió otra vez. La quería muchísimo. Ella se daba cuenta, pero como mucho accedía a ir al cine con él. ¿Nos movemos de sitio? A su lado un tipo con los ojos inflamados botaba sacando los codos como si estuviera en un concierto de Rage Against The Machine. Sí, vamos hacia allí. Y luego pensemos una vez más que no hemos caído en la flaqueza, que hemos sido diplomáticos, que hemos evitado problemas, que al final no ha pasado nada. Ahora ella, E, vivía en Nueva Zelanda y él en Algorta. Se escribían en Navidad y en sus cumpleaños, escuetamente, por rutina, casi por obligación. A él le asombraba pasar meses sin pensar en ella, no saber apenas qué era de su vida. Cuando fueron a ver *Pretty Woman* le habría parecido imposible.

Por fin, Chris. «Wicked Game». Y él volvió a recordarse en un cine, esta vez viendo *Corazón salvaje,* de David Lynch, de cuya banda sonora formaba parte el tema, y tuvo un escalofrío, no por el frío y la lluvia de ahora, sino por el frío de entonces, pues empezaba un periodo gris, larvado, ya estaba en la universidad, estudiando algo que no le gustaba y que llegaría a gustarle aún menos, algo que terminaría detestando; empezaban años demasiado largos y demasiado parecidos entre sí, de una soledad en buena medida autoimpuesta, fruto en parte de su enfado con el mundo y de los autoengaños, pero al menos había momentos como *Corazón salvaje,* que fue a ver él solo porque E salía con alguien, Jon ya ni se acordaba de con quién, y seguramente ella preferiría no acordarse tampoco.

Llevaba ahora un traje azul Chris Isaac, de un azul saturado, como de película en Technicolor de los años cincuenta, con adornos blancos y rojos de estilo rockabilly, un traje que les habría encantado a los chicos de tupé de su instituto, y Jon intentó grabar en su mente ese momento porque Isaac estaba cantando «San Francisco Days». Seguía lloviendo. Ya era noche cerrada. Desde donde estaban ahora veían el escenario en escorzo. Katharina tenía frío. La abrazó por la espalda. Le frotó los brazos. ¿Por qué no has venido más abrigada? ¿Y tú? Continuaba sonando la canción, y la canción lo absorbió hacia el entonces. Había terminado la carrera y empezado un trabajo igual de insatisfactorio, turnos de noche, compañeros con los que no tenía nada de lo que hablar, nomenclaturas, presupuestos, especificaciones técnicas, fechas límite, y se dijo ya basta, haz algo, y si no sabes qué hacer, al menos muévete, sí, él también cayó en el error de confundir el movimiento con la acción, al menos vete de aquí, y se fue a San Francisco, y con su equipaje se llevó el CD de *San Francisco Days,* como si se tratara de una carta de recomendación que presentar ante la ciudad, con una actitud que incluía una dosis de humildad pero asimismo otra, acaso mayor, de ambición. Le gustaba pensar que la carta obró su efecto, pues la ciudad lo acogió. Durante los primeros días, todavía un poco cohibido, sin saber muy bien qué hacer ahora que ya estaba allí, escuchaba el CD tumbado en su cama del hotel Robin, en el Tenderloin: le prestaba confianza, le relajaba, y por debajo de las canciones oía las retransmisiones de las carreras de caballos que el recepcionista, un anciano negro, siempre vestido con pantalones de traje y una camiseta de tirantes, veía en la televisión a todas horas, y oía también sus gritos de alegría y sus exclamaciones de incredulidad, dependiendo de que hubiera ganado o perdido la apuesta de turno. Con el paso de las semanas fue escuchando menos el disco. Se había familiarizado con el lugar. Había entablado amistades, endebles, con fecha de caducidad, pero muy valiosas, relucientes, que olían a nuevo. No obstante, seguía oyendo «San Francisco Days». El tema sonaba en los bares. Era como un estribillo de su estancia en la ciudad y a él le parecía que siempre sonaba en el momento adecuado, un oportuno subrayado musical, un chasquido de dedos para llamar su atención y hacerle entender que tenía que grabar aquel instante en la memoria. Sonó, o él así lo recordaba, cuando conoció a Claudia en el bar Vesubio, o quizá alguna de las veces que volvieron juntos allí. Claudia. Pelo teñido de rojo fuego, también en Technicolor, y piel pálida. Estudiaba inglés en una academia cerca de Union Square, aunque lo hablaba mucho mejor que él. Preocupada por el tamaño de su culo. Le encantaban los karaokes, donde siempre cantaba «Don't Speak» de No Doubt, tomándoselo demasiado en serio, siempre insatisfecha con su interpretación. Juntos vieron una reposición de *Farenheit 451,* de Truffaut, y él recordaría en especial la escena en la que Julie Christie tira a la basura la máquina de afeitar eléctrica de Oskar Werner y le regala una maquinilla con cuchillas porque «esto es más moderno». El bar Vesubio. La cisterna del váter cubierta por un cajón de madera cerrado con candado para que nadie la usara para esconder droga. En las paredes, recuerdos y fotos de visitantes célebres del local. Una foto de Gene Hackman durante el rodaje de *Acción judicial,* sentado donde estaban ellos dos, él y Claudia, mientras sonaba «San Francisco Days», por supuesto. Y sonó de nuevo cuando volvían a la ciudad después de haber pasado un día en Sausalito: Isaac cantaba por los altavoces del ferri que surcaba la bahía, la isla de Alcatraz a la izquierda, el Golden Gate a la derecha, pelícanos acercándose para atrapar al vuelo la comida que les lanzaban los pasajeros, al frente el edificio Transamerica descollando entre la fría bruma del Pacífico, él con el cuello de la cazadora levantado, Claudia abrazándolo fuerte, apoyados en la barandilla de popa, el viento revolviéndoles el pelo, enredando el pelo de ella con el de él; ateridos de frío pero negándose a pasar al interior del ferri, donde olía a fritura y había críos dando voces; tan solo se abrazaron más fuerte aún. O puede que lo que sonó fuera «Solitary Man», también incluido en *San Francisco Days,* la particular versión de Isaac del tema de Neil Diamond. Sí, eso era mejor. Una canción donde había melancolía, pero alegría también, y promesas de futuro, una canción que él habría escuchado con una sonrisa de desquite.

«Baby I Did a Bad Bad Thing». Ahora. Incluida en *Forever Blue.* Había comprado el disco en San Francisco. Para entonces ya estaba con Katharina, pero también seguía estando con Claudia. El pasado se solapaba con el futuro. Con Katharina fue a ver *Eyes Wide Shut* a un cine de Japantown y en la película volvió a sonar «Baby I Did a Bad Bad Thing». Unos días después ya no estaba con Claudia. Ahora ella vivía en Zurich. Él sabía que se había casado y tenido un hijo. No recordaba la última vez que pensó en ella. Pero todo lo que recordaba era bueno. ¿De quién más podía decir lo mismo? El ferri de Sausalito, «Don't Speak», su culo subiendo las escaleras enmoquetadas del hotel Robin. Y aun así... Unos días después ya no estaba con Claudia. Estaba con Katharina. Conducían por el Death Valley con el aire acondicionado del coche al máximo. Se paraban a visitar el Zabriskie Point. Los turistas que se cruzaban con ellos los miraban boquiabiertos y negaban con la cabeza ante sus ropas tercamente negras, los pantalones largos y ceñidos, los tacones de Katharina. Compraban whisky en una licorería donde un tendero receloso los atendía usando solo la mano izquierda, la derecha oculta bajo el mostrador; luego fantasearían sobre si la tenía apoyada en el arma que guardaba allí escondida o si se manoseaba el paquete mientras miraba las piernas de ella. Se paraban en un motel, sacaban el equipaje del maletero y lo soltaban al instante porque quemaba como recién salido de un horno. En la recepción una mujer gritaba que había una serpiente de cascabel durmiendo debajo de su coche. Pedían una habitación, echaban la llave, se duchaban juntos, oían voces en el aparcamiento y luego gritos, de la mujer de antes y de varios hombres, cada vez más gritos, de más gente, y luego una sirena de policía. Y en algún momento, en la radio del coche, en la licorería, en el motel..., volvió a sonar «Baby I Did a Bad Bad Thing», y fuera donde fuera, coincidió con el momento en que él pensó que su vida nunca le había parecido más real que entonces, justo cuando parecía una película.

El entonces se apagaba y el ahora se abría hueco a codazos. Katharina sacó el móvil y comprobó si tenía mensajes. Habían dejado a los niños en casa, en Algorta, con los padres de ella, que estaban de visita. Aprovechad e id a ese concierto que decís. ¿Ir a Vitoria y luego volver, ya de noche? ¿Para una vez que nos visitáis? No. Sí, id, id. Estaremos bien. ¿Verdad que estaremos bien? Katharina guardó el móvil. ¿Todo en orden? Sí, todo bien. Además el concierto ya estaba terminando. Ya había terminado. ¿Tan rápido? El ahora empezaba a solaparse con el después. De pronto era tardísimo. Les entró el ansia por marcharse. La gente se movía despacio, nadie más tenía prisa. ¿Te ha gustado?, preguntó ella. Claro. Mucho. No parecía verano. Tú sí te acuerdas de dónde hemos aparcado, ¿verdad? Porque yo no. Me acuerdo, tranquila. Espero que los niños estén bien. Tus padres te lo habrían dicho. No sé... Por allí. Vamos. Vamos. Y desembocaron en el aparcamiento, oscuro y mojado, él deseoso de que el ahora acabara de dejar paso al después para recordar el concierto y disfrutarlo de verdad, para hacerlo suyo, escogiendo las canciones que sonaban y el orden en que lo hacían.

ÍNDICE

Esta edición de *Antes del volcán,* de Jon Bilbao,
terminó de imprimirse el día 17 de julio de 2025
en los talleres de la imprenta Kadmos, en Salamanca,
sobre papel Coral Book Ivory de 70 g
y tipografía Adobe Garamond Pro de 11,4 pt.

JON BILBAO EN IMPEDIMENTA

LOS EXTRAÑOS

Una *nouvelle* dotada de un pulso magistral que transita por la resbaladiza frontera que separa el amor de la rutina, y que supone una nueva vuelta de tuerca al tema del «otro» y de cómo convivir con lo desconocido.

«Jon Bilbao posee una maestría fuera de lo común.»
—*Babelia*

JON BILBAO EN IMPEDIMENTA

ARAÑA

Los protagonistas de *Basilisco* y de *Los extraños* regresan en esta nueva colección de historias que alternan pasado y presente, ficción y realidad. Jon Bilbao demuestra una vez más su maestría como narrador y su dominio sobre el género del relato.

«Jon Bilbao es una celebración de la narratividad, del gusto por contar.»
—*El Cultural*

www.impedimenta.es

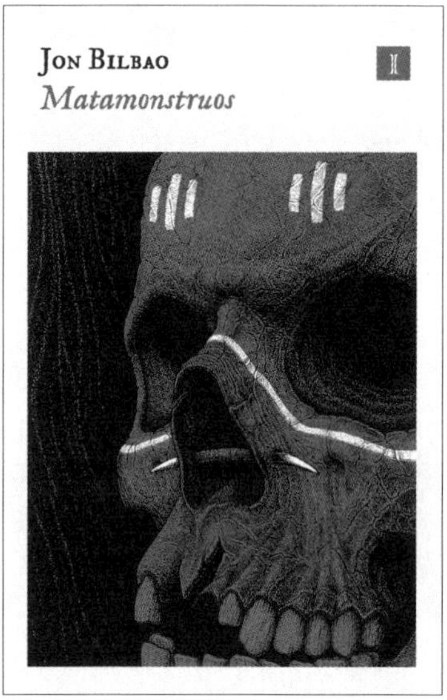

MATAMONSTRUOS

Matamonstruos concluye el ciclo iniciado en *Basilisco* y continuado en *Araña*. Para el cierre de este juego de espejos entre la realidad y la ficción, Jon Bilbao retoma personajes de sus libros anteriores, incluidos los de la novela *Los extraños*.

«Jon Bilbao es uno de los escritores más dotados de la actualidad. Domina un trozo del mundo que ha conseguido hacer suyo y donde prima la atención al detalle.»

—*ABC Cultural*